理论的声音

阐 释 与 创 造 ‖ 文 艺 研 究 书 系

人民出版社

西南师范大学出版社

图书在版编目(CIP)数据

理论的声音/方宁主编.—重庆:西南师范大学出版社,
2009.5

(阐释与创造·文艺研究书系)

ISBN 978-7-5621-4492-2

Ⅰ.理… Ⅱ.方… Ⅲ.文艺理论—研究 Ⅳ.I0

中国版本图书馆 CIP 数据核字(2009)第 071690 号

责任编辑:钟小族 卢 旭

装帧设计:金 宁

版式设计:白 妤

阐释与创造 · 文艺研究书系

理论的声音

方 宁 主编

出 版 人:周安平

出版发行:人民出版社 西南师范大学出版社

　　(北京朝阳门内大街 166 号 邮编 100706)

　　(重庆北碚西南大学校内 邮编 400715)

经　　销:全国新华书店

印　　刷:重庆东南印务有限责任公司

开　　本:787mm×1092mm 1/16

印　　张:29

字　　数:460 千字

版　　次:2009 年 5 月 第 1 版

印　　次:2009 年 5 月 第 1 次印刷

书　　号:ISBN 978-7-5621-4492-2

定　　价:48.00 元

与历史同行

——《阐释与创造·文艺研究书系》

方 宁

这套以"阐释与创造·文艺研究书系"命名的专辑,收录了近十年来学术理论刊物《文艺研究》上所发表的一些重要文章。其遴选的时间范围大体上始于 2002 年,终于 2009 年。对《文艺研究》而言,这也许是一个新时代的开端,从计划经济向市场经济转型的压力,恰恰是从 2002 年初随着编辑部老一代领导人陆续退休之后,而实实在在地降临到了《文艺研究》的后来者头上,这是其一;为了适应时代的要求,我们从 2003 年起对刊物做了从形式到内容的调整,新开了"理论专题"、"当代批评"、"书与批评"和"访谈与对话"等几个栏目,与之相关的是,由于《文艺研究》杂志风格的调整,刊物对于问题的研究也更加具有现实的针对性和更加丰富的视角,这是其二。

当初拟定本书的书名,还是颇费了一番踌躇。终于想到了现在这个题目,觉得还算贴切,学术研究的方法无非"阐释",学术研究的目的无非"创造"(传播也是一种创造)。《文艺研究》三十年,始终与历史同行,与中国当代文艺学术相依傍。因此在其用文字编织而成的锦绣华章之中,总能见出阐释者的语言风采和创造者的思想力量。

众所周知的是,如今的学术界,"批评"早已成为"表扬"的另一种形式,在人们日益感受到空前的学术繁荣背后,早已没有了学术批评的位置,"批评的缺席"似乎成了人们感慨最多,也是谈论最多的一个话题。我曾经在一次由中国作家协会理论委员会召开的座谈会上指出:

我们今天所面对的是一个批评缺失与理论匮乏的时代,虽然在当下学术界并不缺少各式各样的批判的武器,虽然在我们身边充斥着来自发达国家阵容齐整的理论资源,但是,又有多少能够有效地解释中国当下社会文化问题和文学问题的理论,更不用说能够有效地改变当前文化现状的理论了。理论如果失去对于人类精神方式的关注，失去对现实问题发言的能力，实际上就被放逐到了社会的边缘，它最终将会成为徒具神圣的外表而无所作为的"躯壳"。理论在丰富中匮乏和批评在缺失中泛滥，这种看似悖论的描述并非是一种语言或文字的游戏，而是一种我们无法回避的现实。

但是，正如谈论某种困境和危机是一回事，而真正在实践的层面去改变造成危机与困境的现状是又一回事，改变"批评的缺失"不仅仅是个理论问题，更是个实践的问题。正是在这样的背景下，《文艺研究》愿意承担相应的责任，为此建立了"当代批评"和"书与批评"两个专门以推进批评建设为宗旨的栏目。这套丛书分为各自独立的三卷，分别以刊物的主导栏目为题，可以约略展现出《文艺研究》在近十年中所着力营造的学术空间：

批评的力量

《文艺研究》自 2003 年设立"书评"栏目，2005 年设立"当代批评"栏目（2005 年改为月刊之后，"书评"更名为"书与批评"），旨在加强当代学术批评建设。"书与批评"、"当代批评"均为《文艺研究》举学界之力重点建设的栏目，在此期间所发表的一百三十余篇思想敏锐、观点鲜明、风格犀利的文章，在学界享有声誉。该"批评卷"分为"当代批评"、"书与批评"两部分，前者主要包括"当代文学批评"、"当代艺术批评"和"批评现状的研究"；后者则为别具风格的"独立书评"。该卷的特色在于，《文艺研究》向以"基础理论研究的重镇"称誉学界，但在 2003 年之后，其针对学术界某些不良风气及现状所展开的批评，是对《文艺研究》传统形象的丰富和改变，也是改为月刊的《文艺研究》在办刊风格和理念上的适度调整。

理论的声音

这部分专题涉及《文艺研究》传统学术领域，也是其传统风格之集中体现。它包括：美学、文艺学、综合艺术、造型艺术及相关专题论文。2003 年以来，《文艺研究》既保持了对于基础理论研究一以贯之的重视，又加强了对于学术与艺术现状的研究。在美学研究领域中，对于"现代审美主义"、"古代文论的创新与发展"、"日常生活审美化"、"文学意识形态与文化研究"和"全球化时代的后殖民理论"等问题的研究成果，一经本刊发表，即受到学界的广泛关注，并产生了开风气之先的影响；在艺术学领域，《文艺研究》既有对于传统艺术门类（戏剧、音乐、美术理论）的研究，又拓展了对于"媒介理论""影视符号学""艺术的视觉方式""新媒体艺术""传播学"等前沿领域的探索。从该卷中，读者可以看到中国当代美学、文艺学和艺术学发展的历史及其演化的轨迹，在某种意义上，这部分文字也代表了当代中国美学与艺术研究所能达到的水准。

学者之镜

《文艺研究》自 2003 年设立"学者访谈"栏目（2005 年改为月刊之后，栏目名称为"访谈与对话"），至今已经发表文章 60 余篇，近百万字。"访谈与对话"栏目的主体均为国内外学界广有影响的学者、作家、艺术家。其中既有著述等身、经验丰富的学界耆宿，也不乏当代颇具影响力的学界新锐。更为重要的是，在接受《文艺研究》杂志采访的五十余位著名学者中，目前已有数位学者谢世（启功、敏泽、林庚、钱仲联、葛一虹、贾植芳诸先生），他们所留下的语言和思想、性格风貌，至今已成绝响。将国内数十位重要学者（作家、艺术家）的访谈录、对话录结集出版，不仅可以其治学之道路昭示后人，更可以其精弘之思想启迪来者。本卷分为"访谈"与"对话"两部分。访谈主要为学界前辈与采访者之间的交流，对话则为学界新锐之间的思想互动，均各有千秋，能收雅俗共赏之效。

说到这里，我不能不为形成《文艺研究》传统主体和特色的风格做一点辩护。"基础理论"是《文艺研究》从其创刊伊始就在关注，并以此作为刊物生命与特色的标志。虽然，在时代的发展中，今天看来，文艺的基础理论多多少少有些被边缘化的感觉，人们热衷于谈论与当代显学有关的知识，基础理论的命运与某些纯理论、纯学术一样，都遭受着被冷冻的境遇，面临着被强势话语解构的危险。但是我们坚信，尽管文艺的基础理论在当下阶段中缺乏具体而实用的价值，在各种学术明星来去匆匆纷然亮相的舞台之上已经很难看到它们的位置和身影，但是它们终会出现在历史再度需要它们的时候。

一本刊物的历史能够标志一个时代理论思维的路径，能够浓缩一个时代的学术思想史，这是《文艺研究》创刊三十年始终追寻的一个目标。太史公言：虽不能至，心向往之。这也许就是我们的一种心境和追求。与历史同行,其实并非轻松的话题,有时看似学术的积累在发展中渐至高潮,但是一个轮回之后,也许仍然只是原地踏步,抑或出现无可奈何地向下坠落也未可知。我们看惯了热烈之后的飘零和冷寂,听惯了各种各样以"学术"为话题的言说,但是当代学术的命运始终不那么让人放心,原因就在于强大的市场经济早已成为可以操控一切、包括学术命运的力量。的确,我们从来没有像今天这样深深感受到资本力量的强大,它既能够深刻地影响我们今天的现实,显而易见地改变我们身边的社会,也能够在难以想象的程度上左右我们对于现实的认识。因为人们在舒适的状态或困窘的状态中对于精神、学术、理论的看法是会出现巨大的偏差的。这恰恰是历史的发展所带来的困局,它似乎改变了人们以往对于政治标准、艺术标准和学术标准的传统认知,使我们一旦从传统社会走向现代社会,好像就再也无法回到原点,无法回到我们今天看起来那样美好、值得永远怀念的生活中。但是尽管如此,我们仍然不会放弃这样的期待:无论历史发生怎样的改变,学术终将以其潜在的能量,以其批判的锋芒,以其思想的声音,来顽强地显示它的存在,并将最终带领人类走出由他们一手制造的困境与危机。

目　录

文学理论

文化研究

美学与社会理论

学术史研究

艺术理论

文学理论

论马克思主义文艺学在当代的发展和意义

王元骧

一

马克思主义"不是教条,而是行动的指南"①,因此它必然随着现实的发展而发展,唯此才能显示出它的生命和活力,马克思主义文艺学也不例外。

推进马克思主义文艺学在当代的发展既是现实的需要,也是理论自身发展的需要。就理论自身发展的需要来说,我觉得我们以往的马克思主义文艺学研究并没有完全理解马克思主义的精神实质,只是把马克思主义文艺学放在意识与存在的关系这一哲学基础上,仅仅从认识论的视角——具体说是从唯物主义反映论的视角去进行研究,并把唯物与唯心当做区分马克思主义和非马克思主义的基本准则,这就把马克思主义哲学和文艺学"近代化"了(因为按恩格斯的理解这是"近代哲学重大的基本问题"②)。

我这样说,丝毫没有否认从认识论视角研究马克思主义文艺学的重要性,因为"我们的意识和思维,不论它看起来是多么超感觉的,总是物质的、肉体的器官即人脑(对外界反映)的产物"③。作为精神现象之一的文学艺术自然也不例外。因而,我们也只有通过认识论视角的研究才能找到文学艺术的现实根源。这对于维护文艺理论的科学性,确立评价文艺作品的客观真理性的标准都是不可缺少的。

但我们在肯定认识论视角重要性的时候,必须看到,马克思主义认识论——能动的反映论与近代唯物主义的认识论——直观的反映论是有着根本区别的,我认为这种区别包括这样三个方面:

第一,旧唯物主义的认识论是直观的,而马克思主义的认识论是实践的。虽然马克思主义与以往的一切唯物主义一样,把精神的、意识的东西——包括文艺在内,都看做是对客观现实反映的产物,但认为这种反映不是机械的、消极的,只是人的头脑对现实的一种简单的复制和摹写,而总是在实践的基础上产生的，不论是认识的主体还是客体，都是由实践分化而来，并随着实践的发展而发展的。就客体方面来说，它并非是与生俱来的自然界，而是"历史的产物，"是人类"世世代代活动的结果"①，其中无不打上人的活动的印记。也就是说，只有当自然通过人的活动与人建立了关系，成为一种"人化的自然"，一种"属人的世界"之后，才有可能成为人们反映的对象。就主体方面来说，虽然人对世界的反映都必须通过一定的感觉器官，但是这种感官已不同于"自然的感官"，而是一种"人化的感官"，也就是说，它的背后总是联系着人的一定的认知结构，是这种认知结构对外的门户。人的一切认识活动只有通过一定的认识结构的整合和同化才能被意识所掌握。而这种认知结构不是先验的，归根到底是由人的实践经验概括、提升、内化而来，同样是随着实践的发展而发展的。按照这样的观点来看待文艺，作品就不像西塞罗所说的只不过是生活的一面"镜子"，只是作家对生活简单的模仿和记录，而总是这样那样体现着他对生活的认识和理解；作家也不是像巴尔扎克所说的只不过是社会的"书记"，他只是以旁观者态度来记述生活的变故，而是生活积极的参与者，他的作品本身就是他生活实践的成果，是他人生经验的结晶。一切外界的事物只有通过作家的生活实践成为作家所深切感受和体验到了的东西，成为他自身生活的一部分，才能反映到他的作品中来，并有望在他的作品中获得成功的表现。

第二，旧唯物主义的认识论是唯智的，而马克思主义的认识论并不排除情感和意志的参与和作用。这是由于旧唯物主义的认识论是在知识论哲学的基础上发展起来的，它以求知为本，是属于亚里士多德的以研究事物本质为目的的"理论科学"的部分。但是由于亚里士多德的本体论也没有完全排除对"善"的追求，仅仅被看做是一个"真"的问题，所以他也没有把哲学研究看做是纯粹的理智活动而完全否定哲学家的感性的经验和求善的热忱⑤。只是到了培根以后，在自然科学的影响下发展起来的近代哲学，才逐渐使认识主体完全理智化、工具化，成为一个纯粹的认识主体，成为笛卡尔哲学中的一个"在思维的东西"，黑格尔哲学中的"无人身的理性"；在研究方法上，也更多地直接套用数学的方法，试图像数学那样以演绎和推理来扩大知识，并因一味地强调逻辑的、演绎的，而发展成为一种思辨的形而上学。这种纯思辨的精神反映在文艺理论中，就是认为文艺的内容与科学是一致的，所不同的只是彼此形式上的区别，即科学是以概念、文艺是以形象来反映生活的。这样，也就使文艺由于疏远了与感性世界的联系而失去了它自身存在的相对独立的价值,以致被人们看做只不过是政治、道德的附庸。培根虽然是近代哲学的创始人之一,但是他不同于后来的唯智主义者,他认为"人的理智并不是干燥的光,而是有意志和情感灌注在里面的",它们往往以"觉察不到的方式渲染和感染人的理智"⑥。马克思对培根的这一观点十分欣赏,说:"唯物主义在它的第一个创始人培根那里,还在朴素形式下包含着全面发展的萌芽。物质带着诗意的感性光辉对人的全身心发出微笑",但"在以后的发展中变得片面了……感性失去了它鲜明的色彩,变成了几何学家的抽象的感性……唯物主义变得敌视人类了。为了在自己的领域内克服敌视人类的,毫无血肉的精神,唯物主义只好抑制自己的情欲,当一个论马克思主义文艺学在当代的发展和意义禁欲主义者。它变成理智的东西,同时以无情的彻底性来发展理智的一切结论"⑦。后来,恩格斯在《〈社会主义从空想到科学的发展〉英文版导言》中,又几乎一字不差地复述了这一段话。这表明与以往唯智主义的认识论不同,马克思主义把认识主体看做是一个知情意的统一体,因而认为反映的内容不只限于对客观世界的认识,同时还带有主体自身情感和意志的成分。而文艺,就是人的意志和愿望的一种最生动的形象显现,从认识论的角度把文艺与科学区别开来,使文艺的审美特性得到应有的捍卫。

第三,由于旧唯物主义的认识论是以知识为本,"知识是意识的唯一的、对象性的关系"⑧,所以认识往往被看做是单向的,只是从客体向主体的运动;而马克思主义认识论不仅认为反映是经过主体认识结构的整合和同化而做出的,而且认为认识主体是一个整体,所以在反映过程中是不可能完全排除主体的情感和意志主体的需要和愿望的渗透,所以反映就不只是客体到主体的单向运动,也包括主体对客体的选择和建构的过程,外部世界只有经过主体的选择和建构才能反映到意识中来。这就使得反映到人的意识中来的东西,在不同程度上总是这样那样地打上主体自身的印记,而不可能只是对客体的简单的摹写和复制,只是一种纯粹的事实记录,所以恩格斯把"理想的意图"也看做与"感觉、思想、动机、意志"一样,都是对现实的反映,他批判施达克"把对理想目的的追求叫做唯心主义",说"如果一个人只是由于追求'理想的意图'并承认'理想的力量'对他的影响,就成了唯心主义者,那么一个发育得稍稍正常的人都成了唯心主义者了,这样怎么还有唯物主义者呢?"⑨列宁认为:"人的意识不仅反映客观世界,并且创造客观世界。"⑩之所以能创造世界,以我的理解就是在反映过程中所形成的"理想的意图"和所激发的"理想的力量"所导致的结果。这是直观反映论所难以望其项背的。我们指出文艺是作家理想、愿望的形象显现，也就意味着它不仅满足于人的认识，而且还有激发人的行动的作用。这样，就突破了旧唯物主义认识论的唯科学主义的倾向，而使得价值论成了马克思主义认识论中的应有之义。

所以，要使马克思主义文艺学研究在当代得以发展，我觉得不应该以否定和推翻认识论视角研究来开路，而恰恰应该从深化认识论研究中来求得突破；唯此，马克思主义文艺学才会有一个坚实的思想基础。这是我们首先必须说明的。

二

尽管认识论视角研究在马克思主义文艺学建设中地位如此重要，但是它毕竟是在传统的知识论哲学的基础上发展起来的。18 世纪以来，随着"人"的逐渐被认识和"人"在哲学中的地位的不断提高，以及由于启蒙运动思想家所提倡的理性万能论而致使科学的发展离开了人这一目的，而反过来成为对人的一种奴役，哲学家逐渐改变了思维方式，变本来的从物出发为从人出发，不仅认为作为人类生存的世界本身就是人的活动的产物，而且认识到知识本身不是目的，唯有当它能用来改善人们的生存境遇，促使人类自身的完善进步的时候，方才值得肯定。康德就曾把那些抱着唯科学主义理想的科学家比作"独眼怪"，说"他们需要再长一只眼，以便能从人的角度来看待事物。这是科学人道化的基础，即评价科学的人性标准"①。这就推动了西方哲学从认识论研究向实践论研究转轨。在这一点上，马克思主义哲学是与现代西方人本主义哲学的发展同步的，如在谈到自己的哲学与旧唯物主义的区别时，马克思曾明确地指出："旧唯物主义哲学的立足点是'市民'社会，新唯物主义的立脚点则是人类社会或社会化了的人类。"②表明它就立足于人，是为了解决人类社会的问题来进行研究的。所以认识论研究尽管重要，但毕竟不是马克思主义哲学研究的最终归宿，不是马克思主义哲学的根本精神之所在。那么，马克思主义哲学最根本的性质是什么呢？我觉得它集中地体现在马克思所说的这句话上："（以往的）哲学家们只是用不同的方式解释世界，而问题在于改变世界。"③后来马克思、恩格斯又把他们的哲学称之为"实践的唯物主义"，并强调"对实践的唯物主义者,即共产主义者说来,全部问题都在于使现存世界革命化,实际地反对和改变事物的现状"⑭。所以葛兰西把马克思主义直接称为"实践哲学",这名称虽然笼统,但我觉得却是符合马克思主义的基本精神的。因此,我们要发展马克思主义文艺学,就不仅要使之从近代唯物主义的直观认识论中突破出来,而且还要超越对它作纯从认识论视角的研究,以求认识论视角和实践论视角研究的接轨。

那么,实践论哲学与认识论哲学有什么根本区别呢? 就最根本的一点来看,我认为与认识的从存在向意识转化、走向主客二分的运动路线不同,实践是意识向存在回归、走向主客合一的运动。因为实践作为确立目的,采取一定手段,通过意志努力,在对象世界实现所预定目的来满足自身需要的活动,它不像认识活动那样可以以思辨的形式来获取知识、拓展知识,而总是在现实世界中进行的。所以亚里士多德把形而上学、数学、物理学归之于理论科学,而把伦理学、政治学、理财学都归之于实践科学。尽管马克思主义所理解的"实践"的具体内容与亚里士多德和现代西方人本主义哲学并不完全相同,它主要是从历史唯物主义的观点出发把实践理解为人的感性物质活动,特别是生产劳动这一人类最基本的实践形式,既不像亚里士多德、康德所理解的只是个人的道德行为,也不像现代西方人本主义哲学所理解的只是人的生命活动和生存活动,或像实用主义所理解的只是应对日常事务的操作活动,但是,在把实践都看做是意识回归存在的活动,是与"知"相对的"行"的活动这一点上是一致的。它的具体的特点,我们不妨通过与认识活动的比较来做以下说明:

第一,认识是为了"求真",是对客观事物性质的把握,它的真伪从根本上取决于是否符合客观事物的本质规律。尽管亚里士多德的"符合论"在后世不断受到质疑,认为它无视主体条件的限制以及认识所达到的真理的相对性,但不论怎样还不足以完全推翻客观事物是评判真理的最终依据这一事实,否则就会导致相对主义和不可知论。这决定了认识论文艺观总是客体至上,以作品能否真实反映客观生活的内在真实为最高的评价标准。这样,就把人自身的精神需求排除在外了。而实践是为了"求善",是通过创造价值来满足人的需要,包括物质需要和精神需要,所以亚里士多德认为"一切实践和选择都以某种善为目的"⑮,如果离开了人,离开人的求善的目的,实践也就没有意义。这样,就凸显了"人在世界上的中心地位和本质的优先地位"⑯。所以从实践论的观点来理解文艺,就不是把它看做仅仅是为了给人以知识,而表明文艺的存在价值是为了满足人的精神的需要,是在现实生活中为人们营造一个精神的家园,以满足人们求善的心愿,激发求善的信心、勇气和力量。就像恩格斯在《德国的民间故事书》中所说的那样:这些民间故事可以使劳累了一整天、拖着瘦弱的身躯回来的农民忘记了生活的劳顿,仿佛自己贫瘠的土地是美丽的花园;可以使生活贫困的手工业作坊的学徒沉醉于梦想,把自己寒碜的小阁楼变成宫殿般的诗的世界……总之,它可以使他们从中找到慰藉、欢愉,使他们看到自己的力量、权利和自由,增添对生活的信心和勇气,激起对祖国的爱[17]。

第二,由于认识是为了"求真",所追求的是一种普遍有效的知识,以致传统的认识论往往把事物的现象与本质二分对立,把个别的、偶然的、现象的、可变的东西都看做是不真实的来加以排斥,并热衷于借助逻辑的、演绎的方法来扩大知识的领域,这就使得在认识过程中,主体总是以抽象的社会主体的身份来参与活动。尽管马克思主义反对把认识主体完全理性化、无人身化,但由于知识是社会的意识,以追求普遍有效性为最高准则,因而认识主体也必然是指社会主体,所以在反映的结论中,个人的感觉、情感、意志、愿望总是被排除的,否则就会影响到结论的客观性和普遍有效性。这就使得认识论文艺观很容易走入这样的误区,像黑格尔那样认为以可变的事物为对象,以感性、个别的形式来反映生活的文艺只能是一种低级的认识形式,它终究必将为科学所取代;或像车尔尼雪夫斯基那样认为它只不过是作为一种生活的"替代物",当我们不能直接经历某种生活时却能起到认识这种生活的作用。而实践既然是为了求"善","善"是外部现实性的要求,这就决定了实践总是面对客观现实,通过实际的操作活动来完成的。而感性现实是复杂多变的,因此要使实践获得成功,就不能仅凭抽象的逻辑推理,还需要实践主体根据客观条件的变化做出自己的分析、判断和机动灵活的处理。所以亚里士多德认为"一切实际活动,一切生成都与个别相关"[18]。因此,在实践活动中,人们不仅需要了解一般,而且还必须"通晓个别事物";这就不能仅凭"理智",而且还需要"明智",根据具体环境和条件自由、灵活地采取自己行动方式的智慧[19]。这都表明实践主体不是抽象的社会主体,而只能是具体的个人主体。所以在实践活动中只有当人们把自己的全身、自己的理智、意志、情感,意识和无意识心理,智慧和体能都调动起来,投入其中,才有望获得成功。这样反映在认识活动中被理智化、工具化、抽象和分解了的人,在实践活动中就复归统一,还人以作为"有生命的个人的存在"自身独特的地位和价值,这就是马克思说的"人只有凭借现实的、感性的对象才能表达自己的生命"②的理由。而文艺是以审美情感为心理中介与生活建立联系的,情感不仅总是在一定的现实关系和具体情境中产生,而且它与认识和意志有着不可分割的内在联系,因而它的发生除了暗中潜伏着人们对自身所处的主客观关系的认识和评价之外,还必然会对人的行为直接、间接地起着激发和驱动的作用,它对人的影响是全身心的。这些特点都只有当我们引入实践论的观点去进行研究,才能做出科学而准确的解释。

第三,由于认识的目的是为了把握事物的本质规律,这些普遍的、本质的、共同的东西只有排除个别的、偶然的现象才能提取,因此认识总是与生活不断趋向分离,不再俯就和屈从于现实生活中所实际存在的东西。按照这种超拔的、理智的态度,就必然引申出文艺只是一种供"观照"(静观)的、"沉思"的对象。这两个概念在古希腊哲学中都带有"思辨"的意思而且往往是彼此互用的,因为"思辨"(theoretike)是从动词"theoreo"(观看、观察)派生出来,汉译往往根据英译"contemplate"、"speculate"译作"静观"、"沉思"、"思辨"②。柏拉图最早提出通过审美可以"观照"理念世界,指的就是一种纯精神的活动。康德在解释"观照"时认为它着眼于事物的"表象"而不关注事物的"实体",它对实体的存在是"淡漠的"②,其实也带有这种倾向。虽然康德理解的"观照"与斯多葛主义的那种不关世事、只求个人心境宁静的"养心术"不完全相同,他受基督教神学把观照看做是通达上帝的"精神眼睛"的思想的启示,认为唯此才能排除欲念,进入到"至善"的境界,但就"观照"本身来说,它毕竟是属于认识领域的,它强调的是与生活的分化和距离。而实践则要求回归生活,因为实践既然是为了求"善",善是外部现实性的要求,务使在对象世界实现自己的目的来满足自己的需要。培根很早就认为诗与"使人服从于自然本性"的认识活动不同,"它能使事物的外貌服从于人的愿望,可以使人提高,使人向上"②,表明它对于人的思想和行为具有一种积极导向作用,所以列宁把"教导人、引导人、鼓舞人"看做是衡量一切"真正的文学"最根本的标准②。出于这样的认识,许多作家都把创作看做为自己理想而奋斗的行动,认为"文学把你投入战斗;写作,这是某种要求自由的方式,一旦你开始写作,不管你愿意不愿意,你已经介入了"②。

所以我认为开展实践论视界的研究不仅是全面准确地理解马克思主

义的精神,推进马克思主义文艺学在当代发展的需要,而且也是实现马克思主义文艺学中国化的一条重要的途径。因为与西方知识论哲学的传统不同,我国传统哲学就是一种人生论哲学,它强调的就是一种"践履"的精神,尽管与马克思所说的实践不完全相同,但在强调对现实的介入这一点上,却是完全一致的。

三

认识与实践在西方哲学史上长期以来一直处于分割的状态,这是由于古希腊哲学的集大成者亚里士多德把哲学分为"理论科学"和"实践科学"时,认为理论科学研究的是"不变的事物",亦即事物恒定的本质;而实践哲学研究的是"可变的事物",即发生于变动不居的现象领域的东西,它只有现实性的意义而不具有真理性的、终极的、形而上学的价值,并认为理论科学的"研究对象是存在的东西中最贵重的",是各种科学中"最高尚的科学",因而思辨、静观的生活也是"最大的快乐",是只有"神所能享受的洪福"⑩,所以理论哲学也就高于实践哲学。这样一来,理论与实践也就分离了。康德从批判传统形而上学本体论入手,把本体论改造成认识论中的构成原理和伦理学中的范导原理,亦即"至高的善",批判了知识本体论而保留了道德本体论,强调它对人的行动的立法功能,以此来把人不断地引向自我超越,从而提出实践高于理论。这是他的重大贡献。但在另一方面,与亚里士多德一样,他把理论与实践也看做是分离的,因为在他看来,理论只能认识"现象世界"而不能认识"本体世界",他作为道德本体设定的"至善"也只不过是一种"道德的确实"而非"逻辑的确实"⑪,只可思之而不可知之。所以不仅没有克服亚里士多德把理论与实践分割对立的倾向,反而使这种分割对立更趋尖锐,以致后来有些学者索性把"真理"加以悬置,只致力于探讨与现实相关的"意义"的问题,这就进一步加深了认识与实践的分裂。这直到马克思主义哲学产生才得到彻底的解决。马克思主义不仅在"活动论"的基础上把认识与实践统一起来,认为实践作为人的一种有目的的活动总是以确立目的为前提的,而一切切实可行的目的都不可能完全是主观意愿的产物,而是在对客观规律的正确认识、评价和选择的过程中所确立的。这样认识就不仅源于实践,而且又回归实践,所以,只有当理论为实践所验证并对实践发生作用时,才有它的价值,而且认为这种实践不应只限于伦理的领域,而应扩大到整个人类变革现实的活动,首先是物质生产活动,由此创立他的历史唯物主义的学说,把历史界定为就是"追求着自己目的的人的活动"㉒,"人类史同自然史的区别就在于它是我们自己创造的"㉓。通过对人类社会发展的客观规律的分析,指出人类社会历史发展的最终目标就是为了消灭剥削、压迫,在人类社会实现美好的共产主义理想,从而使马克思主义成了"无产阶级解放运动的理论"㉔。这就等于把整个人类历史的发展看做是一个人类追求认识与实践统一的过程,使历史的目的论(理论的)在人的活动论(实践的)中找到了最终的归宿,表明唯有通过人的活动,才能使认识与实践达到统一。早在《1844 年经济学哲学手稿》中,马克思就指出理论与实践"这种对立的解决不只是认识的任务,而是一个现实生活的任务",以往的"哲学未能解决这个任务,正因为(以往的)哲学把这仅仅看做理论的任务"。而这个"现实生活的任务"是"只有通过实践的方式,只有借助于人的实践力量才是有可能的"㉕。稍后,他在《神圣家族》等著作中又更明确地指出"思想根本不可能实现什么东西,为了实践思想,就要有使用实践力量的人"㉖,又说"哲学把无产阶级当做自己的物质武器,同样地,无产阶级也把哲学当做自己的精神武器;思想的闪电一旦真正射入这块没有触动过的人民园地,德国人就会解放成为人","理论一经掌握群众,也会变成物质力量"㉗。这里所说的"人"自然是从宏观的、历史唯物主义的角度来说的,主要是指人类历史的创造者广大人民大众。由于实践不是一种抽象思辨活动,而是一种感性的物质活动,它不可能不落实到具体的个人身上,所以列宁说:"我从不说历史是由个人创造的,但是我在研究实际的社会关系以及实际的发展时,也正是研究个人活动的产物"㉘,表明在马克思主义哲学中,个人与社会、社会与个人是不能分离的。这是因为个人总是社会的人,是社会造就了"作为人的人","只有在社会中,人的自然的存在对他说来才是他的人的存在",因此,我们不能"把'社会'当做抽象的东西同个人对立起来。个人就是社会存在物"㉙。马克思、恩格斯之所以把"有生命的个人的存在"看做是"历史的出发点",就是由于"人作为人类历史的经常性前提,也是人类历史的经常的产物和结果,而人只有作为自己本身的产物和结果才成为前提"㉚。正是出于这一认识,在走向认识与实践统一的过程中,马克思非常强调要把理论落实在具体的人身上,他所说的"掌握群众",以我的理解就是进入人的内心,成为人们的思想、动机、理想、愿望,人们行动的目标、行动的心理能量和精神动力,所以马克思说"一个本身自由的理论精神变成实践的力量——这是一条心理学的规律"⑩,非此不能达到认识向实践的转化。

正是由于认识与实践的统一总是经过社会的、活动的人,经由人的内心、人的思想、动机、理想、愿望等内在的心理需求来实现的,这就不仅凸显了人在马克思主义哲学中的核心地位,而且也使得在马克思主义哲学中原本从理论上、从宏观意义所论述的认识与实践的统一,进入到人的心理和行为的领域,进而向微观的研究深入,从而为我们从认识与实践统一的视角来论证马克思主义文艺学提供了一个坚实的哲学基础,并使我们从历史的高度来认识和理解在人类走向认识与实践统一的过程中,文艺所承担的重大而特殊的使命。

而在人类走向认识与实践统一这一历史进程中,文艺之所以承担着这样的使命,就是因为文艺是一种社会意识的物化形态和物质载体。意识形态是一种价值意识的体系,价值意识与非价值意识(事实意识、科学意识)的不同就在于它是经由主体的价值评价和价值选择来反映现实的,是一定社会和集团成员的理想、愿望、利益、要求的集中体现,因而它对人的行为必然具有一种"定向的作用",即按照这种理想、愿望来确立自己行动的目的,指引自己的实际行动,使我们在现实的多种可能性中做出自己认为是正确的选择。它的功能就在于凝聚和动员一定社会的力量,共同参与到为自己的价值目标而奋斗的行列中去。我们通常所说的意识形态,就是指这样一种价值意识的体系而言。要是一个社会没有一定核心的价值观念对于社会成员的行为起着凝聚和动员的作用,这个社会对自己的成员也就失去了吸引力和认同感,它就必然要趋向瓦解。文艺的这一性质以往并没有为人们所自觉认识,是马克思主义通过对文艺在整个社会结构中的地位的科学分析,才第一次对它做出这样明确的阐述,并通过这一阐述来表明文艺在无产阶级实现自己伟大历史使命过程中的重要作用。我们以往阐释文艺的意识形态性时却明显地存在着无视意识形态的这种实践指向,而仅仅从认识的视角、从意识与存在关系的视角来加以论述,这显然不符合马克思主义的精神实质以及马克思主义对文艺性质的认识,而是按照近代哲学的思维方式来把马克思主义文艺学近代化了。

意识形态对人的行为的定向作用还只是就其一般功能而言,是一切意识形态的共同特征,但文艺不同于其他意识形态就在于它是属于马克思所说的一种以"艺术的掌握世界的方式"⑪,即不是以理论的、逻辑的、思想体系的形式,而是通过作家、艺术家的审美感知和审美体验,以审美情感以及在审美情感激发下的艺术想象、艺术幻想的形式来反映生活的成果。所以尽管就文艺的性质来说,它与哲学、政治学、伦理学等理性意识列于同一层面,就作品所表达的审美理想的内容来说,它与政治理想、道德理想、人生理想是互渗的、会通的,但却又与以思想体系形式出现的哲学、政治学和伦理学等理论形态不同,它把理性的内容融化在审美感觉和审美体验之中,依对形象的感知来打动人心,从而使得读者在接受作品的思想内容时不受任何理性的强制,而完全交付给自己的感觉和体验去判决。这就使得文艺作品不仅人人乐于接受,而且比其他意识形态更能深入人心,更能在读者的内心深处扎下根来,转化为读者自己内心的理想、信念、期盼和梦想,读者自己的人格无意识。由于人的行为并非都是在意识和理性支配之下,在很大程度上是在无意识和非理性心理(如需要、意向、欲望、情感、意志等)驱使下进行的,这就使得文艺对人的行动不仅与其他意识形态一样具有"定向的作用",而且还具有以思想体系形式出现的意识形态所不可能具有的"激励的作用",更能转化为激励和驱策人们行动的心理能量和精神动力。

如果这样来看待问题,我们就突破和超越了传统马克思主义文艺学研究中纯认识论的倾向,对文艺的性质有了更全面而深入的认识,既与西方现代人本主义哲学和实用主义哲学,以及在这些西方现代哲学影响下产生的西方现代文艺学的"实践论转向"趋于同步,又能坚守马克思主义的科学性、理想性的品格和作为"无产阶级解放运动的理论"的基本精神而与它们划清界限。这就是我所理解的马克思主义文艺学在当代发展的基本内容和所要解决的根本问题。

四

以上,我们只是就马克思主义文艺学在当代的发展所做的一些学理上的探讨,这种学理本身的探讨对于我们克服理解的主观性、随意性,坚持马克思主义的科学精神具有不可忽视的重要意义。但是我们也应该看到,这些学理上的阐述在当今世界、包括我国在内正面临着严峻的挑战。就我国来说,这些年来,随着经济体制的转轨以及全球化进程的加速,由于经济利益的驱使以及西方资本主义文化的渗透,一向为马克思主义所批判的商业文化、消费文化正在我国泛滥成灾、大行其道,充斥了荧屏、网络、书报、杂志等视听空间;而真正美的文艺竟被逼到几乎无地可容的地步。文艺的功能被解释为只不过是让人们通过宣泄情绪来图个轻松,或通过幻想来达到欲望的满足,它已不再具有提升人、解放人的功能。这到底是马克思主义过时了,还是我们自己迷失了方向? 在当今新的形势下,我们在文化领域还要不要坚持马克思主义思想的指导,如何坚持这一思想指导? 这是我们今天研究马克思主义文艺学、认识和评价其理论意义所不能不认真思考的一个问题。

马克思主义把文艺的性质界定为一种社会意识形态,一种社会上层建筑现象,它的伟大贡献就在于要求我们把文艺放到整个社会结构以及人类解放的历史进程中去进行考察,以能否推动促进人的自由解放和人类社会的全面进步为评判标准,从而赋予马克思主义文艺学为其他任何文艺学所不可能具有的高远视界和恢宏目光。对于社会发展的理解,尽管马克思主义认为以经济的发展为基础和动力,以致我国有人把它简化为"吃饭的哲学"。但是与德国社会学家保尔·巴尔特为代表的"经济唯物主义"不同,它从不把经济看做是唯一的决定因素,而始终认为是以政治、法律、宗教等"上层建筑的各种因素"以及"许多单个意志的相互冲突"为中介来推进的⑨。所以马克思在从事理论活动时一开始就把目光投注在人身上,从批判资本主义"异化"劳动所造成的人的异化作为论述的出发点。他之所以提出共产主义社会是以"每个人的自由发展"为前提条件⑩,就是因为"共产主义是私有财产即人的自我异化的积极扬弃,因此是通过人并且为了人而对人的本质的真正占有;因此,它是人向自身、向社会的(即人的)人的复归……这种共产主义,作为完成了的自然主义,等于人道主义,而作为完成了的人道主义,等于自然主义,它是人和自然界之间、人和人之间矛盾的真正解决,是存在和本质、对象化和自我确证、自由和必然、个体和类之间的斗争的真正解决"⑪。这就是他所理解的人的自由解放的基本内涵,也是马克思之所以这样重视美、文艺在现实人类自由解放过程中的作用的原因。因为审美作为一种观照活动会使人的"需要和享受失去了自己的利己主义的性质,而自然界失去了自己的纯粹的有用性",而使"效用成了人的效用",使得"这些感觉和特性无论在主体上还是在客体上都变成人的"⑫。他对于文艺的价值,也正是从这一思想高度和思想背景,即从实现人的自由解放这一历史进程中的意义和作用的方面来进行阐释和评判的。所以他认为对于作家来说,作品就是目的而不是手段,"诗一旦变成诗人的手段,诗人也就不成其为诗人了"。他痛斥资本主义社会使作家创作失去了自己的目的而变为仅仅为了谋利的手段,使作家从"非生产劳动者"变为"生产劳动者",而仅仅为资本、利润来进行创作,提出对于真正的艺术家来说,他"决不应该只为了挣钱而生活、写作……作品就是目的本身……所以在必要时作家可以为了作品的生存而牺牲自己个人的生存"⑤。

历史的发展走着一条曲折的道路,随着资本主义从"工业社会"进入"后工业社会",文艺商品化的现象也在进一步地加剧。后工业社会既是一个信息社会,又是一个消费社会,当今资本主义社会生产的高速发展就是通过高消费来推进和维持的。这样一来,人就从早期资本主义社会的机器的奴隶进一步被塑造成了物欲的奴隶,致使人们往往把追求个人的、当下的、即时的享受当做人生的根本目标。在商业利润的驱动下,在西方资本主义社会文艺也被纳入到商品的轨道,在对外进行文化输出、对内进行意识形态控制的同时,也为西方资本主义国家带来了巨额的利润,以致我们有些人也对之垂涎三尺,以西方资本主义社会文艺的生产模式马首是瞻,在我国迅速推进文艺商品化的进程,把收视率、票房价值、发行数、赢利指标当做衡量文艺作品成败的唯一标准,看不到这些大众文化、消费文化、商业文化在西方蓬勃兴起的社会根源和思想根源,它所承担的意识形态职能,以及它在人民群众中所产生的消极影响。在这一点上,不少西方学者都比我们的头脑要清醒认识要深刻得多,他们认为它是与消费社会所造就的"当代个人主义"的发展同步前进的。当代个人主义不同于工业社会的个人主义,如果说在 17、18 世纪,资产阶级还意识到个人的利益是需要以社会的利益为保障的,还强调要把个人利益和社会义务与社会公益统一起来,那么,消费主义、物欲主义则造就了一个几乎完全丧失社会责任而"不顾一切追求自身快乐的'我'",以致顾影自怜,由于对自己在水中的倒影的爱慕憔悴而死的那喀索斯则成了当代个人主义的象征,美国当代学者克里·拉什把它概括为是一种"自恋型"的人格。而大众文化、消费文化、商业文化以及它们所宣扬的价值观、伦理观和审美趣味,在这种自恋型的人格形成的过程中却无时无刻不在起着推波助澜的作用,如同法国学者吉尔·利波维茨基所说的:这种"消费的革命及其享乐主义的伦理悄悄地微型化个体,通过将个体深层意识中的社会信仰慢慢地淘空来实现心理论与社会现实的嫁接,而变成大众的一种新的特有的行为方式,'物质主义'在富足社会变得变本加厉了……这种文化的核心在利用可加选择的孤立以实现主体的膨胀……"⑩，正是由于个体与社会丧失联系而沉溺于封闭的自我，精神危机也就随之而来，所以，它与马克思所说的人的自由解放、人的全面发展，与社会主义先进文化的方向，以及文艺为广大人民群众服务的宗旨是完全背道而驰的。但令人遗憾的是这种消费文化、商业文化在当今我国正处于日趋蔓延之势，并有学者出来鼓吹说这是我国进入"全球化时代"的标志，它预示着我国文艺发展的方向。

对于我国的这种情况，马克思主义文艺学应取什么态度？这首先关涉到我们对马克思主义文艺学性质的认识的问题，即从马克思主义的观点来看，我们的文艺学是工具性的、说明性的，还是反思性的、批判性的？前面我们曾经谈到马克思的名言："（以往的）哲学家们只是用不同的方式解释世界，而问题在于改变世界。"而要改变世界，首先就得要对世界的现状进行反思，做出分析、评判，然后才有可能确立我们行动的目标，采取行动的方式。根据这一认识，我认为西方马克思主义，特别是其中法兰克福学派的代表人物，如霍克海默、阿多尔诺、马尔库塞等人对于大众文化所持的批判态度，继承和发扬了马克思主义这一基本精神。我国学界由于长期以来受了经验主义、实用主义的影响，很少认识和理解理论的这种反思和批判的性质，而往往一味追求以解释和说明现状为能事。这样，就使得我们的理论缺乏一种前瞻的目光，总是跟在现实后面亦步亦趋，不仅使得理论在改变现状方面显得无所作为，而且还把这种对现状所持的批判态度视之为与"大众立场"相对立的"精英主义"，是一种"审美乌托邦"。且不说这种把精英立场与大众立场、理想与现实分割开来、对立起来的观点能否成立，就说如果按这种以说明、解释现状为旨归的观点来看待理论，那么它怎么还有推动现实的发展和进步的可能？它的存在还有什么意义和价值？所以，我觉得我们今天来研究马克思主义文艺学，探讨马克思主义文艺学在当代的发展，就应该把学理上的探讨与捍卫马克思主义这种反思和批判的精神结合起来，把马克思主义作为认识、反思、评判现状的思想武器，从推进和实现人的自由解放，社会的全面进步这一历史的高度，来研究我们当今的文艺现象，从中发现和提出值得我们去思考和解决的问题，以求我们的文艺沿着社会主义和真正人民大众的方向健康地发展。

① 马克思、恩格斯语,转引自列宁《论策略书》,《列宁全集》第21卷,人民出版社1959年版,第23页。

②③⑨ 恩格斯:《路德维希·费尔巴哈和德国古典哲学的终结》,《马克思恩格斯选集》第4卷,人民出版社1972年版,第219页,第223页,第228页。

④⑭ 马克思、恩格斯:《德意志意识形态》,《马克思恩格斯选集》第1卷,人民出版社1972年版,第48页,第48页。

⑤ 参见张世英《希腊精神与科学》,载《南京大学学报》2007年第2期。

⑥ 培根:《新工具》,《西方哲学原著选读》上卷,商务印书馆1981年版,第351页。

⑦㉘㉜ 马克思、恩格斯:《神圣家族》,《马克思恩格斯全集》第2卷,人民出版社1957年版,第163～164页,第118～119页,第152页。

⑧⑳㉛㉟㊅㊉ 马克思:《1844年经济学哲学手稿》,人民出版社1985年版,第127页,第124页,第84页,第79页,第77页,第81页。

⑩ 列宁:《哲学笔记·黑格尔〈逻辑学〉一书摘要》,《列宁全集》第38卷,人民出版社1957年版,第228页。

⑪ 康德语,转引自古雷加《德国古典哲学新论》,沈真、侯鸿勋译,中国社会科学出版社1993年版,第31页。

⑫⑬ 马克思:《关于费尔巴哈的提纲》,《马克思恩格斯选集》第1卷,人民出版社1972年版,第18～19页,第19页。

⑮⑲ 亚里士多德:《尼各马科伦理学》,苗力田译,中国社会科学出版社1999年版,第1页,第130页。

⑯ 伽达默尔:《论实践哲学的理想》,《赞美理论》,夏镇平译,上海三联书店1988年版,第70页。

⑰ 恩格斯:《德国民间故事书》,《马克思恩格斯论艺术》第4卷,人民文学出版社1966年版,第401页。

⑱㉖ 亚里士多德:《形而上学》,苗力田主编《古希腊哲学》,中国人民大学出版社1990年版,第495页,第561页。

㉑ 参见苗力田主编《古希腊哲学》,第578页注。

㉒ 康德:《判断力批判》上卷,宗白华译,商务印书馆1964年版,第46页。

㉓ 培根:《学问的推进》,伍蠡甫主编《西方文论选》上卷,上海译文出版社1979年版,第248页。

㉔ 列宁语,参见埃森《会见列宁》,《列宁论文学与艺术》(二),人民文学出版社1966年版,第891页。

㉕ 萨特:《什么是文学?》,《萨特文论选》,施康强译,人民文学出版社1991年版,第136页。

㉗ 康德:《纯粹理性批判》,蓝公武译,商务印书馆1960年版,第546页。

㉙ 马克思:《资本论》第1卷,《马克思恩格斯全集》第23卷,人民出版社1972年版,第409～410页。

㉚ 列宁:《第二国际的破产》,《列宁全集》第21卷,人民出版社1958年版,第198页。

㉝ 马克思:《〈黑格尔法哲学批判〉导言》,《马克思恩格斯选集》第1卷,人民出版社1972年版,第15页。

㉞ 列宁:《民粹主义的经济内容》,《列宁全集》第1卷,人民出版社1955年版,第387页。

㊱ 马克思:《资本论》,《马克思恩格斯全集》第26卷(Ⅲ),人民出版社1974年版,第545页。

㊲ 马克思:《德谟克利特的自然哲学和伊壁鸠鲁的自然哲学的差别·附注》,《马克思恩格斯全集》第40卷,人民出版社1982年版,第258页。

㊳ 马克思:《〈政治经济学批判〉导言》,《马克思恩格斯选集》第2卷,人民出版社1972年版,第104页。

㊴ 恩格斯:《致约·布洛赫》,《马克思恩格斯选集》第4卷,人民出版社1972年版,第477页。

㊵ 马克思、恩格斯:《共产党宣言》,《马克思恩格斯选集》第1卷,人民出版社1972年版,第273页。

㊸ 马克思:《第一届莱茵省会议的辩论》(第一篇论文),《马克思恩格斯全集》第1卷,人民出版社1956年版,第87页。

㊹ 吉尔·利波维茨基:《空虚时代——论当代个人主义》,方仁杰、倪复生译,中国人民大学出版社2007年版,第49～50页。

社会主义与中国文学理论的现代性

王钦峰

一、问题的提出

在部分学者看来,把社会主义(尤其极端年代的社会主义)与现代性相连,似乎是难以理解的事情。然而若想全面客观地把握和评价中国在社会、文化诸方面的发展水平,从世界历史和现代性的高度,采用比较和联系的方法,研究中国现代性方案的设计和实践非常必要。我认为,就文学理论的回顾和发展研究而言,重提社会主义并提出中国文学理论的社会主义现代性问题,既不是向 20 世纪六七十年代"极左"意识形态的文学工具论回归,更不是向 80 年代启蒙主义对"极左"文论的批判回归。为了避免重蹈覆辙,本文拟从现代性反思的理论视野出发,重新思考 20 世纪中国文论的社会主义内在本质规定问题,或从社会主义的视阈审视 20 世纪中国文论的现代性问题。对于这一理论任务,国内学者已有所涉猎,然而由于该种言说自身还存在种种不足,以及西方现代性理论在国内学术界处于压倒性的话语优势等原因,中国文学理论的社会主义现代性言说被不协调、不恰当地边缘化了,正是在这种形势下,阐述社会主义与中国文论现代性的关系非常必要。

从某种程度上说,国内学界一直忽略了西方现代性理论中的社会主义言说部分。哈贝马斯在对晚期资本主义危机进行分析时一度注意到现实社会主义的合法性问题,但未能把它当做一个理论及实践课题去对待。有人认为,哈贝马斯的相关考察理当成为中国学者思考现实社会主义合法性问题的一个起点[①],然而这个被哈贝马斯悬置的课题却并没有引起国内学者的重视。卡林内斯库在探讨现代性问题时,从反共、反社会主义的立场出发,把欧美开放社会的现代性称为"真正的现代性",而把社会主义、共产主义的现代性称为"虚假的现代性"、"冒牌的现代性"和一种意识形态的迷向状态②。社会学家埃森斯塔特把苏联和东欧社会主义国家的文化与政治纲领中的现代性叙事当做是现代性的文化纲领的"一部分"来看,但又认为它们"还现代得不够",因而称之为"现代性的阻碍与扭曲",是对现代性的一种错误表述和有缺陷的解释③。以上二人关于社会主义现代性的表述都带有一定的意识形态对抗色彩,对于我们这些处在社会主义制度背景中的中国学者而言,对其学说做出理性的思索和回应理当成为现代性论争的重要理论课题。另外,大卫·格里芬从悬置意识形态对抗的后现代视角所作的社会主义现代性论述更值得注意,他不仅把社会主义看成是现代性的一种形式,而且从经济的角度出发,认识到社会主义比资本主义更具有现代理性化的特点④。虽然格里芬只是从经济形态上评价社会主义的现代性,而忽略了社会主义的文化和文艺,但他毕竟从建设性后现代主义的角度提供了思考问题的新方法。比如他认为,社会主义和资本主义这两种现代性形态都是有缺陷的,都应当被建设性地终结,这种观点打破了现代性理论的西方中心论。与之思路类似的还有布赖恩·斯温,斯温在把社会主义当成现代性叙事的一个版本的同时,也指出了社会主义与西方资本主义现代性所共有的缺陷⑤。由此可看出,虽然西方的现代性理论在结论上存在着这样那样的问题,但他们往往能够在立足于自身现代性和制度系统的同时,也关注到社会主义的现代性问题,并考虑到其他现代性方案存在的可能性,然而,处在社会主义制度系统内部的中国学者却对他们的这些言说,以及对中国社会主义的现代性问题没有多大兴趣,这的确耐人寻味。

关于资本主义和社会主义现代性这两大论题,中国学者需要对其背景进行比较分析,揭示二者的合法性"统治"的规范系统与现代性之关系,这需要一种社会学的分析。现代性反思应当基于对社会的合法化危机的反思和诊断之上,然而近年来国内的现代性论争并没有这样一个社会学的分析平台,缺乏一种从社会学出发对社会主义所作的现代性分析。而唯有既立足于本国社会的现代特征,又对西方的现代性做出纵与横、现实与意图的多层面的联系和比较的阐释才符合其要求,若是单纯从 80 年代新启蒙的批判立场的分析出发,即使跟社会学的分析有关,也往往会囿于个人生活的得失成见,是很成问题的,而绝不可能成为一种现代性的分析。这种缺乏也为文学理论和审美领域的社会主义现代性的讨论带来了更大的困难。再者,社会主义叙事本来就是马克思主义者在对资本主义现代性进行批判的基础上建立的,它从意图上、理想类型上实际处于更加"现代"的阶段,然而为什么我们竟然可以从学术上轻易悬置关于社会主义现代性问题的讨论,把社会主义从现代性的论域中放逐,将这样重大的现实问题和理论课题加以抛弃? 当我们把西方学者自身面临的资本主义现代性危机的课题摆在台面上时,似乎我们面临的是与西方同样的问题,那么社会主义的考虑究竟应被置于何地? 当我们面对本国 20 世纪的宏观问题或社会主义现代性问题的时候,我们能否继续用"物欲的膨胀"之类的话来搪塞? 然而在绝大多数论者那里,现代性理论仅被等同于对普遍资本主义的一种判断或说明,而中国只是被纳入这个体系的一部分。因而在他们眼里,现代性言说似乎可以完全抛开中国的制度背景不管;要么就是以为,重提社会主义似乎本身就是在制造二元对立,是一种比较陈旧的思维方式。这种看法无疑是一种误解,它把在历史上作为对象形式而存在的二元对立思维方式与按照其本性对现代性的回顾混同起来,这使他们的现代性言说不仅缺乏理论资源,而且失去了对象。

本文将以国内现代性研究的上述原则性问题为思考线索,从操作层面上对中国文学理论的相关问题加以展开:1. 20 世纪 90 年代以来国内学术界文论现代性研究中的概念误置问题。分析该问题的目的在于指出国内学术界文论现代性研究中的根本缺陷何在。2. 中国本土现代性及文论现代性的质态问题,或其整体结构和根本性质问题。阐述这一问题的目的在于确认中国本土现代性的独特品质,并对中国本土的现代性及文论现代性的构造做出适当的分层,认清它的本质规定。3. 中国文论社会主义现代性命名的必要性、理解时限、历史描述和重建等问题。本文认为中国现代文论和当代"文革"文论均具有社会主义现代性的基本品质规定,并在未来的文论重建中负有责任。有的学者已经能够认同建国以前中国文论的现代性品质,然而却把"文革"文论视为畏途,这实际上是不愿承认或不能够正视"文革"文论所导致的结果。为此,分析"文革"文论的现代性和价值也是本文的目的之一。

二、中国文学理论现代性论争的关键性缺憾

近年来,国内文论现代性问题分析和反思中出现的最大问题是把西方的现代性概念当做一个普适性的概念来使用,以分析中国自身的问题。我们吃惊地看到,现代性这一原本来自西方制度系统和学术话语的概念却被

众多学者直接拿来分析中国的社会文化诸现象。不少学者在分析中国本土的文论和审美现象时,往往直接地、体系性地移用西方的现代性概念及卢梭、尼采、韦伯、利奥塔、哈贝马斯等人的现代性话语,却不去细审为何这些西方圣贤对西方现代性所作的沉痛反思却可以直接拿来用在对中国本土的现代性分析上,其依据究竟何在。尽管不同学者在不尽相同的意义上使用着现代性概念,他们对同一现象所下的结论也可能大相径庭,但他们要么不假思索地移用西方的现代性概念,要么把西方的现代性当做中国现代性方案的标准,且对该概念与作为所指对象的中国现代性实际是否相符、该概念在中国是否发生了歧义等诸多问题不作深入考虑,致使中国文论的现代性品格被严重地误解为某种非现代、非本土和非社会主义的他性特征。具体表现为以下几种主张:

一种是否认中国存在现代性问题或否认 20 世纪中国文学和文论具有现代性特征的主张。有人把这种主张视为"怀疑西方现代性理论的解释有效性的看法"⑥,这在逻辑上似乎把问题搞颠倒了,或者把看待事物的方法和被看待的事物混淆不分了。事实上正相反,这类主张之所以能够武断而盲目地判断中国文学和文论不具有现代性,所依据的恰恰是西方的现代性及其概念标准,是过度相信"西方现代性理论的解释有效性"的产物,而非质疑西方现代性理论的解释有效性的产物。这种主张的主要失误在于不假思索地移用西方的现代性概念,然后以之衡量中国的文艺和文论实际。也有学者把该主张所持的现代性观点回溯至心理现代性的分析者齐美尔和舍勒那里⑦,这等于从学理上丰富了该主张,因为该主张的现代性观点实际上只是源于对当下流行观念的简单因袭,并无其他深远的学理渊源背景。杨春时等学者的文论现代性研究可为其典型案例。杨春时以封建蒙昧制度的批判者的姿态进入现代性问题的论争,其思想特点有二:1. 认为中国 20 世纪文学、文论和美学不具有现代性,而只具有"前现代性"或"近代性";2. 指出其不具有现代性的理由,即它们还没有像西方文学、文论和美学那样具有超越、反抗或反思"世俗现代性"的品格⑧。这实际上是把整个论述框架简单地确立在一个数十年来在西方比较流行的分裂型的现代性概念,即卡林内斯库所概括的两种现代性(指世俗现代性和审美现代性的对立⑨)的概念之上。如杨春时在 2000 年的一篇文章里注明他的现代性概念是来源于李欧梵的⑩。那么李欧梵的两种现代性的说法又是哪里来的呢?(我们姑且不论汪晖的论文及其对卡林内斯库现代性概念的介绍所可能产生的影响①)实际上,通过考察可知,李欧梵所引用的现代性概念正是来自于卡林内斯库的,对此,李欧梵自己曾经指出过②。因而杨春时的现代性概念实际上是来自于西方近期的一个比较流行的说法,只不过这个流行说法最终也是以席勒、康德和马克思等人的现代性分析为依据的。同时我们注意到,李欧梵在借鉴卡林内斯库概念的同时,还同情"另类的现代性"的说法,认为世界上"存在着多种现代性"的现实,要求人们与西方的现代性理论进行对话,解释出中国现代性的独特之处③,这显示了他的灵活性和独创性,并摆脱了西方一元化和霸权式的理论体系。但杨春时却只认可西方现代性样式的存在,把不符合西方审美现代性标准的中国文艺、文论和美学统统归入"前现代性"的范畴(原因是中国文艺和美学没有超越或反抗启蒙和救亡这类世俗现代性),这无疑是机械搬用西方理论的结果。

另一种是指出 20 世纪中国文学和文论具有现代性,但却视之为有缺陷并对其持否定态度的主张。在学术界,这一主张似乎在表面上与上述认为 20 世纪中国文学、文论和美学只具有"前现代性"或"近代性"的观点存在尖锐冲突,但实际上二者也有相似之处,即当他们面对中西方的现代性实际时,都只认同西方的现代性,包括审美现代性方面,而认为中国文学和文论要么不具有现代性,要么就是现代性不充分,或者是一种畸形的现代性。对于这种主张,我们可以陶东风为例作简要分析。陶东风与杨春时在模式上都采取了卡林内斯库的分裂型现代性概念。在中西方审美现代性的评价问题上,陶东风似乎表现出某种程度的模棱两可的谨慎,但实际上他的评价不仅以西方的概念为出发点,而且以西方的现代性标准作为中国现代性问题的归结点。可分为几个层面:一是他认为改革开放前的中国社会主义虽是不同于西方资本主义现代性的另一种现代性方案,但它们共享某些现代性的基本前提,因此中国社会主义文学叙事和人文社科研究也具有某种现代性;二是根据李欧梵的研究,认为在 80 年代以前的中国现代思想文化和文学话语中,启蒙现代性一直呈现单一发展势头,而审美现代性一直处于未展开状态,致使中国现代性没有产生出西方式的矛盾—张力结构。陶东风关于中西现代性优劣的评价,在于认为现代性的张力结构是西方现代性的优点,反之,改革开放前中国社会主义现代性的单维性却导致了中国审美现代性的缺席或被压制,是对于西方启蒙现代性的扭曲或"曲解",主张中国的文化艺术应当像西方一样拥有自治权④。因此,在这种观点看来,西方的现代性分裂、西方的现代社会政治体制都是值得中国的现代性方案加以效仿的。

文论界对于中国现代性的态度,如上所述已有两种表现。然而部分涉及后现代主义、"后新时期"、新历史主义以及文化殖民主义(如有些学者对于"中华性"的倡导⑮)等论题的理论表现亦不可忽略。这些理论虽然将主要目标锁定在终结中国的现代性上面,然而其做法要么是将中国80年代前的现代性问题加以悬置,要么就是将中国的现代性误解为对于西方现代性的单纯寻求或认同。

例一:王宁等人的"后新时期"命名。这个1992年就现于媒体的术语,据说命名的目的在于为中国当代文学史分期提供"阐释代码"⑯。这里引人注意的是,命名者是为了与国际接轨或与国际文论界进行对话而参照国际后现代主义论争来发明这个术语的,具体而言就是参照西方的"后现代主义"命名了"后新时期",并为其注入"众声喧哗"等后现代意涵。后来,王宁扩而大之将"文革"以来的中国历史分为"前新时期"、"盛新时期"、"后新时期"三个阶段,同时指出这三个阶段类似于西方的前现代、现代和后现代⑰。我认为,这个对1976年以后的中国历史所进行的断代,除了认同"盛新时期"的现代性以及"后新时期"的后现代性以外,还隐含着这样一个意思,即1976年(这是被怀疑跟"现代"多少有些关系的中国历史开始的第一年)以前的中国历史还不能算是进入到了历史当中,或者最多可被划入前现代范畴。因而在"后新时期"术语命名的背后,西方概念、西方历史和唯一线性历史观被凸显在外,中国粉碎"四人帮"以前的历史遂被遮蔽。

例二:张颐武将中国现代性基本形态的内涵仅仅理解为对于"个人主体"和"民族国家"的双重建构⑱。虽然张颐武没有回避建国后至80年代这段时间内中国的现代性知识建构问题,然而他却只将民族国家的建构当做这段时期中国现代性方案的基本方面,其弱点不仅在于遗漏乃至故意从话语上遮蔽了中国民族国家建构的制度依据、中国独特的社会主义现代性选择以及中国现代性叙事的马克思主义元话语基础等问题,而且回避了此时中国现代性建构中存在的、与个人主体的追寻迥异的群体主体问题(在他看来似乎中国只存在个人主义问题),实际上又如何能够将民族国家与群体主体这两个问题相混同?主体性问题又如何能够与个人主体的自由问题通约?既然中国的现代性问题只表现为与西方现代性的共享共通部分,那么在这里张颐武如何才能证明他所谈论的现代性问题是属于中国的现代性问题?与此相关,中国的后现代又如何能解构或走出自身现代性呢?

它如何能够在任务上与西方的后现代区别开来？

中国文学、文论是否具有现代性这一问题，从某种意义上说，既涉及未来文论建设的策略问题，也涉及 90 年代以来中国文论现代性反思或文论现代学题域设置的意义和合法性问题，非常重要。然而通过上述多种意见的陈列，我们看到，国内学术界在中国文论现代性问题上发出的主流声音从一开始就不具有自己的话语立场和概念根基，也就是说，在"谁的现代性？"[19]这一问题上，人们由于未能够或不屑于细加追究，从而导致概念误置，使论者只能站到西方现代性话语的普遍主义立场上，在中国寻找其类似物。而这一点恰恰步了从启蒙主义到韦伯时代诸多东方学家的后尘。

三、现代性问题情境与中国现代性的歧义、质态

我们认为，若想避免概念误置现象的发生，并在此前提下走向事情本身，我们不仅应当考虑概念普遍主义的危害，还应当考虑西方话语中的现代性为什么会成其为分裂的现代性概念、而中国的现代性实际又是什么的问题，这不仅应当兼顾西方资本主义现代性的具体语境，更应当与 20 世纪中国的马克思主义现代性话语（主要是毛泽东思想）及社会主义现代化实践联系起来。我们应当弄清楚为什么在西方会形成分裂性的现代性概念，现代性及其话语在移入中国时又是如何出现了歧义或转义，形成了一种怎样的质态等。然而由于受到西方启蒙主义和自由主义现代性的诱惑，不少学者对于这种现代性歧义视而不见，有人甚至视之为文化和现代性的缺陷。

不可否认，与此相关的有些问题近年来也受到越来越多的探讨和争论，尤其是西方现代性概念的全球化使用或普遍化的问题越来越引起 90 年代后期以来国内学术界的重视。总的说来，西方现代性概念平移中国、机械沿用的做法几乎受到一致的责备，这从人们对杨春时所主张的中国不存在审美现代性问题的观点的普遍批评就可以看出来。人们不断地发出各种各样的质问，譬如：现代性概念是从基督教文明内部产生的概念，为什么却被用于对非西方社会和文化的描述呢？[20]现代性是否就等于"西方性"，西方文论的现代性是否具有普遍的适用性？中国文学理论乃至整个社会文化的现代化进程有没有特殊性，若有，又在哪里？中国文学理论能否形成自己独特的现代性追求？"五四"以后的革命性、功利性文论是不是也可

视作现代性的多种可能性中的一种合法形态？等等^㉒。有人则提出文学现代性的性质与意义取决于它在其文化结构中的位置和功能的观点，并反对那种孤立、抽象地探讨文学的现代性、为文学划定统一的价值与参照、取消多种文明文化差异的做法^㉓。与此同时，人们也纷纷提出对待西方现代性理论和概念的策略，希望借此加深对于中国现代性问题的探讨，如余虹提出现代性问题及其用语必须经由"能指移用和所指置换"的问题^㉔；金元浦提出我们必须理解中国文学理论现代性的当下样态，"中国文学理论与批评的现代性问题只能在中国当下的文学的历史语境中提出和展开"^㉕；周宪提出我们应适当地对西方的现代性理论加以修正或进行必要的"中国化转换"，以使之适应于对中国自己的问题情境进行有效的解释，等等^㉖。理论界的质疑和策略都非常明确，然而却一直没有在理论建构上获得进展。问题的关键在于，人们虽然能够在一定程度上意识到存在的问题在哪里、探讨问题应当坚持什么样的原则，也能够清晰地认识到解决问题的方案是什么，然而，却仍然有两重困境无法跨越：一是西方的现代性无法跨越，二是社会主义和"文革"问题无法跨越。这两个困境往往纠缠在一起。其中第一个困境之所以使人束手无策，部分原因在于，人们一方面从学理上质疑现代性这个普遍主义概念，另一方面却在现实社会生活的建设上倾向于追求西方的现代性，导致了学术方法和生活态度的矛盾，并在学术上暴露出来。比如，有的学者一方面指出中国文学的现代性应当放在中国独特的文化结构中去探讨，反对为文学划定统一的价值标准；另一方面却又认为中国文学的现代性尚未达到西方文学的现代性那样完整的形态，把西方文学的现代性视为圭臬^㉗。有的学者则干脆把"与西方现代文学契合"当做判断中国文学现代性的标准^㉘。第二重困境难以跨越，是因为当我们认识到应当关注中国自己的问题情境和现代性实际的时候，却竟然无法指出社会主义和"文革"意识形态正是中国本土现代性的独特表现形式，绝大多数人仍然仅仅把它们（尤其是"文革"意识形态）视为一种"恶性的发展"，或只能囿于80年代沉痛政治反省的眼界，而非站在人类历史或东西方现代性的整体发展的角度，从现代学的学理、学术上看待这个问题。由于难以跨越第二重困境，所以人们有意无意地回避社会主义和"文革"文论话语的现代性问题，或否认中国拥有独特的现代性话语，甚或否认中国文学文化具有任何现代性，这都加重了第一重困境所导致的困难，更加促使人们相信西方现代性概念的普遍性和普适性，而忽略对于东西方不同的问题情境的关注。

西方话语中的现代性为什么会成其为分裂性的现代性概念？它是由什么样的问题情境所导致的？若要整理这个过程，追溯至启蒙运动非常关键。哈贝马斯在《现代性对后现代性》一文中，依循韦伯的经典性概括指出，启蒙思想家们阐明现代性规划的目的在于使科学、道德和艺术三个自由领域相互协调，以丰富社会和日常生活[20]。然而启蒙以后，这三个分别由认知—工具理性、道德—实践理性和艺术—表现理性所支配的领域并没有构建起一个完美和谐的现代社会，启蒙思想家的天真美梦为资本主义的世俗化逻辑所击碎，导致了理性化危机的出现和各合理性领域的分裂。卡林内斯库指出，"在19世纪前半期的某个时刻，在作为西方文明史一个阶段的现代性同作为美学概念的现代性之间发生了无法弥合的分裂"[23]。其实，西方现代性的分裂在卢梭时期就已经发生了。从浪漫主义对启蒙现代性的反叛至今，不仅是文艺领域，其他如哲学、社会学等领域所进行的现代性反思，既是对于西方现代性分裂的表述与批判，也是西方现代性分裂的表现和结果。因而，西方现代性作为一个分裂性的概念只是对西方社会文化发展状况的一种说明，它的总体特征在于进步的目的论、对于传统和过去的否定、线性的时间观、理性化和世俗化的发展、个人主义的自由、分裂性和反思性等方方面面。西方现代性的分裂性和反思性在19世纪催生出它的反面，即反对它的马克思主义的社会主义理论，但这种否定西方资本主义现代性的新型现代性的构建并没有在西方国家获得成功，相反，西方现代性的分裂形式——马克思主义的社会主义现代性话语，却对包括中国在内的某些非西方国家发生了革命性影响，其根本原因就在于，这种非个人主义的现代性话语更加符合中国的问题情境。

在中国，西方个人主义、自由主义的现代性话语与马克思主义的社会主义现代性话语同时对进步知识分子产生了影响，其结合形式左右了20世纪中国的现代性方案的选择。虽然在不同的时期，它们发挥的作用各自有别、大不相同，但就整个20世纪而言，马克思主义的社会主义现代性话语仍然是从根本上决定了中国现代性方案和现代化建设基本走向和性质的现代性叙事。中国对于西方现代性话语的态度最初表现为对于两种现代性话语的并行接受，后来过渡为对于社会主义现代性话语的排他性接受。这两者之间的关系具有一定的复杂性，往往是冲突关系和共容关系的相互更迭，冲突的结果是社会主义现代性话语的唯我独尊（90年代以后几乎又出现了相反的情形），共容的结果则是两种现代性话语面目难分，造成现代性话语类型学上的混淆。当中国知识分子在"五四"初期面对这两种现代性话语时，它们表现为共容关系，但最终经过冲突与选择，马克思主义的社会主义现代性话语成为中国革命和建设的基本方案。那么中国人为什么选择社会主义的现代性模式呢？这在一定程度上还涉及中国本土的思想文化背景问题。当时在选择马克思主义现代性话语的时候，儒家传统与自由主义现代性话语也都是可能的选择方案，然而由于西方现代性话语的冲击，儒家传统无法在处于小农经济的中国获得现代化动员的功能，而自由主义话语的现代性方案也因其多元主义的分裂特征及其与中国传统价值伦理之间的深刻断裂而被悬置（不过，作为现代性基本方案被悬置并不意味着它在现代中国失去了作用）。再者，西方自由主义现代性还存在许多阴暗面，如个人的唯利是图、社会的不平等、民族国家的动荡、个人与人民大众命运的脱离等，很多中国人将这些现象当做多元主义的流弊来看。而马克思主义作为与儒家的道德理想主义具有某种价值的亲和性、一定同构性的现代性话语类型，则能够为我们提供一个没有上述多元主义流弊、又能够在各领域为中国的现代化提供支持的、整合型的现代性模式，是中国知识分子在现代性的反思和冲突中做出的适应于中国国情的选择。在这里，社会主义现代性话语，尤其是马克思主义的中国化、本土化形式——毛泽东思想在中国的出现，成为现代性话语在中国发生的最根本的歧义或转义。

　　源自西方的现代性概念在中国发生的歧义，就文艺审美方面而言，我以为主要表现为两点：一是对西方审美现代性概念的对抗性和分裂性特征的整合和克服；二是马克思主义的社会主义现代性话语及其本土化形式——毛泽东思想在中国文学界和知识界主导地位的确立。这两点同时也构成了中国20世纪文学理论现代性格局的主导性特征，它们表现于艺术创造理念和理论构建两个方面（分别是对于现代主义和现实主义的追求）。在艺术创造理念的确立上，中国文学知识分子对于西方审美现代性即西方现代主义的追求，绝不能够与西方现代主义对于启蒙现代性的反叛、对于人文主义的厌腻和对于艺术的非个人化及为艺术而艺术原则的追求相等同，毋宁说他们的艺术追求的根底仍然是追求光明与忧国忧民，这样就将卡林内斯库所说的"两种现代性混在了一起"⑩。正如史华慈所说，这里存在一种中国特色，即"对个人的信念与一种狂热的民族主义结合在一起,那是出于一种着眼于使民族富强的目的"③。因此,创造社的"为艺术而艺术"的口号决不是对于戈蒂叶提出的同一个口号的沿袭,其实它本身就是对于西方分裂型现代性的一种克服形式。另一方面,在文学理论思想的构建上,中国的主流文论吸收、整合了游离性的文学知识分子和创作方法,使他们服从于民族国家的建立和人类解放的最高目的,倡导、提出和阐明了现实主义、革命现实主义、革命浪漫主义等社会主义的创作方法和创作原理。这一点与毛泽东文艺思想的形成和发展有着根本性的关系,因为正是毛泽东文艺思想及其对于西方现代性的反思与批判(它是在与传统和西方进行充分对话的基础上形成的),才使得20世纪中国文学理论话语形成了自己独特鲜明的个性和本土现代性特色,使之呈现出具有中国本土特征的社会主义现代性面目。

但是,若论及中国审美现代性的质态结构,只强调相对于西方现代性而言的中国现代性的歧义,这在答案上也不能说是全面的。中国文学与文论现代性的质态结构实际上具有两个层面,即它一方面体现了中国现代性和审美现代性的歧义,同时又体现了西方现代性和西方审美现代性的部分原义。中国本土的现代性并没有拒绝对于现代性共性的某种认同,如对于以否定过去的传统为旨归的进步的目的论和线性时间观的信仰;社会各领域的理性化和世俗化的展开;遵循主体的自由原则等。若从该层面去分析中国文学的现代性特征,则我们可以追溯到清末的一些显著表现,如一种偏重当代的观念的日益增长,从维新运动到"五四"新文化运动的对于新异的趣味的追逐等,这种追求伴随着旨在使中国走向"现代"的每一场社会和知识运动。诚如李欧梵所言,它意味着"在中国,现代性这个新概念似乎在不同的层面上继承了西方'资产阶级'现代性的若干常见的含义"②。同样,新中国建立后的社会主义文学和"文革"文学所体现的现代性也绝不是与西方的所谓"资产阶级"现代性完全一刀两断的,这种文学仍然表现出了对于未来(共产主义)的坚强信念、对于传统的否定态度、对于人权、民主和自由(另一种人权、民主、自由观念)的维护。而在文学理论的现代性的建设上,我们也强调具备科学化、逻辑化、概念清晰化的工具理性形态等。不过,上述文学文论所体现的现代性特征仍然只是局限于中国审美现代性质态结构的第一个层面,若忽略对于中国现代性和审美现代性的歧义层面的分析,则又势必陷入一种浅薄的共性的怪圈里去。

90年代以来的现代性言述对于中国现代性问题的讨论一般仅止于关

注中国现代性中与西方现代性的共享共通部分,或者只是用西方他者的语言命名中国的现代性实际,而遗漏了作为中国现代性特殊质地的非共享部分。如当人们对中国的现代性表现进行探讨时,可以把现代性话题从"五四"及30年代的现代主义追求一下子跳到80年代以后,似乎这中间发生的一切与该话题无关,而且遗漏的恰恰是中国现代性话语和实践中对西方的现代性曾发起强烈质疑和力图进行超越的部分,这可以说是中国90年代以来现代性言述的最大失误。

四、社会主义现代性与中国文论的过去和未来

在90年代以来国内学界的现代性论争中,社会主义言述可以说是一种被不协调、不恰当地边缘化了的声音。其特点有二:一是这种声音虽不太引人注目,但在本民族所处的社会主义背景下,它却是立足于中国独特的现代性实际所作的思考,与西化趋势中的国内主流现代性话语形成了鲜明对照;其二,它基本上是就原则问题发表看法,尚未对社会学与文学的关系给予足够的关注,时间上未能对现代与当代作一个贯通的理解,还缺乏一定的系统性和前瞻性。这里首先对国内就该题域所形成的主要理论识见做一个回顾。

最早从现代性视野出发理解马克思主义和社会主义现象的国内学者是汪晖。汪晖于1994年时指出,马克思主义"是一种批判'现代性'的现代性的理论体系",而"社会主义乌托邦"则是隶属于现代性的"自己反对自己"的传统的现代性思想形态[⑱]。在同年的一篇文章中,汪晖提出和论述了什么是中国的现代性以及什么是中国的现代性理论的问题。他认为毛泽东思想作为中国的现代性理论是一种"反资本主义现代性的现代性理论"[⑲]。这一观点也许受到了卡林内斯库关于社会主义现代性是"反现代性的现代性"[⑳]的论述的启发,不过确是符合中国思想状况的一种看法。汪晖提出的"毛泽东的社会主义"与改革开放后中国的马克思主义、人道主义意识形态同是现代性理论的组成部分的观点一度受到学术界的激烈批评[㉑],但确实富有现实意义。汪晖的现代性研究的成功之处,主要在于对中西方现代性的差异和中国自身的现代性问题做出了一系列独特的思考,找到了对中国社会和文化进行描述的基本语汇,研究了本土现代性观念的形成、传播过程及其功能。虽然这种研究还不是关于中国文学理论现代性问题

的研究,但它却可以为我们思考文学问题提供一个很好的借鉴,因为正如上文所论,国内文学理论现代性问题的论争一直为西方的现代性话语和概念所湮没。90 年代末以来,社会主义与现代性的关系在国内继续受到了部分学者的关注。如刘小枫在审理西方现代性问题的时候,表露出了建立自己关于中国社会主义现代性的社会理论的意图。在谈到如何把握社会主义的社会实在这一问题时,刘小枫依据欧美自由资本主义与社会主义现代化过程及社会实在的差异,提出应当使用"与社会主义式民族国家的社会实在相切合的分析性概念"(如"政党意识形态"、"政党伦理"和"政党国家的社会体制"等),去分析社会主义民族国家的现代性课题,甚至去分析"文革"②。这种构想和实践在中国本土现代性理论的构建上无疑是具有创造性的,其思路和看法值得国内文学学者重视。尤其值得一提的是,刘小枫大胆地指出和分析了"文革"的现代性,视之为"社会主义式启蒙"的"顶点"和在社会主义现代性建设方案的社会实践中发生的"现代化事件"。对于文学理论而言,若能够沿着这一思路,从社会主义现代性的视阈重新审理 20 世纪中国文论和"文革"文论,则不啻填补中国文论的历史空白。

世纪之交把上述设想付诸文论实践的研究者主要有余虹等人③。由于在思路和言路上受到了刘小枫的影响,余虹使用了刘小枫提出的"政党意识形态"、"政党伦理"和"政党国家的社会体制"等三项分析性概念去分析中国文论话语。他主张从政党实践上去理解中国的"现代"制度文化,继而把中国式政党实践当做理解中国文学理论现代性的钥匙,把 20 世纪中国文论的"现代性元话语"分为革命工具主义和审美自主主义两类样式加以阐述。同时余虹在定义"现代性"这个概念时也基本上采用了后现代主义者利奥塔等人的拆解式口吻,以之指述一种基于"历史理性信仰"和"语言理性信仰"的"本体论的、目的论的、决定论的元话语品质"④。在外延上,各种革命工具主义,从较早的"社会主义现实主义"到后来的"主题先行"、"三突出"、"两结合",都被纳入到中国文论的现代性话语之列。这样的做法也许是认为中国文论不具有现代性以及怀抱启蒙主义策略的学者难以接受的,然而他们从中也可以得到些许共鸣,因为余虹毕竟对文艺独立路线充满同情,毕竟对政党意识形态和革命工具主义文论话语表示不满,毕竟对革命和政治话语的正当性表示怀疑,具有一种消解革命文论的元叙事、力图回归艺术自由和"文学本身"的潜在意图⑤。这样一来,余虹的文论既带有"后"的特征,又朝着卡林内斯库的现代性分裂回归,因而兼具启蒙和消解(偏向于政治批判和抗争)双重身份。我们认为,余虹关于新文论建设提出的新历史主义观点是有一定价值的,但他关于中国文论现代性的论说则存在一些不足,如把中国的现代性问题孤立化、忽视西方现代性语境的牵动效应、过度贬低中国文论社会主义现代性的价值、把"文革"文论说得一钱不值等。换言之,其主要失误在于研究方法和策略方面,一是忽视具有世界历史意义的整体现代性语境,再就是未能告别 80 年代的情愫和眼光。这样的不足是应该在中国 20 世纪文论史的重写和未来文论的构建中加以避免的。

我以为,若要富有成效地探讨和构建中国文学理论的现代性,就不能不解决以下这些问题,它们都是具有原则性的基本问题:1. 命名问题,也就是为什么要给中国的文学理论指认现代性这个共名,或为什么要确认中国文论的社会主义现代性品格的问题;2. 历史描述问题,即如何通过社会主义现代性的命名去理解中国 20 世纪的文学史和文论史,这一命名在国际语境中所体现的规定及所揭示的歧义是什么;3. 重建问题,即如何构建未来中国文学理论的现代性或后现代性的问题,未来的文论构建如何考虑以往中国社会主义现代性的规定和作用。

第一个问题的提出并非多余,因为有人确曾认为与现代性有关的命名属于学术化约的无谓之举,这种对于命名的怀疑其实也是对于相关学术策略的怀疑。我认为,对于文学理论的现代性和社会主义现代性的理解和命名,其意义并不止于扩大了中国文学研究的视野,还在于能够改变人们的历史观。现代性和社会主义现代性的命名及相应的策略选择对于中国的文学研究起码有四个好处:1. 引发研究方法的重新调整。从现代性视野出发的文学研究不再是单纯的文学性研究,而是一种以文学与社会历史、文化政治的现代转型之关系为对象的文化研究,在研究方法上则融合了现代性、社会主义现代性反思密切相关的政治、意识形态批评、新历史主义、女权主义、后现代主义、第三世界理论、对话理论等多种视界。2. 有利于在学术上突破狭隘的时间阈限,承认"极端的年代"的现代性。它促使我们走出80 年代的激越和政治的狭隘的思维定式,以更客观的态度对待社会主义的追求和建设历史,检视社会主义大背景下不同时代的不同启蒙形式,理解诸如"五四"的启蒙、"文革"的启蒙和 80 年代新启蒙的各自的特异性以及相互间的对话关系。也许人们将会发现,"五四"现代性的弱点可能并不比"文革"现代性的弱点来得更少。3. 有利于在学术上突破狭隘的空间阈限,把文化对话引入其内。现代性研究自明地包含着中、西方视野,舍弃、忽略任一视野的中国文论现代性研究都是不充分、不全面的,换言之,"中国的现代性问题不能仅仅在中国的单一语境中研究,也不能以西方文化为规范进行排他性的分析,因为这是一个涉及文化间的交往活动的过程"①,因为中国现代性问题的提出、社会主义现代性的形成、实际发展、歧义出现和转型,都是在中西文化的互动关系中发生的。4. 在现代性概念系统的内部,通过命名社会主义的现代性,则又可以弥补西方现代性概念和理论自身所存在的不足,以更真实地描述中国的现代性实际,这不仅有利于反思西方现代性,而且有利于整体地检视、反思和重建中国的社会主义现代性。由于上述作用的存在,从社会主义现代性反思的视野出发对中国文学和文论的重新理解,就既不同于 80 年代以前文学教科书对于中国文学现象的过度政治化的阐释,也不同于 80 年代对于文学的短视距的反思和对社会主义及"文革"叙事的过度反应。

第二个问题表现于历史描述方面,涉及文学史和文论史的重写问题。我们认为,通过社会主义现代性这一关键词的把握,可以对中国 20 世纪的文学史和文论史的整体基本精神、这一命名在国际语境中所体现的基本的现代性规定及所揭示的歧义有一个更准确的理解。

社会主义现代性的追求不仅是中华民族现代性追求的主体与内核,也是中国新文学事业的灵魂,同时,这种追求不只是建国以后文学文论和"文革"文学文论的基本精神,也是建国前和 80 年代现代性方案调整后中国文学和文论的基本精神。按照这一线索,我们实际上可以把中国社会和文化文学的现代化史或现代性的追求史划分为三个阶段:建国以前为前社会主义阶段,50 到 70 年代为典范性社会主义阶段,80 年代后为后社会主义或社会主义的调整、重建阶段。建国以前,中国的现代性方案虽没有确定,但相对说来,却存在着马克思主义、社会主义(而不是自由主义)的意识形态在知识界、文学界逐渐占据主导地位和文学的多元现代性追求逐渐被社会主义现代性的主流追求取代的趋势。30 年代以前是中国文论多元现代性的追求期,这时社会主义还只是其中的一元。40 年代毛泽东文艺思想的形成,使中国文论社会主义现代性的主流追求得以显现。50 到 70 年代则是一个典范社会主义阶段(至少在文学上),因为该阶段表现出全国性的对文学理论观念的纯化的努力,社会主义的追求不仅仅是主流,而且被纯粹化为唯一的选择,因而,若研究中国社会主义文论观念相对于西方审美现代性而言的极性特征,这个时期应当是最典型的。在 80 年代以后的调整、重建阶段,中国文论实际上以另一种方式回到了 40 年代以前对于多元复合现代性的追求路径。

通过社会主义现代性这一关键词的把握,既能够使中国文论在国际语境中所体现出的基本的、中西共享共通的现代性规定得到描述,又足以自明地揭示中国文论现代性追求的根本歧义所在,尤其在描述典范期社会主义文学时,这种作用能够更明确地彰显出来。首先,典范时期中国社会主义文学和文论的现代性典型地体现了与西方启蒙现代性的共通方面,尤其体现了韦伯所说的高度理性化的特征。兹举两点为例:一是对于前现代的传统文化遗产和资产阶级文化所表现的决裂和批判姿态。这种姿态在文化大革命以"破四旧"的名义对中外文化遗产的攻击和在《部队文艺工作座谈会纪要》中表现得最为突出。二是非个人化或极度理性化创作方式的出现。工农兵创作组的非个人化写作是理性化创作的典型方式,这种方式使写作、阅读、观赏都成为一种有理可循的透明化行为和可以分解的、按部就班进行操作的过程,这对于文艺的感觉学特质是一种较为彻底的否定。其实西方现代主义文艺也只有在它发展到中高级阶段时才会形成这样的非个人化主张和创作导向。综合这两点可以看到,中国社会主义文学和文论所体现的禁欲主义和理性化特征与西方现代性的理性化具有相通之处,甚至达到了大卫·格里芬所说的西方资本主义理性所难以达到的程度⑩。其次,社会主义现代性的命名还能够揭示出中国文论现代性追求的歧义所在。这种现代性追求的歧义主要表现于共产主义事业和群众利益的价值理性追求方面,这也是西方审美现代性所不具有的方面。既然中国文论现代性的歧义在于为群众利益服务,以使之成为无产阶级社会主义事业的一部分这一本质方面,那么,脱离社会主义现代性的特殊规定,而尝试从西方现代性的一般特征去理解中国的文学史和文论史,其疏离就可想而知了。

第三个问题表现于重建方面,即如何重构未来中国文论的现代性的问题。中国文论的现代性重建,既要结合当今社会后现代发展的要求,又要考虑"社会主义"在未来文论思维中存在和以何种方式存在的维度。在中国语境中,文论现代性问题的表现应有其特殊性,原因在于,社会主义作为中国现代性的特殊规定早已进入文学学术的题域,因此,作为中国文论的现代性传统,它理当成为未来文论的重要维度,而不应该被淡化甚至被忽略。纵使在"一切皆可"的后现代语境下,独独将社会主义排斥在外也是不合常理的现象。

90年代以来,中国文论有多种模式相继涌现,如人文精神、文化保守主义、后现代主义、新理性主义、生态主义、新历史主义等,这些文论学说大多与对世俗现代性的反思有关。作为文论现代性的重建理论,钱中文的新理性主义基本上能够综合折射出90年代以来中国文论界的以上多种理论追求,如审美自律论、人文精神、马克思主义认识论的更新、古代文论的现代转换、对话理论等,同时提出了文学理论现代性的基本要求在于走向开放、多元与对话㊸。鲁枢元的生态文艺学是从另外一翼或从后现代生态学背景下对文学理论的现代性提出重建的学说,目的在于克服工具理性和"扭转一个时代的偏向"㊹。可以说我们目前已经提出了不少对于未来的文论颇有价值的学说,这里难以尽述。不过我以为,值得补充的地方还是有的。如果我们真正打算对历史和已有的现代性实践持一种对话的态度,并且真正在中国本土挽救现代性危机的话,那么,重新审视、辩证看待中国的社会主义尤其是典范时期社会主义文论现代性追求的得失将是无可避免的,这一任务意味着我们不能仅仅采取70年代末以来文论界对该时期文学追求的"罪状"进行彻底清算的态度,因为这种态度没有把该时期文化、文学和政治中的"进步"追求(即指向使劳苦大众全面解放的未来共产主义的追求)当做"现代性"的重要特征来看,而是笼统地将其划入了阴谋文艺、"前现代"封建残余和法西斯主义的范畴。

中国文论的后现代重建既要求我们对本土的现代性加以反思,又要以建设性的眼光去对待和审视其内在精神。中国社会主义现代性的弱点在"文革"中得以夸张地显现出来,对此人们已有大量探讨。在许多人看来,"文革"政治文化的最大问题是专制主义,它对于文学的影响主要是要求文学为政治服务,以致有学者将其纳入"前现代"范畴去思考,其实他们没有考虑到,专制主义并非"前现代"的专利,它与现代性也会存在必然联系(如民主的专制),吉登斯就曾说过:"极权的可能性就包含在现代性的制度特性之中"㊺。因此,专制主义、阴谋文艺虽然是现代社会应当克服的对象,但现代性的整体并不应因此被推翻。专制主义问题之外,社会主义新人主体的盲目自信、基于进步论的对于文化遗产的肆意破坏、对于自然的破坏性改造,都是社会主义现代性追求过程中的"现代性后果",是值得在理论上加以反思的。不过,后现代视角的文论现代性重建既要针对上述现代性弱点提出文艺学的新命题,又不能抛弃中国现代性传统的有价值的方面。

　　在社会主义现代性的未来重建中,马克思主义思想体系在进行充分的后现代理解的前提下仍可为中国文学与文论提供元话语基础。从后现代的视角理解马克思主义,其实并不是任何意义上的有意误读,因为后现代解读的可能性已经蕴含在马克思主义的理论预设中了。马克思主义的出发点不是前现代,而是现代的和后现代的:《共产党宣言》不是从前资本主义,而是在发达资本主义时期,从后资本主义和未来共产主义的立场出发,对于资本主义的现代性所进行的系统反思,也是对于资本主义灭亡的预见。马克思的这种针对整体资本主义现代性弊端的超越意识,自然涵盖美学上对资本主义现代性的自觉和超越,可以说,它已经先行具有类后现代视角。吉登斯认为,马克思眼中的资本主义现代性一方面具有破坏性和疯狂的特点,另一方面也是一个需要用理性来控制的"未完成的工程","正如哈贝马斯著作里所表现的"⑥,这种理解将马克思置于建设性后现代主义的立场上。在当今中国面向市场化转型的过程中,资本主义现代性的弊端触目惊心地展现在国人面前,因此有人提出,"资本主义的生产方式、生产关系一日不能革除,地球的生态危机就一日不会好转"⑦。从这种观点可以看出,后现代生态主义与马克思主义理论在其深层上有多大的一致性,因此,在二者结合和相互阐发的基础上创生中国新的独特的文学理论观念,将有着非同寻常的意义。

　　同时,典范时期社会主义文学的理念精神应当继续得到倡导。社会主义制度一度显示出有史以来人类最崇高的价值精神,并与西方现代性相区别,这种价值精神深深渗透到文学中来,至今仍为许多人所追念。作为现代性的一种展开形式,"文革"及其文学文论中的启蒙性和道德崇高感是不可否认的。近年来,由于学术追求的多元化和学理意识的加强,个别学者就典范时期社会主义文学追求的性质问题发出了自己独特的声音。如洪子诚在认识到"文革"文学体现了禁欲主义的道德规范和封建主义等级制色彩、埋藏着人类精神遗产中残酷和落后的沉积物的同时,把它与"五四"的文学追求相提并论,认为二者都是启蒙文学的组成部分,具有深层的一致性,表现出反对物质主义的道德理想和"人类追求精神净化的崇高冲动"⑧。"文革"文学文论的道德理想主义对于中国未来文学文论现代性的重建来说应当是一种可贵的资源。除此而外,社会主义现代性在妇女解放、消除专业领域、精英与广大群众和日常生活实践之间的分裂、协调各合理领域(如文学与世俗)之间的矛盾等诸多方面,对于今后的文学理论仍有启示意义。如在妇女解放方面,有人从西方女性主义视角出发,认为社会主义压抑了女性的个性⑩,这种结论具有一定的蒙蔽性,实际上,1949～1976年中国妇女解放的程度要超过西方,而当代女性主义者的片面性在于,他们只认同西方式的妇女原欲的破坏性的解放。当然,社会主义现代性能够为中国未来的文学文论提供的资源还不止这些。

本文的目的在于说明,中国的现代性及文学理论现代性的追求相对于西方而言不仅有其特殊性,而且在未来的重建方面,也不可能和不应当是对西方现代性和西方审美主义的模仿,正如卡林内斯库所说,"真正的现代化在任何领域都是同创造性相联系的",它是对于普遍标准和模仿性的排除⑩。

———————————

① 哈贝马斯:《合法化危机》,刘北成等译,上海人民出版社2000年版,"编者前言"。

②③⑨㉙㊿ 卡林内斯库:《现代性的五副面孔》,顾爱彬等译,商务印书馆2002年版,第355页,第353～354页,第47页,第47～48页,第360～361页。

④㊷ 格里芬:《后现代精神》,王成兵译,中央编译出版社1998年版,第63页,第63页。

⑤ 格里芬:《后现代科学》,马季方译,中央编译出版社1998年版,第68页。

⑥ 周宪:《现代性与本土问题》,载《文艺研究》2000年第2期。

⑦ 杨飓:《90年代文学理论转型研究》,中国社会科学出版社2001年版,第26页。

⑧ 参见杨春时《试论20世纪中国文学的前现代性》(载《文艺理论研究》1997年第4期)、《论审美现代性》(载《学术月刊》2001年第5期)、《中国文学理论的现代性问题》(载《学术研究》2000年第11期)和《文学性与现代性》(载《学术研究》2001年第11期)等系列文章。

⑩ 参见杨春时《中国文学理论的现代性问题》。

⑪ 林内斯库的现代性概念引入中国约有十几年时间。汪晖最早于1994年在《韦伯与中国的现代性问题》(载《学人》1994年第6辑)一文中对卡林内斯库的两种现代性的观点作了介绍。

⑫ 参见李欧梵写于20世纪80年代的文章《探索"现代"》,载《文艺理论研究》1998年第5期。

⑬ 李欧梵:《晚清文化、文学与现代性》,《中国大学学术讲演录2002卷》,广西师范大学出版社2002年版。

⑭ 陶东风:《审美现代性:西方与中国》,载《文艺研究》2000年第2期。

⑮ 参见张法、张颐武、王一川《从"现代性"到"中华性"——新知识型的探寻》,载《文艺争鸣》1994年第2期。

⑯ 王宁:《后新时期与后现代》,载《文学自由谈》1994年第3期。

⑰ 王宁:《后新时期:一种理论描述》,谢冕、张颐武编《大转型——后新时期文化研究》,黑龙江教育出版社1995年版,第9页。

⑱ 张颐武:《"现代性"的终结》,载《战略与管理》1994年第3期。

⑲⑳㉝㊶　汪晖:《韦伯与中国的现代性问题》,《汪晖自选集》,广西师范大学出版社 1997 年版,第 2、9 页,第 12 页,第 9、11 页,第 34 页。

㉑　金永兵:《文学理论研究与历史意识》,载《郑州大学学报》2002 年第 6 期。

㉒　龙泉明:《近代性,还是现代性》,载《南方文坛》1997 年第 2 期。

㉓　余虹:《中国文学理论的现代性与后现代性》,载《文艺研究》2000 年第 2 期。

㉔　金元浦:《现代性研究的当下语境》,载《文艺研究》2000 年第 2 期。

㉕　周宪:《现代性与本土问题》,载《文艺研究》2000 年第 2 期。

㉖　把龙泉明的《近代性,还是现代性》与其另一篇文章《现代性与现代主义》(载《文艺研究》1998 年第 1 期)比较一下就可看出这种矛盾。

㉗　刘锋杰:《何谓 20 世纪中国文学的现代性》,载《学术月刊》1997 年第 9 期。

㉘　佘碧平:《现代性的意义与局限》,上海三联书店 2000 年版,第 171 页。

㉚㉛㉜　李欧梵:《现代性的追求:李欧梵文化评论精选集》,三联书店 2000 年版,第 149 页,第 235~236 页,第 235~236 页。

㉞　汪晖:《当代中国的思想状况与现代性问题》,《死火重温》,人民文学出版社 2000 年版,第 48~50 页。

㉟　称毛泽东思想为"反资本主义现代性的现代性理论"应当更准确一些。

㊱　可参阅郜元宝《学术"化约"与"化约"的学术》(载《二十一世纪》1998 年第 2 期)、杨春时《"现代性批判"的错位与虚妄》(载《文艺评论》1999 年第 1 期)、韩毓海《"相约 98","告别 98"》(《知识分子立场——自由主义之争与中国思想界的分化》,时代文艺出版社 2000 年版)等文章。

㊲　刘小枫:《现代性社会理论绪论》,上海三联书店 1998 年版,第 389 页。

㊳　刘小枫、余虹之后,逄增玉、陈建华、陈晓明、王一川、陈占彪等人在自己的著述中对社会主义、毛泽东思想所主导的文学、文论与现代性的关系作过不同程度的勾连。

㊴㊵　余虹:《艺术与精神》,社会科学文献出版社 2000 年版,第 6、3 页,第 57~87 页。

㊸　钱中文:《文学理论现代性问题》,载《文学评论》1999 年第 2 期。

㊹　鲁枢元:《文学艺术与生态学时代》,载《学术月刊》1996 年第 5 期。

㊺㊻　吉登斯:《现代性的后果》,田禾译,译林出版社 2000 年版,第 7 页,第 122 页。

㊼　鲁枢元:《生态文艺学的原则》,载《新东方》2001 年第 1 期。

㊽　洪子诚:《关于 50 至 70 年代的中国文学》,载《文学评论》1996 年第 2 期。

㊾　刘慧英:《女权/女性主义》,载《中国现代文学研究丛刊》1996 年第 3 期。

中国文学理论学科发展回望与补遗

张　法

20世纪90年代后期以来,关于文学理论的讨论和研究非常热烈,在体制激励和学术竞争的推动下,这一讨论一直保持着亢奋和热情。21世纪初,三本新著(南帆主编的《文学理论(新读本)》、王一川的《文学理论》、陶东风主编的《文学基本问题》)从三个方向托起了一朵朵象征性的浪花,加上此前此后北南东西各学术重镇里发表出来的一群群的团组文章的烘托,举目望去,一种新的学科范式呼之欲出。眼前的皇皇战果,应当得到充分的肯定,然而,静而思之,这一学术领域离新范式的出现,还相当的遥远。近年来,我力图以一种整体眼光阅读这一学科的论著,感到这一领域的不少基本问题,尚没有得到应有的眷顾和清理。这些问题像一个个暗坑,埋在胜利之峰的山下;在跨越这些暗坑之前,这一学科发展不可能得到根本性的突破。下面,且将自己阅读中自认为是暗坑的地方点示出来,以求各路方家鉴定①。

一、学科命名的意义考辨

首先,本文用"文学理论"来命名这一学科,意味着我的一种主观的倾向。大家都知道,这一学科的权威名称(即在国家教育体系和学术体系的学科目录上)不称"文学理论"而称"文艺学",这两个名称的纠缠仍在这一学科领域到处弥漫,令不少学者下笔时心烦意乱。再进而寻看,发现自这一学科在民国以一部体系性的著作出现时,基本上被命名为"文学概论"。简单地说:这门学科,在民国时期,主要称"文学概论";共和国前期,主要称"文艺学";在改革开放的变化中,到今天,"文学理论"之名已经取得了实质性的胜利。

民国时期的文学理论著作用得最多的名称是"文学概论"。从毛庆耆、董学文、杨福生在《中国文艺理论百年教程》(2004)书后附录的"文艺理论教材及有关著作的书目汇编",到程正民、程凯《中国现代文学理论知识体系的建构》(2005)中的"文学理论教材书名总录",可以看到,1911~1949年文学理论著作共有71本,其中取名为"文学概论"的31本,接近总数的一半,取名"文学理论"的只有3本,没有取名"文艺学"字样的著作。由此可知,民国时期的学者要写文学理论著作,绝大多数将之命名为"文学概论"。为什么要称"概论"呢?这是一种权威导向下的产物;在1913年的《教育部公布大学规程》中,"文学门"里的梵文学类、英文学类、法文学类、德文学类、俄文学类、意大利文学类和言语学类,都设置了"文学概论"课程;同年的《教育部公布高等师范学校课程标准》中,要求"国文部及英语部之预科,每周宜减他科目二时,教授文学概论"②。为什么教育部文件中用"概论"这一词呢?从名词来讲,恐怕这是来自日本,中国最早的一本文学理论译著,就是日本学人本间久雄的《新文学概论》(1925)。何以定为"概论"?两个官方文件是怎么讨论和定稿的?哪些人参与了此事?治这一学科者,第一,应从历史学的角度,予以解谜;第二,"概论"可能是一个日本学人造的汉字词汇,也可能来自某一日文的翻译,它究竟来自何种日文词汇,这一日本词又来自哪一西文词,也需要探究;第三,"概论"一词的背后,体现了当时学人怎样的一种运思方式?体现了对学科的怎样一种预设?受到怎样一种学术背景的影响?这都是需要进行专题研究的。

共和国前期,这一学科的名称一下子变成了"文艺学"。同样综合上面两书的资料,在1950~1959年国人撰写的总计25本体系性著作中,取名有"文艺学"字样的12本,占总数的一半左右,"文学概论"只有4本,没有以"文学理论"命名的。我们知道,文艺学来自俄文"литературоведение",原意是文学之学,译成"文艺学",很容易误解为文学艺术之学。直译"文学学",在中文里很别扭,为什么不译成文学理论呢?在苏联学术体系中,文学学涵盖三个分支学科;文学理论、文学批评、文学发展史;用"文学理论"去译"文学学"是以小译大,不行。为什么要译成文艺学呢?由于苏俄的学术体系和运思方式里,文学被放在艺术之下,二者构成了上下级关系,往往思考文学问题要联系到作为上级的艺术来考虑。因此文艺学,不是按照中文的惯常读释,成为文学与艺术之学,而需要一种特定的读释法,其含义是;作为艺术的文学之学。从1937年出版的维诺格拉多夫《新文学教程》中译本,到1958年出版的毕达可夫的《文艺学引论》中译本,到1995年沃尔科夫

（Волков Иван Фёдорович）的俄文本《文学理论》,可以看出一种共同的俄式理路。如后者第一节的标题就是"作为艺术门类的文学艺术"。这里的"文学艺术"只有按上面所说解读,才是通顺的。从根子上说,俄罗斯斯文学学的建立和发展是受西方传统影响的。文学"literature",来自其拉丁词"littera",意为写出的字,学者们为了将其规范化,把"文学定义为一种艺术"③,在这样做的时候,英文词"literature"模糊一些,但德文词"Wort-kunst"很明确。"文艺学"在 20 世纪 50 年代的中国产生了出来,但是我们至今不知道,这一译名是怎么搞出来的,又怎样提案、讨论、通过的。更有意思的是,文艺学从其在中国学界出现,一是在释义上,有关方面没有给一个权威说明;二是在框架上大体对应着苏联的文学理论(加上文学批评),而丢了文学史部分。由此可见,在"文艺学"这一俄语中译词里,包含了中国学术与苏联学术之间意味深长的冲突,很多的问题应在这里展开。但是改革开放以来,这个问题在这一学科忙着与西方文学理论的接轨中被搁置起来了。

改革开放以来,学科的命名又发生了一次大变动。在 1978～1989 年出版的 61 种同类著作中,"文学概论"有 24 本,"文学理论"14 本,"文艺学"12 本。文学概论的优势复出,这是因为蔡仪主编的《文学概论》作为教育部法定教材起了权威示范作用,但最具有象征意义的是,"文学理论"数量第一次大增。这里不得不提一下韦勒克、沃伦《文学理论》的中译本在 1984出版对中国学界的巨大影响。在 1990～1999 年出版的 36 种同类著作中,"文学理论"9 本,"文艺学"9 本,"文学概论"7 本,"文学原理"8 本,其他 3本。从中可见,"文学概论"已经随着蔡仪《文学概论》所代表的共和国前期的理论模式的淡出而减少,"文艺学"由于有学术体系和教育体系中的目录的权威性支持,仍然还有市场,但是"文学理论"的势头已经在学界和社会公共空间明显强大起来。先看学界,童庆炳是这一学科具有代表性的人物,他写过《文学概论》(1984),合著过《文学概论》(1984),主编过《文学概论新编》(1995)、《文学理论要略》(1995),但最使他声名显赫的是主编了《文学理论教程》(1992、1998、2004),这本在国内学科领域影响最大的书,是以"文学理论"命名的。当然,一个同样的因素是,继韦勒克、沃伦《文学理论》之后,伊格尔顿的《当代文学理论引论》(1987、1988)、卡勒《文学理论》(1998)在中国出版。正如王一川所说:"英语世界'文学理论'(literary theory)概念在中国文学研究界广泛传播,逐渐取代'文艺学'而流行开来,成为当今文学研究界的一个通行语了。"④新世纪的三本前卫性著作,都用了"文学理论"一词,可以说基本上定下了这一学科的名称。再看公共空间,在 google 上搜索,"文学理论"为 7520000 条,"文学概论"为 979000 条,"文艺学"238000 条。

从这门学科著作的普遍性命名来看,民国为"文学概论",共和国前期为"文艺学",改革开放后转向"文学理论",这一看似简单的现象后面意味着什么呢?

二、典型著作所蕴含的内容

20 世纪以来中国文学理论的演进与中国现代性的演进紧密相关,形成了三个具有断裂性的时期——民国时期、共和国前期、改革开放以来,形成了三种不同的理论形态。三个时期最具有典型性的文学理论著作是:田汉的《文学概论》(1927),以群主编的《文学的基本原理》(1963~1964),童庆炳主编的《文学理论教程》(1992、1998、2004)。

把田汉的编著作为民国时期的典型,在于它多方面地反映了民国时期这一学科的丰富性、互动性、纠缠性。具有现代意义的文学理论的建立,包容了多方面的因素,一是中国传统文学理论,自清末现代教育体制建立以来,它渐渐失去主导地位,其整体结构在文学理论中消失,从姚永朴到马宗霍、刘永济、姜亮夫、到程会昌的著作可以看到这一轨迹。最后变成了个别资料与现代文艺理论相对接而进入新体系的时代。田著体现的正是这个转型完成的形态。在田著里,中国古代人物(著作)出现 12 类(尚书、孔子、庄子、屈原、诗大序、刘勰、新唐书、杜甫、白居易、元稹、朱熹、曾国藩)⑤,这些成为新文学理论体系的普适性的证明者。这一方式成了以后乃至今天文 学 理 论 的 固 定 格 型。二 是 西 方 文 学 理 论 的 因 素。温 彻 斯 特 (C. T. Winchester)《文学评论之原理》(1924 年译本)和韩德(T. W. Hunt)《文学概论》(1935 年译本)所呈现的体系,对中国现代文学理论的建立具有决定性的影响。在这两本著作中,有西方文化众多元素的汇集,这两本书经日本学人的进一步收容,一个内容丰富的西方主体思想,成为田著中的核心内容。这一倾向在民国时期,特别在京派学者圈里,一直有巨大的影响。三是日本文学理论的因素,当时有两本日本学人的著作译本,本间久雄《文学概论》和厨川白村《苦闷的象征》。田著对于前者,完全照搬了其总体结构,连章节和标题都基本原样呈出;对于后者,田汉作了大段的引证,成为文学起源学说的重要元素。虽然这两本日本文论,内容也是来自西方,但毕竟作了一种日本式归纳(本间久雄)和发挥(厨川白村)。中国学人学西方而转借东学,不觉中受影响而又结合实践自我作主,这是自维新变法以来,中国思想学术上的一个持续性的取向。四是苏俄文学理论的因素。在田著中,出现了4位苏俄学人:托尔斯泰、屠格涅夫、克鲁泡特金、加里宁⑥。前二人代表了沙皇时代的两种现代性取向,后二人代表了苏维埃的革命思想。如果说,在田著里,俄罗斯思想是与西方思想进行了具有同一性的论述,那么,革命思想则成了田汉自创新论的重要来源。五是中国现代性进程对文学理论建构的影响。在田著里,中国现代人物出现五人:孙中山、蔡元培、周作人、郭沫若、博彦长。蔡、周、郭的言论,都在为一个建立在西方文论主体上的思想作注。孙和博则为田汉自己根据辛亥革命以来、特别是"五四"运动以后中国现实提出的自己的主张服务。田著对中国未来文学的方向提出了三大主张,一是突出民族精神的国民文学,海尔巴特(Sidnry Herbert)、吕朋(Gustave le Bon)、孙中山构成其理论资源,前者是普遍性的代表,孙中山突出了中国特色;二是走向大众的口语文学,提倡土语文学的博彦长被引证,这里有清末以来的自治思潮和"五四"以来的大众化倾向为坚实基础;三是无产阶级文学,加里宁在这里出场,显示了民国文论界的又一倾向。这五大因素究竟如何具体影响到民国时期中国文学理论的形态,还没有得到认真的研究⑦。

中国现代性在西方、苏联、日本这三方面的复杂影响下演进,最后的结果是苏联模式占了优势,田汉本人是一个革命文学理论家,这本书中,革命的倾向已经显出,但写书之时西方、苏联、日本三种影响正好处在匀称的张力之中。从历史时间上看,由此向前,看到的是中国古代文化的余绪,由此向后,看到的是苏联影响的完全胜利;从文化空间上看,向左,是完全苏联式的思想,如蔡仪式的论著;向右,是完全西方化的理论,如朱光潜式的论著,田著正好在其中,从而具有民国时期的典型意义。

在田著的艺术性的大拼合中,尽管有日本学人的结构,苏俄理论的思维,中国现实的紧贴,中国传统的帮衬,但最明显的还是横向移植的西方理论的主体。学西方是19世纪60年代以来持续高涨的潮流,田著中出现的67位西方理论家,其中可以看到不少在19世纪80年代当中国文学理论返回学科型理论时大红起来的一些西方理论家:康德、贝尔、桑塔耶纳、鲍桑葵、弗洛伊德、波斯烈特、勃兰兑斯、丹纳……,而且田著在经过日本学人对西方思想的采纳中,对文学审美特质的强调,对思想性的解释[⑧],甚至比现在理论家的水平还要高出一些。然而,田著以及整体的文学理论,都不仅限于学科层面,更体现在推进现代性的文化层面,苏式模式对西式理论的取代,是因为苏式思想在推进中国现代性的总体上的优势。只有从这一角度看,田著的意义才显出一种超越学科的丰厚。而从这一角度去看民国时期的文学理论演进,还有很多问题需要研究。再换一个角度,西方之学,突出的是分科,审美首先是自律,以自律的方式去服务于文化整体的演进;中国之学,突出的是整体,每一个学科都只有明显地服务于这一整体,才显出其意义。这是一个与苏联模式接近的思路。在救亡图存的时代,西方的学科方式必然要被苏式思维和中国特性所取代。如何从中国现代性特殊语境去思考民国时期文学理论的走向,还有很多工作可以做。正是出于多方面考虑,我才把一个从今天的知识产权角度来看大有抄袭之嫌[⑨]的文本作为思想史的典型个案,来加以正面评价和分析。

共和国前期文学理论大而言之,包含了四种内容:一、西方理论在文艺学教学大讨论和知识分子思想改造运动中迅速消失;二、为配合政治斗争由大学学生编的青春性和实用性教材在斗争中兴起;三、在苏联专家及其著作主导下的文艺学类型;四、在中苏关系破裂后,中国集一流专家撰写的统编教材。中宣部和教育部集全国一流专家编写的两本统编教材,就是以群主编的《文学的基本原理》(上下册)(1963~1964)和蔡仪主编的《文学概论》(1979),这两本书内容、结构、主旨、叙述基本相同。对这四个方面的丰富内容的研究,在学术上空白甚多。而第四种由于包含了前三种内容而成为共和国前期的典型。在这两套书中,西方思想完全消失,也去掉了纯青春性和实用性,既保持了苏联文艺学的基本精神,又与之拉开了距离,并保持了中国马克思主义的斗争性和精英性。它由于对前三种内容的包蕴而形成的内在冲突,也是一个值得研究而还没有进行的学术工作。

共和国成立后,面临着对立的国际环境,先是在世界的两大阵营中与美国阵营严重对峙,中国文化的整体性思维在文学上表现为,把自己斗争胜利的现实经验与苏联文艺学的阶级性、人民性、党性、斗争性结合起来,这一方面是用苏联模式来总结自己的斗争经验,另一方面也是把自己的斗争经验放进一种以苏联为代表的世界史的宏伟叙事之中。它体现为 20 世纪 50 年代以季摩菲耶夫《文学原理》(三部)(1953)和毕达可夫《文艺学引论》(1958)在当时的全面性影响。这一比较学上的影响研究几乎是一个空白,当时的"追苏"与80年代以后的"追西"在心理模式上的相似性与相异性的研究可以给我们不少的反思资源。中国经验与苏联经验的差异性一开始表现为50年代大学生编教材的青春性实验,这一具有丰富复杂内容的文学政治学和文学社会学研究,也是一个理论空白。继而中国与苏联集团严重对峙,国际形势的空前恶化,共和国的知识精英在政治与学术的风风雨雨中形成的一种学科定式在两本统编教材中典型地反映出来。首先可以看到中国与苏联在学科体系上的差异。苏联文学学(литературоведение)包括三个部分:文学理论、文学批评、文学史。其中文学理论内容,就是季摩菲耶夫《文学理论》和毕达可夫《文艺学引论》中三个部分,在权威型的《简明文学百科全书》中表述为:"文学理论——文学学的一个重要领域……文学理论研究的问题主要构成三个系列:作者形象地反映现实的特点的学说、文学作品结构学说和文学进程学说。"⑩中国的文学史进不到文学学中来,因为苏联文学史是一个以西方文学史为前段以苏俄文学史为后段,世界史在苏联达到顶峰的宏伟叙事,中国的文学史在其中是没有地位的,因此,在中国学界,把中国文学史与外国文学史区分,避开了这一窘境,但也使中国学人必须构造自己的学科体系。文学批评是苏联文学学的一个专门领域,在《简明文学百科全书》(1972)关于"文学批评"的巨型词条里,呈现了一条从西方到苏俄,特别是19世纪以来苏俄的丰富历史资源。苏联由于自己的历史完美地接在西方历史上,因此显得丰富多彩。中国呢,自己的历史不能体系性地嫁接过来,马恩列斯毛在文学的具体实践中可以利用的资源不多,而苏联成为修正主义,断了又一资源,中国现代以来的丰富的批评理论在一次次的大批判中多已被判定为"反动"。一个具有学科性的中国式的马克思主义批评理论难以形成,于是在苏联中两分的文学批评与文学理论一道构成了中国的文学理论。也许,这与中国体系的建构的一个现象相联系,这就是"欣赏"理论的出现。这是一个颇值得玩味的现象,中国现代以来的文学理论,从20世纪20年代到50年代,基本上没有"欣赏"。大概是因为这段时间中国的文学理论主要是学步西方,而在西方,正如盖列(Gayley)和斯各特(Scott)《文学批评的方法与材料》(*Methods and Materials of Literary Criticism*)所说,批评(criticism)一词在西方文化的五种含义中,其中一种含义就是"欣赏"(to appreciate)。而中国文论的传统,是诗话词话,以品藻鉴赏为主,寓批评于欣赏之中。60年代中苏对立之后的统编教材中,"欣赏"与"批评"并列,一道构成了学科体系的重要部分。何以欣赏能够进来？是不是中国与世界（美帝苏修各国反对派）的严重对立中，一种无意识情结，把欣赏引入，让中西文化的差异在一种新的张力中得到呈现？总之，欣赏作为专节的出现，包含着非常丰富和复杂的意味，值得研究。统编教材与苏联体系的一个最大的区别，是用两结合形成的中国式的宏大叙事。在苏联文学学中，文学理论与文学史的关联，就是把文学史的作品演进抽象为文学理论中的文学流派演进和创作方法演进。在这一演进中，社会主义现实主义成为历史发展的最高峰。而 20 世纪 60 年代的中国，一方面有着面对封（中国古代社会）、资（美国为首的资本主义）、修（苏联为首的东欧集团）的全面挑战的严峻，另一方面又有自己独在世界前列的自豪。于是两本教材，一方面淡化文学流派的历史，突出理论性的方法（把两本教材的有关部分与毕达可夫《文艺学引论》的第三部分比较，区别非常鲜明），另一方面，把创作方法的演化史抽象为正反两种，正面为主，从古代的现实主义和浪漫主义，到苏联的社会主义现实主义，再到中国的革命的现实主义和革命的浪漫主义相结合。反面是古代与现实主义相对的自然主义，与积极浪漫主义相对的消极浪漫主义，及其西方现代和苏修当代，最后这一点不是从标题而是从行文中表现出来。在这样一个宏大叙事中，正如 50 年代青春型文科教材《文艺学新论》(1959) 以"在毛泽文艺思想光辉照耀下文艺上的大丰收"为结束一样，60 年代中国精英型统编教材以中国的两结合创作方法，作为历史的最高峰。在整体性、政治性、思想性、阶级性、斗争性、时代性的高扬中，精英型的统编教材形成了中国式的学科体系结构，它由四大部分构成：文学本质论、文学作品论、文学创作论、文学批评论。这一体系，就其结构来说，在今天还占据着主流，就其结构所包含的具体内容来说，在当时"最先进"而在以后又被全部改换。何以形成这两个方面，以及这两个方面之间的互动消长关系何以形成，是一个非常值得深研但很少被深入分析过的领域。

改革开放以来，1978～1999 年出版的 66 种文学理论著作中，童庆炳主编的《文学理论教程》占据了重要位置。在童著里，可以感到三大特征，一是与共和国前期的论著有着结构上和核心上的继承性；二是在结构和核心继承基础上在内容上与时俱进的实践性；三是在用各种最新内容来填充原有结构时所呈现出来的矛盾性。

先讲第一方面。共和国前期的成果体现在三方面，一是文艺学的学科命名；二是统编教材的四大结构；三是马克思主义的权威符号。在第一点上,童著在书名上,已经彰显了"文学理论",但书的开章首句:"文艺学,一门以文学为对象、以揭示文学基本规律、介绍相关知识为目的的科学,包括三个分支,即文学理论、文学批评和文学史。"①但是全书并未体现这句主题词,而是文学理论和文学批评合为文学理论,没有文学史。在第二点上,童著从其目录和全书结构看,与统编教材的四部分一致,导言以后为四编:文学活动(就是文学本质论),文学创造、文学作品、文学消费与接受(就是文学欣赏与批评)。在第三点上,改革开放的中国是以马克思主义为指导的中国。童著把自己的理论总结为五点:文学活动论、文学反映论、文学生产论、文学审美意识形态论、文学交往论,并宣布这五点是"马克思主义文学理论基本观点的五个要点"②,"对于这些观点我们要在建设当代文学理论形态中作为指导思想加以阐发"③。

再讲第二个方面。改革开放以来的总体语境在两个方面与文学理论相关,一是中国关于自身定位和对世界形势的重新认识;二是中国教育体制和学术体制重新转向。就第一方面来说,中国不再相对于帝修反而言已经走到历史最前列和最高级,而是一个正在追赶世界奋发向上的发展中国家;就第二方面来说,教育体制和学术体制从苏联模式转向重学世界先进。在这两大关联中,文学理论一方面要面向世界先进,另一方面要突出学科特性。童著在这两方面都做到了与时俱进。首先,用文学是审美的意识形态作为文学本质论的核心,用突出审美而强调文学的学科性,区别于共和国前期强调文学的政治性和工具性;其次,用文学活动一方面强调文学与人的关联而区别于以前的阶级性和党性,另一方面强调了文学理论的体系性更主要的是当代性;第三,由于对当代性的强调,全面吸收世界上的各种思想和尽可能地吸收中国传统思想而丰富了自己体系结构的内容。如在作品部分,对西方文本层次理论和叙事学理论的引进,对中国意境和意象理论的吸收,在文学的消费与接受部分对文学消费、解释学、接受美学的引入,对西方传统批评模式和现代批评模式的介绍。这三点使得童著具有一种与时俱进的当代性。

最后讲第三个方面。童著的特色可归结为既保留权威符号又容纳万有。但是要把来自不同方面的资源整合为一个具有体系性的统一体,其难度可想而知。于是该著呈现出几大矛盾:首先,结构上本质论与文学论之间的矛盾。在本质论中,包含两个基点:1. 文学是一种人的活动,2. 文学是一种审美的意识形态。这两点从总体上说,迎合了中国社会的转型,前者迎合了社会总体观从阶级性、斗争论到人性、和谐论的转变；后者迎合了文学观从"政治第一"向学科为主的转变，但这两个基点在童著中的共同处是理论性资源不够和逻辑上论证较弱。如果说，统编教材的文学本质论部分直接来源于政治上的权威表述，而权威表述又是与当时的社会结构及其观念把握相一致，那么，在童著中，文学本质论不能直接来自政治权威表述，而应来自相关学科对于正在演变中的社会结构的理论。人的活动在新现实的丰富性没有得到理论上的抽象，意识形态在新的社会结构中的重新定位和内涵没有得到相应的阐释，成了较为干枯的符号，从而在精神上与后面的文学三论（创作、作品、批评）形成了相当的矛盾或断裂。其次，在概念上，由于容纳万有的驳杂，把各种资源为我所用地化为一种整体的时候，显出了术语上的冲突。比如，文学作品产生，用生产还是用创造，文学作品的作用，用欣赏、接受，还是消费？这些概念有不同的来源和当时的语境。化为我用，要有统一性，比如就欣赏而言，强调审美，应用欣赏，而不要用消费，就是加上审美消费，也意味着用经济学的方式来看待非经济学的文学。最后，在表述上，一是还残留着以前的权威性话语，二是对某些观点的理解和阐释还值得斟酌。

童著的新意和矛盾都呈现了其作为转型期的文学理论著作的特点。而这一特点与转型期社会的多方面的对应性和互动性，是一个非常有意思的学术话题。

三、理论新潮所呈示的方向

新世纪以来，本文开头提到的三本文学理论新著相继发表，将之与童著比较，显出一个共同的特点：学科本位意识得到更大的突出。童著的核心观念：文学是一种审美的意识形态，虽然用审美强调了文学的特性，但这一特性还是在意识形态之内，与政治和社会保持着固有关联；内蕴着文学与政治和社会的整体性依存。而三本新著，用避开或重释意识形态而摆脱了这一整体性依存。在南著和陶著中，文学与意识形态的关系，只是文学的诸多关系中的一种，并没有本质性的作用，而且就在谈到意识形态与文学关系的时候，陶著的阐释运用了西方马克思主义的话语，书中说："意识形态的运作目标是隐蔽并神秘化资本主义制度下的阶级结构和社会关系的真正本质，所以意识形态批评担负了一种去神秘化的解蔽功能，作为一套激进的批判资本主义的话语体系和理论范式发挥了重要的作用。"[14] 在南著中,作者依照美国学者卡勒的意识形态论,认为文学既是意识形态的手段,同时又是使其崩溃的工具[15]。而王著则不谈意识形态问题而建立自己的文学理论体系,这个体系用王一川自己的话来说,叫"感兴修辞论"。在文学理论中,把文学是一种意识形态,作为一种本质性的定义来论述,无论这一意识形态是审美的还是非审美的,都意味着从本质上把文学放在社会整体来把握。只是强调"审美"是在社会整体的意义上,注意文学的特征而已。不谈意识形态,或不把意识形态放在本质性的定义中谈,意味着不是把社会整体放在首位,而是把文学自身放在首位。在文学理论的学科性走向中,王著的"感兴修辞论"呈现了一种更明晰的主题意向。在王著中,"感兴",是对文学审美特性的内容作的一种概念性把握,"修辞"是对文学审美特性的形式作的一种概念把握,"感兴修辞论"与"审美意识形态"正好形成一种承转关联。审美意识形态是文学的审美特性与社会整体的结合,感兴修辞论则是文学的审美特性与语言表现的结合。审美的内容与形式,构成了文学理论的主体框架。文学的自律性特质得到了一种全面的伸展,文学理论的审美特性呈现了一种体系性的结构。三本新著作为一个整体,都是从学科的立场来谈文学理论,但具有意味的是,三本文学理论新著,在对文学理论的超越中,显出了三个不同的方向。

南帆《文学理论(新读本)》是以世界学术的最新观念为尺度,来重新叙述文学理论的新体系。其宏伟叙事建立在对线型历史进化的观念之上,在这种线型历史进化观中,一切非主流的文学理论,比如"中国古代的诗话、词话,无法纳入'现代'知识形式,而没有资格跻身于现代社会科学"[16]。因此,现代的文学理论只能建立在一种现代性的主流文化的知识形式之上。用南帆的话来说;"进入九十年代之后,后现代主义文化与全球化语境正将文学问题引入一个更大的理论空间,这时,传统的文学理论模式已经不够用了,一批重大的文学理论命题必须放到现在的历史环境之中重新考察与定位。"[17] 因此,世界主流文化的最新成果,必然地成了当今时代重新书写文学理论的最高尺度。然而,在中国,尽管已经处于一个全球化的语境之中,其文学理论却主要在自身的演进中形成了一套结构,因而,用一种逻辑来完善已有的结构,用新的观念来改写这一旧结构中的内容,成了南著的基本方式。南著的特点,一言以蔽之:以新的文学理论为最后定论来重新整理先前的中国文学理论。它的优点与弱点,在两个方面显示出来:一是以时代最新思想为最后尺度带来的利与弊,二是时代思想的内容与已有结构范围之间不重合的矛盾决定写出的结果。由于南著以历史线型进化为观念基础,以西方最新理论为定论尺度,于是南著在叙述和讨论每一个主题时,都有了一个立足当下对未来的展望,不过这一展望只是预测由西方文论代表世界文论将如何发展。它既显示了南著的开放性,也暴露了南著的狭隘性。

王一川的《文学理论》建立在中国文学理论的原有结构之上,但要让文学回到文学,于是把文学理论与文学作品紧密联系起来,一方面吸收西方文学理论的最新成果,修正和充实原有的文学理论,另一方面回顾中国传统,为回归文学特性的文学理论寻找一个带有中国特色的命名。王著的特点,可以用四句话来概括:立足原有结构,回归文学特性,兼容中西理论,独创招牌新名。王著把自己对文学理论在文学特性上的深入和体系化,用了一个新名词:感兴修辞论。前面说过王著对童著的发展,是从审美意识形态论到感兴修辞论。前者虽然提出了审美的重要性,但这一重要性是与意识形态、一种社会的整体性联系在一起的,是一种社会性审美,而感兴修辞论中的感兴,首先是个人的事,是与个人感悟和个人写作相联系的。感兴抓住文学的主体(作者与读者)审美特质,修辞抓住了文学客体语言文本审美特质。感兴修辞,正是用一种文学特质把主客体统一起来,而且既可以用之于创作,又可以用之于欣赏。然而,作为一种文学理论所要求的普遍性,感兴修辞以一个具体的概念来传达一种普遍的概念,不是用一种具有特殊性的表达个人观点的形式,而是用一种具有普遍性的文学理论教材的形式,使自己陷入了一个争议的境地。王著中用感兴修辞来概括的文学现象,中西古今用了众多的不同的概念来表达。但是,感兴修辞的提出,不是建立在对理论史和概念史的分析上,而是建立在对文学客体的总结中。就事实来说,人们都会承认,他说对了,而且也同意他用各种实例来进行的精彩证明。王著的一个显著特点,就是用自己对文学作品的深刻体验,对理论实质的深切把握,来结构、重述、提出一个带有个人标记的文学理论。但就理论来说,为什么要用这一概念而不用其他概念,用这一概念好不好,别人服不服,没有经过一种学理性的分析、证明、讨论。作为文学理论,第一,一个总概念的提出,是应该建立在一种文学理论史的基础上,而不仅是在一种与文学现实的契合上;第二,作为一个带有普遍性的文学理论教材,不从理论史逻辑得出的概念,而从现实体悟上得出的概念,尽管会得到一种感性的理解,但对其普适性却会引起一种理论上的质疑。

如果说,南著以世界学术标准(一种线型进化论)来定位自己的理论体系,王著以文学本体逻辑来结构自己的理论,那么陶著则以历史多样性来结构自己的理论。从方法论来看,陶著是一种比较研究。在一个后现代思想的氛围中,与南著一样地具有以西方最新思想为最高尺度的定式,陶著带着最新的解构观念,走向了一种历史景观和文化比较,用他从西方学人那里照搬过来的现成词汇来说,叫追求知识的"历史性"和"地方性"。但他在走向历史性和地方性的同时,又明显地带着一个先在的概念结构。这个先在结构,一是他所身处其中的中国当下的文学理论,这一点构成了陶著的总体结构;二是自80年代中期以来在中国学界中流行的中西比较的方法论结构,这一点构成了陶著的基本方法。在这一历史语境的暗中制约下,陶著一方面开阔着自己的眼界,另一方面又封闭着自己的眼界,因此呈现出一个矛盾和复杂的理论文本。

三本新著的三种方向,从大的方面来说,已经呈现出了中国文学理论的基本走向,一种新型的中国文学理论,大概会在这三种方向的张力与合力中催生出来。如果这一估计基本成立,那么,下面的两个问题就会显得重要起来,第一个问题,这三本新著在自己所开辟的方向上,走得怎样?对这三本新著按其自身所树立的标准来进行批判性的衡量,不但对这三个方向本身具有重要的意义,而且中国文学理论界对这三个方向的讨论,本身也具有重要的意义。第二个问题,新型的文学理论,一定是既与中国现代文化的演进方向相符合,又与全球学术的演进方向互动和契合,那么,这三本新著在其对世界学术的整体把握上又达到了什么样的水准呢?从这两个方面来看这三本新著目前所呈现出来的形态和所达到的水平,就会使我们对它们在中国文学理论史和世界文学理论史上的位置,有一个基本理解和确当定位。

三本新著的倾向与得失值得好好研究,笔者已写就一篇对之进行详细文本分析的长文:《走向前卫的文学理论的时空位置:从三本文学理论新著看中国文学理论的走向》将发表在中国人民大学比较文学所编的《问题》杂志上。希望能为引玉之砖。

四、全球视野所应有的反思

如果把中国文学理论百年演进,放到全球的比较视野之中,有三个特点是很突出的:一是中国文学理论的演进,是纯理论体系的演进,即从一种理论模式到另一种理论模式;二是这种理论体系的演进是以一种普适性的宏伟叙事的方式进行的;三是这一普适性深入到这一学科的结构中,成为一种叙事方式和话语方式。哪怕受西方后现代思想的影响,三本新著都标出了反本质主义的主动意愿,甚至将其作为主题词,但具体写来,却还是一种普适性的。从这一角度看,中国文学理论在追赶世界的时候,有两个特点又是较为突出的:一是只盯着"最先进",而对其他注意不够;二是在眼光盯住最先进时,受自身的习惯方式阻碍,对最先进的接受有重大遗漏。下面就通过比较,来看一看中国文学理论在追赶先进中,追赶者与被追赶者之间的差异。

先看中国与苏俄比较。从 20 世纪 20 年代末始,苏俄文学理论开始影响中国,50 年代,中国文学理论学苏联达到高潮。苏俄文学理论的宏大叙事,有两大特征,第一,一直是在一个三层结构中运思,即文学、艺术、社会,文学是作为一种艺术,在艺术的总特征之下与社会发生互动的。在这一意义上,用文艺学去译"литературоведение"(文学学),确有遗貌取神的意味,而中国文学理论始终是在文学与社会这两层中运思,文艺学一词从译进来开始,就对中国文学理论的叙述和结构造成了巨大的干扰。而中国文学理论从一开始就没有,也不可能按照苏俄的文学理论、文学批评、文学史,这三合一的方式去建构文学学。文艺学一词造成了中国文学理论的学术结构和学术用语混乱,乃至困扰着中国文学理论的运思。第二,苏俄的宏大叙事,能够把自己的民族发展史与世界主流发展史完美地结合在一起,沃尔科夫·伊万·费多罗维奇《文学理论》(1995)第三部分,从文学史抽象出流派方法,从古希腊一直到浪漫主义,然后是多元发展的现实主义、现代主义,19~20 世纪的社会批评现实主义和心理现实主义、社会现实主义、多样现实主义。而中国从先秦开始的古代的传统无法采用,从王国维、梁启超开始的现代传统也无法采用,一个由中国在其中起重要作用的世界史的框架没有形成,导致了宏大叙事的困难,与中国文学理论一直存在的宏大叙事结构不相适应。

再看中国与西方的比较。中国文学理论的演进,是一种纯理论体系的演进,在对照西方时,成了"一条线演进";西方文学理论的演进,是两条线,一是文学理论体系的演进,二是文学流派理论的演进,而越到后来,流派理论的演进越占上风,因此,西方以文学理论为标题的著作,有两种类型,一是理论体系型,如韦勒克、沃伦《文学理论》,一是流派呈现型,如伊格尔顿《当代西方文学理论》,由于后者占上风,已成主流,更能代表后者的名称的出现频率越来越多,愈显正式。文学批评是以理论的方式显出来的,因此,又叫批评理论。我们看到,中国除了随社会转变而来的文学理论转变之外,在社会整体不变的情况下,文学理论的演进是缓慢的,因为中国没有流派理论。当中国文学理论在吸收西方流派理论的时候,显出了很多问题:一、当要把西方文学理论主要由流派理论的推动而来的进步因素纳入自己体系中时,凸显紧张和困难;二、西方的流派理论在中国不被看成流派理论,而被看成流派史,从而很少体会到流派理论中包含的"理论实质"。在西方学科中,一个简洁型结构的典型例子是法国索邦大学卡帕农(Antoine Compagnon)在新世纪以来讲授的《文学理论》仅限于三大块:1. 何为作者;2. 文体概念;3. 互文性。本质论没有,也不用讲。文学与社会的关联,本文,批评,解释,都在"互文性"中予以讨论。学科性很强,又很纯,且容纳了与之相关的东西。西方学科性一个复杂结构型的典型例子是德国史蒂凡·诺伊豪斯(Stefan Neuhaus)《文学理论概论》(2003)由六大部分构成:1. 文体(抒情文本,叙事文本,戏剧文本,广播剧、歌曲、电影);2. 文学技巧;3. 德国文学史的基本特征;4. 典型篇目与文学评价;5. 文学理论(讲文学理论关键词);6. 实践运用。这里最能显出与中国文学理论的宏大叙事区别的,就是讲文学史是"德国文学史的基本特征",德国人讲外国真的能在普遍性的层面讲得清楚吗?老老实实讲德国,实实在在出特征。学科性体现为一种叙事方式、结构安排、话语形式。

中国无论是与西方还是与苏俄相比较,一个巨大的差距就是本土资源的缺乏。这又是由中国现代文学理论移植世界理论而形成的。西方各国与苏俄的文学理论,非常注意对本土资源的打造和本土立场的弘扬。先看英美,"英国学者拉曼·塞尔登编著的《文学批评理论——从柏拉图到现在》选用了100多个文论家的著述,其中英国文论家占三分之一以上,在第一编第三章和第五编第二章,分别所选的五个文论家都是英国的。英国罗杰·韦伯斯特的《文学理论研究入门》第一章分析了英国文学的现状,针对英国经验主义的传统,提出现在到了强调理论的时候了,第二章又设一节专门探讨英国文学传统。英国汉斯·伯顿斯的《文学理论基础》主要以英国近代马修·阿诺德的诗歌为例子作为演示。美国查尔斯·E. 布雷斯勒的《文学批评:理论与实践导论》开篇所选的范例就是"'美国文学之父'马克·吐温的《哈克贝利·费恩历险记》"⑧。再看德国,前面讲的史蒂凡·诺伊豪斯(Stefan Neuhaus)《文学理论概论》中的"德国文学史的基本特征,就从巴洛克、启蒙运动、感伤主义、狂飙突进、古典主义、浪漫主义,一直讲到后现代的通俗文学,囊括了整个西方近代以来的所有流变",而且都以德国为例,还讲了不少从西方角度讲不出,只有从德国才讲得出的东西,如(纳粹)民族文学、流亡文学与内心流亡等。再看法国,在前面所引的卡帕农(Antoine Compagnon)《文学理论》的互文性部分,其二级标题中出现的资源也以法国为主:蒙田、拉辛、瓦莱里、普鲁斯特、克里斯蒂娃、巴尔特、里法特尔、热内特……最后看苏俄,A. A. 苏尔科夫主编的《简明文学百科全书》(九卷,1962～1978)中的巨型词条《文学批评》(1967)其实是一个苏俄型文学批评,整个词条全是苏俄资源。从文学批评的萌芽期开始,到被别林斯基称为奠基人的卡拉姆津,然后随着年代、思想、流派一一列述,每一次都有一批批的名字列在其中,从 16 世纪写到 20 世纪 60 年代,英雄辈出、波澜壮阔,完全可以与西方的流派史相媲美。从这方面来看,中国文学理论的内在困难显示了出来。这一困难在相当的程度上是由中国现代性的独特历程决定的。

在一个互文性的语境的张力中,中国文学理论将会以何种方式形成自己的新形态呢? 为了形成新的文学理论形态,需要做怎样的理论准备和学术补遗工作才能使之达到自己的目的呢?

---

① 本文中有关英、德、法、俄四种文字中的相关资料受益于四川外语学院中外文化比较研究中心英语教授张旭春、德语教授冯亚琳、法语教授刘波、俄语教授朱达秋。

② 舒新城编《中国近代教育史资料》中册,人民教育出版社 1981 年版,第 646 页。

③ Charles E. Bressler, *Literary Criticism*, New Jersey: Pearson Education Inc., 2003, p. 10.

④ 王一川:《文学理论》,四川人民出版社 2003 年版,第 5 页。

⑤ 另有周作人的引文中出现 11 类:徐文长、王季重、毛西河、西泠五布衣、袁子才、章学诚、李莼客、赵益甫、俞曲园、章太炎。

⑥ 四位苏俄人,前三位在本间久雄著作里提及,加里宁是由田汉自己引出的。

⑦ 这方面初步研究有杜书瀛、钱竞《中国 20 世纪文艺学学术史》(上海文艺出版社 2001 年版),以及前面提到的程正民等二人和毛庆耆等三人的著作。

⑧ "思想之于文学,是很必要的,没有思想不会有人格,没有人格又那里来文学,不过说不要做思想的奴隶罢了。思想应该成为人格的一种材料,溶入人格之中;再由人格中滴出来,这时的思

想已经不是思想,而是人格了。"(田汉:《文学概论》,中华书局 1927 年版,第 25 页。)

⑨　从梁启超开始,抄日本学人的成果为自己的新见就成了一种饶有趣味的文化现象。

⑩　А. А. Сурков，Краткаялитературнаяэнциклопедия，7，Советскаяэнциклопедия，1972(引文为四川外语学院王婷婷的中译稿)。

⑪⑫⑬　童庆炳:《文学理论教程》,高等教育出版社 2004 年版,第 1 页,第 20 页,第 21 页。

⑭　陶东风:《文学的基本问题》,北京大学出版社 2004 年版,第 383 页。

⑮⑯⑰　参见南帆主编《文学理论(新读本)》,浙江文艺出版社 2002 年版,第 13 页,第 1 页,第 2 页。

⑱　胡亚敏:《英美高校文学理论教材研究》,载《中国大学教学》2006 年第 1 期。

从"文学史"到"文艺学"

——1949年后文学教育重心的转移及影响

谢 泳

一、北大中文系的文学史传统

中国本来是史学大国,西洋史学赶上并超过中国不过是近百年来的事。1949年,齐思和写《近百年来中国史学的发展》一文,开始就说:"在一百多年前,西洋史学,无论在质或量方面,皆远不及中国。中国民族是一个很切实的民族,在玄学的学问方面,不但不及西洋,亦且不及印度。但中国人在史学方面极擅胜场,我们的祖先在这方面有光荣的传统,有惊人的成绩。"[①]正是因为中国人有史学的传统,所以在现代意义上的大学建立以后,在中文系的学科建设中,文学史的地位是很重要的,也形成了相对稳定的传统。而中国早期"文学史"的作者多数与北京大学有关[②]。

1918年北京大学"文科教授案"中特别指出:

文科国文门设有文学史及文学两科,其目的本截然不同,故教授方法不能不有所区别。兹分述其不同与当注意之点如下:

习文学史在使学者知各代文学之变迁及其派别;习文学则使学者研寻作文妙用,有以窥见作者之用心,俾增进其文学之技术。

教授文学史所注重者,在述明文章各体之起源及各家之流别,至其变迁、递演,因于时地才性政教风俗诸端者,尤当推迹周尽使源委明了。

教授文学所注重者,则在各体技术之研究,只须就各代文学家著作中取其技能最高者,足以代表一时或虽不足代表一时而有一二特长者,选择研究之。[③]

从后来学者的治学趣味和学术成就观察，大体可以说，北大中文系的学术传统，主要还是文学史研究。到了上世纪 30 年代，在中文系的课程里，文学史的色彩很明显。中国文学史就不要说了，其他如词史、剧曲史、小说史、日本文学史等，比重很大④。

1946 年西南联大复员北上，在北大的《招生简章》中，介绍北大中文系"文学组"：

> 用历史的眼光来纵观中国历代的文学变迁，用活语言的标准来衡量中国历代的文学结晶品的；从不会领导你走入雕虫篆刻寻章摘句的小道之中。所以这一组的课程，除着重各时代诗文名著的钻研与其他各校国文系相同外，北大中文系更特别注重文学史的讲述。例如开始必修"文学史概要"一科，先给你奠定一个广泛的基础，以后则为分段文学史的讲述。第一段是上古至西汉，第二段是汉魏六朝，第三段是隋唐五代宋，第四段是金元明清，第五段是现代文学；以作较为专精的研究。此外更有各体文学专史的讲述；如诗史、词史、戏曲史、小说史等等，以作为更精密的探讨。⑤

《简章》还特别强调："谁都知道北大是新文化运动的发祥地，现在北大校长胡适之先生更是白话运动的主将，所以常常有许多考生抱着要成为一个新文学作家的理想而投入北大中文系里来，这诚不免多少有一些认识上的错误，因为大学中文系文学组要造就的是文学研究的工作人员，而不专门训练新文学作家。因为一个新文学作家是绝对不能抛开文学遗产而凭空创作的，所以即使抱着那一种目的而来的学生，也决不会感到失望，反而使他培养成更深沉的态度，更虚心的学习。这里的习作，自然是以语体为主，也多的是在新文学写作方面的导师。"

北大中文系的文学史研究传统，虽然越往后越有变化，但作为学术传统，这个主脉，我以为还是延续下来了。王瑶 1949 年后的选择是一个明显的例子。

王瑶由清华到北大，很快就完成了他一生中最重要的学术著作《中国新文学史稿》，虽然作新文学的研究，但方法和方向却是在延续北大文学史研究传统。中间经过北大中文系 1955 级学生集体编著的两册红皮《中国文学史》和修改后的四册绿皮本，虽然学术观点和评价标准发生了变化，但作为一种学术训练和学术意识，作为文学史研究传统的主脉还是以一种特殊的方式在延续。无论是"红皮"还是"绿皮"文学史的写作，都曾受到过林庚、游国恩等前辈文学史家的指导，作为一种学术传统，在特定的历史情境下，它的延续方式可能是变异的，但变异的延续中会保留一些东西。

1958年，北京大学中文系曾在短时间内集中批判过游国恩、林庚、王瑶、王力、高名凯、朱德熙、刘大杰、郑振铎、朱光潜、陆侃如和钟敬文等学者，当时批判的主要方式是大字报，据事后统计大约有一万两千张。而被批判的主要对象都是以教授文学史见长的学者⑥。批判者所信赖的主要方法都来自于当时"文学概论"中传授的理论和思维。是以"论"的方式批判"史"的事实。当时这些批判者对新意识形态毫不怀疑，而只对作为知识承载者的学者进行清算。这个结果最终导致了一个悖论：他们试图彻底清算的知识恰恰来源于他们的清算对象，而且清算发生在他们尚未完全继承那一知识系统的时候，这个结果使当时批判者的知识系统不可能再达到他们批判对象那样的水准。这些批判文章，几十年后再观察，所批判对象及其著作的学术史地位越来越坚固，而批判者及其学术地位并没有超越他们批判过的前辈，虽然这些批判者在上世纪80年代后已成为当时中国文学研究的主导力量，但学术史对他们的评价不可能超过前者。

到了陈平原和钱理群他们这一代，经王瑶这个关键人物的努力，北大中文系的学术传统开始往回退，陈平原的意识可能更自觉一些。陈平原、钱理群和黄子平最早提出"二十世纪中国文学"的概念，如果从学术史角度观察，它的动因其实可以解读为是明确回到文学史研究传统的冲动，把人为割断了的文学史研究界限再打通。

陈平原往回退，由现代文学向晚清以上回溯，洪子诚则往下走。他的中国当代文学史研究，仔细分析还是北大文学史传统，特别注意从文学史角度观察当代文学现象，尤其是文学现象发生的动因和它完整的历史。虽然对象成了当代文学，但文学史的意识和方法，还是北大的老传统。洪子诚在上世纪80年代不引人注意，但到了90年代以后，人们发现他的当代文学史研究无论如何不能忽视。中国现代文学，到了陈平原和洪子诚这里，北大中文系文学史研究的传统就凸显出来了。黄修己《中国新文学史编纂史》出版时，这个意识还不明显，以后再写类似的学术著作，就不能孤立地就事论事，而要把学术的师承和大学的风格联系起来考察。陈平原曾说："新文化运动时期的北大国文系，朝气蓬勃，至今仍令人神往。在其众多实绩中,形成'文学史'的教学及著述传统,并非最为显赫的功业。但文学史的教学与研究,不同于一般的批评实践,作为一种知识体系,需要新学制的支持,也需要一代代学人的不懈努力。此类融古今于一炉的文学史想象,既是基础知识,也可以是文学主张;既是革新的资源,也可以是反叛的旗帜——故也并非无足轻重。"⑦

北大文学史传统的形成不是偶然的,它的意义,正如孙席珍在《怎样研究文学》中所说:"文学史、文学理论和文艺批评,都应该懂得一些。这在初学的人是绝对需要的,尤其文学史是一切理论和批评的基础,没有文学史便没有理论和批评,所以世界任何国家的大学里都把它定为初级生(fresh-man)的必修科。"⑧

二、"文学史"重心的转移

作为学科设置,"文艺学"在1949年以前的中国大学里,没有成为一个独立的学科设置,在课程设置方面,它的地位也不重要。1949年以前出版的"文学概论"一类的书,大约有72种(其中还包括一些同一译本的重译),数量远不能和"中国文学史"相比⑨。其中最早的一本《文学概论》在1921年出版,是根据日本的同类著作编译的⑩。那时出版的"文学辞典"一类的书中,有"文学史"条目而没有"文艺学"⑪。1949年以前的图书馆分类索引中,没有单独的"文学概论"或者"文艺学"目录⑫。

当时"文学概论"一类的书,多数以中国文学为分析对象,除了早期几种受日本影响外,主流是欧美文学。1925年,马宗霍出版的《文学概论》,其实是一本关于中国文学的概论,全书虽有涉及西洋文学的部分,如"西人之论文"、"西洋文学之时代观"、"西洋文学之分体"、"西洋文学之派别"和"西洋文学之法度"几节,但文字很少。最明显的特点是马宗霍基本是以中国文学固有的概念来构造自己的文学理论体系,比如第四章讲"文学之功能",马宗霍使用的概念是载道、明理、昭贤、匡时和垂久⑬。也就是说,这本《文学概论》是以中国文学史为主线的。

郁达夫1927年出版的《文学概说》,主要参考书是欧美和日本的相关著作⑭。其他如胡行之《文学概论》,体例大体完备,也以中国文学和欧美文学的事实为依据⑮。薛祥绥编《文学概论》,本书有自己的体例,基本以中国文学为研究对象,连欧美文学也很少涉及⑯。当时比较流行的是1935年傅东华翻译的美国韩德（Theodore W. Hunt）的《文学概论》。本书以英美文学为研究对象，主要强调的是"文学的教养应该更使成为学术的教养，而学术也应该更使汲取文学的精神"[17]。

1949 年以后，"文艺学"成为大学中文系的重要课程，而这门课程在1949 年以前的人学里，根本没有后来那样的位置。查《西南联大中国文学系历届毕业学生论文题目及导师》一览表就能发现，西南联大 1938～1945年度的历届毕业生论文中，没有一篇是以"文学概论"和"文学批评"为论文题目的[18]。而且从西南联大 1938～1946 年度各学院必修、选修学程表中可以看出，在许多年度，都没有"文学概论"和"文学批评"课。只是 1942～1943 年度，才在大三和大四设立了"文学批评"和"文学概论"两门课。朱自清讲"文学批评"（4 个学分）。杨振声讲"文学概论"（3 个学分）。杨振声的"文学概论"只开了一年，以后他就开"传记文学"和"现代中国文学"。"文学概论"这门课，后来只有李广田还开过一年。

《国立西南联合大学文学院中国文学系学程说明书》中对这两门课的要求是：文学概论下学期开，2 学分，文三四选修，李广田先生讲授。要求是："本课程注重文学基本原理之探讨，如文学之发生与发展，文学之特质与界说，文学之创作，欣赏与批评，并兼及文学之时代任务等问题。在理论方面，大致中外兼采，而举例则尽可能的引用中国作品。"而"文学批评"的设置是全学年，4 学分，文三四选修，朱自清先生讲授。要求是："本学程探究中国诗文批评之问题，分言志与载道、文笔、模拟、品目四项讨论。"

考察历年《西南联大各院系必修、选修学程及任课教师表》，大体上可说，过去中国大学中文系没有"文艺学"这一课程，不但国文系没有，外文系也没有。当时国文系大一的必修课只有"国文读本"和"国文作文"，"国文读本"占 4 个学分，"国文作文"占 2 个学分。外文系也相同，只有"英文读本"和"英文作文"两门课。在西南联大，教"国文写作"的前后有好几位老师，但主要是朱自清、沈从文和余冠英。外文系教师稍分散，吴宓、叶公超、柳无忌和钱钟书都教过"英文读本"。

1934 年清华中文系主任是朱自清，他认为中文系的职能是："研究中国文学又可分为考据、鉴赏及批评等。从前做考据的人认为文学为词章，不大愿意过问；近年来风气变了，渐渐有了做文学考据的人。但在鉴赏及批评方面做工夫的人还少。"[19]虽然有所提倡，但最终没有成为主导方向。当时中文系分为语言和文学两组。在文学组的课程设计中，第一年中国通史和西洋通史的学生得各选其一,所占学分最高,为八个学分,第二、三年开中国文学史。在第四年的选修课中也是中国小说史、中国文学批评史、近代散文、新文学研究等为主。另外有中国文学批评和文艺心理学。

作为一种新学科的"文艺学",最初在中国大学里传播有两个特点:第一是用外来理论解释本土文学;第二是直接以日本和欧美文学为分析对象。可惜中国的"文艺学"没有能以这样的方向发展,1949 年以后中国"文艺学"的建设,不但偏离了中国固有的"文学史"传统,而且也偏离了上世纪20 年代以日本和欧美文学理论为主的方向,最后转向了苏俄文学理论,完成这个转向的关键人物是以群[⑳]。

1937 年 6 月,以群、楼适夷同时翻译了苏联维诺格拉多夫的《新文学教程》,此书在 1949 年前后多次再版。1952 年,以群在"重版后记"中说:"本书译于抗日战争之前的 1937 年春;1940 年曾经一度修改。现在的纸型是根据那时的修改重排的。"以群说他的译本是根据熊泽复六的日译本转译的。维诺格拉多夫《新文学教程》出版于 1931 年,是当时比较风行的文学教科书。以群说:"作为文学教科书,这大概还是草创的第一本。"[㉑] 1939 到1940 年间,巴人出版了《文学读本》和《文学读本》(续编),1949 年此书以《文学初步》为名出版。巴人在"后记"中说:"全书的纲要,大致取之于苏联维诺格拉多夫的《新文学教程》,因为它提出的各项问题,确是最基本的问题。然而我或者把它扩大,或者把它缩小,而充实以'中国的'内容。特别应该指出的,我有三处是涉及于中国文学史方面的。即为中国文学观点之史的发展,中国文学的流派,中国文学之民族形式的检讨。在这里,有我自己的对于中国文学的分期法和各流派的意见。"[㉒]据巴人说,写这本书时得到过郑振铎的很多帮助,特别是在参考书方面。

1949 年前,受苏联文艺学影响较重的是林焕平的《文学论教程》,此书虽然在香港出版,但作为一本大学教程,它所开创的体例为后来文艺学的中国化所模仿[㉓]。本书的第一版完成于抗战时的贵州,是作者在大夏大学教授文学概论时的讲义。1950 年,任白涛翻译了苏联文艺学教授蔡特金的《文艺学方法论》,较为系统地介绍了马克思主义文艺学的基本理论和方法。需要指出的是,当时无论是译介还是试图用马克思主义文艺学理论来研究中国文学的努力和探索,基本还都是自觉的学术追求,尽管这些作者本人是著名的左派人士,但并不失学者本色,包括在此前后出版的蔡仪《新艺术论》,作者个人的风格还是非常明显的。越往后发展,中国文艺学著作中个人特色逐渐消失,到"文艺学"作为中国大学学科的地位确立后,很少有学者再能写出具有个人风格的此类著作。

1949年以后,"文艺学"作为课程,较早进入大学中文系。1949年,华北高等教育委员会向华北各地高校下达《各大学专科学校文法学院各系课程暂行规定》,明确将"培养学生对文学理论及文学史的基本知识",视为中国文学系的任务之一。"在北京大学中文系,当时就选出了'文艺学'和'中国文学史'作为系里的两门重点课程"。

研究中国高等教育史的人都注意到一个事实,就是1949年后中国大学的科系设置,相当多的方面不是延续原国民政府的高等教育习惯,而是延续延安的高等教育习惯,具体讲就是由延安马列研究院、华北联合大学及北方大学到华北大学这一体系,因为当政权转换时负责接管原来大学及文化团体的主要负责人,以华北大学第三部及研究院的教授为主,如钱俊瑞、李新、艾思奇、丁易、沙可夫、江丰、李焕之等,华北大学的第三部就是负责文艺工作的[24]。具体到文艺学这一学科来说,早年在延安马列研究院的周扬就起了很大作用,特别是1944年由他主编的《马克思主义与文艺》出版后,基本确定了中国文艺学后来的发展方向。1949年,华北大学第三部负责编印《苏联文艺问题》,并在前言中指出:"相信这些问题,对于中国的文艺工作者会有启示作用,对于我们的文艺思想的建设,会有重大帮助。"[25]

戴燕在她的研究中认为,中国文学史"始终是在按照自己时代的主流意识形态和课堂教学形态,建构一套特有的经典系统和理论体系,养成一种特有的文学文本的阅读方式,并创造出当代对于过去历史的一种独特意识,从而融入当代教育体制中去的"。她对"文艺学"课程设置的评价是:"解放后的中文系,主要任务在于'培养学生充分掌握中国语文的能力和为人民服务的文艺思想,使成为文艺工作和一般文教工作的干部。'"[26]

1952年,《斯大林论语言学的著作与苏联文艺学问题》被介绍过来,这是一本较为集中介绍当时苏联主要文艺学问题的报告集。译者前言中说:"我们认为这几篇报告,能给我国文艺学家、文艺工作者以及一般爱好文学的同志们以很大的帮助,使我们更深地理解马克思列宁主义的文学理论,进一步认识苏联文学。"[27]上世纪50年代初期,大量关于苏联文艺学的信息被介绍进来,特别是到了1955年,苏联大百科全书中关于"文学与文艺学"的条目单独翻译出版,辞书是确立学科地位的一个重要评价尺度,一门学科历史地位的获得,辞书中条目解释,常常具有经典作用。在"文学与文艺学"的解释中,确立了毛泽东、鲁迅和郭沫若在文学上的历史地位。辞书撰稿人认为:"在中国,毛泽东的论文和演讲,对于中国的唯物论文艺学的形成起着莫大的作用。毛泽东,定下了创造真正民族的、吸取了过去丰富文化遗产的文化这个任务,提出艺术作品评价的两个标准:政治性的标准和艺术性的标准,两者合成不可分离的统一。毛泽东在 1942 年《在延安文艺座谈会上的讲话》中就号召作家们正确地描写新与旧的斗争、作新生活的积极的建设者。鲁迅(1881～1936)认为文学乃是社会斗争和政治斗争的工具,他的著作和郭沫若(生于 1892 年)的著作,对中国文艺学的发展先后提供了莫大的贡献。"⑧中国文艺学后来的发展(包括文艺理论、文学史及文学批评),大体没有越出这个标准。

传统的改变并不可能突然发生,在大的时代背景下,传统的断裂常常是因偶然事件加速的,这就是"吕荧事件"的发生。

1951 年,当时山东大学中文系的一个学生张琪给《文艺报》写信,揭发他的老师吕荧讲课有问题,随后引发了 1951 年 11 月 10 日《文艺报》"关于高等学校文艺教学中的偏向问题"的讨论。《文艺报》在《编辑部的话》中指出:"从这些来信里可以看出,现在有些高等院校,在文艺教育上,存在着相当严重的脱离实际和教条主义的倾向;也存在着资产阶级的教学观点。有些人,口头上常背诵马克思列宁主义的条文和语录,而实际上却对新的人民文艺采取轻视的态度,对毛主席的《在延安文艺座谈会上的讲话》认识不足,甚至随便将错误理解灌输给学生。"《文艺报》以此为开端,在全国范围内开始了一场关于建立新的"文艺学"讨论。在这次讨论中,《文艺报》共收到全国各地 28 所高等学校的来稿和来信 300 件左右。它涉及两个方面:第一,中国高等院校的教师和学生,从此以后对于文学艺术的理解和认识,必须以新意识形态的要求为基本原则;第二,作为一种新制度,"文艺学"成为中国高等院校中文系的一门新课程。

当时对中国高校文艺学教学现状的基本判断是:一种是讲授的人懂得一点马列主义条文,有一点新东西,但不联系实际,自以为很"高级",实际是旧的学院派思想在作祟,认为文艺是一门专门性的学问,可以不必管什么现实运动。第二是讲授的人马列主义修养很差,以前没有接触过,现在只是浮光掠影地看几本。因此名义上似乎是教新的文艺学,内容其实还是旧的一套。最后一种情况是新的没有,旧的也很差。最根本的是对《在延安文艺座谈会上的讲话》连基本的理解也没有。大家认为,现在的问题是要通过具体的材料,将其中违反毛泽东文艺思想的错误观点,对新的人民文艺的轻视态度,不负责任地宣讲着的错误文艺理论以及欧美资产阶级思想意识形态的残余,进行严正的批判。

1952年第8号《文艺报》发表了一篇记者对这次讨论的述评《改进高等学校的文艺教学》,算是对这场讨论的一个总结。文章认为:"从思想上来分析,目前高等学校文艺院系的教师们有各种不同的情况。有一部分是从左翼文学运动中培养出来的进步作家、理论家。他们大都出身于小资产阶级,在新文学运动中有一定的贡献。但因为受主、客观条件的限制,长期来很少接触实际。在全国解放以后,他们之中,有的随时代前进,虚心踏实地学习毛泽东的文艺思想,在党的教育下,成为今天高等学校文艺院系的骨干;有的则始终留恋自己'王国',背着进步包袱不肯放下,以为自己已经很精通马克思主义,满足于一些概念的刻板的条文与知识,因而逆水行舟,进步迟缓,甚至于进步少退步多。另一部分是治学多年的旧学者,对中国古代文学很有研究,但他们的研究,有其旧阶级意识和旧思想的限制。两年多来,有些人已能逐步地运用新的观点重新整理过去的知识,但仍然有些人迷恋故纸堆,欣赏那些充满封建意识的'国粹',排斥新的文艺。还有一部分人受资产阶级教育的影响,一贯地只承认西洋文学史中的一套,认为那是唯一的'正统'。对于中国的一切,他们不屑于研究,什么都是外国的好。他们讲流派,讲文学史的发展,讲伟大的作品,只知从希腊罗马开始,甚至用现成的外国教科书。此外,也有一些教师是市侩,他们过去是色情和低级趣味的贩卖者。今天在课堂上,常常兴之所至,就要想贩卖那一套,还有一些是过去的反动文人。"

作为这场讨论的总结,《文艺报》特别强调:"思想改造是我们改进教学工作第一件要做的事情。教师们因为不能站在无产阶级立场,掌握马克思列宁主义的思想武器,是使得自己的工作不能满足国家建设的需要和青年学生的要求的根本原因。因此,所有的教师们,应该以清洗非无产阶级的思想毒害,当做自己经常的、重要的工作。"而达到这一目的最好方法就是在中国的高等院校的中文系以新意识形态的要求重建"文艺学"这门课程。《文艺报》文章说:"就以'文艺学'这门课程来说,根据教育部的规定,它的任务是'应用新观点、新方法,有系统地研究文艺上的基本问题,建立正确的批评,并进一步指明写作及文艺活动的方向和道路。'这是作为培养未来的文艺干部的一个基本要求。要使得这个要求能够实现,就需要我们在教学实践中以研究目前文艺方向及文艺创作、文艺运动与文艺批评为主要内容；就需要我们以毛主席的《在延安文艺座谈会上的讲话》为指导原则，对现实情况进行深刻的研究。然而，实际情况却并没有能完全照这样做。教师们有的维持既定'系统'，毛主席的这个伟大的历史性的文献竟被忽视，或只是作为附件，略提几句。"《文艺报》文章得出的主要结论是："高等学校中国语文系的课程大多是新开设的。这些课程，尤其是'文艺学'，主要地要培养学生为人民服务的文艺思想，要达到这个目的，就必须要求教师们对这些课程从研究现实问题入手。"

到了上世纪60年代初期，在周扬领导下开始了中国大学文科统编教材工作，对于"文学概论"，周扬甚至给出了体例②。由以群主编的《文学的基本原理》在1963～1964年间分上下两册出版，同时启动的由蔡仪主编的《文学概论》到1979年才完成出版③。一个值得注意的现象是在中国大学流行多年的《文学的基本原理》，是完全由南方学者完成的，北大中文系没有一人参加③。这也从反面说明北大中文系没有"文艺学"的兴趣。

三、结论

学科制度化，通常要通过三种方法来实现。一是大学以这些学科名称设立学系（或者至少设立"教授"职位）。二是建立国家的学者机构（以后还会有国际学者机构）。三是图书馆开始以这些学科作为图书分类的系统④。文学教育是在这三种机制大体完成以后，才可能成为国民文化活动的主要构成部分。

我认为，1949年以前，中国的文学教育重心在"文学史"，无论是中国文学史还是西洋文学史。此后这个重心发生了偏移，由重"文学史"偏向了重"文学概论"，它的制度形式是在大学的学科设置中以教授"文学概论"为目的的"文艺学"学科的建立和逐步完善，最终形成了职业化体系。它的学术风格是"以论代史"，由于尊重事实的"文学史"传统本身具有怀疑的能力，对于新意识形态的建立有抵抗性，所以在新意识形态的建构中，它自然要受到轻视。

文学教育中由"文学史"传统向"文艺学"的转移，使中文系文学教育的专业性受到影响，"文学史"传统的偏移，最后导致了大学中文系与历史系分科的严格边界，文、史分家基本成为事实，最终影响了中国学术的整体水平。

① 《燕京社会科学》第2卷抽印本,燕京大学(北平)1949年版。

② 从林传甲后,胡适、鲁迅、刘师培、朱希祖、容肇祖、冯沅君、游国恩、林之棠、林庚等出身北大的学者都有"文学史"一类的书问世。林之棠在他的三卷本《中国文学史》"叙例"中,曾专门提到过他在北京大学读书时开始文学史的写作(参见《中国文学史》,盛华书局1934年版,第1页)。林之棠和游国恩、冯沅君是北京大学同学。

③ 王学珍:《北京大学史料》第2卷,北京大学出版社2000年版,第1709页。

④ 《国立北京大学概略》(非卖品),北京大学教务处印刷1933年版。

⑤ 国立北京大学讲师讲员助教联合会编《北大各院系介绍——三十七年》(非卖品),北京大学1948年版,第30页。

⑥ 北京大学中国语文学系编辑《文学研究与批判专刊》第1辑,人民文学出版社1958年版,第2页。此批判文集共有4辑,第1、2辑批判林庚、游国恩和王国维;第3辑批判王瑶;第4辑批判刘大杰、郑振铎、陆侃如、朱光潜和钟敬文。与此同时作家出版社出版了《中国古典文学·厚古薄今批判集》丛书,收集全国范围内高校的批判文章。人民文学出版社同时还出版了由"中国人民大学新闻系文学教研室古典文学组编著的《林庚文艺思想批判》。另可参阅《北京大学学报》(人文科学)编辑委员会编《北京大学批判资产阶级学术思想论文集》,高等教育出版社1958年版;复旦大学中文系文学教研室编《"中国文学发展史"批判》,中华书局1959年版;周来祥:《乘风集》,新文艺出版社1958年版。这些批判的对象明显是从事中国古典文学史研究的专家。

⑦ 陈平原:《中国大学十讲》,复旦大学出版社2002年版,第133页。

⑧ 华北文艺社编《怎样研究文学》,人文书店(北平)民国二十四年版,第16页。

⑨⑩ 伦达如:《民国时期总书目》,书目文献出版社1992年版,第12页,第12页。

⑪ 参阅顾凤城编《新文艺辞典》,光华书局1931年版,第32页。胡仲持主编《文艺辞典》,中华书店发行1946年版,第21页。

⑫ 岭南大学图书馆编《中文杂志索引》第1集,岭南大学1935版。《国立中央大学图书目录》线装本(南京),1943年版。

⑬ 马宗霍:《文学概论》,商务印书馆1926年版,第5、86、150、115、125页。

⑭ 《郁达夫文集》第5卷,花城出版社1982年版,第100页。

⑮ 胡行之:《文学概论》,上海乐华图书公司1934年版。

⑯ 薛祥绥编《文学概论》,启智书局1934年版。

⑰ 韩德(Theodore W. Hunt):《文学概论》,傅东华译,商务印书馆1947年再版,第487页。

⑱ 《国立西南联合大学史料》(3),云南教育出版社1998年版,第107~111、117~373、408、212、213页。

⑲ 《清华大学史料选编》二(上),清华大学出版社1991年版,第296页。

⑳ 当时较为流行的"文艺学"著作主要有谢皮洛娃《文艺学概论》(罗叶等译,人民文学出版社1958年版);《文艺学新论》(山东大学中国语言文学系文艺理论教研组编著,山东人民出版社1958年版);《文艺学概论》(维·波·柯尔尊著,北京师范大学中文系外国文学教研组译,高等教育出版社1959年版);《文艺学引论》(依·萨·毕达可夫著,北京大学中文系文艺理论教研室记录并整理,

1956年版,此书分上下两册16开本内部印行。据出版说明:"本书即系根据专家讲课时的口译记录整理而成"。1958年9月,高等教育出版社正式出版,时任北大中文系主任的杨晦专门为此书写了后记,当时此书印数很大);《文学概论》(刘衍文著,新文艺出版社1957年版);《文艺学概论》(霍松林编著,陕西人民出版社1957年版);《文艺学方法论》(蔡特金著,任白涛译,上海北新书局印行1950年版);《文学原理》(季摩菲耶夫著,查良铮译,平民出版社1955年版);冉欲达等编著《文艺学概论》,辽宁人民出版社1957年版);李树谦等编著的《文学概论》(吉林人民出版社1957年版);蒋孔阳:《文学的基本知识》(中国青年出版社1957年版)。这些"文艺学"著作的编写体例基本相同,价值取向完全一致。以群的《文学的基本原理》是这一类"文艺学"著作风格最完整的体现。

㉑ 维诺格拉多夫:《新文学教程》,以群译,新文艺出版社1954年版,第192页。

㉒ 巴人:《文学初步》,上海珠林书店1949年版,第480页。

㉓ 林焕平:《文学论教程》,前进书局印行(香港),1950年版。

㉔ 《华北大学成立典礼特刊》,石家庄,1948年版,第28页。成仿吾:《战火中的大学——从陕北公学到人民大学的回顾》,人民教育出版社1982年版。《吴玉章回忆录》,中国青年出版社1978年版。

㉕ 《苏联文艺问题》,华北大学第三部编印,石家庄,1949年版。

㉖ 戴燕:《文学史的权力》,北京大学出版社2002年版,第85、94、100页。

㉗ B·维诺格拉陀夫等:《斯大林论语言学的著作与苏联文艺学问题》,张孟恢等译,时代出版社1952年版。

㉘ 《苏联大百科全书选译·文学与文艺学》,缪朗山译,人民文学出版社1955年版。

㉙ 《周扬文集》第3卷,人民文学出版社1991年版。

㉚ 蔡仪的《新艺术论》一书,虽然书中没有直接引述马、恩关于文学和艺术的言论,但这本书的整体思想是建立在唯物辩证法基础上的(参阅《新艺术论》,上海,商务印书馆1946年版)。他的《文学概论》延续了原来的思路(参阅《文学概论》,人民文学出版社1979年版)。

㉛ 编写组由以群主编,参加者是王永生(复旦大学)、叶子铭(南京大学)、刘叔成(上海师范学院)、应启后(江苏师范学院)、徐缉熙(上海师范学院)、袁震宇(复旦大学)、黄世瑜(华东师范大学)、曾文渊(上海文学研究所)等八人。参见《文学的基本原理》(下),作家出版社1964年版,第525页。

㉜ 华勒斯坦等:《学科·知识·权力》,三联书店1999年版,第213页。

文学研究:本质主义,抑或关系主义

南 帆

一

"文化研究"对于文学研究的震荡持续不已。这一段时间,一个术语频频作祟——"本质主义"。围绕"本质主义"展开的论争方兴未艾。可以从近期的争辩之中察觉,"本质主义"通常是作为贬义词出现。哪一个理论家被指认为"本质主义",这至少意味了他还未跨入后现代主义的门槛。对于德里达的解构主义一知半解,福柯的谱系学如同天方夜谭,历史主义的分析方法仅仅是一种名不符实的标签……总之,"本质主义"典型症状就是思想僵硬,知识陈旧,形而上学猖獗。形而下者谓之器,形而上者谓之"本质"。初步的理论训练之后,许多人已经理所当然地将"本质"奉为一个至高的范畴。从考察一个人的阶级立场、判断历史运动的大方向、解读儿童的谎言到答复"肥胖是否有利于身体健康"这一类生理医学问题,"透过现象看本质"乃是不二法门。文学当然也不例外。何谓文学,何谓杰出的文学,这一切皆必须追溯到文学的"本质"。某些文本可能被断定为文学,因为这些文本敲上了"本质"的纹章;一些文本的文学价值超过另一些文本,因为前者比后者更为接近"本质"。"本质"隐藏于表象背后,不见天日,但是,"本质"主宰表象,决定表象,规范表象的运行方式。表象无非是"本质"的感性显现。俗话说,擒贼先擒王。一旦文学的"本质"问题得到解决,那些纷繁的、具体的文学问题迟早会迎刃而解。迄今为止,不论"透过现象看本质"的理想得到多大程度的实现,这至少成为许多理论家的信念和分析模式。然而,"本质主义"这个术语的诞生突如其来地制造了一个尴尬的局面。表象背后是否存在某种深不可测的本质? 本质是固定不变的吗? 或者,一种表象是否仅有一种对称的本质? 这些咄咄逼人的疑问逐渐形成了一个包围圈。根据谱系学的眼光,如果将文学牢牢地拴在某种"本质"之上，这肯定遗忘了变动不居的历史。历史不断地修正人们的各种观点，包括什么叫做"文学"。精确地说，现今人们对于"文学"的认识就与古代大异其趣。伊格尔顿甚至认为，说不定哪一天莎士比亚将被逐出文学之列，而一张便条或者街头的涂鸦又可能获得文学的资格。这种理论图景之中，所谓的"本质"又在哪里？

传统的理论家对于这些时髦观念显然不服气。首先，他们不承认"本质"是一个幻象。如果世界就是那些形形色色的表象，我们怎么找得到自己的未来方向？没有"本质"的日子里，我们只能目迷五色，沉溺于无数局部而不能自拔。这时，我们比洞穴里的一只老鼠或者草丛里的一只蚂蚁高明多少？其次，他们恼怒地反问：否认"本质"的最终后果不就是否认文学的存在吗？一切都成了相对主义的"彼亦一是非，此亦一是非"，那么，学科何在？教授与庶民又有什么区别？消灭"本质"也就是打开栅栏，废弃规定，否认所有的专业精神。难道那些反"本质主义"分子真的要把《红楼梦》、《安娜·卡列尼娜》这种经典与流行歌曲或者博客里的口水战混为一谈吗？

即使冒着被奚落为"保守分子"的危险，我仍然必须有限度地承认"本质主义"的合理性。根据我的观察，一百棵松树或者五十辆汽车之间的确存在某些独特的共同之处；更为复杂一些，法兰克福学派的理论著作或者李白、杜甫、王维的七言诗之间也可以找到某些仅有的公约数。如果这些共同之处或者公约数有效地代表了松树、汽车、理论著作或者七言诗的基本品质，理论家倾向于称之为"本质"。古往今来，许多理论家孜孜不倦地搜索各种"本质"，"本质"是打开大千世界的钥匙。谈一谈汽车或者文学的"本质"是雕虫小技，哲学家的雄心壮志是阐明宇宙的"本质"，例如"道"、"气"、"原子"、"理念"、"绝对精神"，如此等等。我常常惊叹古人的聪明，坚信他们热衷于追求"本质"决不是酒足饭饱之后的无事生非。所谓传统的理论家，"传统"一词决非贬义——我们曾经从传统之中得到了不计其数的思想援助。

尽管如此，我们还是没有理由将表象与本质的区分视为天经地义的绝对法则。我宁可认为，这仅仅是一种理论预设，是一种描述、阐释和分析问题的思想模式。显而易见，这种模式包含了二元对立，并且将这种二元对立设置为主从关系。本质显然是深刻的，是二者之间的主项；表象仅仅是一些肤浅的经验，只能从属于本质的管辖。前者理所当然地决定后者——

尽管后者在某些特殊时刻具有"能动"作用。换句话说,这种二元对立是决定论的。与此同时,这种二元对立还隐含了对于"深度"的肯定。滑行在表象的平面之上无法认识世界,重要的是刺穿表象,摆脱干扰,只有挖地三尺才能掘出真相。"深刻"、"深入"、"深度"——我们对于思想和智慧进行赞美的时候习惯于用"深"加以比拟,仿佛所有的思想和智慧一律箭头向下。当然,有时"深度"一词被置换为"内在"——自外而内剥洋葱似的一层一层抵近核心秘密。无论怎么说,这种"深度"哲学的首要诀窍是甩开表象。不难发现,上述理论预设想象出来的世界图像通常是静止的。如同一个金字塔式的结构,表象仅仅居于底层或者外围,不同级别的"本质"架构分明——那个终极"本质"也就是哲学家们梦寐以求的宇宙顶端。这种牛顿式的结构稳定、清晰、秩序井然,令人放心。但是,这种静止的图像常常遇到一个难题——无法兼容持续运动的历史。让我们回到文学的例子。哪一天我们有幸找到了文学的"本质"——我们发现了从原始神话至后现代小说之间的公约数,是不是就能解决全部问题?令人遗憾的是,目前没有迹象表明,历史将在后现代的末尾刹车。后现代之后的历史还将源源不断地提供文学。我们所认定的那个"本质"怎么能为无数未知的文学负责呢?如果一个唐朝的理论家阐述过他的文学"本质",可想而知,这种"本质"肯定无法对付今天的文学现状。一旦把现实主义长篇小说、现代主义荒诞剧、后现代主义拼贴以及拉美的魔幻现实主义文学统统塞进去,这个"本质"的概念肯定会被撑裂。相同的理由,我们今天又有什么资格断言,地球毁灭之前的文学已经悉数尽人彀中?当然,另一些理论家似乎更有信心。一生二,二生三,三生万物,他们时常想象,整个世界是从同一条根上长出来的。五千年以前的文学与五千年以后的文学"本质"上没有什么差异。虽然这种想象始终无法得到严格的证明,但是,另一种争论早已如火如荼。宗教领袖、政治家以及一些高视阔步的哲学家无不企图垄断那一条生长了世界的"根"。无论是上帝、某种社会制度或者"道"、"绝对精神",他们无不高声宣称只有自己才握住了世界的"本质",并且为了剿灭不同的见解而大打出手。

静止的图像通常倾向于维护既定的体制,这是"本质主义"遭受激进理论家厌恶的另一个重要原因。金字塔式的结构严格规定了每一个行业、每一个文化门类的位置,不得僭越,不得犯规。"本质"是神圣的,庄严的,稳定的,不可更改。什么叫做"纯文学"?这种文学盘踞于"本质"指定的位置上，熠熠生辉，毫无杂质。由于"本质"的巨大权威，"纯文学"有权保持自己的独特尊严，拒绝承担各种额外的义务。文化知识领域之内，"本质"已经成为划定许多学科地图的依据。经济学、社会学、法学、历史学或者文学研究，众多教授分疆而治，每个人只负责研究这个学科的内部问题。常识告诉我们，任何一个学科均有自己的发生和成长史，它们之间的界限并非始终如一，而是常常此消彼长。然而，"本质主义"不想进入曲折的历史谱系，而是将学科界限的模糊形容为知识领域的混乱。这些理论家心目中，学科的主权和领土完整并不亚于国家的主权和领土完整。放弃学科主权，开放学科边界，这是对于"本质"的无知。由于"本质"的控制，一些跨学科的问题很难在静止的图像之中显出完整的轮廓，例如教育问题。从社会学、心理学到经济学、文学、历史学，诸多学科都可能与教育密切相关。然而，教授们不得不在特定的学科边缘驻足，唯恐在另一个陌生的领地遭受不测。一张漫画十分有趣：一个中箭的士兵到医院就诊，外科医生用钳子剪断了露在皮肤外面的箭杆，然后挥挥手叫他找内科医生处理剩余问题。这种讽刺对于目前许多学科之间的森严门户同样适合。众多学科各就各位地将知识版图瓜分完毕，一些新的文化空间无法插入种种固定的"本质"结构从而找到自己的存身之处。因此，网络文化传播、性别战争或者生态文学这一类问题无法形成学科——因为它们的"本质"阙如。为什么各种知识的分类是这样而不是那样？为什么某些问题被归纳为一个学科而另一些问题被拆成了零碎的因素？为什么各个学科享有不同的等级——为什么某些学科身居要津，而另一些学科却无关紧要？那些激进的理论家尖锐地指出，金字塔结构内部的位置分配多半来自某种文化体系——例如资本主义文化。从种族学、文化人类学、国家地理到历史学，知识与权力的结合是学科形成的重要因素。许多著名的学科称职地成为某种文化体系内部的一块稳固的基石。二者是共谋的。如果这种分配背后的历史原因被形容为"本质"的要求，那么，"本质主义"将义正词严地扮演权力的理论掩护。

二

我们把表象与本质的二元对立视为一种理论预设或者思想模式，显然暗示还可能存在另一些理论预设与思想模式。让我们具体地设想一下：第一,二元的关系之外是否存在多元的关系? 换句话说,考察某个问题的时候,是否可以超越表象与本质的对立,更为广泛地注视多元因素的相互影响? 其次,是否可以不再强制性地规定多元因素的空间位置——仿佛某些享有特权的因素占据了特殊的"深度",而另一些无足轻重的因素只能无根地飘浮在生活的表面,随风而动;第三,解除"深度"隐喻的同时,决定论的意义必然同时削弱。多元因素的互动之中,主项不再那么明显——甚至可能产生主项的转移。这种理论预设显然不再指向那个唯一的焦点——"本质";相对地说,我们更多地关注多元因素之间形成的关系网络。相对于"本质主义"的命名,我愿意将这种理论预设称为"关系主义"。

马克思曾经有一个著名的论断:人的本质并非某种抽象物,而是现实之中一切社会关系的总和。这个论断包含了极富启示的方法。首先,马克思不再设定性格深处的某一个角落隐藏一个固定不变的"本质",挖掘这个"本质"是求解性格的必修功课;不同的性格状况取决于一个人置身的社会关系网络——性格如同社会关系网络的一个结点。其次,"社会关系的总和"意味了多重社会关系的复杂配置,而不是由单项社会关系决定。这甚至有助于解释一个性格的丰富、繁杂、变幻多端,甚至有助于解释许多貌似偶然的、琐碎的性格特征。事实上,我们可以从这个论断之中发现"主体间性"的深刻思想。

至少在这里,我并没有期待关系主义全面覆盖本质主义。相当范围内,表象与本质的二元对立对于认识世界的功绩无可否认。我们的意识可能在多大程度上信赖二元对立模式,这种性质的问题可以交付哲学家长时期地争论。等待哲学家出示最后结论的过程中,我十分愿意以谦卑的态度做出一个限定:关系主义只不过力图处理本质主义遗留的难题而已。同时,我想说明的是,关系主义的提出决非仅仅源于个人的灵感。尼采、德里达、福柯、利奥塔、罗蒂、布迪厄等一大批思想家的观点形成了种种深刻的启示,尽管现在还来不及详细地清理上述的思想谱系。当然,现在我只能将关系主义的观点收缩到文学研究的范围之内,在本质主义收割过的田地里再次耕耘。

必须承认,文学研究之中的本质主义始终占据主流。例如,韦勒克就曾经指出,文学从属于一个普遍的艺术王国,文学的本质基本没有变过。这无疑确认了文学研究的目标——搜索文学的本质。这方面的努力已经进行了很长的时间,美、人性、无意识都曾一度充当过文学本质的热门对象。有一段时间,几乎所有的人都听说过雅各布森的名言:文学研究的对象是文学之为文学的"文学性"。事实上,雅各布森与韦勒克不谋而合——他们都倾向于认定文学的本质在于某种特殊的语言。然而,各种迹象表明,新批评、形式主义学派或者结构主义的研究并未达到预期目标。理论家并未从文学之中发现某种独一无二的语言结构,从而有效地将文学从日常语言之中分离出来。换句话说,将某种语言结构视为文学本质的观点可能会再度落空。

这时,关系主义能够做些什么? 首先,关系主义企图提供另一种视阈。我曾经在一篇论文之中谈到:

> 一个事物的特征不是取决于自身,而是取决于它与另一个事物的比较,取决于"他者"。人们认为张三性格豪爽,乐观开朗,这个判断不是根据张三性格内部的什么本质,而是将张三与李四、王五、赵六、钱七进行广泛的比较而得出的结论。同样,人们之所以断定这件家具是一把椅子,并不是依据这把椅子的结构或者质料,而是将这件家具与另一些称之为床铺、桌子、橱子的家具进行样式和功能的比较。所以,考察文学特征不是深深地钻入文学内部搜索本质,而是将文学置于同时期的文化网络之中,和其他文化样式进行比较——文学与新闻、哲学、历史学或者自然科学有什么不同,如何表现为一个独特的话语部落,承担哪些独特的功能,如此等等。[①]

本质主义常常乐于为文学拟定几条特征,例如形象、人物性格、虚构、生动的情节、特殊的语言,诸如此类。某些时候,我们可能陷入循环论证的圈套:究竟是形象、人物性格、虚构形成了文学的本质,还是文学的本质决定了这些特征? 按照关系主义的目光,这些特征与其说来自本质的概括,不如说来自相互的衡量和比较——形象来自文学与哲学的相互衡量和比较,人物性格来自文学与历史学的相互衡量和比较,虚构来自文学与自然科学的相互衡量和比较,生动的情节来自文学与社会学的相互衡量和比较,特殊的语言来自文学与新闻的相互衡量和比较,如此等等。我们论证什么是文学的时候,事实上包含了诸多潜台词的展开:文学不是新闻,不是历史学,不是哲学,不是自然科学……当然,这些相互衡量和比较通常是综合的、交叉的,而且往往是一项与多项的非对称比较。纷杂的相互衡量和比较将会形成一张复杂的关系网络。文学的性质、特征、功能必须在这种关系网络之中逐渐定位,犹如许多条绳子相互纠缠形成的网结。这种定位远比直奔一个单纯"本质"的二元对立复杂,诸多关系的游移、滑动、各方面的平衡以及微妙的分寸均会影响文学的位置。由于这些关系的游动起伏,我们很难想象如何将文学、历史、哲学、经济学分门别类地安顿在一个个固定的格子里面,然后贴上封条。我们必须善于在关系之中解决问题。差异即关系。事物之间的差异不是因为本质,而是显现为彼此的不同关系。罗蒂甚至做出了不留余地的论断:"除了一个极其庞大的、永远可以扩张的相对于其他客体的关系网络以外,不存在关于它们的任何东西有待于被我们所认识。能够作为一条关系发生作用的每一个事物都能够被融入于另一组关系之中,以至于永远。所以,可以这样说,存在着各种各样错综复杂的关系,它们或左或右,或上或下,向着所有的方向开放:你永远抵达不了没有处于彼此交叉关系之中的某个事物。"②相当程度上,这就是关系主义对于世界的描述。

三

相对于固定的"本质",文学所置身的关系网络时常伸缩不定,时而汇集到这里,时而转移到那里。这种变化恰恰暗示了历史的维度。历史的大部分内容即是不断变化的关系。"本质"通常被视为超历史的恒定结构,相对地说,关系只能是历史的产物。文学不是新闻,不是历史学,不是哲学,不是自然科学……这些相互衡量和比较具有明显的历史烙印。先秦时期,在文史哲浑然一体的时候,历史学或者哲学不可能成为独立的文化门类从而建立与文学的衡量和比较关系;进入现代社会,新闻和自然科学逐渐形成学科,进而有资格晋升为文学的相对物。总之,每一个历史时期的文化相对物并不相同,文学所进入的关系只能是具体的、变化的;这些关系无不可以追溯至历史的造就。所以,文学所赖以定位的关系网络清晰地保存了历史演变的痕迹。

让我们总结一下本质主义与关系主义的不同工作方法。本质主义力图挣脱历史的羁绊,排除种种外围现象形成的干扰,收缩聚集点,最终从理论的熔炉之中提炼出美妙的文学公式。显而易见,这种文学公式具有强大的普遍性,五湖四海的作家可以在不同的历史时期加以享用。尽管不同的理论家远未就文学公式达成共识,但是,他们的工作方法如出一辙。相对地说,关系主义的理论家缺乏遥望星空的勇气,他们认为所谓的文学公式如果不是一个幻觉,也将是某种大而无当的空话。文学之所以美妙动人的原因,必须联系某一个特定的时代才可能得到充分的解释。因此,关系主义强调进入某一个历史时期,而且沉浸在这个时代丰富的文化现象之中。理论家的重要工作就是分析这些现象,从中发现各种关系,进而在这些关系的末端描述诸多文化门类的相对位置。显然,这些关系多半是共时态的。我期待人们至少有可能暂时地放弃一下"深度"的想象方式——我认为,即使在一个平面上,对于关系网络内部种种复杂互动的辨识同样包含了巨大的智慧含量。由于共时态的关系网络,文学的位置确定下来的时候,新闻、历史、哲学或者经济学大致上也都坐在了各自的金交椅上。这是一种相对的平衡,每一个学科的前面都可以加上限制性的短语"相对于……"。与其将这些学科之间的关系想象为普通的分工,不如说这是它们各自承担哪些文化使命的写照。文学为什么能够越过时代的疆界持久地传承?为什么我们至今还在被曹雪芹、李白甚至《诗经》而感动?这是关系主义必须处理的一个问题。但是,关系主义显然更加关心特定时代的文学。我不止一次地表示,那个光芒四射的文学公式无法自动地解决一个严重的问题:这个时代的文学要做些什么?政治领域众目睽睽,经济是最富号召力的关键词,繁盛的商业,不断地产生奇迹的自然科学,房地产和股票市场正在成为全社会的话题,整容广告或者崇拜"超女"的尖叫充斥每一个角落——这时,渺小的文学还有什么理由跻身于这个时代,不屈不挠地呐喊?绕开文学相对其他学科的关系,本质主义无法令人信服地阐述这个问题。

对于关系主义说来,考察文学隐藏的多重关系也就是考察文学周围的种种坐标。一般地说,文学周围发现愈多的关系,设立愈多的坐标,文学的定位也就愈加精确。从社会、政治、地域文化到语言、作家恋爱史、版税制度,文学处于众多脉络的环绕之中。每一重关系都可能或多或少地改变、修正文学的性质。理论描述的关系网络愈密集,文学呈现的分辨率愈高。然而,关系主义时常遇到一个奇怪的情况:一些时候,意识形态可能刻意地隐瞒文学涉及的某些关系。例如,很长一段时间,文学与性别之间没有什么联系。这仿佛是风马牛不相及的两个领域。然而,女权主义兴起之后,文学与性别的密切互动被发现了。从情节的设置、主题的确立、叙述风格的选择到出版制度、作品宣传,性别因素无不交织于其中,产生重大影响。根据女权主义理论家的研究,男性中心主义、压迫、蔑视或者规训女性是许多文学的潜在主题。意识形态遮蔽文学与性别的关系,目的是隐瞒上述事实,从而维护男性根深蒂固的统治。揭示文学与性别的关系,亦即突破意识形态的禁锢。揭示文学与民族的关系是另一个类似的例子。萨义德的《东方学》以及一批后殖民理论著作表明,大量的文学作品隐藏了欧洲中心主义以及民族压迫的信息。这些信息可能是故事之中的人物关系,也可能是一段历史事实的考据,可能是一种叙述视角的设立,也可能是某种经典的解读方式。这些信息原先散落在各处,隐而不彰。由于考虑到文学与民族的关系,后殖民问题终于被集中地提出来了。这几年兴盛的"文化研究",很大一部分工作即是发现文学卷入的种种关系。从政治制度到民风民俗,从印刷设备到大众传播媒介,或者,从服装款式到广告语言,文化研究的根须四处蔓延,各种题目五花八门。文化研究证明,文学不仅仅是课堂上的审美标本,文学殿堂也不是一个超尘拔俗的圣地。文学的生产与消费广泛地植根于各种社会关系,攀缘在不同历史时期的文化体制之上,从而形成现有的面貌。无论是一种文学类型的兴衰、一批文学流派的起伏还是一个作家的风格形成,文化研究对于各种复杂关系的分析提供了远比本质主义丰富的解释。这个意义上,文化研究有理由被视为关系主义的范例。

四

然而,文化研究正在文学研究领域引起种种反弹。一种主要的反对意见是:文学又到哪里去了?阶级、性别、民族、大众传媒、思想、道德、意识形态……各种关系的全面覆盖之下,唯独审美销声匿迹——或者被湮没在众声喧哗之中。我们以往遇到的恼人局面又回来了:我们读到了一大堆形形色色的社会学文献、思想史材料或者道德宣言,但是,我们没有读到文学。

在我看来,这种抱怨很大程度上仍然基于本质主义的观念。许多理论家往往觉得,谈到了文学与阶级的关系,文学就变成了阶级斗争的标本;谈到了文学与性别的关系,文学就变成了性别之战的标本;谈到文学与民族的关系,文学就变成了民族独立的标本;谈到文学与道德的关系,文学就变成了粗陋的道德标本,如此等等。因此,文化研究如果不是专门地谈论一部作品的美学形式,那就意味着审美将再度遭到抛弃。这种观念的背后显然是一种还原论。文学所包含的丰富关系必须还原到某一种关系之上——这即是独一无二的"本质"。然而,关系主义倾向于认为,围绕文学的诸多共存的关系组成了一个网络,它们既互相作用又各司其职。总之,我们没有理由将这些交织缠绕的关系化约为一种关系,提炼为一种本质。文学的特征取决于多种关系的共同作用,而不是由一种关系决定。具体地说,谈论文学与阶级的关系或者文学与民族、性别的关系,不等于否认文学与审美的关系。更为细致的分析可能显示,阶级、民族、性别或者道德观念可能深刻地影响我们的审美体验;相同的理由,美学观念也可能影响我们的性别观念或者道德观念。一种事物存在于多种关系的交汇之中,并且分别显现出不同的层面,这是正常的状况。一个男性,他可能是一个儿子,一个丈夫,一个弟弟,一个酒友,一个处长,一个古董收藏家,一个喜欢吃辣椒的人……他所扮演的角色取决于他此时此地进入何种关系,相对于谁——父母亲、妻子、兄弟姐妹、酒桌上的伙伴、机关里的同事、古董商、厨师,如此等等。我们没有必要强制性地决定某一个角色才是他的"本质"。有一段时间,我们曾经认为,阶级的归属是一个人身上的决定性质。现在看来,这种观点无法得到充分的证明。我们并非时刻从事阶级搏斗,生活之中的许多内容和细节与阶级无关。例如,一个人是否喜欢吃辣椒或者有几个兄弟,这通常与阶级出身关系不大。所以,我们不会因为找不到一个"本质"而无法理解这个男性。事实上,他的多重角色恰好有助于表现性格的各个方面。

既然如此,我们是不是就没有必要因为某些文学作品所包含的多种关系而苦恼?鲁迅对于《红楼梦》说过一段很有趣的话:"单是命意,就因读者的眼光而有种种:经学家看见《易》,道学家看见淫,才子看见缠绵,革命家看见排满,流言家看见宫闱秘事。"③——在我看来,这恰恰证明了这部巨著的丰富。我们不必忠诚地锁定某一个"命意",从而抵制另一些主题。一个文本内部隐含了众多的关系,这往往是杰作的标志。这些关系的汇合将会形成一个开放的话语场域,供读者从不同的角度进入。歌德赞叹"说不尽的莎士比亚",莎士比亚的巨大价值就在于提供了不尽的话题。另外,强调多重关系的互动,还有助于解决某些悬而未决的传统课题——例如"典型"问题。对于诸如阿 Q 这种复杂的性格,我们以往的观点莫衷一是。一个乡村的游手好闲分子，一个窃贼，一个革命党的外围分子，一个没有任何财产的雇农，一个无师自通的"精神胜利法"大师，一个身材瘦弱的头癣患者……究竟是一个雇农的革命倾向和无畏的造反精神，还是一个二流子浑浑噩噩的自我陶醉，二者的矛盾是许多理论家的苦恼。如果关系主义将一个性格视为各种社会关系的共同塑造，那么，这个典型就不必因为非此即彼的某种"本质"而无所适从。

关系主义强调的是关系网络，而不是那些"内在"的"深刻"——几乎无法避免的空间隐喻——含义，这时，我们就会对理论史上的一系列著名的大概念保持一种灵活的、富有弹性的理解。文学研究乃至人文学科之中常常看到这种现象：不少著名的大概念仿佛是灵机一动的产物，它们往往并未经过严格的界定和批判就流行开了。各种"主义"粉墨登场，竞相表演。一批严谨的理论家常常尾随而来，努力为这些"主义"推敲一个无懈可击的定义。但是，这些理论家的吃力工作多半达不到预期的效果，他们设计的定义总是挂一漏万，或者胶柱鼓瑟，刻舟求剑。我写过一篇论文反对"大概念迷信"。我认为不要被大概念的神圣外表吓唬住，而是采取一种达观的态度。无论是现实主义、浪漫主义、现代主义还是后现代主义，这些概念往往是针对特定的历史情境而发生、流行，历史主义地解释是一种明智的做法。进入特定的历史情境，分析这个概念周围的各种理论关系，这是比东鳞西爪地拼凑定义远为有效的阐述方式。谈论浪漫主义的时候，如果把创造性想象、情感表现、天才论、对于自然的感受、对于奇异神秘之物的渴望与古典主义的拘谨或者现实主义的冷静结合起来，那么，历史提供的相对关系将使浪漫主义这些特征出现充实可解的内容。所以，《文学理论新读本》之中，我们将"古典主义"、"浪漫主义"、"现实主义"、"现代主义"、"后现代主义"这几个概念理解为相继出现于文学史上的几种美学类型。虽然这些美学类型具有某种普遍性，但是，历史主义是这种普遍性的限制。彻底挣脱历史提供的关系网络而无限扩张这些美学类型的普遍性，这些大概念最后通常变成了没有历史体验的空壳。这个方面，雷蒙·威廉斯的《关键词》显然是一个工作范例。阐述一大批文化与社会的关键词汇时，雷蒙·威廉斯的主要工作即是清理这些词汇的来龙去脉。正如他在阐述"文化"一词时所说的那样，不要企图找到一个"科学的"规定。相反，"就是词义的变化与重叠才显得格外有意义"①。这些变化和重叠隐含了多种关系和脉络的汇聚。或者可以说，就是由于这些关系和脉络的汇聚，某个概念才在思想文化史上成为轴心。对于一些重要的概念，我甚至愿意进一步想象——它们在思想文化史上的意义与其说在于"词义"，不如说在于汇聚各种关系的功能。我首先考虑到的近期例子即是20世纪90年代关于"人文精神"的论争。当时出现的一个有趣情况是，"人文精神"的具体含义并未得到公认的表述，然而，这个明显的缺陷并没有削弱理论家的发言激情。我对于这种现象的解释是：

> ……两者之间的反差恰好证明，人们迫切需要一个相宜的话题。某些感想、某些冲动、某些体验、某些憧憬正在周围蠢蠢欲动，四处寻找一个重量级的概念亮出旗帜。这种气氛之中，"人文精神"慨然入选。不论这一概念是否拥有足够的学术后援，人们的激情已经不允许更多的斟酌。如果这就是"人文精神"的登场经过，那么，概念使用之前的理论鉴定将不会像通常那样慎重。
>
> 这样，"人文精神"这一概念的周围出现了一个话语场，一批连锁话题逐渐汇拢和聚合，开始了相互策应或者相互冲突。在这个意义上，我宁可首先将"人文精神"视为功能性概念。尽管这一概念的含义仍然存有某种程度的游移，但是，这并不妨碍它具有组织一系列重要话题的功能。我愿意重复地说，这一概念所能展开的思想和话题甚至比它的确切定义还重要。⑤

瓦雷里曾经说过，如果我们任意从语句中拦截一个词给予解释，可能遇到意想不到的困难。只有当这个词返回语句的时候，我们才明白它的词义。这就是说，仅仅查阅词典是不够的，重要的是复活这个词在语句之中的各种关系。"人文精神"这个例子进一步证明，一个关键词周围的关系可能存在于整个历史语境之中。这些关系才是更为可靠的注释。

五

关系主义喜欢说"相对于……"，可是，这个短语常常让人有些不安。"相对主义"历来是一个折磨人的术语。一切都是有条件的、暂时的，这不仅削弱了文学研究之中各种判断的权威性，甚至威胁到这个学科的稳固程度。迹象表明，文化研究的狂欢化作风已经把文学研究学科搅得鸡犬不宁,不少理论家越来越担忧"相对于……"这种表述可能动摇纯正的文学曾经拥有的中心位置。鉴于个人的知识积累和供职的部门,我当然希望这一门学科具有稳定的前景;而且,至少在目前,我对这一点很有信心——通常的情况下,社会总是尽量维护既定的文化机制,这是维护社会结构稳定的基本保障。对于文学研究说来,上一次学科的彻底调整大约发生于一百年以前,大学教育体制的确立和"五四"新文化运动均是这种调整的重要原因。简而言之,这种调整从属于现代性制造的巨大历史震撼。现今的文学研究似乎还没有遇到如此剧烈的挑战,文学研究的基本格局大致上依然如故。尽管如此,我还是愿意在解释学科现状的时候回到关系主义平台上。在我看来,文学研究的稳定性不是因为某种固定的"本质",而是因为这个学科已有的种种相对关系并未失效。运用一个形象的比拟可以说,一艘小船之所以泊在码头,并非它天生就在这个位置上,而是因为系住它的那些缆绳依然牢固。换言之,如果维系文学研究的诸多关系发生改变,这个学科改头换面的可能始终存在。一些理论家倾向于认为,随着文学研究的延续,这个学科肯定愈来愈靠近自己的本性——譬如从所谓的"外部研究"进入"内部研究",这只能使学科愈来愈成熟,愈来愈巩固,关系主义的"相对于……"愈来愈没有意义。这些理论家通常不愿意列举大学的课程设置这一类外围的情况作为论据,他们的强大后盾是文学经典。经典的日积月累形成了伟大的传统,形成了"文学性"的具体表率,这即是学科的首要支撑。所以,哈罗德·布鲁姆为了反击文化研究——他称之为"憎恨学派"——的捣乱,毅然撰写《西方正典》一书,力图以经典的纯正趣味拯救颓败的文学教学。

景仰经典也是我从事文学研究的基本感情。如果没有经典的存在,文学研究还剩下多少?但是,这并不能证明,经典形成的传统如同一堵厚厚的围墙保护学科不受任何污染。经典不是永恒地屹立在那里,拥有一个不变的高度。经典同样置身于关系网络,每一部经典的价值和意义依然是相对而言。在我看来,T.S.艾略特在《传统与个人才能》之中对于经典的一段论述的确值得再三回味:

> 现存的艺术经典本身就构成一个理想的秩序,这个秩序由于新的(真正新的)作品被介绍进来而发生变化。这个已成的秩序在新作品出现以前本是完整的,加入新花样以后要继续保持完整,整

个的秩序就必须改变一下，即使改变得很小；因此每件艺术作品对于整体的关系、比例和价值就要重新调整了；这就是新与旧的适应。⑥

经典不是一个固定的刻度，而是不断的相互衡量——我们再度被抛回关系网络。我们的景仰、我们的崇拜、我们最终的栖身之地仍然不是绝对的，"文学性"的答案仍然会因为《离骚》、《阿Q正传》、《巴黎圣母院》、《等待戈多》、《百年孤独》这些经典的持续加入而有所不同。文学研究的学科底线并不存在。这是一种什么感觉呢？如果一种关系的两端有一个支点是固定的，那么，这是一个较为容易掌握的局面。哪怕这个关系网络延伸得再远，这个固定的支点乃是评价、衡量始终必须回顾的标杆。即使遭到相对主义的引诱，我们也不至于身陷八卦阵，迷途不返。然而，如果一种关系的两端都游移不定，那么，这种相对的稳定平衡可能更为短暂，更多的时候体验到的是开放、灵活、纷杂，无始无终。这是一种典型的解构主义感觉。如果运用一个形象加以比拟，我会联想到杂耍演员。杂耍演员头顶一根竹竿站在地面上，动作比较容易完成；如果头顶一根竹竿骑在摇摇摆摆的独轮自行车上，保持平衡将远为困难——因为两端都是活动的。解构主义无限延伸的能指链条上，我们再也找不到最初的起点——这大约是后现代主义文化内部最具破坏能量的一个分支。如果承认这是关系主义可能抵达的前景，我们多少会对捍卫学科稳定的信念进行一些理论的反省。

最后，我想提到一个一开始就回避不了的问题："我"的位置。我想说的是，无论是从事文学研究还是阐述关系主义的主张，"我"——一个言说主体——从来就没有离开过关系网络的限制。这种浪漫的幻想早已打破："我"拥有一个强大的心灵，是一个客观公正的观察员，具有超然而开阔的视野，这个言说主体可以避开各种关系的干扰而获得一个撬动真理的阿基米德支点。相反，言说主体只能存活于某种关系网络之中，正如巴赫金在研究陀斯妥耶夫斯基时指出的那样，"思想只有同其他思想发生重要对话关系之后，才能开始自己的生活，亦即才能形成、发展、寻找和更新自己的语言表现形式，衍生新的思想"⑦。可以肯定，言说主体存活的关系网络是整体社会关系的组成部分，这表明意识形态以及各种权力、利益必将强有力地介入主体的形成，影响"我"的思想倾向、知识兴趣甚至如何理解所谓的"客观性"。对于文学研究——其他研究更是如此——说来，冲出意识形态的包围,尽量培养超出自己利益关系的眼光,这是基本的工作训练。然而,摆脱某些关系往往意味了进入另一些关系,文化真空并不存在。无论把这个观点视为前提还是视为结论,总之,"我",言说主体,观察员——这并非关系主义的盲点,而是始终包含在关系网络之内。

---

① 南帆:《文学性以及文化研究》,《本土的话语》,山东友谊出版社 2006 年版,第 165 页。

② 理查德·罗蒂:《后形而上学希望》,张国清译,上海译文出版社 2003 年版,第 34 页。

③ 鲁迅:《集外集拾遗补编·〈绛洞花主〉小引》,《鲁迅全集》第 8 卷,人民文学出版社 1981 年版,第 145 页。

④ 参见雷蒙·威廉斯《关键词》,刘建基译,三联书店 2005 年版,第 107 页。

⑤ 南帆:《人文精神:背景与框架》,《敞开与囚禁》,山东教育出版社 1999 年版,第 224 页。

⑥ T. S. 艾略特:《传统与个人才能》,赵毅衡编选《"新批评"文集》,中国社会科学出版社 1988 年版,第 26 页。

⑦ 巴赫金:《陀斯妥耶夫斯基诗学问题》,白春仁、顾亚铃译,三联书店 1992 年版,第 132 页。

重审文学理论的政治维度

陶东风

一、问题的提出

长期以来,中国文学理论界一个普遍流行但未经深入审理的看法是:当代中国文学理论知识的政治化是其最大的历史性灾难,它直接导致了文学理论自主性的丧失,使文学理论沦为政治的奴隶。从而,自然而然地,文学理论的出路在于其非政治化。这在很大程度上已经成为一个共识,以至于任何重新肯定文学理论知识生产之政治维度的言论,都可能被视作是一种倒退——倒退到"文艺为政治服务"的年代。

如果我们考虑到这么多文学理论界人士在"文革"时期的遭遇,考虑到文学理论知识生产在那个年代的凋敝和荒芜,这样的顾虑是完全可以理解的。但是必须指出,这种流行的共识却是未经从学理角度认真审理的。说它未经认真审理,是因为它对"政治"、对文学理论和政治的关系作了狭义的理解,把特定时期、特定语境(中国"文革")中的"政治"理解为普遍意义上的"政治",并进而把特定时期、特定语境中的文艺和政治的关系普遍化为文艺和政治的常态关系。在此基础上,它还简单化地把"政治性"和"非自主性"这两个概念混同使用,好像文学理论知识一旦和政治(无论是什么样的政治)沾边就必然丧失自己的自主性。

我下面要论证的观点是:在"文革"时期,所谓"政治"指特定的政党政治乃至政策,所谓文艺学的"政治性"实际上是指文学理论的知识生产必须为主导意识形态政策服务,其本质是主导意识形态对于文学理论知识生产所实施的控制。显然,这种特定时空语境中产生的文学理论和政治的关系并不具有普遍性,据此而得出的文学理论自主性和其政治性不能共存的观察同样不具有普遍性。

在进入详细的论证以前,一个非常简单的比较可以支持我的观点:西方当代诸多类型的文学理论知识都是非常政治化的——尤其是被冠以"文化研究"或"文化批评"的文学理论批评/理论,比如女性主义批评/理论、少数族裔批评/理论、生态批评/理论等等,但是它们的政治化并没有导致西方文学理论知识生产的凋敝,没有导致类似中国"文革"时期文学理论知识的一元化、封闭化、独白化,相反,这些极为活跃的所谓"政治批评"极大地激活了西方的文学理论知识生产,使之呈现出空前多元、繁荣、活跃的局面。它们也没有导致西方文学理论知识生产自主性的丧失。

当然,上述分歧的逻辑前提是对"政治"这个概念的不同理解。

二、如何理解"所有文学批评都是政治批评"

当代西方的马克思主义批评家伊格尔顿曾经提出一个让许多中国文学理论界人士感到愕然的观点:所有文学批评(在此伊格尔顿使用的是广义的"文学批评"概念,包括文学理论)都是政治批评。但是伊格尔顿这样说的时候,其所谓"政治"恐怕与我们理解的不同。伊格尔顿说:"我用政治一词所指的仅仅是我们组织自己的社会生活的方式,及其所包括的权力。"这样的"政治"在他看来本来就"内在于"文学理论中,不用把它"拉进文学理论"。所谓"所有文学批评是政治批评"的意思不过是:"与其说文学理论本身有权作为知识探究的对象,不如说它是观察我们时代历史的一个特殊角度……与人的意义、价值、语言、情感和经验有关的任何一种理论都必然与更深广的信念密切相关,这些信念涉及个体与社会的本质,权力问题与性问题,以及对于过去的解释、现在的理解和未来的瞻望。"文学批评总是要利用文学来促成某些价值,总是要反映某些社会思想意识,在这个意义上,它"最终只能是某种特定的政治形式"。从这样的大政治概念出发,伊格尔顿认为,文学和文学理论内在包括了政治,非政治的批评或纯文学理论只是一个"神话",它只不过是更有效、隐蔽地促进文学的某些政治用途而已。伊格尔顿打了一个形象的比喻:"'政治'与'非政治'批评之间的差别只是首相与君主之间的差别:后者采用迂回战术来促进某些政治目的的实现,前者则直言不讳。"相比之下,直言不讳总是更好一些:"文学理论不应因其政治性而受到谴责。应该谴责的是它对自己的政治性的掩盖或无知。"更重要的是,"应该反对的不是文学理论的政治性。真正应该反对的是其政治内容的性质"。伊格尔顿还认为:文学和文学理论必然涉及个性、价值等问题,涉及对于什么是"好人"的理解,而这些问题不仅仅是道德问题,也是政治问题。"政治论争并不是道德关注的代替物,它就是从充分内在含义上被理解的道德关注"。比如最反对文学的功利性的自由人道主义事实上也肯定文学的有用性,"它利用文学来促进某些道德价值标准的实现,这些价值标准事实上与某些意识形态价值标准密不可分,而且它们最终隐含着特定的政治"①。

显然,这里说的"政治"不等于我们所熟悉的那种狭义的政党政治,也不是口号式的"政治"。文学理论的意识形态性也应该从这个角度加以理解。关于"意识形态",伊格尔顿说:"一切话语、符号系统和意指实践,从电影与电视到小说和自然科学语言,都产生效果,形成各种形式的意识和潜意识,我们现存权力系统的维持或者改变则与此密切相关……而意识形态一词所表明的正是这种关系——即话语与权力之间的关系或联系。"②

伊格尔顿的文艺政治观绝不是孤立的,实际上,上世纪中后期在西方兴起的文化研究和文化批评,就是非常政治化的文艺学知识生产模式。文化批评家们尽管在具体的政治立场上存在严重分歧,但是他们之间达成的一个高度共识是:文化研究的根本特征就是其高度的政治参与性。

从知识谱系上看,文化批评与文化研究本来就深受马克思主义的影响。就是伊格尔顿本人的批评实践也可以纳入"文化研究"或"文化批评"的范畴。他曾经明确指出自己的"修辞批评"或"政治批评"也可以叫做"话语理论"或"文化研究"。文化批评家常常主张,包括文艺学在内的人文科学内在地具有政治性,剖析其"政治"含义同样会有助于我们更好地理解文艺学知识的政治维度。理查德·约翰生在其著名长文《究竟什么是文化研究》中指出:知识和政治的关系对文化研究一直至关重要,"这意味着文化研究和写作都是政治活动,但不是直接实用的政治。文化研究不是特殊政党或倾向的研究项目。也不能把知识能量附属于任何既定学说"③。文化研究中说的"政治",实际上是指社会文化领域无所不在的支配与反支配、霸权与反霸权的斗争,是学术研究(包括研究者主体)与其社会环境之间的深刻牵连。任何人文科学研究都无法完全不受其存在环境(其中充满了各种各样的物质利益、政治立场和文化观念)的影响。所以,只要是扎根于社会现实土壤中的人文学术研究,包括文艺学研究,很难避免这个意义上的政治。

萨义德在《东方主义》的导言中所强调的人文科学的政治性就是这个

意义上的政治。萨义德说："人们很容易争论说关于莎士比亚的知识是无关政治的而关于中国或苏联的知识是政治性的。我的正式职业是人文学者,这个标签说明我的领域中发生的一切与政治无关。这种认为研究莎士比亚无关政治的教条的一个原因是他所作的似乎没有什么直接的、通常意义上的政治结果,而苏联的经济这个领域似乎就与政府利益密切相关。人文学者与其工作具有政策含义或政治意义的人的区别还可以通过以下的声言得以扩展:人文学者的意识形态色彩对于政治只有偶然的重要性,而后者的意识形态则被直接组织进了他的研究材料,因而必然被认为是政治的。"④

在萨义德看来,像莎士比亚研究这样的人文学科,不存在与政府利益或国家利益直接相关的那种政治内容,这只是对于"政治"的一种理解(在中国学术界这种理解非常普遍且占据统治地位),但是还可以从另外角度来理解人文科学研究的政治性。萨义德说："没有人曾经设计出什么方法可以把学者与其生活的环境分开,把他与他(有意或无意地)卷入的阶级、信仰体系和社会地位分开,因为他生来注定要成为社会的一员。这一切会理所当然地继续对他所从事的学术研究产生影响,尽管他的研究及其成果确实想摆脱粗鄙的日常现实的束缚和限制。不错,确实存在像知识这样一种东西,它比其创造者(不可避免地会与其生活环境纠缠混合在一起)更少——而不是更多——受到偏见的影响。然而,这种知识并不因此而必然成为非政治性知识。"⑤ 即使从事莎士比亚研究的学者同样也是社会中的人,他不可能不卷入各种社会关系中,不可能在研究的时候完全摆脱其自身的政治、道德立场与社会定位;相反,这些"非学术"的或所谓"政治性"的内容必然要渗透到他的研究中。在这个意义上,莎士比亚研究之类的人文研究依然是政治性的。

三、文学理论的自主性和政治性的关系

如上所述,在中国的特定语境中,人们担心把文学理论和政治联系起来的一个主要理由是:政治化会导致文学理论知识生产自主性的丧失,政治化的文学理论违背了文学的审美性或自律性。批评者之所以如此强烈地捍卫文学理论的独立性,捍卫"审美批评"的"正宗地位"并不是没有原因的。考虑到"文革"期间"工具论"文学理论给文坛造成的灾难,考虑到中国

现代文学的自主性道路之艰难曲折,考虑到上世纪 80 年代文学界知识分子是通过争取文学的自主性、自律性而为自己确立身份认同与合法性的,这种担心与捍卫就尤其可以理解。

然而,尽管笔者也是文学自主性的捍卫者,但并不认为文学理论知识生产的政治性与其自主性在任何情况下都是绝对不能相容的。其实,"政治化导致文学理论知识生产自主性的丧失"这个结论来自中国文学理论工作者对于特定时期中国的文学理论和政治关系的经验观察,把它泛化为文学理论和政治的一般关系是成问题的。

孟繁华认为:"在当代中国,文艺学的发展同政治文化几乎是息息相关的,或者说政治文化规约了文艺学发展的方向。它虽然被称为是一个独立的学科……但是从它的思想来源、关注的问题、重要的观点等等,并不完全取决于学科本身发展的需要,或者说,它也并非完全来自对文学艺术创作实践的总结或概括。""当代文艺学的建立和发展,也就是这一学科的学者在政治文化的规约下不断统一认识、实现共识的过程。"⑥这个表述诉诸中国特定时期的特定语境("文革")当然是成立的,但它所指的那个规约中国文艺学知识生产的"政治文化",实际上是特定国家权力形态和社会文化形态中的政党政治,而不是一般意义上的政治。我们不能因此认为任何意义上的政治均与文艺的自主性水火不容。鉴于文化研究/文化批评引发的文艺和政治关系的争议在当下学术界具有相当大的代表性,我们不妨从文化研究/文化批评的政治性和自主性的关系角度剖析一下这个问题。

上世纪 90 年代以来,许多学者之所以对文化研究/文化批评持质疑和批判态度,主要原因之一就是认为文化研究/文化批评的强烈政治倾向会危及文学的自主性和现代性。比如,吴炫列举了文化批评的"五大问题",其中第一个"问题"就是"当前文化批评对文学独立之现代化走向的消解"。他认为,文学的现代化或现代性体现为文学的自主独立性,而政治化的文化批评既然挑战这种自主性与自律性,因而也就阻断了中国文学的现代化进程。"'文学独立'不仅顺应了文化现代化的'人的独立'之要求,成为'人本'向'文本'的逻辑延伸,体现出文化对文学的推动,而且也成为新文学告别'文以载道'传统、寻求自己独立形态的一种努力——这种努力,应该理解为是对传统文学与文化关系的一种革命"。文学独立的努力"近则具有摆脱文学充当政治和文化的工具之现实意义,远则具有探讨中国文学独立的现代形态之积累的意义"。在作者看来,这样的文学现代性进程似乎被文化研究给阻扼了:"文化批评不仅已不再关注文学自身的问题,而且在不少学者那里,已经被真理在握地作为'就是今天的文学批评'来对待了。"可见,文化批评是非现代的或反现代的批评形态,因为它"不再关注文学自身的问题"⑦。作者的逻辑在这里表现为:文学的现代性或现代化就是文学的自主性,违背它就是违抗现代性的合理历史进程。

笔者认为,文学和文学理论的自主性与自律性的问题非常复杂,它和政治的关系问题则更加复杂,我们必须从两个不同的层面来加以理解:一是文学理论知识生产的制度建构层面,一是文学理论研究的观念与方法层面。

制度建构层面上的文学理论自主性的确是现代性的核心之一。在西方,这个建构过程出现于 18 至 19 世纪,它导源于一体化的宗教意识形态的瓦解,与社会活动诸领域——实践/伦理的、科学的、艺术/审美的——分化自治紧密联系在一起(按韦伯与哈贝马斯的论述)。在中国,文学理论知识生产自主性建构开始于 19 世纪末 20 世纪初,主要表现为:随着王权意识形态统治的瓦解,文学和文学研究摆脱了"载道"的工具地位。但是在以后相当长一段时间里,中国文学场的自主性诉求一直充满了艰难曲折。但无论在西方还是在中国,作为独立的文学场的自主性都表现为文学场获得了自我合法化(自己制定自己的游戏规则)的权力,而这本质上是通过制度的建构得到保证的,或者说它本身就是一种制度建构。

作为文学观念与文学批评方法的自主性则只是一种知识立场、研究路径或关于文学(以及文学批评)的主张而已,这种作为文学主张的自律论——比如"为艺术而艺术"、"文学的本质是无功利的审美"——与作为独立的文学场的自主性之间并不存在必然的对应关系,它既可能出现在一个自主或基本自主的文学场中(比如法国 19 世纪的"为艺术而艺术"的主张,20 世纪英美的形式主义批评与新批评),也可能出现在一个非自主的文学场中。在后一种情况下,自律论的主张表现为一种受到主导意识形态甚至政治法律制度压制的、边缘化的、不"合法"的声音,但并非绝对不可能存在。同样,包括"为政治服务"在内的他律论文学主张与他律的文学场之间也不存在机械的对应关系。一种他律论的文学主张可以出现在一个不自主的文学场中,比如"文革"时期的"工具论文艺学"就是这样。这个时候,它表现为主导意识形态规定文学只能为特定的政治(阶级斗争)服务。但他律的文学主张/观念/方法也可能出现在一个自律的文学场中,比如在文学场的自主性程度相对较高的西方国家,同样可以发现相当多的"为政治服务"的文学主张与文学研究方法,其中包括各种各样的马克思主义与新马克思主义,当然也包括文化批评和文化研究。

可见,一个自主的文学场就是一个多元、宽容的文学场,一个允许各种主张自由表达、自由竞争的制度环境。在其中,既可以捍卫"纯艺术",也可以捍卫"为政治"的文学,而且这种"政治"本身就是多元的,可以是政党政治,也可以是五花八门的生活政治、性别政治、种族政治、环境政治等等。甚至可以说,文学场的自主性、独立性恰恰表现为它允许包括"工具论"在内的各种文艺学主张的多元并存。历史地看,早在上世纪二三十年代,就存在文学为政治服务之类的主张,但是这种主张却没有获得一统天下的霸权。可见,可怕的不是存在什么样的文学主张,而是特定政治力量迫使人们只能奉行一种文学主张(不管是他律论的主张还是自律论的主张)。由非文学的力量来规定只能有"工具论"的文艺学当然是一种谬误,但是,如果人为地规定只能奉行"为艺术而艺术"而不允许"文学为政治服务",不也同样是一种谬误吗?

制度层面上的文学自主性与文学理论研究中的政治批评或文化批评模式并不矛盾。今天在中国出现的文化批评之所以并不会危及文学场的自主性,根本的原因就在于它并不是被授权的唯一合法的文学批评与研究方法,它更没有排斥和压制审美批评的权利。其实,文化研究的政治性或意识形态性的批评者没有也不可能完全摆脱政治或意识形态性。伊格尔顿曾经指出:那些指责别人的文学理论意识形态化的人,不过是因为意识形态一直是描述他人而不是自己利益的一种方式。

四、非政治化与公共性的丧失:当代文学理论知识生产的危机征兆

如果文学和文学研究内在地包含广义的政治性,如果一种坚持公共关怀的文学和文学理论知识必然具有广义的政治性,那么,笼统地否定文学的政治性,或者人为地鼓励文学理论研究的非政治化,就有使文艺学知识非公共化的危险,使之无法积极回应现实生活中的重大问题,丧失参与社会文化讨论的能力。

这种倾向如果联系阿伦特的"政治"、"公共性"、"社会"和"经济"等概

念,或许能得到更好的理解。阿伦特认为:"政治乃是人的言谈与行动的实践、施为,以及行动主体随这言行之施为而做的自我的彰显。任何施为、展现必须有一展现的领域或空间,或者所谓'表象的空间',以及'人间公共事务'的领域。"⑧依据阿伦特对于"劳动"、"工作"和"行动"三大人类活动领域的划分,为生存而进行的劳动、为利益而进行的工作都不属于政治实践。政治是一种摆脱了物质的功利性和必然性束缚的自由活动,是人们在公共领域中自由地、尽情地展示自己的卓越与优异的活动(阿伦特把它纳入与"劳动"、"工作"相对的"行动")⑨。作为行动者展现和演示自己言行并在此基础上进行主体间平等沟通的空间,公共领域是一个没有支配和宰制的平等对话空间,人们在这里凭借平等、理性的交往原则而不是暴力、支配与宰制,就超越了物质必然性的公共问题进行自由讨论。在阿伦特的类型学分析中,"劳动"与"工作"作为物质经济活动,不属于公共事务,而是私人事务,也不是发生在公共领域,而是发生在家庭或"社会"等私人领域。

这里,阿伦特对于"社会"的理解是非常独特的⑩。在阿伦特看来,社会是"按照经济上的要求组织在一起,形似一个超人的家庭","我们把这个家庭的集合称为社会,把它的政治形式称之为国家"⑪。众所周知,在阿伦特那里,"家庭"是与公共政治领域相对的私人经济领域。阿伦特把"社会"指认为"超级家庭"以表明社会的规模虽然远大于家庭,但本质上还是经济活动的领域。

让阿伦特深感忧虑的是,现代世界公共领域的重大危机就是经济(社会)领域的政治化,经济成了最大的政治,"政治不过是社会的一项功能"。正如有学者指出的,阿伦特发现:"西方现代社会在其形塑的过程中欲把劳动和工作的工具性价值转变为价值自身,把属于'私人域'的、应该隐匿的活动(如家产的经营管理)施放到'公共领域'里……生活的价值不是表现在公共或政治的生活,以及履行公共的责任,而是在经济市场上追逐'私人的利益'。无限制的经济生长,以及牺牲公共领域以换取私人领域的扩张,成为集体生活的最高目标。"⑫阿伦特依据古希腊经验而在理论上提炼出来的、和社会经济利益无关的公共政治活动,现在变成了经济利益的"上层建筑"。经济行为渗透到公共领域,家务料理以及以前与家庭私人领域有关的所有问题都变成了公共领域的事务。社会领域在现代的这种扩张使得原先非常明确的公共领域与私人领域、城邦与家庭、政治与经济之间的区别显得困难。现代世界把政治共同体(国家)看做一个超级家庭,把国家机构看做"家务管理机关",于是"国民经济学"或"政治经济学"取代了政治哲学(而依据古希腊的思想,"政治经济"的说法本来就是矛盾的,因为经济不管是什么,它永远是家庭的事情,和政治无关)。这正好是阿伦特甚为担忧的现象,它意味着物质需要、生物需要的满足等原来处于私人领域的东西进入且主导了公共政治领域。

尽管阿伦特的担忧乃针对西方现代社会而发,其"社会"概念也招致部分西方学者的质疑⑬,但是它对我们理解当今中国的文学理论知识状况仍然具有深刻的启发性。我们在90年代以降的中国同样可以发现类似阿伦特所担忧的现象:社会经济领域的扩张导致其对于公共政治领域的侵占以及公共领域的蜕变,整个社会生活、包括文化生活正在大面积非政治化(只是程度更加严重)。我们可以从两个角度认识这个问题。

首先,以物质需要的满足为核心的经济关切在很大程度上取代了80年代的公共政治关切,成为所谓"最大的政治",在大众消费热情空前高涨的同时政治冷漠到处蔓延。值得指出的是,随着现代化的逐步实现与生活水平的提高,我们对于所谓"物质必然性"的理解也应该作相应的扩展。今天有越来越多的人已经不是在极度贫穷的意义上受制于物质必然性。但如果"保护我们的生活,滋养我们的身体"成为我们的最高生活理想,那么,即使我们远远超越了温饱水平,我们的生活本质上仍然受制于物质必然性;如果我们把消费自由当成唯一的或最高的自由,把物质幸福视作最大的幸福,而不再追求其他更加重要的价值,甚至视之为"多余"、"幼稚",我们的公共关切和政治责任与义务感就必然弱化。正如阿伦特指出的,现代科技革命、自动化产业的发展,越来越多地将人从生计压力下解放,事实上消费社会人们往往有充足的闲暇时间,但他们宁愿把它花在休闲、娱乐等消费活动上而不是公共事务上。所以问题的关键不在于有无闲暇,而在于不同的人如何支配闲暇时光⑭。当以物质经济生活关切为核心的那套生命哲学只专注于生存竞争中的成功与失败时,必然会把公民的责任与义务视作时间与精力的浪费。

其次,与全社会的政治冷漠相应,包括文学研究在内的人文社会科学研究也急剧非政治化。阿伦特在分析现代政治经济学的霸主地位时已经对其非政治化表示了担忧。阿伦特没有具体分析过其他人文社会科学的知识状况。但是我以为阿伦特的分析同样适用于包括文艺学在内的其他人文社会科学。不难发现,人文社会科学研究者目前正在以最快的速度沦为大众物质生活的设计师和解说员,指导自己理财、养生成为大众对于学术的最高要求。在这样的背景下,包括文学理论在内的人文社会科学知识生产出现两个趋势:一个是实用化和媚俗化,用文学理论知识来直接为社会大众的物质消费和文化消费服务,为"我消费故我在"的"身体美学"、"生活美学"充当解说员和辩护士,并把这种本质上与公共性无关的私人事务公共化(比如今天的大众媒体所津津乐道的明星的趣闻轶事本质上就属于私人领域,但是却占据了大众传媒的至少半壁江山)。文化产业和文化媒介人在全国各个高校和研究机构的迅速崛起就是明证。另一个是装饰化、博物馆化和象牙塔化,那些既不想用文艺学的知识批判性地切入重大公共事务又不愿意俗学媚世的学者常常选择这条"专业化"的道路。两者虽然存在很大差异,但都属于文艺学知识生产非政治化。

在我看来,这正是我们这个时代文学理论知识生产的危机征兆,因为政治冷漠或非政治化不是一种"自然"现象,毋宁说它本身就是特定政治状态的反映。克服这种危机的途径,我认为只能是重申文学理论知识的政治维度——当然不是"文革"时期"为政治服务"意义上的政治,而是作为公共领域内自主行动意义上的政治。"文革"时期的"政治化"迫使文学理论成为一元化政治的附庸而无法独立,也无法呈现其真正的政治品格;而今天文学理论的"非政治化"看似"摆脱"了政治附庸的地位,但同时也逃避了对公共政治的关注和批判性反思,在这个意义上,它同样没有获得真正的自主。如果有"自主独立",也只能在自己领域内的专业问题上获得很有限的"自主独立"。这种"自主独立"无异于自绝于公共领域。中国的文艺学今天缺乏的正是一种对公共事务的批评性参与和反思的能力,而这正是它的巨大危机的征兆。

---

①② 伊格尔顿:《二十世纪西方文学理论》,伍晓明译,陕西师范大学出版社 1986 年版,第244~245、261 页,第 263 页。

③ 理查德·约翰生:《究竟什么是文化研究?》,罗钢等主编《文化研究读本》,中国社会科学出版社 2000 年版,第 9 页。

④⑤ 萨义德:《东方学》,王宇根译,三联书店 1999 年版,第 13 页,第 10 页。

⑥ 孟繁华:《中国二十世纪文艺学学术史》第三卷,上海文艺出版社 2001 年版,第 7~9 页。

⑦ 参见吴炫《文化批评的五大问题》,载《山花》2003 年第 6 期。

⑧⑫ 蔡英文:《政治实践与公共空间——阿伦特的政治思想》,新星出版社 2006 年版,第 60

页,第128页。

⑨ 阿伦特对劳动、工作、行动三大人类活动的区分,集中见于其《人的条件》(Hannah Arendt, *The Human Condition*, Chicago：The University of Chicago, 1998)。同时必须指出：阿伦特的政治理论和公共领域理论均极复杂,这里只选择和本文关系紧密的部分加以介绍,不是对于阿伦特政治理论的全面阐释。

⑩ 阿伦特的"社会"概念很复杂,涉及不同的历史时期"社会"内涵的演变,而且和通常的理解差距很大。这里我们没有能力来详细辨析其"社会"概念,有兴趣的读者可以参考阿伦特《人的条件》及蔡英文《政治实践与公共空间》。

⑪ 阿伦特：《人的条件》,汪晖、陈燕谷主编《文化与公共性》,三联书店1998年版,第62页。

⑬ 当然,阿伦特把社会经济活动决然划出公共领域和政治实践领域会导致许多理论上和实践上的难题,并引发了西方政治哲学家的诸多质疑。比如,华尔泽指出,阿伦特这种排斥经济活动的公共政治领域与人的日常经验是有矛盾的,绝大多数公民关注公共政治问题动力常常来自与自己日常生计利益相关的议题,把它排除出去就很难找到沟通私人领域和公共领域、私人事务和公共事务、经济和政治的媒介(参见蔡英文《政治实践与公共空间》,第134页)。但尽管如此,阿伦特的公共领域观产生于对西方现代社会经济的和物质的关切过分膨胀的反思,它对于我们今天社会普遍流行的把生活的意义化约为"过好日子"的"活命哲学"还是极为深刻的提醒。

⑭ 参见陈伟《阿伦特的"政治"概念剖析》,载《南京社会科学》2005年第9期。

文学理论:从语言到话语

周 宪

今天,回首 20 世纪的人文学科和社会科学,说它是一个"语言学的世纪",似乎并不过分。这种说法意在强调语言学作为一门学科或一种特定的方法论,对人文学科和社会科学的几乎所有领域都产生了极其深刻的影响。大到哲学的"语言学转向",小到文学研究的诸多命题和概念,"语言学世纪"的回响不绝于耳。作为研究语言艺术的文学理论,语言学的影响更是强势,以至于不少理论家坚信诗学(文学理论)应是语言学的一部分。雅各布森曾断言:"诗学讨论的是词语结构问题,恰如画的分析关心的是画的结构一样。由于语言学是一门有关词语语言结构的总体科学,所以说,诗学也就被认为是语言学不可或缺的一个部分。"[①] 托多洛夫的说法异曲同工:"语言学是一门关于语言的科学,而诗学则是企图成为关于一种言语作品的科学……由于某些众所周知的原因,诗学从迈出第一步起,直到将来能够为言语立出新的定义并以此指导其他科学为止,都离不开语言学的概念和方法。"[②] 德·曼的说法更加肯定,他认为只有当文学研究建立在语言学基础之上而抛弃了非语言学的考量时,现代文学理论才出现[③]。

诸如此类的说法俯拾即是,我们能从这些说法中解析出什么深义呢?说 20 世纪文学理论深受语言学的影响只是一个事实描述,但接下来的问题是:此一影响对文学理论的范式形成和转变是否具有决定性的作用?

一、语言学转向:从哲学到文学理论

今天,"语言学转向"已经成为人文社会科学中的一个流行说法。自 1967 年罗蒂主编的《语言学转向》一书面世以来,此一观念已被广为接受[④]。那么,这个转向究竟意味着什么呢?罗蒂的说法最为简洁:"所有哲学家是通过谈论合适的语言来谈论世界的,这就是语言学转向。"[⑤] 在他看来,这一转向是对传统哲学的反动,因为传统哲学探究的问题是一些由常识信念引发的问题。但以往的哲学家并未意识到这一点,维特根斯坦一语中的揭穿了这个问题:"我之语言疆界即我之世界疆界。"⑥《语言学转向》出版二十年后,罗蒂在该书新版跋中更加明晰地表达了这样的信念:

> 就语言学转向对哲学的独特贡献而言,我认为这种贡献根本不是元哲学的。实际上,它的贡献在于帮助完成了一个转变,那就是从谈论作为再现媒介的经验,向谈论作为媒介本身的语言的转变,这个转变就像它所表明的那样,使人们更容易把再现(representation)问题置于一旁而不予考虑。⑦

罗蒂强调从再现论向语言论及其行为的重心转移,从分析经验到分析经验的媒介,这就是语言学转向的重心所在。假如说过去的哲学家们讨论的是经验、观念和意识问题,在维特根斯坦把全部哲学问题转化为语言问题后,哲学讨论的焦点便合乎逻辑地转向了语言本身。在我看来,语言学转向除了罗蒂所说的意义外,其实还有更加复杂的内容。比如有学者注意到,这一转向将思考从经验移向语言,它同时还伴随另一个重要转变,那就是从私密的个人的内心意识向公共的语言现象或行为的转变,这就使得思考的东西面对具体的、实践的和社会的现象,而不再是难以把握的个人私密精神现象⑧。

从文学理论在20世纪的范式建构来看,我们可以概括出语言学转向出现了两次:第一次转向从世纪初到60年代,呈现在从俄国形式主义到捷克布拉格学派、英美新批评和法国结构主义的理论探索中;第二次转向则出现在后结构主义之中。前一次转向建构了分析抽象语言系统和规律的理论范式,后一次转向则反其道而行之,将抽象的语言转换为实践性的话语,完成了以话语为范式的理论建构。我们有理由把前者看做是一种典型的现代文学理论范式,而后者则可以视为后现代的文学理论范式。

我们先来说说第一次转向。自俄国形式主义以降,文学研究的对象、方法和学科一再被重新界定。其主导风向是强调文学研究应不同于非文学的研究,焦点应集中到使文学所以为文学的那些东西上来。用雅各布森经典的话来说,"文学科学的对象不是文学,而是'文学性',也就是说,使一部作品成为文学作品的东西"⑨。雅各布森形象地把以前的文学研究者描述为非专业的警察,他不是有针对性地去抓捕嫌犯,而是把路过的人都抓起来了,结果是缘木求鱼。比如,文学史家在文学研究中舍弃了文学,而去关注个人生活、心理学、政治、哲学等问题,这并不是科学的文学研究。这里有两个要点:第一,诗学首先要确立独特的研究对象,进而把那些与文学性无关的东西从文学研究中驱逐;第二,诗学亦即"文学科学",其研究对象决定了它隶属于语言学的学科特性。诚如俄国形式主义的另一代表人物埃亨鲍姆直言:

> 传统的文学家们习惯于把研究的重点放在文化史或社会生活方面,形式主义者则使自己的研究工作面向语言学,因为语言学在研究内容上是一门跨诗学的科学,但是语言学是依据另外的原则探讨诗学的,并且另有其他的目标。另一方面,语言学家也对形式方法感兴趣,因为诗歌语言现象作为语言现象,可以视为属于纯语言学的范畴。[10]

文学研究"属于纯语言学的范畴",这一判断是 20 世纪文学理论的一大发现。尽管文学研究从来离不开讨论语言,但不同的是,只有到了 20 世纪,现代语言学的长足发展才可以为这一研究提供科学的方法论和观念。所以俄国形式主义把文学研究的学理根据挪移到现代语言学上是合乎逻辑的,他们要研究的不是语言所构成其他非文学的方面,而是语言本身。这一方法论的转变与罗蒂所说的哲学中的语言学转向如出一辙,是一种所谓的"本体论的转向"(罗蒂)。当哲学家不再思考个人经验、意识、精神和心灵等问题,转向语言及其行为的考察时,我们说语言学转向在哲学中实现了。同理,当文学理论家和批评家不再关心作家心理、生平、历史与文化,而转向文学作品的语言结构时,文学理论的语言学转向也就出现了。这就是文学理论的第一次语言学转向,它始于俄国形式主义,越加彻底地贯穿在布拉格学派、新批评和结构主义的理论取向中。

较之于第一次转向,第二次转向则激进得多,它形象地呈现在如下两个命题中:第一个命题源自德里达——"一切均在文本中"(There is nothing outside the text)[11];第二个命题来自福柯——"一切均在话语中"(Nothing exists outside of discourse)[12]。如果说第一次语言学转向要解决的问题,是如何把文学研究的全部问题转化为语言问题的话,那么,对后结构主义者来说,所谓文学性的问题纯属幻象,转向语言并不意味着转向文学性的语言系统,而是反过来,揭橥文本或话语是如何塑造和假定了我们的行为、观念和价值的。乍一看,这两个命题显然不合逻辑,文本或话语怎能包罗天下万事万物呢? 但如果我们深谙维特根斯坦著名的口号——"全部哲学都是语言批判"的话,德里达和福柯的说法也就顺理成章了,因为他们要做的工作不过是把诸多问题转变为对文本或话语的批判,如同维特根斯坦把问题都转换为语言批判一样。假如说第一次转向旨在构筑一个自在自为远离现实的语言学宫殿,理论家们可以在其内坐而论道的话,那么,第二次转向则是要炸毁这个宫殿,回到现实的符号表意实践中来。所以两次转向方向相反。第一次转向是以"减法"(巴赫金对俄国形式主义的评语)为宗旨,将文学研究"减到"诗歌语言这一焦点上来;第二次转向则将抽象的语言转向现实的语言——文本或话语,并由此揭示出隐藏其后的表意实践是如何被规训的,更像是一种"加法"。

这里,我们触及哲学上语言学转向的另一个深层含义,那就是语言不只是交往的工具,而是我们关于实在世界理解的通道。社会学家伯格和卢克曼的解释有助于对第二次转向的理解:语言乃是我们将世界客观化的路径,它既使我们理解了世界,同时也把我们的各种经验转化为一个一致的秩序。"在这种秩序的建立中,语言就是从理解和创造秩序的双重意义下将世界实现了。而交谈正是人们面对面情境中语言的实现能力。因此,在交谈中语言所客观化的事物,会成为个人意识的对象。所谓实体维持的实义,事实上是指持续用相同的语言,将个人所经历的事物客观化。"⑬这就是说,现实的语言即话语,建构了我们对世界和世界秩序的理解,从这个观点来看,以往我们认为的许多自然而然的或理所当然的观念、行为、秩序等,其实并非如此,它们是通过我们日常的或文学的话语实践所建构起来的。因此,与其说我们是生活在物质的世界中,不如说我们同时也生活在话语的或文本的世界中。正是后一种话语或文本的实践生产出我们关于自身以及我们生活世界的意义来。

这么来看第二次转向,维特根斯坦"全部哲学都是语言批判"的命题便显现出了棒喝的力量。而在这第二次转向中扮演重要角色的语言学家本维尼斯特,更加明晰地表达了这一观念:"正是在语言中并通过语言,人把自己建构成为一个主体,因为只有语言才能够在现实中确立起'自我'的概念。"⑭

二、转向一：语言范式的建构

第一次语言转向是确立一种语言范式的文学理论，它始于俄国形式主义，经由捷克布拉格学派，再到英美新批评和法国结构主义。虽然这些理论有所差异，然而它们均体现以语言为范式的共同取向[15]。这种语言范式典型的表述就是索绪尔结构主义语言学。为了说明这一取向，我们首先来分析一下索绪尔的理论。

不同于以往语言学研究集中于语言的历史层面分析，索绪尔的结构主义语言学明确提出要以语言功能问题研究为核心，换言之，他要深究的是意义如何产生的。索绪尔认为，任何符号都是概念与其音响形象的结合。比如"书"这个字，其独特的书写形式（形象）或读音（音响）构成了这个字的外在方面，这就是所谓符号的能指（signifier），而它的意思则是符号的所指（signified），亦即概念。中国人称之为"书"，英美人称之为"book"，不同的语言有不同的叫法，这实在无什么规律可言。"能指和所指的联系是任意的，或者，因为我们所说的符号是指能指和所指相连接所产生的整体，我们可以更简单地说：语言符号是任意的。"[16]这是符号的第一个原则，其重要性在于，它打破了传统认为的语言和所指称的事物存在着固定关系的看法。换言之，他把传统的标记＝事物的公式，改变成为符号＝能指／所指。进一步，索绪尔指出了符号的第二个原则，即能指的线性原则。无论是语音还是文字，都是依次排列线性地展开的。这就造成了语音之间和书面符号之间的差异。正是差异产生了意义，比如"书"这个字，不是"画"也不是"乐"，它在一连串的由字构成的语句中形成了自己的意义。同理，在说话中，"shu"的读音也不同于"su"或"cu"，一系列连续的发音上的差异产生了这个字的概念。这在汉语中更为显著，因为汉语独有的"四声"现象是区别语音概念的重要标志。如"shū"（书）不同于"shú"（熟）、"shǔ"（属）和"shù"（树）。照索绪尔的说法，意义并不是内在于语言自身的，它不过是一种符号区别的功能而已。这就颠覆了传统观念，即认为意义是某种在场造成的，符号代表了事物之本质等。通过这两个原则的分析，索绪尔强调了语言（langue）和言语（parole）的重要区分。言语是多方面的、性质复杂的，跨越了物理、生理和心理等领域，属于人和社会领域，也就是现实的言语活动。"相反，语言本身就是一个整体，一个分类原则。我们一旦在言语活动的事实中给予首要的地位,就在一个不容许作其他任何分类的整体中引入了一种自然的秩序"。"语言是一种表达观点的符号系统"⑰。语言学研究的是语言而非言语,如伊格尔顿指出,索绪尔认为语言学不应关注实际使用的言语,否则会堕入令人绝望的混乱,因此他关心的是使人们的言语成为可能的符号结构,也就是他所说的语言⑱。这里,索绪尔提出了一个很有影响的方法论观念,语言学研究的不是具体繁杂的实际言语现象,而是隐藏在背后的那些抽象的语言学规律和原则。另外,在索绪尔符号等于能指加所指的公式中,符号的另一个要素——指涉物(referent)——也给排斥了。从某种程度上说,语言与社会生活实践之间的复杂的关联也就被隔断了。

尽管索绪尔对不同的文学理论学派所产生的影响大小不一,但是,在索绪尔语言学中所表述的此种语言观念,却是20世纪不少文学理论派别所信奉的。索绪尔对捷克布拉格学派和法国结构主义的直接影响是无须争议的,对俄国形式主义和新批评等派别的影响也在某种程度上存在⑲。这些派别的文学理论从不再关心文学语言的指涉(物)开始,逐步发展到只关注文学语言自身,探究文学语言的那些形式上、技巧上或结构上的内在规律。这是上述四个文学理论学派一以贯之的理论取向。语言学模式一方面为文学理论提供了具体的学科资源和方法论,另一方面又为文学树立了一个科学研究的典范模式。在语言学的影响下,文学研究力图摆脱非文学理论方法的"殖民"的冲动越发强烈。一种以抽象语言结构分析的文学理论范式也就逐步确立起来,并成为20世纪的文学理论主流。诚如卡勒在分析了迪尼亚诺夫的文学演变理论后所指出的:

> 这里,语言学模式提供了重要的方法论上的明晰性。它教导我们,哪里有意义,哪里就有系统。一个言者的表达只有借助(语法的、语音的、语义的和实用的)语言规则才有可能,因为由此闻者才能依次搞清言者的表达,与此相仿,文学作品只有通过惯例和期待系统才成为可能,而文学作品的分析对于弄清作品的功能来说是至关重要的。语言学家的工作是揭示表达的生产和理解所以可能的语法,而形式主义的批评家或诗学家们所要做的工作,就是力图搞清楚文学系统的惯例,正是这些惯例使得文学作品的生产和解释成为可能。⑳

卡勒这段文字实际上指出了一个事实,那就是当文学理论依循语言学模式来研究文学时,相当程度上就是语言方法的直接移植。文学研究的现代范式不过是把各种语言规则转换为文学规则,同理,语言被视为一个独立自足的系统,所以由语言构成的文学也同样是一个自主系统。在这一次语言学转向中,文学研究即语言研究的理念明确了,语言学的许多基本原理和范式也被直接挪用到复杂的文学各层面上去了。这在结构主义文学理论中最初突出,比如格雷马斯关于结构语义学的讨论即如是,他基于自然语言的句法结构,归纳并建构一个解释性的模型[20]。一些结构主义者努力按照语言学的框架来划分文学研究的不同层面,诸如语义学层面(题材、情节动力等),句法学层面(诗歌手法、叙述形式等),语用学层面(作品与读者的关系等)[21]。再比如,结构主义文本分析另一个范本——雅各布森和列维-斯特劳斯合作的评论《波德莱尔的〈猫〉》,在诸多方面体现了这一范式的特征。其分析与其说是对作品价值和特色的关注,毋宁说只想去发现控制着作品的文学抽象结构与规则,尤其是重要的结构主义原则——二元对立(或二项对立)。结论是这首诗借助一系列或隐或现的二元对立,展现了诗作的结构关系[22]。至此,我们概括了一下这类语言学分析的特色,其优点和缺点同样明显。优点在于对诗作细致入微的分析,揭示了一般读者常常看不到的语言学规则。局限则在于它只关心文学作品的那些抽象系统和语言学规则,沉溺在细微的语言学分析的技术性操作上。尤其是这样的批评多半局限于语言层面,它可以告诉我们有哪些语言学规则在起作用,但优劣在何处则语焉不详,它对于作品的文化价值更是漠不关心[23]。

在长达半个多世纪的第一次转向征程中,语言学像一个新的"帝王",不断地征服文学研究的广阔疆界,甚至越出文学研究领域,在其他人文学科和社会科学中凯歌高奏。本维尼斯特概括了这一范式的特征:"语言构成一个系统,它的所有构成部分由相互支持和相互依赖的关系联结在一起。该系统把各部分组织在一起,它们是相互联结、相互区别、相互限定的清晰符号。结构主义的理论认为系统高于其构成部分,力求从部分的相互关系中分离出系统的结构并展示语言变化的有机性。"[24]托多洛夫明确地表述为如下原则:"诗学选定的研究对象是抽象的结构形式,而抽象的结构形式逻辑上必然先于结构形式的具体表现,所以诗学就自然而然地以结构主义所规定的总方向为研究方向。不过'结构化'也有程度不同。"[25]我以为,更严重的问题在于,结构主义者们深信,语言的抽象系统结构在逻辑上和时间上都先于具体的作家和作品,因此无论什么作品,从本质上说都"总是已经写成的"(always already written),所以,历史维度与主体创造性被武断地抽离了,剩下的只是枯燥的语言之技术层面的分析。塞尔登等人一针见血地指出:"试图建立'科学的'文学结构主义并没有产生印象深刻的成果。不仅是文本,而且连作者都被勾销掉了,因为结构主义把实际作品和创作者都置于括号中了,以便把真正的研究对象——体系——孤立出来。在传统的浪漫主义思想中,作者是先于作品存在的一个思考的、经受痛苦的存在,他的经历给作品提供了营养;作者是文本的本源、创造者、祖先。但在结构主义者看来,作品并没有本源。每一个个别的言说都有语言在先:这就是说,每一个文本都是由'已经写过'的东西构成的。"⑳看来,这次转向以一个雄心勃勃的开场拉开了序幕,但到了结构主义登峰造极之时,其局限已使这场戏剧的终局多少有点让人失望。这必然预示着新的转向的到来。

三、转向二:话语范式的建构

伊格尔顿在考察结构主义衰落的原因时指出,这就是部分地从"语言"转向"话语"(discourse)。因为第一次转向赋予语言特定的含义,这种语言观念已经无法再为新的文学理论路径提供可能性,于是就需要寻找新的范式,而话语作为一种新的观念应运而生。如伊格尔顿所言:"'语言'是言语或书写,它们被客观地视作没有主体的符号链。'话语'则并被看做是表达(utterance)的语言,被认为涉及到言说和书写的主体,所以至少有可能涉及到读者或听者。"㉑这就是我这里所要讨论的文学理论的第二次语言学转向。在这个转向中,一方面告别了索绪尔抽象的语言观念,但另一方面,索绪尔所揭示的符号的原则却进一步被发扬光大,成为新的话语范式的宝贵思想资源。

是什么导致了语言范式向话语范式的转变,一直有不同的说法。其中一种说法认为是法国语言学家本维尼斯特策动了这个转向。理由是本维尼斯特在对法语动词时态、代词和主语问题的讨论中,揭示了一个被索绪尔所忽略的重要问题——话语。他强调话语所独有的主体性、我与你交往关系、见证与参与等特征。特别是他指出了历史叙述(history)与话语(discourse)的差别,前者通常以第三人称形式叙说过去的事件,多呈现为书面语形式;而话语则更多地涉及我—你的交流关系,呈现为书面语与言语两种形态。"话语必须在其最宽泛的意义上加以理解:即任何一种表达,只要它假定了一个说话人和一个听话人,在说话人身上有一种以某种方式来影响他人的意图"㉙。这一陈述的重心与在索绪尔语言分析中只见抽象规则未见人的理路大相径庭。在关于语言主语(或主体性)问题的分析中,本维尼斯特进一步强化了现实语言活动中的主体性。他的基本观念是,在语言中并通过语言,人将自己建构成主体,因为唯有语言可以在现实中确立自我的概念。所以,"我们此处讨论的'主体性'就是说话人将他自己定位于'主体'(主语)的某种能力"㉚。通过历史叙说和话语的差异性比较,本维尼斯特意在强调,历史叙事就好像事件是自己在叙说,而对是否有讲述者和聆听者并不在意。话语却迥然异趣,它讲述一定以讲述人和听众的现实关系为前提。不仅如此,本维尼斯特还进一步指出:

> 语言所以可能,只是因为每一个说话人都通过在其话语中称自己为主我(I)而将其确立为主体。所以唯其如此,这个我也就是设定了另一人称,这个人称就像他一样是完全外在于"宾我"(me)的,这个人称也就成为我的回音,亦即我向他说到你的那个人和那个对我说到你的人。人称的这种极性是我们所共有的交往过程的语言基本条件,这个过程只是一个纯粹实用的结果。㉛

更重要的是,本维尼斯特认为,语言中主体性的确立就是创造一个人称范畴,但是这种创造不仅发生在语言中,而且还发生在语言之外㉜。即是说,主体性在话语活动中的确立触及除了语言人称之外的诸多层面。由此来看,笛卡儿的"我思"主体首先是一个在话语中确立起来的范畴,我以为这是第二次语言学转向的一个极其重要的层面。概要地说,本维尼斯特通过话语范畴,将语言活动的主体性、交互主体性和交往对话性等特征彰显出来㉝。这就彻底改变了只见语言不见人的索绪尔的语言研究范式,从而实现了从语言向话语的深刻转变㉞。当然,如果我们历史地来看,这种对话语及其主体性及其交往对话关系的重视,早在巴赫金关于对话主义讨论中已经出现,在哈贝马斯关于交往理性以及交互主体性的分析中也被强调。此外,本维尼斯特还有一个重要的贡献,那就是纠正了索绪尔只强调能指—

所指而忽略指涉物（referent）的缺憾，重新确立了符号的能指、所指和指涉物三位一体结构。当指涉物作为符号构成不可或缺的要素重新进入符号系统时，那种被索绪尔人为割裂的符号与现实世界关联，也就被重新弥合起来了。今天，我们在文学理论研究中主体性问题的凸显，从接受美学到读者反应批评，再到女性主义、后殖民主义等，主体、认同、差异以及对话、交往、意义等问题的凸显，就是这一转向的一个明证。诚如塞尔登等人所概括的：

> 结构主义抨击那种认为语言是反映已经存在的现实的工具和表达人类意图的工具的观点。它们相信，"主体"是有"永远已经"存在的语言结构产生的。一个主体的发言属于言语的领域，而言语又是由语言控制的，而语言则是结构主义分析研究的对象。这样一个系统交流观排除了包含一切个人之间、个人和社会之间互动的主观过程。而批评结构主义的后结构主义批评家们引入了"讲述主体"和"过程中的主体"的概念，他们不把语言看做一个非个人化的体系，而是将其看做一个永远与其他体系，特别是与主观体系发生关联的体系。这样一种语言在使用中的概念被概括为一个术语："话语"。⑤

如果说本维尼斯特的话语转向凸显了主体性及其交互对话性的话，那么，福柯的话语构成研究有力地推进了话语范式在文学理论及人类科学（human sciences）中的运用。对福柯来说，重要的问题与其说是人们叙说了什么，不如说是人们为什么这么叙说，什么制约着他们的叙说等。换言之，谁说和说什么其实并不重要，重要的是什么机制如何决定了说。在福柯看来，此乃话语构成（formation of discourse）问题。从索绪尔抽象的语言学规则分析，到福柯对话语构成的机制研究，其间的转变是深刻的。霍尔将这一转变称之为"话语的转向"（discursive turn），他认为："语言和话语通常被用作义化、意义和表征如何运作的模式，社会科学和文化科学中接着所发生的'话语转向'，乃是近年来我们的社会认识中所出现的最重要的转向。"⑥

依据霍尔的看法，当福柯把研究的焦点从语言转向了话语时，也就赋予话语概念全新含义。福柯要研究的不是索绪尔意义上的抽象语言系统，而是作为现实的和历史的表征（再现）系统的话语。他感兴趣的是各个不同历史时期产生的有意义的陈述和合规范的话语等各种话语规则和实践。在福柯的表述中，话语不只是一个狭义的作为文本单位的语言学概念，话语建构了我们谈论的话题，界定了我们的认识对象，规定了我们有意义地谈论话题的规则。一言以蔽之，话语乃是一种我们的知识和认识的建构。他在谈到《词与物》一书的标题时指出：

> "词与物"是有关一个问题非常严肃的标题；但它也是一本著作具有反讽意味的标题，因为它改变了自己的形式，替换了自己的资料，最终颠倒过来转向一个完全不同的工作。这一工作并不——不再——把话语看做是（涉及到内容或表征的表意因素）几组符号，而是当做系统地形成话语谈论对象的多种实践。当然，话语是由符号构成的，但话语所做的事要比运用符号来指称事物多得多。这多出来的东西是无法还原为语言和言语的。我们必须揭示和描述的正是这"多出来的东西"。⑤

福柯的这一表述耐人寻味。首先，话语是符号构成的，但却不能还原为符号。这就清楚地标明了他与索绪尔的差别，不再在抽象的语言范畴内打转转。其次，话语之所以不能还原为语言，乃是它所产生的东西要多于语言，而话语研究所要做的工作就是揭示这些多出来的东西。究竟多出什么呢？这就是关键所在，话语不是抽象的语言符号，而是"系统地形成话语谈论对象的多种实践"。由此来看，福柯急于要和语言范式划清界限的一个标志，就是要把被索绪尔抽象了的语言概念，还原到现实的社会历史情境中去，就是要追索那些使话语实践所以可能的社会历史规则⑥。特别要注意，这些规则不是抽象的语言学规则，而是一系列复杂的历史的或现实的规训。福柯旨在把人们如何言谈、如何形成话题、如何构成话语实践等现实话语问题提上议事日程。这个语言和话语的区分是相当重要的。一如托多洛夫所表述的那样："对任何一个反思语言特性的人来说，语言和话语的区别都是显而易见的。语言存在于抽象中；它以词汇和语法规则作为其内在物，以句子作为其外在物。话语则是语言具体呈现，它必然是在特定语境中产生的，这个语境不只涉及语言学的因素，而且还涉及这些因素产生的环境：言者，时间，地点，以及这些非语言学因素之间的关系。因此，我们不再关心句子本身,而关心的是已产生的句子,或更简洁地说,关心的是表述(utterance)本身。"⑬

那么,从语言到话语究竟给文学理论的范式带来哪些变化? 概括地说,以下几个层面的变化需要分析。

首先,主体的凸显把语言活动和人密切关联起来。索绪尔的语言学是主体的缺场,俄国形式主义也坚决去除作者传记研究,新批评以"意图谬见"和"感受谬见"来排斥作者与读者,以及结构主义只关心作品结构产生功能的规则,主体在其中都被排挤出局了。话语理论的一个核心就是说话人—听话人之间的现实的交往行为。这一点无论在本维尼斯特的语言学讨论中,还是在巴赫金的小说话语中,或是哈贝马斯的交往行为分析中,都是极为重要的⑭。从索绪尔式的没有主体的语言学分析,到这种凸显主体的交往分析,文学研究回到了现实的话语参与者的具体表意实践中来。外部来看是从文学的生产者到传播者再到接受者,内部来看是从文学作品中的各式人物到叙述者再到他们之间的复杂关系。有研究者强调,在话语分析中需要考虑各种话语参与者的复杂情况,比如,话语的生产者是单一的还是多个,是体制性的还是隐蔽的,解释者情况如何,等等。因为在这些不同的主体的参与中,话语实践本身也就生产出了复杂的社会关系和权力关系。晚近文学研究对主体的高度关注,特别突出地呈现在对认同(身份)问题的分析上。阶级、种族、性别等问题的凸显,使得文学研究不再是语言或技巧的技术性分析,而日益转向主体问题的解析和批判。那种认为文学是客观地、公正地反映社会世界人们的生活或想法的观念已被抛弃,文学作为一种话语实践,包含了复杂的权力和社会关系,充满了压迫与抵抗的斗争。一方面,文学理论和批评高悬着理想的交往情境,即平等自由的交往理想;另一方面,现实的状况却并非如此,因此文学话语成了斗争激烈的战场。文学话语的分析便承担了一种极其重要的去自然化和去神话化的使命,揭示文学活动内部的种种不平等和暴力。

其次,话语作为一种文学研究范式,超越了索绪尔抽离社会背景的共时研究的弊端,重新将历史维度引入文学的考量。福柯的话语理论强调是话语形成的历史考察,旨在搞清楚一个特定的话题为什么在特定的时代如此被谈论。他要揭示的是话语形成的某种规律,即搞清在对象、陈述、概念与主题选择之间的规律,它们的顺序、对应、位置、功能和转换等⑮,进而揭示潜藏其后的那种权力—知识的共生共谋关系。在其著名的《关于语言的话语》演讲中,福柯特别指出了控制话语的基本规则,包括排斥、分类、规则等一系列复杂的话语控制手段。比如,特定社会中的言语惯例、话语圈或信仰群体等,都有其独特的话语运作规则和程序,文学亦复如此,甚至更加鲜明地体现出这些规则[42]。霍尔高度概括了福柯这一话语语境分析的方法论意义:

> 话语就是指涉或建构有关某种实践特定话题之知识的方式:一系列(或构型)观念、形象和实践,它提供了人们谈论特定话题、社会活动以及社会中制度层面的方式、知识形式,并关联特定话题、社会活动和制度层面来引导人们。正如人所共知的那样,这些话语结构规定了我们对特定主题和社会活动层面的述说,以及我们与特定主题和社会活动层面有关的实践,什么是合适的,什么是不合适的;规定了在特定语境中什么知识是有用的、相关的和"真实的";哪些类型的人或"主体"具体体现出其特征。"话语的"这个概念已成为一个宽泛的术语,用来指涉意义、表征和文化所由构成的任何路径。[43]

如果我们用这种理论去审视晚近文学理论的诸多发展,可以发现,福柯的话语分析理论已经深入到解构主义、后殖民主义、女性主义、生态批评等许多支脉中去了。晚近发展起来的批判性话语分析(CDA)进一步强调了这种语境化的路向。这种分析作为一个话语分析的特定类型,并不关心话语的形式特征(这恰恰是语言范式所感兴趣的),而是集中于特定社会政治语境的文本与言谈中,社会权力滥用、支配和不平等的实施、再生产、抵抗的方式。这种研究的立场显然不可能是价值中立的,而是有着鲜明的政治倾向和社会关怀[44]。虽然这一陈述是针对广义的社会理论,但用它来描述当前文学理论也是非常恰当的。

结　语

从语言范式到话语范式,其转向的意义是复杂的。这里,我们在文学研究的基本范式的层面上展开分析,意在指出语言范式是一种典型的现代理论范式,而话语范式则彰显出后现代特征。语言学家凡蒂克认为,目前话语研究的"三种主要方法：1.集中在话语'本身'，就是集中于文本或交谈的结构；2.话语和交往作为一种认知来研究；3.聚焦于社会结构和文化。话语—认知—社会的三角关系实际上就是把话语分析的多学科的场所"。这个三元结构的每一极都和另外两极相关联，因此，话语分析有必要成为多学科和整合的[⑥]。借用凡蒂克的表述，语言范式的文学研究只关注第一个层面，并割裂了与后两个层面的关联；而话语范式的文学理论努力重构了三极不可分离的复杂关系，并把这种关系性的分析和解释当做文学研究的基本任务。

语言范式强调文学研究的科学性和客观性，聚焦文学不同于其他文化形式的文学性，探究语言系统的自足性及其特有规则，突出文学理论作为一门知识与语言学的依赖关系等等，这都在相当程度上反映了这种范式经由其区分性（或巴赫金所说的"减法"）而告别过去的文学理论，进而建构一个探索抽象语言规则的理论范式。我发现语言范式的文学理论始终存在着一个矛盾：它一方面坚持文学理论的科学性和客观性，追求文学研究本身知识系统化和专门化；另一方面又强调文学与科学的对立与差异，彰显文学的审美价值的独特性。这种范式最重要的信念就是坚信文学是独立自足的，因此抽象的语言观恰好适用于这一范式，不仅文学作品和文学语言是独立自足的系统，甚至文学理论本身也是一个独立的知识门类。在某种意义上说，这些都是现代性知识体系分化的体现。

与此迥异的话语范式对上述信念质疑与批判，转而被一种后现代的思维方式所取代。首先，那种认为文学是纯粹的独立自足的观念显得不合时宜了，文学与其说是纯粹供人审美欣赏的语言人造物，不如说是充满了社会、历史、政治和文化冲突的场域。同理，文学理论也不是什么自足的纯粹知识系统，它也是一个充满了意识形态和权力—知识共生的领域，也是一个斗争的战场。这种状况正好迎合了20世纪60年代以来西方左派激进思潮，使文学研究成为庞杂的后现代观念登台表演的舞台。从狭隘的语言学模式突围，在打通文学和非文学的边界的同时，文学理论在话语范式中实现了跨学科的拓展，建构了超越文学理论藩篱的所谓"大理论"（杰姆逊等人语）。卡勒说得好："文学理论的著作，且不论对阐释发生何种影响，都在一个未及命名，然经常被简称为'理论'的领域内密切联系着其他文字。这个领域不是'文学理论'，因为其中许多最引人入胜的著作，并不直接讨论文学。它也不是时下意义上的'哲学'，因为它包括了黑格尔、尼采、伽达默尔,也包括了索绪尔、马克思、弗洛伊德、高夫曼和拉康。它或可称为'文本理论',倘若文本一语被理解为'语言拼成的一切事物'的话,但最方便的做法,还不如直呼其为'理论'。"⑩这也许说明,从语言范式的文学理论到广义的话语式"理论",许多现代性的分化和区别被后现代的去分化所消解。但话语范式的理论吊诡的另一面则是在消解边界的同时,又开启了一场捍卫差异的斗争。这场斗争的表征之一就是对自由人文主义那些当做普适原理的价值观和信念的深刻质疑。文学并不是带有更高价值的普遍文化形式,其审美价值或艺术价值也不是超越具体时空语境普遍有效的。在这种情形下,一种相对的、地方性的差异话语分析成为文学研究的主旨。"大理论"中流行的是各种小叙事和差异分析,无论是解构主义的文本解读,还是福柯式的话语形成分析,或是各种地方性的话语分析,均呈现出某种后现代的特征。"小心避开绝对价值、监视的认识论基础、总体政治眼光、关于历史的宏大理论和'封闭的'概念体系。它是怀疑论的、开放的、相对主义的和多元论的,赞美分裂而不是协调,破碎而不是整体,异质而不是单一。"⑰

至此,我们通过分析文学理论中的两次语言学转向,指出了两种不同范式的更替意味着现代和后现代的文学理论的建构,它们之间存在着明显的张力。但是,如何超越两极对立而建构"第三条道路",是黑格尔式的"正、反、合"螺旋上升辩证过程?还是两极对立依旧但却衍生出其他另类路径?晚近"理论终结"和"后理论"的说法时有所闻,跨学科、反学科和回归学科的争议引人注目,批判和质疑现代性和后现代性的声音同样响亮,建设性的后现代和另类现代性的探索也在层出不穷地涌现。看来,就文学理论而言,如何在现代与后现代张力中实现创造性的超越,仍是一个开放的未有结论的问题。

---

① Roman Jakobson, *Language in Literature*, Cambridge: Harvard University Press, 1987, p. 63.

② 托多洛夫:《诗学》,赵毅衡编《符号学文学论文选》,百花文艺出版社 2004 年版,第 195 页。

③ Paul de Man, *The Resistance to Theory*, Minneapolis: University of Minnesota Press, 1986, p. 7.

④ 据说,"语言学转向"的说法最初出自语言哲学家伯格曼(1953),他提出"语言学转向"导源于维特根斯坦(Cf. Richard Rorty (ed.), *The Linguistic Turn*, Chicago: University of Chicago

Press，1967，p. 9)。但也有人认为这一转向早就发生，它可以一直追溯到英国哲学家洛克(Cf. Michael Losonsky, *Linguistic Turns in Modern Philosophy*, Cambridge：Cambridge University Press，2006)。

⑤　Richard Rorty (ed.), *The Linguistic Turn*, p. 8.

⑥　Ludwig Wittgenstein, *Tractatus logico-philosophicus*, London：Routledge，1961，p. 68.

⑦　Richard Rorty (ed.), *The Linguistic Turn*, p. 373. 在 2007 年出版的《哲学即文化政治》一书中，罗蒂坚持捍卫这个说法，他强调语言学转向的用处在于促使哲学家从关注经验的话题转向了语言行为的话题。这一转变有助于打破经验主义的窠臼，更宽泛地说，特别是打破再现论或表征论(Cf. Richard Rorty, *Philosophy as Cultural Politics*, Cambridge：Cambridge University Press，2007，p. 160)。

⑧　Cf. Michael McCarthy, *The Crisis of Philosophy*, Albany：SUNY，1990，pp. 103～104.

⑨　转引自埃亨鲍姆《"形式主义"的理论》，托多洛夫编《俄苏形式主义文论选》，蔡鸿滨译，中国社会科学出版社 1989 年版，第 24 页，第 25 页。

⑪　Jacques Derrida, *Of Grammatology*, trans. Gayatri C. Spivak, Baltimore：John's Hopkins University Press，1997，p. 163.

⑫⑬　Cf. Stuart Hall (ed.), *Representation：Cultural Representations and Signifying Practices*, London：Sage，1997，p. 44，p. 6.

⑬　柏格、卢克曼：《社会实体的建构》，邹理民译，台湾巨流图书公司 1991 年版，第 169 页。

⑭㉕㉙㉛㉜　Emile Benveniste, *Problems in General Linguistics*, Coral Gables：University of Miami Press，1971，p. 224，p. 83，pp. 208～209，p. 224，p. 225，p. 227。

⑮　俄国形式主义、捷克布拉格学派、英美新批评和法国结构主义，尽管它们在一些侧重点上有所不同，出现的具体历史语境也有所差异，但是，他们在文学研究的基本理念和方法论上却显出相当的一致性。以至于有的学者在讨论结构主义的历史时，总是将这四个派别依次排列，并指出了它们之间或隐或显的承续发展或影响关系。贝西埃等主编的《诗学史》(史忠义译，百花文艺出版社 2002 年版)就在"结构主义发展阶段"标题下依次讨论了这四个学派(参见第 736～776 页)。布洛克曼的《结构主义》(李幼蒸译，中国人民大学出版社 2003 年版)，也把除英美新批评之外的三个学派看做结构主义发展的三个阶段(参见第 21～108 页)。这表明如上文学理论流派具有同源性或同质性，而这种同源性或同质性在我看来就是语言学范式及其语言观念。杰姆逊也指出了英美新批评与俄国形式主义在一些基本原则上的一致性，诸如反对把文学视为哲学信息的载体、反对传记式的起源研究等(Cf. Fredric Jameson, *The Prison-House of Language*, Princeton：Princeton University Press，1972，pp. 74～75)。

⑯⑰　索绪尔：《普通语言学教程》，高名凯译，商务印书馆 1980 年版，第 102 页，第 30、37 页。

⑱㉘　Cf. Terry Eagleton, *Literary Theory：An Introduction*, Minneapolis：University of Minnesota Press，1996，p. 99，p. 100.

⑲　伊格尔顿说道："虽然形式主义本身并不是确定无疑的结构主义，但索绪尔的语言学观点却影响到了俄国形式主义者。形式主义从'结构上'对待文学文本，不再关注指涉物而考察符号自

身。"(Terry Eagleton, *Literary Theory：An Introduction*, p. 85.)

⑳　Jonathan Culler, *The Literary in Theory*, Stanford：Stanford University Press, 2007, p. 9.

㉑　参见格雷马斯《结构语义学》,蒋梓骅译,百花文艺出版社 2001 年版。

㉒　参见让-玛丽·谢弗《结构主义》,贝西埃等主编《诗学史》,第 761 页。

㉓　雅柯布森、列维-斯特劳斯：《波德莱尔的〈猫〉》,赵毅衡选编《符号学文学论文选》,第 330～336 页。

㉔　伊格尔顿：《二十世纪西方文学理论》,伍晓明译,北京大学出版社 2007 年版,第 93 页。

㉕　托多洛夫：《诗学》,赵毅衡选编《符号学文学论文选》,第 194 页。

㉗㉟　塞尔登、威德森、布鲁克：《当代文学理论导读》,刘象愚译,北京大学出版社 2006 年版,第 96 页,第 177 页。

㉘ Terry Eagleton, *Literary Theory：An Introduction*, p. 100.

㉝　甚至有学者认为,本维尼斯特的理论改变了我们对文学的理解。我们可以从人称代词中演绎出一部文学体裁的风格学,比如"我"属于抒情诗、自传、日记和个人小说,"你"则属于抨击文章、爱情诗等(参见塔迪埃《20 世纪的文学批评》,史忠义译,百花文艺出版社 1998 年版,第 212～213 页)。

㉞　也有学者发现本维尼斯特对索绪尔的解读中存在着不少误读(Cf. Raymond Tallis,"The Linguistic Unconscious：Saussure and the Post-Saussureans", in Daphne Patai and Will H. Corral (eds.), *Theory's Empire：An Anthology of Dissent*, New York：Columbia University Press, 2005, pp. 126～146)。

㊱　Cf. Stuart Hall（ed.）, *Representation：Cultural Representations and Signifying Practices*, p . 6; Christopher Norris, *The Deconstructive Turn*, London：Mehtuen, 1983; Robert Young, *White Mythologies：Writing*, *History and the West*, London：Routledge, 1990.

㊲㊶　Michel Foucault, *The Archaeology of Knowledge*, trans. A. M. Sheridan Smith, London：Routledge, 1989, p. 54. p. 41.

㊳　需要指出的一点是,福柯的话语概念也不同于索绪尔的言语概念。或者说福柯的话语概念在内涵上要比索绪尔的语言概念丰富,前者的外延也大于后者。也有学者认为,话语概念原本作为语言学上特指文本单位的概念,被福柯给破坏了,他赋予话语概念诸多不确定的、矛盾的东西,因而导致了话语概念成为当代人类学科最为混乱的概念之一。

㊴　Tzvetan Todorov, *Theories of the Symbol*, Ithaca：Cornell University Press, 1982, p. 9.

㊵　在指出这个倾向的同时,接着需要注意福柯和巴特等人的反人文主义的"人之死"观念。最著名的就是福柯在其《什么是作者?》一文结尾,借贝克特的台词所提出的问题："谁在说话又有什么关系呢?"因为他更关心的是为什么会这样说而不是那样说(参见福柯《什么是作者?》,赵毅衡选编《符号学文学论文集》,第 524 页)。

㊷　Michel Foucault, "The Discourse on Language", in Hazard Adams & Leroy Searle (eds.), *Critical Theory since 1965*, Tallahassee：Florida State University Press, 1986.

㉔ 语言学家费尔克拉夫(Norman Fairclough)等人指出,批判性话语分析的基本信条有:1. 关注社会问题;2. 权力关系是话语关系;3. 话语构成了社会和文化;4. 话语具有意识形态功能;5. 话语是历史的;6. 文本与社会的联系是有中介的;7. 话语分析是解释性的;8. 话语是一种社会行为方式(Cf. Teun A. van Dijk, "Critical Discourse Analysis", in Deorah Schiffrin, et al. (eds.), *The Handbook of Discourse Analysis*, Oxford:Blackwell, 2003, p. 353)。

㉕ Teun Adrianus van Dijk, *Discourse Studies:A Multidisciplinary Introduction*, London: Sage, p. 24.

㉖ 卡勒:《论解构》,陆扬译,中国社会科学出版社 1998 年版,第 2 页。

㉗ 伊格尔顿:《后现代主义的幻象》,华明译,商务印书馆 2000 年版,第 1～2 页。

文学的终结与文学性蔓延

——兼谈后现代文学研究的任务

余 虹

近年来,文学研究领域出现了一种突出而普遍的现象:逃离文学。曾经风光无限而被人追逐的文学成了人们避之不及的弃儿。于是,各种"转向"迭起,不少文学研究者纷纷转向社会学、政治学、宗教学和文化研究,不少文学专业的硕士、博士论文也耻于谈文学,甚至出版社的编辑见到文学研究的选题就头疼。"逃离文学"愈演愈烈,"文学研究"的合法性已受到根本威胁。

面对这一"逃离",我很困惑。对那些见风使舵、投机取巧、莫名跟随、趋炎附势的逃离者你可以不屑,但对那些严肃认真、慎思而行的转向者你不得不正视。于是有问:严肃的学者何以要逃离文学? 如此之"逃离"意味着什么? 拒绝逃离又能如何?

要回答这些问题,首先须考察后现代条件下的文学状况和支持这种逃离的文学终结论。应当承认,"文学终结"是后现代条件下文学的基本状态,只不过我们必须对"终结"之意涵作进一步限定和澄清,才能揭示其事实本身。文学终结论的观念性来源至少可以追溯到黑格尔的艺术终结论。根据绝对精神的发展逻辑,黑格尔推论出作为真理表达之高级形式的哲学正在取代作为真理表达之低级形式的艺术,并认为资本主义市民社会的扩张必将导致诗性文学的衰落。显然,当代文学终结论有黑格尔的幽灵,但已相当不同。细而察之,当代文学终结论乃是对后现代条件下文学边缘化的诗意表达。"终结"(end)一词含混、夸张而悲哀,其本身就是一种文学隐喻,它的确切含义是"边缘化",且其内在意涵十分复杂。

概言之,后现代条件下的文学边缘化有两大意涵:1. 在艺术分类学眼界中的文学终结指的是文学失去了它在艺术大家族中的主导地位,它已由艺术的中心沦落到边缘,其主导地位由影视艺术所取代。2. 在文化分类学眼界中的文学终结指的是文学不再处于文化的中心,科学上升为后现代的文化霸主后,文学已无足轻重。

文学在艺术家族内部主导地位的失落首先是现代科技飞速发展的结果。现代科技从根本上更新了艺术活动的媒介、手段、效果以及生产、流通与接受的方式,从而导致了艺术家族内部权力结构的变化。我们知道在现代影视艺术出现以前,艺术家族主要有两类成员,其一是单媒介艺术,比如语言艺术(文学)、声音艺术(音乐)、身体艺术(舞蹈)、色线艺术(绘画)、物体艺术(雕塑、建筑)等;其二是综合媒介艺术,比如歌是文学与音乐的综合,戏剧是全部单一媒介艺术的综合。相对于声音、身体、色线与物体,语言在引发直接感受方面虽有不足,但在表达和交流思想情感以及描述事物的深度广度方面却非他者可比。戏剧虽集各单媒介艺术之大成,但囿于舞台,碍于演出,其综合效果的发挥与传播都大大受限,而文学,能说、能听、能写、能读足矣。随着印刷术的发明,文学生产、传播、接受的速度与范围也大大超过别的艺术。凡此种种都为文学在传统艺术大家族中的主导地位准备了物性条件。然而,在 20 世纪,随着现代影像技术和音像技术的革命,文学在艺术家族中的媒介优势逐渐消失,现代影视艺术不仅克服了戏剧舞台与表演的有限性,大大强化了戏剧的综合表现力和直接感受性,还利用电子技术彻底改变了艺术传播接受的方式。无疑,现代影视艺术拥有比文学优越得多的技术性综合媒介,它使单一的语言艺术相形见绌。

除了物性媒介上的原因,文学丧失其在艺术家族中的主导地位还有更为深刻的观念文化根源。我们知道,在古希腊神话时代即有语言神予、诗优于其他艺术的信念。诗与神启神力神语有关,其他艺术却只是人力之作。有关诗的神性信念一直是其后有关文学的精神性本质优于其他艺术的观念来源。传统思想预设了精神优于物质、心灵高于感官、神性超于人性的价值坐标,相对于别的艺术,文学离精神、心灵和神性最近,因此,从亚里士多德到黑格尔,诗都被看做最高级的艺术。而自康德以来的现代美学虽然注意到艺术的感性品质和价值,但也认为只有当感性形象成为某种精神的象征时它才是最美的,就此而言,康德所谓"美是道德的象征"和黑格尔所谓"美是理念的感性显现"说的乃是一回事。作为感性学的现代美学究其根本还是传统精神学的派生之物,正因为如此,它进一步强化了文学在艺术家族中的优越地位。美学上的后现代转折发生于尼采美学。尼采彻底颠倒了传统的价值预设,并宣布传统的精神之物为虚无(上帝之死)。在尼采那里,感性之物背后不再有精神性的终极喻指,无精神象征的感性之物是唯一真实的审美对象,纯粹的感官快乐是唯一的审美经验,审美不存在康德式的超利害距离而是渗透个人私欲的迷醉,美学的本质是生理学。显然,尼采美学所预示的后现代审美取向为追求并长于直接感官刺激的现代影视艺术取代文学的主导地位准备了观念文化条件。

最后,我们再看看后现代条件下文学在艺术家族内部边缘化的社会原因。从某种意义上看,艺术家族中的权力结构是整个社会权力关系的投射。我们知道,随着文字的发明与发展,文学的书面样式便取代口头样式成为其主导样式。在漫长的传统社会,由于教育的限制,以读书识字为前提的文学活动逐渐成为少数特权阶级的事,或者说能否从事和参与书面文学活动成了一种社会身份的象征。相比之下,下等人只能介入民间的口头文学活动,最多也只能从事绘画、音乐、雕塑这类远离文字又多少与工匠和物质有染的艺术活动。在传统社会,垄断"文字"的阶级也垄断了"精神",即垄断了意义和价值的发明与解释权,他们的审美趣味不仅决定了艺术家族内部的权力分配和文学的霸主地位,甚至影响到文学内部的权力等级划分,比如诗与散文、悲剧与喜剧、精英文学和大众文学的等级区分。只是当现代民主、科技、教育、经济的发展生产出一个庞大的中产阶级和消费大众,他们取代垄断"文字"的神职人员和贵族而成为社会的支配性人群后,艺术家族和文学家族内部的权力关系才有了革命性的改变。中产阶级和消费大众的审美趣味离康德式的精神性审美远,离尼采式的生理性审美近,他们偏爱当下直接的感官快乐而厌倦间接缥缈的精神韵味,正是他们将现代影视艺术推上了当代艺术霸主的宝座,也让精英文学屈尊于大众文学之下。

文学终结或边缘化还有文化分类学的意涵。黑格尔曾经将人类的精神文化史描述成由艺术时代向宗教时代和哲学时代发展的过程,这也是一个艺术终结和宗教终结最后归于哲学统治的历史。黑格尔的历史观充满了哲学偏见,历史的事实是:不仅艺术和宗教免不了终结(边缘化)的命运,哲学也一样,现代社会的发展创造了另一个最高的统治者:科学。如果说后现代是现代性实践的后果,它的主要表征便是科学的全面统治。科学的统治不仅使传统的艺术、宗教、哲学成为历史文物而边缘化,也通过对其进行分解、改造而科学化,即转换成自然科学、人文科学和社会科学的一部分。在新的科学家族中,科学性的高低决定了其成员的地位。依此标准,科学之王当然是自然科学,其次是社会科学,最低是人文科学。而在人文科学内部,史学以其实证性、哲学以其逻辑性又位于文学之上。文学是最低级的科学,它在科学的王国中只有一个卑微的位置。

如此这般的"文学"在后现代条件下的确成了某种过时的、边缘化的、无足轻重的东西。"文学"终结了,逃离文学当然是一种明智之举。

不过,事情并不如此简单,文学终结论者的洞见和逃离者的明智也许正是某种严重的盲视与失误。因为必须追问的是:1. 如果支撑这种洞见和明智的是后现代条件下特定的艺术分类学和文化分类学,那么,由这两"学"中的尼采主义和科学主义制定的价值坐标及其事实认定是否正当? 2. 作为分类学意义上的艺术文化门类,"文学"的终结(边缘化)是否掩盖着无处不在的"文学性"统治? 关于尼采主义和科学主义我们并不陌生,因此"1"暂存疑。我下面想就"2"谈谈自己的看法,因为迄今为止这一问题并未引起人们的注意。

一、后现代思想学术的文学性

美国学者辛普森在 1995 年出版过一本书,名曰《学术后现代与文学统治》。该书针对流行的后现代"文学终结论"提出了后现代"文学统治"的看法,其视角独特,发人深思,可惜孤掌难鸣,不成气候。到 90 年代末,卡勒注意到该书,受此启发写了《理论的文学性成分》一文,该文收在 2000 年出版的《理论的遗留物是什么?》之中。卡勒对辛普森的提法略有修正,将统治的"文学"改为"文学性成分",从而使缘自辛普森的创见更为准确。不过,尽管有卡勒的修正和发挥,后现代文学性统治的问题仍未引起学术界的充分注意。

辛普森认为文学在大学和学术界被放逐到边缘只是一种假象,事实上,文学完成了它的统治,它渗透在各个学科中并成为其潜在的支配性成分。比如一些学科已习惯了借用文学研究的术语,史书重新成为故事讲述,哲学、人类学和种种"主义"理论热衷于具体性和特殊性,传统的非文学性话语开始迷恋修辞,凡此种种皆显示了当代人文社会科学的文学化。卡勒在他的文章中回顾了 20 世纪的理论运动对"文学性"关注的历史。他指出,20 世纪的理论运动旨在借助语言学模式来研究各学科领域中的问题,"文学"以及"文学性"问题之所以能成为理论运动初期的核心问题,关键在于理论家们相信文学是语言特性充分显现的场所,可以通过理解文学而把握语言,通过探索文学性而把握语言学模式。正是理论将语言学模式普遍应用于各学科的研究使理论家们发现了无所不在的文学性,换句话说,文学性不再被看做"文学"的专有属性而是各门人文社会科学和理论自身的属性。据此,卡勒说:"文学可能失去了其作为特殊研究对象的中心性,但文学模式已经获得胜利;在人文学术和人文社会科学中,所有的一切都是文学性的。"①

辛普森和卡勒的有关论述对我们考察后现代思想学术的文学性颇有启示,但它毕竟只是一个初略的开端,深入的探究正召唤我们。

必须注意的是:考察后现代思想学术的文学性离不开它对形而上学及其自身性质的反省批判,正是这一批判重建了思想学术的文学性意识。后现代理论运动对形而上学的批判导致了如下信念:1. 意识的虚构性,即放弃"原本/摹本"的二元区分,认为"意识"不是某"原本"(无论是"理念"还是"现实")的"摹本",而是虚构;2. 语言的隐喻性,即放弃"隐喻/再现"的二元区分,认为"语言"的本质不是确定的"再现",而是不确定的"隐喻";3. 叙述的话语性,即放弃"陈述/话语"的二元区分,认为"叙述"的基本方式不是客观"陈述",而是意识形态"话语"。

由形而上学主宰的现代性历史其实就是不断标划上述二元区分之斜线"/"的历史,亦即发明"真实/虚构"的二元存在和"真理/谎言"的二元表征的历史。

试想一下原始的洞穴壁画、原始的林中舞蹈、原始的口头神话与传说,对原始人来说,它们是真实还是虚构? 真实与虚构的边界在哪里? 对原始人来说,洞穴壁画上的牛和活生生的牛一样真实,那还是一个没有虚构意识的时代。而当绘画有了画框、舞蹈有了舞台、神话有了书本,画框内外、舞台上下、书本内外就有了虚构/真实之分。画框、舞台、书本就是"/"。

最早为画框、舞台、书本这一画线功能提供意识和理论支持的是希腊哲学。希腊哲学宣布"神话"是虚构(比如它一开始便以自然元素解释存在,否认神话对存在的解释),是它将虚构的神话和真实的实在区分开来,将神话置入画框、舞台和书本。与此同时,希腊哲学还宣布神话是"谎言"(比如柏拉图对荷马史诗的责难),"哲学"才是"真理",从而发明了"神话/哲学"的二元区分模式(开符号表征画线之先河)。哲学告诫人们要生活在真实与真理之中,为此必须确认和排除虚构与谎言(比如柏拉图将诗人赶出理想国)。哲学这一画线冲动后经神学、自然科学、社会科学的张扬而得到全面贯彻。

由哲学开启的画线运动其实就是韦伯的"去魅",只不过应将韦伯式的"去魅"从文艺复兴追溯到希腊哲学,最早的去魅是哲学去神话之魅。此外,后现代对形而上学的批判似乎修正了韦伯的去魅论,而将现代性历史揭示为"不断去魅和不断再魅"的历史。

在后现代思想学术对形而上学的批判中,我们发现被哲学(以及哲学的变体——经院哲学、社会科学、人文科学)宣称为真实与真理的东西(比如"理念"、"上帝"、"主体"、"绝对精神"、"历史规律"及其相关话语)也不过是虚构与谎言。通过将现代性的历史还原为虚构更替的历史,后现代思想学术抹掉了那条斜线,放弃了古老的真实与真理之梦而直面人类历史不可避免的事实:虚构,并重新确认虚构的意义。

"虚构"及其相关的"隐喻"、"想象"、"叙述"、"修辞"曾被哲学化的学术思想指认为"文学性"要素,因此,"真实(真理)/虚构(谎言)"的二元区分也表现为"哲学/文学"的二元区分。后现代理论运动对"/"的解构最终将哲学的本质还原为它竭力清除和贬斥的文学性,哲学不过是德里达所谓的"白色的神话"或杰姆逊所谓的"文学实验"。不仅哲学如此,史学亦然。史学曾宣称自己是非文学性的真实陈述,但经海登·怀特等人的反省批判,它也显示为文学性的,它和文学作品一样有特定的叙事模式、戏剧性倾向和修辞格。正如辛普森所言,20世纪形形色色的后现代理论风行之后,很多东西都被解构了,唯有"文学性成分"保留了下来,他称之为"理论的遗留物"。

经过后现代理论批判洗礼的思想学术不再排斥和掩盖自身的文学性,而是公然承认并发挥自己的文学性。除此之外,后现代思想学术还明确站在被传统指责为文学性的"垃圾"一边,为个别、现象、差异、变化、另类、不确定、反常、短暂、偶然、矛盾等等正名辩护。后现代思想家是一群本雅明意义上的"拾垃圾者",一群"文学浪人"。

二、消费社会的文学性

"消费"被用来描述后现代社会特征,对应于用"生产"来描述的现代社会。"生产和消费——它们是出自同样一个对生产力进行扩大再生产并对其控制的巨大逻辑程式的"②。生产与消费也被称为资本主义马车的两轮,只有当两轮协调运转时,马车的速度才最快,因此,协调两轮乃是"发展"最为根本的要求。

说现代社会是生产社会,是因为这一时期的生产相对不足,即供不应求。一个生产不足而商品短缺的社会必须限制消费鼓励生产,过度消费会导致社会动乱而影响生产和扩大再生产,换句话说,生产社会必需一群需求有限的"劳动者"。"劳动者"是这样一种社会存在,他将自己的欲求降低为最低的肌体需要,他之所以吃饭睡觉休息娱乐是为了更有效地工作,正如一部要最大限度运转的机器需要保养维修一样。显然,如此这般的"劳动者"并不是天生的,而是被造就的。生产社会造就劳动者的根本手段是道德教化(当然也有野蛮的剥夺),其基本内容是"节欲俭朴,无私勤劳"。任何挑动贪欲、诱发享乐的东西都是这个社会所不能容忍的。而自柏拉图以来,文学就被看做是这种东西。就此而言,早期资本主义的发展与宗教道德的一体关系以及对文学艺术的社会性排斥决非巧合。

与之相反,消费社会则是文学性而非道德性的。

"生产过剩"的消费社会恐惧节欲俭朴的传统道德,它渴望挥金如土、欲壑难填的"消费者",因为只有他才能拉动生产,使生产的无限发展成为可能。显然,"消费者"也不是天生的,不过,消费社会制造"消费者"的主要手段不再是道德教化而是文学鼓动(当然也辅之以商业手段)。无论是被柏拉图所否定的不道德的挑动欲望和追逐假象的文学,还是被尼采所肯定的"醉"生"梦"死的文学,都担当着制造后现代消费者的重任。依此,才可理解非道德的"消费文学"何以在消费社会成为真正的文学之王。

消费社会的文学性不仅表现在"消费者"的生产上,也表现在"商品"的生产与流通上。

在当代消费社会,商品价值的二重性(使用价值/形象价值)越来越突出。质地大体相同的洗衣机有许多牌子,相同的质地是其使用价值,不同的牌子则是其形象价值。商品价值的二重性由来已久,但值得注意的是这两者的性质和在不同社会条件下两者地位的变化。

使用价值基于商品的物性,它与人之间是一种物性使用关系。人对商品的物性使用是有限的,一件衣服可以穿十几年,一座房子可以住几代人,一碗饭可以撑饱肚子。人一生的物性需求其实十分有限,而这正是生产社会所标榜的"正当需求"。生产社会的"不足"要求人们尽可能少地购买商品,尽可能用尽商品的物性。所谓"新三年,旧三年,缝缝补补又三年",乃是物性使用的典型写照。

然而,对商品的物性使用关系与消费社会是对立的。如果人们都九年买一衣,消费社会的服装业就业将不业了。只有当人们一天换几套,不断购买,永不餍足时,消费社会的服装业才有持续发展的希望。不过,某人一天换几套衣服,大都不是对衣服的物性使用而是对形象价值的"精神体验"了。苏尔茨在1992年出版的《体验社会》一书中就将后现代富足社会看做偏重审美体验的社会。他认为这一社会中的人对事物的反应不再注重其客观认知而沉溺于对事物的"内心体验",或者说他们总喜欢先将事物的客观状态转换为主观符号然后体验其意味,苏尔茨称此为生活方式的审美化。审美化的社会即"体验社会"。

鲍德里亚指出:"商品在其客观功能领域及其外延领域之中是占有不可替代地位的,然而在内涵领域里,它便只有符号价值,就变成可以多多少少被随心所欲地替换的了。因此,洗衣机就被当做工具来使用并被当做舒适和优越等要素来耍弄。而后面这个领域正是消费领域。"③被当做舒适和优越等要素来耍弄的商品形象价值并不基于其固有的有限物性,而是基于可无限附加其上的文化精神性,或者说它针对的不是生理物"欲"而是精神"心",因此它可以成为人们无限购买的对象和商品过剩的杀手。就此而言,消费必然导致对符号的积极操纵,消费社会商品的形象价值也必然大于使用价值,形象价值的生产更重于使用价值的生产。

消费社会的上述特征还有技术上的根由。

当代消费社会是一个高技术的社会,商品的高技术含量使商品的物性实质愈来愈隐蔽,商品好坏的识别不得不更多地求助于在文化精神上可理解的形象价值。此外,当代消费社会作为信息社会,技术的封锁和垄断越来越困难,任何新东西一上市就被迅速仿制盗版,因此,商品物性的同质化成了信息技术时代的趋势,于是,区别商品价值高低的标准就不可能依据不相上下的物性质量,而要借助于附加其上的文化形象。正因为如此,当代企业才如此注重形象品牌战略。

值得注意的是,商品形象价值的生产在本质上是文学性的,其主要手段是广告、促销活动与形形色色的媒体炒作。而"广告"可谓最为极端的消费文学,它将虚构、隐喻、戏剧表演、浪漫抒情和仿真叙事等文学手段运用得淋漓尽致,"它把罗曼蒂克、珍奇异宝、欲望、美、成功、共同体、科学进步与舒适生活等等各种意象附着于肥皂、洗衣机、摩托车及酒精饮品等平庸的消费品之上"④。我们都知道"太阳神"、"太太口服液"和"脑白金"不过是一种在物性质地上差不多的保健品,但它们又是那样不同。在浪漫而充满英雄主义气概的 20 世纪 80 年代初它被塑造成抒情性的"太阳神"史诗形象,在市民生活席卷全国的 90 年代初它变成了叙述性的"太太口服液"小说形象,而在日益崇拜高科技的 21 世纪初它又成了科普性的"脑白金"散文形象。正是成功的文学形象战略而非商品的物性品质使其能在激烈的市场竞争中胜出。

由广告等形象塑造活动造就的商品品牌就像伊塞尔所谓的"召唤文本",它有无数的不定点和空白召唤我们去解读,而消费者与品牌的关系就像读者与文学作品的关系。从某种意义上说,能否成为真正意义上的"消费者"和消费社会的局内人,关键在于你是否有解读品牌意味和运用品牌符号的意识与能力。以鲍德里亚之见,符号化的商品是消费社会的基本结构元素和交往语汇,消费者之间的特殊社会交往是以"商品—符号"为媒介的。因此,一个不懂得在某个场合穿某个牌子的服装、拿某个牌子的手机、抽某个牌子的香烟意味着什么的人,即使生活在 21 世纪,他也对这个时代一无所知,是消费社会的局外人。

一个合格的消费者对品牌不仅要"知道",更要能"阅读",尤其是文学性的阅读。鲍德里亚就指出,消费社会的品牌之多,意味之玄妙足以令人"眩晕",而"没有文字游戏,现实就产生不了眩晕"⑤。建立在文字游戏基础上的"消费是一个神话,也就是说它是当代社会关于自身的一种言说,是我们社会进行自我表达的方式"⑥,因此,离开了"文学性"的消费社会是不可思议的。

三、媒体信息的文学性

后现代社会又被称为信息社会或媒体社会。从某种意义上讲,后现代生存已全面信息化和媒介化了,或者说人们生活在媒体信息建构的世界之中。

人类世界的媒体史十分漫长,但由于技术的限制,媒体对人类社会的影响十分有限,即使在现代报纸出现以后,人们的现实经验与行为方式也远未由其左右。然而,当印刷术和现代交通出现了革命性的发展,尤其是在出现电子媒介而有了电视之后,媒体的意义就大不一样了。

　　"根据 1980 年版的《传媒手册》的说法,1979 年春天,美国男人平均每周看电视超过 21 小时,而美国女人平均每周看电视的时间超过了 25 小时。"⑦ 如果说普通美国人每天看 4 小时电视,这意味着到 65 岁时他已经在电视机前坐了 9 年时间。这"并不是说这个人对屏幕上的斑斑点点感兴趣,而是指他介入了这种传媒——或其他竞争者——所提供的节目"⑧。

　　20 世纪 80 年代已经如此,更不用说 21 世纪的今天了。对于后现代人来讲,占据人生大部分时间的电视屏幕(包括报纸版面)决不可小视,它不仅塑造着人们的感官与头脑,还直接代替人们感知与思考。从某种意义上说,后现代人是经由电视屏幕(报纸版面)而获得"现实"经验的,或者说是电视屏幕(报纸版面)将"现实"给予人们的。

　　后现代媒体给予人们的"现实"是否就是人们透过窗户看到的现实呢?电视屏幕(报纸版面)的确像一扇窗或一面镜,尤其是电视的"现场直播"或报纸的"新闻报道",但这是一个假象。麦克卢汉说"传媒就是信息"。后现代媒体总是将"现实"处理成"信息"才传递给受众。而信息"量"的无限膨胀、信息传递"速度"的提高以及信息更替"频率"的加快,都使信息的"真质"愈来愈不可验证,这便为信息的无度虚构提供了方便。博尔斯坦说今天所谓"现实"不过是由媒体技术和编码规则加工过的伪事件、伪历史、伪文化的堆积。韦尔斯也认为,经现代传媒尤其是经电视传媒中介化处理过的社会现实不再是现实的纪实见证,而是可虚拟的、可操纵的、可作审美塑造的。

　　鲍德里亚以"面部化装"和消费品生产来比喻媒体对"现实"的生产。他说消费社会生产的信息是供消费的信息,是媒体根据消费的需要对世界进行剪辑、戏剧化和曲解的信息,是把消息当成商品进行赋值和包装的信息。未经加工过的事件"只有在被生产的整个工业流水线、被大众传媒过滤、切分、重新制作,变成——与工业生产的制成物品同质的——制成且组合的符号材料后,才变得'可以消费'。这与面部化装是同样的操作:以出自技术要素以及某种强加意义的编码规则('美'的编码规则)的抽象而协调的信息之网来系统地取代真实却杂乱的容貌"⑨。

　　按"美"的编码规则对"现实"进行"面部化妆"正是媒体信息的文学性之所在,那些被认为最无文学性的"现场直播"或"新闻报道"也是设计编排的结果,它有作者意图、材料剪接、叙事习规、修辞虚构和表演。捷克总统哈维尔曾这样谈到作为一个政治家的他如何被塑造成电视明星的体会:

"我不能不震惊于电视导演和编辑怎样摆布我;震惊于我的公众形象怎样更多地依赖于他们而不是依赖于我自己;震惊于在电视上得体地微笑或选择一条合适的领带是多么重要;震惊于电视怎样强迫我以调侃、口号或恰到好处的尖刻,来尽量贫乏地表达我的思想;震惊于我的电视形象可以多么轻易地被弄得与我的真人似乎风马牛不相及。"⑩哈维尔对"面部化装"的"震惊"正是对媒体信息之文学性的披露。

克兰说20世纪70年代以来欧美学术界便形成了一种普遍的看法:"新闻故事是以影响公众领会其内容的某些方式被架构(framed)出来的"⑪,这些架构方式往往是文学性的。比如选择新闻题材的方式就不是依什么事件本身的客观重要性,而是根据新闻机构的要求惯例以及大众趣味来进行的;对所选择的事件的呈现也不是按什么本来面目而是按某些文学叙事和戏剧表演的套路来处理的,因为对媒体而言重要的不是什么真实性而是轰动性和趣味性。

被媒体信息所渗透所建构的后现代社会已是一个文学性社会。塞尔托这样描述后现代日常生活:"从早晨到夜晚,各种叙事不断在街道上和楼房里出现……听者一醒就被收音机所俘获(声音就是法律),他一整天都在叙事的森林中穿行,这些叙事来自于新闻报道、广告和赶在他准备上床睡觉时从睡眠的门下悄悄塞进最后几条信息的电视。这些故事比从前神学家所说的上帝更加具有神圣和前定的功能:它们预先组织我们的工作、庆祝活动、甚至我们的梦。社会生活使得打上叙事印记的行为姿态和方式成倍地增加;它……复制和积累故事'版本'。我们的社会在三层意义上变成了一个叙述的社会:故事(即由广告和信息媒体组成的寓言),对故事的引用以及无休无止的故事叙述定义了我们这个社会。"⑫

四、公共表演的文学性

"人生是一场戏"已是老生常谈。我们都知道一生要扮演很多社会规定的角色,萨特甚至从存在论的角度把无中生有的人生说成"演出"。值得注意的是,人生虽然是一场戏,但人们却惯于把它当真。只是到了后现代,假戏真做的历史才改写为假戏假做的篇章。

长期以来,意识形态是公共正义(权力)的来源与基础,假戏之能真做靠的是意识形态信仰。当人们以意识形态为真而真诚信赖它,并按照它的要求行事之时，你很难说他们在表演，尽管历史证明人们的真诚行为最终不过是由意识形态导演的宏大戏剧。而当人们根本就不相信意识形态，又不得不做出一副照它的要求办事的假象时，人生表演的导演就不再是意识形态而是表演者本人了，表演成了表演者自编自导自演的表演。

利奥塔在《后现代状况》中将作为元叙事的意识形态的解体看做后现代的标志之一。不过，意识形态解体的意涵需要限定。我以为后现代条件下意识形态的解体指的是其内容的真理性、正当性和可靠性的失效，尽管哈贝马斯等人竭力重寻公共正义之源，但在这种努力尚未奏效之前，意识形态在形式上还保留为公共正义（权力）的来源与象征。正是意识形态的这一状况使后现代假戏假做的公共表演愈演愈烈。

一方面，真理之梦在后现代人那里彻底破灭，他们不再寻找新的意识形态或对虚假的意识形态义愤填膺；另一方面，工具理性的教化使他们敏感到形式化的意识形态仍然是公共领域中权力与合法性的代码，是可利用的工具，利用意识形态就是利用权力。如此这般的后现代状况使公共场合的行为成了大家心照不宣的表演，一种"看起来"或"在形式上"符合意识形态要求的表演。

斯考特在《统治与抵抗的艺术》中分析了权力关系中的各种表演（权力本身的表演、利用权力的表演、讨好权力的表演、糊弄权力的表演、展示权力的表演等等），他将这些表演称之为"公开语本"，以对应于私下的"隐蔽语本"。斯考特对各种表演式的"公开语本"的分析着重的是权力关系中控制与反控制的行为研究，而这种控制与反控制的行为恰恰是一种文学性艺术。

一般来讲，受权力化的意识形态控制的公共表演，可分为习惯成自然的日常公共行为的常规性表演和刻意策划的特殊公共行为的表演。

一个人在公开场合应该说什么做什么大都心中有数，比如电视记者在大街上随便采访什么人，他们总能出口成章，说一些不学自会且万变不离其宗的台词，因为他们都知道上电视意味着什么。一个人在公开场合的"基本角色"、"表演程式"、"表演范围"和"表演基调"是意识形态规划好了的，像不像个"父母官"，像不像个"好职工"，像不像个"好丈夫"……十分重要。尽管每个人都可以即兴表演，但它有发挥的限度（有潜文本），越此限度就会"犯错误"。日常生活中的表演开始于从小的训练和恐吓，久而久之便习惯成自然。

尤为值得注意的是后现代条件下那些刻意策划的公共表演,这些表演更像文学性事件,比如环绕四周的商业表演、政治表演、外交表演、学术表演、道德表演。世故而精明的后现代人知道一场成功的表演就是表演者合法谋求私利的通行证或直接手段,因此,人们精心策划,巧妙做派,事后发挥(媒体炒作等),将表演艺术与功能发挥到极致。

后现代公共表演在本质上是文学性的,只不过其文学性较为隐蔽而已,即:1. 它的"文学性标记"是被置换因而也是被掩盖了的。比如剧本作者(策划人)、剧本(策划书)、导演(现场指挥)、演员(现场参与者)、舞台(现场)、布景道具(现场布置摆设)、台下观众(现场观众)。2. 它的工具性和表演性是"心照不宣"且充满"喜剧性的"。大家都知道这是"游戏规则",其"作伪"与"欺骗"是并不当真的手段,是可理解可接受的。习以为常和理所当然取消了人们对它的传统道德负担与悲剧性体认。3. 它的"表演规模"是全民的,不仅被统治者要表演,统治者也要表演,因为后现代意识形态在公共领域的形式化统治超越于一切之上,任何人和集团的公开行为都必须看起来符合它的要求。在人人都表演的后现代,表演的表演性便不再另类了。

以辛普森之见,后现代是文学性高奏凯歌的别名。卡勒也指出现在是"察看后现代状况是否真是从文学操作中推知的东西的时候了"[13]。遗憾的是,对理解后现代如此重要的"文学性"和"文学操作"正是当前"文学研究"的盲点。

"文学性"曾经被俄国形式主义确立为文学研究的特殊对象,但在俄国形式主义那里,"文学性"只是一个形式美学概念,它只关涉具有某种特殊审美效果的语言结构和形式技巧,而与社会历史的生成变异以及精神文化的建构解构无关。这种贫乏且具有遮蔽性的文学性概念不仅短命,而且也限制和耽误了人们对文学性的丰富内涵的发掘和领悟。此外,传统社会的支配性文化,比如哲学与宗教都掩盖自身的文学性和社会历史的文学性,将文学性作为有害之物予以排斥,这也导致了文学性意义的隐匿和文学性问题的搁置。

后现代理论批判对文学性的社会历史之维和思想文化之维的揭示,以及后现代现象中文学性的极端表现,使我们开始意识到文学性问题之重要。在某种意义上可以说,不深入思考和展开文学性问题,就不可能深入揭示社会历史和精神文化的真实运作,尤其不能"察看后现代状况"。就此而言,"文学性"问题绝不单是形式美学的问题,它也是政治学、社会学、历史学、经济学、哲学、神学和文化学问题,或者说它是后现代社会中最为基本和普遍的问题之一。后现代文学研究的视野只有扩展到这一度,才能找到最有意义和最值得研究的对象。

将多维度的"文学性"作为后现代文学研究的对象,并不意味着将文学研究的对象无边扩大,而是要在广阔的存在领域考察文学性的不同表现、功能与意义,它专注的是"文学性"问题。比如对消费社会中"商品存在"的研究,当你关注其符号性时你在对它做符号学的研究,当你关注商品符号的社会建构性时你在做社会学研究,当你力图揭示被掩盖在商品符号运作中的权力关系时你在做政治学的研究,而当你的目的是说明商品符号话语生产与接受中的文学性时你从事的就是文学研究。换句话说,文学性参与了消费社会的"商品存在",因此,离开了对它的文学性研究,商品存在的奥秘就仍然晦暗不明。

由于文学性在后现代的公然招摇和对社会生活各个层面的渗透与支配,又由于作为门类艺术的文学的边缘化,后现代文学研究的重点当然应该转向跨学科门类的文学性研究。不过,研究重点的转向并不意味着不再研究作为门类艺术的文学,而是要转换研究它的历史性前提和语境,即要注意它在后现代条件下的边缘化。更重要的是,文学的边缘化并不是它注定的命运,而是它在特定历史时期的处境,换言之,文学的贬值只是一种时代判决,而时代判决往往出错。因此,质疑这种判决和重新发掘边缘化文学的价值也是后现代文学研究的任务。

从某种意义上看,当前文学研究的危机乃"研究对象"的危机。后现代转折从根本上改变了总体文学的状况,它将"文学"置于边缘又将"文学性"置于中心,面对这一巨变,传统的文学研究如果不调整和重建自己的研究对象,必将茫然无措,坐以待毙。概言之,重建文学研究的对象要完成两个重心的转向:1. 从"文学"研究转向"文学性"研究,在此要注意区分作为形式主义研究对象的文学性和撒播并渗透在后现代生存之方方面面的文学性,后者才是后现代文学研究的重心;2. 从脱离后现代处境的义学研究转向后现代处境中的文学研究,尤其是对边缘化的文学之不可替代性的研究。为区别于"逃离文学"的转向,我称上述两个重心的转向是文学研究内部的转向,因为它并不转向非文学的领域而是转向后现代条件下的文学与文学性本身。

　　由于后现代文学终结和文学性统治的双重性,以统治的文学性和终结的文学为研究对象的"文学研究"必将获得新的时代内容且任重而道远。

---

①⑬　Jonathan Culler, "The Literary of Theory", in *What's Left of Theory*, eds. Judith Butler, John Guillory & Kendall Thomas, New York & London: Routledge, 2000, p. 289, p. 290.

②③⑤⑥⑨　鲍德里亚:《消费社会》,刘成富、全志钢译,南京大学出版社 2001 年版,第 74 页,第 67 页,第 12 页,第 227～228 页,第 135 页。

④　费瑟斯通:《消费文化与后现代主义》,刘精明译,译林出版社 2000 年版,第 21 页。

⑦⑧　伯格:《通俗文化、媒介和日常生活中的叙事》,姚媛译,南京大学出版社 2000 年版,第 42～43 页,第 123 页。

⑩　哈维尔:《全球文明、多元文化、大众传播与人类前途》,见《思想评论》网站,"全球化"专栏。

⑪　克兰:《文化生产:媒体与都市艺术》,赵国新译,译林出版社 2001 年版,第 15 页。

⑫　塞尔托:《日常生活实践》,转引自伯格《通俗文化、媒介和日常生活中的叙事》,第 6 页。

文化研究

文化批评理论的跨语境转换问题

徐 贲

布迪厄的文化社会学在中国学界已经引起了相当的兴趣。激发这一兴趣的往往是某种期待,期待布迪厄涉猎广泛的理论能给中国的人文或社会学科带来一些新观点、新概念、新方法和新模式。布迪厄的文化社会理论确实会在中国产生这样的作用,但这种作用将是相当有限度的。一个重要的原因就是布迪厄理论研究的对象总是相当明确而具体,而这些对象的法国语境和中国语境之间存在很大差异。布迪厄文化社会学在中国引起兴趣,最早是在文学界。而文学研究者(尤其是大众文化研究者)最注意的则是他对文艺趣味等级与社会等级关系的论述。这也是布迪厄文化社会理论迄今在中国最广为人知的内容之一。我想以此为例,谈谈他的文化社会学在中国的跨语境转换问题。

一、文化社会学和文学研究

就布迪厄文化社会理论对文学研究方法的意义,约翰生曾指出,布迪厄所开拓的是一条与文学"内在分析"不同的路子。文学内在分析包括"新批评"和各种各样的形式主义、结构主义和解构阅读。布迪厄的文化社会理论关心的是文化产品历史性的社会生成条件和环境,这正是"'新历史主义'、深层释义、文学和文学批评的体制研究,或广义的'文化研究'所关心的内容"。布迪厄的文化社会学"直接或间接涉及的问题包括审美价值和经典设立、主体性和结构性、文学实践和广泛社会过程的关系、知识分子和艺术家的社会地位及作用、高雅文化和通俗文化的关系。所有这些都是20世纪70年代以来在文化讨论中越来越受人们广泛关注的问题"①。

对文学进行"文化研究"有两种可能。第一种是狭义的可能。它在延承传统文学观的前提下,力求丰富和更新文学的研究方法。它并不特别挑战"严肃文学"相对于"大众文学"的经典性权威。第二种是广义的可能。它从一些根本理念原则上来质疑传统文学观具有统治力的权威合法性,进而破除文学研究以经典作品或作家为中心的习惯传统。这些根本的理念层次不仅包括文化行为的雅俗之分、文化产品的贵贱之别、文化趣味的高下等级,更包括与文学表现相关的种种历史问题,如哪些人(统治阶级、权贵人物等等)能在历史中代表传统,哪些人(被统治阶级、女性、少数族裔、弱势群体等等)只配在历史中保持沉默,在历史中,哪些事件被彰显或遭冷落,哪些事件被记忆或遭遗忘等等。

布迪厄的文化社会理论与上述两种文学"文化研究"都有关系。从广义上来说,它虽不像女性批评、弱势群体阶层分析或少数族裔批评那样着重于揭露传统经典文学的意识形态压迫性质,但却广泛深入地讨论了文化形式、产品种类、审美趣味的高下等级及社会统治和被统治的关系,因此常被援用来对精英文化的阶级性和统治意识形态性作批判分析。

从狭义上来说,布迪厄在关注经典性案例(如文学家福楼拜和画家马奈)时,在方法侧重点上颇有创新。从根本上说,文化研究是一种历史性的研究,它要求在历史的特定条件和环境中去解释文本,文本的创作和创作行为本身(布迪厄关心的主要是创作行为)。对作品和作者的历史分析可以有三种不同的取向:1. 作者的生平;2. 作品中所反映的种种文化内容(社会、经济、政治、意识形态等等);3. 作品创作的时代环境。布迪厄明确拒绝第一种取向,他称之为"作家个人创作中心论"。第二种取向以具体作品为核心,基本上是一种文本阅读,布迪厄虽然偶尔也对个别作品作社会内容的细读(如福楼拜的《情感教育》),但这不是他的重点[②]。布迪厄文化社会分析与第三种取向比较接近。但是,在他那里,时代背景并不只是一个笼笼统统的背景,而是落实为许多具体的"场域"和"惯习"。具体的个案研究和具体的场域和惯习分析,形成了布迪厄文化社会学的一大特色。在跨语境地借用布迪厄的文化社会理论时,容易忽视的正是他的研究方法和结论的具体性。

二、"场域"、"惯习"和象征资本

基本了解布迪厄对文学广、狭二义的"文化研究"特点,就比较容易把握他的一些具体理论见解了。布迪厄把文学创作放在"场域"而非"传统"

中来考察,把关注点从个体性的作家"创作意向"转向群体性文艺生产者的"惯习",这就使得我们有可能在由来已久的作家中心式研究方法之外开拓创作行为的社会环境研究。布迪厄提出,"场域"是现代社会中具有相对独立自主性的社会活动领域。和其他场域一样,文学场域的独立性只是相对的,它处在与权力场域的关系之中。文学场域本身则是由文学创作领域中客观存在的可能位置所形成的一种关系结构。这些位置间有上下、优劣的区分,因此也就形成了统治和被统治的等级关系。场域是场域内人占位和争夺资本(尤其是象征资本)的场所。争夺胜者所取得的不只是物质好处,而且更是对整个场域合法性的支配权。

在文学场域中,"惯习"指的是对客观可能的主观选用。惯习概念同时拒绝唯意志论和决定论。它既反对一味强调行为者的主体性,也反对单纯用外部结构来解释行为者实践。惯习强调的是客观环境的机遇和限制与行为者的倾向和选择之间的相互作用。"场域"和"惯习"形成了布迪厄所关注的文艺创作行为环境,这种社会性的行为环境不是指那种作为外部决定条件的成因,而是指由种种实际存在的可能性所形成的结构,一种既供个人选择又不容他随心所欲地选择的结构。

从大的社会行为场域来说,文学创作是一种职业选择。每个具体的社会环境中都有一些特定的"好"职业。文艺作为一种好职业,究竟是相对于哪些职业而言?特定的政治社会环境中有哪些不同的文艺职业位置(专业作家、自由作家、严肃文学或商业文学的作家等)可供选择?选择这些职业位置的条件是什么?有何种利益可图?所受何种限制?提出这类问题,也就是拒绝理想主义地把文艺幻想为一种纯粹的精神活动,以不切实际的崇高标准将某些种类的文艺谴责为粗俗或堕落。例如,布迪厄指出,福楼拜时代市场资本的作用为许多青年提供了前所未有的谋生和发展机遇。文学和艺术曾经是贵族或巴黎有产者所拥有的特权机会,随着市场经济的发展,这些职业机会也逐渐对贫寒出身或来自外省的青年所敞开。通过艺术来谋生和发展是一种富有吸引力的职业选择。尽管经济发展普及了教育,并增加了社会就业机会,但进入上层社会,尤其是权力上层(如当官)的机会仍然只为极少数人所享有。于是,许多有思想、有文字能力但缺乏经济实力和特殊社会关系的青年不得不把目光投向文艺这个次一等的好职业。文艺是一条谋求社会地位的捷径。理想主义和浪漫主义使得文艺戴上了"思想"和"才气"的光环,文艺场域中又能通过"沙龙"享有结交权力人士的诱人机会③。文艺于是成为相对容易迅速发迹、名利双收的捷径(就像我们今天的"文学新星"、"歌星"或"影星")。

从小的方面来说,文艺创作是在文艺场域中求一席之地,而创立风格和特色则是一种场域内占位的策略和争夺象征资本的手段。布迪厄以福楼拜为例,强调作家在文艺场域中的区分和定位,重要的不是看他继承了什么,而是看他拒绝了什么。为福楼拜提供区分和定位选择的是当时法国文学场域的两个已经得到确定的艺术定位,一个是"社会艺术",另一个是"资产阶级艺术"。福楼拜自己的"为艺术而艺术"是在与这二者的区分中才得到确定的④。布迪厄的占位说有两点特别重要。第一,占位并不是作家纯主观的选择。设置新位置不是凭空塑造,而是与已有的种种定位作区分,与它们保持距离。在区分定位中最有社会意义的是对抗统治势力位置的那种定位。这也使得文艺场域和权力场域的关系和体制联系(如"沙龙")成为重要议题。第二,在具体历史和社会环境下的区分定位是认识特定作家创作方法和风格的关键。这种定位标准往往是很复杂的,它不仅与已经在文学界得到确立的位置相区别,而且与那些在文学界尚未形成气候的位置相区别。后面这种位置往往因为在文学史中无记载而在人们的记忆中湮没,因此特别需要研究者仔细地从历史中重新搜寻和发现。

和一般把文学当成纯思想领域的看法不同,布迪厄的文艺场域观强调的是它的经济运作和利益争夺。文艺创作人士在文艺场域内力求区分占位,争夺的首先是象征资本。有了象征资本就不仅有了掌握场域内合法性的权威,还有了在场域外获取经济资本的机会。对于文艺人士来说,要存在就得有区别,就得占据特定的、与众不同的位置。求特色,也就是占位。这是文艺事业的根本利益所在。布迪厄指出,在知识分子的世界里,一个人所占的位置与他的事业利益是息息相关的。谁占到好位置,谁就容易发表著作,得到好评,被人引用,赢得奖项,在学术机构中得以升迁,身据要津,享有领导地位等等。这种利益之争构成了文艺场域政治。方法和理论往往是文艺场域内政治角力最得力的武器。运用新方法和新理论,这并不是超然于实际利益争夺的纯学术行为。文学界的写作方法和批评方法,看上去是对文学发展的贡献,但也是政治手段,"目的是为了建构、恢复、加强、保护或者改变象征统治关系的现有结构"⑤。文艺场域内的争夺有它的游戏规则,那就是必须保持一定程度的清高,即相对于金、权利益的"独立性"。

　　清高是文艺场域中人人必须坚守的场域集体利益,由此转化为一种道德原则。它起到的主要是一种负面作用,即不清高者声誉必然遭损。布迪厄指出,每当文艺场域内名人们争夺什么奖项的时候,这一规则就迅速得到验证:谁去争,谁的声誉就受损,有时候就此弄得声名狼藉,就像在生意场上因贪利而弄得破产一样⑥。这种名誉的损害也同样可以从中国近现代文学的一些重量级人物因傍靠政治权力而声名失堕中见出。90 年代有人提出要"重写文学史",为著名作家重新排名,重新推崇像沈从文这样的不得志者,这里面就有回归文艺场域清高原则在起作用。当然,这种提法本身又何尝不是文学批评家在文学场域内以区分和占位来争夺资本的策略和手段?

　　讲究清高需要确立文学自身的审美价值。布迪厄的文化社会学深刻地揭示了在法国形成"纯文学"价值的历史条件。他同时指出,纯文学价值的作品只是在文艺界有限的小场域内被接受的产品。它所提倡的纯艺术和纯注视逐渐成为文艺界具有共识的规范和价值,这是有限文艺生产通过其象征价值对于大规模文艺生产的物质价值的优势而逐渐取得合法性的结果⑦。正是在这一基础上,他批判了纯文学和大众文学之间存在的雅俗、高下等级区别,因为这种等级区别是和社会中存在的阶级差别联系在一起的。

　　布迪厄指出,趣味等级与权力社会所维护的阶级等级之间往往存在着"同型"的关系。这种同型关系不仅广泛地存在于各种生活方式(如艺术趣味和饮食趣味、艺术趣味和时尚趣味等等)之间,更表现为社会身份与趣味差别之间的联系⑧。例如,优雅的趣味是一种能显示优越身份的趣味(taste of distinction)。它强调艺术能力和审美趣味的纯粹性,不在乎经济需要。但它的审美的超然和距离都是以优越的经济条件为前提的。粗俗的趣味则是一种受制于日常生活需要的趣味(taste of necessity)。它着重文化产品的功能价值,而非纯审美价值。它与普通人日常经验(熟悉的景物、场所、人物、活动等等)和经济价值联想(文化产品的市场价格、收藏保值等等)联系在一起。粗俗趣味并不比优雅价值缺少审美合理性,但它却因与实际需要的联系而被歧视为一种本身有欠缺的劣等趣味。布迪厄对审美趣味等级社会性和阶级性的分析是他的文化社会理论对中国文学研究(尤其是大众文化研究)影响最显著的一个部分。

三、跨文化语境转换

布迪厄在得出上述种种对文艺的"文化研究"结论时总是紧紧地把握住对具体法国对象的讨论。这就使得这些结论表现出极明显的法国性，也造成了它们跨文化语境转换的难度。有的批评者把了解法国文化特殊性作为跨文化地运用布迪厄理论的必需条件⑨。还有的批评者强调，布迪厄理论的适用性是一种有条件的适用性，而这个条件则主要是指原理论和运用理论的社会环境之间必须有类似性⑩。值得指出的是，即使是在具有某种类似性的社会中，不同的历史阶段和具体环境也仍然会要求我们在运用特定社会理论的时候不断审度它的有限适用性。布迪厄讨论福楼拜时极具体地涉及了经济关系、文艺场域和权力体制等方面，这本身就表现出对理论有限适用性的重视。布迪厄所特别强调的"沙龙"体制就是一个例子。福楼拜时代的沙龙是一个文艺人士交际的公众空间，但它同时也是一个政治、社会权力影响文艺场域的控制机制。同为沙龙来客的文艺人士和权力人士在"非政治"场合中建立了利益关系，使得权力可以通过主导实际的和象征的利益分配来有效地施展影响。权力通过沙龙来控制文艺场域，是一种比动用行政权力更具合法性的控制手段，它甚至使得权力控制本身也因温和有序而具备了合法性。作为政治权力执意控制文艺场域的代表性机构，沙龙具有一定的普遍意义。尽管沙龙未必是一种跨文化社会的体制，但类似沙龙的体制却同样存在于政治权力执意控制文化场域的其他社会之中。

但是，我们同时也要看到，在上述的可比性中又有不可比性。在法国，无论是在沙龙时代，还是在以后的学院体制时代，作家一直享受着很高的社会地位，这是布迪厄强调象征资本作用的主要根据。象征资本比经济资本更能决定文艺场域中怎样的行为和怎样的产品最具有合法性。在中国，情况就很不相同了。中国作家确实也拥有一些象征资本，但这种象征资本远不足以与其他形式的资本抗衡。市场经济兴起以后的中国似乎与福楼拜时代有了一些相似之处。这表现在，一方面政治权力仍保持着对文艺场域的控制影响，但另一方面市场对文艺场域直接和间接的影响日益显著。直接影响表现在文化产品的市场销路，间接影响表现在新闻和大众文化生产所创造的文艺新就业机会。像福楼拜时代的法国那样，文艺活动在中国成为许多无背景青年低投入、高成功几率的谋生和职业可能。但是,这并不意味着在中国就此出现了类似福楼拜时代的资产阶级或反资产阶级文艺。法国的资产阶级是统治阶级,是一个对社会权力、价值观和意识形态有支配能力的阶级。但是中国资产阶级充其量只不过是一些有钱人,一些暴发户或小财主。他们关心的是金钱。他们往往对权力、价值观和意识形态抱机会主义或者犬儒主义(什么也不真相信)的态度。因此,福楼拜以反资产阶级来反抗主流意识形态,来确立文学独立性和艺术自足合法性的创作主张和实践在中国实际上并无太大意义。

由于市场经济的影响在日益扩大,中国当代文艺往往以对抗经济影响来宣示其独立自主。这种反抗往往刻意强调严肃(雅)文艺和商业化(俗)文艺的区别和冲突,而忽视或淡化这两者可能共有的利益。在这种情况下,布迪厄对高雅和粗俗文艺等级的社会政治批判便不能直接搬用到中国语境中来。布迪厄曾针对康德式的纯艺术观指出,艺术和审美之间的纯与不纯、高雅与庸俗的差别反映了更为根本的、与经济条件有更直接联系的趣味区别(即前面已经提到的"表现身份"趣味和"出于需要"趣味的区别)。布迪厄关心趣味差别的社会政治因素,他指出,趣味区别与有无教养及统治被统治的区别具有同型的等级关系。布迪厄强调,以理论表述的纯审美观(即高雅文化论),其实是一种与统治阶级关系比较密切的观念。他写道:"否定一般人低俗的、肉体的、依赖的乐趣,也就是否定自然的乐趣",这无非是为了显示一种与此有区别的优越趣味。高级人士"所欣赏的高雅、精致、无功利、无回报和特殊乐趣是下层人永远领略不到的"。不仅如此,那些无法领略高雅乐趣的人们甚至不得不失去他们领略自己乐趣的权利。这也就是为什么设置艺术和文化消费品位起着维护社会等级的作用[11]。

布迪厄在法国语境中得出的这一结论,对我们认识目前中国的精英/大众文化等级的社会性质有一定的帮助。但是,它同时也连带引发了这一理论的运用限度问题。尽管优越趣味(包括纯粹的或高雅的艺术观)确实是目前中国一些文艺和理论界人士以精神价值贬低大众肉体和日常生存需要的论调,但布迪厄关于这一论调阶级性的结论却未必适用于中国的国情。就在我们拒绝将雅俗区别合理化为自然品位优劣之分的同时,我们也要避免将文化优越与社会、政治优越直接挂钩。在中国,文化精英不等于政治权力精英。看不到这一区别就会堕入一种新的庸俗马克思主义社会分析之中。中国文化精英的文艺观和权力精英的文艺观并不一致,二者未必有相同的政治或意识形态利益。而正是在这一点上,精英文艺与通俗文艺有了结盟的可能。

布迪厄的文化社会学分析特别强调教育体制和文化体制,尤其是大学和艺术博物馆对趣味等级的设定和再生作用。尽管中国也有大学和博物馆,但中国的这些文化体制的作用却并不一定与法国的相似。说中国大学和博物馆一直在传承和训练"优雅"或"纯粹"艺术趣味,那是夸大其辞。布迪厄在分析法国教育和艺术体制作用时强调它们对艺术能力和禀性的传递和训练。法国具有持续的重视教育和艺术品位的传统。在法国,大学和博物馆传递、训练和再生艺术能力和禀性的作用,正是以这一长期稳定维持的文化传统为基础的。如果以中国类似的体制(大学、博物馆)来预设它们法国式的文化作用,那就会产生不小的谬误。中国的文化传统曾不止一次因外力干扰而发生断裂。文化能力和艺术禀性与社会地位优势的同型关系也因此屡遭破坏。在某些极端的历史时期,如文化大革命期间,文化能力和艺术禀性不仅不会给人带来社会地位优势,还会带来劣势,甚或招致灾祸。

即使在"文革"以后,教育体制得以恢复,大学教育的"培养"功能仍不见得就与文化能力和艺术禀性有关。大学确实为一些人提供了比一般人优越的社会身份或资格,但这种身份和资格却未必具有实质性的文化能力和艺术禀性。大学只不过是一个文凭生产场所,大学里所传授的不过是口耳之学。不少大学教授自己都不见得有什么文化能力和艺术禀性。对他们来说,当教授首先是一个谋生的饭碗,90年代初大学教师热衷于"下海"便是一个证明。在这种情况下,布迪厄所关注的高雅文化能力和艺术禀性与优越社会地位的同型关系就不如高程度文凭和优越社会地位的同型关系来得现实和重要了。既然文凭代替文化能力和艺术禀性成为当今中国文化资本的主要形式,布迪厄所强调的文化资本对于维持现有等级制度的作用也就不再主要体现为趣味与政治权力的联系了。反倒是文凭与政治权力的联系来得更现实、更突出。官员的文凭包装、学校的学店化和黑市化、大学体制本身的价值沦丧和学术腐败等等,对于中国大学的文化社会学研究来说,这些问题恐怕比审美趣味问题更具有布迪厄所关心的那种社会政治意义。

①②③④⑥⑦⑧　P. Bourdieu, *The Field of Cultural Production*, ed. Randal Johnson, New York: Columbia University Press, 1993, p. 1, pp. 145～60, p. 195, pp. 198～99, p. 197, p. 201, pp. 221～23.

⑤　P. Bourdieu, "Intellectual Field and Creative Project", in *Knowledge and Control: New Directions for the Sociology*, ed. , M. F. D. Young, London: Collier-Macmillan, 1971, p. 121.

⑨　K. L. Gorder, "Understanding School Knowledge: ACritical Appraisalof Basil Bernstein and Pierre Bourdieu", *Educational Theory* 30: 4 (1980), p. 335.

⑩　M. S. Archer, "Process without System", *Archivens europe' ennes de sociologie* 21: 1 (1983), p. 216.

⑪　P. Bourdieu, *Distinction: A Social Critique of the Judgement of Taste*, trans. Richard Rice, Cambridge: Harvard University Press, 1984, p. 7.

拆解新闻场的七宝楼台：
布尔迪厄的媒体批评

张　意

一

在当代生活中,资本已不再如马克思在《资本论》中批判的那样,仅仅从工人的剩余劳动中获取价值,资本对利润的攫取变得更加疯狂,借助后工业社会的媒体技术,它的幽灵欲潜入日常生活的分分秒秒,俘获人们的身体、感知、判断,甚至精神生活深处的意志、思维和记忆。在此处境中,清醒的批判何以可能?

居伊·德波(Guy Debord)曾经预言在大众消费文化生产的景观社会中,当个人被景观捉弄得目眩神迷之时,"劳动力和资本的结合在炫目的景观中消失了。在景观社会里,我们贩卖的是烤牛排的嗞嗞声而不是牛排,是形象而不是实物"①。而有学者将这一现象背后的逻辑概括为"注意力价值论"——观看即卖点。当代社会里的媒体挖空心思吸引观众,拉动眼球的注意力,由此创造利润②。

新闻每天在传播各类令人惊悚的社会新闻、时事新闻。我们通过电视直播可以直接观看正在世界不同角落发生的血腥的战争、黑暗的屠杀、人群的饥饿、无法抵御的天灾、令人悲哀的事故,一切人为或自然的灾难通过电视镜头,跨越空间阻隔进入我们日常生活,成为我们的感知内容。人们记得当年电视直播"9·11"恐怖、"黛安娜之死"、"伊拉克战争"等,只要掀动按钮,坐在电视机前,就能了解到前线记者采集的最新消息。然而这一切频频闪现的形象非但没有唤起观看者的良知义愤和道德追求,相反却使得观者在不断面对令人震撼、恐惧和忧虑的意象后变得麻木和迟钝,在较直接地了解事态最新进展后,反而对事件中潜伏的阴沉权力无动于衷,仿佛只是看了一场充满感官刺激的枪战巨片,事后又沉溺于日常生活的劳神烦扰而无力自拔。

已有不少有识之士意识到，新闻让受众直面事实的同时，掩盖了它的选择性报道，它对"事实"的制作和对真相的遮蔽。约翰·菲斯克1989年发表的《解读大众文化》一书，曾经倚重福柯的话语理论来解读新闻作为一种知识生产和权力之间的默契。这种默契使得新闻生产建构起统一连贯的关于"事件"的叙述。同时，他也借助葛兰西的文化霸权理论，进一步阐释新闻对所谓"真实"的建构，新闻为大众建构一种对现实的常识性理解，而常识当然服务于支配阶级的利益。当大众认同常识观念的同时，也就不自觉接受了支配阶级的意识形态，自然而然地服从它的统治，例如电视对美国大选的报道③。关于新闻媒体和文化权力的研究，在法兰克福学派、英国文化研究和法国后现代理论的诸多批判理论中，不绝于耳。

理论对于媒体的关注和反思，并非只是源于理论传统的自在冲动，而是置身于后工业化、全球化时代的现实中知识与文化领域做出的自觉抵抗和清醒批判。知识分子从各自的理论视角，意识到权力和统治在"媒体"编织的风情小曲、昵侬软语显得既体贴人意又温情脉脉。为新闻媒体建构的浮世绘幻象祛魅，成为当代知识分子参与政治生活、维护知识生产的自律的斗争前沿。

法国当代最有影响的社会学家布尔迪厄（Pierre Bourdieu）在生命的最后十年，身体力行地借助曾经在社会学和知识分子领域积累的文化、象征力量，激扬文字、揭露真相和批判现实。媒体批判是他的知识分子"介入"行动的重要内容。作为一个将社会学从战后的次要学科逐渐提升到知识界核心位置的最重要的社会学家之一，他深知媒体和全球化时代的诸多"神话"之间的共谋关系。既知真相，岂能沉默？

20世纪90年代中期，布尔迪厄在一系列公开演讲或电视谈话中不断触及"祛魅电视"这一话题。在1996年1月23日的《电视周刊》上，他提出"可否通过电视讨论社会运动"这一问题，借此他回顾了1995年法国工人大罢工事件。3月，他在由法兰西公学院和法国国家科学研究中心视听部共同制作的两档电视节目中发表演讲。这两次演讲面向不太了解他的社会学专业知识的普通公众，目的是在电视上揭示电视的新闻生产机制。这两次讲座在5月由巴黎电视一台播出，一时舆论纷纷。接下来，在4月号的《世界外交》杂志上，他再次讨论电视新闻如何限制和简单处理对社会焦点问题的争论。这些演讲后来集结为《关于电视》一书，《关于电视》的初版篇幅不长,仅 95 页,其语言较他的大多数学术著作明白晓畅、深入浅出,然而词锋犀利,一如既往④。

该书的封面被设计为红色,象征书中内容的激进和愤怒。反讽的是,由于电视传播的影响力,书籍出版后长期位居畅销书排行榜的前列,以致遭到反对者,特别是一些记者的质疑,他们认为布尔迪厄借此谋私,扩大自己的社会影响,而非纯粹的文化批判。本森写道:在 1997 年巴黎的春季和夏季,你不时会听到人们对布尔迪厄的《关于电视》一书的议论。在大多数巴黎书店的橱窗里都摆放着此书,甚至在巴黎的奥利机场也能见到。法国主要的新闻期刊和报纸都刊载书评,尽管很多评价不太顺耳⑤。《关于电视》的中文译本由许钧翻译,2000 年出版。中文译本素洁的封面虽然异于法文本,然而内里的批判性内容在中国读者、包括新闻界中同样激起阵阵浪花。此外,布尔迪厄对媒体的批评还散见于 90 年代以来的众多学术著作,如《帕斯卡尔的沉思》、《世界的苦难》、《自由交流》和《遏制野火》等。

对新闻,尤其是对电视媒体的祛魅和批评,并非一时意气或激情所致,支撑其批判话语的是布尔迪厄长期的文化社会学研究。他的批判向人们揭示了新闻媒体对文化生产的自律性的破坏,新闻和权力的共谋,以及媒体对于公共领域的民主性政治生活的妨碍。在今天读来,那些发人深省的话语,仍然向投枪一样刺向我们生活其中的现实幻象。

二

有感于电视逐渐成为大多数民众获取信息的主要渠道,而这一信息通道并非像那些富有责任感和良知的新闻记者所希望的那样,相反,电视受制于强势财团、政治集团的监视和操控,电视每天制造、传播的信息无法公正地表达社会各方的意见,电视已经对政治生活和公共民主构成严重威胁。

《关于电视》对新闻场的历史性结构和生产逻辑进行了微观的揭示。他指出文化自律容易受到他律的侵蚀,这是任何文化生产场都存在的威胁,不过新闻场比科学场、艺术场甚至法律场等更容易受到商业逻辑、政治干预的操控。新闻场以最不自律的方式制造着遮天蔽日的"文化快餐",而电视则是新闻媒体中最不自律的部门。

许多看不见的手正以各种形式牵动新闻场。新闻场拥有数量不小的预备军,随时有新人候选填补空位。激进犀利的新闻记者很容易被上司领导、董事会清除或解雇;报道敏感消息,揭露社会阴暗面的记者也容易引"祸"上身。这些不利于新闻生产的负面因素构成业内潜规则,即渗透到记者潜意识中,成为布尔迪厄命名的制约新闻生产的"看不见的审查"。"看不见的审查"导致新闻报道日益保守、四平八稳。当然,在制约新闻的诸种"审查"中,最根本的当属经济审查。作为经济上的资助者——后台老板要求电视节目尽可能争取更大的经济收益。即使发达资本主义国家中的主要电视台,也并非像他们的主流意识形态宣称的那样是自由精神的实践者。《关于电视》提醒我们,当年美国 NBA(全国广播公司)是通用电力公司的产业,CBS(哥伦比亚广播公司)是西屋电器的产业,ABC(美国广播公司)是迪斯尼公司的产业,法国 TF1(法国电视一台)是公共建筑设施公司的产业⑥。虽然受财团资助或掌控的电视台与作为政党喉舌的电视台分别受制于经济和政治力量,但相同的是,它们都不再是自由表达和民主政治的楷模,而是受到外部力量的操纵⑦。

外来的操纵力量逐渐深化为新闻记者下意识的自我审查。他们必须通晓和敏感地对待行规,知道什么有"新闻效应",什么"不值一提"。譬如,受通用电力公司资助的 NBA 台在采访电业新闻方面一定会小心谨慎;受制于公共建筑设施公司的法国 TF1 台面对涉及公共建筑设施问题的棘手新闻时,多半绕道走开。电视对现状的激进批评容易受政府和大公司指责,电视新闻一般放弃这类招致责骂的内容,而倾力制作取悦观众、更注重娱乐性和社会轰动性的节目。布尔迪厄戏称这类社会新闻为"公共汽车",即不分雅俗,各种层次的观众都可以在其中获得震惊和刺激,同时又不会触碰四处埋伏的潜规则的地雷。

今天的电视充斥着富有"震惊效果"的社会新闻。为了吸引公众注意力,电视中的社会新闻懂得用各种轰动效应来迎合公众。只要对当前中国许多地方电视台的热点节目稍加留意,就会发现电视新闻里,与血和性、犯罪和惨剧有关的事件频频出现,这类新闻既能吸引公众又不造成任何不利影响,谁能说这些报道事实真相、呼吁良心和同情的新闻不好呢?公众受制于电视制造的各种"现实幻象",电视采集各种新奇的现象编织了某种生存图景。布尔迪厄把这一现象称为"以显而隐",即新闻常常不是深入日常生活,"从平凡之处发现不寻常来",而是用轰动的社会效应蒙蔽大众眼睛,使他们不能注视新闻业被操纵的事实和"新闻事实"被制造的魔术效应,而只能接受新闻强加的象征暴力,接受电视图像给予的生活幻象⑩。

新闻报道常常"制造事件"。一次只有五十人的抗议活动,经电视镜头的凝视和制作,其效果会超过五万人的罢工。人们怎能相信电视播出的镜头没有制作者的主观意向和各种象征权力的渗透?所谓的电视直播或直接真实的新闻报道又同电影艺术的虚构、剪辑、蒙太奇拼贴有何区别?

电视新闻的内容往往由于相似的来源和封闭的流通机制产生同义重复的现象。布尔迪厄问道,在这个电视新闻密布着"互文性"、"相似性"而缺乏差异性的意义循环中,谁是话语的主体?电视是一个主体被放逐的领域,布尔迪厄认为原因很简单,信息的生产受到整饬的一体化信息等级的指挥,而制定等级的权力更多来自新闻场之外,其中收视率是最重要的支配要素。收视率几乎成为左右电视竞争机制的指挥棒。

如果说当代日常生活意味着审美泛化和感官疲劳,不再像波德莱尔在废墟中提炼"恶之花"那样具有标新立异的独立精神和先锋意味的话,今日的新闻生产同样加入到制造"快感"和追求新奇的行列。在当代生活中,新闻很难做冷眼的旁观者或犀利的批评家,而总是奔走在幻象制作和财富贪求的名利场。

人们天真地相信"垄断导致一体化,竞争导致多样化",但布尔迪厄注意到新闻场的激烈竞争并未产生充满差异、参差错落的文化生态,相反,在新闻场内,无论左派还是右派的报纸、电台几乎都卷入残酷的竞争漩涡中。经济欲望和生存冲动像萧瑟寒冬的狂风一样席卷了新闻的生机和活力。在法国,无论被视为左派的《解放报》,还是右派的《费加罗报》《世界报》,他们的新闻报道越来越趋同,以至于只能从微观的观点差异,而不是独树一帜的整体风格、拒绝重复的新闻内容或者特立独行的批判精神来区分这些报纸。如今被经济冲动驱使的新闻生产的一体化,最终造成的是新闻表达的呆板僵滞、精神的自我幽闭。新闻预期的舆论监督、意见争论无法在这种照镜子一般相互反射的游戏中形成⑪。新自由主义的"一切服务于市场竞争或经济发展"的意识形态借助体制成为操纵全球的主导力量,那些被迫卷入生存竞争而变得疲惫不堪的电视观众,处身于如此潮流中,如何抵抗电视的影响?当观众下意识地将透过电视传播的体制化操纵内化为自己的"目光"时,这些日益麻木的"目光"就会再生产新闻媒体对"快感"、"刺激"和经济效益的追求这一神话。他们的目光,他们对电视和新闻节目的选择反过来作用于新闻生产。

三

将新闻视为一个场域来分析和揭示正是布尔迪厄批评理论的独到之处。在布尔迪厄看来,现代社会不是一个浑然一体的世界,而是分化为许多"各自为政"又相互联系的小世界。小世界与社会世界存在着异质同构关系(homology),都遵循社会等级结构的支配作用。携带不同习性和资本(经济的、政治的、文化的和象征的四种形态)的行动者,或者一些机构、团体,在竞技场域中获得各自的位置。场域的自律是相对的,每个场域最终受到社会支配性权力——经济逻辑的制约和影响。卡西尔人类学对关系式思维的强调给予布尔迪厄很大启发,他提出"场域"概念,以此来建构社会空间。"一个场就是一个有结构的社会空间,一个实力场——有统治者和被统治者,有在此空间起作用的持久的不平等关系——同时也是一个为改变或保存这一实力场而进行的斗争的战场"[10]。

布尔迪厄从关系性的实践结构理解社会矛盾和运作的方法,避免了从本质和实体的角度理解权力及其支配关系,便于揭示场域空间的内在和外在、微观和宏观的交错关系。

在此,我们需要回顾一下布尔迪厄对文化生产场域的社会学分析。在布尔迪厄长达半个世纪的社会学研究中,有一条贯穿始终的脉络,即对文化生产的自觉关注和反思。布尔迪厄始终将文化领域视为形形色色的资本持有者角斗的场域空间,一个烽烟四起、鏖战频频的场所。具备不同习性和文化资本的行动者不断进入文化场,争夺场内不同席位。从场域关系的视角研究文化和符号生产的思路,注重文化的历史轨迹和生成语境,往往会动用大量琐细的历史档案和"边角材料",如同在复原和建构一座"纸上的"文化生产场。

这些研究都试图将文化生产置于历史关系语境中,既不以膜拜性的神圣价值将其本质化理解,也不将其抽象为脱离历史生成轨迹的符号结构。布尔迪厄认为,18世纪印刷技术的普及繁荣了人们的认知和体验,活泼的思想和新颖的精神跳动在报纸杂志等传统媒体中。这些纸质媒体使信息的生产和人文传统的传播大为便利,文化越出宫廷、贵族沙龙的藩篱,在城市的公共场所以及私人生活空间里蔓延,受此影响和熏陶的一大批读者、文学爱好者、文化资本的拥有者聚集起来,簇拥和包围着他们的作者。这些作者包括具有先知般热情、对现实社会富于承担精神和批评意识的传统知识分子，秉性自由、睥睨传统的天才诗人，文化资本相对缺乏但敢于开风气之先的各类文学和文化的试验者，等等。读者和作者、文化生产者和传播者在期刊、小说等媒介文化的无形联系下，形成一个公共领域，成了气候的文化生产场域随之诞生。

文化生产者为独立于宫廷、贵族、赞助者进行了持续不断的斗争，因此文化生产场的自主原则是一系列象征革命的产物。自此，这个场域在风起云涌的历史际会中渐渐分化为两个亚场，即有限生产场和大规模生产场。前者的生产主要针对作为生产者的同僚、对手以及拥有较高文化资本的人，生产主要是为了争取象征资本，争取文化生产场域内的认同和文化定义权，争取对某些价值的解释权以及对文化市场的主导和示范；而大生产场的服务对象是大众，因此有意或无意地取悦大众，生产往往服从道德和经济等功利目的⑪。

福楼拜曾宣称："一件艺术品是不可估价的，没有商业价值，不能卖钱。"布尔迪厄从中读出了文化生产场的独特逻辑，这一逻辑从根本上说是一种疏离经济利益和政治权势的"输者为赢"(the lost win)的逻辑⑫，这是一种将社会空间中的等级原则颠倒或者悬置的特殊逻辑。

"输者为赢"逻辑正是文化生产场的独立法则。19 世纪，独立于政治和经济场域的成熟的文化生产场在这种逻辑支配下，作家收获的象征利益往往与他们得到的商业利益成反比⑬。当纯粹艺术抵制非自主艺术，以独立的形式和审美意义获得定义诗歌价值的荣誉时，文化生产场给予自主的落拓艺术家以最高的象征资本，反之，那些文化资本相对匮乏、趋媚外部权势的艺术家则只能获得较少的象征资本，在场中屈居从属地位。

韦伯在宗教社会学里，曾经区分了牧师和预言家的不同功能。布尔迪厄借此进一步解释了两个亚场的社会功能。有限生产亚场以激进的决裂身姿，如先知叩问虚无，命名文化和趣味的未来趋向；而大规模生产亚场却相对平庸和媚俗，类似于牧师受到官方加冕和大众追慕，常常站在保守的立场维护被确立的经典传统⑭。

两个亚场按照文化生产自主的逻辑确立了它们的等级次序，即在文化生产场内部，有限生产亚场对大规模生产亚场的支配和对抗关系。两个亚场的对立体现了自律文化和大众文化的对立，即"纯"艺术和"商业"艺术、"落拓不羁者"和"资产者"、"左岸"和"右岸"、先锋与传统的对立。

四

在布尔迪厄看来,新闻场和其他场域一样,由不同位置形成开放性的关系网络,但新闻场较自律的文化生产场更接近经济和政治场,更容易受场外的力量控制和影响。然而进入资本全球化时代,新闻场的反自律成为人们普遍接受的规则。他写道:"出版商、制片人、发行商、批评家、广播电视频道,都殷勤屈从于商业流通的规律,他们追逐畅销书或媒体明星,不惜代价制造和炒作短期成功,还有社交圈退让和讨好的循环交流,借助外部商业力量迅速获得成功。"[15]他们在新闻场内处于支配地位。这一现象和传统文化生产场的自律性生产大相径庭。新闻场的变迁体现出结构性的历史变迁。

受制于经济和政治压力,不独立、更不自由的新闻场无助于公共领域呼唤良知和正义的民主诉求。布尔迪厄对新闻场域的批判与哈贝马斯从哲学—社会学视角探讨公共领域的结构性转型有异曲同工之妙,周宪曾经在《关于电视》中译本的序言里指出这一理论共鸣。

18世纪,有独立意识的公民从私人生活空间走出,并聚集在一起讨论他们共同关注的公共事务,以期通过理性争论达成一致的公众舆论,从而对抗来自国家的压迫性的公共权力。在报纸杂志等信息传播机构,在政治论争场所,如文学沙龙、公共集会、会议厅、酒吧、咖啡馆等地发生的讨论,使得个体和群体有机会表达和塑造政治舆论,并影响政治实践。在公共领域生成的历史进程中,独立报刊成为承载和影响公众舆论的重要媒介。

然而,资产阶级公共领域始终是一个未被彻底实现的理想。以经济利益主导的发展冲动刺激国家权力的扩张,福利型国家资本主义式微,公共领域也逐渐从合理性讨论、争辩的空间转换成由政治、经济和媒体精英支配与操纵的领域,公共领域再度"封建化"。公共领域的结构性转型,意味着资产阶级政治理性社会的基础被颠覆,政治陷入合法性危机。报刊曾经作为公共领域抵抗主导意识形态暴力的有机力量,是表达见解、相互启蒙最后达成一致意见的论争场所。而今,随着公共领域的结构性转型,报刊同样受制于精英统治的操纵,报刊舆论渐趋一体化。然而舆论同质化和公共领域的一致意见在精神上背道而驰,前者是人为建构的舆论共识,服务于某些利益集团的私利目的,而非导向对普遍性价值的认同[16]。

与哈贝马斯的批判相呼应的是,布尔迪厄从场域的历史结构关系揭示了后现代社会里新闻场与政治场的交错和重叠。"纯粹"和"商业"、自律和他律的对立本是文化生产场的基本对立结构。生成于19世纪的新闻场,同样形成了这样的相互对抗和竞争的两极。坚持自律的报刊主要发表书摘、书评,提倡客观、中立批评,这类报刊具有知识分子的批评之风,寻求内行认可;服从他律原则的报刊注重提供新消息,尤其是耸人听闻和轰动性的消息,更在意公众的接受和认可。然而,随着媒体技术的发展和全球化潮流,新闻在社会变迁中扮演了举足轻重的角色,此时的新闻场与政治、经济场相似,变得更在乎民意测验、排行榜、收视率、广告期待、销售额,会因为利益驱使借助象征权力操控民意。新闻场内居"商业"一端的力量空前强大,而坚持自律的另一端受经济威胁和生存挤压,只能惨淡经营、勉强支撑,但终究难匹其敌[17]。当新闻场愈发向非自治一端倾斜,经济几乎成为压倒性的制约因素:

> 通过收视率这一压力,经济在向电视施加影响,而通过电视对新闻场的影响,经济又向其他报纸、包括最"纯粹"的报纸,向渐渐地被电视问题所控制的记者施加影响。同样,借助整个新闻场的作用,经济又以自己的影响控制着所有的文化生产场。[18]

> 打开收音机,无时不听到"地球村"、"全球化"等词句。这些词句听上去好像没有什么,但字里行间,会透出一种哲学、一种世界观,导致一种宿命论的屈服。[19]

布尔迪厄还揭示出新闻场的操纵和被操纵之所以显得合情合理,是因为它有效地利用了象征资本或象征权力产生的巫术效果。事实上在社会空间中,象征权力和象征资本的踪迹无处不在。它们或是烟尘弥漫,或是潜移默化、了无痕迹,然而其乐融融的社会表象,民主、平等的繁荣"胜景",知识、文化的"盛宴",往往是人们主动接受的神话,是象征资本在浑然不觉中施行的迷魂巫术。

布尔迪厄认为象征资本是有形的经济资本被转换和被伪装的形式,象征资本产生适当效应的原因正是因为它掩盖了源自物质性资本这一事实。物质性资本同时也是象征资本的各种效应的根本来源[20]。由于象征资本的合法化效果,社会空间就像被施行了魔法,社会成员在魔法作用下形成共同"信仰",认同自身在等级社会中所属的差异性身份的天然合理性,并生产和再生产社会结构。换言之,象征资本使得资本的不平等分配合法化,就像巫师调遣神力,化腐朽为神奇。象征资本的运作不过是社会的集体巫术,是社会场域建筑的制度和社会行动者共同参与的骗局,使权力运作成为顺理成章的游戏。

象征体系作为行动者和社会之间的中介,既是行动者实践的产物,同时也塑造和雕刻了行动者的社会身份。象征体系具备认知、交流和社会区分等相关功能。象征系统首先是"建构中的结构",譬如宗教、艺术、语言、阶级、性别等意义体系和区分模式,给予社会世界以意义和秩序。象征系统还是"被建构的结构",象征符号作为交流和认知的结构被内嵌入行动者身体,成为内在的感知体系,如凝结为语言中的二元区分系统,指导判断和划分的价值标准,譬如社会空间建构的诸多区分原则:西方/东方、主体/客体、中心/边缘、繁荣/贫穷、进步/落后等。

从这一意义上说,象征权力也是支配场域的软性暴力,它潜移默化地将场域的区分原则和被合法化的世界观渗透给行动者。当新闻场的支配权不再属于自律一端,而是被非自律的记者、机构占据,并将这一支配结构合法化,作为场域区分的象征体系会自然而然地说服被支配者接受既定的场域法则。

由于象征暴力的监视和控制,新闻报道的立场日趋保守,新闻节目愈发娱乐化和"去政治化"。新闻场的诸种事实表明新闻场的大多记者已放弃自治,接受经济和政治场的压力,并乐于制造舆论影响公众和其他文化生产场。无论报纸、电台还是电视,都争相追逐"独家新闻"、"独家报道",新闻报道径直地奔向"新异"的时效性,因为这是吸引顾客的王牌。如今的新闻场中,更"吃香"的记者往往是懂得商业逻辑,知道什么可以拉动眼球,什么不会触犯公众,而那些把新闻报道端庄地视为志业的记者往往被排挤一边坐冷板凳,因为他们会使象征暴力受挫。

五

新闻场的结构性倾斜和调整导致文化生产的自律性被践踏,并影响其他文化生产场的独立创作,使文化作品降格为庸俗的商品。布尔迪厄几乎不掩饰他的精英姿态,批评新闻场中充斥着许多"快思手"(fast thinker)。他们往往根据社会常识做出评判,其论断缺乏深思熟虑的论证。他们提供的文化快餐,常常匮乏必须经历长期习得、独自冥想和有距离审视的文化内涵。在电视谈话节目中,因为垄断了信息生产和传播工具,他们常常先入为主地规定交流的方法、时间长短、说话口气,使得谈话难以成为思想的自由交流。布尔迪厄在这里不无讽刺地批评电视总是证实为人熟知的事实,但丝毫不触及人们的思维结构,以至于深入的分析和对话、专家的讨论或采访的信息,逐渐让位给单纯的消遣㉒。

不少媒体知识分子认为他们不受学院体制和专业研究的制约,自由漂浮于社会空间,能够像传统知识分子那样实现自由批判。媒体知识分子实现对社会舆论的主导,这是合法的吗?布尔迪厄从新闻场和社会空间的场域逻辑切入,认为许多媒体知识分子面对分工复杂的专业化、技术化社会,如果缺乏福柯意义上的专家或特殊知识分子的专业积累,难以深刻体察社会权力运作法则;缺少对知识话语和权力关系的自我反思,无法形成相对客观和理性的批判;更不要说那些受制于外部势力的媒体知识分子,他们不能持守传统知识分子独立不羁的品格,容易被貌似理性化的精英政治论俘获,当然无法担负社会批判的重担。

那么,有专业能力的特殊知识分子(福柯所言的)又能担负公共批评的重任吗?答案同样是否定的。布尔迪厄曾借助伽斯东·巴什拉(Gaston Bachelard)的对应分析法,将不同个体的社会出身、教育资历、学术成绩、在何种委员会里的职务、所享有的社会、学术、体制的特权或威望,以及他们各自的政治倾向,用数据标示在知识场中。这样,具体的个体被转化为知识场地图上的特定位置。布尔迪厄试图通过这种详尽的地图,揭示知识分子的政治和学术行为,不仅由他们所处的位置直接或间接决定,而且受到场内外各种制约因素的共同影响。布尔迪厄通过对应分析,发现诸如新闻、法律、经济学、医学等专业,更靠近学术场外的经济和政治权力,其中以新闻为最,而人文和社会科学的知识生产更倾向于自为目的。

在人文和社会科学内部,存在学术资本和知识分子资本的对立,或者说学术资历和知识分子声望之间的对立。属于学术资本丰富一端的学者,主要依赖学术文凭、体制化的权威所提供的资助、选拔和培训机会。而位于另一端的学者,或者通过负责某个科研机构,或者在某个科学共同体中被同行认可,或者凭借其作品被广泛传播和阅读,而获得知识分子声望。

战后法国学术场中的风云人物,如福柯、德里达、利奥塔、德勒兹等人都属于在体制中成长,最后从体制中叛逃的抵抗者。他们宣称的学说和思想采取"弑父"姿态,以"异端邪说"的方式颠覆、革新传统,甚至攻击正统学术体制②。反讽的是,由于这些疯狂的叛逆者不认同法国正统学术体制,自然也不被正统所容。他们遭到法国高等学府的等级秩序的排挤,处于学术体制的边缘。然而他们的颠覆性话语不胫而走,很快得到体制外读者和法国以外的知识分子圈的认同和赞赏。

富于思想性和文化资本的特殊知识分子被学术体制边缘化,这一现象使布尔迪厄意识到专业化和学术评价体制对知识分子的钳制。学术体制的公正性和文化含金量锐减,学术体制不再是知识分子自律生产的见证,也不是他们实现社会批判和制衡的公共支撑,相反蜕变为经济和政治力量侵入文化生产场的共谋。新自由主义唯"市场"和"发展"的马首是瞻的意识形态成为社会的主导价值观,专家和技术精英治国论甚嚣尘上,新闻媒体更是这种论调的自觉维护者,是破坏文化生产自律的自我践踏者。此时知识分子若是无视经济、政治权威对自身价值和独立尊严的侵犯,无视媒体知识分子觊觎自律性文化生产的现实,而固守象牙塔里扭曲的学术体制,这不是对知识分子传统的最大嘲讽吗?③

事实上,布尔迪厄对象征权力和文化生产的社会学反思有一个重要转向。80年代以前,他侧重于在知识分子场域内部建立批判的社会学,他的研究不断转换视角对知识分子身份和文化生产场或知识分子场进行参与性自我反思。批判的社会学倾向于从微观层面剖析知识和权力的隐秘关系,对本质主义的神圣文化观进行祛魅。此时的研究虽然局限于学术专业领域,然而布尔迪厄从来就不是一个循规蹈矩的文化传承者,他不断跨越学科的传统界限,并且一再拓宽社会学的研究领域,深入教育、宗教、文艺等"禁区"。正如他所开创的《社会科学研究行动》杂志的信条:严谨、理性的学术研究依然包含着政治、伦理关怀。深埋在学术研究中的价值关怀是他的学术转向的策动力。当资本全球化不断损坏社会公正和公共领域,并导致福利国家的衰微时,他不再固守特殊知识分子的自律立场,局限于专业的学术兴趣,转而面对公众发言,希望唤起知识分子对公共事务的关怀,通过干预政治生活捍卫文化生产的自律性。晚年的布尔迪厄逐渐从学术关怀转向更广阔的社会关怀,从而由特殊知识分子转变为批判性的公共知识分子,像当年的萨特和福柯那样,成为对当代法国乃至欧洲的政治、文化产生重大影响的知识分子[20]。

福柯曾将知识或真理视为工具箱,知识既可以成为统治的魔术,也可以成为拆解权力系统的解放性工具[21]。布尔迪厄则自称他的社会学是参与性反思,是对各种习以为常的"神话"陌生化,从而使人们有可能争取自由。他自嘲"知识分子"这个标签包含的文化和象征资本使它充满诱惑力。在他看来,曼海姆的"自由漂移知识分子"(free-floating intellectual)说就带有自恋式的纳西瑟斯情结。权力对于知识分子而言是个危险但充满诱惑的话题,他们握有文化资本,书生意气,自以为可以替权力提供阐释,但这一切并未改变他们在社会空间里处于统治阶级的被统治阶层的尴尬地位。

布尔迪厄反对天真地把知识分子想象为公共政治和社会责任的天然主导者,也反对把他们看成一个相当团结和单一身份的群体。社会学所建构的自我反思方法,使他的目光没有局限于对知识分子追求真理和正义等个性品质、思维能力的探讨。他宁可以价值中立的姿态,把他们置于由文化资本和经济资本划分的社会空间场域,把他们产生和发展的历史轨迹、学术观点和政治立场在结构性的"场域"中复原出来。

知识分子场在知识分子争取自主的过程中形成,它的头足倒立的"输者为赢"逻辑标志着场域的自主性特征[22]。也正是在这个遵守自律生产的场域里,发生了影响法国知识分子传统的德雷福斯事件。以左拉为首的知识分子发表《我控诉》檄文,声讨忽视公民尊严和破坏公正性的权势者,知识分子的声讨和集体请愿不仅为了还德雷福斯以清白而抗议,还为了维护文化生产的独立性和批判性。在这个意义上,布尔迪厄后期声讨新闻场对经济势力的屈从,这一批判性介入行动同样源于对知识分子传统的自觉和维护。

因此,布尔迪厄在后期参与媒体批判,提出并回答了在后工业社会中批判性知识分子如何可能的问题[23]。知识分子形象不应该再由传统的"出世"和"入世"这对非此即彼的二元对立结构来规定,在新的历史境况中,"入世"并非对知识分子的"中立"身份的否定,也不是对知识生产的自律原则的抛弃。布尔迪厄提出特殊知识分子在外部强敌压境时,应该保留各自在学术和思想上的分歧,摆脱学术体制的限定,团结并组成一个知识分子的公共领域,他称此抵抗策略为维护知识自律的"普遍的法团主义"[24]。在充满竞争的公共空间中,知识分子如果固守专业位置,不对公共问题发言,那么媒体知识分子、技术专家、公共意见调查者等就会假借知识分子的权威操纵民意。知识分子结成团体可以凝聚能力和威望,将支配性的主流言论置于严谨的科学批判之下。重构自律的知识分子团体也是为了创造各种社会条件,使得知识分子的独立批判、政治介入更具力量,从而有效地抵抗技术专家和媒体借用象征暴力侵蚀文化生产。

有反对者指出,布尔迪厄对媒体尤其是电视的指控和批评,虽然是他晚期工作的重点,然而,较其他社会场域的研究,媒体研究缺乏深度的经验调查,其社会学分析也不够细腻,而且他对电视的批评集中在揭示电视媒体和经济权力的关系上,而相对忽略电视和政治场的纠葛㉒。

理性对于布尔迪厄而言不是一个一蹴而就的实体,而是在不断斗争、质疑和反思过程中寻找和塑造的。当"全球化"成为一个几乎垄断视听的神话时,布尔迪厄对于媒体的祛魅,显示出一个栖息在知识分子场域和社会复杂空间里的文化生产者,将学术思考扩展到更大社会空间的介入姿态;体现了一个独立自觉的知识分子,不愿做一个冷嘲热讽的犬儒,而是以专家的身份和方式回到公共空间的尝试。

---

①② 尼古拉斯·米尔佐夫:《视觉文化导论》,倪伟译,江苏人民出版社 2006 年版,第 34 页,第 34 页。

③ 约翰·菲斯克:《解读大众文化》,杨全强译,南京大学出版社 2004 年版,第 163 页。

④⑤ Rodney D. Benson, "Making the Midia See Red: Pierre Bourdieu's Campaign Against Television Journalism", in Derek Robbins (ed.), *Pierre Bourdieu 2*, Vol. III, London: Sage Publications, 2005, pp. 303~304, p. 303.

⑥⑧⑨⑩⑰⑱ 布尔迪厄:《论电视》,许钧译,辽宁教育出版社 2000 年版,第 12 页,第 16~19 页,第 25 页,第 46 页,第 87 页,第 65~66 页。

⑦㉙ Derek Robbins (ed.), *Pierre Bourdieu 2*, Vol. III, pp. 318~319. p. 324.

⑪ Pierre Bourdieu, *The Field of Cultural Production*, New York: Columbia University Press, 1993, p. 30.

⑫⑭ 布尔迪厄:《艺术的法则》,刘晖译,中央编译出版社 2001 年版,第 78 页,第 82 页。

⑬ Jen Webb, Tony Schirato, & Geoff Danaher, *Understanding Bourdieu*, Sage Publications, 2002, pp. 160~161.

⑮㉑ 布尔迪厄:《电视、新闻和政治》,《遏制野火》,河清译,广西师范大学出版社 2007 年版,第 171 页,第 72 页。

⑯ 哈贝马斯:《公共领域的结构性转型》,曹卫东等译,译林出版社 1999 版,第 230 页。

⑲ 布尔迪厄:《学者、经济科学与社会运动》,《遏制野火》,第 58~59 页。

⑳ Pierre Bourdieu, *The Logic of Practice*, trans. R. Nice, Stanford University Press,

1990,p. 118.

　㉒　Pierre Bourdieu, *Homo Acadmicus*, pp. xviii-xxiii.

　㉓　布尔迪厄、汉斯·哈克:《自由交流》,桂裕芳译,三联书店1997年版,第68页。

　㉔　David L. Swartz & Vera L. Zolberg (eds.), *After Bourdieu*, Kluwer Academic Publishers, 2004, p. 355.

　㉕　福柯:《权力的眼睛》,严峰译,上海人民出版社1997年版,第26页。

　㉖　布尔迪厄对于文化生产场和知识分子场的分析有重叠之处,不过前者更注重分析文化生产的历史性生成,及其特殊逻辑对于文化生产场的规定性;后者倾向于反思知识分子在社会空间的结构性站位、身份,以及与知识分子有关的社会运动背后的结构性冲突,如对法国1968年文化运动的反思。

　㉗　许纪霖:《中国知识分子十论》,复旦大学出版社2004年版,第69页。

　㉘　布尔迪厄:《现代知识分子的角色》,载《学术思想评论》第6辑,辽宁大学出版社1999年版。

从区域研究到文化研究：
人文社科学术范式转换

刘 康

全球化时代的学术转型日新月异，对学术转型的关注也是学术研究的重要课题。区域研究（area studies）是随冷战而首先在美国出现、发展并达到鼎盛的多学科研究，在西方人文与社科学术界曾经有过辉煌的过去和全球影响。文化研究（cultural studies）则是起源于 20 世纪 80 年代英国左翼的人文思潮，到了 90 年代在美国逐渐兴盛，中国近年也有越来越多的关注。区域研究在冷战结束后的 90 年代开始式微，而这也正是文化研究崛起的时代。当然文化研究并未强大到取代区域研究的地位，而且两者之间相互不交叉处颇多，故不能简单认为文化研究正在或者已经取代了区域研究。但是把两者的此消彼长过程放在历史演变的框架下来做一番福柯式的学术考古学或谱系学分析，则有助于了解学术与政治、社会发展的相互关系。本文从美国学术界区域研究和文化研究的发展趋势入手，试探讨一些普遍性的理论问题以及有关中国文化研究和理论创新的课题。学术转型对中国的关注，提出了中国是否从理论消费国向理论生产国的转向问题。本文希望就此机会提出这个问题在人文领域的重要性，希望引起广泛的讨论①。

一、现代性、冷战、区域研究

区域研究作为美国社会人文学科的跨学科领域，是冷战的直接产物。二次世界大战之后的冷战，本是 20 世纪"共产主义"和"自由世界"两大阵营较量近半个世纪的历史时期。对于这个历史时期，有必要放在现代性（modernity）或者说总体上的现代化过程这个大背景下来理解。福柯指出，现代性除了以人与自然的关系为核心，即通过科技进步来改造和征服自然乃至创造自然（现在则更多考虑人与自然的和谐），人如何治理人的问题也

153

是一个关键。福柯提出了生命政治学(bio-politics)的观点②。现代社会把社会加以分层,使不同的社会领域区分开来,分而治之,各个领域取得相对的自律、自主、自我发展。这是现代性的主要过程。政教分离就是西方现代性最重要的社会特征。韦伯把它描写成一个世俗化的过程,即"祛魅",以自然人的平等契约关系来取代神权和封建皇权的等级关系。福科的生命政治学正是指现代社会里人的区分(separation)。现代性的标志是世界连接为一个整体,是世界市场,背后是殖民主义和帝国主义对殖民地的奴役和占领。福柯讲的现代性区分就是种族(race),是按照人的肤色来区分高下等级的。支配现代化的是欧洲白人,其他种族如黄种人、黑种人等都被归结为劣等种族。今天社会学中的人口研究(demography, population studies)就是福柯的生命政治学的重要延伸。肤色是一个自然的划分,再深入一点就牵涉到人的"族裔"(ethnicity)问题。它可能是同一个肤色、同一个种族,譬如说都是白人,白人里有东欧的、西欧的、南欧的,需要区分清楚,因为这是现代民族—国家得以创立和民族主义意识形态的最重要依据。除了种族和族裔以外,还有一个很重要的观念就是性别(gender)。

福柯的生命政治学关注的是人的群体区别,现代社会根据种族、族裔和性别来分别治理。在现代性的发展过程中,比生命政治学更加重要的一个概念就是地缘政治学(geopolitics)③。我们现在所面对的现代性并不仅仅是一个世俗化、理性化过程,或韦伯所言的新教伦理的资本主义倾向,它使西方得以发展出现代化的民族—国家。现代性过程中,对世界的划分跟西方内部动力的世俗化有同等重要的意义。西方划分世界的历史就是帝国主义和殖民主义的历史。这两个概念是现代性必不可少的重要的历史组成部分,任何忽略帝国主义和殖民主义在现代化过程中的重要作用的论述只会让我们陷入意识形态的怪圈。

关于帝国主义和殖民主义,最近几年在讨论现代性这一话语的时候好像提得越来越少了,似乎已经过时了,是属于冷战时代或者更早时期的话语。无论如何,生命政治学、地缘政治学、帝国主义、殖民主义是现代性举足轻重的组成部分,是我们在任何时候都无法回避和忽略的。没有地缘政治,也就不存在现代的国际关系、国际政治、国际法等。所谓国际关系、国际法等,实际上都是为了解决西方列强在地缘政治中的各种利益冲突而出现的。生命政治、地域政治是现代性的核心部分,跟今天的学术有密切的关系。所有的学术和知识构成用福柯的视角来看都反映了政治关系和权力关系。不把握这一点,我们就很难理解区域研究和现代性的关系。

区域研究是冷战之后的产物。二战结束后,国际政治中最突出的事件就是出现了两极世界,而且这个两极世界基本上都扣上了意识形态的帽子,即"共产主义—极权主义"与"自由世界"的对抗。这就导致"冷战"的地缘政治老是罩着一个意识形态的面纱。这个局面现在已经不复存在,意识形态的色彩逐步淡化。但不应忘记的是意识形态曾经笼罩着我们半个多世纪之久。二战以后,冷战变成国际政治中一个主导性的意识形态话语,在地缘政治上是两极分化。冷战就是西方 20 世纪后半期的学术背景。区域研究随冷战应运而生。

二、权力和知识的网络:美国政府与区域研究

二战结束后,西方社会自由主义又开始上升。西欧复兴,美国也开始走向一个战后比较宽松的阶段,各个社会人文学科也开始强调自己的自律、自主。学术开始恢复建设。在这样的氛围里,有一些实用性强、与地缘政治密切相关的学术研究,却得不到西方学术界本身的积极反应,因为它们正在强调自己本身的学科建设和学术独立、自律。如果要想研究某个区域如苏联东欧,到底如何研究呢? 仅仅由俄文系或地理系的人来研究吗? 大家知道这是不可能的,而必须要调动人文社会科学的各个专业,如历史、语言、文学,以及政治、经济、法律等学科,从而形成一个跨学科的局面。"跨学科"(interdisciplinarity)一词现在变成了西方学术界炙手可热的时髦词汇,受到空前重视,而在冷战初期跨学科研究却是很不受欢迎的。

但是美国政府为了作"自由世界"的领袖,认识到必须采取一些很紧急的措施,要了解和研究苏联。区域研究在美国政府的强烈干预和支持下应运而生。早期苏联研究靠美国政府干预、财团的支持,然后是学术界的一些呼应。1948 年卡内基(美国著名的钢铁财团)基金会给哈佛大学提供了七十四万美元的基金(相当于现在的七百万美元),建立了俄国研究中心。在 1953～1966 年十几年的时段里,福特基金会(福特是美国汽车制造业的支柱)给了美国三十四所著名的研究大学两亿七千万美元(相当于现在的二十多亿美元),用来做社会科学和人文学科的区域研究。在二战时期,美

国最重要的情报机构或者战略研究机构是战略服务办公室（Office of Strategic Services），它就是中央情报局（CIA）的前身，主任威廉·道纳文（William Donovan）实际上是中央情报局的建立者。道纳文和美国参议员乔治·坎南（George Kennan）、约翰·戴维斯（John Davies）等联名写了很多的法案、提案，要求跟大财团联手，推动区域研究。通过美国国会的立法和参众两院的推动，美国政府正式由中央情报局和联邦调查局与福特基金会、洛克菲勒基金会、卡内基基金会联手，大批拨款，提供赞助，在各大名校建立区域研究的机构。

以哈佛的俄国研究中心（Russian Research Center）为典范展开了大规模的区域研究的第一波高潮。哥伦比亚大学俄国研究中心的主任菲利普·莫斯利（Phillip Mosley）与美国联邦情报部门和五角大楼关系极其密切，长期担任官方和军方的战略顾问和秘密官员。1953 年，莫斯利在哥伦比亚主持了一个大规模"苏联研究学术会议"（Conference on Soviet Studies），集中了当时美国几乎所有的苏联和区域研究的学术精英。会上有一个专题"苏联中亚地区的穆斯林研究"聚集了一批后来成为重量级的学者，奠定了美国的现代中国研究的基础。哥伦比亚大学随后成立了一个中国研究中心，在美国各著名高校纷纷建立了现代中国研究的机构和项目。从此，以现当代中国政治、经济与社会为对象的"中国研究"（China studies）与主要研究古代典籍的西方汉学（Sinology）开始分庭抗礼，形成了自己的一套班底，到 20 世纪末期蔚为大观，成了美国的亚洲研究学科中的主导④。

从 20 世纪 40 年代后期到五六十年代这段时期，美国社会科学与区域研究有关的经费以惊人的速度增长。雨后春笋般出现的各种各样的区域研究中心，其研究经费中有大约 96％到 98％均来自五角大楼和中央情报局。这是一个很惊人的数字。这些中心除了作大量政策战略性和应用性研究以外，对基础学科的建设也起到了举足轻重的作用。哥伦比亚大学的著名犹太裔学者保罗·拉扎斯菲尔德（Paul Lazarsfeld）被视为现代西方传播学之父。1946 年他在《宣传、传播与舆论》一书中首次提出了"大众传播科学"。他是哥大"应用社会研究局"（Bureau of Applied Social Research）的创立者，这个机构便是由中央情报局和五角大楼直接资助的区域研究机构。保罗·拉扎斯菲尔德实际上最早是从事应用社会研究的，他的研究经费有 80％以上都是来自中央情报局。麻省理工学院也于 1953 年成立了一个"国际关系研究中心"(Center for International Studies),开始时全部的经费都来自中央情报局。必须指出的是,这个由美国联邦政府部门直接资助的局面已经不复存在了。现在美国没有任何一所大学会接受中央情报局一分钱的直接赞助。现在美国的立法已经不允许中央情报局直接给学术单位提供经费了。它可以给学者个人,某个研究机构的个人可以给中央情报局做某些具体的项目,但作为研究机构层面的资助已经被法律否定了⑤。

尽管如此,区域研究在美国形成了一张很强的权力和知识结织的网络,基本上构成了一个国家政权(state)、情报部门(intelligence)和基金会(foundations)来提供区域研究的资金来源。区域研究发展到鼎盛的时候,就开始有不同的分工,分为三个部分:一是区域研究和地区分析(area studies and regional analysis);一个叫区域研究和比较分析(area studies and comparative analysis),就是把发达国家和不发达国家、工业化的国家和未工业化的国家、现代化国家和未现代化国家、极权主义国家与自由国家做相互比较的研究;最后一个叫区域研究和全球研究(area studies and global studies),把研究放在一个全球的背景下进行。目前全球化已成为一个囊括一切的框架,区域研究这种以民族—国家为基础的(nation-state based)研究方法开始受到越来越多的怀疑。目前强调更多的是无边界的世界(the world without borders),而且现在处于一个信息革命时代,是互联网的时代,在文化上强调多元文化(multiculturalism),强调各个不同族裔的独立性、自主性(independence of ethnicity)。时代的迅猛变迁,似乎使区域研究走向边缘化,开始衰败了。

三、区域研究的两种学术范式:冷战与发展

区域研究最重要的学术范式就是冷战,把反共作为主题,采用比较分析和研究方法,以极浓的意识形态色彩来批判共产主义和极权主义。对极权主义的批判有一个有意思的背景。二战时期有很多的犹太学者从德国逃避纳粹的迫害流亡美国,如法兰克福学派的多数哲学家纷纷跑到美国加州。其他一些非马克思主义和反马克思主义的犹太学者,如传播学创始人拉扎斯菲尔德,到了美国以后就把他们对纳粹极权主义的分析经验、对纳

粹的批判视角基本上照搬在对苏联的研究上,他们认为斯大林的苏联体制和纳粹德国的体制有很多相像的地方。这些犹太学者并没有在苏联生活过,缺乏直接的体验,基本是道听途说,停留在对苏联的表面的了解。斯大林的苏联尽管有高度专制和官僚主义的一面,但是苏联立国的意识形态和社会实践中所提倡的一种平等的社会主义的理念,是不为这些犹太学者所见的。他们认定苏联跟纳粹、希特勒没什么太大的区别。这就是反共的范式的一个很强烈的知识背景。

区域研究的另一重要范式是有关第三世界的发展问题。所谓的"发展"(development)更准确的说法应该是不发展(underdevelopment),是与发达和不发达、工业化和非工业化一样的很大的分野。二战结束后,西方要重建一个世界新秩序,如何来重新划分世界?二战后,除了出现了苏联东欧社会主义阵营,过去的前殖民地国家和地区纷纷通过民族解放战争来摆脱帝国主义和殖民主义的统治,争取独立。毛泽东说"国家要独立,民族要解放,人民要革命",基本概括了二战后到20世纪70年代的状况。第三世界国家取得独立后,首先面临着自身社会经济发展的问题。尤其是在美国的后院拉丁美洲,发展的问题特别敏感。拉美应怎样发展,建立一个怎样的模式?美国许多学者花费很多的心思来研究这个问题。最著名的研究发展的政治学家撒缪尔·亨廷顿因此建立起一个"发展"的学派。亨廷顿建立了一整套关于不发达国家、第三世界国家的发展模式。亨廷顿最近这些年搞出了个所谓的"文明的冲突"理论,使他再度名声大噪,但最早出名的是有关发展的理论。

第三世界的发展跟冷战也密切相关。美国除了意识形态和军事上对社会主义的包围,还有政治、经济、文化上的整体战略,这样就是马歇尔在西欧的"复兴计划"和在亚洲的"开发计划"。亚洲开发银行就是那时成立的。美澳新条约是美国在军事、政治和经济上控制整个太平洋地区的手段,由此衍生的"亚洲—太平洋圈"(Asian Pacific Rim),从20世纪80年代以来成为全球化中重要的区域经济圈,其来源即是冷战。此外还有美日安保条约、东南亚国家条约组织等,把整个亚洲都纳入美国和西方的战略计划。这个发展的范式实质上是一个遏制共产主义的范式,跟冷战的范式息息相关。随着美国和西方遏制共产主义的大战略,出现了一批新兴的国家,叫做"新兴工业化国家"(NIC-Newly Industrialized Countries),特指中国周边的所谓"亚洲四小龙",创造了一个东亚现代化"奇迹"。但这个"奇迹"从根本上讲是冷战遏制共产主义大战略的产物,没有美国和西方对这些国家地区的大量政策扶植和优惠,奇迹是难以想象的。

中国研究是区域研究的一个重要方面,冷战和发展的两种范式均适用于中国研究。乔治·华盛顿大学国际关系学院院长、美国资深的中国研究学者哈里·哈丁(Harry Harding,中文名字叫何汉理)在1999年举办的"美国的中国研究五十年"的学术会议上,总结了美国的中国研究,提出中国研究的五种主要角色⑥。第一个角色就是商务顾问和咨询(business consult-ant)。他说这话的时候,中美之间的贸易已经越来越频繁。他预测到中国的经济将要有更迅猛的发展,中国研究肯定要扮演一个很重要的角色。第二个是情报分析(intelligence analyst),这一向都是一个特别重要的角色,这一角色现在看来是越来越强化。第三个就是传媒资源(media source)。美国的学术界跟传媒的关系是非常密切的,尤其是研究国际问题的。美国传媒大部分都是通过与专家、学者的交流来了解世界的。美国的中国研究学者对于美国传媒中的中国形象如何塑造、如何表述,起了极为重要的作用。第四个角色就是政策倡议(policy advocate)。他们要对美国对外政策的制定起到很重要的作用,就是我们常说的智囊团(think tank)。最后一个比较有意思,叫做公共知识分子(public intellectual),就是要让美国的中国研究学者针对中国来鼓吹美国的理念和价值观。这跟左翼色彩的赛义德(Edward Said)和乔姆斯基(Noam Chomsky)那样的公众知识分子完全是南辕北辙的。西方左翼公共知识分子是要批评资本主义的弊端。而针对中国的所谓"公共知识分子",则要向一个"不自由的、缺乏人权的、极权主义的"中国宣传自由、人权、民主的理念。所以美国很多的知识分子,特别是研究中国的,都有着此类的很强的使命感,就是怎么样使中国"变色",使中国和平演变。这是研究中国的许多美国知识分子、汉学家们最关心的一个问题。他们中的确有一部分是搞情报、参与政治的,但更多的则是出于西方自由派知识分子的信念,觉得中国应该完全接纳美国的多党制、民主制。

西方人文学科研究现代中国的特别是文学和历史领域,冷战的范式是特别突出的。如美籍华裔学者夏志清研究中国现代文学的开山之作《中国现代小说史》,是夏氏得到美国军方资助为朝鲜战争的美军军官编写的中国小册子的命题之作。虽然夏氏在书中大量使用了西方现代主义美学和新批评的唯美主义方法来"改写"中国现代文学史，其鲜明的冷战反共立场却非常突出，夏在其台湾版中译前言里特别提到他写这本书的来龙去脉，强调他始终一贯的反共立场①。20 世纪 80 年代后中国学术界大量引进译介西方汉学成果，在普遍的学术非政治化、非意识形态化的趋势中，往往忽略了西方现代中国研究的冷战政治和意识形态背景。

四、西方的文化研究与中国研究

西方的文化研究与区域研究完全是两股道上跑的车。文化研究有着强烈的左翼批判的色彩，是 20 世纪六七十年代席卷全球和西方的一个激进的左翼社会运动的产物。这个左翼运动跟 19 世纪和 20 世纪初左派的不同之处，在于它不是一个完全的工人运动，也不是一个政党运动（party politics），而是一个社会运动（social movement），是比较松散的，由各个社会阶层的参与，其中知识分子扮演了极为重要的角色，他们不受某个左翼政党的约束，政治观点芜杂，但均要求对资本主义做激进的社会改造。左翼知识分子在学术上形成了一个很强烈的社会与政治关怀。

上世纪六七十年代的左翼社会运动跟西方的中国研究有一些有趣的关联。当时有一批法国和德国的激进青年知识分子十分向往中国，把中国革命视为与西方资本主义对抗和有别于斯大林式社会主义的不同选择。这批向往中国的青年知识分子之中产生了一批后现代主义、后结构主义的重要思想家。今天我们耳熟能详的名字如萨特、德里达、福柯等都曾经非常向往中国革命。福柯和德里达的老师阿尔图塞对中国革命则充满了崇拜。这批法国知识分子对中国革命的向往，后来化为了哲学和理论的思考。他们对于"文革"后、改革开放时期的中国颇有微词，但仍然充满了好奇和关注。

与此同时，在美国也有一批激进的向往中国革命的青年。但美国青年相对浅薄些，经验主义的传统使他们很少做深刻的哲思。他们向往中国，就想到中国来，干脆就学起汉语来了。因为中国和美国当时是敌对国家，无法到中国来，他们于是就找到在美国的华人教汉语。在美国的中国人当时主要来自台湾，他们对中国革命和共产党多数有着深仇大恨，一边教汉语，一边教美国青年反共的理念。六七十年代这些很激进的美国青年最后都到了台湾，后来变成了汉学家，把区域研究的大旗祭起来了。这批人对中国了解比较多，知道了中国"文革"的一些真相，但又不是知道全貌，也就是只知其然不知其所以然，知道的都是"文革"中最可怕、最恐怖的事情。他们从崇拜到怀疑、到憎恨中国革命，经过了一个一百八十度的大转弯。随着时间的推移，他们中间许多人今天成为研究中国的中坚力量。前面提到的哈里·哈丁等，现在都是哈佛、耶鲁这些一流大学里面研究中国的顶尖人物。可以想象，三四十年前他们正年轻，血气方刚，真诚地热爱毛泽东，热爱胡志明，向往中国革命，充满乌托邦的情愫和幻想。但到后来他们却跟法国的左翼知识分子分道扬镳，走上了完全不同的道路。这是很有意思的一个故事。这批美国的中国研究学者大多跟左翼无缘，多半是认同西方主流意识形态的自由派知识分子，对于文化研究也基本持否定态度。

跟从事区域研究（包括中国研究）的学者不同，西方文化研究的学者继承发扬了 20 世纪 60 年代的左翼批判精神，对西方现代的知识的建构以及与政治和权力的关系有一个深刻的反思和批判。他们往往从哲学、美学和语言学这些人文学科入手，关注社会科学和学术的构成以及学术背后的政治，这便是后结构主义、解构主义和后现代主义的反思精神。这些强烈而深刻的批判与反思给西方社会科学和人文学科带来了学科范式的转变（paradigm shifts），在人文学科领域是革命性的变化。法兰克福学派的批判理论、哈贝马斯的交往理论、语言学中的语用学（pragmatics）理论、巴赫金的对话理论等，在现代社会科学和人文科学中均产生了很大的影响。欧洲大陆派系的传统学术研究强调的是理性的研究和理性演绎的学术方法，如从韦伯的理想型（ideal type）再推理下去研究社会的各个不同的分层。而英美浓厚的经验主义传统则以实证和归纳方法为主。理性主义讲的是理性，理性可以通过一个透明的语言来表达；经验主义讲的是经验，经验也可以通过一个透明的语言来表达。尤其是经验主义对语言的理解是更加直截了当的，因为经验主义需要大量地靠统计数据来说话，它跟语言的关系似乎是非常直截了当的，用不着考虑什么语言跟真实、跟思想的复杂关系，更不去关心叙事的范式等问题。比如说叙事在历史描述中到底扮演什么样的角色，这些都不在经验主义的思考范围之内。由于后结构主义理论家的不懈努力，人类学后来开始关注叙事的问题，历史学也开始考虑叙事的问题,开始关注语言、知识和权力的关系问题。

有着后结构主义、后现代主义丰富的哲学和理论背景的文化研究,对西方的学术研究提出极大的挑战和怀疑,企图釜底抽薪地解构现代西方社会科学的理性主义和经验主义的认识论基础和基本理论预设。随之,在研究课题上也出现了一个文化的转向。西方政治学和社会学现在都特别重视文化问题。如当代西方最知名的社会学家安托尼·吉登斯尤其强调社会学研究的文化层面。美国社会学家伊曼努尔·沃勒斯坦提出的世界体系(world-system)理论、美国人类学家本尼迪克特·安德森提出的"想象的社区"(imagined communities)等新的民族和民族主义观,均从文化、历史以及叙事的角度关注世界的发展和社会变迁,成为当代社会科学的新的典范。他们的成就为文化研究在美国和西方的发展提供了有力的契机。像极为晦涩的后结构主义的、精神分析学的"去疆域化"(deterritorialization)这样的名词,现在已经被推延到各个学科里面,要对不同的领域进行消解和疆域重组。文化研究的批判性思维已经蔓延渗入到社会科学和人文学科的各个领域。

五、中国的文化研究和理论创新:从理论消费国到理论生产国

西方的中国研究在"后学"大气候和氛围下面,必然出现了新的突破和路径,尤其是在人文学科领域。中国电影研究最全面彻底地与批判理论和文化研究"接轨",许多重量级的美国学者如杰姆逊则把中国(包括台湾)电影作为理论研究的主题。但是总体上美国的中国研究依然跟文化研究处于互不交叉的状况,在量化和经验主义实证研究占主导的社会科学领域,研究中国的学者从理论基础和知识基本预设到研究方法,依然拒绝与文化研究对话。然而,中国作为研究的主题,其自身的迅猛发展却向固守阵地的中国研究学者提出了严峻的挑战。

中国研究领域一向是所谓的理论消费者(theory consuming),几乎从未产生过对社会科学有普遍学科范式意义的理论建构。一般说来,中国研究学者均把现成的理论拿来套用,如反共的、反极权主义的范式。20世纪末西方研究中国政治时,大量套用冷战二元对立的范式,把中国的领导分为保守派和改革派,把中国政府和中国民众、知识分子人为对立起来。但

是随着中国改革开放的深化,中国政治和社会出现了异常复杂的情形。西方中国研究者的固定的认识和思维模式遇到了越来越大的挑战。中国的社会改革出现了很多经济学的问题,很多是无法用现成的西方经济学模式来解释的。在政治学、社会学方面,在人文学科方面,出现了无数新问题。面对这些问题,西方理论不是削足适履,就是束手无策。由此引起了越来越多的非中国研究领域的、主流学术研究的学者对中国的重视⑧。一个新的热门话题是:中国现在是不是正在变成一个理论生产的(theory producing)国家呢?现在的问题是:分析中国不能再照搬现成的理论模式,而是要通过对中国的分析和研究,询问能否有理论和学术范式上的创新。目前在社会科学尤其是经济学、社会学等领域,西方主流学术界越来越关注中国的经济、社会与政治的"转型模式"。

但是在人文领域,这种探索依然很少。近年来许多西方重要的人文学者包括杰姆逊、德里达、哈贝马斯、罗蒂等频频访问中国,许多大型国际会议也跟西方重要的学术机构和学者合作。如清华大学比较文学和文化研究中心近年来多次与杜克大学、芝加哥大学以及华盛顿大学等合作,先后在北京和美国举行了多次国际会议,力图展开西方人文学者与中国学术界绕开西方汉学的直接对话。但是唯一例外的是杰姆逊,他在自己的研究中常常把中国作为一个主要话题来讨论。其他西方学者来华的基本目的就是向中国推介他们的观点,未见有对中国问题的评论,更遑论深入的思考。他们主要的障碍是对中国缺少了解,以及西方学术机构的专业化分隔,让他们这些研究西方的学者难以越雷池进入中国领域。但经济和社会学领域的例子,如诺贝尔经济学得主蒙代尔、斯蒂格利兹对中国的热情关注,则说明西方人文学者对中国兴趣缺乏的问题所在。人文学科相对于社会科学,思想与认知的基础更为强烈地反映出特定的文化背景,使研究者很难脱离自己的局限。此外在非西方国家的人文研究中,人文研究对象以及其对象国自身学术界的因素也很关键。就中国而论,多年来跟西方在人文领域里的交流绝大部分是单向的,即中国大量对西方理论和方法的引进。加上本文前述冷战模式对西方中国学的制约,西方主流人文学者与中国的直接对话与交流,还有很长的路要走。

要想从理论消费进入理论生产的途径,中国学术界需要把握主动,进行理论创新。首先要对学术引进做新的反思。中国近三十年来对西方学术的引进和介绍是规模空前的。对西方的文化研究也同样如此。文化研究首先被当成西方前沿的、"先进"的学术潮流或时尚大量引进和译介推广，出现了越来越多的读本、译本和中国学者自己所做的文化研究论述。另一方面，文化研究以及"后学"理论对学术、知识与权力的批判与反思，也给中国学术界反思中国现代学术本身的演变和发展趋势，提供了有力的武器。反思性的批判思维正在中国学术和知识界受到越来越多的重视。

反思性批判思维的一条主线，是深刻思考当代中国的学术建构与政治、经济、社会的关系，尤其是权力与知识的错综复杂的关系。针对中国的学术政治化、权力化的传统，中国许多学者尤其是社会科学的学者往往把西方社会科学的独立性、自主自律性提到一个非历史的高度，用意是以一个"西方主义"的现代性学术神话来打造中国的现代性学术。但是西方的社会与人文学术从来就不是独立于政治之上的自主自律的神圣殿堂，尤其是在西方的中国研究领域，更是充满了政治和意识形态的角斗。在建构中国现代性学术的时候，引进借鉴西方是必由之路，但反思性批判思维（也同样来自西方）不可缺位。西方至上的新西方主义神话必须破除。

另一方面，文化研究和区域研究这些来自西方的跨学科研究的范式，也对中国的学术本土化和中国化有所启迪。本土化是要研究本国、本地区的话题，首先是个议程设置的问题。无论是区域研究还是文化研究，所提的研究议程和方案往往带有强烈的西方色彩，出自于西方的"本土问题"，到中国来就有一个理论创新、议程重构的需要。

中国现在正处在一个社会转型时期，中国的崛起也已经是不争的事实。中国的学术研究，无论是文化研究还是区域研究，有没有一个自己的研究日程、纲领和研究方案？这些方案都不是纯学术性的，而是有着很强的现实性和政治性。纯学术的跟区域研究和文化研究基本上没有什么关系。当我们在讲知识的新构成（无论是跨学科还是新科学）时，它的现实感在哪里？这种新的知识框架的出现反映出了什么样的社会关系或者权力结构？改革开放近三十年了，中国学生基本形成了一个新的知识框架、知识构成，这里面反映出了什么样的社会关系？或者形成了什么样的权力结构？这些无疑都是非常值得我们关注和思考的。

①　本文是作者在清华大学 2006 年 5 月 25 日演讲的修改稿。清华大学外语系生安锋博士帮助整理了演讲稿,特致谢忱。

②　Cf. Michel Foucault, *History of Sexuality: the Will to Knowledge*, Vol. I, New York: Vintage Books, 1990.

③　Cf. O' Gearoid Tuathail et al., *The Geopolitics Reader*, New York: Routledge, 1998.

④　Bruce Cumings, "Boundary Dsplacement: Area Studies and International Studies after the Cold War", *Annual Meeting of the Association for Asian Studies*, Honolulu, April 11~14, 1996.

⑤　Cf. Timothy Glander, *Origins of Mass Communications Research during the American Cold War*, Lawrence Erlbaum Publishers, 2000.

⑥　Cf. Harry Harding, "The Changing Roles of the Academic China-Watcher", *Conference on Trends in China Watching*, George Washington University, Oct. 8 ~ 9, 1999, http://www.gwu.edu/~sigur/harding99.htm.

⑦　参见夏志清《中国现代小说史》,台北友联出版公司 1979 版。

⑧　美国斯坦福大学社会学教授、美国著名现代中国研究学者沃尔德(Andrew Walder)提出了对社会科学领域涉及中国研究的理论问题(Cf. Andrew Walder, "The Transformation of Contemporary China Studies, 1977~2002", UCIAS Edited Volume 3: *The Politics of Knowledge: Area Studies and the Disciplines*, UCIAS, Stanford University)。

两种经典更新与符号双轴位移

赵毅衡

一、经典化与另样经典化

汉语"经典"一词，与西语对译"canon"相仿，原指宗教教义典籍："经"必有不可质疑的权威光环，有不能替代的永恒价值。一旦取消其神圣性，整个宗教或意识形态的基础会被铲除。经典很像先民的图腾：在某种神秘的情况下某种动物被选中，由精英（巫师）加以神秘化，权力（酋长）认可，部族大众认同，从中找到凝聚力，取得归属感。

我们在此讨论的经典，西语也叫"canon"，只是一个成熟文化从历代积累的大量文学艺术作品选出的一小部分精品。这种文化经典，已经世俗化了，但是既然背后有浩如烟海的非经典，经典被历史选中总有原因，因此，文化经典头上似乎也顶着光环余痕，甚至也能从中找到民族凝聚力。重要的是，现代教育体系普及到全民，各级教科书与"必读书"必须精而又精，只列出少量作品，以传诸后人维系民族文化不堕。这就是为什么经典重估与更新，不同于一般当代文化问题的辩论，社会各方面都不得不郑重对待。

经典更新是一个常态的活动，这个过程是持续的，经常慢到不容易为当时人所觉察，似乎经典永恒不变。在社会文化剧烈变化时期，经典更新却会迅疾到引发巨大争论，引起旧有经典维护者的抗议。而最能阻挡变化的，是经典"价值不朽"论。现代阐释学用更复杂的语言重申经典意义恒久性[①]。意义永恒，就意味着经典集合不变。韦勒克声称："文学研究不同于历史研究，它必须研究的不是文献，而是具有永久价值的文学作品"[②]。任何经典重估运动，首先反对的就是这种"经典维护者"的自负。

经典的重解、重估、更新一直是由知识分子来进行的。权力机构为了意识形态原因，会发动经典重估更新，例如汉代的独尊儒术，例如南宋的确立"四书"，最后还是要知识分子通过才能成功。没有知识分子群体的同意的经典更新,例如"文革"时推行样板戏,哪怕大众一时接受了,最后这些"新经典"会同样迅速地退出经典集合。即使在西方20世纪八九十年代,在后殖民主义、女性主义等旗帜下进行的激烈经典重估,依然是知识分子之间的斗争。布鲁姆愤怒地指责这些重估者为"仇恨学派"(Schools of Resentment),既称"学派",就是承认对手是知识分子。

但是近年来,在西方,在中国,在世界上许多国家几乎同步地出现一种全新的经典重估方式,有人称之为"去经典化运动"③,甚至"反经典化运动"④。新旧经典的替换,经典标准的变更,本属常见,目前发生的是,经典更新的基本方式出现重大变化,因此这实际上是一次"另样经典化运动"⑤。

近年来,经典问题的讨论已经引起各国学界的注意,或许我说的"基本方法变更",论者尚未能注意,本文的讨论由此而发。

二、"文学场"的边界在哪里

对经典重估的辩论,常依据法国社会学家皮埃尔·布迪厄的理论。1993年约翰·基洛里的《文化资本:文学经典形成问题》一书,是去经典化运动的重要理论著作,标题就是借用布迪厄的最为人熟知的概念。此书的言锋直击辩论的最要害点:学校教科书问题。的确,教科书是维持经典的最保守领域,往往是在经典更新被社会大部分人接受后,才反映到教科书中来。基洛里认为经典问题的关键,是学校课程设置中"文化资本"的分配:学校控制了社会应当如何读写,学校才是"游戏的主要场地"⑥。

在此出现了布迪厄的另一个广为人传用的概念"场地"⑦。我本人阅读布迪厄时一直想弄清的问题是:带有不同资本的人进来竞争的各种场地,边界究竟划在何处?例如"文学场",社会上哪些人并不进入?布迪厄自己对场地边界的定义相当抽象:"场的边界位于场的效应中止的地方"⑧。这话同义反复,只是承认每个场地有边界。陶东风论学校处于场地中心时说:"这也证明了教育系统所把持的统治关系,即使对于那些处于文化场域边缘的人也是有效的"⑨。既然先锋派,意图颠覆文学场秩序的闯入者处于文学场的边缘,那么,究竟是谁处于文学场的边缘之外,不加入这个游戏?看来没有文学符号资本可携带入场的大众,他们哪怕有一些经济资本或社会资本,却并不想转换成文学场的符号资本,他们至多是利害不相干的看客,不入场参加竞争。

在文化生活中，大众(包括大部分科技人员)基本上只限于在学校读一些经典。离开学校后，记忆中只留下片段的引语。此后他们与经典的接触，就限于牧师讲道经常提到的故事，或是戏剧影视改编。偶然也会出现群众性重温经典热潮，例如美国20世纪80年代拥有明星牧师的"福音运动"(Evangelist Movement)，例如中国今日的于丹讲经。

布迪厄说，参加场内游戏的"玩家"⑩，各带着赌注，有的还有"王牌"，例如"古希腊知识，积分学知识"⑪，在场地中，"玩家彼此对立，有时很凶恶，至少他们对游戏及其赌注达成某种一致的信任，他们赋予游戏与赌注一种可以逃避质询的认识"⑫。所谓逃避质询，就是对抗的各方默认对方的赌注价值不予怀疑。

应用布迪厄理论讨论经典化，是现成的犀利武器，能击中其中的社会权力运作之要害，无怪乎中西论者乐于使用。但是显然布迪厄并不认为文学场是全民的游戏，不然他不会一再强调玩家对赌注价值的"共谋"是他们竞争的基础⑬。

而我们正在目睹的情景，是大众大规模地参与经典重估。固然大众对文学作品一向有自己的好恶挑选，但是在电子媒体(电视、互联网、DVD、手机)时代来临之前，大众的文化选择，与进行经典重估的文学场无涉。现代之前大众喜好"平话"、唱本；20世纪上半期大众爱读鸳鸯蝴蝶派小说；90年代之前一直有为数惊人的武侠言情小说迷，他们属于另有一套规则的亚文化"次场"。电子媒体"革命"之后，不仅一些"俗经典"进入了经典集合(这种事情以前多次发生过)，更重要的是，经典化的方式，发生了历史上前所未有的变化：原先的观众进入了游戏，文学场完全成了另一种比赛场地。

我们不得不走出文学场，因为在边界之外，玩家手中的经典王牌的资本价值，现在受到严重"质询"挑战。由此，我们也只能走出布迪厄理论的边界。

三、两种经典化方式

我一直定义文化为"社会表意活动的总集合"，而任何表意活动都靠符号的双轴关系展开。索绪尔称之为联想轴与组合轴，以后的符号学者改称为纵聚合轴(paradigmatic)与横组合轴(syntagmatic)，这两个术语过分专业意义晦涩。雅各布森在20世纪50年代的一篇著名论文中提出：纵聚合轴可称为"选择轴"(axis of selection),其操作靠比较,组分之间的关系类似比喻(metaphor);横组合轴可称为"结合轴"(axis of combination),其操作靠邻接黏合,组分之间的关系类似转喻(metonymy),比较与连接,比喻与转喻,是人的思考方式最基本的二维,也是文化得以维持并延续的二元⑭。我们也看到两种经典化,分别沿这两轴展开。

知识分子担当并且传承历史压力,例如中国现代化的压力。经典重估是他们担当与传承历史压力的一种方式。作家和艺术家,焦虑地面对历代前辈大师的成就;作经典重估的批评家,也一样要面对前辈大师,判断手中的作品能否与已有经典相比。他们的焦虑与艺术家不同:艺术家想逃脱影响,只能靠原创精神自辟蹊径;批评家却面临一个更难对付的课题:只有通过作品比较,才能更新经典。艺术家挑战前辈大师,自信心是绝对中心;批评家创立新经典,勇气是相对的,必须对历代作品作质的衡量。六朝时钟嵘写《诗品》已经必须在一百二十二名诗人中挑出上品十一人;到清代袁枚写《续诗品》只好感叹"古人诗易,门户独开;今人诗难,群题纷来";布鲁姆则幽默地说,要取得审美价值,"必须回答三重问题:优于,劣于,等于"⑮。

批评家重估经典,是历史性的。没有历史认知,无法声称某作品可以跻身于经典之列。而以历史为尺度的比较,必须超越形式,今日与先前的作品艺术模式已经大变:小说的写法已经不同于《红楼梦》,戏剧不同于《牡丹亭》,诗歌不同于唐宋,批评就不得不依靠对艺术内在质量的洞察。

因此,批评性经典重估,实是比较、比较、再比较,是在符号纵聚合轴上的批评性操作。

大众的"群选经典化",是用投票、点击、购买、阅读、观看等等形式,累积数量作挑选,这种遴选主要靠的是连接:靠媒体介绍,靠口口相传,靠轶事秘闻,"积聚人气"成为今日文化活动的常用话。群选经典化有个特点:往往从人到作品,而不是从作品到人,被经典化的是集合在一个名字下的所有作品。因此,艺术家名声积累,是吸引连接的重要因素,名声才能让大众保持接触。很多论者认为名声是媒体包装制造出来的,其实媒体也靠点击率以在激烈竞争中求生存,媒体与名人实为互相利用,共同争取与大众的连接。要"一举成名"后才能进入这种马太效应。名声的第一桶金,与经商致富的第一桶金一样,没有规律可循。在无数竞争者中,聪明人靠出奇制胜吸引大众,"群选经典化"过程才能开始。

大众当然也比较,他们基本上不与历史经典比,而是比当代同行之间,从中选择保持接触最出色的。为什么是琼瑶成为言情小说首选，而不是其他人？琼瑶写得如何暂且不论，她的确写得很多，而她自己主办《皇冠》杂志与皇冠出版社，保持这种至关重要的读者接触。三毛的一举成名，是天涯流浪女的"沙漠浪漫"神话，加上《皇冠》杂志的连接。

群选经典的名家，是群众需要的文化世界的提喻，大众无法全面接触艺术自行选择，于是他们连接文化的替代，而每个时代面对一个新的文化，会需要自己的提喻。既然群选经典化不是一个历史行为，群选经典在历史上存留的能力，也就陷入了可疑境地。下一代的经典群选，自然偏向于易于连接的同代人。不讳言怀旧的布鲁姆，就幸灾乐祸地说过：群选经典的下场是，"被哪怕最极端的多元文化论者，在两三代以后抛弃，给新作腾出地盘"⑩。每代人都要重选，例如陶喆碟片上，有自我宣言："以经典化的摇滚乐为攻击对象"。

社会性连接一旦开始，就以几何级数增加，这就是为什么竞争者必须追求"出镜率"。宁缺毋滥追求质量，是迂腐的名声自杀，总体连接达到一定的数量级，就成为"家喻户晓"式的熟悉，累积连接而成的亲切，就会把偏爱变成美感。

因此，群选的经典更新，实是连接、连接、再连接。主要是在横组合轴上的粘连操作。

四、批评与认同

这两种经典化的不同，使经典的接受也具有一系列的重大差别。

首先不同的是批评在接受中的地位：经典更新就是对批评能力的一个重大挑战。每个时代总是会有一批学者拥典自重，学阀及其经典维护者地位，是有压迫性的，尤其在学院里对学生更是如此。但是一个青年学者要成长，最终要接受挑战的诱惑。经典文本的守护者，就不得不面对挑战作出辩护，这种反复论辩，见证的是一种批评性文化方式。

群选经典是无须批评的：与金庸小说迷辩论金庸小说的质量，与琼瑶、三毛小说迷辩论琼瑶、三毛小说的质量，几乎不可能。不是说偶像碰不得，而是他们的选择，本来就不是供批评讨论的，而是供追随。在群选经典维护者眼中，在经典与"劣作"之间没有中间地带，没有讨论余地。其他人可以选择不追随，但是不可能选择分析性的辩论。

群选经典靠的是连接,而电子媒体对各种门类的艺术,提供的连接方式是相似的。不少论者认为电子媒体的快捷造成"速食文化",一切艺术都求短求快。实际上并非如此,大众有的是闲暇时间,各种艺术门类的命运并不取决于长短,而取决于它们是否足够平浅,能在横组合的线式连接中提供意义的在场实现,提供即时的快感满足。这种即时意义,见证的是一种粘连性文化方式。

经典不仅给人们文化满足,在这个意义漂浮的后现代社会,经典是自我认同的需要。作为社会人意义缺失,我们被原子化为孤独的人,就更为依赖文化的符号关系。符号的组织,不是具体社会组织的抽象化表征,相反,是抽象社会关系的具体化。我们不知道如何把自己置于一个有意义的叙述之中。为了逃脱意义失落的空虚,我们不得不寻找替代叙述。经典由于其独特的文化意义,成为一个重要的替代叙述来源。

两种不同的经典化,虽然都是为人格提供虚幻的价值,起作用的方式却是不一样。批评式经典的阅读本质是比较性的,因此从经典中读出的自我,是读者本有的"思想行为的模仿性重复"⑰,从而"使作品暂时性地成为充填自我的唯一实体"⑱。如此得到的自我意识,难以与社会其他人交流,难以提供抒解孤独的社会结合愉悦。我们在经典中找到的只是自己的影子,阅读者依然是孤独的个人。

这种经典阅读只在有限的意义上是个社会行为。阅读经典让我们得到一点虚荣。我为我自己崇拜《红楼梦》而骄傲,我从崇拜中得到的价值,攀附在民族文化的历史中,实际上经常是一种自恋:在别人连字句都看不懂的地方,我能读出别样味道来,阅读经典、引用经典就常常变为文化资格的证明。但用这样方式能取得的社会联系就很有限。

而群选经典,本来就是群体连接的产物,阅读和引用这些经典,就能加强社会归属感觉。人多势众,社会关系中分散的节点,就被共同爱好串结起来。在与经典作者的抽象联系中,同崇拜者组成的社会具体接触中,个人不再是孤独的个体。读者给出的是全奉献式的、不带任何功利心的追随,他们得到的是全身心的迷醉和狂喜。

群选经典的欢欣感即刻而有效,唯一的条件只是不能要求经典兑现许诺,例如不能学会用武侠方式解决纠纷,不能用言情方式抒解失恋痛苦。因此经典的人格赋予,实际上无法完成其全过程。经典文本上附加的符号意义,只是真实社会关系的虚假替代,人们得到的依然是虚幻满足。

　　我不知道这两种经典阅读哪一种更危险：不管自我充填，还是群体结合，都不是找到存在意义之途。但是，经典不仅是结构化了的结构，而且是能结构化的结构，即能持续产生意义的结构。现代社会自我失落的烦恼，的确可以在经典消费中得到暂时性的解决：手握经典，我们的人生不仅有了叙述，而且有一个响亮的缩写标题。

五、演变的前景

　　我们正目睹一个巨大的全球性文化演变，除了某些隔离的特殊地区，这个文化演变渗透各个社会。尤其当娱乐消费代替了生产，成为社会主要职能，而电子媒体的普及，使从来没有参与主流文化的社会群体，得到了与其他人同效的一票之权。文学场的"动态边界"⑩就出乎意料地突然剧烈膨胀，几乎全民加入。由此出现的文化民粹主义浪潮，的确史无前例。

　　"五四"时期经常被指责为经典重估过于激进，但是"五四"在重估经典时，有极为认真的论辩。现在翻阅 1923 年开始编的《古史辨》，前后七册收入的三百五十篇论文，其大胆推翻经典陈说之论，现在看多半不可靠，但是其细剔微抉反复论辩的精神，令人感动。"五四"成功地把一批历代白话小说经典化，其中有梁启超、胡适等人出于文化政治考虑的全盘吹捧，也有周作人、钱玄同等几乎一无是处的评价，也有鲁迅不惮直言褒贬的比较研究。

　　20 世纪 80 年代后，中国也出现了重大的经典更新，在"重写文学史"旗帜下，审美判断价值变化了：张爱玲、沈从文、钱钟书作品的经典化，茅盾等人地位下降。其激烈程度堪与"五四"媲美，却依然是批评式经典更新。90年代中期几次编选"百年中国文学经典"，不仅引发了关于经典的第一次理论上的讨论，也有诗人公刘在《人民日报》上拒绝进入经典的佳话，也有《名作欣赏》连续发表近三十篇"名作求疵"的不容情批评。

　　但是，90 年代后期开始出现的经典更新，就不再有如此的批评精神，经典化操作从纵聚合轴摆向横组合轴。说这是"填平雅俗鸿沟"，是把问题简单化了。大众选择不同于批评家的选择，这种情况先前一向存在，但大众选择要通过文学场的批评操作才能被接受。例如"五四"十年中，鸳蝴派作品的数量、销量、读者人数，远远超过"新文学"，1935 年赵家璧编辑《中国新文学大系》却可以完全不收鸳蝴派。

　　所以今日的局面，不完全是数量化造成的。更重要的是，盛行于西方的各种后现代思想入侵学院,西方学院对西方现代性的历史批判,把中国知识分子推入自我忏悔:不应该坚持"过时的"现代化方案。西方传来的后现代思想瓦解了我们的判断能力,学院开始奉行"大众喜欢的必是好的",知识分子对自己的工作方式失去了自信。

我并不是在此反对严家炎、王一川等学者把金庸经典化,经典从来都需要更新。我感到焦虑的是今日经典更新中看到的双轴位移。虽然依旧是批评家在做最后判断,但是他们的判断方式,已经从比较转向粘连。虽然金庸已经被不少学院人士列入经典,但至今没有对金庸小说的真正的质量分析。保守主义者布鲁姆,坚持认为莎士比亚是"经典的核心",但是他至少做了分析式判断:"莎士比亚写了三十八部戏,其中二十四部是杰作"②。至今我没有读到对金庸小说作这种分析判断。不接受金庸小说新经典地位的人,大都保持沉默,能看到的"批判"都是全盘否定,同样不是批评。这种局面,对金庸的历史地位并不是好事。

所以,让人担忧的不是群选经典进入经典集合,而是批评界开始采用群选经典"全跟或全不跟"原则,也就是说,学院经典更新开始横组合化。我可以举报纸上司空见惯的评语为例:"李连杰的新电影票房表现比较平庸"。这是非常奇怪的语言混杂:"平庸"是质量判语,在今日的文化中,连接的计数已成为质量判断。

大众,这个来到文学场的新玩家,有巨大的经济资本(例如票房),有重要的社会资本(例如票选),而且愿意把这两者转换成符号资本(例如群选经典)。文学场向横组合轴倾斜趋势,如果没有遇到阻抗,最终会导致纵聚合倒塌消失,于是整个文化成为单轴运动:经典无须深度,潮流缺乏宽度,剩下的只有横向的线性粘连,只有崇拜者的群体优势。

这不是杞人忧天故意危言耸听,某些不适合群体连接方式的文类,已经濒临灭种:需要沉思默想的诗歌,已经被宣布死亡;需要对言外意义作一番思索的短篇小说,已经临危;而长篇小说越来越靠为影视提供脚本而生存。这样,经典之争,渐渐变为文体之争,竞争者靠文体转换(尤其影视改编)最后胜出:金庸与琼瑶作品几乎每部都被影视化,甚至多次影视化,它们获得天文数字量的连接,群选经典地位实际上已不可动摇。

甚至经典传统的最后堡垒,最需要稳健的部分,即学校课程,也开始转向。2004 年金庸《天龙八部》和王度卢《卧虎藏龙》进入高中语文必修课本。后一个例子是再明显不过的教科书跟着传媒走。布鲁姆反对经典更新,我反对的只是近年经典更新的方式。但是,此人似乎知道中国大学里也在发生西方大学里同样的事,他在特地为中文版写的序言中写道:"媒体大学(按:他指推崇媒体的大学)的兴起,是我们衰落的症候,也是我们进一步衰落的缘由"^㉑,他看到东西方批评界都在瓦解。

当整个社会完全接受一人一点击的纯数量经典化,文化民粹主义就会全盘胜利,几十亿找不到人生意义的人,手伸向自己的点击制造的新经典,整个世界"后文化"将是可数的几个娱乐品色彩花哨的堆积。

一个无须批评的文本,不是正常的文本;一个无须批判的文化,不是正常的文化。就事论事的话,经典更新无关家国大事世界大局,可以把它说成只是文化界派别之争,最多只是一个教科书课文的取舍问题。在大历史维度上,双轴位移却关系到整个人类文明的前途:已经见到端倪的符号灾变,将带来丢失历史的文化大劫,以及人生意义的热寂。既然我们横向摆放图腾,我们就不得不沿着它们舞下山去。

---

① 伽达默提出经典"没有时间性"这个命题,张隆溪解释说:"这种无时间性正是历史存在的一种模式"(参见张隆溪《经典在阐释学上的意义》,载《中国文史哲研究通讯》第九卷第三期,台北:中央研究院中国文哲研究所1999年9月)。

② 雷奈·韦勒克:《文学理论,文学批评与文学史》,赵毅衡编《新批评文集》,中国社会科学出版社1988年版,第509页。

③ 1997年1月荷兰莱顿大学进行大规模国际会议,会议论文集合成一巨册《经典化与去经典化》(*Canonization and Decanonization*, Leiden:Brill Academic Press, 1998),是这个问题较早的严肃讨论集。

④ Stefan Nowotny, "Anti-Canonization:The Differential Knowledge of Institutional Critique", trans. Aileen Derieg, *Transversal* (Webjournal), 2006.

⑤ 建议译为"alternative canonization"。

⑥ John Guillory, *Cultural Capital:The Problem of Literary Canon Formation*, Chicago:University of Chicago Press, 1993, p. ix.

⑦ 布迪厄的原文"champ",也是竞赛运动场。很多人中译为"场域",未免太雅,而且丢失布迪厄的比喻原意,所以我改成"场地"。

⑧⑪⑫⑬ 《文化资本与社会炼金术:布尔迪厄访谈录》,包亚明译,上海人民出版社1997年版,第146页,第114页,第113页,第113页。

⑨ 陶东风:《文学经典与文化权力:文化研究视野中的文学经典问题》,载《中国比较文学》2004年第3期。

⑩ 《文化资本与社会炼金术:布尔迪厄访谈录》的译者,把"joueur"译为"玩耍者"。这个词意

义多面，不好翻译。布迪厄"场"的原意，实为竞赛场地（参见注 8）。因此，"joueur"译成"玩耍者"可能太轻松；译为"运动员"可能太严肃。"玩家"或能兼顾双义。

⑭ Roman Jakobson, "The Metaphoric and Metonymic Poles", in Roman Jakobson & Morris Halle, *Fundamentals of Language*, Hague：Mouton Press, pp. 76～82.

⑮⑯⑳㉑ 哈罗德·布鲁姆：《西方正典》，江宁康译，译林出版社 2005 年版，第 17 页，第 56 页，第 26 页，第 3 页。译文经过本人修改，参照 Harold Bloom, *The Western Canon*, *The Books and School of the Ages*, New York：Riverhead Books, 1994。

⑰⑱ 乔治·布莱：《批评意识》，郭宏安译，广西师范大学出版社 2002 年版，第 262 页，第 245 页。

⑲ 布迪厄："每个场都构成一个潜在的、敞开的游戏空间，其界线是一个动态的边界，与场的内部斗争的厉害密切相关"（《文化资本与社会炼金术：布尔迪厄访谈录》，第 150 页）。

民族主义与想象

[美]佳亚特里·斯皮瓦克

本篇演讲原先曾在"联邦文学语言协会年会"（Annual Convention of the Commonwealth Association of Literatures and Languges）上宣读。该协会由原来的英联邦国家组成。严格说来，它具有后殖民的性质。碰巧这次年会在印度召开，因此，不仅会议是后殖民的，而且我作为一个印度人在印度发言，也是事实。请在我一小时的发言过程中记住这一点。

一、民族主义与情感

联邦协会主要是由文学与语言教师组成。在我们的课堂上，我们经常探讨想象是如何使对情感的表述成为可能的。我认为，通过关注其他人的文本中的这一问题，我们或者能重新安排我们自私的欲望。因此我审视了想象是如何可能产生民族主义的，而非理所当然地认为民族主义的定义就是如此——它开始于 13 世纪的但丁，或 16 世纪英国的莎士比亚，或在 19 世纪将农民变成法国人，或者是始自 17 世纪德国的威斯特伐利亚，再经过 18 世纪在欧洲的酝酿，最后于 19 世纪蔓延到我们这里。这些都是历史的叙事。下面我要谈的是情感，因为这是关于集体是如何形成的、甚至作为历史叙事是如何被引用的，就好像它们毫无争议地成为我们的共同记忆一样。

对母语的爱，对你那一方土地的爱，是如何凝结成民族主义的呢？民族主义是对公众领域的直觉的条件和结果。在从最私密的到像现在这样的公众商讨中，作为负载本地文化的承担者，或者作为给予那些需要保护者以关心的人，妇女沦为一种工具，使民族主义得以合法化了①。如果我们给"民族主义"作一个宽泛一点的阐发，作为对一个位于特定空间的国体（a spaced polity）的忠诚，那么该国体在意识形态上并不一定要编码为一个国家(nation)②——譬如,如果我们想想"粟米"(millets,法律上受保护的小宗教团体)和氏族(qawms)③——我们就会发现更早的利用妇女的故事了。我们可以想起不计其数的人物:在门第世系和国家的最顶端,有在伟大的印度史诗《摩诃婆罗多》中的蒂劳柏迪(Draupadi),虽然那时"民族"(nation)还很遥远;对卢克丽霞的强奸标志着国家(res publica)的建立,那是一个公众的事物——罗马共和国,尽管民族主义打破神圣罗马帝国的时间仍旧俯伏在历史的胸脯上;诸如此类④。

就在我写作的时候,我嘴里哼着一首名叫《麦波·帕坦》(Mebar Patan)的小曲⑤,那是一百年前我们家族的人写的。小曲沿用的是拉其普特人(Rajputs)的固定编码模式,拉其普特人是印度西北部的一个很骁勇的族群,他们抗击印度的穆斯林皇帝,内中却又很多暧昧之处,因此穆斯林又可被看做是英国压迫者的一个暧昧模糊的类似者,尽管与那个在别处被相同的民族主义者所赞慕的伟大的英国文明是不可同日而语的。那点强悍的遗留物,那种拉其普特与穆斯林之间的对立,仍然以这样的方式残存于印度西北部⑥。《麦波·帕坦》小曲是我童年的一部分。它是由我母亲和我祖母唱给我的,仍旧透露出战时勇武的气概,这很明显是关于保护母亲和妻子,以及在敌人兵临城下之时呼吁战士离开肉欲之床的。我问我自己:难道这些词句给我的童年留下了什么印象吗?无论答案如何,民族主义可以以多种不同的方式被修改,但是其修辞最经常潜伏在再生产异质规范性(RHN)⑦的假设中,就像合法性本身一样,这是人所共知的。你是自然的呢?还是被归化了?想象进一步并且是有选择地操纵着民族主义,其目的是要指出本族人和邪恶的外国人。而这种工具是"我保护你以换取你的服务"这一模式,属于劳动中的性分支。民族主义一定要缚系于一个人出生的种种境况上——对它的赞美,它的扩展和收缩,它依据迁移、婚姻和作为古老的出生的历史⑧而作的重新编码。这是我的家乡,它一定是安全的。如果我不知道它,那我也一定要找到答案。

让我们解开"对……的热爱"一语吧。归根结底,这种眷恋和维系,这种"对……的爱",更像是一种"在……中的舒适感"。那么,对于母语和那一方土地的热爱,是在什么时候变成民族主义的呢?它又是如何变成的呢?让我们稍做修改:是什么时候,一个人在其母语中感受到的舒适、在其简陋的位于人行道旁的那一块地方所感受到的舒适——作为纽约人,我将再加上消防龙头或者教堂的门——将其自身转变为民族主义的呢?又是如何转换的呢？让我们进一步刨根问底，以便把问题弄清楚。这种最底层的舒适并不是一种积极的、正面的情感。当只有此物、别无他物时，其运作不过是一种"那里状态"（thereness），与动物只有一步之遥。当它被夺走时，它是一种无助、失去方向和依赖的感觉，诸如此类，但此时还没有产生连贯的"民族主义"。在一种极端的情况下，团结一致、通过将什么东西（如宗教话语）重新发明为一种可以宽恕暴力的伦理学而创造出一种共同的事业——但决没有民族主义。我们是如此习惯于"欧洲之外没有私密之物"这一陈词滥调，以至于我们无法认识它，正是这种深刻的、基本的、共有的失去舒适的令人不安的保证，才使得人们团结起来。这是一种对于共有的"私密"事物的相信，在这里，私密的可能性并非来自于某种公众感。妇女、怪异者和男人未必是按照公众—私密之线来划分的。尽管随着"同居于一地"、"在自己的母语中被理解"等状态的断裂会伴有暴力发生，这种暴力又加固了团结，它不能抓住一种公众领域，一种在有特定空间的国体中将会容纳所有人（至少在理论上是这样）的领域。

这种无来由的"私密"被想象成基石，民族主义是对这种想象的重新编码，尽管在民族主义"本身"，正如黑格尔所概述的那样，这种集体重新记忆的"私密"的出现是公众的一个反义词。在上面简述过的无来由的"私密的"舒适和对私密与公众的理性两极化之间，存在着一条性别和阶级的鸿沟。那些利用民族主义构建自己的那一套理论的人，可以研究一下这条鸿沟；可以通过想象将它调动起来，无论是好是歹：那个小孩在唱歌。导向民族主义的脉动是：我们必须控制我们公众领域的运作；并且，往后，我们也必须控制别人的——尽管这并非是一个必然的结果。这种对基本上未理论化、但盼望已久的公众结果的确信，因为一种独特和更好的感觉——因为生来就是那样——而更加稳固了，这种感觉来自从语言和空间的基本舒适的滑动。在此我不想演练最富有黑格尔特色的有关公众领域的观念，无论它们带上了什么样的民族主义色彩。我只想简要地指出，我这里提供了一种对民族主义的解读，它允许我们看见为什么（尽管只是在公众领域出现后才可能）它无法与公众空间的建基性逻辑协调一致。巩固对民族主义情感上的信念的方法并不是理性的。

如果民族主义巩固自身的方式是通过对最私密之物的召唤，那么民主，在其最方便和最可确定的形式下，是通过最琐细的公众共相（universal）——每个都等于一——来巩固自身的。这种未受理性选择保护的毫无价值的算术,即使在没有受到更坏的力量操控的时候,也可以受到民族主义的操纵。既然这不是一场政治演说,我就点到为止了。我只想请大家记住在民族主义的史前和历史中,这种无来由的私密和公众—私密的展现过程。

这一连续性提议,不论是史前还是历史中,都在暗示:我们是从似乎"最自己"(ownmost)的一步想到似乎是具体的共有的抽象概念的,例如进步。而且确实是某种进步。但是这整个结构也总是可以得到的,是共时性的而非必然历时性的。如果我们这些人文学科的教师们因此就只是理性地思考这种进步,我们将无法完成追踪和训练想象的任务。实际上,如果我们将想象力训练得很好,或许我们就能够着手探讨作为进步的民族主义的公众谋略如何被拼凑到一起的细节。如果我们只是将想象看做是一种培养同情心的私人品德,我们将不能面对这项集体性的任务。在我们训练时,我们必须为了"我们有多少?"这样的问题而训练,如果确实有此必要的话。

有人确信:人类会朝着更严密地控制人民和世界的方向运动,这要么是进步的,要么会朝着更大的公众精神方面运动,这种信念与为了反对科学论争而向我们推出宗教属于同一类假设。这种对进步的确信,这些论争,忘记了文学和艺术既不属于理性也不属于非理性。换句话说,这些进步的故事必然要忘记想象。在其所有的前现代和现代的形式中,具体的文艺想象能够支持并促进民族主义决不再是什么秘密了。它与重新记忆这一任务联起手来,以最壮观的方式操纵无来由的私密,使它服务于私密—公众的分离。我们听说有这样一种观点:被剥削的民族只会产生民族寓言。这主要是因为大都市民族(metropolitan nations)都已经把自己的民族寓言假定为它们"真正的"基础⑨。艾哈迈德(Aijaz Ahmad)对此种论调以阶级的名义进行了勇敢果断的抨击。如果我们经常出席如雨后春笋般的、由美国人占多数的全球化研讨会,那么我们就会发现很多的此类证据。

如果重新记忆是民族主义形成的一种普泛的正式方法,那么经常提供隐喻阶级(the class of metaphors)的就是再生产异质规范性了,民族的形象或许可以与这种隐喻阶级联系起来。

叙事上普遍的时间化(temporizing)⑩使得个体和集体生活成为可能。当我们出生时,我们就出生于计时(timing)的可能性——时间化之中;或者我们就是这种可能性。我们如何抓住这种可能性呢?只能通过时间化——思考并感受某个以前,通过某个现在,在某个后来到期。我们的母语学习似乎与此是同时代的,因为我们也是生于其中的。既然它在我们之前有一个以前,我们从其取得了"已在状态"(already-there-ness)。而且既然我们可以给它赋予意义,我们便可以把我们自己思考进将来的到期。这种给与取的思考,是关于时间的地道的故事,"身份"的强加必须被容纳其中。既然通常似乎都是我们的母亲把我们带入时间化之中,于是,我们的时间化行为就经常标示出那一特定的、对渊源的直觉,其方式是通过将母亲进行编码和再编码,通过借助投资或者操纵女性空间来计算可能的未来。民族的女儿地位是与这一再编码密切联结在一起的。朝向将要到期的未来进行时间化的另一个例子,是女性用她们的子宫盛纳着民族的未来。这来自于婚姻这一显见的叙事。

语言、母亲、女儿、民族、婚姻。这些就是我开始谈的主题,我们现在开始讨论吧。

文学想象在当代的任务就是对这类形象的坚持不懈的"去超验化过程"(de-transcendentalization)。换句话说,如果我们把这一图形当做文本来研究,我们就可以将其保持定格在想象界,而非将其看做是驱动公众领域的不可名状的文化"现实"——盛纳国家的公民结构。"文化"是一个玩弄权术的能指(a rusing signifier)。如果你献身于"文化"民族主义,而把你的"公民"民族主义献身于八国集团,那么,可能的(但不必然的)情况是:你在"文化上"被选的国家(nation)与再分配的社会正义作对。可能,甚至是很可能的,但不是必然的。如果民族主义与地域(location)混为一谈的话,民族主义在这里将不会提供什么衡量的范畴。换言之,NRI——非定居印度人(the non-resident Indian)——或者PIO——印度裔人(person of Indian origin)(二者都用来描述都市里的流散者)——并非必然是好的或者坏的。该问题与下列事实混在一起,越发纠结不清:民族主义左派、社会运动民族主义者以及"全球主义的民族主义者"(the globalist-nationalist)将会以不同的方式算计什么是"好",什么是"坏"。

这是令很多人都很感兴趣的说法,因为我本人就是其中的一位。

但又不仅仅是感兴趣。它也是要暗示:现在,事实上是任何时候,将"民族主义"看做是一种确定无疑的价值的力量与危险。今天,当民族国家的一部分与"国际公民社团"那些自我选择的道德促进者们亲密合作时,仅仅民族主义这一个试金石如何能够让我们解读局势,更遑论按照实际情形采取行动呢？赛尼斯（P. Sainath）的作品在网上很容易找到，他告诉了我们一些我们早已知道的事情：印度在沿着"发展"的阶梯爬升的同时，也在某个阶级内，养成了一种美国式的基于"宽宏大量"的慈善精神。分析这种持久的社会生产性将超出本文的范围。这里我只想简单地重申：民族主义是一个具有欺骗性的范畴。我将调转雪莱那个广为引用的劝诫，把它掉过头来："我们缺乏对民族主义的认知能力，因为我们让它只与我们的想象一起运行，就好像它是一种知识一样。"⑪在这一点上，正如我要一直坚持的，我们必须训练想象，要足够强硬，以便能够测试出其限度。在全球化了的后殖民境况中，我们可以将民族解放式的民族主义送进博物馆了，它还是不错的展品呢；我们可以将民族解放式的民族主义纳入课程设置，它是很好的历史学科。想象的任务不是要博物馆和课程设置为新的文明化使命提供托词，致使我们选错我们的盟友。

艾哈迈德对单纯民族主义的反对是支持阶级的，但也对一种民族主义框架的论断作出了让步。

在19世纪，卡尔·马克思已经试图通过抽象的资本逻辑绕过对民族主义不可避免的让步。最后，马克思主义和民族主义结成了同盟。今天，通常受制于国外的民族主义却为资本主义全球化的文化战区所利用。

在早些时候的体制中，在富有权柄的国际公民社团的主控型形象出现之前，庞大的非政府组织已经在开始使用被剥削世界的各种民族主义作为一种托词来进行干涉了。用这样的民族主义来对付这一整体是毫无成效的。在美国，"诉求外源"（outsourcing）在临近选举时是主要问题之一，美国内部的民族主义使我们看清在全球化美好许愿中的断层线，就像德国社会民主党在1914年做的那样，它借助战争赢得选票，使国际工人协会（the Workers' International）的希望落空。我们从未看见工人们像那次那样团结，反对民族主义战争。面对民族主义难以改变的普遍性，我想提出几点思考。

当我们最后一天争论"民族的未来"时，我们说得最多的是印度，就好像如果会议是在亚美尼亚或尼日利亚召开，我们就会听到关于亚美尼亚或尼日利亚的事情，如果在中国召开就会听到关于中国的情况一样。另一方面，美国用惯有的方式言说着这个世界，决意将它杀死：或者用枪炮，或者用善心。美国的民族主义是帝国主义的民族主义，它立意要帮助世界。印度已经达到它的目的了，这已不再是什么秘密。当某个国家被认为是资本主义全球化的某个代理时,民族主义就会加强。在美国,这种民族主义在比较文学中的转变表现为欧美的全球化研究以及全球的欧美化(the globe Euro-Americanizing)研究。它能够与被某些人称作世界主义的全球性(global-access)生活快乐地共存⑫。在"欧洲"试图将自身建构为一个整体、声称拥有一种帝国式的民族主义(称为地区主义),并将其看做世界主义时,看到个别欧洲民族国家的旧有含义释放出古旧的、残余的、主宰性的气息,是颇令人回味的⑬。我记得数年前一个著名的印度电影理论家访问纽约时,曾经指出,印度在软件工业方面的出色业绩,意味着已经没有工人阶级了。我们中的很多人立刻指出,软件工业依赖的是同在一个大陆上的东南亚和东亚妇女用灵巧的手指装配起来的硬件。换言之,我们指出了全球主义中的一个民族主义案例。如果印度进入安全理事会,这一状况会有所改变吗?在民族解放的民族主义和后殖民的民族主义之间有什么区别吗?我将在下文提出某些建议并作出结论。

二、语言与民族主义

经由想象而拆解理性的计谋、将重新记忆的民族主义建立为身份的基础,是可以被策划准备出来的:通过个体的想象力训练,然而又总是通往集体性。(掌握这一点是非常重要的。如果认为这一点只是个别现象,那只能说明党派之前的结构的虚弱不足和竞选措辞的无力。)并且想象力以这种方式得到最好的训练:它通过密切关注作为"逻辑中的修辞逻辑"(logic-in-rhetoric-in-logic)等的"既个人又集体"(individual-yet-collective)的语言/习语这一现象。基于身份的、对于情节总结的政治正确方面的检测,主要是,在(英)联邦内,在英语中,是没有替代的。

2003年我在国际现代语言与文学联合会(International Federation of Modern Languages and Literatures)年会上发言时,敦促与比较文学和英联邦文学(Comparative and Commonwealth Literatures)的联合,因为后者拥有某种"内置的、反帝国的、自动批评性的反讽"(built-in anti-imperial auto-critical irony)。在这里,我重复发出同样的吁请,但是是从另一边,因为比较文学应该关注语言。语言帮助发展出民族主义,因为母语在公众与私人之间作出协调和商讨。想象与学习语言的辛苦之至,让我们安装其他的语言作为母语的"对应物"。请记住马克思关于革命行为的隐喻:

> 一个刚学会一门外语的人,总是要在心里把外语译成自己的母语;只有当他能够不必经过重新记忆就能随心所欲地使用它,并且运用新语言的时候能忘掉母语时,他才算真正领会了这门语言的精神,能够运用自如了。⑭

这是对比较文学所作的真切描述。你不可能在学习每一种语言时都能够达到这样的深度。但是你可以学习两种:N+1⑮。在这一过程中你就可以重建英联邦的立体地图,后者在一种经验性的构造下被削平。这在像印度这样的多语言国家尤其方便,实际上,在任何一个非洲国家也都是很方便的。

我要指出的是,这种对等原则(principle of equivalence)应该被置于比较文学学者脉搏的核心地带。当然,一种充分阐述的比较主义(comparativism)并非仅有这一点就够了。但是,当前比较文学的等级性的功能却总是按照某种标准来实施测度的。实现对等是一件困难的事。它并非是平均相等。它也不是差异的消除。它甚至也不是对差异中的共通性的认可。它不是将丰富的想象削减为司空见惯的庸常。它或许是学着去承认:其他事物能够占据例子这一独特的位置,不是一件容易的事情。(我经常告诉别人,当我为美国游客的粗俗倍感烦恼时,我母亲就提醒我说:"英语是一种母语"。)这不需要牺牲一个人对自己的食物、自己的语言和自己那一角世界的舒适感。它企图瓦解的,是民族主义的那种占有性、排外性和孤立主义的扩张主义,那种被大都会主义滋养起来的民族主义的不良信念。

按照古老的描述,我是一个流浪者。无论我走到哪里,我都保持着同样的习惯。但我最难以割舍的是语言。而语言却总是处于一种被放弃的模式中。这里我引用我自己的话,因为这是在我接受印度国家文学院(National Academy of Literature in India)授予的英文翻译奖时说的:"文字的文本珍惜其语言印记但无法忍受民族身份。翻译却因着这一悖论而越发走向繁荣。"⑯

在印度,我们已经设法避免了语言民族主义,我这样想是对还是错?语言可以成为民族主义巨大无比的承载体,因为它也在公众和私人之间进行商讨,外在公众—私人的分界线上,就像我们从欧洲历史的遗产中所继承的那样。它是历史性的。它在我们出生之前就存在,在我们死后继续存在。因此在其辉煌中它是非私人性的和"公众的"。然而,正如我一直所论述的，我们学会了这共享的公众事物，这种母语，就好像它是我们自己、我们最最自己的东西制造的那样，那甚至不是"爱"，而是先于"爱"，是一种舒适。印度的例子或许可以告诉我们，母语不需要导向民族主义。一个多语言共和国，有一种借以交流的国家语言（a national language），在文学领域内，能够作出那个令人钦佩的举动：就是承认有很多种母语，这就是我母亲的作法。

能够。可是事实是否如此呢？在那次大会上，有人认为英联邦文学协会已经不再受制于英国的霸权了。这是实情。但它却继续受制于英语的霸权。该协会的名称叫做英联邦文学与语言研究协会（Association for Commonwealth Literature and Language Studies）。而联邦是有着很多语言的。我相信，我们的协会在继续为异常繁盛的全球英语充当信息交流所的同时，也应该欢迎这样的考虑：即对我们用各种语言创作的文化作品作文本的分析。海瑞士·屈沃蒂（Harish Trivedi）是主要组织者之一，人称后殖民批评家，他在我们会上评价了土著文学的出现。在我看来，这种趋向应该超越翻译的问题，对我们的成员来说，要进入重启已随殖民主义关闭了的事物的可能性。你能够想象得出这将是一个多么卓越的成就吗？这将是真正的帝国的逆写，是在语言上的逆写。

我同意艾哈迈德有关印度活跃有力的多语状况的说法。我也请大家在更宽的范围内去思考这个次大陆，就像科提·朝德胡瑞（Kirti Chaudhuri）在《欧洲面前的亚洲》（Asia Before Europe）或者阿米太乌·高什（Amitav Ghosh）在《古老的土地》（In an Antique Land）⑫中所指出的那样。但我却不像艾哈迈德那样有信心，认为用各种印度语言创作的文学将会繁荣兴盛起来。数年之前拉什迪（Salmon Rushdie）轻蔑地指出，用印度语言所写的文学作品是"褊狭的"⑬。面对这样的论断，我还没有发觉有什么真正的反驳。如今在我的学校内，只是把在印度用英语创作的文学叫作"印度文学"，这是司空见惯的。先是我们被认为除了民族寓言，别的什么都不会写；现在我们又变得如此"褊狭"。在印度，已经开始向"印度的"比较文学的方向迈进了一步。我来自加尔各答，我了解加达乌普大学（Jadavpur University）。我知道德里大学有"现代印度语言系"。那年在学会（Akadami）上，看到国内各语言之间的翻译如此之多，在国内如此活跃，我十分感动，给我留下了深刻的印象。同样有益的是，管理服务部门强迫官员们学习并使用地区性语言来工作，而非用他们自己的语言。我们或许可以这样用"地球南部"（the global South）（我们现在仍旧在地球南部）的这种活力四射的比较主义来渗透比较文学，并且使联邦文学繁荣昌盛，以摧毁地球上的单一性文化，即使以欧美为中心的比较文学发明出所谓的"世界文学"来[19]。

民族主义是通过重新记忆建构起来的集体想象的产物。去除这种占有性的符咒是比较文学研究者的任务。但是，想象就如同身体一样，需要接受训练以便从这种艰苦的过程中感受到乐趣。然而，我们政府的优先考虑，抑或现在所有政府或者社会的优先考虑，都并非如此，因此没法让人文学科的高等教育繁盛起来。我们必须要积蓄滋养起这样的信念：除非国家重视文学教学，否则想象不会繁盛。

三、国家与地区

我想通过谈谈对国家（state）的重新发明来结束演讲。"民族国家"（"nation-state"）这一短语从我们舌尖滑动而出。艾哈迈德指出，公民民族主义（civic nationalism）——国家的舞台，和文化民族主义——民族思考的舞台（the arena of nation-think），是无法分开的。

因此我想，在所谓的地球南部重新发明公民国家，摆脱民族主义的同一主义（nationalist identitarianism）包袱，倾向于一种批判性的地区主义，超越民族的疆界，这似乎才是我们提上今天议事日程的。我们除了民族寓言之外什么都不会写，我们的命运只不过是褊狭的，除此之外，又添上了新问题："后结构主义的假设及其（悖论式的）潜在的同一性的反同一主义（identitarian anti-identitarianism），它的少数族裔的反国家主义，及其缺少一种乌托邦式的反资本主义的批评视野……"[20]。

就我而言，我完全是乌托邦的。我倾向于一个由一群地区组成的、重新想象的联邦协会。当然，这只能慢慢来。但是，当我们进行小的结构调整时，我们应该牢记这一目标。它或许会产生富有想象力的人物，他们不但继续探讨文化身份问题（用艾哈迈德的精彩描述，这叫做"民族主义"），而且还会逆转因经济结构的调整而引起的不利影响。

你或许已经注意到，我所说的所有事情最终都回到了学习和教学上。人文学科的教师有很多任务，其中之一就是要使国家的抽象的、有道理的公民结构，摆脱文化民族主义的包袱。再重复一遍，在语言运用方面受过训练的想象力，或许可以消解民族认同对真理的自我声明，因此就可以松开文化民族主义，因为后者掩饰了国家的运作——譬如，它以美国"民族"受到恐怖的威胁的名义掩饰了公民自由的丧失。再说一遍，是"或许"。我决不会那样愚蠢，声称单单人文教育（尤其考虑到当今人文教育的状况）就可以拯救这个世界！或者说有什么任何其他东西可以一劳永逸地拯救世界。或者认为"拯救世界"之类的说法或思想有什么意义。

我的主要话题是民族主义的去超验化，是训练个体的想象力的任务，我总是感兴趣于将"民族"（nation）从"民族国家"中剥离出来，如果我可以这样说的话。因此，就重新发明国家说几句话，说几句将我们带出教育只在人文学科中的话，也不能算是不合时宜的。

我们知道，经济的重构消除了国家资本和国际资本之间的障碍，因而相同的交换体制可以在全球范围内被建立起来。尽管表述得非常简单，但也不见得有什么不对的地方。实际上，这就是那个消失已久的蜃景——国际社会主义（international socialism）——的缥缈的希望。

但是个体的国家自身就陷入这种危境之中，故而它们的情形应该是透明的。经济增长并不会自动对正义进行再分配，忽视了这一点，单靠民族主义，就会把我们引入歧途。戏剧性的或慈善界的大规模"反全球主义"——无论它是什么东西——也都不能保证正义的再分配。很久以来，我一直认为，尤其是作为一个女性主义者，即使自由主义的民族主义，也应该把完整无缝的身份看做是对手强加给它们的。在这种语境下，像爱德华·赛义德那样反对用"两个国家"的方案来解决巴勒斯坦问题，是具有典范意义的。自从《奥斯陆和平协定》将以色列从一个种族歧视国家重新编码为中东地区唯一的民主国家以后，赛义德就勇敢地坚持一个国家的解决方案，而不受巴勒斯坦民族主义或者以色列民族主义的分裂性的影响。借用麦瑞斯·孔第（Maryse Condé）的话说，在瓜德罗普岛上，没有什么印第安人或者科里欧人（Creoles），只有瓜德罗普人。要废除分割——为了地区主义的利益，而不是为了该地区最强大国家的民族主义式的复仇主义——或许能消解那种不受限制的民族主义。

甚至在经济重构来临之前，任何在我所提到的地区工作的人，都可以告诉你：宪法制裁在这里没有什么意义。可是现在，由于国家优先考虑的事务不断改变，通过宪法立法来实行正义的再分配越来越不容易。妇女的身体和心灵在国际公民社会中的重构，不需要在重新结构的国家上留下什么印痕。

哈贝马斯关于"宪法爱国主义"（constitutional patriotism）的观念固然无可挑剔,但却也一样地漠视了当前的世界状况⑳。较之民族主义更甚,爱国主义是一种情感,一个正常运作的国家的抽象结构利用它主要是保卫国家。我又唱起了那首来自麦波·帕坦的儿歌,创作中满是豪侠之气,但意识形态上却浸染着民族解放的精神……

新的比较文学要进行十分艰苦的工作,要使国家的公民结构远离民族主义和爱国主义,要改变国家再分配方面的侧重点,要创造区域联合而非只是走"国家外"或"非政府"之类的路线。我认为,人文学科的女性教师在此扮演着十分特殊的角色。因为在欲望——以民族的名义获胜的欲望——的重新安排的背后,是将类推的计谋作去超验化的运作:这种类推是从最私人性的不加质疑的舒适,到对指定土地的死心塌地的忠诚。该计谋利用的是再生产的异质规范性这一通则。曼陀（Manto）通过发疯——外在于所有的规范性之外——从而打破了从舒适到民族的计谋㉑。但是伊曼纽尔·莱维纳斯（Emmanuel Levinas）却认为该计谋是规范的建立——阴柔地（女性）将家建立为家——导向雄壮有力（男性）的语言交换。对于莱维纳斯而言,这种规范将不可抗拒地导致最具侵略性的民族国家主义,它根植于同一主义的神话之中,过早地提前注明民族兴起的历史叙事的日期㉒。

2003 年 8 月,在达卡举行的侵害妇女犯罪的公开听证会上,陪审团曾经建议,请求南亚地区合作协会（South Asian Association for Regional Co-operation）建立跨国的司法协作机制,以便更加容易地抓获罪犯;而那些有利于残存者的法律则可以支持被拐卖的妇女（她们常常是艾滋病患者或 HIV 感染者）穿越国与国之间的疆界。这种女性主义工作,不仅会补充作证妇女自身丰厚的文化保护,并通过性工作集体（sex-work collectives）进行监控、提出建议,从而将她们的生活重新编码;而且,通过支持这些妇女的性工作意识（sex-work awareness）,还可以对再生产异质规范提供积极活跃的批评。这种异质规范致使美国从一些最成功的"艾滋病毒—艾滋病"（HIV-AIDS）项目中撤出援助——就像在巴西或者危地马拉那样——因为它们不轻易地将卖淫划定为犯罪行为㉓。那里的多语的和地区性的比较工作将是极为富有成效的。我在别处说起过那四十人见证小组里面的那个跨性别的瑞沃蒂（Revathi）㉔。

四、一个印度故事

比较文学研究的是对等，其研究所依据的准则也是对等。马克思为我们提供了一个政治语境中的文明化了的欧洲例子。在海得拉巴召开的年会上，既然我被作为一个对"印度人"发言的"印度人"受到质问——还有很多隐秘的孟加拉亚民族的质问，我就不再拿来烦扰读者了——如果我从作为一个"印度人"的经历给出一个例子的话，那么请原谅我。在过去十五年左右的时间里，我试图训练自己，让自己学习那些在阶级和文化上都与我大相径庭的人，以便我能够在他们中、与他们一起发展出一种对公众领域的直觉。面对民族主义的无孔不入，我想提出我从他们身上、从他们与口述文学（orality）的联系中学到的东西。

如果说叙事的关键在于循序渐进的话，那么口述表达程式的核心就是对等了。我们通过研究顺序而从叙事中学到东西——我们通过掌握对等从口述中学到东西。正是对等中的创造能力才使得下述情况发生：它会超越对等在音调和文字上引起的单调乏味（所有的东西都与其他的东西一样），这种单调使得很多文学的爱好者都望而却步。当我们通过分析不同类型的历史叙事来解释民族主义时，我们就是在研究序列了。现在我想给大家一个通过掌握对等而学习口述——口述是参与型的——的例子。这里的掌握是机械性的，因为该"口述"是存在于印度历史的长河之外的。

下面，就是我要讲的故事。

在我工作的那个地区，妇女每年都由当地的非政府组织（NGO）送到加尔各答去，以直接兜售她们从田野工作者那里学会制作的手工制品。她们既把这次出行当做是一个命令，同时又把它当做是一次欢聚和旅行的难得机会。在加尔各答，她们成了一大景观，她们一边做着手工艺品，一边唱着歌。为了这一年一度的旅行，她们准备了许多歌曲——她们称其为纺织歌，用的是相同的重复模式，她们称之为转调（ghurano）——转喻、修辞、诗句。也有非常古老的歌曲，有一次我听一位老太太唱过，它听起来非常古老，由于我缺乏人类学的技能和/或兴趣，因此无法分类；还有一些歌曲掺杂进了最近和当前的事件。譬如，当我在一首歌中听到这样的歌词——"好老师德布·庞达"——时，我就知道这位教师在他成人教育的新岗位上干得不错。这里没有记录下来的史诗——没有什么（属于霸道的印度史诗的)荷马——这是当我们听说"口述表达程式"时就必然会想到的。只有这些叙述要素®——拿对等来作交换。这当然与马克思的例子不同,因为不是语言上的对等,所以不适合该观点。我想让各位为之称奇的唯一部分,是对等的习惯,这是"比较的国际性",必须要通过语言学习和人文教育学会的。

我不太愿意参加在加尔各答举办的这类集市,也不常参加。因此,我无法对她们所唱的歌曲提供精妙的见解,这些歌曲的演唱程式很接近一些识字表达法。几年前,政府教授识字的工作人员常常教给孩子们这样的表述模式:

> Akarbaid 是我的村庄
> Kenda 是警察局
> Mahara 是我的地区(area)
> Purulia 是我的分区(district)

要注意,这首歌曲并没有继续推展到邦(state)和国家(nation)那些反直觉的(counter-intuitive)名字上去。尽管她们的身份就是为选举垫底,但现在,她们却不被欢迎进入国家的观念,她们也从来就不曾被欢迎过。从最严格的意义上讲,她们仍旧是处于底层的贱民(subaltern)。但当她们在演唱的时候,她们中最出众的一位问我怎么样,我就想为什么不加上邦和国家,然后一下子让那些加尔各答集市上乐善好施的游玩者大吃一惊呢:"西孟加拉是我的邦;印度是我的国家。"在她们演唱时,一些闲逛的小学生们开始乱翻地图,把它摊在地板上。我想我是有点太过顽皮了。但是孩子们的姿态在不同世代之间根据教育而划出了一道分界线。

第二天,一大群妇女——比去加尔各答的人还要多——和我一起走到那个地区的中心村庄。这次出行没有什么国家和城市的意识。但我并非是用这些事情作为例子来证明什么。我只是用它们作为反例。我认为一个人的例子不应该被概括化,我想即使反例也受到范例之难题的束缚,当我们选择某物作为例子或者反例的时候,我们不得不使它屈从于我们的论点,从而否认其特性。事实上这一难题包括(虽然它自己否认这一点)所有的理解,而非仅仅是深思熟虑的、慎重的引用。

这些两个半小时的出行的规则之一,就是我们都要放声歌唱。有时候,萨巴(Shukhoda Sabar)会让我把歌词再说一遍,然后通过不断重复牢记在心。当这些土著(adivasi)②女人和我走在现在长着稀疏树木的曼巴(Manbhum)平原上的时候,她们和我一起一遍一遍又一遍地大喊"印度是我的国家"。试问:难道这就是进入民族主义的那一时刻吗?

绝对不是。口述表达程式能够挪用其机器中各种各样的材料,剥夺掉认知负载(epistemic charge)中的内容。我在路上所唱的歌中,难道不是挪用了泰戈尔的歌吗?我真希望还有时间解释一下那是多么不可思议的破坏行为。

这些妇女现在仍然沿用这种口述表达模式,因为她们是印度九千万土著中一个极其微小的、没有代表的群体中的成员。在这里,对口头表述的掌握和保持是有性别区分的。男人更容易走向外面的世界,现在的孩子们也是一样,在一定程度上是不论性别的。在她们唱歌时,口述表达程式那些存档的、却又具有独创性的记忆,就会变得近于固定的程序。男人们居于一种强制性的文盲状态中,而非一种家里的、自己的口述文学,尽管他们不能在主流中立即活跃起来。

妇女们还有另外一个地理上的实验公式,将会使这一点更清楚。我工作的那个地方,在殖民前叫作曼巴木(Manbhum),意思是"荣誉之地"。在相邻的加克汉邦(Jharkhand)有个地方叫星巴木(Singbhum),意思是"雄狮之地"。在南边有个波巴木(Birbhum),意思是"勇士之地",这个地名一直存留到现在,出现在现代地图上。在不足三月之前,当我第一次听到这些妇女用下述句子打头,编织歌词的时候,你都无法想象我当时的反应:我浑身都在颤抖,我真是太高兴了:

M anbhu? ar M an raja(荣誉之地的国王)

这里所叙述的是殖民前的地理,但是歌唱者却浑然不觉其中的历史距离。当地有一个城镇叫作曼巴佳(M anbajar)。紧接着是这样的歌词:"Barabhu? ar Bara raja"(巴拉巴木的巴拉国王)。考虑到我对贱民的历史细节等知识的匮乏,我从未听说过什么"Barabhu? a"——猪之地?有福之地?但是,当地有一个城镇叫作巴拉巴加(Barabajar)。

下一句歌词完全是令人十分愉悦的:"Kolkatar rajar pathorer dalan bé"(加尔各答之王有一幢石头大厦)。

从那时起,我就听说过这种表达法,就是在最后一行换上你想赞美的地方名字。她们要去加尔各答,因此她们是赞美加尔各答之王。加尔各答是我的故乡啊,我在想,当我与这些妇女在那间遥远的屋子里,里面什么都没有,只有一张似乎与化肥有关的、六英尺宽九英尺长的聚乙烯垫子,这时,谁会是加尔各答之王呢?加尔各答是一个殖民城市,而且,与达卡或者穆希达巴得(Murshidabad)不同,加尔各答从来没有过任何总督(Nobab)之类的长官;实际上,与巴得海曼(Bardhaman)、克里希纳纳加(Krishnanagar)、斯里哈塔(Srihatta,也叫 Sylhet)、加绍(Jashor)或者迈门辛(Mymensingh)不同,加尔各答也从来没有过王。但是那些妇女却唱着"加尔各答之王有一幢石头大厦",歌中的加尔各答占据着一个转换器(shifter)的位置,而我又该与谁去争辩呢?

这种部落式集市举办的实际地点是在一座名叫"Tathhokendra"——信息中心的建筑物内。有个女人问我:那个地方叫什么名字。叫"Tathhokendra",我说。于是她们就唱出了这样的歌词:"Tathhokendrer rajar patharer dalan bé"(信息中心之王有一座石头大厦)。我就说:最好还是唱加尔各答吧。但我心里依旧充满了惊奇:尽管她们知道加尔各答是一座"城市",有着动物园、公园和街道,而信息中心却不过是 座建筑物;而且尽管她们知道她们的国王用权力统治着她们,但是王权的概念却可以与古老的曼巴木或者巴拉巴木并置在一起,它对二者都是适用的。

如此说来,这就是一种没有国家的思想;在一种充满神话般的地理中,由于表达程式的力量,空间的名字就被当成了转换器,不过是对应之物罢了。她们没有受到对公众领域的直觉的教育,这种思想是自体免疫的。这类思想就是利奥塔以及在他以前的麦克卢汉所称的后现代性思想,它跳过了介于中间的印刷书籍。他们的政策(politics)忽视了低贱的属下特质,虽然利奥塔在《区分》(The Différend)®中曾经尝试过。如果不是得益于后现代论争的话,这种地理上的直觉就会被定义为"落后"。我发现这里面有一种归依残余的古旧倾向,如果有机会的话。

结　论

作为结论,我想作一个极为简要的总结。民族主义为了控制公众领域而与最私密的东西进行商讨。从口述表达程式中,我学到了对等这一教益,而不是民族主义的同一主义。因此我提议一种多语言的联邦比较文学,它将抑制土著文学混杂化(creolization)的潮流。这将不会削弱用英语写作的力量。人文学科的高等教育应当得到加强,以便文学想象可以继续对民族进行去超验化的进程,并在全球化优先的局势下,支持地区主义的国家的再分配权力。请各位这样设想一下吧,为了那个即将来临的新世界。

---

① Kumkum Sangari & Sudesh Vaid (eds.), *Recasting Women: Essays in Colonial History*, New Delhi: Kali for Women, 1989. 他们非常有说服力地陈述了这一观点。

② 本文中作者对于"nation"(民族、国家)、"state"(国家、邦)等词的使用容易给读者造成误会,所以译文中凡是有可能产生混淆的地方,都随后注有英文(——译者注)。

③ 指那些拥有共同男性祖先的关系密切的团体(——译者注)。

④ Romila Thapar, *From Lineage to State: Social Formations in the Mid-First Millennium B. C. in the Ganga Valley*, Bombay: Oxford University Press, 1984, p. 56; Livy, *The Rise of Rome: Books 1~5*, trans. T. J. Luce, Oxford: Oxford University Press, 1998, pp. 67~70.

⑤ Dwijendra Lal Roy, *Fall of Mevar: A Drama in Five Acts*, trans. Harindranath Chatto-padhyaya & Dilip Kumar Roy (Reprint), New Delhi: Reliance, 2002.

⑥ Shail Mayaram, "Meos of Mewat: Synthesising Hindu Muslim Identities", *Manushi* 103 (Nov-Dec 1997), http://www. indiatogether. org/manushi/issue103/meomaha. htm; "Rethinking Meo Identity: Cultural Faultline, Syncretism, Hybridity or Liminality?", *Comparative Studies of South Asia, Africa And The Middle East* 17: 2 (1997), pp. 35~44; *Resisting Regimes: Myth, Memory and the Shaping of a Muslim Identity*, Delhi: Oxford University Press, 1997.

⑦ RHN 是" reproductive heteronormativity "的缩写(——译者注)。

⑧ 作者自己的解释是:当有人(尤其是政治家们)对人们宣扬民族主义时,就会追溯悠久的历史传统,就好像人们是生在古代一样。因此说自诩"我们历史悠久"是没有意义的,也不能说明他们比其他历史较短、文化较浅的人更优越。在这里,历史不仅仅是发生在过去的事情,而是成了可以给个人的出生增光添彩和加以美化的资本(——译者注)。

⑨ Aijaz Ahmad, "Jameson's Rhetoric of Otherness and the National Allegory", *Social Text* 17 (Fall 1987), pp. 3-25.

⑩ "时间化":"temporizing"或者"temporalization"。这种理念来自印度哲学,这里指处于时间之中的人的意识或者人,人为地构建起一个时间之中的人生故事,如说:"我有悠久的过去,我就有现在;因为我的过去如何如何,我的未来就如何如何"(——译者注)。

⑪ 原句——"We want the creative faculty to imagine that which we know"可以在《诗辩》("A Defence of Poetry")一文中找到(Cf. Bruce R. McElderry Jr. , *Shelley' s Critical Prose*, Lincoln: University of Nebraska Press, 1967, p. 29)。

⑫　有关支持世界主义的自由主义讨论,请参见沃尔德伦《什么是世界主义?》(Jeremy Waldron, "What is Cosmopolitan?", *The Journal of Political Philosophy* 8：2 [June 2000], pp. 227～243)。我希望能够通过单独考虑英语翻译,来讨论如何看待康德有关"世界主义权利"的观点这一问题。

⑬　我在一次大会主题发言中扩展了这一观点("From the Archaic Corner of the Humanities", Conference on Navigating Globalization：Stability, Fluidity, and Friction, Norwegian University of Science and Technology [Trondheim, Norway], August 4～6, 2005)。我从未厌烦使用威廉姆斯将文化描绘为过程的巨大力量(Raymond Williams, "Base and Superstructure in Marxist Cultural Theory", in *Marxism and Literature* Oxford：Oxford University Press, 1985, pp. 121～128)。

⑭　Karl Marx, "The Eighteenth Brumaire of Louis Bonaparte", trans. Ben Fowkes, in David Fernbach (ed.), *Surveys from Exile：Political Writings, Volume II*, New York：Vintage Books, 1974, p. 147. 翻译有所改动。

⑮　N 是指你已经通晓的语言的数量(——译者注)。

⑯　"Translation as Culture", in Isabel Carrera Suárez et al. (eds.), *Translating Cultures*, Oviedo：Dangaroo Press, 1999, pp. 17～30；reprinted in *Parallax* 6：1 (January-March 2000), pp. 13～24.

⑰　K. N. Chaudhuri, *Asia Before Europe：Economy and Civilisation of the Indian Ocean from the Rise of Islam to 1750*, Cambridg：Cambridge University Press, 1991；Amitav Ghosh, *In an Antique Land*, New York：A. A. Knopf, 1993.

⑱　Salman Rushdie, "Damme, This is the Oriental Scene for You!", *New Yorker* (June 23 &.30, 1997), pp. 50～61.

⑲　我在《世界文学与混杂》("World Literature and the Creole")一文中讨论过这一点,该文即将发表于《叙事》(*Narrative*)。戴穆柔池(David Damrosch)将世界文学置于一种比较主义的框架中进行思考,是很少见的一种努力。

⑳　James Penney, "(Queer) Theory and the Universal Alternative", Diacritics 32：2 (summer' 02), p. 7. 这些愚昧无知的民众是谁? 没有参照文献。同一天,我又读到："后殖民主义在文学与历史之间安置了一条直接的链接,该链接是排外的政治性的"(Pascale Casanova, "Literature As A World", *New Left Review* 31 [Jan-Feb'05], p. 71)这一愚昧无知的运动又是什么? 没有参照文献。

㉑　Jürgen Habermas, "Citizenship and National Identity：Some Reflections on the Future of Europe", *Praxis International* 12：1 (1992), pp. 1～19.

㉒　Saadat Hasan Manto, "Toba Tek Singh", in *The Mottled Dawn：Fifty Sketches and Stories of Partition*, trans. Khalid Hassan, New Delhi：Penguin, 1997.

㉓　Emmanuel Levinas, *Totality and Infinity：an Essay on Exteriority*, trans. Alphonso Lingis, Pittsburgh：Duquesne University Press, 1969, pp. 154～156.

㉔　获得奥斯卡大奖的纪录片《生于妓院》(*Born into Brothels*)对这一情形的误现(misrepresenting)——由于无法获得字句方面的习语,有很多这样的情形——是可以在这里提出讨论的。

㉕ "Crimes Against Women", Conference on Unavoidable Bodies: Dialogues from Sexualities in Latin America, Buenos Aires, September 4-6, 2003.

㉖ 叙述中最小的元素或者单位(——译者注)。

㉗ 指最初在印度次大陆居住生活的那些原住民。他们一般不接受印度种姓制度,居住在森林和山地里,远离都市(——译者注)。

㉘ Jean-Fran? ois Lyotard, *The Différend: phrases in dispute*, *Theory and History of Literature*, vol. 46, trans. Georges Van Den Abbeele, Minneapolis: University of Minnesota Press, 1988.

㉙ 我说的不是出自葛利桑(édouard Glissant)著作中的"混杂性"(creolity)这一绝妙观点(Jean Bernabé et al. , éloge de la créolité, trans. M. B. Taleb-Khyar, Paris: Gallimard, 1993; Maryse Condé & Madeleine Cottenet-Hage (eds.), *Penser la créolité*, Paris: Karthala, 1995; édouard Glissant, *Caribbean Discourse: Selected Essays*, trans. Michael Dash, Charlottesville: University of Virginia Press, 1989; Glissant, *Poetics of Relation*, trans. Betsy Wing, Ann Arbor: University of Michigan Press, 2003. 我在《世界文学与混杂》一文中已经请求整个比较文学学科将这种"混杂性"作为其典范。我这里所说的混杂化(creolization),是狭义的,是我们很多种母语的折衷物。

(生安锋　译)

图像西方与想象西方

——《良友》西方形象的重构与呈现

马中红

一、从《良友》到"《良友》研究热"

创刊于 1884 年 5 月的《点石斋画报》,在今天被研究者们"以图像解说晚清"的论述策略,重新展示出晚清大都会——一个多世纪以前上海的时事与奇闻①。这个曾经绮丽、今天依旧繁华的国际大都会,也在这样一场看似浪漫的怀旧风和图文互动场景中,作为一个特殊的符码,成为现代人追寻和反思的契合点,也成为研究者视野中的一类经典范本。

就是在这样的语境下,曾经全景式记录上个世纪 20 年代到 40 年代上海等一些中国都市生活的《良友》画报,在寂寞了半个世纪后,重新展现在世人面前。作为一份诞生于半封建半殖民地时代上海的大型中英文画报,《良友》在相当长的一段时期内,在中国都市的日常文化消费中扮演过极为重要的角色。发行范围遍及中国各省及海内外华人社区,延续时间长,出刊量多,读者群庞大,其影响毋庸置疑。在《良友》100 期纪念特刊上,曾经以两版的篇幅刊登了下列广告式的图片内容,谓之"《良友》无人不读,《良友》无处不在"。从这些宣传照片上可以见出它的读者不但遍及普通的城市居民,如主妇、现代女性、工人、巡捕、老头子、掌柜先生、戏院的顾客、茶室里的茶客、学生等,而且其间还不乏社会名流,如老舍、叶灵凤、张天翼、黎锦晖、胡蝶、金焰等。当时的《良友》画报流行于日常生活的每一个角落,比如茶几、厨房、梳妆台、收音机旁、旅行唱片机上、公园里……②《良友》如此普泛化的阅读范围和阅读层次,为它赢得了"良友遍天下"的美誉。更为重要的是,《良友》以其前所未有的丰厚内容和精美时尚的编辑风格默默影响了那个时代人们的想象——关于现代都市生活的想象,关于西方世界的想象,关于摩登时尚的想象等等,从而使《良友》成为旧日上海的一道风景。由于历史的原因,40 年代以后,《良友》易地香港出版,其影响力逐渐退出中国大陆,乃至渐行渐远,直至沉入历史的地表之下而被遗忘。

《良友》被重新发现始自一个重要的历史契机,那就是《良友》画报第四任主编马国亮的回忆录。从 1984 年 8 月始,马国亮开始撰写一组名为"《良友》旧忆录"的文章,陆续在香港《良友》画报上连载,他主要是从曾为主编的特殊视角去回溯画报从诞生发展,经由辉煌走向衰落的全过程,其间人与事的回忆,尽可以因为时空变异、记忆走形或者这样那样的约束而未必最真最全,但确实是以最直接的笔触勾勒出了历史的两种面貌——是画报的历史,另一个是由画报所反映的时代的历史。"这是用人物和故事串起来的历史。在中国,似乎还没有别的刊物被这样回忆过,被这样描述过"③。2002 年初,这些文章结集为《良友忆旧》,在大陆公开出版。随着《良友忆旧》的出版,退出历史舞台和研究者视野几十年后的《良友》,开始重新浮出地表,于是一段尘封的历史又活生生地重现在当代的文化语境中,在海内外很快引发了关注、研究《良友》的热潮。

在众多的言说和研究群体中,最热闹的莫过于媒体和出版业,他们或谈论《良友》的风格,或论述《良友》出版业绩,一时众声喧哗,不过仔细看去始终缺少系统的研讨和有深度的成果。以笔者所见,在一片热闹的讨论声中,最有价值的解读,首推李欧梵从现代性的角度对《良友》做出的独特的个人诠释。他在《上海摩登——一种新都市文化在中国》中,详尽细腻地分析了《良友》画报中的女性和儿童栏目,并从中国近代社会追求现代性的视角给今天的人们读出了一本全新的《良友》,即:"有意识地为现代性作广告,借此帮助了上海都会文化的建构。由此它不仅标志了现代中国报刊史上意义深远的一章,也呈现中国现代性本身的进程上迈出了历史性的一步。"④这里,我们姑且不论《良友》画报能否担此重任,也不必过多关注作为学者的李欧梵是否出于理论建构的需要,从而只提取近代上海的这一部分现象,有意识地"改写"了历史;或者如热衷怀旧的大多数人那样,仅仅是站在今天的视角去想象 20 世纪 30 年代的上海都会,从而为自己的理论找到注脚。但是,有一点尤其要肯定,那就是《上海摩登》一书在前所未有的高度上强调了印刷文化的生产和消费之于新上海都市文化的重要性,认为这种以印刷品为中介的现代化,实则是一种形式和风格上的流行文化,尽管这种文化未必能影响到人们思想的深处,但它却形成了对于视觉文化和城市生活表面浮华的大众幻想,从而将知识分子的启蒙活动与市民新的生活方式联系起来。

尽管李欧梵用整整 16 页的篇幅阐释了他这一非常独到的见地,为研究《良友》提供了一个极好的范本,但我以为,《良友》作为一本新市民阶层的读本,以文字和图像,且主要是以图像的形式为生活在或向往生活在大都市的近代读者描摹了由"声、光、电"所营造出来的现代性的繁华和梦幻,唤起了人们对"十里洋场"奢华和摩登的幻想。这种幻想/想象不仅仅依赖于李欧梵所指出的对童年生活的关注、对个人享受的迷恋和对两性关系等方面的重新审视,而且在更大程度上是得益于通过摄影机塑造的西方形象的种种影响。应该说,"西方世界"在《良友》的图像中占据着一个核心地位,这不仅仅体现在数以千计且每期必有的各种"西方"图片上,而且明显地呈现在画报整体的价值取向中。在《良友》以及《良友》所处的时代,"西方"作为大洋彼岸一个遥不可及的存在物,一个无法亲历亲见的想象的对象,一个缺席的"他者",毫无疑问,其所指代的就是所谓进步、现代、摩登、繁华以及与此有关的各种描述,这实际上也就是 20 世纪 30 年代前后由知识分子和新市民关于现代化的共同的集体想象,也即让—马克·莫哈所谓的"社会整体想象物","是全社会对一个集体、一个社会文化整体所作的阐释,是双级性的阐释"[①]。令我感兴趣的是,《良友》中鸿篇巨制般的西方图像从何而来? 如何选择? 如何剪辑? 编辑者又是基于怎样的价值取向,同时经由所谓真实的镜头语言、图像形象而非虚构的文学语言、文学形象去构形和完成这类"社会整体想象物"的? 这也正是本文关注的重心和论述的主要方向。

众所周知,最早比较系统传播现代西方形象的画报当属《点石斋画报》无疑,近年出版的《图像晚清》一书中,以为数不少的篇幅展示了这一"西风东渐"的最初路程[②]。相比之下,稍晚出版的《良友》则以更丰富的篇幅进一步向读者传播西方物质文明、文化习俗、休闲娱乐和由此形成的种种现代生活方式的图像,以东方人对西方的特有的文化想象方式和路径去幻想、切割和呈现出一个他们所谓的现代性的西方,并将这一想象的西方作为现代化的指代性符码,以经过重新编辑排列的图像形式,去满足和引导渴望西方式都市生活的读者,从而使《良友》一方面定位了它自身"现代化"、"都市化"、"时尚化"的杂志风格,另一方面也成了远离西方现代都市生活或生活在都市却又始终不明就里的读者想象都市时尚生活和摩登西方的指南手册。笔者认为在这一符码性的转换和价值定位中,《良友》图像的取材、编辑者选择的心态、所采取的摄影图像的传播方法便铸就了那个时代的知识人在图像西方与想象西方之间游走的主要叙事策略和推论手段。

二、主题的聚焦

《良友》画报创刊于 1926 年 2 月的上海,初为月刊,自 1934 年 7 月改为半月刊,半年后,又恢复为月刊。1937 年"八一三"抗战爆发后停刊三个月,之后出了 2 期 16 开本,随即又恢复为 9 开本,出了 6 期后再次停刊。1939 年 2 月在上海复刊,正常出版至 1941 年 12 月后,因太平洋战争爆发而停刊。1945 年 10 月在大陆出版了最后一期。1954 年,《良友》创办人兼第一任主编伍联德在香港以"海外版"的名义,重新出版《良友》画报,至 1968 年再度停刊。1984 年 6 月《良友》在香港重又复刊,一直至今。

香港《良友》编辑陈泰来曾经把《良友》的发展历史总结为三段历程:"第一程,《良友》以崭新姿态出现于半新不旧之社会,一鸣惊人,既有国内外之广大销场,又当军阀互争长雄,强邻侵侮日亟之秋,不患素材之困乏。这一程,故社长年富力强,与梁得所、马国亮诸前辈跑得轻松美妙,成绩斐然。到了战后,故社长于种种条件限制下在香港筹出海外版,是为第二程。社会经济衰颓,我和几位同仁力竭附故社长骥尾而前,跑的是一段地势崎岖加上天气恶劣的路。近来香港社会的经济状况,比十六年前我们苦撑迈步时好上百倍;素材的来源亦比当年畅顺百倍,如故社长尚在人间,料比早已活跃于此新环境中,大有作为。今由福强先生继先人之志,岂非等于接棒而续跑下去吗?"[7]

此处所言"第一程",指的就是《良友》创刊后的内地出版时期(1926.2～1945.10),其间共出 172 期又两个特刊。这当是《良友》最为辉煌、也是最有研究价值的阶段,本文重点关注和分析的也即是这"第一程",其他阶段与本文论述的主题关系不大就不一一列入分析了。

值得注意是,《良友》不仅内容极其广泛,"除了军事政治、国内外时事,还有经济建设、社会生活、艺术文化和科学知识、电影体育、家庭妇女儿童等方面"[8]。尤其值得指出的是,《良友》这种以摄影图像为主要形式的期刊,"不只在中国画报界是首创,在世界各地也称得上是前驱。当时以"画报"著称的,虽有英国的《伦敦图解新闻》和日本的《朝日新闻》画刊,都与当时上海的时报画报一样,均偏重时事。像《良友》那样,无不兼备,国内还没有。在国外,则是《良友》创刊十年以后,才有了美国的《生活杂志》。另一个类似的《苏联建设画报》,也后于《良友》四年"⑨。在这个意义上,《良友》不仅在中国的期刊史上,就是在世界的期刊史上,也可谓得风气之先,值得大书一笔。

在《良友》丰富驳杂的图像内容中,"西方图像"占据了重要而明显的位置,有关西方世界的图片在每一期中均占有很大的分量,在某些月份中甚至超过50%。整个这一阶段172期《良友》中,每期都毫无例外地辟有专门的图片栏目诸如"国际话题"、"国际舞台"、"瀛海见闻录"、"海外拾零"、"国际人物素描"、"世界妇女"、"世界科技知识"、"世界各地婚礼写真"、"世界摄影大比赛(柯达广告运动)"等,着力介绍西方社会、政治、经济和文化、生活的各个方面。这些栏目少有长期固定的,每期少则三两个,多则七八个。如《良友》第66期就刊登有"卓别林传略"、"歌德与维特"、"世界摄影杰作"、"世界运动会会场"、"世界科技知识"、"苏俄真相——五年计划之活跃"、"苏俄社会近况"和广告"比国上等金海牌雪茄烟"、"宝华干奶粉"。再如第95期刊登有"中外时事写真"、"时事拾零"、"希特勒之身世"、"飞机之制造"、"四肢的旋律——现代西洋舞蹈之素描"以及"老人牌晨餐"的广告,世界之大,无奇不有,均得到了不同程度的形象反映。由于其内容的庞杂纷呈和量广面大,乍一看,我们似乎很难为《良友》的各种西方图像进行恰当的归类,但如果仅仅是聚焦在图像主题的勾勒上,我们还是能够大致归纳成四个大的主题类型,即所谓"关于西方时闻的图像"、"关于文化西方的图像"、"关于物质西方的图像"和"猎奇性的西方图像"。

先看所谓"西方时闻"的主题内容。画报的时闻性始自《点石斋画报》,至《良友》时代,已成为大多数画报必备的要素。在这一点上,《良友》既非独创,也非独有,但它却能够做得更好。这主要体现在两方面,第一是国内新闻图像的原创性。最能体现这一特征的可以举出1932年9月组织"良友全国摄影旅行团",一批摄影爱好者奔赴国内各地进行为期八个多月的实地摄影报道,此举不仅被视为"中国文化事业之创举"⑩,而且为《良友》画报及良友公司带来了丰硕的图片成果。第二是国际视野。正如前面所言,《良友》的发行不仅遍及国内各大小都市,而且也在海外颇有影响,当然,更为重要的是画报本身的内容具有国际性,借用《良友》第 71 期的图片专栏标题所谓"世界大事,世界小事"正可以比较准确地概括出《良友》对于外部世界的选材具有明显的时闻选题和世界性特征。无论是最新的国外美术作品、最流行的运动技能、国际各地区的怪诞奇事,可以说《良友》无所不及。一些专题,如关于埃及、希腊的报道甚至是由《良友》的特派记者去现场采访和摄影,具有时效性和原创性。除此之外,《良友》刊行的全盛时期正是国际风云变幻、战乱频繁之际,因此,对战争以及政要人物的关注在 1937 年后的画报中占了很大的比例。"军事报道"和"国际时事政治",成了中国人观察世界,了解世界,参与世界乃至想象世界的一种最具有时代色彩的特殊方式。

其次,再看西方文化的主题。《良友》以图像勾勒的文化西方犹如一面魔镜,映照出中国人关于现代西方的全部想象。这些想象是围绕着西方繁华的都市和都市中的摩登女郎一层层构筑起来的。从电话、电气火车、飞机到摩天大楼、万国博览会,从萧伯纳、歌德到好莱坞女影星,从雕塑、摄影、音乐、绘画到时装表演、世界小姐选美,从经典的文学艺术到流行的大众文化,《良友》图像中的西方文化可谓五光十色,无奇不有,但从总体上看又极其零碎化,这样的特征在有关海外诸国风土人情、风俗习惯和人文地理介绍的图像中表现得更明显,也更加浮光掠影。

第三是关于西方物质图像的描述,这是中国人想象和认可西方现代的一种更为实实在在的重要途径。中国被迫洞开国门后,西方器物不断输入,从"奇技淫巧"、"坚船利炮"到尚洋崇洋,人们对西方物质的认识由惊奇到欣羡乃至完全接受,完成了近代东方人关于西方文明的一类独特想象性图景。这类图景主要以两种方式表现出来,一是画报中无处不在的商品广告,"我们从广告所得,轻易地可为一个现代家庭的日用和享受重列一张表:东方贸易有限公司出产的煮饭电炉,上海煤气公司的自来火炉,照相机,摄影店,阿克发和柯达胶卷,电池,留声机和录音机,尽管还有电话以及钢笔"①。确实,《良友》中广告宣传的产品十有八九是西方诸国生产的,这些日常生活用品,以其科学先进、舒适方便、安全健康为诉求点,深入到都市人最生活化的层面中去。更为深入的另一种表现方式是将这些西方器物嵌入到有关中国人理想生活方式的一系列图像中去。在《良友》的图片中,我们不时可以见到一个近代东方中国的中产阶级家庭往往点缀和布置着来自西方的"最新"、"最时尚"的家具陈设,而男女主人翁的服饰也能够见到当时西方生产和流行的样式。正是这样的生活图景,为近代中国人构筑了一类独特的具有示范性的现代生活图景,于是,所谓中西结合或者说融会中西,首先在最基本的衣食住行层面上实现了想象性的整合。

最后,《良友》的图片中也普遍充斥着各种关于西方世界的猎奇性的展示。历史地看,以猎奇的眼光去看非我的世界,这或许是对异国、异文化想象时普遍的不可避免的宿命。西方人想象东方人如此,东方人想象西方人也是如此,"西方猎奇"是《良友》关于西方想象的另一个重要主题。这些所谓的"奇"实际上就是不合乎东方人的认识理性、思维方式、价值观念、审美情趣等,而在西方却是常识和习以为常的事物。在《良友》中,通常这一类图像,包括世界各地的奇闻逸事,古怪精灵,天方夜谭,几乎可以说是无奇不有,譬如世界上最胖女人和男人,再比如能够吞铁饮刀、消化金属的"西方之胃"等等,而且这些图像往往被编排在同一版面之中,但彼此之间却没有任何内容和形式上的内在联系,许多图片相互之间时空跨度非常大,但是,却被编辑在同一个版面上共时性的呈现出来,仿佛它们发生在同一时间和同一空间。经过这样的处理,编辑们关于西方的形象不仅以杂糅化和零碎化的面貌出现,而且作为历史的西方在这里被割裂,成为一个不变的关于西方的整体想象。

上述四方面的主题聚焦,所呈现出来的当然就只能是《良友》画报自身关于西方的图像系统和编辑的想象性诠释,它们借由画报每期三四万份的发行量,向上海都市圈、向全国各地、向海外举凡有华人居住的地方传播。在当时,这是其他杂志无法比拟的,其影响流布之广泛也可想而知。当然,本文不仅仅是要关心《良友》西方图像的主题类型,我们更关心的则是画报的编辑者为何要选择这些主题化的西方图像,而编辑者又是如何借助图像这一特定的传播手段完成对西方的呈现的。

三、编辑视野:价值倾向引导的西方形象

要探讨《良友》图像中关于西方的想象,不能不提及《良友》出版史上最为重要的三位人物:伍联德、梁得所和马国亮。伍联德是《良友》的创办人和前4期的主编,由于从内容到形式都具有开创性,他使《良友》很快红遍

半壁江山。而梁得所主编的 13～68 期,承接前者,又有所开拓,遂使《良友》"从消遣无聊成为增广见闻、深入浅出、宣传文化美育、启发心智、丰富常识,开拓生活视野的刊物。做到老少皆宜,雅俗共赏。当时就有人说《良友》画报一卷在手,学者专家不觉得浅薄,村夫妇孺不嫌其高深"[12]。马国亮自第 69 期接手主编《良友》直至抗战爆发后在香港出版的第 138 期止,历时最久,对《良友》的建树和功劳也最大。用现代文学研究家赵家璧的话说:"以马国亮主编时期,无论从编辑思想,选题编排,组稿对象(包括文字、绘画、摄影等),印刷质量,可称是《良友》画报的全盛时期,也可以说画报编辑上的黄金时代。"[13]

那么,站在《良友》丰富而博杂的西方画卷后面的这三位主编究竟是怎样的一种文化心态呢?他们选择西方图像的角度和方式又是如何影响着《良友》中的西方形象?关于这一点的追问,在比较文化研究的意义上无疑是饶有兴味的。

伍联德、梁得所、马国亮同为广东台山人,三人家境并不富裕,均未有机会接受系统的高等教育,共同的兴趣是对印刷业,对杂志,对文学、音乐、美术的热爱,有着编杂志的共同理想,这从鸳鸯蝴蝶派作家周瘦鹃主编 5～12 期后就仓促离开《良友》可略窥一斑。《良友》第 12 期刊登的一则启示云,原主编周瘦鹃先生因忙于其他刊物的工作,从第 13 期起辞去总编辑一职[14]。真实原因却是因为"道不合不相与谋",周不能很好地理解伍联德的办刊理想,情趣不投。马国亮在回忆录中一针见血地指出"(周)不是个理想的画报编辑"[15]。那么,伍联德理想中的新型画报和编辑是怎样的呢?在《良友》创刊两周年时伍联德畅谈了自己的想法:"世界上富强的国家,其教育与文化必兴盛。所以欲谋国家的富强,第一要振兴教育,发扬文化。然而教育如何使其振兴?文化如何使其发扬?"[16]因此,《良友》画报的宗旨是为了国家的富强做基础性的工作,"以出版业保国育民,以印刷业富国强民","我们要民智开,教育兴,唯一的门路,就要多出版书报。但是出版书报,必有赖于印刷。我们也深信出版印刷的职业,是开导民智,普及教育的唯一工作,故我们勤奋,努力,来为《良友》,更希望《良友》对于我们中国也有普及的贡献"[17],不欣赏旧式文人的鸳鸯蝴蝶派作风,渴望通过印刷业的作用承担起普及教育文化的责任,吸取西方富强国家的科学技术精粹,富国强民。伍联德之所以重用年仅二十岁且又寂寂无名的梁得所,梁得所后又力荐仅高中毕业的马国亮,最根本的原因还是他们对上述编辑理想和宗旨的认同。

既然《良友》编辑们的价值取向是要"开启民智",而且又以"图像"这种最直观的方式来进行教育的普及工作,那么,就当时的条件和环境来看,他们将摄取图像素材的视线转向西方社会很可能就是一种必然的选择。在《良友》的编辑心目中"西方"是一个远在彼岸的"异国",是一个师法的对象,一个理想的参照形象,是心目中的现代文明所在。显然,这并非是一个现实的和真实的西方,而只是《良友》编辑群体想象的西方。从某种意义上去看,他们甚至基本上没法去关心一个真实的西方,去关心其真正的历史、传统和种种缺陷,他们所关心的只是一个所谓现代的、发达的西方,一个东方魔镜中呈现出来的西方图像。于是,我们在《良友》中便能够看到,在那些关于现代西方文明的图像的文字注解中总是充满了溢美之词。所谓西方建筑之美,文化之深"使人望而生敬","构思与建造之魄力,使人敬佩","雕品无数,极精巧之能事","式样极富现代美"⑩。比如,第88期以两个整版的篇幅刊登了"家庭科学新设计",介绍西方家庭生活的种种小发明,"新"、"便利"、"舒适"是最常见的用词。而第128期所刊登的"新闻猎奇"将主编们关于西方形象的想象发挥到了极致。这一栏目共刊有11帧内容各异的图片,略归成三大类。第一类名为"猎奇",实则却为展示科技之奇迹。共有5帧图片,分别为英国皇后号之姐妹船"552"号广阔宏伟的建造工地;巴黎万国博览会展出的结构复杂的新型火车;美国某教育所办事处新建的"全部用玻璃建筑,外观美丽,内部光线充足,实为近代化的建筑物"和过滤毒气为清爽空气的"科学工场"以及美国"超等流线型机器脚踏车,每小时速度计一百三十六英里,打破从来一切记录"。占据主要篇幅的这些图片以及说明文字传递出一个现代科技领先、充满了动感和活力的西方形象,这与科技落后,积弱积贫的中国形象形成鲜明的对比。第二类看似猎取奇闻逸事,但经由图像透露出来的西方形象却与第一类无异。其一为攀登世界第四高峰的队员们临行前的合影,文字说明清楚地告诉读者"德人墨尔克曾于一九三四年组织探险队登攀,但全队七人未达目的而绝命于山中",可图片上由这群人组成的探险队队员的脸上没有丝毫的畏惧,相反洋溢着热情、自信、灿烂的笑容。其二是开枪狙击妨害自己获取爱情的"方坦琪夫人"照片,在她脸上同样没有害怕畏惧,有的则是为了爱情而不顾一切的镇定自若和睥睨傲视的目光。其三是"1937年法国小姐"候选人在大街上一字排开招摇过市的场景，文字说明指出："盛装的美丽少女，在巴黎大道上笑笑跑跑，看来像是一群闲荡着的摩登小姐，其实却是法国'一九三七年小姐'的候选人……"冒险精神，自信力，无所畏惧，热情洋溢，在这样的指向下，便任由读者去诠释了。只有第三类才是真正意义上的"猎奇"，比如美国画家用妇女的化妆品胭脂与面粉等作画；美国哈佛大学男生扮成女相学跳芭蕾舞；年轻的妈妈为防止感冒传染给孩子，别出心裁地在手推车上贴着"Please do notkissme"的纸条等。尽管有这些种种猎奇图像，但是经由图像传递出来的信息依然与西方现代的摩登时尚，机智幽默和活跃的思维有关。总而言之，图像中的西方，或者说主编们选择过后的西方是一片充满了"声、光、电"魅力的摩登的西方，是充满了活力动感而富足的现代西方"乌托邦"形象。

所谓"乌托邦"的形象，根据休谟和萨特的观点，以及后来科利、莫哈的理解，形象是形象想象者对异国形象的一种想象，而非"反映"。"反映"有正读，也有误读，而"想象"的实质并非在于"正读"，更在于想象者个人或集体的无意识。当一个想象者（作品的创作者或读者）对西方现实的感知并非是直接的，而是从生活其间的特殊语境出发，寻找与自身相异的"他者"形象，以异国的先进和现代性来颠覆自身的愚昧落后时，难免会将异国这个"他者"形象进行理想化的放大。"用离心的、符合一个作者（或一个群体）的相异性独特看法"的话语塑造出的异国形象则是"乌托邦"，而"按本社会模式、完全使用本社会话语重塑出的异国形象就是意识形态的"[19]，前者的想象方法无疑会对异国形象充满热烈的赞扬而后者则充满了批判性。据此说法，将西方形象理想化或批判化是相背而驰的，越是理想化对异国形象就越没有批判性，反之也成立。但是，就《良友》的编辑群体立场来看，事情远非这么简单，其间有赞扬，也有出自于维护自身文化传统的困扰和抨击。

伍联德、梁得所、马国亮主编《良友》之前和其间均没有正式留洋的经验。伍联德曾经拒绝父亲要他出国留学的要求，梁得所、马国亮也仅有在美国教会中学就读的短暂经历，看不出在他们早期接受的教育中西方世界的影响力。1927年4月，伍联德出访美国，考察美国的出版业、印刷业和好莱坞，此次美国之行"对《良友》事业的发展有很重要的意义"[20]。意义有三：

一是为《良友》日后的发展找到了资本;二是结识了许多海外华侨,"搜集了不少影城影星的材料,为当时良友公司出版的电影刊物取得不少专稿"^②;三是伍联德出访期间耳闻目睹甚至亲身遭遇到身为华人的种种不快、尴尬,甚至歧视和屈辱。这种遭遇对于他编辑立场的动摇和反思有明显的影响。1929 年 8 月,梁得所前往日本考察时,遭遇也相仿,对于他后来的编辑思想改变也有类似的影响。简而言之,也就是说,当他们作为亲近新文化运动的知识分子,处身在国际化大都市上海,通过间接的图像来想象西方世界时,往往容易将西方理想化,从而缺少批评和反省。而当他们偶有机会直面西方世界时,在感受"声、光、电"的摩登现代和对东方人歧视的目光中,民族主体意识就不自觉地抬头,从而不同程度地改变着他们的编辑立场和视像选择。比如,伍联德和梁得所从海外考察回来后,于 1930 年 4 月出版大型画册《中国大观》,1932 年组织大型全国摄影旅行团并出版《中华景象》画册,就是这种意识最生动的写照。在他们看来:"欲改变外人之观念,促进国民之努力,首次将国内实情广为宣传。宣传之道,文字之功固大,图画之效尤伟。盖文字艰深,难以索解;图画显明,易于认识故也。"^②很显然,编辑们一旦正面遭遇西方,价值倾向就开始位移,由纯粹想象时的崇拜迷恋情结转变成了爱恨交织的复杂情怀,"西方",终于成了一个令人又爱又恨的"他者",犹如一个生命的魅影般无法挣脱,也就是说,在编辑们的个人主体意识上,不得不承认西方社会的现代化和先进程度,而从民族主体意识性上,又不断地陷入了深深的焦虑之中:在现代与传统之间,在西方与中国之间,如何界定自己的文化立场?"我"能够与谁认同?怎样看待"我"与"他者"的关系?所有这一切不仅仅是《良友》编辑们的内在矛盾,而同时也是自 1840 年以来几代中国人的根本的精神冲突。

四、镜中自我:他者图像背后的主体呈现

罗兰·巴特在《摄影札记》中从"被摄影者"和"观看者"的角度讨论了摄影,他指出,摄影的结果会带来一种"反观自身"(to see oneself)的新的文化行为。这种新行为使得被摄者的"我,变成他者",在不露声色的转换中离间自我意识的认同,因此,"摄影将主体变成客体"(photography transformed subject into object),甚至将主体进一步变成公众注视下的"博物馆

陈列品"(museum object)㉓。巴特还进一步指出,对于处在摄影机镜头和镁光灯照耀下的被拍摄者而言,潜意识里被诱发出四套有关自我影像的不同符码,即被摄者"自己所认为的自己","希望别人认知的自己","摄影师认为的对象"和"被摄影师用来陈列其艺术的对象"。在这样的文化行为下,人的自主与认同受到挑战,人们对真实的认知,也就无法再回到摄影之前的时代。

就《良友》图像的取材来源看,它显然很少具备巴特所谓的现场"拍摄"意义,因为,当时《良友》在国外并没有专职记者,它有关海外报道的图片除了少数是报社人员海外考察、海外华侨、外国记者提供外,大量的图像资料主要来自于西文印刷媒体的剪报。"据余汉生回忆,伍联德经常向西人书店买几期回来研究参考"㉔。假如说西文报刊著作上的图像是一度创作的话,那么《良友》对图像资料的选择、编排便可以说是二度创作。即便如此,在一定程度上它还是能体现出巴特所谓的四套形象的某些特征,尤其是"摄影师认为的对象"和"被摄影师用来陈列其艺术的对象"。在这个意义上,我们可以认为《良友》是编辑们通过图像以及编排——这种特殊的视觉表现手段——对他们认为的可以被东方人接受的西方形象进行的艺术化的陈列和展示,他们代替接受者想象出了一个相异于本国形象的西方形象。同时,在这样一个选择和加工过程中,慢慢呈现出了自身处境的落差和现代性的价值选择。

有关传播学的理论告诉我们,视觉形象传播与其他的传播形式有着很大的差别。如果我们能够明确地说出视觉形象与语言文字的根本区别所在,那么我们就能更深入地考察《良友》是如何得出一个有关"先进"、"现代"、"物质富裕"、"文化时尚"这类充满积极描述的"西方形象"的。美国宾夕法尼亚大学保罗·梅萨里(Psul Messaris)在《视觉说服》一书中重拾桑德斯·皮尔斯(Sanders Peirce)的符号学分类原则,在整合现代传播理论中有关符号语义学的基础上,指出"图像"(icon)、"标记"(index)和"结构的不稳定性"是视觉艺术最关键的特征㉕。这里所说的"图像"一词来自希腊语,意思是"图画",皮尔斯最初将图画符号称为"相似物",也就是说,任何图像,不必也不可能复制现实世界外观的特征,尽管视觉成像技术一直以来都把完全逼真的体验视为最高境界,但事实上,普通图像与现实之间因为前述巴特所言的"主体客体化"过程和摄影技术无法如眼睛观察现实世界那样得到三维空间的立体感,所以"仿真"似乎是永远不可能达到的,有时,摄影甚至还会完全排斥形象的真实性。另一方面,通过摄影制作的任何图片或录像,都具有皮尔斯所谓的经由某一物体的有形痕迹形成的符号概念,比如看到弹洞就能明白曾打过一枪,因此具有标记性。更为重要的是视觉形象的特点不具备指明形象之间相互存在的关系,即缺少明晰的判断结构(propo-sitional syntax),没有一个用以表达类比、对比、因果关系以及其他判断的清晰明确的结构,任何图像都需要通过重新读解,才能形成意义理解和价值判断。

我们不妨通过一个例子来说明这一传播手段和过程的特征。《良友》画报第 89 期以两版的篇幅刊登了一组(15 帧)名为"如此上海——上海租界内的国际形象"的照片。需要特别强调的是,在《良友》众多篇幅的西方图像中,近在咫尺的租界却很少得到如此集中的反映,而 89 期却是一个特例。但是,严格地说,特例并不"特",因为这个例子的出现是非常耐人寻味的,通过它我们可以看到什么是真正的镜中之我。关于这一点,需要摘录编者的一段文字:

> 中国的上海在南市,在闸北,在西门。那里有狭小的房子,有不平坦的马路和污秽的街道。庄严、清洁,而又华丽的,只有一座管理中国的上海的市府大厦。
>
> 外国的上海在霞飞路,在杨树浦,在南京路,在虹口。那里有修洁整齐的马路,有宏伟的建筑物,有最大的游乐场所,有最大的百货商店,还有中国政府要人们的住宅。管理权是在外人手里的。这在外人统治下的上海租界,操纵着上海的金融、运输、交通和商业的一切。如此上海! 房客的气焰把房东完全压倒了。⑧

在这里,解说性的文字语言轻而易举地表明了编辑者对所陈述之问题及其关系的态度,那就是痛惜,痛恨,无可奈何,这种情感从暗含对比的字里行间可以明确地识别出来。然而,在"如此上海"标题下给出的这一组图像却令我们难以作出像上述文字那样清晰的类比和因果关系判断。为什么呢?因为虽然我们不能确定这些图片的摄影者是否有意识地在为租界的国际形象做广告,从而在拍摄的角度、光线的应用和成像技术上自主地将"如此上海"作艺术性的陈列,但至少,阅读者通过图像显现之物与现实之物在外观上的相似性可以指认其真实性,这样,图像的"再现性"就在不自觉中转化成了某种所谓的"真实性"。这样,仅仅一组图片就起到了现实生活中视觉经历替代物的作用——这就是上海租界啊! 那么,这真是上海租界吗? 显然,这样一个加工过的上海图像,不是上海的全部,只是它的租界,甚至也不是租界的全部,只是租界的最好的部分,而这最好的部分不在中国,却在西方或准西方(租界)。"上海—租界—西方",在这样的叙事策略和推论下,上海租界便成了西方的模本和影子。"沙逊大厦代表着犹太的地产企业家在上海的一般雄健的腕力","巍峨的汇丰银行,是英国在华经济力量的权威的象征","捷克司拉夫的鞋厂,在上海独树一帜","德国饭店里,充满着日耳曼民族的气息","荷兰茶馆,招牌上面缀着霓虹灯的风磨","美国电影,在上海占据着影业的大部分销场","法兰西的水兵,在马路上高视阔步","代表着西班牙的,是人所共知的回力球场","白俄罗斯的女儿们在上海差不多包办了半数以上的歌舞事业"……西方化的内容占据了全部 15 帧图片中的 14 帧,仅余 1 帧为中国内容,而这个中国内容的含义是什么呢? 看看它的说明文字吧:"要从上海的租界内找出中国的形象,恐怕只有在旧历四月初八的浴佛节那一天的静安寺前的一带可以找到。那里寺内挤满了许多进香的善男信女们,寺外是摆满了从乡间来的农产品和手工业的产物的货摊,一切都充分地表现着中华民国。"14 比 1,在形式上和内容上说明什么? 一边是强大的、现代化的、工业化的、国际化的西方和准西方,另一方面是弱小的、落后的、农业的、闭塞的"中华民国"。显然,图像的比例和内容非但说明不了编辑者在文字中所言说的"痛"之情感,相反,图像主体所凸显的先进西方与落后中国,以 14 比 1 的悬殊数字和图像主体更悬殊的视觉表现,构筑起中西方强大的落差。很显然,这是编辑者不愿意面对的却又不得不面对的,这种两难心态,在文字言说和图像视觉的互动中得到了绝妙而充分的体现。

由于图像较之文字更直观、更易懂、更具有传播性,而图像结构的不稳定性和模糊性又给阅读者提供了丰富的想象空间,因此,与文字言说很明确的情感态度相比,阅读者对图像的解读更多的是基于他们头脑的想象,就图像而言同样也可以说,"有一千个读者,就有一千个哈姆雷特",从而使《良友》中的西方图像解读呈现出个性化和差异化的特征。对于向往都市生活,向往西方文化,欲借西方形象作为理想目标的追随者来说,"如此上海"图像展示的是一个经济实力雄厚,文化繁荣发达的积极意义上的西方形象;而对那些受尽欺压和凌辱,内心富有民族主义意识的阅读者来说,通过图像对比所读出的西方形象的霸权性却是昭然若揭;同样,我们从中还可以读出嘲弄,读出倾羡;读出爱,也读出恨,读出更多的不能用言语传达的借由图像想象出的"西方形象"。比如,暗含在图像中的、编辑者不愿意明说、阅读者又不愿意直接面对的更多的关于人性和社会关系的假定和期待,想象性与社会地位的关系主题,就在《良友》的图像中有普遍的反映,一方面,是"声、光、电"的都会,灯红酒绿的场所,美艳丰腴的舞姬,"红的樱花,高的木屐",这一切都暗示了"性"的存在和魅力;而另一方面,异域风情的饭店、回力球场、霓虹闪烁的游船无疑暗含着某种社会的特权和地位,它们两者之间又存在着无数"剪不断理还乱"的精神和价值关联。与编辑在图像和文字中所给定的确定性的解读相比,每一位图像的阅读者基于自己的想象,带着个人的理解,均可以使一个非西方世界中的中国人对于西方的想象变得益加丰富多彩,斑驳杂陈。

最后,应该指出的是,《良友》的读者群是在一个半封建半殖民地的落后的中国处境中去阅读现代、先进的西方世界的,他们中少数人居住在租界,大多数人生活在租界以外由"狭小的房子"、"不平坦的马路"和"污秽的街道"所组成的环境中,因此,图像中模糊的、不稳定的西方形象往往在这种语境下无形中被不同程度地消解了。严格地说,他们所看到的上海租界乃至上海本身都只是一个西方的摹本和影子,是地球另外一边的西方在中国的"镜中自我",在这个镜子的显现之下,主客体相互转化和呈现,落后中国的不发达被渐渐突出出来,本土中国被不断地加以定位,即一个现代的西方与前现代的落伍中国之间的巨大现实反差和历史性对话。因此,不管你愿不愿认同,图像的这种意蕴呈现和形象转化,恐怕正是编者和读者在潜意识中都不得不去面对和认同的。

---

① ⑥　参见陈平原、夏晓虹编著《图像晚清》,百花文艺出版社 2001 年版,第 1~13 页。

②　参见《良友》第 100 期。

③　李辉:《听他讲述美妙往事》,马国亮《良友忆旧》,三联书店 2002 年版,第 1 页。

④⑪　李欧梵:《上海摩登——一种新都市文化在中国》,毛尖译,北京大学出版社 2001 年版,第 90 页,第 89 页。

⑤⑲　让—马克·莫哈:《试论文学形象学的研究史及方法论》,孟华主编《比较文学形象学》,北京大学出版社 2001 年版,第 24 页,第 17~40 页。

⑦　陈泰来:《"交棒"感言》,载 1984 年《良友》复刊号。此处"福强"乃伍联德之大公子伍福强。

⑧⑨⑫⑮⑳㉑　马国亮:《良友忆旧》,三联书店 2002 年版,第 6 页,第 6 页,第 22 页,第 16 页,第 33 页,第 36 页。

⑩　参见 1932 年 9 月 15 日上海各大报刊。

⑬　赵家璧:《重印〈良友画报〉引言》,载《良友画报影印本》,上海书店 1986 年版。

⑭　参见《良友》第 12 期。

⑯⑰　伍联德:《为良友发言》,载《良友》第 25 期。

⑱　参见《建筑美》,载《良友》第 127 期。

㉒　伍联德等主编《中国大观》,良友图书印刷公司 1930 年版,第 1 页。

㉓　Cf. Roland Barthes, "Operator, Spectrum and Specta-tor" & "He Who Is Photographed", *Camera Lucida : Reflections on Photography*, trans. Richard Howard, New York: Hill and Wang, 1981, pp. 9~15.

㉔　赵家璧:《重印全份旧版〈良友画报〉引言》,上海书店《良友画报影印本》第 1 期。

㉕　参见保罗·梅萨里《视觉说服——形象在广告中的作用》,王波译,新华出版社 2004 年版,第 3~18 页。

㉖　参见《良友》第 89 期。

都市中的人群：
从文学到影像的城市空间与现代性呈现

徐　敏

前　言

　　自波德莱尔、爱伦·坡及维克多·雨果等人在 19 世纪中期从文学领域提出都市人群问题，经过恩格斯、沃尔特·本雅明以及齐美尔、齐格蒙德·鲍曼等人的理论阐释，"人群"成为西方语境中城市文化及现代性研究的关键概念，其在文学[①]、电影[②]与大众文化中的表现问题也受到了学术界的关注。而随着中国学术界关于本土城市文化、社会及其现代性进程的研究的兴起，有关中国城市或都市人群问题的研究已散见于各项成果之中。自此，进行这一课题的系统研究也就自然提上了议事日程。

　　在中国城市的各个历史时期，城市中的人群意象都是再现城市、构建城市文化与表达城市生活经验及其历史变化的重要内容之一。尽管中国城市在很早时期就有超过 100 万的人口聚集，但到晚清之前，中国城市与乡村社会之间的差异并不明显[③]。在自东汉班固的《西都赋》、宋代张择端的《清明上河图》到明代张岱的相关描述及画面中，城市是一个仪式性场所，城市人群是城市节日庆典的一个重要部分，它与城市的物质空间一道，共同构建了一种定期性展示国家上层建筑的盛况；另一方面，又由于"繁华的大都市转眼化为废墟是屡见不鲜之事"[④]，城市与人群之盛衰体现为循环或轮回性的历史意识，其中流露出一种梦幻般的哀歌情怀[⑤]，这导致有关中国城市的文化现代性想象呈现为颂歌与哀歌、城市生活物质性与"梦"的想象性相互结合的景观。

　　从晚清以降，每一次剧烈且涉及范围广泛的社会变迁，都经常性地表现为大规模的人群聚集与扩散，并与同一时期中国现代城市的空间变革过程相互交融。人群，以及与这一概念密切相关的人口、中国人的特征和民族国家的建构等一系列问题，迅速在文学艺术、思想、社会规划与人们的日常经验等各个领域中占据重要的位置。因此,参照西方自波德莱尔以来的相关理论来研究中国都市人群问题,并不是简单地照搬西方相关理论来阐释中国事例,相反,中国都市人群以及与之相关的社会文化问题,本身就具有重大的理论价值。

一、从人口到人海

晚清社会大变局之际,中国城市在人口数量、密度及其社会关系的组成上产生了相应的变化⑥,但古代城市的再现传统仍然占据着主导性。《平山冷燕》开篇写道:"话说先朝隆盛之时,天子有道,四海升平,文武忠良,万民乐业……长安城中,九门百道,六街三市,有三十六条花柳巷,七十二座管弦楼。衣冠辐辏,车马喧阗。人人击壤而歌,处处笙箫而乐,真个有雍熙之化,于变之风。"⑦在这里,街道、市场、娱乐空间等城市景观呈现为盛大的庆典场面,而人群也呈现出一种节日狂欢式的景象。这种特定的景观是与上层建筑及整体社会的繁盛形态联系在一起的。而在新的社会背景之下,这种封建颂歌同样能在近代小说里转化为城市的哀歌形式。《孽海花》中写道:"那日走出去,看看人来人往,无非是那班肥头胖耳的洋行买办,偷天换日的新政委员,短发西装的假革命党,胡说乱话的新闻社员,都好像没事的一般,依然叉麻雀,打野鸡,安垲第喝茶,天乐窝听唱;马龙车水,酒地花天,好一派升平景象!"⑧而《二十年目睹之怪现状》也写道:"上海地方,为商贾麇集之区……唉!繁华极极,便容易沦于虚浮。"⑨古代城市盛况中的"都人士女"转换成了各种新时代的杂乱人群,太平盛世已经蜕化成末日乱世的象征,一种新型的对抗性人际关系与社会形态在多种新兴的社会身份之间已经隐约呈现出来。

与此同时,另一种有关中国晚清城市更为恶劣的景观主要被西方来华人士展现出来。首先在城市的公共卫生与人群健康状态方面,在19世纪20年代,西方传教士描述了他们在广州街头所看到的景象:瞎子与麻风病人"成群地聚集在街头和大路上",城市里随处可见"各种各样的不堪入目的疾病折磨着可怜的人群"⑩。即使到了19世纪末的北京,"街头到处都是皮肤溃烂的人,大脖子的、肢体残缺变形的、瞎了眼的,还有多得无可想象的乞丐"⑪。而在同一时期,那个曾经有过无数美景的苏州,其城市格局、建筑形式、街道的日常景象及人们的身体与精神状况等等,在传教士眼里却呈现出地狱般的"荒凉景观"："狭窄而曲折的街道、不牢固的单层建筑物、铺设糟糕的路面……在街上人群拥挤，摩肩接踵，以致似乎没有呼吸的空间。在那里，霍乱、鼠疫及热病到处蔓延肆虐。"[12]显然，这一时期西方人对中国近代城市的关注更以现实中而非想象中的城市街道及其人群为聚焦点，街道与人群的日常化形态不仅是一个城市的代表，而且还被当做一个社会失序与国家崩溃的地狱化景观的"缩影"[13]。

19世纪中期的中国已达4.5亿人口[14]，这在当时世界格局中也是一种超大规模的人口现象。然而，"中国的'四万万'人口……一直没有通过扫盲、报纸、电信，或乘轮船、火车、汽车旅行的方便而成为一个整体"[15]。再加上近代以来历次西方入侵、自然灾难、战争、宗教运动等一系列社会动荡所形成的巨量人群聚散现象，因此，有关中国人口及人群的社会性流动被纳入到整体社会变革的叙述与规划的范围之内；城市人群的具体形态尽管只在社会变革战略中占据着一个次要与局部的位置，但它的无序化现状，为各种有关中国人、中国社会、民族性等一系列思想阐发提供了直接的精神素材；人群在生存状态与社会身份上的复杂性，也间接地为中国现代化路径的设置提供了多种取向。可以说，所有中国近代以来建构现代社会共同体的想象与规划，都直接或间接地与人群的具体形态密切相关。在人群的末日狂欢与地狱景象之外，中国的巨量人口也是希望之所在。康有为等人一般把这一历史时期的人口规模简称为"四万万"或"四百兆"，用这个整数来概括中国或中国社会，如："四百兆同胞，愿尔早登觉岸！"[16]在这里，人口统计学意义的总体数量，泛指一种由人的生物性所构建的国家总体规模，一种由每一个个体的肉身所堆积起来的社会生命事实，其数量、规模与潜在的生命能量远远超出这一时期的西方列强。但晚清帝国的失败则显示出，社会整体的悲剧性与人口中的每一个体所分摊的历史悲剧乃至历史责任是密切相关的。在这个意义上，对中国人口总量的强调，是组建"中国"的新型社会主体的关键一步，它通过人口的无差别的量化相加，通过具体人群的抽象化，把可见的人群转化为不可见却可以想象的人口，引领整个社会进入到一种统一的现代民族国家的空间想象之中，在中国古代城市及其王朝轮回性的传统历史意识之外，塑造出一种播散性的与巨大的宏观空间意识。

梁启超发展了这种基于人口的分析。他认为："今吾观中国四万万人，皆旁观者也"[17]，"则是四百兆人，卒至实无一人也"[18]。与康有为不同，梁启超通过人口总量表达了更多的忧患与批判。按他所说："人者,动物之能群者也。"⑬而近代中国人的特性主要表现为中国人群之特性,即"皆极其纷杂芜乱,如散沙,如乱丝,如失律败军,如泥中斗兽,从无一人奋起而整理之"⑭。因此,中国人口基数越大,社会变革就越为艰难;越是沉迷于这一人口总量的集合性及其虚幻的精神共同感,就越难以获得真实的社会变革力量。除非对"四万万"这一集合体加以分割,按不同的社会身份、性格与道德等加以归类"整理",按特定的社会阶层划分来展开社会"群治",才能在制度与心理两个层面达到构建富强国家的目的。可以说,康有为和梁启超的有关人口与人群的观点,实际上是解决近现代中国发展前景问题的两个向度,前者侧重于人口之精神关联,后来发展为有关国民性与民族魂等整体化本质主义的思考,而后者的导向则基于特定的社会阶层或阶级的有关改良或革命的理论规划。

人口的数量、人口的社会与性格结构、人口所赖以生存的土地与国家,由此共同构建起一种共时性的空间表述逻辑,开始成为有关中国社会现状与未来的主导性话语。必须对人口进行人群化分类、区隔与重新整合:或者以社会变革理论把人口划分成工人、农民、知识分子、有产者等社会身份;或者以不同的社会整合理论为基础,人群需要依特定的道德精神倾向而向中华民族、人民、公民、大众(或劳苦大众)或战士与革命者等不同心理身份进行重新集结。这样一来,有关中国人的普遍概念、阶层集合概念与特定的共同体概念在近半个世纪中相互替代,以整体人口为基础的现代民族国家观、以人民与劳苦大众为基础的革命理论、以社会阶层划分及其性格分析为基础的民主改革理论等主要思想派别之间互相争执和混合,并相继成为有关中国整体社会内在社会能量、灾难性景观及其解决途径的想象性主角。然而,人群的聚散离合却总是具体社会历史的产物,他们的形象与形态跟想象的社会变革主体之间形成了一种既对立又统一的关系。新型的社会变革主体从不直接等同于或具象化为城市街道上的密集人群,而只是隐身其间,需要经由各种社会权力的抽象与想象才能凝聚起与历史悲剧相匹敌的社会力量。

在这个意义上,人群,尤其是都市人群,恰恰既是新型社会变革主体的对立面,也是现代民族国家的他者。他们都是以个体化生存的目的聚集到一起的,他们不是历史的创造者或驱动者,而是现实的过客或经历者、享受者或受难者,他们在身份上的混杂性、精神上的麻木性与身世上的匿名性更多的是被动承载和体现耻辱性的近现代史的灾难记忆，而不是灾难的原因。这就导致中国传统文化中的"人海"想象在近现代社会加剧成为一种来自个体的生存经验。魏源在他的《都中吟》写道："缠头金帛如云堆，人海缁尘无处浣；聊凭歌舞恣消遣，始笑西湖风月游。"这种个体生存经验开始与有关国家变革的主导叙述保持着一种对立却又不可分离的关系。几乎与此同时，19世纪的西方也出现了类似的观念。本雅明在评论维克多·雨果的"人群"概念时就说："汹涌的大海是人群的模本。"㉑象征性的大海，在此成为社会及其具体人群活动的基本形态，它通过描述特定空间中的社会人群活动、密度及其感伤情感，而把人群与海、社会与自然界、个体的享乐与国家的艰难在这一概念中以巨大的反差结合起来，涵盖中国人的数量、个体生存形态与整体社会景观，使之在心理与视觉上和海洋这种象征性的流动空间联系在一起，要比后来康有为、梁启超等人在运用人口统计总数的国家想象更为丰富。人群，在此开始交融着中国的传统意识与西方的现代经验，经由"人海茫茫"或"茫茫人海"这种中国本土化的经典表述，并主要通过大众文化而在国家主导叙述之外蔓延起来，成为中国近代以来描述多重复杂的社会现实的重要策略。

马歇尔·伯曼在其《一切坚固的东西都烟消云散了——现代性体验》一书中写道："波德莱尔使用了流动状态（'漂泊的存在'）和气体状态（'像一种空气一样包围浸润着我们'）来象征现代生活的独特性质。到19世纪末，流动状态和蒸汽状态就将成为自觉的现代主义绘画、建筑和设计、音乐和文学的基本品质……现代生活的基本事实是，正如《共产党宣言》所说：'一切坚固的东西都烟消云散了'。"㉒在此，一种以流动与气化相结合的形态，是现代性中过渡、偶然与瞬间等特质的具体形象。这个过程不是从一种正在消失着的坚固状态向另一种将要形成的坚固状态转变的中间状态，而是一种从物质、社会与心理上打破过去的坚固性，总是处于过渡中，无法建立起另一种坚固性的状态。"人海"意象，以现实生存形态中强烈的流动性与气化性，象征近代以来中国人口的持续增长态势，各种灾难、现代交通、贸易及城市的兴起所导致的大量流动人口和人群的大量聚集，让一种现代性的流动观念从中国传统的"天涯"或"天下"这种静态大陆意识中生成，结合中国传统中一直拥有的"芸芸众生"、"江湖"、"苦海"等文化资源，开始向巨型的与巨量的、无边际、动态变幻与蒸发着的海洋地理意识转变。在这种空间想象中，"西方"经由海上来到中国，把各种具体的或象征性的海洋问题,带入到近代中国的国家事务之中,因此,"人海"的形成又与近代中国国家边界的解体与重构联系在一起。人海还是一种标明特定个体的视野,这个个体被卷入或被抛入群体海洋性的动荡空间之中,他在随波逐流中追逐一点点慰藉,寻找伴侣,本身又有一种俯瞰众生、脱离整体社会变革趋势的情感力量。在"人海"中的人,不是人群中的漫游者,而是一个渴望获得坚实土地的人。"人海"就此把人口、人群及其空间化流动编织入个体的想象之中,构成了国家主导叙述、社会形态与个体经验既相交融又相分离的复杂关系,成为这三种力量重要的文化博弈场所,并在随后的历史进程中被它们分别加以利用。

"人海",正是在这种背景下,成为一种近代以来中国社会持续不稳定的乱世体验,成为中国现代意识中的重要组成部分。著名流行歌手周璇的许多歌曲中就有对这一意象的反复吟唱:"假如呀花儿确有知懂得人海的沧桑它该低下头来哭断了肝肠。"(《五月的风》,陈歌辛词,李七牛曲)或者是:"天地苍苍人海茫茫知音的人儿在何方教人费思量。"(《知音何处觅》,陈式词,庄宏曲)。这是中国近代以来个体在失去坚实土地与家园之后的在世哀歌,近现代中国所经历的几十年的动荡,由此成为个体的生存处境之中的感伤背景。在此,我们可以看到,个体的"人海"经验,是与近代以来围绕着人口总量的国家意识的强化过程既相统一又相冲突的,它揭示了整体民族国家要获取历史性变革的个体性难度与风险,因而在 20 世纪中期以来的整体国家现代化进程中,经常被批判为表达小资产阶级颓废情感的"靡靡之音",会以个体的享乐而腐蚀掉国家的使命。而到 20 世纪 70 年代后半期中国新一轮的社会变革和各种人群的流动与迁移再次开始之际,有关"人海茫茫"的咏叹,通过邓丽君(《一挥衣袖》《总有一天》《晶晶》等)的歌曲,及其他一大批经过走私进入内地的港台歌曲,又重新泛滥起来,成为与改革的主旋律相互缠绕、又相互脱离的时代插曲。这样一来,"人海"成为一种置身于一个人口大国,在近现代以来的各种大型人群现象面前,结合个体经验与宏观社会变迁,具有中国特色的空间化的现代性历史经验。

二、人群漫游与社会冲突

在进入 20 世纪以后,一方面,各种"社会动乱与自然灾害"加大了社会底层人口的基数与流动性⑧;另一方面,中国城市化社会进程及城市空间的变迁,尤其是各种全新的城市基础设施的建设和发挥功能,不断地重新汇聚与生产各类新型的人群,如在 1934 年的上海,在不包括失业人数在内的职业人口已经近 100 万,其中 80％ 都是外来人口㉑。这些在塑造中国都市经验方面,都产生了更为直接的影响。在 1906 年,北京街道开始使用电灯照明时,恽毓鼎对当时的情景记叙道:"……步行游前门大街,电灯牌坊两处,每坊给百余盏,光明如昼……游人如织,赖警兵弹压,多而不紊。"㉒在上海,从 1919 年到 1924 年间,一批西式楼房得到兴建,它们主要是新型的工作与消费场所,有些楼房高达 9 层,为上海建立起全新的垂直高度㉓。而类似的情况还出现于传统集市、茶馆和新兴的公园、影院、广场、商场及新式马路、商业街区之上,新的城市垂直高度与新型人群聚集区域的建立,不仅为都市人群的生成与存在提供了全新的公共空间,而且还提供了观测人群之具体形态的全新视角㉔。如果说,"人海"是整体国家社会形态进程的一个隐喻的话,那么,"人群"则是城市社会形态的典型意象,它相对于"人海"有更细微的感知、更紧密的身体联系和更强烈的震惊体验。在这个意义上,人群,尤其是出现于都市之中的人群,是现代中国城市及社会经济、政治及其空间形态变化与发展的产物。

本雅明认为,都市人群或大众是西欧 19 世纪自欧仁·苏以来最为关注的文学主题之一㉕。而在以穆时英与刘呐鸥等人为代表的一批中国现代文学的作品中,情况也是如此。人群是存在于一个全新的和陌生化的特定城市区域中的客体,是与物质空间共同组建特定城市景观的一种社会现象,穿梭于其中的人群与快速而拥挤的城市交通、新型娱乐场所及工作形态密切联系在一起,成为一种全新的城市生命物种:"交通灯一闪,便涌着人的潮,车的潮。这许多人,全像没了脑袋的苍蝇似的!"㉖流动性是城市人群的基本特征,其中个体人都处于变幻替代之中,但人群始终存在,受到大型城市的控制而表现出缺乏自我主宰性("没了脑袋")的特点。然而,人群还是一个以视觉为主导的、调动人的通感、又混淆人的感知能力的空间㉗:"舞场的人群:独身者坐在角隅里拿着黑咖啡刺激着自家儿的神经。酒味、香水味、英腿蛋的气味、烟味……翡翠坠子拖在肩上,伸着的胳膊。女子的笑脸和男子的衬衫的白领。男子的脸和蓬松的头发。精致的鞋跟,鞋跟,鞋跟,鞋跟,鞋跟。飘荡的袍角,飘荡的裙子,当中是一片光滑的地板。"㉘这是一种充满生命本能的丛林化景观,人群相互观看也互相折射着对方的视线,从而激发出更丰富的体验,其中眼睛成为最重要的感知器官。"街有着无数都市的风魔的眼:舞场的色情的眼,百货公司的饕餮的蝇眼,'啤酒园'的乐天的醉眼,美容室的欺诈的俗眼,旅邸的亲昵的荡眼,教堂的伪善的法眼,电影院的奸滑的三角眼,饭店的朦胧的睡眼……"⑫ 这是一个视觉的狂欢节。马路上汽车"交错的光线里所照出来的一簇蚂蚁般的生物"⑬。街道与高楼让城市类似于一种超级生物,人群是这个超级生物的食物,也是它的排泄物:"一会儿他就混在人群中被这饥鬼似的都会吞了进去了。"⑭ 就如同齐格蒙德·鲍曼所说,城市人群,必然会经受"食人族吞噬与人类学呕吐或抛出"这样两种生存的遭遇⑮。在这里,人群不再是中国古代城市中那种自然的组成部分,而是低于城市、寄生于城市、被城市所生产与耗费的一种生物,它作为自然生命的野蛮化⑯构成了一种新型的城市美学形象,在它盛装呈现时,本身就是一种梦幻般的景观。"只隔了两三条的街路便好像跨过了一个大洋一样风景都变换了"⑰。这是一种既让人沉迷又让人茫然甚至厌恶的景观,小说正是讲述一个四处游荡的男性主角⑱与都市人群所发生的既爱恋又背叛的故事,他们所追逐的女性就来自其中,一起组建一种临时性的、不负载道德却仍具有美学意义的欲望关系,城市因此成了表现各种存在于"陌生人之间进行经济和文化交换的模式"⑲的场所。

　　在这个到处都是陌生人群的城市里,新感觉派小说在情节叙事方面发展出了全新的技术,即小说中的人物与人物的关系,正是人群中陌生的个体与个体之间的关系,是一种需要不断构建又不断瓦解的新型的人物关系。小说的主角是四处漫游的匿名者,他是主角,是这个有着无数化名的人群奴隶般的爱恋者,而非人群中的主人;而与其发生人际关联的则是陌生人群中的任意一人。他们之间所发生的爱恋故事,本身就是小说之虚构性的表征。这是一个没有主人的陌生人群。穆时英在《夜总会里的五个人》里引用了一首流行歌曲的歌词:

> 陌生人啊!
> 从前我叫你我的恋人,
> ……
> 从前你说我是你的奴隶,
> 现在你说我是你的陌生人!⑳

可见,"生活就是与他者(其他人,其他像我们一样的存在物)一起生活"㉑,

就是意味着相遇之后必然要错过,因而我们必须学会与陌生的人群"视若陌路",既要把人群当做邻居去亲近,又要把他们当做过程甚至敌人去防卫[62]。这是一种现代人在城市中的全新生存艺术。可以说,新感觉派小说就是这种全新都市生存艺术的一个范本,它们在中国现代文学中第一次把都市陌生人从旁观性的叙述对象转化为参与性的故事主体。正如街道与高楼构成了城市的物质深度一样,作为欲望对象的迷人女性,则构成了人群的欲望深度,她们在男性主角面前从呈现再到消失的过程,也让小说的主题与内容融入它所描绘的背景之中。都市人群,因此成为一种既具有感官深度,又以陌生人的形象自我解构其深度,导致虚幻与虚无的新型社会主体。与此对应的是,小说主角们经过人群的自我确证与自我否认相混杂的形式,其中包含着一种过渡的、偶然的与瞬间性[63]的都市经验,这与穆齐尔的长篇巨著《无个性的人》开篇在维也纳街头任选一个人作为故事的主角具有相似的现代主义意义[64]。如果说,"茫茫人海"的观念中还包括一种寻找终身伴侣的古典情感的话,那么,陌生的都市人群所提供的只是穿梭于一个又一个个体之间的游戏。这样一来,行进于陌生人群之中的漫游者,经由新感觉派小说而成为现代城市的主人,他是继以人口总量为思考对象的新型国家代言人和"茫茫人海"中的寻觅者之外和之后而产生的第三种中国都市人群中的主角。可以说,新感觉派小说再一次呈现出了与波德莱尔的巴黎"现代性"既密切相关但又有较大差异的人群经验。

张爱玲《倾城之恋》的结尾处在书写都市人群体验方面也有着重要的价值。恋爱失意的女主角回忆起自己小时候看电影的一段往事。她在走出电影院拥挤的人群时与亲人失散了,电影院外正下着大雨:"她独自站在人行道上,瞪着眼看人,人也瞪着眼看她,隔着雨淋淋的车窗,隔着一层无形的玻璃罩——无数的陌生人。人人都关在他们自己的小世界里,她撞破了头也撞不进去。"[65]在这个段落里,张爱玲以其女性主角的视角发展出有关城市陌生人群的一种性别视野,一种女性与人群之间对抗性的和不可介入的关系。在此,由陌生人所构建的城市人群"是对分类、对宇宙的秩序、对社会空间价值定位的一个威胁——同样是对我生活世界的一个威胁"[66]。而茅盾《子夜》的开篇处也表现了这种针对人群的冲突性体验:"此时指挥交通的灯光换了绿色,吴老太爷的车子便又向前进。冲开了各色各样车辆的海,冲开了红红绿绿的耀着肉光的男人女人的海,向前进!机械的骚音,汽车的臭屁,和女人身上的香气,霓虹电管的赤光——一切梦魇似的都市的精怪,毫无怜悯地压到吴老太爷朽弱的心灵上……直到他的狂跳不歇的心脏不能再跳动!"⑬在这一段落里,茅盾通过"吴老太爷"这位传统人物的视角,在他与其所乘坐的汽车、大街上的车流、男女人群及霓虹灯所有这些新型城市景观之间,构成了一种快速的、令人窒息的冲突关系,这与张爱玲一样,都从不同的角度强调了由都市人群所体现出来的异质性,都代表着一种新型城市社会主体与社会形态,是城市兴起的产物,又是将要发生的社会变革中的象征。

相比之下,二三十年代的中国电影,以《神女》(吴永刚导演,1934)、《新女性》(蔡楚生导演,1935)、《都市风光》(袁牧之导演,1935)等影片为代表,把镜头深入到城市人群的深处。这是一个由来自农村的无业游民、小商贩、体力工人、小知识分子、妓女等组成的底层社会,这里有着更多的受难而非享乐的生存困境,包含着更多的不同于新感觉派小说的各个城市社会阶层之间的冲突关系。在《都市风光》中,角色开始时扮演的是一群在火车站等待去上海的农民,其后又在上海扮演普通的市民,最后他们又被迫回到电影开始时他们准备出发的地方。在这部电影中,火车站台上等车的乘客、上海街头熙熙攘攘的人流、抢购降价商品的消费者以及上海火车站前拥挤的旅客,主体都是中国社会底层的流动人口,他们在城市及乡村之间的奔波,只是为了寻找肉体生存的空间与机会。都市人群,在此是现代中国社会政治经济状况的缩影,电影通过把上海与现代中国的社会宏观历史进程结合在一起,着重再现的是城市与社会矛盾丛生的迹象,表达了存在于人群之中一种社会冲突的动荡感,一种整体性社会的危机性症兆,一种需要文学艺术去抚慰、拯救与批判的文化想象,从而让都市景观的纷杂总是置身于社会变革的问题框架之中。汇聚到的都市人群,不是来自于城市内部,而是来自于一个更为广阔的社会空间;他们不是城市的产物,而是整体社会危机的牺牲品;这里没有城市漫游者与观光客的欲望投射,而是在展示社会矛盾的冲突处境,让人群在城市中的汇聚成为整体社会危机将要爆发的表征。

而在接下来的中国电影及文学作品中,大规模的战争成了人群聚散的又一种社会契机。人群已不再局限于城市之中,而是被驱赶出城市的战争难民(《一江春水向东流》),是在抗战大撤退过程中的中国军队(《八千里路云和月》)和在后方苟且偷生、醉生梦死的狂欢着的人们(《一江春水向东流》)。晚清时期有关人口的国家主题在此通过社会灾难中的巨量人群重新组建为"我们万众一心"的国家神话,人群的组织性、同质化与共同体感被想象为战胜灾难的唯一途径,"茫茫人海"的个人生存经验,被编织入这一国家神话的合唱之中,但乱世中漫游城市的现代性体验则成为民族国家存亡的障碍。

改编自同名话剧的《霓虹灯下的哨兵》(王苹、葛鑫导演,1964)就在另一种全新的时代背景下全面展示了存在于并作用于都市人群之中的国家、社会与个人三种力量的交锋。在这部影片中,国家由主要以农民组成的解放军这种暴力机器所代表;都市社会则以农村的媳妇、工人、普通市民、小知识分子、小资产阶级女青年、资本家、美蒋特务等所组成的复杂人群及其城市繁华背景为表现形式,他们出没于街道(南京路)、公园及其他公共场所;而所谓的个人则由那些沉迷于人群中的美色、橱窗里的商品及其西式生活方式的内心欲望所指称,他们甚至可能来自革命队伍内部,是那些可能与人群发生欲望关系的人。在政权的交替之际,城市漫游者转而成为脱离国家体系、使人群重新呈现为一种复杂社会形态、扰乱阶级区分的敌人。《霓虹灯下的哨兵》在监控、训诫和清扫一条城市主要商业街道的同时,经由人群而构建起新中国建立之初中国与西方、国家与独特的地方性(分别由普通话和上海话所代表)、政治管制与商业消费、西方高雅艺术(钢琴)与民众狂欢文化、阶级情感与欲望、战斗与守卫等一系列冲突关系,展示出国家力量与上海大都市的全面政治、经济与文化冲突,并以在城市空间中公开向人群展示的暴力惩罚,最终使复杂的都市人群呈现出社会阶层的重新整合,让游离于人群中的个体彻底丧失生存的场所。可以说,这部电影在特定历史环境中,提供了一种国家介入并全面控制城市社会、人群与个体的军管形式。这在一定程度上是承接晚清以来的国家人口理论,以暴力的方式为近现代以来的"人海"社会的蔓延画上了一个句号,也终止了都市人群、都市漫游空间及其现代性体验的弥散,消除了针对新型国家的城市文化的威胁,一个高度组织化的世界替代了陌生人的社会。可以说,经由抗日战争、解放战争及新中国历次政治运动,一直到20世纪70年代,有关城市人群问题持续地被纳入到了国家针对社会与个体的全面规划与监管之中。

三、人群的再生

20世纪70年代后期,中国社会进入新一轮的改革时期。尽管这一轮的改革开始于农村,但城市却在文化层面上成为全新的社会矛盾的症结所在。从这一时期开始,中国当代重新聚焦于都市及其人群问题之上,逐步地使之摆脱新中国建立以来被压抑的状态,缓慢地从个体的角度转变着过去那种来自国家全面管制的文化向度,并在承接"茫茫人海"的吟唱、现实主义的社会俯视和新感觉派小说的现代性体验方面,建立起有关都市人群的问题框架与表现形式,把都市人群问题提到了一个新的文化高度。

首先,在 70 到 80 年代之交的大众流行文化领域,一大批经过走私进入内地的港台歌曲又重唱起"人海茫茫"的咏叹。先是邓丽君的歌曲(《一挥衣袖》、《总有一天》、《晶晶》等),然后是 70 年代末在内地放映的日本电影《追捕》,它们都直接提供了当代西方都市人群的震撼性视觉影像。到了 80 年代,罗大佑的《未来的主人翁》、《鹿港小镇》,崔健的《不是我不明白》("放眼看那座座高楼如同那稻麦/看眼前是人的海洋和交通的堵塞/我左看右看前看后看还是看不过来/这个这个那个那个越看越奇怪")及《从头再来》、《让我睡个好觉》,以及电视剧《射雕英雄传》(1985 年在内地播出)的插曲("人海之中,找到了你")和后来的《渴望》(1990 年播出)的主题歌("茫茫人海,终生寻找")等等,都在为"茫茫人海"成为当代经验提供重要的感性资源。在这里,过去新感觉派小说在人群问题上对西方经验(尤其是法国文学)的舶来性,在 70 年代末转变为以港台华语流行文化为主,其所借助的媒介更多地呈现为各种新型的甚至是非法性的大众传播。可以说,重新泛起的"人海"体验,全面呼应了这一时期中国社会的巨大变迁,大批知识青年返城、失业人口急剧上升、城市化与市场化进程加快、整体社会结构体系的全新调整与变动等等,都直接导致当代"大城市里密集的人群中的个人"处境,如齐美尔所说的那样,都让人"更强烈地感觉到大规模社会圈的状况。这是因为身体的邻近与空间的逼仄使得只有精神距离变得显而易见"⑧。每一个生存于巨大人口之中的个体,和由这些个体所构建的迅速涌现的新兴人群,他们即于过渡、偶然与瞬间的处境中寻找各自坚实的、可以依赖与共存的对象,但笼罩于人生之上的整体性的虚无感,是与这一时期国家在政治、经济、军事等领域里实现那些坚固而持久的目标所需要的精神气质完全不同。

在文学领域,先是王蒙在其一系列的"意识流"小说创作实践中书写了大量的"新时期"人群现象。在《春之声》中,王蒙写道:"岳之峰从飞机场来到 X 城火车站的时候吓了一跳——黑压压的人头,压迫得白雪不白,冬青也不绿了。"小说主角在火车站看着这么多等待回家过年的人群时,回忆起自己年轻时代的街头抗议活动:"难道是出了什么事情? 一九四六年学生运动,人们集合在车站广场,准备拦车去南京请愿,也没有这么多人!"⑭而他的《夜的眼》里也描写了大量城市女性的新潮服饰装扮,包括头发、高跟鞋及街道上的霓虹灯和理发馆等等景象。这些北京街道上新鲜的景观不仅让来自西北的小说主角感到新奇,而且他也注意到这些新鲜事物在当时所引发的社会争议。可以说,王蒙在夜晚的街道、车站与车厢中人群的突然涌现中,看到了一个全新时代的来临。

而在武汉,池莉的《烦恼人生》先是描写了 80 年代中期一个普通城市工人在上班途中乘坐公共汽车的恐怖的拥挤场面⑮,而在长江轮渡上,这位男性工人看到,"太阳从前方冉冉升起,一群洁白的江鸥追逐着船尾犁出的浪花,姿态灵巧可人。这是多少人向往的长江之晨呵……印家厚伏在船舷上吸烟,心中和江水一样茫茫苍苍"⑯。如果说,在长江上被反复书写的壮丽景观中隐含着一种颂歌化的宏大叙事的话,那么,在"印家厚"心中的那种"茫茫苍苍"则是现代人在生存压力下自我虚无化的表现了。在《不要与陌生人说话》⑰(1997)中,池莉描写了城市变迁过程中一个中年下岗女工通过观看全新城市人群无数双脚而生发出的困惑。这些脚或鞋,曾经出现于19 世纪的法国巴黎和俄国彼得堡涅夫斯基大街上⑱,也出现于新感觉派小说所描绘的上海舞会里,后来在王蒙及王朔的小说中重新出场。通过城市里无数的脚与鞋,一种令人难以理解和想象的大型社会变迁已经开始了。这样一来,在池莉的小说中,人群存在于特定的时空(公共汽车、街道、商店甚至家庭)中,是一个具体的存在,实实在在地与主角发生着冲突性的关联;他们是多余的、过量的和鲁莽的,有意无意地要与小说人物的生存空间构成身体性挤压;他们是小说中的主角必然要与之发生冲突甚至斗争的对象。不用身体在人群中冲开一条活路,就会被彻底湮灭于人群之中,让身体消失于自然的苍茫之中。

定居于其他当代中国较发达城市中作家,对人群作了有意无意、或多或少、直接或间接地表现。如波德莱尔所说的那样:"并不是每一个人都可以在人群的海洋里漫游。"⑲只有少数作家才会有意识地把人群作为小说中的匿名人物,在他们与小说主角形成的故事情节上的关联中,揭示出变迁着的城市生活景观。比较典型的作品有南京韩东的《三人行》及朱文的一些作品。在这里,陌生的人群是否进入到作品之中和如何进入作品之中,即便不是衡量作家城市意识之自觉性与高度的全部标准,也是其中的一项重要指标。从中国现当代文学史的角度来看,人群早已不是文学艺术作品中单纯的城市背景或道具,而是能介入到情节之中并影响作品形式的一种重要成分。从这个意义上看,中国当代文学中只有王朔的一系列作品,才把人群从一个文学认知与道德判断的社会现象,提升为一个审美的对象,并使之全面介入到了作品的内容、主题、形式及结构之中。

都市人群在王朔小说中随处可见,他们分布于 70 年代末到 80 年代末各种类型的中国城市空间之中。在北京,"这个城市我太熟悉了,几十年来我走遍了它的每一处角落,它的单调、重复、千篇一律就像澡堂里的裸体人群大同小异难以区分"⑤。即便这样,《空中小姐》里的退伍军人在 70 年代末感受到时代的变迁:"走到街上,看到日新月异的城市建设,越发熙攘的车辆人群,我感到一种生活正在迅速向前冲去的头昏目眩。"⑥ 而在改革开放初期的广州,"那是一个炎热潮湿的中午,我坐在南方一座大城市的一家豪华饭店顶层的金红色餐厅里……近处一座占地面积很大的著名的贸易中心;周围矗立着白色的大酒店、剧场和写字楼……再就是充斥着所有街道、广场、房屋的几百万衣衫斑斓的人群"⑦。还有当时刚刚改革开放的南方边境城市,"无数的人在街上摩肩接踵地行走。借着依稀的星光,可以看到有丰满的少女互相挽着打着纸扇说笑;有衣着正派的中年人领着妻小悠闲地踱步;有横冲直撞、呼啸成群的长发阿飞;甚至有拎着网袋的家庭妇女在串商店。似乎全城人都出来散步逛街,在黑暗中各得其所,逍遥自在。几家电影院前人山人海,孩子们像鱼似的窜来窜去"⑧。除此之外,王朔还写到了东部的杭州、沿海旅游城市、西南的昆明及西北某省会等。在这些概览式的描写中,人群与街道、酒店、住宅、商场、餐厅、车站、旅游景点及其他娱乐场所等物质空间密切相联,是构成不同城市地理与空间特色的自然组成部分,其写作手法基本遵循了中国古代城市的书写惯例。除此之外,各个城市之间的空间距离、地理差异与跨越过程也在王朔小说中一再出现:"我一路乘船、火车回家。穿过了广袤的国土……看到了一个接一个嘈杂拥挤、浓烟滚滚的工业城市;看到了连绵起伏的著名山脉,蜿蜒数千公里的壮丽大川;看到了成千上万、随处可遇的开朗的女孩子。"⑨ 在这种俯视的景观中,王朔小说人物是改革开放时期变迁着的城市与广大国土的观光客与漫游者。

王朔小说人物在社会身份上总是以无业者、走私者、抢劫犯或侦探等为主,他们曾经是那个"我们来自五湖四海,为了一个共同的革命目标"的时代主角,是过去时代的"战士",但如今"时刻准备着"的献身者队列已经离散,他们迅速沦为城市中游手好闲的浪荡子或罪犯。"我知道自己是有来历的。当我混在街上芸芸众生中这种卓尔不群的感觉比独处一室时更为强烈。我与人们之间本质上的差别是那样的大,以至我担心我那副平庸的面孔已遮掩不住我的非人,不得不常常低下头来,用余光乜斜着浑然不觉的他人"[⑳]。这是经历了人生巨大变迁的一种写照,少年时代被调动起来的红色激情需要在新时代转移其投射的目标,而相比于曾经的理想,新时代的金钱、美女与自我却更缺乏坚固性。在城市故乡物质空间大变迁的开始阶段,他们心理世界的变化则更剧烈,熟悉的城市里到处都是陌生的人群与景观,曾经的朋友纷纷成为陌路者,呈现出不可逆转的熟人世界向陌生人世界、定居社会向脱域社会的历史性转变。他们只有在反复的城市漫游中,在与人群发生广泛的联系,从中获得爱情、性愉悦、经济利益、友情,并时刻警惕被出卖、捕获与自我遗忘的危险的过程中,在各种生存的冒险中,才能以一个异类的心理身份维系自己与城市的生存联系。这样一来,王朔让其笔下的人物成为一个变化时代的游记作家,他们在迁徙、寻找与逃离的过程中,不仅把一个以大型城市为中心的、幅员辽阔却又有着内部巨大的人文差异与空间关联性的国家空间呈现出来了,并且以与中国古代文化传统中城市盛衰和生命轮回的历史意识,以及新感觉派小说对于全新城市空间爱恨交织的体验既相继承又有差异的方式,书写出一种物是人非的聚散与变幻,并以反讽的方式,构建了与时代主流在政治、经济、道德与美学上的全面紧张关系。"我像一只栖息在悬崖上的飞禽一样无动于衷地鸟瞰着人类引以自豪、赖以生存的这一切以及人类本身"[㉑]。这是一种经典现实主义的方式,同样存在于王安忆在《长恨歌》里对上海的书写之中[㉒],是一种以垂直方式,凌驾于城市及人群之上,企图全面而宏观地把握与洞察城市空间及其变迁的视角。

《玩的就是心跳》则提供了另一种与此不同的视角。这部小说以一件谋杀案件里的"寻找证人"为线索,通过小说主角在追寻他的一群战友、一次宴会、一位(或若干位)情人、一些建筑或街道、一段或若干段平行的经历的过程中,呈现出一个梦幻般的转型时代的健忘症。这是一场总是在人群中不断呈现又不断遮蔽的游戏,漫游者的旁观式客观描述,被寻找者的想象所混杂,想象又被一个健忘症患者的幻觉所激发,人生的回溯转化成了对于"失去"的记忆,寻找就此卷入了对城市的深度探测、怀疑与否定的相互缠绕之中,就像一场都市人群中的一个梦游。隐藏于人群之中的、作为人群之变幻化身的、需要被主角一个人去寻找与拜访的人物,就此不仅是故事的背景,也是故事所发生的场所,还是改变故事方向的一个角色,更是同时凝聚与发散着故事主题情绪的对象。《玩的就是心跳》因此就成为一部寻找时代的证词。如德塞都所言,在都市人群中行走,"乃是体验这个城市的一种基本形式……每一个身体都是许多其他身体签名的所在"⑨。王朔小说的主角如同偷猎或非法越境式的城市人类学或考古学学者那样,在置身于人群的同时又要在一个全新的流动空间里寻找并珍藏那些破碎的遗物与遗迹,从而让都市人群成为故事(尤其是《玩的就是心跳》)中一种形式化与结构化的要素。对人群及人群中特殊个体与自我的辨认和混同,成为叙事的自反因素,从而进一步发展了自新感觉派小说以来书写都市人群的文学技术,并还让经典的"寻找—获得—失去"这一现代主义主题,朝向"寻找却什么也没有得到"⑩的后现代性主题转向。

与此相对应的是,在王朔作品的电影改编版以及这一时期的其他表现城市生活的电影中,主要只是把城市人群当做城市背景,很少去展示庞大都市人群的震撼景观。电影《疯狂的代价》(周晓文导演,西安电影制片厂1988年摄制)里的"姐姐",在大街、海滨浴场、车站等人群密集处寻找强奸"妹妹"的凶手,拍摄了大量司机的照片,以便"妹妹"辨认。在这里,尽管影片没有把集合形态的人群当做焦点,凶手也并不在照片中,但通过大量的人物照片,意指眼睛、相机与电影的视觉是无法穷尽人群的广度与密度的。正因如此,人群总是一个与凶险同在的想象性社会事物。《顽主》(米家山导演,峨眉电影制片厂1988年摄制)在王朔小说的改编乃至整个80年代的中国电影里都是较多表现都市人群的作品。电影开始于人群景观,结束于人群的嘈杂声。影片以实景拍摄再现了北京80年代晚期公共汽车站、地铁、街道、百货商场、展览场所的各色人群,比较充分的反映了王朔小说对人群的重视,让背景中的人群进入到电影的情节之中,使之成为作品的一种结构形式与观影节奏。在熙熙攘攘的都市人群中"顽主"们以其独特的生存方式而与这个变迁时代构成了强烈的差异性。王朔小说的另一部同名改编电影《一半是火焰,一半是海水》(夏刚导演,北京电影制片厂1989年摄制)有一段表现天安门广场的影像,男女主角在人民英雄纪念碑下约会,周围是游览的人群和政治性建筑。影片在此发掘了王朔小说的政治喻义,短暂的爱情及其悲剧与过客般的人群,和那些近似永恒的物质建筑形成了强烈的反差,庄严的国家、陌生人群的社会与所有那些时而挣扎反抗、时而随波逐流的个体们,在这部电影影像中展示了其复杂的关系。正是在这个意义上我们可以说,无论是文学、电影,还是流行文化,都需要进一步把人群的变迁,看成是当代社会变革的重要的感性基础。

结 论

自晚清开始,到 21 世纪手机、家用轿车、航空运输与互联网等在中国的大规模应用之前为止,一百余年来呈现于文学、电影与大众文化中的人群,一直在持续涌动着,与这一时期中国的全新空间变革实践相伴随,导致人群中的每一个体,都在自主地或被动地与更为广阔的城市、社会、国家及全球空间扩散进程联系在一起。面对都市人群,来自国家管理、社会变迁与个体现代性体验的三方力量一直处于螺旋性的相互较量之中,文学艺术与大众文化,以及与之相关联的思想潮流,都在有意无意地以都市人群为核心表象的同时,获得了一种介入现实的重要渠道,并表达出了自身的艺术特质。今天,那些已经在都市中或正在奔向下一个都市的途中的巨量人群,仍然是这场空间大变局的主角。因此,今后的文学、电影与流行文化还应该去拓展更多的都市人群深度,需要把人群当做一面镜子、一个场所或一种武器,以便我们能触摸、勾勒并检测这个社会有机体的时代脉搏。

---

① 文学方面的相关研究有:Nicolaus Mills, *The Crowd in American literature*, Louisiana State University Press, 1986; John Plotz, *The Crowd: British Literature and Public Politics*, Berkeley: University of California Press, 2000; Mary Esteve, *The Aesthetics and Politics of the Crowd in American Literature*, Cambridge, U. K. & New York: Cambridge University Press, 2003。

② 电影领域的相关研究有:Lesley Brill, *Crowds, Power, and Transformation in Cinema*, Detroit: Wayne State University Press, 2006。

③ 牟复礼:《元末明初时期南京的变迁》,施坚雅主编《中华帝国晚期的城市》,叶光庭等译,中华书局 2000 年版,第 114 页。

④ 赵冈:《中国城市发展史论文集》,新星出版社 2006 年版,第 90 页。

⑤ 斯蒂芬·欧文:《追忆》,郑学勤译,上海古籍出版社 1990 年版,第 70 页。

⑥ 有关 19 世纪中国城市人口数量的研究,参见施坚雅《中华帝国的城市发展》一文,施坚雅

主编《中华帝国晚期的城市》,第 30 页。而这一时期城市人口密度及其与社会分工、技术运用、商业贸易发展等之间的关系,参见该书第 267～272 页。

⑦　荻岸散人:《平山冷燕》,大众文化出版社 2002 年版,第 1 页。

⑧⑯　曾朴:《孽海花》,陕西人民出版社 1996 年版,第 1 页,第 2 页。

⑨　吴趼人:《二十年目睹之怪现状》,人民文学出版社 1959 年版,第 1 页。

⑩　转引自何小莲《西医东渐与文化调适》,上海古籍出版社 2006 年版,第 59、61 页。

⑪　朱维铮、龙应台编《维新旧梦录》,三联书店 2000 年版,第 2 页。

⑫⑬　转引自柯必德文《"荒凉景象"——晚清苏州现代街道的出现与西式都市计划的挪用》,李考悌编《中国的城市生活》,新星出版社 2006 年版,第 445 页,第 446 页。

⑭　费正清、刘广京编《剑桥中国晚清史:1800～1911》上卷,中国社会科学出版社 1985 年版,第 102 页。

⑮㉓㊸　费正清、费维恺编《剑桥中华民国史:1912～1949》下卷,中国社会科学出版社 2006 年版,第 3 页,第 31、34 页,第 485 页。

⑰⑱　梁启超:《呵旁观者文》,易鑫鼎编《梁启超选集》下卷,中国文联出版社 2006 年版,第 522 页,第 525 页。

⑲⑳　梁启超:《论中国国民之品格》,易鑫鼎编《梁启超选集》上卷,中国文联出版社 2006 年版,第 108 页,第 109～110 页。

㉑㉘㊱　本雅明:《发达资本主义的抒情诗人》,张旭东、魏文生译,三联书店 1989 年版,第 136 页,第 146 页,第 78 页。

㉒㊾　马歇尔·伯曼:《一切坚固的东西都烟消云散了——现代性体验》,徐大建等译,商务印书馆 2003 年版,第 185 页,第 255 页。

㉔㊽㊿　罗苏文:《近代上海都市社会与生活》,中华书局 2006 年版,第 177 页,第 194 页,第 12 页。

㉕㉖　转引自迟云飞《从恽毓鼎日记看百年前的北京城》,李长莉、左玉河主编《近代中国的城市与乡村》,社会科学文献出版社 2006 年版,第 34 页,第 24 页。

㉗　参见张英进有关现代城市文学与电影中的两种视角的论述,《中国现代文学与电影中的城市:空间、时间与性别构形》,秦立彦译,江苏人民出版社 2007 年版,第 135～139 页。

㉙㉛㉜㊵　穆时英:《圣处女的诱惑》,浙江文艺出版社 2004 年版,第 14 页,第 14 页,第 88～89 页,第 45 页。

㉚㊲　史书美:《现代的诱惑:书写半殖民地中国的现代主义(1917～1937)》,何恬译,江苏人民出版社 2007 年版,第 304～305 页,第 66 页。

㉝㉞㊶㊷㊺　刘呐鸥:《游戏》,《都市风景线》,浙江文艺出版社 2004 年版,第 9 页,第 12 页,第 172 页,第 181 页,第 177 页。

㉟　齐格蒙德·鲍曼:《后现代伦理学》,张成岗译,江苏人民出版社 2003 年版,第 192 页。

㉝　李欧梵:《上海摩登——一种新都市文化在中国(1930～1945)》,毛尖译,北京大学出版社 2001 年版,第 240 页。

㊴　托马斯·班德尔:《当代都市文化与现代性问题》,何翔译,许纪霖主编《帝国,都市与现代性》,江苏人民出版社 2006 年版,第 264 页。

㊹ 罗伯特·穆齐尔：《没有个性的人》上，张荣昌译，作家出版社 2000 年版，第 1 页。

㊺ 张爱玲：《倾城之恋》，《张爱玲文集》第二卷，安徽文艺出版社 1992 年版，第 52 页。

㊼ 茅盾：《子夜》，人民文学出版社 1998 年版，第 6 页。

㊾ 王蒙：《春之声》，《蝴蝶为什么美丽——王蒙五十年创作精读》，复旦大学出版社 2007 年版，第 114 页。

㊿ 池莉：《烦恼人生》，《池莉文集·不谈爱情》，江苏文艺出版社 2007 年版，第 7 页。

52 "不要与陌生人说话"，也是齐格蒙德·鲍曼在其《后现代伦理学》中的一个小标题。

54 沙尔·波德莱尔：《巴黎的忧郁》，亚丁译，三联书店 2004 年版，第 42 页。

55 王朔：《玩的就是心跳》，《王朔文集》第二卷·挚情篇，华艺出版社 1994 年版，第 268 页。

56 王朔：《空中小姐》，《过把瘾就死》，云南人民出版社 2004 年版，第 242 页。

57 58 60 61 王朔：《橡皮人》，《王朔文集》第二卷·挚情篇，第 2 页，第 64 页，第 2 页，第 2 页。

59 王朔：《一半是火焰，一半是海水》，《过把瘾就死》，第 161 页。

62 王安忆：《长恨歌》，南海出版公司 2003 年版，第 3 页。

63 米歇乐·德塞都：《走在城市里》，罗钢、刘象愚主编《文化研究读本》，中国社会科学出版社 2000 年版，第 318 页。

64 洛伊斯·泰森：《"寻找，你就会找到"……然后又失去：〈了不起的盖茨比〉的结构主义解读》，张中载、赵国新编《文本·文论——英美文学名著重读》，外语教育与研究出版社 2004 年版，第 12～16 页。

明星变迁:李小龙的身体,
或者跨区(国)身躯中的华人男性气质

[英]裴开瑞

　　李小龙的明星形象传遍世界银幕,如此举世瞩目是因为他惊鸿一瞥的成功。仅仅才拍完四部功夫片,李小龙就在他事业的巅峰时期、年仅三十三岁的时候意外逝世,从一个国际新星变成一颗耀眼的流星。他出生于美国,从香港演艺界脱颖而出,在世界银幕上大放光彩,但是,当他刚刚成为第一个世界级的华人电影明星时,就突然陨落了。在此后的岁月里,不少长相酷似李小龙的人努力尝试填补这个空白,却终归于失败:他们只是再次成功地强调了李小龙独一无二的超凡魅力,其中最重要的是李小龙在电影中所钟爱的身体展示。衣服脱到腰间、强健而充满愤怒力量的肌肉、时刻准备出击的袒胸的李小龙形象经常出现在书、DVD 的封面以及影迷网站的页面上。

　　人人喜欢李小龙的身体,或者似乎如此,但是喜欢的理由却不尽相同。李小龙的身体是一种跨区(国)的身躯,这种身躯是由李小龙在美国和香港的个人经历以及瞄准李小龙电影的各种跨区(国)市场对他的影片的具体接受情况所共同塑造的。如果说为了追求最大利润,所有的大众文化产品都欢迎阐释的话①,那么,这种具有多种阐释可能性的跨区(国)文化产品就更应该这样了。李小龙将自己的身体作为赢得国家之间和种族之间斗争的武器进行展示,在很大程度上被认为是中国、亚洲或者第三世界受压迫者的胜利;李小龙的身体展示也已经被放在不同的男性气质模式和不同的理想化的身体理念中进行理解,当然,每一种模式和理念都有它自己的历史;最后,李小龙的身体展示还引出了酷儿式的解读,这种酷儿式的解读已经和理解李小龙身体的其他方式和途径交织起来,有时令人愤怒,有时则被女性主义或者支持同性恋的目标所利用。

　　对李小龙所作的各种不同的阐释,在不同时代和不同地域,都根据当时当地的境况得到了发展,它们都是植根于具体环境的。一些评论家非常清楚前人的相关评论,但是,总的说来,每一种分析话语都是相对独立地进行的。从被压迫者角度出发的种种阐释很少体现关于男性气质的话题,并且,尽管有关男性气质的讨论应该承认是李小龙所象征的被压迫者的胜利,但是它们很少将这种胜利与李小龙所发展的男性气质类型联系起来。本文试图说明:李小龙的身体不仅可以被理解为一种跨区(国)的身躯(体格),而且可以把关于李小龙身体的各种阐释理解为一种跨区(国)的体系(framework)。在这个跨区(国)的体系中,有两种情况是非常重要的:第一,作为被压迫者的胜利的叙述,它的载体也是一个华人;第二,这个华人所体现的特别的男性气质将情欲化的男性身体置于一个非常重要的位置。

将注意力集中在这个跨区(国)的体系上(transnational framework),使我可以采取进一步行动。之前,我曾经随便地提到:当其他所有的人都喜欢李小龙的身体时,我感到更加困惑。在对李小龙的明星身体的星际运动(stellar transit)更加仔细地观察之后,另一个总体说来并不醒目的"小行星"进入了我们的视野。回顾李小龙所走过的足迹,他在由美国现代性所主导的跨区(国)体系和后殖民体系中对华人男性气质的改造,揭示了李小龙作为中国男性气质的典范在获得成功时所付出的特殊代价。由此,我认为,李小龙的身体是极度痛苦的身体,陷入了双重强迫性的束缚之中:一方面不得不回应现代美国男性气质的挑战;另一方面不得不克服(作为这种回应能力的前提条件的)既厌恶同性恋又带有种族色彩的自我厌恶(心理)。

一、被压迫者的胜利

李小龙作为第一位世界级的华人影星的重大成就,仅仅是由他生前作为成年人所拍摄的四部影片所奠定的。在李小龙的传奇中,这种巨大的成就被叙述为被压迫者的胜利和反抗种族歧视的斗争[②]。李小龙 1940 年出生于美国,在香港长大;50 年代,他是香港的电影童星;十八岁时回到美国,并且从西雅图的华盛顿大学毕业、获得哲学学士学位之后,他在美国的电视中获得了一些成绩[③],直到在争取扮演《功夫》里的凯恩角色的竞争中,意外地输给高加索白人演员大卫·卡拉丁。美国的武打明星查克·诺里斯据说是这样评价的："卡拉丁的功夫就和我的表演一样好。"④ 回到香港以后，李小龙第一次以成年人的身份在 1971 年的故事片《唐山大兄》中露面。该片打破了香港的电影票房纪录。1972 年，他接着主演了《精武门》，该片再次刷新了香港的票房纪录。为此，李小龙得以成立了自己的制片公司，并为该公司自编自导了《猛龙过江》。1973 年，他为华纳兄弟公司拍摄了詹姆斯·邦德风格的影片《龙争虎斗》。正处于事业的高峰，李小龙却死于神秘的脑肿瘤。李小龙的第五部影片《死亡游戏》，是后人根据李小龙生前拍摄的部分场景，再加上一些（他死后）利用替身拍摄的新素材拼接而成的。

每一部电影都是"被压迫者的胜利"这一主题的变奏。在《唐山大兄》中，李小龙（郑潮安）是一个中国移民，在泰国的一家由中国人开办的工厂做工。尽管母亲叮嘱他不要和别人打架，但是在工友接二连三地失踪和死亡之后，他还是被迫起来反抗。出于对李小龙（郑潮安）的武艺的赏识，工厂老板提拔他当了工头。但是，当李小龙（郑潮安）发现自己正在被利用，而且所谓的工厂实际上是一个从事毒品走私和卖淫活动的窝点时，他怒不可遏。影片结束的时候，李小龙杀死了可恶的老板，自己则被警察带走了。

《唐山大兄》的故事几乎全部发生在泰国的华人族群内部，所以它看起来更像是关于阶级和阶层的而不是关于民族和种族的电影。《精武门》是李小龙民族主义色彩最浓的作品，故事发生在 1908 年半殖民地的上海，根据一个真实的历史事件——精武门的创始人霍元甲的死亡——为基础拍摄的。李小龙在影片中扮演霍元甲的徒弟陈真。当他发现是前来挑战的日本空手道馆害死了自己的师父之后，李小龙（陈真）通过一连串以牙还牙的杀人行为打破了师门关于禁止炫耀武力的禁令。日本空手道馆派人送来一块写有"东亚病夫"字样、用来污辱中国人的牌匾，向陈真挑衅。陈真只身来到空手道馆，砸了这块牌匾，并且在回精武馆的途中砸了公园门口"华人与狗不得入内"的木牌。影片在李小龙与日本武馆请来的俄罗斯武术（空手道）冠军之间的打斗中达到高潮。当警察来抓捕李小龙的时候，他向警察和摄影机镜头飞去。影片在李小龙高高跃起的定格镜头中结束，我们只听到一阵李小龙特有的怒吼和警察嘭嘭嘭嘭的枪声。

正如托尼·雷恩思所指出的，《猛龙过江》把《唐山大兄》中的移民工人的主题与《精武门》中的竞争或者竞赛主题结合起来⑤。一个来自香港新界的乡巴佬，李小龙坐飞机到罗马去帮助他的堂姐，因为她的餐馆受到当地流氓的威胁。叔父告诫他不要打架,但是,李小龙没有听从叔父的劝告,而是教餐馆的服务生学会还击。当地的流氓请来了一位美国打手(由查克·诺里斯扮演)。影片意味深长地在罗马圆形大剧场的打斗场景中达到高潮。之后是一个意想不到的转折,后来才知道,他的叔父正在和当地的流氓秘密勾结。

这些影片在票房上的成功,促使《龙争虎斗》得以问世,该片由罗伯特·克洛斯导演、华纳兄弟影业公司负责国际发行。模仿大名鼎鼎的《邦德》,李小龙装扮成人们熟悉的国际警察,去和一个非常富有且作恶多端的坏人战斗。李小龙的角色(李)是一位武功高强的少林高手,他的对手是一个名叫韩的少林叛徒。李小龙和一个高加索白种美国人威廉姆斯(吉姆·凯利/Jim Kelly 饰)以及一个非裔美国黑人澳哈拉(罗伯特·沃尔/Robert Wall 饰)潜入韩的孤岛要塞,非裔美国黑人被杀害了,但是,李小龙和他的高加索白人同事一起捣毁了韩的孤岛要塞,并且将韩挫败。

在作品小小的篇幅内,范围广泛的族裔关系和民族归属感很难构成批评家们所谓的印有艺术家个人签名的创作整体。一种可能的例外就是打斗场景的编排与设计,这是李小龙集中参与的一个环节。大多数评论家都指出,李小龙对不需要弹簧垫、烟火和剪辑技巧帮助的真实打斗场景的支持与奉献,以及他自己创立的跆拳道风格⑥。但是,甚至就是这个问题,在导演方式中还有一些重要的变奏。李小龙只是参与编剧和导演了一部电影,那就是《猛龙过江》。澄雨指出,《唐山大兄》和《精武门》的导演"罗维喜欢用蒙太奇,用剪接来拍摄打斗场面。更喜欢特写对手中拳或被踢中的场面。他的镜头是主观的,常出现李小龙面对镜头连踢三脚或连打数拳的画面,但在《猛龙过江》中,李小龙却喜欢用中镜和长镜,李小龙和对手不是站在镜头的左右两边,就是九十度的互相对峙"⑦。对于《龙争虎斗》,托尼·雷恩思并不是唯一的一个贬低导演罗伯特·克洛斯的人。他指出:"他没有能够理解拍摄武术动作电影的基本规律——那就是,如果演员的运动将会构成电影剧情的动力的话,那就必须展示主演者的整个表演过程。"⑧

这种变化延伸到影片叙事的同时,也延伸到影片的导演风格中,观众如果想要"弄懂"李小龙所代表或主张的意思的话,就不得不对这些变化进行选择性的解码。理解李小龙是被压迫者的胜利,通常流行的有四种主要的、而且常常相互重叠的可能性,它们要么表现香港的胜利、"漂泊"的华人的胜利、第三世界的胜利,要么表现为亚裔美国人的胜利。并不是所有的评论家都把意义归功于李小龙的功夫,对打斗风格的形式主义的审美也是非常普遍的。但是,在考虑到《精武门》和《猛龙过江》中李小龙所面对的高加索白人对手时,张建德(Stephen Teo)对这种研究方式提出了正当的质疑⑨。

很多人认为李小龙代表的是香港身份,他们的根据是李小龙在香港度过了他的童年和少年时期,并且在去美国之前曾经是香港电影童星。但是,罗贵祥(Lo Kwai-Cheung)对这种观点的反应是,对于那些土生土长的香港人而言,李小龙并不意味着一个清晰的香港身份。不仅因为李小龙很长一段时间都待在美国、持有美国护照,而且因为他一般都是以华人的身份而不是特别地以香港人的身份出现在他的影片中(《猛龙过江》除外);另外,李小龙电影中说的都是中国大陆的普通话,而不是香港常用的广东方言(粤语)。这种香港特征的缺乏,使得一些评论家将李小龙的胜利看成是华人移民社群自豪感的一种隐喻。朱英淇(音译,Chu Yingchi)是这样说的:"没有别的任何一位香港明星能够像李小龙这样清楚地表达移民意识。他那三部最著名的影片……表现的是居住在由外国人统治和控制的地方的华人故事。"⑩张建德采取一种相似的视角,将李小龙的"事业"看做是"文化民族主义",一种以族裔为基础的民族主义形式,含蓄地区别于以政权/国家为基础的国家民族主义,无论是中国大陆还是台湾都是有所区别的⑪。但是,罗贵祥对这同一种特征的看法也是不同的,他相信香港的居民会认同于李小龙电影中的中国想象,正是因为"李小龙的身体不能为确定一个'香港'本质或概念提供一个稳固的基础",罗贵祥在这种不明确的身份认同与香港自身在告别英国的殖民地位、融入中国大陆社会的过程中的精神面貌之间看到一种异体同形的东西⑫。

同样,民族/国家具体特性的缺乏,成为从第三世界的角度读解李小龙的基础。焦雄屏(Chiao Hsiung Ping)曾经指出,李小龙的反西方侵略"不仅对于中国人是适合的,而且对于所有遭受西方帝国主义的屈辱的人(南美人、阿拉伯人和东方人)都是适合的"⑬。维杰·普拉萨德(Vijay Prasad)不仅记得在印度观看《龙争虎斗》的情形,而且将它与《邦德》进行了如下的比较:"詹姆斯·邦德是英国国际刑警(MI-5)中堕落名单里的代表,而李小龙却坚定不移地反对各种形式的堕落行为……利用他的赤手空拳和双节棍,李小龙给年轻人带来这样的意识和观念:我们终究会胜利,就像越南游击队员一样,抗击着国际资本主义的毒素。"维杰·普拉萨德认为,李小龙是在与(他在其他文章中)称之为"穿着黑色宽松裤的军队"(黑社会)进行战斗。为了做出这样的阐释,维杰·普拉萨德不得不忽略一个极其不便的事实,即在《龙争虎斗》中李小龙本人也是一个国际刑警(MI-5)的代理人⑭。另外,很多华人移民观众对共产主义所怀有的恐惧心理,压制了任何具有明显社会主义色彩的李小龙形象。

在李小龙电影发行的当时,普拉萨德深情回忆的那种第三世界国际主义,正如他详细介绍的,在美国是与少数族裔的政治斗争紧密交织在一起的。例如,大卫·德塞(David Desser)曾经追溯过李小龙的电影在非裔美国观众中大受欢迎的原因⑮,以及非高加索白人观众对于后来进入美国电影市场的香港动作明星比如成龙和李连杰的重要性。这种情况也反映在与他们合作的美国演员的族裔身份上面,例如,与他们合作的那些演员往往都不是白人⑯。但是,正如詹·雅金森(音译,Jachinson Chan)所指出的,如果在香港,对于李小龙是否能够算是地道的本地人这个问题都还犹豫不决的话,那么在美国,李小龙作为亚裔美国人的身份也是值得商榷的⑰。也许,在这种环境下,关于亚裔美国文化的著作只是蜻蜓点水般地提到李小龙,也就没有什么值得吃惊的了。除了詹·雅金森的著作之外,唯一重要的例外就是马圣美(Ma Sheng-mei)的著作。她将李小龙的民族主义看做是更加广泛的中国和亚洲现象的一部分,包括亚裔美国文化⑱。但是詹·雅金森将李小龙当做亚裔美国人表现中的一个突破,因为之前的亚裔华人在美国电影中都是一些女性化的形象,比如付满洲(Fu Manchu)和陈查理(Charlie Chan)。

二、对抗性的男性气质

作为关于亚裔美国人男性气质的专题著作的一部分,詹·雅金森对于李小龙的讨论,既分析了对于被压迫者的胜利的叙述,又分析了李小龙的男性气质,这是关于这方面问题的讨论中比较独特的。绝大多数的评论家都没有能够将被压迫者的胜利和李小龙所展示的那种男性气质联系起来思考。甚至在詹·雅金森的著作中,男性气质也是单独存在的,并没有关于男性气质的不同存在方式的讨论。也许,这正是为什么其他作者不讨论李小龙所体现的那种男性气质的原因;也许这样再"自然"不过了:只有具有男子气概的男人才能够象征人们在他的叙述中看到的那种属于大家所有的"重新授权"(communal re-empowerment),"男性气质"只有一种形式。

例如,罗贵祥在提到马修·图勒(Matthew Turner)的关于香港在20世纪60年代向"现代西方的健康、仪态和心理模式"转向的研究时,加上了这样的话:"西方的健身/健美运动与中国功夫无与伦比的结合(詹姆斯·邦德的空手道与中国大陆的轻功/飞行动作相互渗透),在李小龙的形象中得到完美的展现……"[⑩]这是一个非常说明问题的观察,它指出了其他类型的华人男性气质与西方的肌肉型文化(muscle culture)之间的张力关系,但是罗贵祥没有沿着这条调查线索继续追问下去。同样地,伊冯·塔斯克尔(Yvonne Tasker)在她的关于中国武侠动作电影中的种族和男性气质的论文中,略微提到了不同的男性气质,她是这样评价的:"华人英雄常常为了群体、并且作为群体的一分子而战斗,但是,在美国的文化传统中,英雄已经变成一个越来越孤立的形象(孤胆英雄)。"[⑪]但是,伊冯·塔斯克尔在这里含蓄地将华人的群体意识和美国的个人主义当做一些固定不变的文化品质/特征,而不是作为处于动态争论中的不同形象,即在各种不同的但是伴随着殖民主义、帝国主义和全球"自由贸易"的到来而不断相互连接的空间中,一个真正的人究竟是什么样的这个动态的争论中的不同形象。

雷金庆(Kam Louie)最近出版的关于华人男性气质的书可以帮助我们更好地理解这个问题。他详细说明了两种长期存在的男性气质,这两种气质在华人社会都是根深蒂固的。"文"或者优雅的男性气质是以孔子和文人作为象征的,强调的是文化内涵而不是身体能力。文人气质对于女性具有很大的诱惑力。文人可能会与妇女嬉戏调情,但是到了最后总会放弃情欲的快感,以成全他的道德伦理义务;"武"或者尚武的男性气质是以关帝(吴宇森的很多电影中都供奉着他的塑像)以及居住在民间社会之外的神秘空间(江湖)中的武侠形象作为象征的,这些英雄人物强调身体的力量和技术。除非是酩酊大醉,他们完全避开女人。他们主要的承诺是针对他们的歃血为盟的兄弟的。尚武英雄的身体比文人书生的身体更加暴露,文人书生的身体往往被包裹在飘逸的袍子里面。但是在以上这两种情况下,男性的身体都不是被情欲化的:尚武英雄的身体仅仅象征着他的武术力量[⑫]。

事实上，"肌肉"一词直到 19 世纪从西方解剖学研究中被挪用过来之前，中国语言里并不存在这个概念[22]。早期中国文化中男性身体的这种特殊的"不可见性"，是与在与西方世界接触之前的中国艺术中更大范围内的"身体缺席"密切相关的[23]。

雷金庆指出："李小龙的银幕角色具有忠诚、正直和义气三大品质，足以证明他是一位尚武英雄。"他还指出："就像传统叙事中的武侠英雄一样，即使（甚至）他周围的女人都渴望着他，李小龙的角色也不会像文人常常会做的那样去和那些美丽的女人柔情蜜意，他总是首先献身于他的社会责任和义务。"[24]詹·雅金森好像没有意识到这些不同的男性气质，所以只是在美国男性气质的传统框架内阐释李小龙的行为。他说："李小龙所塑造的形象并不是一般意义上的家长制的或者厌女症的人物。李小龙的各种角色既不压迫女性角色，也不表现出对詹姆斯·邦德式的夸张的异性行为的歧视。"[25]但是，在尚武的男性气质传统中，李小龙的行为不是取悦女人的，而是非常家长制的、厌恶女性的（视红颜为祸水的）。他要么出于自己与她们的家庭之间的关系，将保护她们视为自己的责任；要么将她们当做分散注意力的危险物，然后置之不理。

这种阐释的差异也清楚地表明，亚裔美国人和传统华人对尚武英雄的不同期待之间具有潜在的张力关系。对詹·雅金森而言，李小龙令人失望地"塑造了西方文化替亚洲男子建构的无性欲角色，并且从来没有和片中的女性角色过过夜——这在詹姆斯·邦德影片中是不可思议的"[26]。但是，美国文化传统中体现男性成就的行为，在华人尚武的男性气质传统中，很可能就是一种失败的标志。（尽管这已经超出了本文要论述的范围，这些紧张关系仍然困扰着华人男性功夫明星进军跨区（国）市场的努力，李连杰和成龙他们对性活动的尴尬的处理恰好揭示了这些相互冲突的文化期待之间的困境。）

雷金庆既没有把这两种华人男性气质当做一成不变的气质，也没有把中国当做一个封闭的、不受世界其他文化影响的实体。他声称，国际性的成功将李小龙现象塑造为"华人尚武男性气质在国际舞台上的胜利"。但是，按照罗贵祥对于 60 年代香港健身/健美狂热风潮的评价，他也指出："美国媒介对世界的统治意味着，很多美国影像和图像所表现的西方男性偶像在中国已经获得越来越普遍的接受"，并且承认，李小龙对自己身体的展示、连同关于他在银幕之外（私生活中）乱搞女人的谣言一道,共同违背了传统的尚武男性气质,因为这种展示"流露出很多性欲的元素"。因此,李小龙不仅意味着"对尚武男性气质的再度肯定",而且意味着对这种男性气质的修正,"以便适应华人移民新的混杂的文化"^②。

但是,雷金庆很可能低估了李小龙对于已经确立的尚武男性气质典范的背离。首先,对于情欲化的身体的展示就是对过去所有武术明星的令人震惊的背离。早期香港动作电影中英雄人物出场的时候,不仅穿着衣服,而且从头到脚都裹得严严实实,完全不强调身体本身。这种情况不仅对于电影中的剑客是存在的,而且对于像李小龙本人这种首先以武术动作为基础的功夫影星也是一样的。比如,在五六十年代非常流行的黄飞鸿系列电影中,扮演黄飞鸿的关德兴总是穿着黑色的长袍^③。这种情况只是在张彻的电影中才开始改变。

尽管李小龙的自我身体展示在武术电影类型中曾经是非常新颖的,但是健美的身体作为现代化的一种标志,在中国电影中已经有了很长一段历史。早在 30 年代,黎莉莉就穿着泳装和运动衣出现在《体育皇后》(1936年)中;在《大路》(1935 年)中,男性电影明星扮演的筑路工人也把衣服脱到腰间,被迫敞着胸膛、光着膀子替日本鬼子修路。这部电影描绘了一个著名的男性裸体场景,但是这种幽默的刺激在 1949 年之后消失了。身体展示仍然在新中国的电影中继续着,但是完全被限制在健康地、积极主动地参加国家建设的活动中。例如,在极度降低情欲化的运动类型电影《女篮 5号》中,为国家篮球队打球就是一个将自己投身于国家建设的隐喻。

考虑到这段范围更广的历史,李小龙对华人尚武男性气质和美国男性气质的糅合,就不能被相互割裂地解读,而是要与对李小龙电影中被压迫者的胜利的叙述,所进行的各种民族主义的和反殖民主义的阐释结合起来解读。在李小龙通过他的电影和银幕形象为华人/亚洲/第三世界维护权益的同时,他也通过对男性气质的坚持来达到这一目的。

另外,在一个动态的华人语境中,李小龙也意味着这样一种选择:选择"尚武"的男性气质而不是文人的男性气质,来完成为华人/亚洲/第三世界维护权益的使命。这是一个非常重要的转变。正如雷金庆所指出的,一般而言,人们对于"武"的评价不如对高雅的"文"高,"文"通过凌驾于扩张与暴力之上的道德伦理来强调对秩序和规则的服从,而扩张与暴力都是与

"武"密切相关的。事实上，李小龙电影中一再重复出现的主题之一就是，推翻墨守成规的"文"的必要性，因为"文"坚持反对使用武力。在《唐山大兄》中，李小龙的母亲曾经警告他不要打架，但是到了最后，为了追求正义，他不得不出手。在《精武门》中，精武门的师父在教徒弟时，都告诫他们要把武术当做一种强身健体的手段，但是李小龙不能让自己的师父白白地冤死在日本人手里。在《猛龙过江》中，王伯父告诉年轻的服务生，给敲诈他们的意大利流氓付钱都可以，但千万不要打架，但是事实证明，他已经被坏人收买了。

根据澄雨的观点，这种叙述模式是与"中国人对挑衅的忍耐力非常强，不到万不得已绝不动武"这种性格是相一致的⑧。只有在极端的情况下才能释放自己的武力，但是《猛龙过江》也标志着对一般规则的重要背离，那就是，李小龙从美国传统中借鉴来的现代的、跨区（国）的"新武"男性气质。通常，"武"的暴力所造成的（即使是）合法的、道德的惩戒（破坏），也必须最终被消除，即使武力是用来恢复秩序的，也绝不例外。这就是为什么李小龙在《唐山大兄》的结尾被逮捕、在《精武门》的结尾被华人租界警察射杀的原因。但是，在《猛龙过江》中，李小龙不是被逮捕或者被枪杀，而是与他的堂姐道别，让她继续和平地经营餐馆，自己则回到香港。这种情况在美国的西部片中有一个对应物：在挽救了她的生命和家园之后，遗憾地留下那个年轻的寡妇，牛仔骑着骏马朝着夕阳走去……在《龙争虎斗》中，李小龙更加全面地借鉴了美国枪战片中的男性气质套路，比如，他被 MI-5 雇佣来专门去抓坏人韩。

李小龙的"新武"男性气质还通过另外一种方式借鉴了美国的男性气质传统。李小龙不再委曲求全，不只是出现在因为愤怒至极、以典型的"武"的方式全力与敌人战斗的时候。这样的时刻还常常出现在李小龙脱掉衬衣、暴露出强健的上身的时候。不像其他所有的华人武术电影明星，李小龙尽情地展示他的强健的肌肉，就像 50 年代的"剑与凉鞋"（sword-and sandal）电影明星曾经做过的那样⑨，以及施瓦辛格和史泰龙在后来的电影中将要做的那样。另外，女性角色对李小龙的反应表明，李小龙的身体展示不仅是一种武器或者武力的展示，而且是一种情欲的契机。但是，李小龙的"新武"男性气质和美国男性气质之间一直存在着差别，这还可以在《龙争虎斗》中看到。李小龙的两个同伴，无论是那个白人还是那个非裔黑人,他们都不会对在比武的前夜和韩送来的女人睡觉感到疑虑或者内疚——实际上,那个非裔美国黑人的角色是依照带有种族主义偏见的纵欲过度的原型设计的。相反,李小龙拒绝了所有的这类诱惑,保持了"武"的核心价值,避免与女人搅在一起,以免她们伤了自己的元气或者分散了自己的注意力。

三、李小龙与酷儿身体

并不仅仅只有女性才对李小龙健硕的身体着迷。李小龙的身体在电影和批评性的著作中都被挪作酷儿的视觉愉悦(观看快感)之用。在《猛龙过江》中,魏平澳(Wei Pingao)再次扮演了《精武门》中的那个汉奸翻译。在《精武门》中,他为暗杀霍元甲的日本空手道馆卖命,这一次他却是为意大利的流氓服务。在《精武门》中,他表现了"东亚病夫"体质的羸弱和摇尾乞怜的嘴脸,但在《猛龙过江》中,他已经从男性气质阙无变成了彻头彻尾的娘娘腔的同性恋。他不仅穿着各种 70 年代约翰·艾尔顿风格的外套到处招摇,而且一点都不掩饰他对李小龙角色(唐龙)的诱惑。托尼·雷恩思提到了其中两个特定的场合,"让他抚摸李小龙(唐龙)的二头肌和胸大肌"。事实上,在第一次试图强迫李小龙为意大利流氓卖命的时候,魏平澳确实发现,当自己的手指摸过李小龙(唐龙)的(穿着衣服的)胸膛时,禁不住喃喃自语:"好结实的肌肉!"但是,他们之间的第一次碰面则更能说明问题。在第一次试图恐吓餐馆的行动的最后,魏平澳第一次结结实实地撞到了正要出门的李小龙身上。刚开始他还有点恼怒,但是当他后退几步仔仔细细地把李小龙打量一番之后,他的语气变了。李小龙的衣服带子正在两腿之间晃来晃去,魏平澳伸手将带子抓起来塞进李小龙的裤腰里,柔情蜜意地对李小龙说:"看看你要做什么。"这个掩耳盗铃的动作无疑告诉人们,魏平澳希望李小龙像他那样做。

对李小龙身体的酷儿审美也体现在一些批评性的著作中。张建德固执地认为,他对李小龙所作的"文化民族主义"阐释才是唯一正确的阐释。对他而言,把李小龙与酷儿联系起来会糟蹋了李小龙对自己事业的忠诚:"这些批评家提到李小龙的'自恋',一个同性恋意象的代名词,仅仅只是因为不愿意承认李小龙民族主义的立场。"他还指出,"一部分同性恋批评家"

还把《猛龙过江》里面，李小龙在自己的房间里练功时，通过镜子观看自己"的那个场景描述为"自我满足/自慰"。同时他还指出："一位西方的批评家甚至到了引用李小龙妻子的话的程度，就是为了说明'李小龙有一个没有完全下垂的睾丸'，以便证明他受到了自卑情结的折磨……导致他后来生活中的健身/健美、练武和自恋情绪。"⑪

实际上，以上所有的这些引文都来自同一个渠道——托尼·雷恩思(Tony Rayns)。暂时把张建德愤怒的问题放在一边，在雷恩思关于《猛龙过江》的讨论中，有一个有趣的契机症状性地泄露了他对影片的身心投入。雷恩思确实把这个练武的场景描述成"自慰过程中的自恋(因为这个过程牵涉到镜子)"，并且还说"观众通过李小龙角色(唐龙)的表姐的眼睛，带着窥淫癖的心理来观看这个场景，表姐是悄悄地溜进房间的"。雷恩思然后观察到："在后来的场景中，观众的替身就是流氓团伙中那一个翻译，他在两个场合下，被命令抚摸李小龙的二头肌和胸大肌。"⑫事实上，在李小龙(唐龙)的堂姐和魏平澳所扮演的角色霍先生之间，还有一个非常重要的差异。正如雷恩思所描述的，李小龙的表姐是在监视他，因此观众的视角就是表姐的视角，但是，在魏平澳羡慕李小龙的那两个场景中，观众始终保持一种独立的、第二者的视角，因此没有视点镜头。换句话说，要在这个时刻如雷恩斯的滑移所暗示的那样，认同霍先生的同性恋愉悦，还需要一种旁观者性质的心理投射。

张建德针对托尼·雷恩思的讽刺性的愤怒，既揭示了酷儿理论对李小龙的挪用与将李小龙当做被压迫者的胜利的各种读解之间不可调和的矛盾，也表明李小龙"新武"男性气质的跨区(国)的传播已经将他置于美国男性气质的世界中。首先，酷儿理论的挪用与被压迫者的阐释之间的张力关系，是视以下两种情况而定的：1.李小龙的身体展示是怎样被理解的；2.强调的是哪些具体的场景。在被压迫者的阐释中，李小龙在与敌人战斗之前极度愤怒时刻的身体展示，是作为超级身体武器展示来强调的。在同性恋的挪用中，瞪着镜子中自己裸露的胸膛，是作为男性与男性之间自恋的基础来强调的，这也是同性审美得以建立的基础。

在被压迫者阐释中，李小龙的身体是维护力量的工具；在同性恋挪用中，李小龙的身体是被欲望的对象。当然，李小龙可以被作为一个强有力的、阳刚的男性来渴望。事实上，阮黄晋(Tan Hoang Nguyen)的解释是这样的：李小龙的明星形象，为某个同性恋色情演员给自己起一个与李小龙的儿子李国豪相同的名字，并且成为在同性爱行为中处于"男人"的位置而不是"女人"的位置的亚洲影星的故事提供了基础。但是，这并没有改变从观众认同的主体到被欲望的对象这一根本性的转变。另外，如果同性恋的观众也被想象成白人，就像托尼·雷恩思那样，那么，李小龙看起来是在为中国、第三世界以及亚裔美国人观众所保留的愉悦，就好像被他们象征性的压迫者所再次地加以挪用或者"偷窃"。这也可以用来解释张建德以及其他一些人对于那些西方"形式主义的"阐释感到不满的原因，因为这些形式主义的阐释只是欣赏李小龙优雅的运动，但是完全抹杀了其中重获的授权的政治意义。

对于同性恋及其意义的焦虑，进一步揭示了李小龙的"新武"男性气质与美国男性气质的相互混杂、并且被置于全球化的美国男性气质之中的程度。同性恋恐惧症及其护理者的焦虑是全球化的美国男性气质内在的组成部分。但是，根据雷金庆以及其他一些人的观点，在与现代西方社会接触之前，这些既不是"文"的重要特征，也不是"武"的重要特征㉝。人们只能推测其中的原因。如果早期的"文"和"武"的男性气质提供了一种可供模仿的榜样，那么这种模仿就是建立在不同的机制之上的，而这些机制则与现代的美国男性气质密切相关。书面的和口头的叙事排除了凝视健硕肌体的可能性。中国"传统的"表演艺术中的演员都是穿着衣服的。唯一的例外可能是杂技表演，但是杂技中叙事的缺席很可能限制了产生认同心理的可能性。相反，像电影或者印刷图片这一类的视觉媒介，则是鼓励认同美国的男性气质，以加强对健壮的身体进行展示的重要性。

在这些视觉环境中，作为动作主体的男性身体和作为欲望对象的男性身体之间，始终存在一种张力关系。像拍摄男性身体、展示胀鼓鼓的像装甲一样的肌肉或者将动作定格于这一类的技巧，被用来克制对象化过程中女性化所隐含的威胁以及根据现代男性气质规则看来，同性恋泛化带来的威胁㉞。但是，对于潜在的同性恋状况的焦虑，如影随形地伴随着现代的美国男性气质。不仅因为这种身体展示正在被动摇，而且因为这种男性气质的最终目标是为了获得另一个男子的认可。如果羡慕和尊重变成了渴望与欲望的基础，这种同性社交（homosocial）也可以轻易地掉进同性恋的怪圈，因此这两者之间的界线应该予以严加注意㉟。

正如罗宾·伍德(Robin Wood)所指出的,动作电影可以被理解为这些张力关系得以解决的场所。在这把象征性的伞盖下面,男人之间的暴力转移和改造了欲望的威胁。当拳头打在对手的身上时,似乎就可以用同样的暴力将欲望的威胁赶出体外⑤。李小龙的"新武"男性气质带着这种同性恋厌恶症结构的全部力量,但是它被帝国主义和反殖民主义的政治进一步复杂化和具体化了。正如常常被提及的,在李小龙的对手中,还存在一个种族间的等级制度。对付别的中国人或者日本人简直就是小菜一碟(简单的开头),高潮的检验往往是一个高加索白人对手,就像《精武门》中日本人雇佣的俄国冠军(佩特洛夫/Petrov),或者《猛龙过江》中意大利流氓请来的查克·诺里斯(科尔特/Colt)。

另外,在李小龙的一些电影中,李小龙对付不同对手时的方式具有显著的差别。面对亚洲的对手,他总是很轻蔑地就将其击溃;相反,对付高加索的白人对手,则需要严阵以待。在《猛龙过江》里罗马圆形竞技场那个场景中,李小龙直到最后才击败了查克·诺里斯,甚至对诺里斯的处理还很尊重。澄雨指出,李小龙避免"他常用的喊叫、装怪相或者嘲笑对手等战术"⑦。对澄雨而言,这标志着朝向写实主义的发展,但是在维杰·普拉萨德看来,这种格斗就是"中华文化与西方文化、美帝国主义的纸老虎与走向繁荣的红色东方之间的战争"⑧。另一方面,对于马圣美而言,坐飞机到罗马并且在圆形竞技场打败敌人,是对在抗拒殖民价值的同时又服从殖民价值这种双重意识的经典表现形式⑨。托尼·雷恩思从这个场景得出的结论(与张建德对他的评价——对民族主义拒不承认——完全相反)是,"《猛龙过江》……构成一种进取性的身份主张,既是通过武术实现的作为个人的身份,也是作为华人的民族自豪"。但是,在张建德看做同性恋代名词的"自恋"的标题下,托尼·雷恩思也写道:"这整个段落都被放在战斗双方相互尊重对手的武艺的基础之上……李小龙杀死了对手,但是在精神上非常尊重他。在杀死对手后,李小龙将对手的外衣和黑色腰带盖住他的尸体,然后默默地跪在旁边。"⑩

李小龙(唐龙)必须战胜查克·诺里斯的必要与李小龙(唐龙)对诺里斯的尊重之间的张力关系,这再次证明了马圣美对于"双重意识"的观察。它同时也表明,李小龙是多么渴望从美国对手那里获得承认。在一个隐喻的层面上,它也泄露了由李小龙所象征的重塑男性气质的反殖民主义政治主张内部的张力关系⑩。如果李小龙的明星形象印证了华人男子在国际竞争的舞台上获取胜利的能力，那么，他也同时印证了华人男子对现代美国男性气质的承认。这种张力关系与同性性欲（homosexuality）和同性社交（homosociality）之间的张力关系形成了共鸣，而同性社交（homosociality）正是塞吉维克在现代美国男性气质的核心价值中强调的。

另外，圆形竞技场中钦佩性的同性社交与魏平澳的角色的命运形成了鲜明的对比。首先，这些完全被蔑视的角色甚至根本就不具有作为对手的地位。结果，在其他作者的讨论中，他们甚至不能在李小龙对手的等级体系中的最低级别里占有一席之地。在《精武门》中，李小龙第一次报仇杀死的人，是谋害李小龙师父的两条走狗：一个是日本人，另一个是华人。他们在一个简短的打斗场景中就被打发掉了，李小龙愤怒的拳头像狂风暴雨一样倾泻在他们的肚子上，第二天，他们的尸体被发现挂在路灯杆上。魏平澳扮演的汉奸翻译是下一个被除掉的对象，但似乎不值得为他安排一个用来除掉刺客的真实的打斗场景。一天晚上，李小龙乔装打扮成魏平澳雇佣的黄包车的车夫，将他拉到一个黑灯瞎火的小巷子。李小龙连人带车将魏平澳掀翻在地。李小龙的目的是要让他交代，到底是谁指使人暗杀了自己的师父。魏平澳早就被吓成一摊烂泥，对于他的外国主子也没有半点忠诚可言，马上就告诉李小龙，是日本空手道馆的铃木指使人暗杀了精武门的师父。他不停地讨饶说，他只是"按照别人的命令办事"。但是，当李小龙转过身去时，他抓起一块砖头就砸向李小龙。李小龙愤怒地转过身来……但是，影片并不认为值得向我们展示除掉这个卑鄙小人的实际过程。影片直接切到第二天早晨，魏平澳的尸体也被挂在路灯杆上。在《猛龙过江》里面，李小龙甚至不愿意屈尊俯就地碰霍一个指头。更有甚者，在圆形竞技场那个场景之后，当霍跑到唐伯父那里去报告一个不好的消息时，他的意大利老板也开车追来了，他还没来得及说话就被意大利人杀死了。换句话说，他完全被当做一个"马后炮"。

李小龙虽然在圆形竞技场杀死查克·诺里斯，却对他充满敬意；同时，却把魏平澳所扮演的角色当做害人虫来处理。这两种态度之间的鲜明对比发人深思。情况是不是这样的呢？在李小龙"新武"男性气质的秩序中，曾经用来标志优雅的文人气质的修长身体，现在被用来指代"软弱性"、甚至"东亚病夫"？在"新武"的秩序中，曾经将"文"的优雅与教育结合起来表示智慧以及明显优于单纯体力的脑力的文质彬彬的身体,连同懦弱和背信弃义捆在一起,被用来指称失败的华人男性气质、脂粉气的男子、甚至男同性恋者。在《猛龙过江》中,霍是李小龙的同性渴望者,但是詹·雅金森对李小龙针对霍的表现非常乐观。他将李小龙对于霍引诱所做出的禁欲主义的反应,与精力充沛的美国英雄可能会采取的反同性恋的暴力行为相比,应该是一种容忍的态度。但是,"新武"思想之内的总体处理、以及魏平澳在《精武门》和《猛龙过江》中扮演的角色的命运,都将李小龙的表现界定为:不值得对他们采取暴力的回应。

这里,有一种特殊的交换机制和翻译机制在起作用。阮黄晋注意到,在同性恋色情明星李国豪的形象(Brandon Lee/李国豪,此李国豪并非李小龙的儿子李国豪,只是借用李国豪的名字)的如意算盘中,他相对被同化的美国特征与他经常搭档的移民和底层人物的亚洲特征形成鲜明的对比。这可能是以李小龙的"新武"男性气质作为原型的、范围更广的形象模式的一个子集。通过借鉴现代的美国男性气质的元素,李小龙给"武"带来了新的活力,在抛弃旧式华人男性气质的许多落后因素的同时,产生了新的力量。这样,李小龙银幕形象的轨迹与拉康式主体的经典产生过程极其相似,通过一个征服/服从的过程,某个人(自我)凭借对父权制度的回归,获得了承认并被赐予主体的地位。在这个过程中,"女里女气的男子"或者"同性恋的男子"作为自我内部令人讨厌的成分被生产出来,而且被压制或者象征性地被消灭。但是,在李小龙这个具体的例子中,在"新武"男性气质的生产中,在殖民性与男性气质的交叉区域,把"脂粉气的男人"或者"女兮兮的男人"标定为华人,把值得渴望和效仿的榜样标定为白人。在李小龙其他方面完全不具有讽刺意义的银幕形象中,出现了具有讽刺意味的情况:要以克服所有的差距并且打败帝国主义的面目出现,但是,这只有通过付出更大的代价才能实现。

在这些错综复杂的情况中,我只好回到米甘·莫瑞斯(Meaghan Morris)将李小龙作为教师的讨论中来结束本文。她讨论了关于李小龙的电影中的那一部分。这一段影片表现的是:李小龙和他的妻子琳达·艾米莉(Linda Emery)正准备一起去看电影,他们观看的影片是《蒂凡尼的早餐》;当米基·鲁尼(Mickey Rooney)可能是非常幽默的角色(Mr. Yunioshi)出现在银幕上时,观众都哈哈大笑,琳达开始也笑了,但是当她注意到李小龙冷漠的表情时,才不笑了。莫瑞斯关心的问题是:琳达是怎样学会跨越文化鸿沟并最终和李小龙走到一起(结婚)的⑩。在观看李小龙电影时,我个人也有相似的不舒服的感觉。在进一步分析之后,我不禁注意到,李小龙"新武"男性气质中具有的同性恋恐惧症的特殊的种族化结构。将女性化的男人与中国画上等号,和将理想的男性气质与美国划上等号,不仅是具有同性恋恐惧症的,而且在华人重新树立阳刚之气的过程中刻下了自我厌恶的痕迹。

---

① John Fiske,"Television:Polysemy and Popularity",*Critical Studies in Mass Communication*, No. 3 (1986),pp. 391~408.

② 关于李小龙的书籍和网站非常多,我在本文中主要利用的是 Little 的材料。该书是与李小龙的遗孀合作撰写的,它并没有耽溺于围绕李小龙死于台湾女星床上这件事所引发的各种谣传,这些谣传在那些"没有授权的"说法中随便可以找到。较早的传记包括 Lee Thomas 和 Clouse。

③ 早期在美国电视上播出的《青蜂侠》中,李小龙饰演老是戴着面具的配角。见 Darrell Y. Hamamoto, *Monitored Peril:Asian Americans and the Politics of TV Representation*, Minneapolis:University of Minnesota Press, 1994, pp. 59~63;Ma Sheng-mei, *The Deathly Embrace:Orientalism and Asian American Identity*, Minneapolis:University of Minnesota Press, 2000, pp. 60~61. 诺里斯在这里是开玩笑的,因为他显然不是一个非常好的演员。

④ Richard Meyers, Amy Harlib and Karen Palmer, *From Bruce Lee to the Ninjas:Martial Arts Movies*, New York:Carol Publishing Group, 1991, p. 221.

⑤ Tony Rayns,"Bruce Lee and Other Stories", in *A Study of Hong Kong Cinema in the Seventies*, Li Cheuk-to(ed), Hong Kong:Urban Council, 1984, pp. 26~29.

⑥ 举例,Chiao Hsiung-Ping ,"Bruce Lee:His Influence on the Evolution of the Kung Fu Genre." *Journal of Popular Film and Television* 9, No. 1 (1984), pp. 30~42. 焦雄屏认为,李小龙的舞蹈艺术般的风格,不仅可以放在现实主义的语境中来理解,而且可以同时理解为与强调吊走钢丝、以及其他特技手段的中国式奇幻风格相对照的西化套路。事实上,这种奇幻风格一直是剑侠电影中的主流,后来才被李小龙的功夫电影所取代。但是,自 20 世纪 50 年代以来的很多早期的功夫电影,比如著名的"黄飞鸿"系列电影的打斗场面,也相对而言具有"现实主义"的风格特征。

⑦㉙㉗ 澄雨:《李小龙:神话还原》,李焯桃编《七十年代香港电影研究》,香港:市政局,1984 年版,第 21 页,第 24 页,第 25 页。

⑧㊵ Tony Rayns, "Bruce Lee:Narcissism and Nationalism", in *A Study of the Hong Kong Martial Arts Film:The 4th Hong Kong International Film Festival*, April 3~18, 1980, City Hall, Lau Shing-Hon (ed.), Hong Kong:The Urban Council, 1980, pp. 110~112, p. 112.

⑨ Stephen Teo, "True Way of the Dragon:The Films of Bruce Lee", in *Overseas Chinese*

Figures in Cinema：*The* 16*th Hong Kong International Film Festival*，10. 4. 92～25. 4. 92，Law Kar（ed. ），Hong Kong：The Urban Council，1992，pp. 70～80. 从形式主义到影迷崇拜，西方对武术电影出于利己考虑的读解，往往忽视殖民与后殖民的动力关系、因此不断地重复殖民动力，这样的引语资源多得不可胜数。

⑩　Chu Yingchi，*Hong Kong Cinema*：*Coloniser*，*Motherland*，*and Self*，London：Routledge，2003，p. 38.

⑪　Stephen Teo，"Bruce Lee：Narcissus and the Little Dragon，" in *Hong Kong Cinema*：*The Extra Dimensions*，London：The British Film Institute，1997，pp. 110～121.

⑫⑲　Lo Kwai-cheung，"Muscles and Subjectivity：A Short History of the Masculine Body in Hong Kong Popular Culture. " in *Camera Obscura*，No. 39（1996），p. 111，pp. 106～107.

⑬　同注释 6，p. 37.

⑭㊳　Vijay Prashad，"Bruce Lee and the Anti-imperialism of Kung Fu：A Polycultural Adventure，" in *Positions*：*East Asia Cultural Critique* 11，No. 1（2003），pp. 54～64，p. 63.

⑮　David Desser，"The Kung Fu Craze：Hong Kong Cinema's First American Reception，" in *The Cinema of Hong Kong*：*History*，*Arts*，*Identity*，*Poshek* Fu and David Desser（eds. ），Cambridge：Cambridge University Press，2000，pp. 19～43.

⑯　举例：Gina Marchetti，"Jackie Chan and the Black Connection，" in *Keyframes*：*Popular Cinema and Cultural Studies*，Matthew Tinkcom and Amy Villarejo（eds. ），New York：Routledge，2001，pp. 137～158.

⑰㉕㊱　Jachinson Chan，*Chinese American Masculinities*：*From Fu Manchu to Bruce Lee*，New York：Routledge，2001，p. 75，p. 77，p. 89.

⑱　同注释 3，pp. 54～55.

⑳　Yvonne Tasker，"Fists of Fury：Discourses of Race and Masculinity in the Martial Arts Cinema，" in *Race and the Subject of Masculinities*，Harry Stecopoulos and Michael Uebel（eds. ），Durham：Duke University Press，1997，p. 316.

㉑㉔㉗　Kam Louie，*Theorizing Chinese Masculinity*：*Society and Gender in China*，New York：Cambridge University Press，2002，pp. 1～22，p. 145，p. 147，p. 148、p. 13，pp. 147～148.

㉒　Larissa Heinrich，"*The Pathological Body*：*Science*，*Race*，*and Literary Realism in China*，1770～1930"，Ph. D. diss，p. 123.

㉓　John Hay，"The Body Invisible in Chinese Art？" in *Body*，*Subject* & *Power in China*，Angela Zito and Tani E. Barlow（eds. ），Chicago：University of Chicago Press，1994，pp. 42～77.

㉘　关于《黄飞鸿》系列影集的论述，见 Hector Rodriguez，"Hong Kong Popular Culture as an Interpretive Arena：the Huang Feihong Series，" in *Screen* 38，No. 1（1997），pp. 1～24.

㉚　译者注，原意指古罗马的着装风格，后来指代古装剧的一种亚类型，其内容多取材自《圣经》以及神话传说。本文中所指为意大利西部片流行前在意大利流行的一类低成本电影，主题多为角斗士和神话传说。这些电影多半剧情荒诞，对白低智，演员表情木讷，特效粗糙。因为主角多半是肌肉男，这些影片像是健美比赛，无意中成为同性恋圈内流行的低俗笑话。

㉛　同注释 9，p. 77、p. 75、pp. 70～71.

㉜　同注释 8，p. 111. 关于没有正常下垂的睾丸的叙述见第 110 页。

㉝　Bret Hinsch，*Passions of the Cut Sleeve：The Male Homosexual in China*，New York：Cambridge University Press，1990. 诺里斯这里的话不能当真，因为他显然不是一个非常好的演员，但这并不意味着"同性恋"那时在中国被接受、甚至作为一种观念存在。相关论述见 Frank，*Sex，Culture and Modernity in China：Medical Science and the Construction of Sexual Identities in the Early Republican Period*，Hong Kong：Hong Kong University Press，1995，p. 145；Sang Tze-lan D. *The Emergent Lesbian：Female Same-Sex Desire in Modern China*，Chicago：University of Chicago Press，2003，pp. 45～46；Fran Martin，*Situating Sexualities：Queer Representation in Taiwanese Fiction，Film and Public Culture*，Hong Kong：Hong Kong University Press，2003，p. 32.

㉞　关于"作为甲胄的身体"，见 Dyer，On photographing action poses 中 Meyer 对于 Rock Hudson 和其他明星的比较，pp. 261～262。

㉟　Eve Kosofsky Sedgwick，Between Men：English Literature and Male Homosocial Desire，New York：Columbia University Press，1985.

㊱　Robin Wood 关于《愤怒的公牛》的讨论非常具有代表性。Robin Wood，"Two Films by Martin Scorsese，" in *Hollywood from Vietnam to Reagan*，New York：Columbia University Press，1986，pp. 245～269.

㊴　同注释 3，p. 58。

㊶　我在此借用了 Susan Jeffords 关于"remasculinization"的概念。

㊷　Morris Meaghan，"Learning from Bruce Lee：Pedagogy and Political Correctness in Martial Arts Cinema，" in *Keyframes：Popular Cinema and Cultural Studies*，Matthew Tinkcom and Amy Villarejo（eds.），New York：Routledge，2001，p. 180.

（刘宇清　译　裴开瑞　校）

美学与社会理论

一段并不遥远的"美学个案"

墨哲兰

"美学",上世纪 70 年代末 80 年代初,曾担当着"启蒙"的职能,热了很长一阵子。直到"时间"和"语言"两大哲学范畴集中了我们的注意,美学热才渐渐冷下来。以后是哲学、语言哲学、后现代学、社会理论、政治神学、政治哲学的"走马灯"式过场。如今,人们似乎经历了无目的的漫游后又提出了"后集权时代"的"审美"可能与意义问题。

大概是写过《〈1844 年经济学哲学手稿〉中的美学思想》(1979 年),于是被问:"你怎么过的'美学'关?"

〈此问题使下面的文字具有"个案"性质,且限于西学背景,与他人无涉。〉

一

《巴黎手稿》对于我,确切地说,仅是从德国式古典哲学向现代哲学过渡的一个契机,它很快消失于过程中了,所以我从来不敢窃"美学"之名。记得高尔泰先生在 1985 年邀请我们武汉的五位同仁赴成都开美学研讨会时,我谈的话题主要是"语言的遮蔽性"。

不过,反省还是可能的,例如我为什么一直避讳着"美学"?

背景有三。

1. 纯粹是个人原因。至少在直接的意义上,我没有坚持在生活中寻求"美"在理论中寻求"美学"的意愿,虽然我敏感于美的经验,但它终究不过是"阿拉伯图案式"的导因,实际要的乃是借美的自由反对形而上学本质主义与政治专制主义,由此引导哲学的深入,以至哲学愈深,美学愈淡。有的朋友批评我,文字的"经院"色彩愈来愈重了。其实未必。

美是重要的,"美学"并不重要。"审美"属于"美学","审"如果不是致美于死地,至少是迫使美隐退的面具或偶像,像第一轴心时代兴起的"诸神—宗教"是神的逃匿一样。这样一种理解或说辞尽管晚出,它的感觉在先很久了,才使我很早与"美学"擦肩而过。

2. 走出《巴黎手稿》碰见的第一个现代德国人是伽达默尔(1983年),我接受他的"美学"不如说是接受他的"解释学"。当他责怪他的老师海德格尔"中断解释学"时,我反而更走向海德格尔的"存在追问"。换句话说,我本能地有回避形而上学概念系统——"学"(-ologie)的倾向。

〈请别误会,以为反"概念逻辑"就一定主张"诗化",人们一般是这样批评海德格尔晚期思想的,连他的弟子伽达默尔也供人以口实。批评者把自己习惯了的二值逻辑强加到被批评者身上了。我曾打过一个比喻,"论证"好比金刚钻头,只有当它钻到自己的极限时,岩层的不确定性才显现出来。换句话说,不确定是通过确定显现的。罗素在《人类的知识》最后一页说:"人类的全部知识都是不确定的、不准确的和片面的",但是这个结论逻辑经验主义者却是通过严格的逻辑经验论证达到的①。卡尔维洛在《未来千年备忘录》中以类似但更形象的方式谈"确切"。戴维森在《真理、意义、行动与事件》中以类似但更表意的方式谈"隐喻"。这是两个不同领域不同方向在同一问题上的接近或相关。不管它们之间有怎样的差别,它们毕竟归属不到单向度的"逻辑化"或"诗化"。〉

20世纪50年代中期,海德格尔曾接受过日本学者的访问,对日本人寻求西方概念系统以建立日本美学的做法甚为疑虑②。"美学"在西方已经是独立出来的形而上学"技术理性"浸透到被分割的所谓"感性"领域中的建构,实是概念虚构的产物,它远离了作为西方思想源头的希腊语词聚集初始经验的亲和状态,对此人们不加批判地盲目地只把它当做"启蒙"、"进化"的成果,例如对康德美学、黑格尔美学的历史评价,从来不反省如此建构的遮蔽、失落所可能导致的"美学"合法性危机。

〈"合理性"合的什么"理"?许多"理"的前提本身就是这"理"自我设定的,即"合理的前提"其合法性可能就是一个非法问题。〉

当西方有人出来指证形而上学概念系统的非法性质时,我不仅视为同道,而且开始了现代性反省中的两面作战,既对绝对本质主义,又对虚无主义。

3. 尼采、海德格尔、施特劳斯是反省西方现代性或现代理性的三大家。他们反省的层次不一样(权力意志与基督教道德的冲突、真理与世界的存在论差异、自然权利与历史主义的政治哲学选择与重述)、反省的视角与方法不一样(超人、哲人、圣人的回归步伐与还原解释学)、反省的目的不一样(权力意志永恒轮回的快乐科学、存在期待诸神背后隐性上帝的救渡、雅典与耶路撒冷携手重审现代值得过的生活),其中海德格尔的调子最低,但他们都对"现代性"提出了致命的质疑(现代理性主义即虚无主义),并在与他们的传统(希腊自然理性与希伯莱启示神性)的参照中寻求"现代性危机"的解决。

背景一纯属个人进路,背景二乃习得的支撑点,背景三是扩展的视野。至于一与二、三的相关性("给予被给予"的共生)究竟在多大程度上能达成敞开与接纳的公共空间,由于篇幅,我这里不论原因只论结果。例如,今天我为什么走到了三,为什么提出"偶在论"作为"中国现代哲学"的参照,都留在背景中了。至于它的结果能否"共识",显然属于阅读实践的领域,那是阅读者的权利,我甚至连说服的愿望都没有。

二

按德国哲学传统,大哲学家都要重新解答"知情意—真善美"及其结构重组问题,舍此不足以建立统一知识学、伦理学、美学于自身的哲学体系。

但奇怪的是,海德格尔既没有一般意义上的知识学,也没有伦理学、美学,他的"存在论"究竟要干什么? 严格地说,尼采也没有,施特劳斯更没有,他除了对经典尽可能还原的解释,按他自己的话说,从没有设置自我开端的僭越之想。是他们的能力不济,还是看法有了改变?

"真理观"变了。

黑格尔"百科全书式哲学"演绎了近代的"巴别塔",好说是"基督教世俗化的完成"(施特劳斯语),坏说是人的理性狂妄的僭越,它的倒塌是不可避免的。在这个方向上,它归根结底标志着"柏拉图主义即是虚无主义"(尼采语)。

尼采的这个警告迫使或启发了海德格尔、施特劳斯两人思考:作为柏拉图主义后果的现代理性主义,要避免虚无主义,只有重新检讨柏拉图如何避免"柏拉图主义"的非形而上学化取向。

〈人们不一定非接受这样的反省方式,西方许多人,如哈贝马斯,至今仍然相信靠理性自身的交往(沟通)能力,照样可以完善启蒙理想提出的现代性任务,因而说启蒙主义破产了是毫无根据的。罗尔斯认为在平等基础上建立正义原则是解决现代性危机的唯一出路。总之,现代理性自身能够解决现代理性所造成的现代性危机。有人相信如此,有人不相信如此。比较与争论会长期存在。〉

尼采、海德格尔、施特劳斯三个人尽管回归希腊的步伐是同向的,但回归的目的或终点即开端则根本不同,因而取义也就各异。

黑格尔在《哲学史讲演录》第一卷"希腊哲学"的"引言"中开宗明义说:"一提到希腊这个名字,在有教养的欧洲人心中,尤其在我们德国人心中,自然会引起一种家园之感。欧洲人远从希腊之外,从东方,特别是从叙里亚获得他们的宗教,来世,与超世间的生活。然而今生,现世,科学与艺术,凡是满足我们精神生活,使精神生活有价值、有光辉的东西,我们知道都是从希腊直接或间接传来的——间接地绕道通过罗马。"③

换句话说:

犹太教——来世、超世;

希　腊——今世、家园。

尼采显然选择了雅典作为他的快乐家园,特别是它的"自然权利"的等级制很投合尼采的"贵族欲",但排除了苏格拉底式的有启蒙倾向的说教,为了贯彻"超人"的"权力意志"的"永恒轮回"。在神的谱系上,尼采首先排斥了基督教的上帝——"奴隶道德"的根源;是否保留着犹太教的上帝,难说,亚伯拉罕的上帝与尼采何干?倒是希腊城邦守护神奥林匹斯主神的旁系——在丰收与狂欢中预言而通生死的狄俄尼索斯,被尼采看中。此外他的"超人"在形式上接近"先知",冥冥中受启的神又宁可说是中性的奥菲斯神秘一族,使"超人"获得了充分解释的自由。

〈我们原来根本不注意西方思想家背后的神系,以为它无稽而多余,这是"鸵鸟心态",它使我们既看不清"古今之争",更看不到背后的"诸神之争"。持这种看法的人,要么是"彻底的进化论者",要么是对西方和自己都不甚了了者。〉

施特劳斯认定柏拉图的政治哲学是西方传统思想的开端,为此应剔除柏拉图、亚里士多德的形而上学方向,此方向常常"走火入魔",抽空城邦的"自然权利"。而雅典的"自然权利"其"自然"之所以具有神性,原来可以隐秘地与耶路撒冷的"神言法典"对接。尽管如此,作为政治哲学核心的哲人与民众(城邦)的关系仍在紧张中。哲人处境尴尬,按哲人本性应出离城邦过沉思的生活,但如果他的智慧不和权力结合,权力就会落到野心家手里既危及城邦又危及自身,以至通常情况下,哲人的言谈与写作潜伏着危险而不得不在显说中隐言以保护自己;当然更重要的原因是对"正义"的正当维护,即不同等级的人只应该知道他应该知道的他那个等级的事理,毫无界限的"启蒙"只会蛊惑人心为觊觎者所用。

海德格尔回归得比他们两个人都远,即回归到"前苏格拉底"。

如果苏格拉底把"是什么"作为基本的存在之问,那么,在前苏格拉底,"是"作为系动词聚集判断而指称之前,先行呈现着"解蔽"、"涌现"、"生成"的"不定动词"与"动名词"的差异,即"存在论差异"(必须先有此差异,抽象动词向具体动词过渡而开始成型动名词时,"是"的指称性才有可能)——这就是"sein"的全部意义("在"、"有"、"是"、"给出"等"敞开"、"赠予"、"接纳"、"承诺")。与此相称的神是永远走在中途的赫尔墨斯——他使(无形的非偶像的)神的消息到场成为"在场者"但不就是神的"在场"本身。

〈那无形即无偶像之神在冥冥的虚席之中,看诸神之"偶像"与人之"面具"的表演。〉

其实,苏格拉底在城邦中亦扮演着这个"中途者"的角色,他身上也有两个神,一个是与生俱来的神秘神,它指示苏格拉底说"不"——即"无知";另一个是得尔非神庙的阿波罗神,指示苏格拉底说"是"——即判断一切聪明人"是"不聪明的;两者合起来,得人的基本命题:"知无知",详细地说,人可以"知向"最高智慧,但不可以"知得"最高智慧,所以,人归根结底是无知,即必须对神的智慧保持敬畏。懂得这一点的人,如苏格拉底,算人之大智者,否则不算。

无论是神如赫尔墨斯,或人如苏格拉底,都显示着"存在"的基本状况——"是—不是"或"有—无"的偶在悖论。它向下界说着人的"知无知"根底,向上悬置着最高神的"在不在"位格——不要说人,就是"诸神"对它只可以期待,不可以自居。"摩西十戒"前三戒说:"不可信别的神、不可制造偶像、不可以耶和华之名",说的是虚席以待。"道可道非常道,名可名非常名",亦说的是虚席以待。此点至关紧要!

〈可惜,人的智慧偏要僭越而制造偶像,使真神隐匿,才有诸神之争。〉

海德格尔晚期一般只说"诸神",对那个能救渡我们的上帝亦停留在虚席期待之中,表明,这个上帝不是基督教世界日常可以照面祈祷的"偶像"——"上帝"。

我用非常概括的词语描述了三个人的思想倾向的极限（包括与神系的相关形式），为了突出其特征以辨明其差异。

〈注意，我的陈述是中性的，特别是对尼采与施特劳斯。批判的理解在别的场合已经提供出来。〉

换句话说，他们关注的焦点，远没有德国古典哲学那样的从容不迫：在知识论中如何结构安排伦理学与美学的位置。即便我们可以从存在根据中发现"道德"与"美"，那也不是能赋之以"学"的概念系统，相反，宁可说它是对"学"的解蔽更恰当。

直观地说，在海德格尔之后，为什么非要把一个生成性的、悖论性的契机塞入定格成型的一元论模式之中呢？为了明晰为了学（传授与习得），即为了不断地再生产，亦即技术化、逻辑化、知识功利化。说到底是为了"剥夺性权力"（非启发性权力）的利益。它或许在一个时期里有利于积累增长，但其中毕竟是以"非我莫属"、"舍我其谁予"的"真理化—权力化"为代表、为代价的——即形成知识、政治与哲学的专制独断格局，它阻止了事物整体的敞开与昭示。

历来如此的历史并非历来如此的对。

三

海德格尔在《艺术作品的本源》中，把作品当做是世界自行建立时对大地的敞开与归闭、因而作品的真理始终走在"显即隐"的二重光圈中。作品特别因此区别于器物。器物是技术性的只为着效用，其物性在使用中消失着。作品并不以效用为目的，因而作品的物性在使用中发扬着、聚集着、保存着。例如对希腊"神殿"的描述。在这个意义上，对物的作品眼光即艺术眼光乃是救治世界物化之技术化、逻辑化的一点希望。有它，世界物化的不存在才能向存在回转。这也是生态哲学的基础。

海德格尔怎么会把自己的艺术观套进形而上学的概念系统中对象化为"美学"。事实上，就在《艺术作品的本源》中，海德格尔对当时流行的"美学"主要模式如感觉论、理念的感性显现论、形式质料的辩证论逐一点驳，尤其对"体验美学"警示而有预言：人们以为这种体验艺术的方式似乎对艺术的本质给出了一个结论，"无论是对艺术享受还是对艺术创作来说，体验都是决定性的源泉。一切皆体验"，然而，"体验也许不过是置艺术于死地的因素",只是"这种死亡出现得极慢,以至需要好几个世纪"④。

如今体验之风愈演愈甚,体验早已不是对赠予的感激的接纳,体验成为主体自我意识着的扩张索取的动机,像黑格尔、马克思很早就预言的,当技术与感觉互为对象化的时候,感觉会直接成为理论家。今天,人们用观念刺激感觉已经分不清楚是感觉的观念化还是观念的感觉化,或者换一种说法,感觉(观念)的技术化与技术的感觉化(观念化)相互推动着体验大胆妄行,只要能标新立异地造势即可无所不用其极。

如在双星子世贸大厦轰毁(惊世骇俗的体验!)之前该用鲜花将其覆盖多好!人们不是已经用白布包裹桥梁了吗?

还有,"吃婴"。

〈同样,意义的"隐喻"救不了直观的体验。〉

体验论者把"体验"当成物性("存在者")来发掘,就像技术理性把自然当成生产原料竭尽其物性地使用一样——"地球成为行星工厂"(科西克语),人也成为体验实验场。其结果必然是:物性报复之时,乃体验死亡之日——"人类中心主义"总有一天会到枯井中去做临终的体验。

现在应该问问:什么是体验敬畏与接纳的限度?什么东西是该守护的?

波伊斯有一个装置:把割伤手的刀子用白纱布包扎起来。

这是一个警号:别忘了包扎"刀子"!⑤

人所建立的一切为人之"学"——"科学"、"知识学"、"政治学"、"美学"、"神学"、"哲学"——是不是也到了该"包扎医治"的时候了?

四

"审美"?

就像"上帝的存在论证明"样,一个能被人证明的"上帝"是人的奴仆。

那么,一个能被人"审"的"美"也是人的奴仆,美丽的奴仆终究是奴仆。

"美"是什么?人凭什么去"审"?如何去审一个自己还根本不知道的东西呢?苏格拉底追问过各种各样的"美",一一否定了,但他始终没有说出"美"是什么。仅仅"知向"而不"知得",是知也,即"知无知"之"知"。

除非"美"与"审"像人的左右手:我设定"美"又设定"审美"的尺度。但这终不过是人自我设定的游戏而已。有一个时候,我们把这游戏叫做"自然的人化"即"人的人化"。"审美"即是"人的人化"。客观化、辩证法,只要以人能在的"同一"为根据,结果都一样。例如,人们设定了"美的概念"(据说是有据可查的,凭体验、凭想象,或凭理性直观、凭劳动实践,等等),再用"一套概念"去审理"美的概念"、论证"美的概念",使能自圆其说。于是,人们说,这就是"美学",还要冠之以专名:"康德美学"、"黑格尔美学"、"马克思主义美学"……专名多起来了,结论却只有一个:"美"是相对的。

由此类推,一切都是相对的。说"美是相对的",与说"美是虚无的",有根本的区别吗?在"美"的本质上,进化论意义上的今天,究竟比苏格拉底赢得了多少?

五

这样一种"美学"方向或"审美"方向,是否可疑?

海德格尔把"美"或"艺术"的本质纳入世界的建立中真理自行发生、自行解蔽的不存在向存在的生成转换。

这里有两个状态引起我们注意:

一个是空间性的,即在"世界"中;

一个是时间性的,即在"生成"中。

前者似乎是"整体性"要求,后者似乎是"本源性"要求。两者结合起来,可看做人的基本生存状态。在前现代的古代世界中,其基本生存状态是未分化的自然本源的整体状态,例如,希腊人是德性生活状态,犹太人是神法生活状态,中国人是礼教生活状态。它们各自有自身的自然性与整体性。

所谓现代世界的建立,走的是分割的偏执的技术化方向,其进步是以牺牲整体、遮蔽本源的漂离为代价的,以至世界成为今天的技术世界。

当然,古代德性世界演化为今天的技术世界,诚如黑格尔所说,那也是古代世界自身的有限性导致了自身的毁灭。似可理解成,是人的理性因自身的有限性而误解了或偏执了古代世界亲近本源性所生成的整体,如今天人们自以为的以自己的"能在"理解为"同一性"根据的"总体"。它其实应是不可分割、永远互为限制因而不可在辩证中转化为同一即以悖论式偶在为根据的整体。换句话说,只有不可同一才能在"存在论差异"的"悖论式相关"中保持其整体。

今天，人们之所以回归古代理性的自然整体性与本源亲和性，应是对作为悖论式偶在的整体的恢复。人是一个自我意识着界限的生物，其基本界限如经验与超验、理性与启示、人性与神性之间的界限，既不是无关呈虚无主义，也不是有关呈绝对同一或辩证同一，而是在断裂中互为显隐、互为限制的悖论式相关，与此相应的是"不能证明本体存在/不能证明本体不存在"的"两不性语言"成为它们悖论式相关的界面。

例如，尼采注意到人的基本存在状态中有一个去不掉的核心，那就是"权力意志"。我们姑且假定它是来自神的消息，以保证其最高的合法性。说白了，一个社会如果没有"权力意志"是不能保证或安排"自然权利"的。

但是，谁来传达、解释、执行神的消息呢？换句话说，谁成为使神在场的在场者呢？"在场者"有两层含义，一层是神的消息"被解释的样态"，一层是与此样态相关的"解释者"，两者共同构成"神的消息"的"代表"。这里，为了简化，中介神赫尔墨斯干脆隐去了，其实它是被"先知"、"哲人"、"圣王"、"诗人"等"'主义'开创者"取代了。看起来，"代表"自居神位，不过是以其同一掩盖其差异而已。换句话说，"权力意志"与"权力意志者"之间的存在论差异是永远消除不了的。即便"权力意志"合神之法，"权力意志者"则未必合神之法，于是，"权力意志者"难免外在"剥夺者被剥夺"之中。但是，"权力意志者"的剥夺不等于是"权力意志"的剥夺而导致虚无主义。这是一种危险。

另一种危险，尼采不能正视其间的差异，相反，有意无意用"权力意志"的合法性偷运着"权力意志者"的合法性，为"统治者"一厢情愿地张目，从而使"权力意志"为统治者的权力欲提供永恒乐观的保证，最终沦为新版式的"历史的浪漫"与"社会的媚俗"⑥。

至于"权力意志"与"权力意志者"差异的形态与性质之分类，此处不容详述。但有一点不能不指出，"权力意志"与"权力意志者"之间的存在论差异，事实上具有不同的意义来源，表面上与人的"看"相关，即是人的不同的看看出了不同的意义，实际上，应与它们的"存在论差异"所透射出来的不同层次的"光"相关。

海德格尔在《艺术作品的本源》中描述过"存在者"的内外被"存在之光"（他有时叫"虚无之光"）透射的景象。

六

在前不久的"现象学与艺术"的研讨会上,大概是"现象学"与"艺术"的共同切入点之故,与会者对"看"发表了精彩的言说,其中还涉及"看"的"身体性"。但是,现象学的"看"把一个前提当做"自明性"而不予追究了,那就是"光"。或许,没有光则不能看,被当做"自然主义"的常识悬置了起来。

有的学者用柏拉图的回忆说把"看"当成"理性的自然之光",因而只要坚持"理性",一切神的、人的、物的都会在看中呈现出来,仿佛人的理性是人的看中纯自然投射出的光,它让物呈现在看中,也让物的意义呈现在看中。人当真如此,人/神有什么差别可言?理性/神性有什么差别可言?人已然是天地万物的主宰。它属于以理性为本位的人类中心主义,启蒙主义后的主流思想。但是,它也毁于自身,人不同,理性不同,对世界的主宰也不同,偏偏谁都想成为世界的唯一主宰?于是纷争四起,理性不和、诸神不和。

你看,布什在"9·11"次日的讲话中说:"我们的自由和机遇之灯塔是世界上最明亮、最耀眼的。没有人能阻止这种自由之光";攻击它的人是走在"阴影之谷"中的罪恶与黑暗的使者;全世界的人和国家必须以此划分美国的朋友与敌人;上帝保佑美利坚。

短短千字文的讲话中,连布什都区分了三层光:

1. 阴影之谷中的光,即柏拉图洞穴中的火光,它是束缚人的嫉妒欲望,总有死亡的阴影伴随。

2. 自由之光,类似柏拉图洞穴外的太阳光,它表现为人的最高理性智慧,即便不是美国所独有,至少以美国为最。

3. 上帝之光,它保佑美利坚。具体地说,就是保证美国的自由之光以最神圣的合法性。

尽管布什描述了一个意识形态化的世界格局,但他本着的三层"光",不仅提示了"意义"的三种来源,更重要的是,它还提示了三种"看"法。这乃是西方思想的深层文化背景所在,确切地说,它是西方作为哲学本质的政治哲学的核心。在这个核心中,真善美不过是煽情的色彩,应区分的似乎只有光明与黑暗。

我这里暂只关心作为意义来源的三层"光",当然不是在布什划分、解说的意义上。

七

第一层光是洞穴之火,或叫政治之光。"洞穴"不是贬义词,宁可说它是中性词,洞穴即是城邦(现代是国家)、即是政治。它是人的基本生存状态。它可以是欲望之火,也可以是爱欲、野心与荣誉。它束缚人成一定之见,凡一定之见乃影像之见(定向光的投射)。这是人之为人的秉性使然,人的智力以及在社会中的处身性都使得人的人性具有自身的规定性,所谓政治,首要的就是使人是其所是,成为"自然正当"——说白了,自然正当就是自己成为自己的奴仆,它是自己成为别人的奴仆的前提或根据。如此在人的规定性上着力的政治,不可避免地是意识形态政治,即它就是要使人是其所是地形成一定之见。社会因此而安定。今天最好的意识形态政治乃是科学技术的意识形态化,因为技术之光所形成的技术一体化、同质化几乎自然到中立的性质。在这个意义上,可以说,这光是普罗米修斯偷来的天火,一个纯粹的定数率,它使人成其为人,但也不过是"机械人"而已。

〈顺便插一句,从法兰克福左派到施米特右派,都对技术意识形态化的中立性有过尖锐的批判。而正述完善化的总是哈贝马斯。〉

第二层光是太阳之光,或叫诸神之光,或叫哲人之光。诸神与人若即若离,造成了似是而非的"偶像"(在神)或"面具"(在人),能识别此"偶像"、"面具"者,为哲人。总会有人逃离洞穴之火见到外面的太阳,从而摆脱意识形态之见。这部分人肯定不会多。其最高者如苏格拉底。但苏格拉底在西方思想史上乃是一个"悖论偶在"的化身。除了我前面说的他背后有两个神(肯定与否定,类似光的"波粒二象性":确定与不确定、知得与知向、显性与隐性),对洞穴而言,他既出离之外又返回其中;对王位而言,他不在其位又在其位,使智慧与权力结合成为可能;对民众而言,他不是启蒙者(隐言)又是启蒙者(显言),在政治的最高职能即教化的意义上;对政治而言,他伸张自由又信守法律、强调等级秩序又尊重教化与选择;对生命或命运而言,他是生又是死,或者说,他是会生会死、会成事会记事的典范。总之,"苏格拉底"范畴化了,为西方思想提供无限解释的可能。以解释经典著称的施特劳斯,把苏格拉底主要解释成柏拉图的苏格拉底,有单面化的倾向,目的是为了政治哲学的绝对开端。

第三层光是神之光,或叫道言之光。圣经旧约开篇《创世记》所记述的上帝六天创世(一天安息),分为两个序列,即前三天创造以"区分"为主、后三天创造以"移动"为主。创造可以无中生有,也可以以物生物。前三天的第一天造的光(渊面黑暗,上帝的灵运行在水面上,上帝说要有光就有了光),与后三天的第一天即第四天造的光(分昼夜、作记号、定时节),是不同的光。施特劳斯指出,第四天的光与希腊理性的自然之光同格,它显然低于第一天的光,因为第一天的光乃上帝之"言"、"行"、"成事"(注意这样的表达式:"上帝说要有光就有了光"、"看是好的"、"事就成了")[7]。

〈圣经新约约翰福音直接说出:"太初有道(言,Wort),道即上帝"。世界万物都是从"上帝与道的同一"中产生出来的。包括语言也是从最初同一的道言中产生出来的。就像形而上学语言是从最初的生成性道言中产生出来的一样,就像地壳岩石是从地心熔岩中产生出来的一样,结果,被产生者遮蔽了产生者。所以,穿透遮蔽的光只对听召唤者见闻。〉

第四天的光具有时间形式,难怪人的理性最终逃脱不了"时限"即以时间地点条件为转移的"历史主义",而这样的"历史主义"又逃脱不了"虚无主义"的命运。所以黑格尔说,希腊是西方人生命的家园,犹太教带来了超世灵魂的救赎。只有合起来成为张力,才有柏拉图说的,"有限是对无限的限定"。换句话说,没有上帝之光,人是不知其有限、也不知其无限的——人是被有限无限撕扯(撕不开/扯不拢)着的偶在。至少西方人是如此。

我之所以讲出西方思想传统开端的"死"(苏格拉底之死,还有耶稣之死,使生命成为永恒的问题)与"光"(三层或四层光作为意义的生成之源),是想找出西方人的成事与记事的特征。所谓记事,就是把成事中透射出来的意义之光照亮再成事的道路。应该说,西方人是会成事也会记事的。

八

对我而言,这比"审美"更成为思想的经验。而我的问题可以概括为三个方面:

一是对"经验"的重视。我把现代经验看做现代思想生长的土壤。然而,我的经验,直接的或间接的,常常给我不安的疑惑:"苦难向文字转换为何失重?"我必须回答这个问题。除了尝试对记忆转换形式及质性的描述,还要在自身开掘意义的来源。坦率地说,它是我离开"审美"的经验原因。

　　二是对"思想事件"的重视。本来我的能力或兴趣在"经验土壤",但不幸的是,我总想着"思想生长",它使我不得不忙于抗御抑制生长的"海潮"。例如,上个世纪 80 年代抗御形而上学本体论,为现代理性张目;90 年代抗御虚无主义,寻求绝对与虚无之间的偶在;本世纪初抗御回归绝对本质主义,又必须为古典理性的精神性正名,等等。不是我有意忙于抗御,后来我才体悟,它原是事物本身根本悖论之逆向限制的表现或召唤。听此召唤者,或有此悖论意识者,本应该自我调节而自律的。或者换一种更贴近经验的说法,它表面上在应对学理上的"古今之争"与"诸神之争",实际上仍守着意志"对苦难的承诺"。然而,苦难之于当今的盛世、当今的新潮,多么不合时宜。

　　三是对现代汉语意义表现能力或承载能力的试验与开掘,它纯然是文字自身的实践。

　　如此三个方面(经验、思想、文字)我做得好坏是一回事,我做了则是另一回事。之所以要说出不同的工作层面,无非表明对西学的态度——其中"美学"之于我,仅"导因"而已——必须跟着西人走到西学的极限(包括西学极限的变更与重述),只有在极限上,西方文化类型的"诸神"品质,中国文化类型的"诸神"品质,才得以观照与映现。我以为如此对等的身位感,是回到中国现代哲学或中国现代学术的前提,任何偏执都难免盲目。对此,我做得好坏是一回事,我做了则是另一回事。

　　这就是我为什么没有逗留在"美学"上的大致原因。

---

① 罗素:《人类的知识》,商务印书馆 1983 年版,第 606 页。

② 参见《海德格尔选集》下卷,上海三联书店 1996 年版,第 1005 页。

③ 黑格尔:《哲学史讲演录》第一卷,商务印书馆 1959 年版,第 157 页。

④ Martin Heidegger, Der *Ursprung des Kunstwerkes*, Philipp Reclam Jun, Stuttgart, 1960, S. 83.

⑤ 我曾写过一篇《把割伤手的刀包扎起来》,参见《现代性理论的检测与防御》,社会科学文献出版社 2000 年版。

⑥ 参见《"权力意志"的浪漫与媚俗》,载《二十一世纪》(香港)2002 年 4 月号。

⑦ 施特劳斯:《〈创世记〉释义》注释,《〈创世记〉与现代政治哲学》,香港汉语基督教文化研究所 2001 年版,第 61 页。

中国现代的"审美功利主义"传统

杜 卫

近年来,学界在谈到中国当代美学的建设时,常常涉及中国传统美学思想的当代转换问题。这个观点是值得重视的,因为我国当代美学在一段时期里,几乎与本民族的传统思想之源割断了,而且与中国人的生存状况和发展要求也似乎隔得很远。但是,如果我们仅仅把传统定位在古代,那实在是某种僵化的民族主义观念的表现。事实是,中国美学的现代转换从晚清就开始萌动了,而从王国维开始创立的中国美学的现代传统正是我们实现传统美学的当代转换的最切近的思想和理论基础。这种"中国美学的现代传统"是指 20 世纪前半期,在"借思想文化以解决问题"的思维大框架中形成的,交融了古代传统美学思想和西方现代美学思想而有所创新的现代美学精神,其核心思想之一是交织了审美独立和心灵启蒙的审美功利主义,这个核心的思想也体现了这一时期中国美学的现代性特征。这种现代传统既承继了中国古代美学和审美文化的传统,又吸收了西方现代美学思想,既努力创建独立的审美范畴和美学学科,又十分注重对人生和现实社会的关切,因而具有突出的历史特征、本土意义和开放视野,并以此显示出不同于中国古代美学传统和西方现代美学思想的特殊意义和价值。

一、美育:审美的感性启蒙意义

进入 20 世纪的中国知识界,在相当长的历史时期里,"启蒙和救亡"是占据着重要地位的两大主题[①]。然而,在当时绝大多数人文知识分子心目中,这两大主题并不完全对立,而是处于不同层次的,而且,启蒙是更为基础的工作:启蒙是救亡的思想文化基础和先决条件,而启蒙的目的也无外乎抵御外敌和国富民强。这种思路,按林毓生的说法,源自中国的儒家传统,形成于康有为、谭嗣同、梁启超等近代知识分子,概括地说,就是"借思想文化作为解决问题的途径"。林毓生具体界说了这种思路:"借思想文化作为解决问题的途径,是一种强调必须先进行思想和文化改造然后才能实现社会和政治改革的研究问题的基本设定。"②这种思想文化的改造实际上是一个启蒙的过程,无论是介绍西方思想和学术或批判中国传统思想文化,还是通过出书办刊、兴办教育乃至写作小说以传播新学,归根到底都是批判旧思想、旧文化,宣传新思想、新文化,启发国人心智,促使国人于愚昧中猛醒。

中国现代美学正是在这种初始的现代思想和学术语境中诞生的,它所面对的问题也是启蒙。但是,选择美学这门偏重于感性的学问,还有其独特的价值。沿着"借思想文化作为解决问题的途径"的思路,美学的价值似乎更切近中国传统的"心的问题"的解决。林毓生曾深入分析了这种思路的思想根源在于传统"心学"。他认为,儒家的思想模式的最主要特征是"强调心的内在的道德功能,或强调心的内在思想经验的功能",经过宋明理学的发展,形成了经典儒学以后文化的一种偏爱,"那就是一元论和唯智论的思想模式,它强调以基本思想的力量和优先地位来研究道德和政治问题"。他进而指出:辛亥革命前后两代知识分子所主张的借思想文化作为解决问题的途径,主要是受到经典儒学以后思想模式的影响③。值得注意的是,王国维、蔡元培和朱光潜等美学家不仅接过了这种思想模式,而且还追溯到先秦经典儒学那里,从乐教和诗教引发出作为"心"的内在定性和基础的"情",而这个命题恰恰是他们的美学范畴。这种对于乐教和诗教传统的发掘直接受到西方审美主义和生命哲学的启示,从而形成了以"情"为本的、关注国人心理本体重建的中国现代美学的基本特征。王国维关注国人的"欲",蔡元培关注国人的"专己性",朱光潜关注国人的"人心",并几乎一致地提出要以"无利害性"的美、审美、艺术来消除国人心中的"私欲"、"物欲"、"利害计较",显然是延续着从先秦儒学到宋明理学的思想模式,而其传统的立足点,还是先秦儒学的乐教和诗教。

这种以美育来实现思想文化重建的意向既有传统思想的来源,又有西方美学思想的来源,而对中国传统美育思想资源的发掘显然受到西方现代美学的启示,甚至可以说部分地是应用西方现代美学理论对中国传统美学思想材料进行阐发的结果。康德、席勒、叔本华、尼采这些西方现代美学的重要代表人物分别对这三位美学家的理论产生了深刻影响,其中又以王国维、朱光潜受西方现代审美主义影响最深。叔本华、尼采等怀疑理性、反对唯理论、标举直观、主张感性生命优先等思想,为以美育来实现思想文化重建的思路的形成起了重要的推动作用。

　　与"五四"时期一些知识分子激烈的反传统倾向有所不同，王国维、蔡元培和朱光潜等美学家尽管有不少关于国民性的针砭，但是并不把对传统思想文化的批判作为启蒙的主要内容，特别是王国维，他的论著里几乎没有任何实质性的反传统指向。这可能是由于他们所研究的美学相对远离现实斗争和意识形态纷争，而偏向于形而上的哲学，所以他们更关注人生的内在意义和价值，更倾向于从形而上的意义上来重建国人的心理本体，因而使得他们的思想更具有建设性。但是，这并不意味着他们不关心现实的变革和社会的改造，只不过他们主张现实社会的改造要从人的改造做起，而人的改造要从更为内在和基础的情感做起。所以他们都注重以启蒙为最终目的的教育，并倡导作为这种新型教育的重要组成部分的美育。即使是竭力主张哲学和艺术独立的王国维，也提出要以艺术来改造国人的生活"嗜好"；即使是反复强调审美超脱的朱光潜，也主张以"谈美"来洗刷人心，从而达到清洁社会的现实目的。这些都同样是延续着"借思想文化以解决问题的途径"的思路。但是，在这些美学家那里，所谓的"思想文化"重建的问题首先是"人心"的重建问题，归根到底还是要通过教育而使人的世界观、价值观以及信仰等等得到转换，然后才可能达到改造社会的目的。这就意味着，启蒙的要求往往要通过新型的启蒙教育来实现。只不过他们是从感性层面入手来实现对国人的启蒙目的，正是他们提出美育问题的出发点和归宿。

　　于是我们可以发现，在中国现代思想史上，不仅有以理智为中心的理性启蒙思想，而且还有一条以情感为中心的"感性启蒙"的思路，后者是颇具中国特殊性的。虽然以思想史的专业眼光看，后一种思路或许不是主流，也不符合西方思想史的学术规范，而且对整个中国现代思想界的影响也确实不大，但是，从中国现代美学思想的角度看，它是很值得重视的，因为它在某种程度上决定了中国现代美学的精神实质。而且，从当代中国哲学越来越关注生存、生命等范畴来看，中国美学的这种现代传统或许还有某种重要的借鉴意义，毕竟它承续了中国传统文化的血脉，而且也是可以同当代哲学的某种走向相吻合的。

　　再从西方思想史上看，启蒙主要是以理性主义的兴起为特征的，所以，启蒙几乎与理性同义，甚至人们常常说"启蒙理性"。而西方的审美主义恰恰是理性主义充分发展之后，作为启蒙理性进一步发展的必然结果。所以,有的学者曾概括说,审美现代性是启蒙现代性的延续和反叛④。而在中国,现代意义上的启蒙主义不是完全土生土长的,作为哲学范畴的启蒙理性与审美感性都是从西方引入中国的,而且是在引进西方近现代思想(特别是启蒙理性)时整体性地被引入的。同时,由于当时中国思想文化界的主导性意向是借西方思想文化以改造中国思想文化,最终解决中国现实社会问题,而西方审美主义及其审美现代性产生的现实和思想基础在中国又并不存在,因此,西方现代性意义上的审美范畴到了中国就被本土化了。这样,原本以修正甚至颠覆启蒙理性为宗旨的席勒、叔本华、尼采等人的美学到了中国变成了从感性情感方面重建国民性、启发国人心智、重建国人道德的重要思想资源。所以,在中国现代美学家那里,这种包含在审美概念之中的感性在总体上不仅与启蒙理性并不矛盾,而且可以相互协同,甚至部分地服务于现代启蒙理性的确立。这种状况以西方学术眼光看或许是荒谬而不可理解的,但在现代中国却是真切的历史事实。正是中国当时特定的语境规定了本土化了的审美范畴的特定意义。

二、"以人为本":"审美功利主义"的精神实质

借思想文化以解决问题的思路和对国人进行启蒙的强烈意向,加上西方现代美学和中国传统美学的碰撞、融合,铸就了中国现代美学的重要思想——"审美功利主义"。这或许是一个令人费解的美学概念。说它令人费解,主要是因为在西方的现代美学中,审美是排斥功利的,甚至可以说,非功利性恰恰是西方现代美学的最重要特征之一,现代西方美学中审美主义的根基就是建立在这个追求审美纯粹(自律)性、因而具有强烈排斥性的概念之上的,而这种排斥性主要是针对现实的功利性目的而言的。可是到了中国,声称吸取了康德、席勒、叔本华、尼采、克罗齐等现代美学家思想的王国维、蔡元培、朱光潜等美学家,却有意无意地改造了这个现代性美学命题。

根据斯托尔尼兹的介绍,我们知道"利害性"和"无利害性"原是 18 世纪英国的一对伦理学概念,它们的意义是"实践性"的。英国哲学家夏夫兹博里在描述具有美德的人作为一个旁观者"观察和静观"自己举止和美德的美时,采用了"无利害性"概念,它是指一种不涉及实践和伦理考虑、只关注事物的美的注意和知觉方式,这种方式后来被发展为"审美知觉方式",作为美学概念的"无利害性"由此诞生⑤。康德、尼采、克罗齐等几位西方现

代美学家都有关于审美无利害性的经典性论述,从中我们可以概括出以下要点:"无利害性"是现代西方审美范畴的最基本规定,这个规定是指审美的知觉方式不涉及功利考虑。由于这个概念采取了否定性的话语形式,因而具有排他性,后来被发展成为区分审美与非审美的一个基本尺度,并被审美主义者进一步用作区分艺术与非艺术的标准。所以,审美无利害性这个命题的精神实质在于体现了西方美学建立审美自律乃至艺术自律理论的强烈要求,实际上并不涉及审美和艺术的现实功用问题,或者说,这个命题实际上把审美和艺术的现实功用问题排斥在美学之外。

然而,到了中国,"审美无利害性"命题就发生了"误读"或者变异,这是思想在跨文化传播和交际过程中经常出现的情形。王国维在引进西方审美理论时,先是用"无利害性"来确立审美和艺术的独立地位,然后就对这个概念作功能性的理解。他认定美的性质是"可爱玩而不可利用","一切之美,皆形式之美也"。而这种审美的无利害性在于把对象视作美时,"决不计及可利用之点"。"其性质如是,故其价值亦存于美之自身,而不存乎其外"。再进一步,由于美的形式不关于人的利害,"遂使吾人忘利害之念,而以精神之全力沉浸于此对象之形式中"⑥。这最后一步推论是非常值得注意的。按王国维的理解,审美无利害性由观赏方式转变为美的对象或审美自身的功能,既然审美具有无利害的性质,因而也具有无利害的功能;关键在于在审美之时,全神贯注于美的形式而忘却了利害考虑,由此形成一种高尚纯粹的情感,这种情感不仅是审美过程中发生的,而且还可以迁移到审美过程之外的整个人生。所以,审美和艺术具有去除人生欲望、提升人生境界的功能,所以王国维讲审美和艺术的"无用之用"胜于"有用之用"⑦。这就是中国审美功利主义(审美功能论)关于审美功能心理机制的认识,蔡元培、鲁迅、丰子恺、朱光潜等人均接受了这种观念,并同王国维一样,由此建立起审美或艺术的功能论,也就是审美功利主义理论。这清楚地表明,王国维虽然竭力反对国人凡遇着一种学说必先问"有用"与否的思维方式和学术态度,但是,他自己也没有摆脱对"用"的执著。所以,他才会在充分强调审美和艺术的"无用"之后,又反过来提出"无用之用"的命题,充分肯定了审美和艺术的有用,而且在他看来是具有巨大的思想文化作用。朱光潜更直截了当,他干脆把"审美无利害性"翻译为"无所为而为",所以审美直观就成了"无所为而为的玩索"或"无所为而为的观赏"(disinterested contemplation)。在这里,一个"为"字可谓"境界全出",就是把审美无利害性被中国现代知识分子"实用主义"地理解,并被本土化为一个具有思想文化意义的功利主义命题的内在含义充分地揭示了出来。

这样,我们就不难理解审美功利主义以及它所包含的一系列貌似自相矛盾的独特话语形式:审美—功利主义,无用—有用("无用之用",王国维;"美术似无用,非无用也",蔡元培),出世—入世("以出世的精神,做入世的事业",蔡元培、朱光潜),无为—有为,("无为而为",王国维;"无所为而为",朱光潜)。上面这些话语的前面一部分强调的是审美和艺术摆脱直接的现实社会功利目的,而后一部分则肯定了审美和艺术对于人和人生的积极作用。所以,虽然上述句式显然受到传统道家思想的影响,但是,其思想意义却超越了中国古代的美学传统,其核心的内容就是对审美和艺术的形而上理解,并以此强调了审美和艺术的人学意义。

王国维、蔡元培、朱光潜积极引进"审美无利害性"命题的一个批判性价值在于对中国传统的"文以载道"观念的批判。他们都坚决反对把美和艺术直接用作道德、政治说教的工具,并在此意义上强调审美和艺术的独立。在这一点上,审美功利主义同着力强调文学艺术的直接道德和政治功能的梁启超的美学理论也有着深刻的分歧。同时,引入"审美无利害性"命题的建设性意义在于,确立审美和艺术的独立地位,而实质上使得审美和艺术被上升到超验的高度,而获得了人学的意义。中国美学的这种由经验层面向形而上层面的提升,或许正是西方美学引入之后中国现代美学所产生的最深刻的变革之一,也是审美功利主义最富建设性的价值所在。王国维以寻求"形上之学"的学术态度和关注人生的人文关怀,创造性地提出了以人为本、为人生的美学,奠定了中国现代美学的人学基础,开创了审美功利主义的先河。蔡元培倡导"纯粹之美育",欲以审美的普遍性和超越性来提升国人的情感,使他们的精神从经验世界超越到"实体世界",消除他们内心的"人我之见、利己损人之思念",从而为实现人道主义理想开辟道路。朱光潜主张以美和艺术来培养国人的审美态度,以超脱世俗世界,并在审美的世界里获得身心的多方面解放,实现"人生的艺术化",即个体生命的完满。从历史的角度看,这些思想在中国是崭新的。它之所以新,就在于在这种美学理论里,人不再是手段,而是目的:"人"这个概念从作为伦理学、政治学之附庸的地位中被解救了出来,获得了相对独立的哲学意义。因此,审美功利主义具有鲜明的现代人文精神。

另一方面,与西方现代审美主义排斥审美与道德的联系不同,中国现代美学中的审美功利主义为审美、艺术与道德之间的密切联系留下了很大的空间,有的美育理论(如蔡元培的美育理论)甚至还直截了当地把美育归属于德育,这充分表明了审美功利主义在审美与道德关系问题上相对折中的立场,从而区别于单纯的审美主义和极端的道德功利主义。事实上,在任何实用主义的观念里,事物本身的性质并不是关键所在,要害是这个事物能产生什么样的功效。审美功利主义实际上所持的是一种实效主义立场,它的主要根源是中国传统的在经验层面上注重事物功用的观念。王国维、蔡元培、朱光潜在论述无功利性的美和艺术时,实际上一直致力于阐发它们的功用,甚至不惜夸大这种功用,并要求把这些功用服务于启蒙和思想文化的改造。因此,严格的学理界限在中国现代美学中并不是完全没有,但肯定不是最重要的,最重要的是要阐发审美对于启蒙和思想文化改造的作用。这样,更为重要和紧迫的道德重建显然与审美和美育不仅不矛盾,而且是完全可以而且应该融合的。

不过,吸收了西方现代美学思想的审美功利主义仍然坚持审美与概念、与道德原则之间的必要区分,它肯定的是审美与作为德性的道德的内在联系。比较典型的是朱光潜。他从"以情为本"的文化、教育观出发,提出了两种道德观:"问理的道德"和"问心的道德",并且以后者作为道德的最高境界和前者的基础。根据朱光潜自己的理解,这里讲的"心""与其说是运思的不如说是生情的",思维实际上也是以体验为基础的。所以"问心的道德"实际上是依照情的道德,是以情为本的道德。既然"问心的道德"胜于"问理的道德",道德的建设自然应该以情为本,因此,怡情养性的审美和艺术就成了道德建设的基础⑧。从伦理学史角度看,这个与作为规则的道德相对的"问心的道德"实际上就是作为德性的道德。作为德性的道德有一个基本特征,那就是偏重于道德的内在价值,这种内在价值体现为一种基本的人生信念:人应该具有良好的道德修养,这种道德修养是人生幸福的根本保证。因此,道德就成了人生的目的,而不是手段。

事实上,王、蔡、朱三位美学家也正是从审美可以去除个人"私欲"、"物欲"并使人的情感"脱俗"、"纯洁"、"高尚"的角度切入审美的德育功能的,也就是说,他们认为审美的这种内在心理机制本身就具有某种培养德性的功能。因此,他们一方面强调美育主要是一种利用"审美无利害性"而使人的情感脱俗、纯洁、高尚的教育,另一方面又都肯定美育是德育的基础,也就是说,美育还有更高的目的,那就是道德修养的完满。同时,他们都强调道德修养的内在性,而美育由于从人最内在的感性生命和性情入手对人进行启发和熏陶,因此是用德育养成人的德性的重要途径。这样,美和善、美育和德育就可以而且应该融合起来。王国维提出要用艺术来改造人的生活嗜好,并肯定了悲剧是审美的最高境界,而这个境界是美学的价值和伦理学价值的同一。蔡元培直截了当地讲过美育是德育的辅助,还指出美育实质上应该是包含在德育中的;他所标举的美育可以去除人内心的专己性,正是着眼于从人的性情入手的人道主义道德观的培养。朱光潜强调情是理的基础和内在性,主张把道德安放在生情的"心"上,从而肯定了美育是德育的基础;即使是他提出新颖的"美育解放说",强调美育的生命哲学意义,也还是从审美与道德的联系上讲的。因为民族生命力复兴的意义和价值最终要从伦理学上来理解,作为德性的道德归根到底是把人生的幸福作为目的的,而朱光潜所主张的人生的艺术化也正是审美的内在修养和道德的内在修养(德性)的统一⑨。

三、"审美功利主义"作为一种"现代传统"的意义

综上所述,审美功利主义是针对中国现代化的问题,源自中国传统文化和西方现代思潮的双重影响而产生的中国现代美学思想。从目的上看,审美功利主义把思想文化的改造和人的启蒙教育联系在一起,并由此使中国现代美学具有启蒙和人的心理本体建设的人文精神;从思想来源上看,它把西方现代思想和中国传统文化融合在一起,并创生了新的意义;从范围来看,它虽然主张审美和艺术的相对独立性,并反对传统的"文以载道"说,但是在人的内在修养和精神境界提升的意义上,把审美与道德联系在一起,从而扩展了审美范畴的社会现实意义;从功能上看,它虽然主张审美的超越性,但是把作为学术研究的美学和作为社会实践的美育结合在一起。它充分体现了中国现代美学的时代特征、民族精神和现实指向,因而成为中国美学的一种重要现代传统。

审美功利主义之所以能够成为中国美学的现代传统,有以下主要原因。首先是因为它源自中国现代化自身的问题,是试图以中西思想文化资源来创建新的思想文化,从而解决中国现代化问题的产物,因而它是一种扎根于中国本土而又有创见的美学传统。任何人文学科的理论,其意义和价值首先来源于具有历史具体性的真实而有意义的问题,尤其是在现代中

国大量西方思想文化涌入的背景下，对于中国现代美学思想的研究者来说，寻找立足于本土思想文化和现实社会问题的理论观点和命题显得更为重要。如果仅仅用西方学术理论和思想文化作为唯一的尺度来衡量中国学术思想的价值，就很容易把简单引述西方话语而没有本土之根的观点当做"中国"的现代学术成果来加以认定，反而忽略甚至贬低那些针对本土问题而又确有创见的理论和思想，这就容易使我们的美学理论建设失去自身的现代基础。

其次，审美功利主义是中西思想文化交融的结果。强调审美功利主义是中国现代美学传统的核心，并不意味着它是原汁原味的"国粹"。有一些论者一讲中国的传统便从先秦数起，这不能说不对，但是不全对。传统是发展的，而且可能是在吸收了外来思想文化的基础上发展的，特别是考察中国的现代思想文化，整个地离不开西学的影响。但是，它之所以可以成为中国的现代传统，显然要基于对中国现代问题的独特思考，同时要在承继固有传统和吸收西学中有所创新。审美功利主义作为一种美学思想，正是从中国的现代问题出发，融合了中西思想文化又有所创新的结果。那种认定从20世纪以来中国美学和文学理论已经"失语"的观点，就是偏执于中国固有的传统（其实从汉代开始佛学就影响我国了）的思想方法所致。这种思想方法固然在强调中国传统的继承方面有一定的合理性，但是它否定中国思想文化的现代发展，因而也从客观上否定了整个20世纪中国美学和文学理论的创造性发展和建设，而且使得我国当代的美学和文学理论建设丧失了最切近的现代基础，所以是有很大局限性的。

第三，审美功利主义可以成为中国美学的现代传统，还因为它对后来的中国美学产生了深远影响。可以被称之为传统的思想文化必然在今天仍具有一种穿透历史、跨越时代的生命力，对后世可以产生深刻的影响。虽然20世纪50年代以后，中国当代美学在相当一段时期里，脱离中国本土问题，执著于美的本质问题的争论，而且把美是客观还是主观作为争论的焦点，中国现代美学那种极富人文关怀和现实指归的优秀传统从总体上被不适当地割断了。可是，即使在五六十年代，我们仍可以看到这种现代传统的影子。首先是朱光潜，一句批判性的话语——"见物不见人"，让我们依稀看到了他前期美学的些许精神。关于形式美的讨论，肯定形式美的相对独立性，要求艺术创作和批评不仅要注重政治方向和内容，还要遵循形式美规律，等等，实际上是要求艺术在不与生活和政治割断的情况下，部分地保持它自身的内在价值⑩。到了 70 年代末，美学热重新兴起之时，审美功利主义的影响就相当明显了。首先还是朱光潜，这位造诣颇高又有勇气的老学者指出，"当前文艺界的最大课题就是解放思想，冲破禁区"，"首先就是'人性论'这个禁区"，在他看来，对人性的否定是设置人道主义、人情味和共同美等一系列禁区的理论前提。朱光潜指出，与"人性论"这个禁区密切相关的还有"人道主义"、"人情味"和"共同美"等禁区，他明确指出："人道主义事实上是存在的。有人性，就有人的道德。"人道主义的精神实质是"尊重人的尊严，把人放在高于一切的地位"⑪。朱光潜的这些观点当然是针对着当时的思想文化和社会现实而发的，而且他的论述还力图以马克思主义作根据，但是，这种尊重人性、重视情感的思想的资源主要还是来自包括他本人贡献在内的中国现代美学传统。综观整个 20 世纪 80 年代的中国美学热，它几乎是一种人道主义思想的诗化表达。尽管当时的美学多以马克思的《巴黎手稿》为依据，但其精神实质却紧紧连接着中国自己的现代美学传统。另外还有对美育的重新重视、对中国古代美学和审美文化的研究、美学原理的研究都处处显示出审美功利主义观念的延续和发展。直至今日，这种观念作为一种美学转型和思想文化建设的思考方式，仍在影响着中国的美学家。关于实践美学的讨论已经深入地涉及美学与人生、美学与人的生存发展的内在关联性，而且，这种内在关联性也被有的学者从中国古代传统思想文化角度加以阐发。这种思路与审美功利主义的思路是一脉相承的。

审美功利主义传统不仅已经对中国美学的发展产生了积极影响，而且在中国的现代化进程和全球化语境中仍具有潜在的思想价值。首先，这种立足于本土，交融了中西思想文化的美学是中国自己的美学传统，因而是今天美学学科建设的重要思想资源。特别值得关注的是，西方审美主义出于对启蒙现代性的反叛，在审美独立性等一系列问题上往往走极端，把审美感性与启蒙理性对立起来，把艺术与道德、社会现实以及科学技术对立起来，在一定程度上具有反理性、反科学技术的倾向，这对于正在推进现代化的中国来说并不合适。审美功利主义吸收了西方现代美学中肯定感性和情感价值、以人的生存和发展为目的等人文主义思想，又避免了西方现代学术思想中的"二元对立"思维模式，在强调审美相对独立的同时，注重审美与人生、道德、现实社会乃至理性的内在联系，这不仅对于中国当前的思想文化建设是有益的，而且也从一个独特的角度可以与西方的后现代主义思想对话。其次，审美功利主义在处理审美、艺术与人生、与道德、与教育等关系上已经形成了一整套理论，这些对于当前中国美学研究仍具有重要的参考价值，如何根据时代的特点把这些理论部分地整合到当代美学中来，以增强中国当代美学与当代中国人生存发展要求之间的联系、进一步发挥美学在思想文化建设中的积极作用，是当前美学研究中具有重要意义的课题。例如，当代中国美学和美育问题的研究，在美育与人生、与德育、与思想文化建设的关系以及美育理论研究吸收中国古代传统文化和西方现代学术思想等一系列问题上，还存在不少研究空白或模糊认识，在整体水平上还比不上现代美学研究的深入和全面，其中相当重要的原因是缺乏对现代审美功利主义思想的研究和借鉴。第三，审美功利主义在如何把西方现代美学与中国古代美学传统相互融合方面也形成了一些值得借鉴的观念和方法，对于当前我们在全球化语境中实现古代美学的创造性转换，继承和发展本民族优秀的美学思想和审美文化传统，增强中国当代美学参与国际美学对话的能力，建设具有时代特点和民族精神的开放的中国美学，都具有重要的借鉴价值。

---

① 参见李泽厚《启蒙与救亡的双重变奏》，《中国现代思想史论》，东方出版社 1987 年版，第 7～49 页。但是，李泽厚认为，启蒙的主要特征是反传统；还认为，"五四"以后的中国现代思想史总是救亡压倒了启蒙。这些观点是值得商榷的。

② 林毓生：《中国意识的危机》，贵州人民出版社 1986 年版，第 44 页。

③ 参见林毓生《中国意识的危机》，第 63～74 页。

④ 参见周宪《现代性的张力》，载《文学评论》1999 年第 1 期。

⑤ 参见斯托尔尼兹《"审美无利害性"的起源》，《美学译文》(3)，中国社会科学出版社 1984 年版，第 23 页。

⑥ 王国维：《古雅之在美学上之位置》，《王国维文集》第三卷，中国文史出版社 1997 年版，第 31～32 页。

⑦ 王国维：《孔子之美育主义》，《王国维文集》第三卷，第 158 页。

⑧ 朱光潜：《给青年的十二封信》，《朱光潜全集》第一卷，安徽教育出版社 1987 年版，第 80～81 页。

⑨ 参见杜卫《朱光潜前期美学的生命哲学意义》，载《文史哲》2002 年第 3 期。

⑩ 关于 20 世纪 60 年代形式美问题讨论的详细分析，参见杜卫《走出审美城》，东方出版社 1999 年版，第 133～135 页。

⑪ 朱光潜：《关于人性、人道主义、人情味和共同美问题》，载《文艺研究》1979 年第 3 期。

审美共通感与现代社会

尤西林

审美从宗教与伦理中的近代独立,被视为现代性的分化性标志之一。与反对传统形而上学或宏大叙事相一致,分化性以及自律性作为现代性突出的特征被视为现代社会的文明进步。但分化性又在现代史上呈现为一系列负面的分裂性。从社会主义到公民共和主义对原子个人主义的反拨,从政治史角度表明,现代社会仍然不可或缺地依赖不同于古代共同体的公共精神。二战结束以来的西方与"文革"后转型的中国社会,至今仍处于公共精神衰落的境况中。

值得注意的是,审美在重建现代社会公共精神中受到特殊的重视①。尤其是从英国经验派到康德所凸出的"审美共通感",成为现代社会普泛天然的公共心理纽带。审美共通感是共通感的一种。共通感的含义大致有三类:1. 作为社群共同体存在而积淀形成的族群认同感②。但正如伽达默尔研究康德所指出的,前现代共通感在 18 世纪虽然流行地指称伦理道德感,但道德不能仅仅依据共同的感受而被康德指向绝对律令,因而康德将共通感归结为审美鉴赏的审美共通感③。从社会心理学角度看,传统上代表"社会感"的共通感被缩小为审美一域,正深刻反映了前现代的宗教—伦理共同体解体以后,现代社会在利益与价值认同上的分化,共同体存在感已缩小并抽象为审美形式的共通感。2. 在以个体为单元的现代社会中,共通感又是指个体超越自我界限而与他人沟通理解的感觉。这已成为建构现代交往论的一块基石。3. 共通感更为深潜的含义则是指主体或自我被局限于特定对象格局之前的"本心"。伽达默尔引述厄廷格尔的研究:"共通感被直接翻译成'心地'(Herz)";"生命循环的中心在于心灵,心灵通过共通感认识无限"④。审美心理学所谓"通感"(synaesthesia)⑤,其实就是这种不执著于分别对象化的心体丰盈共通感对五官感知的融通状态。"通感"表现出心体的自由。现代性心体所拥有的审美共通感不仅是整合个体自身感知的资源，而且是超越现代化社会分化局限、与他人交往沟通的伦理资源。更为重要而深刻的是，审美共通感可以将个体带入现代化缺失的共同体存在感。一种共同体存在感当然是公共社会的心理资源。审美共通感作为共通感的现代性保留地，从而具有特殊重要的公共文化乃至政治文化意义。

本文将更进一步追溯审美共通感的来源、结构及其隐秘的现代意义。在此基础上梳理审美共通感与现代社会复杂的关系。这种关系不尽是积极的，而是同时包含着危机的。

一、天人"共在"与审美共通感的宇宙论起源

审美共通感有着比伦理更深远的起源。这一点自始即为古代美学思想所意识。美感超出人际关系而指向天人之际，表明审美与宗教乃至巫术有着同样古老的渊源。宗白华个体审美宗教的最高境界是宇宙美，这不仅本于道家自然本体论，也本于"（刚柔交错），天文也。文明以止，人文也"（《周易·贲卦象辞》）的天道信仰"文"（审美）观。宇宙（天）因此成为个体众生获得共属感的最古老来源。"原天地之美而达万物之理"（《庄子·知北游》），美感中包含着人与宇宙最古老的统一关系基因。当代"人择原理"（anthropic principle）表明，人类诞生与宇宙演化所拥有的特定共同初始条件，是人类生存与本能直觉的自然基础⑥。这一理论可视为对古今绵延不断的神哲学思想的自然科学表述。从毕达哥拉斯宇宙共鸣感、柏拉图以目的论涵摄真善美的宇宙本体、老庄"天乐"、基督教的自然神学，到当代生态美学，美感的宇宙论基因被不同美学从不同角度不断触及。当代美学在反思现代性中已开始回溯真善美一体化的自然—宇宙目的论。这也是 20 世纪中国美学一个共同基点。以 20 世纪中叶之后中国美学争执各派为例：蔡仪的自然物质本体论美学便可在此基点上获得正当性与新的理论发展方向；唯心论的高尔泰后来最早关注人择原理的美学意义，并力图整合为宇宙自然—社会历史—个体心灵一体化的本体论，美感的心灵本体论被扩展与转化为宇宙本体论：

为什么我们的感觉，我们的"精神的"耳朵或者"精神的"眼睛经常能够本能地和直观地从这样的一种比例的形式得到满足呢？

> 这意味着我们的精神,我们的"内在"世界,同"外在"世界之间有一
> 种比历史更原始的同构对应关系。⑦

这显然是"心"为超越实践派社会历史限定性而援引自然本体。作为主流派的实践美学,则从社会历史角度追溯美感的自然基础。实践美学代表作之一赵宋光的《论美育的功能》(1981),在将实践(操作与制作工具活动)的人类学本体论解释扩展至人类文化尽头时,遇到了无法含摄的自然本体论:

> 本体论哲学要进一步沉思的倒是另一个问题:善掌握真而体
> 现为美所采取的形式具有对称、均衡、秩序……等特性这一人类学
> 本体论的法则,怎么竟会如此酷似植物动物发育(自我建立)长成
> 的形态具有对称、均衡、秩序……等特性这一自然本体论的法则
> 呢?⑧

实践美学始终未回答这个问题。直至 21 世纪,李泽厚对人类学实践本体论的晚近修改是:自然形式美不再仅仅基于人化自然的工艺积淀,而"必须有'宇宙—自然与人有物质性的协同共在'这个'物自体'的形而上学'设定',才使人把各种秩序赋予宇宙—自然成为可能。这个作为前提的必要'设定'以审美情感—信仰作为根本支持"⑨。这是实践美学当代一个最为根本性的改变或进展:审美超出了实践工具本体的人类历史,而援引古代自然本体论。李泽厚重申康德"物自体"的宇宙—自然不可认知的立场,并沿循《判断力批判》自然目的论思路,以自然美为桥梁,想象包括人在内的全部宇宙自然秩序的合目的存在。李泽厚强调自然美及其对自然的审美信仰是宇宙—自然(包括人)客观秩序"设定"的前提。"正因为此,美学成为了第一哲学。"⑩但这里存在一个循环论证:只有"设定"宇宙—自然与人的客观"共在"秩序,"才使人把各种秩序赋予宇宙—自然成为可能",这意味着基于人类学实践本体论人化自然的自然美依赖于一个更源初的宇宙论前提;但这一前提性"设定"又恰恰以人对宇宙—自然的审美情感—信仰为"根本支持",从而仍然基于实践论的人类学本体论。这是一个深刻的自我相关悖论。李泽厚实质没有超出康德《判断力批判》中自然目的论的设定性思路框架,也没有真正回答赵宋光二十多年前提出的问题,而是用康

德"物自体"不可知态度软化了实践本体论对自然美本质的单一垄断解释。但这一矛盾已预示了实践美学未来可能的最重要的突破进展①。

诚然,宇宙—自然自在存在永远不可认知(人择原理也肯定这一点,如同人不可能拔着自己头发离地一样),而李泽厚的强调也正突出了审美感超出人际伦理共在的"人天共在"情感体验。对本文题旨而言,无论是否接受人择原理类自然科学观点,审美的"天地境界"作为确定的审美经验,已为审美的共通感伦理功能提供了更为普遍原始的前提。它意味着,美感中不仅先天地蕴含有人类共同的基因,而且蕴含着人类与宇宙"共在"的基因。这一点甚为重要:美感的宇宙论基因是审美超越实践美学工具本体(尽管仍须基于工艺活动)而比科学更贴近自然规律(所谓"以美引真"的科学美)的原始自然基础,也是审美共通感拥有更普遍公共代表性的原始自然原因;工艺形式之可能超越特定原型而凭借想象力上升为审美形式,其客观基础也与上述基因有关。这是审美之可能批判基于工具理性的现代性的重要资源。

康德以美沟通真善,此"真"便不是指现象界科学知识,而是理论理性无法认识的"物自体"。美学之"感性"及"情"因而获得了本体论意义:"感而遂通天下之故。"(《易·系辞上》)"天地感而万物化生,圣人感人心而天下和平,观其所感,而天地万物之情可见矣。"(《易·咸卦》)本体论美学亦即上述意义的"感通学"。

二、从古代伦理共属感到现代审美共通感

在中国古代礼乐共同体中,"乐者为同,礼者为异。同则相亲,异则相敬"。为什么"乐"能统合人心?渊源甚深:"乐者,天地之和也。"(《乐记·乐论》)脱胎于上古巫术的古代艺术("乐"),成为保存集体意志、集体无意识的"集体心象"(collective representations)⑫,因而与宗教信仰、伦理规范交融,其共通感更侧重于共属感,即对所在共同体的归属感。这种古代审美的共属感仍保存在现代社会的传统节日、礼仪中。值得注意的是,在打破现代原子式个体孤独感的大众聚会(包括大众文化、特别是"超女"大赛类狂热聚会)中,这种古代审美的共属感常有激进的复兴与表达(详文末)。

18世纪从宗教伦理共同体独立出来的审美与艺术很容易被纳入原子自由主义解释。审美感固有的"同"、"合"在现代性个体文化背景下,通常

被解释为自由个体(主体)相互沟通的表达,亦即主体性的自由活动。浪漫主义、特别是现代派艺术更加突出了审美的自我表现特性。然而,康德所谓"共通感"(Gemeinsinn)却并不能单向度地归结于个体性主体审美判断的结果,而与个体性主体处在深刻的张力中。尽管康德的审美判断研究以现代个体性主体为原型,但同后来胡塞尔个体意向性所面临的"主体际性"的复杂困境一样,个体审美判断的"赞同"之普遍必然性不尽属于个体主体性活动的结果,而自然地须援引先在于个体审美判断的人类共通感⑬。共通感的现代性限定带来了复杂的性质:一方面,共通感不是"作为私人情感,而是作为共同的情感"保证审美判断的普遍赞同⑭,因而是先在于个体的公共基准(norm);另一方面,共通感又是个体主体摆脱私人局限而"置身于每个别人的地位"⑮的自主活动所达到的状态,因而是个体主体性活动的结果。审美共通感实际上总是呈现为普遍共通感与特定时代—民族—阶级—个体风格的多重性,而并不存在独立纯粹的审美共通感。

更为深刻的区别在于,审美共通感并非个体为解决自身利益需要而通过契约类让渡所形成的重叠共识。后者例如对政府公共代表性的认同感,其公共性实质是个体的意志工具,即个体利益的集合代表。如公民共和主义所分析的,此类现代化社会公共性已消除了古典的至善与美德理念,而代之以公共秩序性的"正当"(right)。这被视为导致虚无主义与伦理危机的现代精神结构缺陷。而审美共通感则超越了个体利益集合所形成的公共认同。个体在审美共鸣中直接感受到了本体性的"我们认同"(we identities),而不是"我"与"你"的个体聚合的"自我认同"(I identities)。泰勒(Charles Taylor)的个案例证是:小镇音乐爱好者为邀请大乐团来演出所达成的钱款分摊与事务统筹公共活动是基于个体意志的"聚合的"(convergent)善,它象征着包括政府行政在内的所有事务性公共交往,而他们在演奏高潮时的集体起立及狂热鼓掌才是本体论意义的"共同的善"(good)⑯。就此而言,审美共通感才标志着现代公共性的本体并成为至善的现代社会保留地。本文愿将此例证推进一步:停留在审美共通感本体中可以酿造出类似唯美主义沙龙或"超女族"的审美团契,但却依然在现实生活中保持着手段性公共事务与本体共通感的分裂;与此有别的另一个方向则是从审美共通感本体高度重新看待并从事"聚合善"活动而将之转化为"共同善"。这一转变的后果是,全部公共事务不再仅仅被视为个体利益的契约协同环节,而成为审美共通感对象化亦即个体与族类最高形态的同时实现。全体起立沉浸于音乐共通感的"我们",在审美境界鼓舞下,返回头努力把包括钱款分摊在内的全部事务手段提升为更高的意义实现行动,并在此过程中将利益均衡的契约共同体提升向更高更人性化的共同体。从美学角度看,这也就是马克思传统中的现实审美与艺术审美或者牟宗三所说的"分别说"之美与"同一说"之美的关系⑰。而这种融"审美共通感"于世界事务的态度,对于当代公民共和主义难题之一的"消极公共性"与"积极公共性"的分裂性而言,则提供了一条统一的出路⑱。

如果消除原子自由主义意识形态的个体本体论幻觉,"我们"就有其先在于个体的公共传统前提条件地位。从巫术、宗教到宗族伦理、民族国家,共通感诚然在演变中趋向于弱化,但这种"集体无意识"从未真正消失,相应地,个体也从来不是如原子主义以为的无传统前提的纯粹自由。从审美社会学来看,审美共通感更为直接地继承了前现代共同体的共属感特别是伦理感,但在审美共通感中已没有古代共同体的蒙昧崇拜与身份等级,而被个体想象为自主的精神共鸣,因而审美共通感已对前现代伦理或宗教共同体的共属感进行了现代性转化。不过,它仍然是总体性的社会公共心理,而不能仅仅归结于原子自由主义的个体共鸣。近代英国经验派将内化的"道德感"、"同情"(moral sense)混同为美感,以及西方当代伦理学对情感主义的特殊依赖(如麦金太尔所分析的),都表明了审美共通感与伦理共属感的嬗变关联。伯克(Edmund Burke)把优美感直接等同于群居本能与亲合之爱,而审美现代性思想开创人之一的席勒则认为:

> 一切其他的表象形式都会分裂社会,因为它们不是完全和个别成员的私人感受发生关系,就是完全和个别成员的私人领域发生关系,因而也就同人与人之间的差别发生关系,唯独美的中介能够使社会统一起来,因为它同所有成员的共同点发生关系。⑲

"所以,席勒强调艺术应发挥交往、建立同感和团结的力量,即强调艺术的'公共特征'。"⑳"只有艺术把在现代已分裂的一切——膨胀的需求体系、官僚国家、抽象的理性道德和专家化的科学——'带出到同感的开放天空下',美和趣味的社会特征才能表现出来。"㉑这里重要的是,美感的社会统一性不再是古代共属感的遗留特征,而成为现代社会中对现代化—现代性的分裂性缺陷积极整合的功能。基于现代社会天然亲和相通感的审美共同体,甚至直接就是现代社会公共机制与公共机构的社会学与政治学原型[2]。并非偶然,晚清到"五四",中国早期现代社团也正以文学类为骨干。

审美共通感对现代化社会的公共精神资源意义成为清末民初民族救亡与精神重建的共识话题。"以美育代宗教"的最高精神信仰重建,在无宗教传统与宗法伦理共同体解体的中国社会条件下,更为实际的意义乃是"以美育代伦理"。蔡元培指出,"人类共性"在中国奠基于周公制礼作乐[3];梁启超作为"万物之公性"之"群",是当时中国先进思想界讨论的中心问题之一,而"欲改良群治,必自小说界革命始",这构成梁氏以培养现代性"公德"为中心的"新民"亦即国民性改造的重要实践途径。

审美共通感对现代社会伦理与更为普泛的公共精神的滋养强化作用,在现代社会的不同发展阶段有不同侧重。审美共通感在现代共同体诞生阶段占有特殊重要地位。中外启蒙美育思潮的核心即通过培养审美共通感培养现代公民,这与成熟后的现代社会以法制及公共交往培养公民有内—外侧重之别。20 世纪初中国思想界对美育如此重视,乃至超出人心伦理教化而被视为社会组织的直接方式力量[4],这并非当时社会审美心理的自发反映,而突出表现了当时中国社会转型从精神信仰、伦理规范到政治、生活秩序的脱序分裂,以及由此造成的社会整合的亟迫客观需求;它同时反映出现代化社会机制的缺失与软弱。1919 年"巴黎和会"所深化的中国民族国家危机,要求以强力有效的手段改变晚清以来的这种社会脱序分裂,但这远超出了审美共通感的能力。这一格局召唤着更加强大而具直接政治功能的现代意识形态走上历史舞台。

三、意识形态与审美共通感

1924 年国共合作,标志着中国现代化进程已结束文化启蒙。"天演论"所启蒙的面向未来直线进取的现代性时间—历史观,已落实为以独立富强的现代中国为初级目标、以全球大同为终极目标的现代性历史哲学、人生观与宇宙观统一体的共产主义与三民主义意识形态。共产主义以其终极目标的马克思主义理论论证,以及国际共产主义运动与苏联社会主义国家制度背景而拥有权威地位。信仰权威意识形态并为之奋斗的现代性政党,成为中国现代化历史进程的核心力量,从而,甲午战争之后解体无归处的中国精神信仰与伦理,终于在上述意识形态—政党组织—社会革命中获得了社会存在基础与实践机制依托。这一社会大变动决定了审美在此后中国社会中的地位。

清末民初宗教伦理内化为审美心体"心能"的方向由此返转回社会。王国维所标榜的独立审美境界重又融合于社会伦理政治中并成为后者支撑性的力量。20世纪20年代后大规模社会行动化的革命,不仅是最高的信仰精神体现,而且是最高尚的人格伦理与道德意志体现,同时也体现着以崇高为特征的审美境界。因此,从20年代至70年代的中国革命运动具有审美的气质,群体性审美共通感成为伴随社会运动的重要意识形态特征,它不仅是现代性审美,而且属于肯定性审美现代性,亦即以现代性本质属性的无休止更新弃旧过程本身为美。

但是,启蒙现代性的全人类审美共通感理念在20世纪的意识形态中却被限定于阶级、民族、种族等等。现代中国革命心体一方面是统摄并规约个体心灵的无人称的阶级心体,另一方面也是以阶级排斥启蒙人文(人类)主义的特殊心体。统摄人文科学价值意义观的革命意识形态使这种大众心体政治化阶级化,同时双向地阻止在此之上有更为普遍的终极意义形态与在此之外有独立的个体心灵本体。这就是革命意识形态不仅长期批判个人主义而且同时批判普遍人性观念与超阶级审美观念、反对唯心论的原因。30年代梁实秋的普遍人性与超阶级的共同美观点曾长期被作为错误观点列入教科书,50年代高尔泰因坚持"美在心灵"而受到批判,直至"文革"结束,"共同美"才被解禁讨论,并成为80年代初"美学热"兴起的一个契机。"美学热"兴起的另一个契机是对"文革"初期列为批判对象的"形象思维论"的重新讨论。"形象思维论"之敏感犯忌,在于其中包含的"直觉"观念对权威意识形态政治化逻辑的潜在挑战。由于审美的终极价值感、直觉性、心体本体性等基本特性与革命意识形态的许多重要方面不相容,因而,从20世纪30年代之后,美学客观上处于被取代地位而不再享有世纪之初的重要地位。与上述审美"心能"被吸纳于革命意识形态而失去独立心体不同,独立的中国美学在很长时期只是以边缘化隐逸的纯艺术境界形态存活在宗白华这类个人思想中。这一转变并非偶然,审美共通感的公共性决定了审美不可能离群索居而注定与公共精神关联。

审美共通感与意识形态相结合的一大中介是历史哲学,而历史哲学正是现代性最高的意识形态⑥。从维柯开始,审美与美学的一个重大本质向度即是其历史哲学的意义。决非无关紧要,马克思吸收了席勒的审美历史哲学⑳，将"美的劳动"置于共产主义自由王国的终极理念地位，这不仅成为20世纪卢卡奇开端的人道主义马克思主义崛起的正统根据，也成为20世纪末中国执政党重建意识形态以启动现代化转型的重要根据。正是以《巴黎手稿》美学讨论为中心所酿成的"美学热"，推动意识形态从阶级专政转变为"以人为本"㉑。

四、大众审美团契与新世纪

20世纪末叶中国社会进入现代化转型。人们开始在空前规模与空前程度上获得了个体的身体自由与心灵自由。中国已成为世界市场的一部分而加入全球化现代社会，必要劳动时间（生产成本）的竞争（缩短、加速）已将中国人卷入社会存在（而非仅仅是意识形态）意义的现代性进程。因此，首先不是在外来文化影响、甚至也不是在外来生活方式影响意义上，而是从上述必要劳动时间的经济—生存基础内在塑造规定上，当代中国人的审美形态日趋"全球一体化"。

审美共通感必然外化衍生出社会团体。如前所述，审美共同体有力地引导了现代公共领域的建构。由于此类团体以精神共鸣为基础，因而接近于宗教团契而可称之为审美团契。审美团契代表着审美共同体区别于一般理性共同体的信仰维度（所谓"非理性"），它在政教分离的现代社会中成为比宗教团契更为普泛的"准信仰"团契形态。现代转型的中国社会以迅猛的态势显示着这一点并表现出其特殊重要性。审美仍然是个体从急速匆忙的现代性时间激流中抽身"喘息"自在的"刹那"，审美共通感也仍然是个体间共鸣的天然"集体无意识"。但当代中国已愈来愈进入西方现代化社会的框架中：公共机构与公共交往理性化、形式化，终极信念内在化与私人化。然而，西方社群仍然有基督教团契与发达的民间非政府社团（NGO）依托，与之相比，中国人则已失去了昔日单位所有制的伦理乃至心灵交往依托机制，崇高的理想信仰已在商品化社会存在中趋于"世俗化"，从而，在一定意义上，当代中国精神信仰与伦理正处于与清末民初同样缺少社会机制依托的衰微境况中。

与上述精神信仰与伦理衰微境况形成鲜明对比的是，当代中国人在前所未有的审美文化聚会中保持着狂热而密切的身体与心灵的融合。审美现代性以"刹那"消融未来紧张，使宏大的现代性未来意义转化为同样宏大的"意义空间",审美共通感激进扩张为大众狂欢聚会的"永恒广场"。置身于激情呼喊的歌星演唱会中,可以直接体验到现代人信仰升华、伦理交往与审美情感的心理能量聚合—释放。这种"心能"的巨量规模与激烈程度,折射出当代中国人现代性"心速"的急剧,以及相应平衡舒解机制的匮乏。同时,"玉米"、"粉丝"们似乎也实现了类宗教团契"同一颗心、共一个灵"的渴望。然而,当代追星族的狂热聚会或审美时尚潮流与崇高历史感氛围中的"文革"广场游行有深刻的相通之处,它们都缺乏个体审美心灵自由默契与自尊自在的接近结合,而有其商业资本、传媒、权力集团操控背景。在此背景下,渴望走出孤独而体验族类共在的现代个体,却恰恰成为无个性的大众(mass)原子。

新世纪中国"超女大赛"(2005)与"快男大赛"(2007)等层出不穷且一波高一波的大众团契式文化所显示的民众广泛性(从少年到老人)、狂热性(乘飞机赴会投票)表明,审美团契甚至已成为当代中国民间最大的公共参与群体与公共参与精神最巨大的来源。

审美共通感及其团契如此巨大的能量对于新世纪中国究竟意味着什么?对此,尚不能做出确切回答。但本文题旨关注的是:审美团契的新奇追求、时尚传播流行方式、心理能量巨大积蓄及其群体发泄形态,是千百万心灵对现代性时间的亢奋追随(作为肯定的审美现代性);但其亢奋能量并未回归于"微软"等科技生产商业更新换代的高速运动(那才是现代性的存在论本源),而是以审美时间空间化(境界化)所拓展的"未来广场"狂欢,发泄现代性未来时间所压抑的自然生命节律能量,因而这同时是对现代性时间的抗衡(作为否定的审美现代性)。个体审美心灵如此夸张地追求群体共鸣形态,则凸显出审美团契将无意识抗衡转化为社会抗议的冲动:审美心灵敏感到现代性时间所导致的生命能量压抑性积蓄与个体孤独自闭的现代性处境,而本能地走上街头、进入审美拓展的"未来广场"呼喊。这种呼喊以"肯定的审美现代性"狂欢无意识地表达"否定的审美现代性"抗议,它实质要求改变心灵的现代性存在处境,因而成为一种潜在的社会抗议。但这种艺术版的社会抗议并不清楚心灵被现代性时间驱赶与分割的社会存在根源。更为根本的限定是:民族国家竞争尚未有期,现代化—现代性所带来的力量与幸福还是绝大多数中国人憧憬的前景,因而,21世纪的中国审美及其心灵,将仍然处在现代性时间命运结构所规定的矛盾处境中。

狂热的大众审美团契不能乐观地视为民主社会的活力,而毋宁让人感受到充满危机的动荡。而透过与之内在关联的现代大众时尚背后,也可以发现强势阶层集团对审美共通感深远曲折的利用操纵⑳。所有这些与启蒙乐观主义迥然不同,它们表明,现代工商消费主义处境中的审美共通感已被异化,而且,脱离真善关联的审美难以保持自身原有的积极正面价值㉒。

如康德关于美的四项契机经典论证所显示,审美共通感包含着美与真、善双重的关系:美从古代真善美同一体中的分化与自律,同时是对真善的涵摄与代表。然而,启蒙以降二百年,工商消费主义逐渐掏空了美的真善内涵,而将美转变成可技术复制与商业交换的形式化物品,并将审美感性特性纳入消费欲望结构,从而重大地贬抑了审美的信仰维度㉓。唯美主义追求与真善对立,初衷是超越世俗现实,却终于落为现代工商消费主义的功能一环。这不仅切断了美与真善的关系,而且扭曲了审美共通感的公共性。审美及其共通感的此种现代性困境要求走出唯审美崇拜而回归真善美的关联,由此而指向对现代性分裂的根本整合:作为现代消费商品最受宠爱的"美"需要回归被现代—后现代黜退的"真理"与"至善"母体。它同时要求对扩张泛滥的现代审美文化以及视之为文明进步的唯美主义思潮作根本性反思。

---

① 参见安东尼·J.卡斯卡迪的论述:"阿伦特重新发现了康德旨在创立一种理性理论而对判断力(Urteilskraft)进行的分析;哈贝马斯将她的重新发现描述为一个'具有根本重要性'的成就,将它概括为'对交往理性概念的第一次研究';……在1970年出版的《论康德的政治哲学》中,阿伦特对康德的兴趣代表一种旨在直接按照康德的第三《批判》概括的反思判断力的理念、建立一种政治理论的尝试。具体说来,阿伦特要求我们想象,康德在第三《批判》中所说的'反思判断力'的意思必然采取一种政治形式,康德尚未撰写的《政治判断力批判》隐含在那部著作之中。"(《启蒙的结果》,严忠志译,商务印书馆2006年版,第192页。)这一思路在当代被追溯为席勒以来逐渐自觉的一类方向(参见《启蒙的结果》在此论域中对海德格尔、维特根斯坦、罗蒂、齐泽克、利奥塔、伊格尔顿等人的引述)。

② "在维柯看来,共通感则是在所有人中存在的一种对于合理事务与公共福利的感觉,而且更多的还是一种通过生活的共同性而获得,并为这种共同性生活的规章制度和目的所限定的感觉。"(伽达默尔:《真理与方法》上卷,洪汉鼎译,上海译文出版社1999年版,第27页。)这一点特别为马克思主义所强调。20世纪雷蒙德·威廉斯的"感觉结构"理论即是社会存在与意识形态的融合,它更深入细致地印证了维柯的观点(参见《文化与社会》,吴松江、张文定译,北京大学出版社1991年版);威廉斯对区别于"society"的"community"的感觉性的强调,又可视为对滕尼斯经典区分的发展。

③④　伽达默尔:《真理与方法》上卷,第41~44页,第34、38页。

⑤　参见钱钟书《通感》,收入《旧文四篇》,上海古籍出版社1979年版。

⑥　"人择原理"是渊源于著名物理学家狄拉克(P. Dirac)思想而于20世纪60年代提出并在21世纪受到关注的一种关于人类与宇宙关系的宇宙观学说。这一理论突出了人类诞生与宇宙演化特定状态的内在联系,从而为当代生态思想与自然本体论的复兴提供了一种支持。

⑦　高尔泰:《美是自由的象征》,人民文学出版社1986年版,第152页。

⑧　赵宋光:《论美育的功能》,载《美学》第3期,上海文艺出版社1981年版。

⑨⑩　李泽厚:《论实用理性与乐感文化》,《实用理性与乐感文化》,三联书店2005年版,第54页,第106~115页。

⑪　笔者以为,作为实践美学的可能改进,这一基于反思现代性而对古代自然本体论的阐释,要比目前以"个体自由"为核心的超越实践美学的批判方向更为根本。

⑫　列维-布留尔语(参见列维-布留尔《原始思维》,丁由译,商务印书馆1986年版)。

⑬　马丁·布伯强调的是:"原初词'我—你'可被消解成'我'与'你',然则'我'与'你'之机械组合并不能构成'我—你',因为'我—你'本质上先在于'我'。而'我—它'却发端于'我'与'它'之组合,因为'它'本性上后在于'我'。"(《我与你》,陈维纲译,三联书店1986年版,第38页。)孟子"恻隐"被现代人误解为个体主体性的"同情",其实是血缘共同体的自然人性。即使后现代主义也无法否定公共先在性与个体自主性的张力:"人们事实上不能说一种情感应该无中介地、即刻地接纳所有人的同感而不预先假设某种情感共同体,这种情感共同体使其他个人中的每一个都处于同样的境遇、同样的作品面前,从而至少不用进行概念设计就可有一个同样的判断。在审美情感分析中,就因此有一种通常出自某个共同体的分析在起作用。在作品接受中起作用的是情感的、审美的、远在任何交流和实用性之'前'就有的共同体的章程。"(利奥塔:《非人》,罗国祥译,商务印书馆2000年版,第122页。)深陷于个体主义的现象学缺少个体之前的共同体前提,而不得不构造出繁复的诸种自我超越,当然,这也将个体主体性推至极致。

⑭⑮　康德:《判断力批判》,邓晓芒译,人民出版社2002年版,第76页,第136页。

⑯　参见泰勒《答非所问:自由主义—社群主义之争》,应奇、刘训练主编《公民共和主义》,东方出版社2006年版,第382~383页。

⑰　参见尤西林《关于审美的对象》(载《学术月刊》1982年第10期)及《"分别说"之美与"同一说"之美》(载《文艺研究》2007年第11期)。

⑱　参见桑德尔关于公民共和主义中积极与消极公共性两个版本统一难题的叙述(参见《公民共和主义》,第358页)。

⑲　转引自哈贝马斯《现代性的哲学话语》,曹卫东等译,译林出版社2004年版,第56页。

⑳㉑　哈贝马斯:《现代性的哲学话语》,第53页,第58页。

㉒　参见哈贝马斯关于"沙龙"、美术馆、文学批评团体与现代公共机制及机构起源的特殊关系研究(《公共领域的结构转型》,曹卫东等译,学林出版社1999年版)。

㉓　参见蔡元培《中国伦理学史》,《蔡元培哲学论著》,河北人民出版社1985年版,第51页。

㉔　如张竞生《美的社会组织法》(1925)所代表的激进的审美功能观念。

㉕　参见卡尔·洛维特《世界历史与救赎历史》(李秋零等译,香港汉语基督教文化研究所1997年版)的思想史梳理。

㉖　参见 L. P. 维赛尔《席勒与马克思关于活的形象的美学》,载《美学译文》(1),中国社会科学出版社 1980 年版。

㉗　参阅尤西林《"美学热"与后文革意识形态重建》,载中国社会科学院美学室编《美学》第 1 卷,南京师范大学出版社 2006 年版。

㉘　参见尤西林《审美共通感的社会认同功能:审美时尚在当代中国转型期的政治哲学涵义》,载《文学评论》2004 年第 5 期。

㉙　阿伦特与哈贝马斯在与"私人感觉"对立的方向上强调审美共通感是"所有人的一致性",甚至强调审美共通感的普遍统一性可能扼杀个性而导致专制危险(参见安东尼·J. 卡斯卡迪《启蒙的结果》,第 84～87、200～201 页)。与古代人相比,现代人更容易将"美"视为天然的"善"。然而,作为法西斯主义精神渊源之一的尼采"超人"等级统治,正以审美为最高级别。列奥—斯特劳斯敏感到审美与纳粹虚无主义反现代化文明的本质关系:"我说的是文明(civilization),而不是文化(culture)。因为我注意到许多虚无主义者都是文化爱好者,并以之与文明区分、对立。""我有意把'艺术'置于文明的定义之外。虚无主义最有名的斗士希特勒也是个著名的艺术爱好者,甚至他本人就是个艺术家。但我从未听说他追寻真理或把德性的种子撒入他臣民的灵魂。我观察到,文明的奠基者们教给我们科学与道德之所是,却从不了解大约最近 180 年以来的艺术这个术语;他们也不了解具有同样晚近起源的'美学'这个术语与美学学科——这个观察加强了我对'艺术'的偏见。"(《德国虚无主义》,刘小枫主编《施特劳斯与古典政治哲学》,上海三联书店 2002 年版,第 752～753 页。)日本武士道精神的一个特质同样也是:"美"被神圣化并取代"善"。而古代思想的一个要点则是对于脱离真善(特别是脱离"善")的唯"美"主义的警戒。

㉚　与感通学居于同一层面的信仰学构成美学的另一角度(参见尤西林《审美与时间:现代性语境中审美的信仰维度》,载《文学评论》2008 年第 1 期)。

美学如何成为一种社会批判?

——从哈贝马斯的省思看批判理论价值论设的失落

吴兴明

在"批判理论"(critical theory)[①]的思想潮流中,一个引人注目的现象是美学思想领域的扩张:它将现代性早期对审美经验的一般分析上升为社会整体的价值要求,又以此为根据承担起对资本主义现实的否定。经此,美学进入了社会理论,变成了社会理论中的"审美主义"(aestheticism)。

在批判理论中,审美主义是社会理论之价值论设的一部分,它和意识形态批判的还原性分析一起,构成了批判理论内部之否定与肯定、事实与价值、现实与距离等等的批判性张力。如果说意识形态批判的凌厉的社会学还原提供了事实的"真相",那么审美主义就是显示这些事实之为"异化"、意识之为"幻象"的价值之光。正因为有审美之光的照射,批判理论才显示出一种独特的美学锋芒。所以,不是作为一般的美学语述,而是作为批判社会理论中的价值陈述,审美主义直接、自明地显示出了它在批判理论中的政治学蕴涵。它与意识形态批判互为表里,既构成了批判理论的价值陈述,又注定了这种批判的深重失落。

本文从于尔根·哈贝马斯(Jürgen Haberrmas)对批判理论的省思入手,试图将批判理论作为一种思想样式来清理,重点是剖析它作为社会理论之价值论设的涵蕴。我力图追问的是:就知识类型而言,这种理论内部的思想张力是如何构成的,美学如何在批判理论中呈现为批判,关键是,在意识形态批判的社会学还原和审美主义价值呼喊的双向互动中,失掉的究竟什么?

一、意识形态批判:社会学还原的失落

先看批判理论凌厉的否定面:对资本主义的意识形态批判。

"意识形态批判"一直是批判理论的方法核心。和康德的"批判"不同,

这种批判之凌厉的锋芒来源于它以实证研究、以社会学还原的方式来展开批判。"思辨终止的地方,即在现实生活面前,正是描述人们的实践活动和实际发展过程的真正实证的科学开始的地方。"②"意识形态批判探究那些作为事实存在的流行共识背后的社会支撑……它关注的是不明显地进入到语言和行为系统的符号结构中的权力关系。"③因此批判理论又叫"批判的社会学"(critical sociology)。但是,哈贝马斯在反思这场跨世纪思想运动的时候,敏锐地意识到了它作为一种思想样式的根本性失落。哈贝马斯说:

> 马克思……对资产阶级法制国的意识形态批判……对自然权利之基础的社会学消解,分别使得法理性观念(die Idee der Re-chtlichkeit)本身和自然法意向(die Intention des Naturrechts)本身对马克思主义者来说长时间地信誉扫地。结果是,自然法和革命之间的纽带从此就断裂了。一场国际性内战的交战各方瓜分了这份遗产,这种瓜分泾渭分明但灾难重重:一方占有了革命的遗产,另一方则接过了自然法的意识形态。④

后来哈贝马斯在《在事实与规范之间》(1992)一书中对这种分析作了非常细致、系统的推进。他认为,自然法和革命之间纽带的断裂,从理论的内部看是价值的规范性要求与科学认知理性(工具合理性)之间的断裂,它体现在社会理论中意味着另外一种东西:意味着我们用社会学的方式去理解法理性,即用社会学的方式把现代民主国家的约法基础——权利约法系统——的逻辑地基还原成一种历史性。这样一种方式实际造成的结果是:把法理论证本身转化成一种实证历史中的经验论证,从而导致法理性在义理上的缺失。它是指向事实与规范之间差异的泯灭的。这就是哈氏所说的"自然权利之基础的社会学消解"(sociology resolution on the basis of natural rights)⑤。

马克思对资本主义法律、法哲学的虚伪性的揭露是我们所熟悉的。如果按社会学还原的方式去研究这种"法律"的法理根据,我们会发现卢梭、洛克的"自然状态"、天赋人权之类的学说非常之荒诞。毫无疑问,这样一些设定在历史上找不到根据。如马克思所说,资产阶级启蒙的自然法观念,真实的根据是近代欧洲早期的市民社会,它的要害是公民权利的设计和产生这种设计的现实基础之间的分离。资产阶级革命以天赋人权、权利启蒙为号召，将自然法的理据表述为抽象的"自然状态"，但是，这种革命诉求的"自然"无非是把市民社会，"也就是把需要、劳动、私人利益和私人权利看做自己存在的基础，看做不需要进一步加以阐述的当然前提"⑥。

> 在这些关系中占统治地位的个人……还必须给予他们自己的、由这些特定关系所决定的意志以国家的意志，即法律的一般表现形式……为了维护这些条件，他们作为统治者，与其他的个人相对立，而同时却主张这些条件对所有的人都有效。由他们的共同利益所决定的这种意志的表现，就是法律。⑦

这就是资产阶级革命之自然法制度化的起源：一个从历史状态中的部分人的需求上升为"应然"之制度规定的过程。由于在这种历史状态中还有无产者，并不是所有的人都是财富均等的拥有者，所以，"私有者相互之间的自由交往，必然排斥所有个人机会均等地享受个人自主权"⑧。由于如此，市民社会状态在理论表述和制度化过程中被抽象为"自然状态"并转化为所谓"人人平等"的政治原则和法律规定，就变成了对一种历史形态的所有制即私有制的合法性的强力确认。一种历史的偶然状态、维护部分人利益的状态在理论表述中变成了"应然"，他们"把自己的利益说成是社会全体成员的共同利益"，并"赋予自己的思想以普遍性的形式，把它们描绘成唯一合理的、有普遍意义的思想"⑨。但是，一种偶然的、维护部分人利益的历史状态提升为普遍法则是不合法的。所以马克思的洞穿揭破了"自然权利"的非自然特征。这种揭示的深刻性在于，为将抽象的自然法观念理解成一种历史力量、为从社会有效性的角度考察/批判自然法提供了可能。

但是，也正因为如此，这种极富洞察力的理解同时隐含着一种消解法理性、颠覆"法"本身的危险。因为如果仅仅按照实证还原的逻辑来理解自然法、法理性，我们就会发现历史根据和普遍约法之间呈现为一个断裂。这是一个从事实到规则，从部分人的需求到向普遍意志过渡之逻辑联系的断裂，一个关乎合法性来源的根本性的断裂。关键是，只要仅仅从还原的角度去理解，断裂就是永恒的。因为从逻辑上说，"合理生活方式的规范性导向命令，是无法从人类的自然史构造中引申出来的，就像无法从历史中引申出来一样"⑩。从事实不能过渡到规范，反过来，任何规范、价值原则的根据在逻辑上都无法还原为事实。历史上从来没有过他们表述的那种"自然状态",从来没有一个真实存在而又是约法合理性之逻辑起点的"历史的应然"。因此,按批判理论的实证还原的逻辑,我们实际上看到的是一切约法系统作为普遍约法在根据上的虚假。

按哈贝马斯的分析,在传统批判理论的逻辑中,这种"虚假"的揭示包含着一种混淆:对法律的"理想有效性"(Geltensollen)和"实际有效性"(Geltung)的混淆。法律的合理是指约法的"应然有效"(Sollgeltung),即所谓"在规范意义上的正义"⑪,而不是"实际有效",即法律的历史动机和历史效果。这是法律有效性之相互联系而又不可混淆的两个方面。"一方面是社会的或事实的有效性(Geltung),即得到接受,另一方面是法律的合法性或规范有效性(Gültigkeit),即合理的可接受性。"⑫前者"是根据它们得到施行的程度",后者则"归根结底,取决于它们是否通过一个合理的立法程序而形成"⑬。用哈氏引马克斯·韦伯的话来说,不能将"规范的理想有效性与规范有效的现实作用混为一谈"⑭。描述理想有效性的表达式是规范性、法理性陈述,描述社会有效性的表达式是描述、认知性陈述。在这个意义上,"一条规则的合法性是独立于它事实上的施行的"⑮。

任何具体的规范、约法都是在某一历史时刻提出来的,任何一个提出者,我们都可以指责他有某种历史动机,但是规则的性质是普遍的。如果仅仅从历史动机去理解,可以说任何规则都不成立,因为任何规则就其要求的普遍性而言都意味着从历史的局部倡议而过渡到对社会全体的要求。反过来,如果仅止于"应然有效性"的探讨,而不对自然法的社会有效性做实证的经验批判和现实分析,又意味着自然法原则的僵化、生命力的萎缩乃至无视它在历史中的任意操控和利用。所以,意识形态批判作为经验批判永远是需要的,但必须加以限定:它的有效向度是法、观念、制度的社会有效性批判。

二、思想领域的错位及其理论后果

与自然法纽带的"断裂"表明批判理论缺少一个可以正面打量法理、合法性的规范性思想视野,它把那个在古希腊由意志哲学(伦理学)、在现代性早期由实践理性(康德)来承担的极其重要的合法性论证的规范领域交付给了"科学"。于是,哈贝马斯指出,批判理论在社会理论领域强化、加入了一个极为重要的现代思潮："社会科学对于法律的祛魅"⑯。"祛魅"的要害在于，人们用"科学"，即"以严格的客观化视角"，"从外部考察社会联系机制"⑰，而不是从实践理性或交往理性的内在视角去分析，因而用以打量社会规则、合法性领域的思想视野发生了错位性的挪动或改变。

在传统批判理论看来，意识形态批判所以能取代传统由价值哲学、实践哲学支撑的规范性论证，并比它"更先进"，是因为它背靠着"科学唯物主义"的哲学信念。它"把头脚倒立的东西"重新"颠倒过来"。这样，批判理论就不只是价值的批判，而且是"科学"。作为一种科学的批判，它指向对意识形态之意义宣讲的虚伪性或意义假想性的揭示。不管后来"意识形态"一语被卢卡奇等人增加了多少繁纷复杂的语义，在批判中，意识形态都被取定为反映、夸张、虚假和利益动机等社会化含义，而不是卢卡奇所说的社会意识形式的中性化含义。它是在意识哲学的框架之中来展开分析的。它展开分析的基本逻辑是意识与意识对象、社会意识与社会存在之间的必然联系。它可以宣布自己是"科学"，是因为它相信任何社会意识都是社会存在的反映，并且用实证的方式坐实了这种"反映"在历史中的真实联系。"只要按照事物的本来面目及其产生根源来理解事物，任何深奥的哲学问题都会被简单地归结为其他检验的事实。"与意识形态之意义化的内在意向相反，"祛魅"用实证还原的方式去揭破那些宣布自己是"普遍价值"的规范、信念或说辞的"假"，真实的联系一当被"还原"所坐实，它维护特殊利益（阶级利益）的本相就被揭示出来。所以意识形态批判的意向是解意义化的。它不相信普遍意识或意识的普遍性，而是将社会意识还原为意识的阶级性和历史性。

哈贝马斯认为，这样的批判方法和逻辑使批判理论对合法性、法理性的打量一开始就发生了思想领域的错位。

> 一开始马克思社会理论的规范性基础就是不明确的，它既非意味着革新古典自然法的本体论要求，也不是要承诺有规律的科学的描述性要求，它只是想成为一种"批判的"社会理论，以便能够避免自然主义的错误。马克思曾经认为，他用奇袭的方法，即强行宣布唯物主义占有了黑格尔的逻辑学的方法，就似乎解决了这个问题。……他认为抓住并且从存在和意识的关系上批判占统治地位的资产阶级现代自然法和政治经济学理论的规范性内容——这

个内容体现在革命的资产阶级的宪法中——就够了。[19]

按哈贝马斯的分析,现代约法的合法性基础不是奠定在意识与存在的反映关系之中,而是奠基在交往领域的社会共识和理性互动之中。因此,其合法性的来源并不是出自某阶级利益的历史动机及其反映的真实性。现代约法获取合法性途径的特殊性在于:"论证法律规范的模式是一种非强制的协商,它是相关人员作为自由和平等的契约伙伴而作出的。"[20]"不管每一种论证观念表现出来的是怎样一种形态,对于现代法律而言,重要的是,必须需要一种独立于传统的论证,换用韦伯的话说,理性的共识有效性取代了传统的共识有效性。"[21]"理性的共识有效性"的意味是:自由平等的契约伙伴在充分的理性协商之后产生的约定。它约束有效的根据在于:它是被约束人自愿参与其中的充分理性化协商的结果。不是先有一些人把握了"真理",然后人民去认同它,而是平等伙伴之间的理性论辩及其程序化。合法性不是由被认同意见的真理性程度来保证(认识有效性),而是由自愿参与者的平等的权利关系及其程序化的制约来赋予(法律、规则的规范有效性)。存在与意识的关系还原可以揭示法、规则如何在历史中发生,但是,它无法论证法和规则的合法性,因为它无法敞现正面打量、论证合法性的思想视野,并明澈、自明地显示其根据。规则合法的依据不是在存在和意识的关系之间,而是在主体和主体的关系之间(主体间性),因此从作为认识有效性的真或假衡量不出合法还是不合法。但是,意识形态批判是以合法性的批判为目标的,就是说,它要通过对意识的虚假或错误的揭露来揭穿意识形态的社会基础,最终通过显示它所代表的利益的局限性来达到对社会体制的合法性批判。这里的扭曲在于:它没有将意识形态批判精确命意于对规则、社会体制的历史效果的批判,而是用意识哲学之主客关系的逻辑吞噬了交往领域之主体间性的制约,并将后者压缩、归结为前者。用哈贝马斯的术语,就是将交往行为在逻辑上缩减、归结为策略行为,将适用于考察"规范有效的现实作用"的社会学方式扩张为法理学或政治哲学的批评。结果是:将法律、规则仅仅纳入社会意识与社会存在的关系之中去理解,将法理上的正当改变成了认识上的真假,或将正义与非正义之争在逻辑上改变成了认识上的真理与谬误、科学和不科学之争。

哈贝马斯指出,作为一种社会理论,这种批判的直接结果是:漠视民主、法律的规范性建构在现代民主体制中的巨大作用,并严重低估了西方

现代社会体制的合法性基础。这是一种从法律的"祛魅"而延展开来的对整个现代世界的"祛魅",它的展开有如下环节:

一、现代社会变成资本统治的社会。首先是用社会学的描述分析置换了对现代社会体制建构的规范性理解。这种置换最初体现在亚当·福格森(Adam Ferguson)和约翰·米勒(John Millar)对市民社会的描述之中,然后在亚当·斯密和大卫·李嘉图那里形成了一种政治经济学,"这种政治经济学把市民社会理解成由一种匿名的支配性力量所支配的商品交换和社会劳动的领域"②。在后来马克思的政治经济学批判当中,对市民社会的解剖"仅仅看到这样一种结构":在这种结构中,资本自我增值过程的自我异化从所有个体的头上跨越而过,造成越来越激烈的社会不平等。于是,对市民社会的理解发生了根本的改变:它由最初作为现代社会规范性基础的现实土壤变成了一个由资本统治的社会,"变成了一个实行匿名统治的系统,这个系统独立于无意识结成社会的众个人的意向而自成一体,只服从它自己的逻辑"③。

二、由于这种理解导致第二个结果:法律失去了对社会的整合作用。批判理论的理解把整个社会系统变成了另外一种结构机制,一种非规范类型的社会机制,即所谓实际操控的权力机制。哈贝马斯说,在这种理解之下,构成把那个社会机体有机结合在一起的骨架的不是法律而是生产关系。在这种生产关系当中,一个阶级对另一个阶级的统治采取了一种非政治的形式,即生产资料资本占有的形式,一种表面上合法而实际上强力占有的形式。在这种形式下,"交换价值的生产和再生产的循环完全征服了现代法律的整合职能,并且把它贬低为一种附生现象"④。"附生现象"即意识形态,一种似真而实假的欺骗性饰物。

三、现代社会丧失合法性根基。由此,市场社会的法理根据被彻底地打碎了:"整个市场机制被理解为一种非意向性的,在行动者背后起作用的,匿名的社会化过程的现实主义模式。这种模式取代了那种由法律共同体的成员有意识形成的和不断维持的联合体的理想中的理解模式。"⑤这种对市场经济的理解意味着一种政治经济学的根本转型:对交换领域的规则系统、制度文明的肯定性的建设意向的探讨演变成对该领域资本强权操控模式的激烈批判。市场成为资本主义统治的代名词。由此而发生的是以市场为基础的整个现代社会体制丧失了合法性。

哈贝马斯说,这种思想样式还有很多变种,归结起来它的整个研究范式是："以严格的客观化视角……从外部考察社会联系机制"⑤。这种倾向包括早期的法兰克福学派,卢曼的功能主义社会理论,结构主义的社会理论——列维-斯特劳斯、阿尔都塞和福柯,波德里亚的符号政治经济学及消费社会理论,文化研究中的微观政治学批评等等。所有这些现代形态的批判理论都在极大程度上受到了这种思想方式的影响。它们在用社会学还原使规范祛魅的思路上都如出一辙。

三、美学扩张:审美要求进入交往领域

虽然基于科学的中立态度对现实的"顺从",霍克海默、马尔库塞等人进而对实证主义、科学的意识形态化以及现代资本主义的技术统治发动了极为猛烈的批判,但是,批判的基本方式仍然是对那些知识、技术在社会总体中的统治效力与利益机制作深度的社会学还原。我们知道,单纯的社会学还原其实是无法完成合法性批判之使命的,没有批判主体带入的价值参照,还原的深度追踪就永远只显现为"事实"。因此,最重要的是:那为批判理论"带入"的价值参照是什么? 当它以"还原"消解了合法性论证的规范性基础之后,它是用一种什么样的价值来对"事实"发动批判?

一方面,意识形态批判已经用"还原"拆除了自康德以来由实践理性概念所支持的合法性论证的规范途径,另一方面,从法兰克福学派到当代西方马克思主义,尤其是在东欧巨变之后,历史哲学越来越遭到疏离和抛弃。于是,在马克思所能提供的历史哲学和审美主义两条价值论设的路径之中,审美主义成了批判理论的唯一选择。这就是美学在批判理论中变成一种社会批判的根本缘由:它成了这种理论名副其实的价值核心。

> 对黑格尔和马克思来说,甚至对直到卢卡奇和马尔库塞的整个黑格尔派马克思主义传统来说,审美乌托邦一直都是探讨的关键。⑦

这个关键从美学领域的审美状态分析而步步攀升,最终变成批判理论批判现实之否定性陈述的价值根据。它大致经历了如下环节:

1. 审美状态上升为终极价值。这是审美作为一种经验价值的终极化,它的前身是西方 18、19 世纪对审美之"人"的无拘无束、"自由展开"的价值

内涵的正面陈述。在18、19世纪它是几乎整个西方思想界共同谈论的母题。不只是德国古典哲学,包括法国启蒙运动、英国经验主义中的许多思想家都相当一致地将审美的状态等同于自由,将美、审美等同于"合目的性",等同于"人性的完满"或人的"完满展开"。这种等同一直延续到尼采、海德格尔和福柯。这是一个美学的巨大的知识—精神之现代性建制的历史过程。所有这样一些人及其论述——维科的诗性智慧论,席勒的游戏与自由,歌德的美是合目的性,黑格尔的理念的感性显现,博克的优美和崇高,伏尔泰的快乐与惊赞,康德的判断力分析,谢林的无意识的无限性,尼采的酒神、日神的生命力沉醉,叔本华的艺术之升华,克罗齐的天才、直觉与创造,柏格森的生命意志的绵延,一直到中国蔡元培的以美育代替宗教等等——都见证并参与了这个宏伟工程的建造。而在所有这些建造中,沉迷于审美状态的体验性描述都同时上升成了一种对于人、对价值本体的论断和信念,因而都变成了一种对"大写的人"的理论担当。

2. 向交往领域扩张。在席勒那里,审美的人已经不只是成了"大写的人",而且进一步转变成了现实立法的根据。

> 在权利的力量的国度里,人和人以力相遇,他的活动受到限制。在安于职守的伦理的国度里,人和人以法律的威严相对峙,他的意志受到了束缚。在有文化教养的圈子里,在审美的国度中,人就只需以形象显现给别人,只作为自由游戏的对象而与人相处。通过自由去给予自由,这就是审美王国的基本法律。㉘

在审美要求政治化演变的进程中,这是至为关键的一步。对席勒使美学向社会理论领域扩张的关键性意义,哈贝马斯一言以蔽之:"席勒建立审美乌托邦,其目的并不是要使生活关系审美化,而是要革交往关系的命。"㉙审美进入社会理论,关键不是对一种乌托邦式的生活状态和生活关系的抽象的向往,而是要将审美状态中的关系规定("自由")转换成一种建构社会的关系原则("通过自由去给予自由"),并以此来评判一切现实关系的价值。席勒的要求是政治性的,他深信,"时代状况迫切要求哲学探讨精神去从事于一种最完美的艺术作品,去建立一种真正的政治自由"㉚,所以,"席勒强调艺术应发挥交往、建立同感和团结的力量,即强调艺术的'公共特征'"㉛。他对现实分析的结果是,在现代生活关系中,人和人性的个别力量要想彼此分离和得到发展,就必定会以牺牲它们的总体性为代价。只有以审美的方式才能获得整体的自由整合。因此,"对席勒来说,只有当艺术成为一种交往形式,一种中介——在这个中介里,分散的部分重新组成一个和谐的整体——发挥催化作用,生活世界的审美化才是合法的"⑤。而这同时就意味着:将"审美王国的基本法律"普遍化、基本价值化。

3. 将审美之"人"推向对资本主义现实的专题化的凌厉否定。这是"人"之价值的反向展开,是批判理论的独特发展。基于人在现实中分裂、异化而在审美中自由完满,批判理论将审美看做是通向人之自由解放的启示和预演。它的反向针对性,就是对现实的凌厉否定。审美否定现实意向的强烈度将艺术推向了未来启示录的高度,以至在许多批判理论家看来,只有从审美艺术出发,对资本主义的批判才有可能。比如马尔库塞说艺术是对抗资本主义现实整合的"大拒绝"(the Great Refusal),是阻止现实整合的"不溶解的核",艺术的规律"就是否定既定现实原则的规律"⑥。阿多诺说"艺术的社会性主要因为它站在社会的对立面,但是,这种具有对立性的艺术只有在它成为自律性的东西时才会出现"⑦。由于自律性,艺术天然成为"对现实世界的否定性认识",艺术本身"成为一种批判"。他们都把审美和艺术抬高到了负有解放人类使命的高度。面对资本主义现实的压迫,审美之"人"的呼告之声在批判理论中回响不绝:从早期批判理论呼唤人的"全面复归"、"全面实现"到卢卡奇的"反拜物化",从对文化工业的批判(阿多诺、霍克海默)到呼唤"总体性理想"、"人的整体"的回归(本雅明、马尔库塞),从诉求克服意义空洞的意义充盈之"有机时间"(弗雷德里克·詹姆逊)到对后现代世界之"终极幻象"、"谋杀真实"的绝望的呼喊(让·波德里亚)等等。于是,审美之"人"的呼告充当了批判理论中的这样一个环节:在种种社会学的仿佛是客观的描述之后,承担起价值断定的时刻:"异化"、"物化"、"非人"、"单面人"、"拜物化"、"技术人"、"空心人"、"沉沦"、"货币永动机"、"能指拜物教"、"幻象式生存"、"消费化分解",一直到"人的终结"等等。几乎所有的呼告和评判都是针对社会的制度要求的。因此,在批判理论中,审美主义不只是一种个体心性的表达和感性生命本体化的价值信念,而是一种与"科学"语述相互支撑的社会价值论设的展开。审美主义的价值认证功能使批判理论既是一种社会学描述,又同时构成一种价值的超越性(批判)。

如果说在阻断任何历史利益的特殊要求向普遍意志(规则)转换的"揭

露"中,意识形态批判的社会学还原提供了被批判者之为"部分利益"的真相,那么审美主义就从反向的高端价值、普遍价值的角度提供了显示该部分利益之为狭隘、局限或异化的背景性映衬。一方面,"批判"是不可能从纯粹认知的"顺从"中产生的,它在能动的方面必须依靠主体的反抗和自由。审美乌托邦提供了这个反抗的体验性根据和参照性视野。"批判理论的每个组成部分都以对现存秩序的批判为前提,都以沿着由理论本身规定的路线与现存秩序作斗争为前提。"⑥对此,美学的功能发挥得很好。另一方面,审美主义如果没有以对现实的深刻还原和实证性的经验批判为前提,它就会丧失掉知识的客观品格和尖锐照亮现实的精神锋芒。在批判理论中,这是一种充满张力的架构。它们相互转换,实现"批判"张力的内在支撑。

四、美学批判的失落

规范向价值的同化问题是,审美向交往领域的扩张,作为对社会的规则性要求,变成了一种完美主义/完善论(perfectionism)的政治观。由此它又从另外一个层面,即价值主观要求的层面加重了法律的祛魅,强化了批判理论对规范性法理逻辑的消解。意识形态批判从社会学还原的角度消解法理性,审美主义则从价值要求的角度将这种消解延伸到对权利、对社会规范的价值同化。这是打量合法性、社会规则之思想视野的另一种背景性的错位,也是审美主义在批判理论内部释放的一种更为纵深的消解功能。这是我们必须高度警惕的。

我们先看审美主义中的"人"的性质。这是一个什么样的"人"?第一,它决非任何除审美状态之外的现实经验状态的人,它消融了一切差异(人和人之间)、一切界限(人的存在的不同领域)和现实之"人"的一切在体性区别(不同的历史境域和时空)。它的价值规定决非是"在其现实性上讲"的"一切社会关系的总和",而是从审美状态引申而来的最高的价值之人。因此,它是"人"的本体(所谓"人本身")或本体的"人"(即人的"本真性")。第二,它所规定的价值内涵不是"原初状态"、"自然状态"所设定的主体间的原初、应然的自由和平等(人际状态),而是最高价值状态的人或人的最高价值。所以,它的意向所指并不是展开社会正义、制订社会规则的逻辑起点,而是包含一切价值的价值之总和。一句话,它是终极价值或最高价值（价值本体）。它其实就是那个无目的而又合目的性、无概念而又普遍有效，理性与感性、情感与认识、人与他人、人与自然和谐统一，完满实现、充分展开的"自由"本身。因此，第三，将它设定为批判理论的整个社会批判的价值参照坐标，其批判性诉求就并不是要返回一种原初的应然状态以确认个体的权利位格，从而演绎或重构社会约法系统的规范性基础，而是指向照耀和显示一切规则约定、价值之为"有限"和"局部"的绝对价值要求。

因此，对于审美主义我们必须准确地勘定其内涵。尽管审美主义的讨论在眼下相当热门，但并不是凡美学式的言述就是"审美主义"，比如莱辛的《拉奥孔》和休谟论审美趣味的标准。审美主义是"美学"之固有价值立场的越位和扩张，它有四个层次：1. 审美价值自主化；2. 审美价值本体化；3. 审美关系向交往领域扩张；4. 审美反向针对现实的价值否定和批判。一种抽象的本体价值观并不必然有社会理论之价值论设的功能，比如康德。康德深知，作为社会立法的法理依据必须从严格的规范性论证中演绎而来，"要最精确地界定个人自由的边界并对之实施最大保护，以使人的自由能够彼此共存"⑤，因此他指出，高阶性价值决不可演绎为"普遍法则"。"不论做什么，总应该做到使你的意志所遵循的准则同时能够成为一条永远普遍的立法原理。"⑥这是康德探讨社会正义道德基础的逻辑起点，即"绝对命令"，后期所谓的"正义义务"（duties of justice）。康德尽管向往作为至善的"自由"，但是他给出的社会规则的道德基础却是"普遍的最低限度的道德标准的基础"⑦。

但审美主义不是这样。审美主义之转化成一种现实批判的价值论设，要害就在于高阶价值的普遍法则化：将那个理想自由状态的最高标准用于分析和评判现实，在绝对自由状态与现实的差距之间构成凌厉的否定。因此它是一种完善论/完美主义的社会价值观。高阶价值所指向的是对价值的任何具体规定的拆除。没有这种拆除的否定性力量，意识形态的还原性分析就无法上升为体制和规则批判。自然法、人权、平等之类固然在历史状态中"存在着被掩盖起来的利益"，但是就权利概念的普遍规定而言，它所陈述的是规则。要批判这样的权利概念及其体制逻辑，不仅要靠还原，还必须诉诸更普遍的总体价值。审美主义的有效性在于，在审美作为一种绝对价值的照耀之下，任何关系的规定都显示为片面。因此它是一种无往而不胜的批判。它已经成了最高价值本身，成了衡量一切价值的标准。

但是显然，这种"显示"是彻底解构性的，它是消除任何规则的法理逻辑及其建构意向的。具体地说,第一,在这种绝对价值的照耀之下,权利作为个体"人身"之法定人格的规范性内涵被溶解了,它转化成了价值。"审美的人"之所以是优先的,是因为它比一切价值都更高更好。它高于一切价值又把所有的价值都含纳在其中,其中包括权利。因此,在这种绝对价值的照耀下,由于价值级差,由于总体价值与局部价值的差异,权利就从一种义务论的规范变成了一种相对价值。此所谓"权利同化于价值"⑤。权利的辩护于是变成了价值的大小或肯定否定的辩护,一种目的论的辩护。因为小的价值、局部的价值是可以被高的价值、全体的价值所统合和代替的,所以,权利就从确定社会规范的基础变成了手段。但是,权利作为规范是根本阻断这种审美化理解的。"规范的'应当性'(Sollgeltung)具有一种无条件、普遍的义务的绝对意义;'应做之事'(das Gesollte)所要求的,是对所有人都同等地好或善的。"⑥不同人群、不同文化可以有完全不同的价值偏好,也许只有现代人文知识分子才如此地向往"审美的人",一个笃信宗教的人根本就不会相信审美的价值有那么好。所以,审美的普遍价值化又意味着对不同价值偏好的排除与强制。

第二,权利同化于价值,意味着权利规范作为制度建构的支配性效力已经消融在价值的逻辑中。权利作为一种"社会构造",是实现并构建在种种规则的制订及其组织系统中的。没有这些规约作为区分——禁绝人我界限的强制和樊篱,"个人自由的边界"就无法"精确确定"并得到"最大的保护"。因此,诺齐克(Robert Nozick)才说,权利的规则就是"边际约束"(side constraints)⑦,它是无论以何种理由都无法取消的。哈贝马斯也说它是社会的"规范性硬核"⑧。但是在审美主义的价值同化之下,法、法理作为"绝对义务"的逻辑改变成了一种主观的审美——表现性逻辑。它从交往领域的规范价值的要求转化成了一种审美——表现性价值的自由要求。在这种目的性高阶价值的显耀之下,法律于是被手段化和灰色化:它要么显示为冷冰冰的阶级压迫的工具(自由的桎梏),要么是向终极价值过渡的手段。由此,它从未在理论的恰切表述中获得过应有的神圣感,而是归根到底需要彻底砸碎的自由的锁链。这种逻辑对整个社会主义阵营的法学精神和法理建构的消极影响都是致命的。

第三,根本的是,审美价值是一种总体价值。总体价值是无法分层的。因为是总体,是价值全体,任何一种分层都意味着对所谓"总体性"的分割和否定,都是某种意义上的"异化"和"分裂"。因此,总体价值不可能根据事物的不同层次和方面形成该事物在价值之法理限度上的规定。总体价值不可演绎为规范领域之有效论证的逻辑系统,不能形成规范性系统的逻辑展开。由于这个原因,审美主义延伸至社会理论就总是否定性的,它在法理批判的意义上常常显示为无度。极端而言之,从一种原本是经验状态的审美上升到价值本体,又从价值本体出发延伸到对所有经验现实的俯瞰,其内在的思路之推移已无法不表现为逻辑上的一系列越界和失度。在硝烟弥漫、神情激昂的批判声中,真正失落的是规范系统的有效建构。正因为是一种高阶价值的普遍性要求,就注定了它在逻辑上的无效,因为不仅在现实中,甚至在逻辑上,高阶价值都是无法普遍规则化的,高阶所以为高阶,就是因为它永远不可能普遍实现。

哈贝马斯曾经说,他的商谈理论"所要做的工作",是要对现代社会之民主建制中的自我理解"作一种重构","使它能够维护自己的规范性硬核,既抵制科学主义的还原,也抵制审美主义的同化"④。作为一个在三十年前就立志要重建历史唯物主义的思想家,他的上述言谈是在对整个批判理论、马克思主义深思熟虑之后说出来的。他何尝不知道审美之光具有显耀一切的照射光芒?不过在白热化照彻的显耀之后,他会想到,审美在人生中只是一些闪烁的瞬间。哈氏的省思关涉马克思主义在当今时代的具体使命和思想力量的重建。中国的马克思主义如果真的要创新,就没有任何理由忽视哈贝马斯在这些省思和重建的努力中开示出来的启迪和路径。

---

① 本文对"批判理论"一语取广义涵蕴,即霍克海默在《传统的理论与批判的理论》一文中所说的以马克思的意识形态批判为基础发展而来的、"作为一种认识方式"的批判理论。它不只是指法兰克福学派,也包括其他西方马克思主义的批判理论(参见霍克海默《批判理论》,李小兵等译,重庆出版社1989年版,第181~229页)。

②⑦⑨⑬ 马克思、恩格斯:《德意志意识形态》,《马克思恩格斯全集》第三卷,人民出版社1960年版,第30~31页,第378页,第54页,第49页。

③ Jürgen Haberrmas, "Introduction: Some Difficulties in the Attempt to Link *Theory and Praxis*", in *Theory and Practice*, trans. John Viertel, Boston: Beacon Press, 1974, pp. 11~12.

④ 哈贝马斯:《自然法与革命》,原文收入 *Theorie und Praxis*(1963)。本处用童世骏译文,见于尔根·哈贝马斯《在事实与规范之间——关于法律和民主法治国的商谈伦理》的引文,三联书店2003年版,第5页。

⑤⑧ Jürgen Haberrmas, "Natural Law and Revolution", in *Theory and Practice*, p. 113, p. 110.

⑥　马克思:《论犹太人问题》,《马克思恩格斯全集》第一卷,人民出版社 1960 年版,第 443 页。

⑩⑪⑫⑬⑮⑯⑰㉒㉔㉕㉖㊱㉘㊸㊷㊹　哈贝马斯:《在事实与规范之间——关于法律和民主法治国的商谈伦理》,童世骏译,第 3 页,第 17 页,第 36 页,第 36 页,第 36 页,第 54 页,第 58~59 页,第 56 页,第 57 页,第 57 页,第 57 页,第 58 页,第 313 页,第 315 页,第 4 页,第 4 页。

⑭⑳　哈贝马斯:《交往行为理论》第一卷,曹卫东译,世纪出版集团、上海人民出版社 2004 年版,第 184 页,第 249 页。

⑲　Jürgen Haberrmas, "Historical Materialism and the Development of Normative Structures", in *Communication and the Evolution of Society*, trans. Thomas McCarthy, Boston: Beacon Press, 1979, p. 96.

㉑　Jürgen Haberrmas, *The Theory of Communicative Action*, Vol. 1, trans. Thomas McCarthy, Boston: Beacon Press, 1984, p. 261.

㉓㉚　Jürgen Haberrmas, "Between Philosophy and Science: Marxism as Critique", in Theory and Practice, 1974, p. 238.

㉗㉙㉛㉜　哈贝马斯:《现代性的哲学话语》,曹卫东等译,译林出版社 2004 年版,第 56 页,第 57 页,第 53 页,第 58 页。

㉟　霍克海默:《批判理论》,第 271 页。

㉘㊳　席勒:《审美教育书简》,徐恒醇译,中国文联出版公司 1984 年版,第 145 页,第 37 页。

㉝　马尔库塞:《现代美学析疑》,绿原译,文化艺术出版社 1987 年版,第 46 页。

㉞　阿多诺:《美学理论》,王柯平译,四川人民出版社 1998 年版,第 386 页。

㊱　Hans Reiss (ed.), Kant's Political Writings, Cambridge: Cambridge U. P., 1970, p. 45.

㊲　康德:《实践理性批判》,关文运译,广西师范大学出版社 2002 年版,第 17 页。

㊳　A. J. M. 米尔恩:《人的权利与人的多样性——人权哲学》,夏勇、张志铭译,中国大百科全书出版社 1995 年版,第 102 页。

㊶　参见诺齐克《无政府、国家与乌托邦》,何怀宏等译,中国社会科学出版社 1991 年版,第 35~62 页。

西方"形象社会"理论的实质：
颠倒的柏拉图主义

黄应全

一

"形象社会"理论首先是法国学者提出的，但中国人接受"形象社会"理论却多半是通过美国学者弗里德里克·杰姆逊。杰姆逊1985年在北京大学所做的专题讲座（后以《后现代主义与文化理论》为题出版）首次让某些中国人知道了"形象社会"的理论。在讲座中，杰姆逊简略回溯了"形象社会"理论的发展历程。即，从萨特的想象说起，经德博尔的"景象社会"说，波德里亚的"类象"说，一直到杰姆逊本人的"深度消失（平面化）"说。据笔者所知，杰姆逊所提及的这些学说乃是时下西方其他一切"形象社会"理论的基本源泉，所以可以把它们称为西方主流形象社会理论。为了讨论"形象社会"，我们的首要工作应该是了解这套理论的演进脉络。

萨特认为，形象乃是想象的产物。萨特的"想象"不同于我们通常的理解。想象不是虚构，不是构造非现实事物的活动，反而是一种特殊的现实活动，是一种使现实"去现实化"的现实活动。萨特的存在主义只承认一个世界，我们无可选择地被抛入了这唯一的世界，与人有关的一切也都只属于这唯一的世界。因此，一切活动都是存在活动，一切事物都是存在事物。想象仍然是我们在世界中存在的一种行动方式。人有两种基本的行动方式，一是实践，二是想象。二者没有存在性质的区别，只有行为方式的不同。"实践"的意思是"使用物品"，典型表现是"工厂劳动"，是在现实世界中的真实的行动，它回顾过去、立足现在、面向未来进行积极谋划，参与实际现实的改变。想象则相反，它是一种"去现实化"的活动，它不是一种谋划而是一种静观，不是指向未来而是指向现在。它把过去和未来都纳入现在，使现实因被抽去内容而变成了形象。因此，想象实际上是伪实践，是不真实的实践。实践是对现实的肯定,想象却是对现实的否定。萨特认为,那些憎恨现实、不愿行动的"审美主义者"蓄意毁灭现实,把现实变成纯粹的形象(萨特并不认为审美主义者与艺术家是一回事,因为艺术仍然是一种实践)。因此,萨特是用"去现实化"来说明他所谓"形象化"的实质的[①]。

　　萨特的观点直接促成了情境主义学派。情境主义的主要代表德博尔把萨特偏于本体论的理论改造成一种马克思主义社会学说,用来描述"消费资本主义"的特征。德博尔提出了著名的"景象社会"概念。粗略说来,"景象社会"就是"形象社会"的意思,因为景象也就是形象大幅度集聚即形象充斥于整个社会的结果。在《景象社会》一书中,德博尔集中论述了资本主义演变为形象社会的必然性。德博尔接受马克思的观点,资本主义意味着经济主导整个社会,意味着商品化成为社会生活的核心机制,但他又认为,经济对社会的支配经历了两个阶段,第一阶段导致"从存在(being)到占有(having)的明显蜕变",第二阶段则导致"从占有(having)普遍转化为外现(appearing)"。第二阶段就是"消费社会"的阶段。德博尔相信消费社会仍然是资本主义,但他认为,资本主义已经进入了一个新的阶段,该阶段的基本特征是,商品已经由实际的物体转变为物体的外观(即形象—物体)。"一切实际的'占有'都必须从外观中获得其直接的声誉和终极的存在理由"[②];"景象是积累到一定程度以致变成了形象的资本"[③]。于是,"形象化"成了消费社会的基本特征,是资本主义商品拜物教的最新形式,也是资产阶级意识形态的最新形式。形象化便是物质化了的资产阶级意识形态。

　　受德博尔和本雅明的影响,后期波德里亚提出"类象"、"内爆"和"超现实"等著名概念。其中心虽然仍是形象的非现实性,但却主要是从复制性角度来说的。"类象"是一种不同于"摹本"的复制品。摹本总有一个原本,但类象则没有原本。类象是无原本的摹本。对波德里亚来说,类象意味着真实感的丧失。本来,原本与摹本的区别同时也是真实与不真实(或真实程度)的区别:原本是有真实价值的东西,摹本则只有从属价值,二者的明确区分有助于识别真实与虚假(如在绘画中识别真品和赝品)。但是,类象却通过取消原本与摹本的区别而模糊了真实存在物与不真实存在物的界限:人们不再可能知道什么是真实的和什么是虚假的,作为类象的摹本不仅不是不真实的,而且显得比什么都真实。波德里亚用"超现实"来形容类象世界。他与萨特和德博尔一样对他所描述的现象充满了强烈的否定情绪,其"超现实"之说实际上是想表明现实感已经被类象抽空到了何等地步,连不现实也已经感觉不到了。在波德里亚看来,在一个无处不是机械复制品和人工仿制品的时代,真实或现实已经完全消失了。一切都是赝品,但却都是显得比真品还真的赝品。"超现实"实为最极端的伪现实。

杰姆逊接受了波德里亚的理论并对之做了进一步发挥。他的独特之处是从马克思主义角度把类象化看成是"晚期资本主义"的一种特殊的文化现象,视为后现代主义(即晚期资本主义的文化逻辑)的主要特征之一。杰姆逊是在"平面化"的意义上来理解形象化的④。他认为,作为后现代主义基本特征之一的平面化即深度的消失,包含两种基本含义。其一是解释活动的表面化即一切有关意义的内部与外部、表层与深层的区别消失了。人们不再认为文本的表面意义之下还隐藏着有待人们去"解释"的某种秘密,表面意义就是一切。所有深度解释学模式都消失了(杰姆逊提及四种深度模式:辩证法关于现象与本质的模式、精神分析关于表层与深层的模式、存在主义关于非本真与本真的模式、符号学关于能指与所指的模式)。其二是视觉感知的表面化,是对现象学所谓"生活世界"的描述。此即生活世界的形象化或类象化。对杰姆逊来说,形象化也是"去现实化",意指一个挤压和掏空现实性的过程。"就像从里面将一个存在的人掏空了,外面什么也没改变,但里面已经空了,成了空心人"⑤。推而广之,形象就是徒有其表的空心之物。

以上这些就是西方主流"形象社会"理论的基本轮廓。笔者以为,熟悉并牢记这一轮廓乃是中国讨论"形象社会"或"形象文化"的人必备的基本知识的一部分。无论德博尔还是波德里亚和杰姆逊都把形象化看成是生活世界审美化的表现。他们都直接受到马克思商品分析的影响,从充斥于日常生活中的基本物品入手来描述日常生活的变化。马克思的物质商品拜物教在他们那里变成了形象或类象商品拜物教。而且从萨特起,形象化就被看成是审美化。萨特立足于想象与实践的根本对立,认为实践是要"使用对象",而想象却只停留于"感知对象"。实践保留了对象的现实性,想象则把对象转变成了对象的形象。所以,想象是审美的。这种形象化即审美化的看法直到波德里亚和杰姆逊都是明明白白的。如波德里亚说:"现而今,政治的、社会的、历史的、经济的等现实已经如此地被整合进了超现实主义的仿真维度以致我们现在完全生活在有关现实的'审美'幻觉中了"⑥。这或许就是迈克·费瑟斯通把他们的观点说成是"日常生活审美化"学说之一的原因⑦。

二

西方主流形象社会理论实际上是一种社会批判理论。它不是对社会现实的如实描述,而是一种带有明显"偏见"的片面解释。晚期萨特已经把他关于实践和想象的观点上升为一种社会寓言:实践代表无产阶级,想象则代表资产阶级。因此,"形象社会"说一开始就与"左"派立场密切联系在一起。

德博尔更是明确地把对形象化的批判等同于对消费资本主义的批判。新型资本主义仍然是罪恶的,但现在所有罪恶似乎都集中在社会生活的形象化这一点上,形象化成了万恶之源。与萨特一样,德博尔也认为形象化实质上就是"去现实化"。德博尔眼里的形象社会非常类似于布莱希特曾激烈批判过的那种共鸣戏剧。布莱希特认为,西方传统戏剧的全部努力都在于呈现某种完整的现实幻觉并使观众被动地认同于该幻觉,从而使戏剧与观众隔绝开来,造成由戏剧到观众的单向传输和观众完全的被动性。布莱希特的陌生化戏剧则力图打破戏剧与观众之间的界限,造成一种戏剧与观众之间的互动状态。德博尔的景象社会就类似于一出巨大的传统共鸣戏剧,也是一种足以让人产生自发认同的迷人的现实幻象。景象(形象化的商品世界)与观众(消费者)的关系纯粹是一种单向传输和被动接受的关系,缺乏任何互动式的"交流"("交流"是德博尔喜欢的一个字眼儿)。景象社会是一个"看"的社会而不是一个"做"的社会,视觉比触觉占据无与伦比的优越地位。传统美学的无功利"静观"说在强大的经济力量推动下终于大获全胜。消费社会的出现意味着广大民众成为这个社会纯粹被动的观众,没有任何参与改变这个社会的机会。因此,形象化(即形象消费)是一种新的统治方式。景象社会并没有消灭阶级,但它的确造成了阶级消灭的假象。无产阶级作为景象的观众已经被该社会的"分离"机制(这也是德博尔的一个基本观点)拆得七零八落、似有若无。德博尔期望找到某种方式打破"景象社会"的统治,情境主义的诸多颠覆策略便是由此产生的。

波德里亚早期信奉马克思主义,并且明确宣称其"符号社会"批判是对马克思政治经济学批判的一种继续和发展。晚期波德里亚放弃了马克思主义,但却并未放弃其"左"派立场。他虽然越来越像韦伯那样感到现存状况是无法改变的,但他从未放弃对现状的否定态度。他的价值标准仍然是萨特式的。当他说整个社会已经类象化了,不再存在现实与非现实的区别时,他是在描绘一幅"真实存在"完全丧失的极度黯淡的社会图景。波德里亚的"类象"、"超现实"、"内爆"虽然都以描述性的面目出现,但实际上却都是批判性的概念。波德里亚的后现代是彻底绝望的后现代,但其绝望本身却明显是对现实持否定态度的结果。晚期波德里亚仍属"左"派,因为找不到出路的"左"派依然还是"左"派。

杰姆逊以其强烈的乌托邦信念摆脱了晚期波德里亚的困境,把形象社会理论重新拉回到马克思主义道路上来。杰姆逊大大缩小了形象化的适用范围,不再像德博尔和波德里亚那样适用于整个社会,而只适用于文化领域;同时,形象化不是"晚期资本主义"文化唯一重要的基本特征,而是诸多基本特征之一。因此,对杰姆逊来说,"形象社会"概念是不准确的,准确的概念应是"形象文化"。"形象文化"也是一个包含否定评价的批判性术语,它意味着统治阶级(资产阶级)的文化采取了一种新的形态即形象化的形态。杰姆逊显然认为,"形象文化"作为一种丧失了反抗和颠覆作用的后现代文化,乃是晚期资本主义意识形态的一个重要组成部分。形象作为被"去真实化"了的事物即作为幻象,本身就是贬义意识形态(虚假意识)最显著的标志。

三

仔细审视一下西方主流"形象社会"理论,不难发现它本身存在着巨大的缺陷。萨特、德博尔、波德里亚、杰姆逊等人对形象社会的描述是扭曲和夸张的。他们常常混淆了几种不同含义的"形象":外观、符号、印象、影像、幻象。我们先来考察一下形象与外观、符号、印象之间的混淆问题。

首先,形象可以理解为外观,因而形象很容易混同于"外观"。何谓外观呢? 如果把任何可供人使用的东西叫做物品,那么,外观是任何物品都必然具备的一个方面。其反面可称为实质,它是物品功能性(可发挥实际功用)的部分。(有些理论家把这方面称为"物质性"方面,实际上不太准确。)因此,外观可定义为物品非功能性(不发挥实际功用而仅供观赏)的部分。一件物品的"使用价值"可能只在其实质方面(如最普通、最粗糙的碗碟),也可能只在其外观方面(如昂贵难得的花瓶),但绝大多数物品却兼具实质和外观两方面的"使用价值"。现代社会的物品主要是作为商品来生产和消费的,不同的商品发展水平对外观与实质之间的比例要求不同。这就是德博尔所谓在消费社会中形象的生产代替了物质的生产的准确意思。在这种意义上,德博尔、波德里亚、杰姆逊的确看出了发达国家"生活世界"的一个突出特征,即资本主义似乎主要在生产外观而不是实物,但他们常常把外观混同于他们自己定义的那种影像。

第二,形象可以理解为符号,因而形象有时可能混同于符号。形象与符号本来是很不一样的,但形象有时也可以被理解为"符号"。关于社会的符号化,有两种基本观点。以马歇尔·萨林斯为代表的一派认为,所有人类社会对物品的生产和消费都是对符号的生产和消费⑧;以前期波德里亚为代表的一派则认为只有资本主义社会才是真正生产和消费符号的社会。这里只说后一派。波德里亚认为,发达工业社会作为早已解决了温饱问题的富裕社会,其生产已经日益符号化。前期波德里亚指出,资本主义经济本质上是一种符号经济(与象征经济相对),任何一类商品都像一个语言符号一样,并非独立的存在,而是处于与其他商品的差异关系中的存在。商品生产总是一个等级化差异系统的生产。因此,每一件商品都不只是物质产品,而是社会文化偏向的表达,都潜藏着自身的代码。吃什么样的食物、穿什么样的衣服、住什么样的房子、开什么样的汽车等等,都不是单纯的物质享受,而是特定文化身份和社会地位的表现⑨。

商品的符号化与商品的外观化本来是完全不同的。一类商品哪怕完全是功能性(即外观完全缺乏吸引力)的,也不妨碍它是一种符号只要进入一定的编码系统并在其中占据一定的位置,商品就成为符号(波德里亚和萨林斯都认为,商品的使用价值就是这样确定的,使用价值无非是商品的"含义"而已)。因此,原则上,符号化与外观化没有必然的联系。但是,另一方面,商品的符号特征又往往主要从外观方面显示出来,外观往往是商品符号性的基本承载者。这在消费社会出现以后尤其如此,而且愈演愈烈。消费社会是商品经济发展的高级阶段,其显著特色就是商品符号外观方面的重要性似乎远远压倒了实质方面,商品符号的观赏性压倒乃至取代了功能性。消费社会商品的符号化的确离不开商品的外观化。"形象社会"理论家们也因此经常把符号与他们自己独特意义上的"影像"混为一谈。

第三,形象可以理解为印象,因而形象很容易混同于印象。此处的印象不是指洛克哲学中所谓最基本的感觉材料,也不是指常人所谓模糊不定的直观认识,而是指被人为塑造出来的具体事物(主要是人)。中国文艺理论和美学中经常提到的"形象"就是这一意义上的。最典型的是"公众形象",如孔子的形象、拿破仑的形象、哈姆雷特的形象、乔治·布什的形象、巴黎的形象、日本人的形象,等等。德博尔、波德里亚、杰姆逊等人的"形象"也包含了这方面的意思。他们往往极度夸大了印象在消费社会的特殊性,因而不能准确说明印象的性质以及用印象来界定消费社会的妥当性。关于这种意义上的形象,可以有两种理解方式。一是认为,形象是相对于"事物本身"来说的,形象是人为塑造而成的东西,事物本身完全可以与它的形象有很大的不同。另一种观点否定存在事物本身与事物形象的差别,认为一切都是人为塑造而成的,一切都是形象,原以为是事物本身的东西实际上也是一种形象。比如,按前一种方式,我们可以说,孔子留给后人的形象(这本身也是不断变化的)与孔子本人是有本质差别的;按后一种方式,我们可以说,根本不存在"孔子本人",即使对于孔子自己和他的弟子,也只存在孔子形象:孔子在自己心中的形象和在他人心中的形象也许是大不相同的,但本质都只是形象而已。不过,无论按照哪一种理解方式,这里的形象都不是现代社会的特产,而是一种跨历史、跨时代的基本现象。现代社会的特色仅在于塑造形象的方式发生了极大的变化。比如(狭义的)影像(由于大众传媒的发展)成了塑造公众形象最基本的手段(当然,影像在私人形象的塑造中也越来越重要)。但把消费社会说成这种意义的"形象社会",正如把消费社会说成是狭义的影像社会一样,显然是非常不恰当的,因为一切社会都是这种意义上的"形象社会"。

四

不仅如此,西方主流"形象社会"理论还存在一个更根本的问题:把形象等同于影像,又把影像等同于幻象。可以说,把形象理解为影像是西方主流形象社会理论的最根本的特征所在。德博尔的"形象"、波德里亚和杰姆逊的"类象"实质上都等于影像。他们的观点又都源自萨特。魏金声把萨特论形象(和想象)的著作译作"影像论",非常正确地凸显了萨特心目中形象与影像的等同性。如前所述,萨特的现象学否定想象界与现实界属于两个不同的存在领域,认为他们是同一存在领域的不同形态[⑩],这样,萨特就不能区分一件现实商品(如现实中的一辆汽车)的外观与一件现实商的影像(如照片上的一辆汽车)。萨特把我们看见一辆汽车的外观等同于摄影机拍摄了一辆汽车的照片,所以他才会认为,形象逼肖原物却徒有其表。这肯定是一种错误的现象学。比如,即使影像可看做幻象(因它本是二维平面上的形色组合却表现得是立体空间中的实物),外观却并不能看做是幻象,外观就是实物本身的一部分。萨特的错误被后继者不加批判地接受下来。德博尔所谓"景象社会"实为外观社会,德博尔的全部批判都立足在社会生活的外观化上面;但德博尔却错误地以为景象社会就是影像社会,社会生活的外观化就是影像化。波德里亚的"类象"说虽然不再把形象等同于外观,并且颇为有效地说明了消费时代之为"机械复制时代"(本雅明)和大众媒介时代(麦克鲁汉)的一个基本特色,但波德里亚显然夸大了消费社会影像化的程度。实际上,如果宣称消费世界是一个符号世界和消费世界是一个外观世界大致上还能成立(但这也不能绝对化,因为除了少数装饰性商品之外,绝大多数商品都不可能没有相应的实质部分)的话,宣称消费世界是一个影像世界却是大可商榷的。除非像德博尔那样认为外观化=形象化=影像化,在何种意义上可以说商品世界是一个影像世界呢?难道一件衣服只是批量生产出来的成千上万件同样的衣服之一,它就成了影像吗?

显然,"形象社会"理论家们往往同时采用两种不同含义的"影像":狭义的影像和广义的影像(或实际存在的影像和哲学界定的影像)。仅仅从大众传媒以及其他复制活动在消费社会中日益突出的影响来理解西方主流形象社会理论把形象等同于影像的做法是远远不够的。要真正透彻地理解为何"形象=影像",就必须超越社会现实,诉诸西方知识分子对幻象的恐惧,弄清"影像=幻象"的个中缘由。这个缘由不是别的,就是柏拉图主义。柏拉图著名的洞穴寓言已经清楚地表现出对可能生活于幻象中的忧虑。柏拉图的"模仿说"则更具体表达出了对影像的不满。以床为例,柏拉图认为,床有三种基本类型,一是神造的床即床的理式,二是木匠造的床,三是画家画的床。木匠的床是对床的理式的模仿,画家的床又是对木匠的床的模仿。这就是著名的艺术与真实隔了三层之说。柏拉图模仿说最值得注意的是,模仿不是好东西,模仿是败坏存在的活动,因为影像总不如原物"真实":木匠的床(影像)不如床的理式真实,画家的床(影像的影像)不如木匠的床真实。因此,柏拉图已经把影像理解为幻象。这种把存在与真实匹配起来并把影像等同于幻象的思路赫然活跃在当今的"形象社会"理论中①。如前所述,从萨特到杰姆逊,"去现实化"或"去真实化"都是"形象化"理论的根本特征。萨特的"想象"非常近似于柏拉图的"模仿",都是败坏存在(即吸掉事物真实性)的活动。波德里亚的"仿真"也是如此。对他们来说,形象化就是去真实化,形象社会本质上就是幻象社会。但这里的"幻象"却不是指普通的虚构事物,而是指徒有真实外形却没有真实存在的事物。这里的幻象是指被抽去了真实性只留下真实性外壳之物。因此,西方主流形象化理论可视为这样一种世界感受的表达,即事物本身固有的"重量"和"内核"消失了,只剩下逼真的空壳,人们生活在形象中就好像生活在玻璃房子中一样(玻璃房子是杰姆逊对形象社会的比喻)。

所以,"形象＝影像＝幻象"这一西方主流形象社会理论的基本公式必须放在"真实存在——去真实存在"的柏拉图式思维框架中才能得到准确的理解。狭义的影像如床的照片即使可以勉强说成是幻象(二度空间中幻现出三度空间的景象),也并非柏拉图意义上的幻象。柏拉图式幻象是真实性被挖去后残留下来的逼真性空壳,这是一种由哲学信仰界定出来的影像,绝非摄影图像之类实际的影像。某些仿真事物似乎更切合柏拉图式影像的含义。毕竟,仿真物只是逼肖某物而并非真的某物。波德里亚的"类象"实际上就是指仿真物,与常规的影像还是有本质区别的。从萨特到波德里亚和杰姆逊,"形象"实际上多半都是仿真物(而且还不是经验意义上的仿真物而是由哲学信仰产生出来的仿真物)的代名词,因而都是柏拉图意义上的影像。正因为如此,影像才同时又是幻象,才是去除了真实性的虚假物(即伪造物)。也正因为如此,"形象社会"的准确含义才是被伪造物所充斥的社会。

不过,主流形象社会理论可能不是直接源自柏拉图,而是以尼采为中介才与柏拉图发生关联的。艾伦·布卢姆认为,20世纪的西方右派和"左"派都已经大大尼采化了②。西方主流形象社会理论似乎清楚地印证了"左"派的尼采化。杰姆逊就曾明确谈到,萨特的想象说类似于尼采的"憎恨现实说"。尼采抨击自苏格拉底以来的西方文化是憎恨现实的文化,因为这种文化通过去现实化来腐蚀现实③。由此可见,形象社会理论多半是尼采启发的结果。不过,尼采的思维模式又来自柏拉图。尼采当然是柏拉图主义最猛烈的抨击者,但是正如海德格尔所说,尼采又是一个颠倒的柏拉图主义者④。他的"憎恨现实说"沿袭了柏拉图"真实存在——去真实存在"的思维模式,只不过颠倒了柏拉图的具体评价而已。柏拉图认为真实存在的是理式(概念),感性事物只是理式的影子;尼采则认为,感性事物是真实存在,理式(概念)才是影子。在柏拉图那里,现实存在还等于去真实化了的存在,也许只是从尼采开始,现实存在才同时等于真实存在。但无论如何,在这个问题上尼采主义最终也不过是颠倒的柏拉图主义而已。西方主流形象社会理论家骨子里都是尼采的忠实信徒,因而其理论也逃不出颠倒的柏拉图主义。

五

因此,西方主流形象社会理论中的"形象"最终是根据"真实存在——去真实存在"的"问题框架"(阿尔都塞语)来理解的。形象就是一切丧失了"真实存在"的事物;由于"真实存在"与"现实存在"对"左"派来说是同一事物,形象又等于丧失了"现实存在"的事物。既然如此,它就不是对现实社会的客观描述而是一种主观判断。我们完全可以肯定"消费社会"已经来临,也完全可以肯定存在"日常生活的审美化",但我们没有任何理由肯定消费社会就是上述意义上的形象社会,也没有任何理由肯定日常生活的审美化就是上述意义上的形象化。形象社会理论告诉我们,我们的世界和自我都正在不断丧失真实的存在,我们正日益走向一个影子般的世界。事实果真如此吗?我相信连西方最发达的国家也并非如此,更不用说中国了。

也许西方主流形象社会理论的确如杰姆逊所说描述的那样无非是"真实感的丧失",但"真实感的丧失"难道不会是一种瞬间的幻觉而非正常的感受?在某一瞬间,如果我觉得周围一切都是假的,自己生活在玻璃房子里,我会很快回过神来,毫不犹豫地告诉自己这是一种幻觉,一种不正常的体验。遗憾的是,形象社会理论家似乎与此相反,不是怀疑自己而是怀疑世界:他们似乎相信玻璃房子才是现实社会的本来面目,通常以为真实可靠的现实反而是不真实的。这是否非常类似于一个真正精神病患者的症状呢?当然,认为形象社会理论家们是精神病患者完全是错误的。他们事实上并未真正患上精神病。如果硬要说他们患了什么病的话,他们只是患了"哲学病"。从柏拉图开始,西方哲学就形成一个可称为"存在焦虑"的传统,担心"真实存在"离我们而去。后现代激烈的反本质主义也未能彻底动摇这一传统。没有"存在焦虑",就没有萨特式存在物与形象之别,也就没有主流的形象社会理论。中国某些学者之所以至今难以准确把握西方"形象社会"或"形象文化"的"真谛",根本原因就是这种"存在焦虑"在中国传统中的缺乏。

　　然而,拥有"存在焦虑"这样一种本体论疾病并不一定是一件伟大光荣的事情。中国学者没有这种焦虑不必感到羞愧,因为这也许正是一种心理健康的表现。德博尔最终因绝望而自杀、波德里亚变成了犬儒主义者,正好表明这种"疾病"不是一种好东西,它可能带来触目惊心的可怕后果。或许,更可怕的还在于可能出现因担心现实的消失而采取集体性过激行动去"挽救"社会的诸多行为。所以,中国学者大可不必拜倒在西方形象社会理论面前,而应该把它视为最多仅触及非常局部现象(如仿真现象)的理论,整体上是错误的。并不存在西方某些左翼学者批判性地描绘的那种"形象社会",社会可能正日益符号化、外观化、印象化、影像化,但却未必日益影子化、幻象化。如果我们走出那种颠倒的柏拉图主义,也就不会如此这般地杞人忧天了。

---

　　① 参见弗里德里克·杰姆逊《后现代主义与文化理论》,唐小兵译,北京大学出版社 1997 年版。杰姆逊在《政治无意识》的一个脚注中引述了萨特关于想象之为"去现实化"或"去真实化"活动的论述:"因此,可能存在一种想象事物的因果律。虚无,在不停止其为虚无的情况下,能够产生出现实的效果。既然如此,为什么就不能产生一种去现实化的态度呢……(热奈)想把现实事物拖入想象事物中去,把它淹没在那里。做梦者必定用他的梦污染别人,他必定让它们堕入梦之中:如果他要对别人发生作用的话,那他就必定像病毒、像去现实化的实施者那样……时间被颠倒了过来:锤子的敲击不是为了开动旋转木马,主人正在计算的收入、未来的赚头、旋转木马,所有这些的存在只是为了开始锤子的敲打;未来与过去被同时给定,为的是生成现在。热奈持续体验到的这种逆退时间和前进时间突然介入了,热奈生活在了永恒之中。与此同时,货摊、房屋、地面,所有这一切都变成了布景:一个户外剧院,演员一出场,树木就变成了纸板,天空也变成了画布。在变成姿态的过程中,行动突然间把大量存在物与自身一起拖入了非现实之中。"(让·保罗·萨特:《圣·热奈》, Cf. Fredric Jameson, The *Political Unconscious*, London: Methuen, Cornell University Press, 1981, p. 232)

　　②③ Guy Debord, *The Society of the Spectacle*, trans. Donald Nicholson Smith, New York: Zone Books, 1994, p. 17, p. 34.

　　④ 杰姆逊写道:"首要和基本的事实是一种崭新的平面性或无深度性的出现,一种最直接意义上的全新的表面性也许是一切后现代主义最基本的形式特征。"(Cf., Fredric Jameson, *Postmodernism*, or, *The Cultural Logic of Late Capitalism*, Durham, NC: Duke University Press, 1991, p. 9.)

　　⑤ 弗里德里克·杰姆逊:《后现代主义与文化理论》,唐小兵译,北京大学出版社 1997 年版,

第 208 页。

⑥ Jean Baudrillard, *Symbolic Exchange and Death*, trans. Iain Hamilton Grant, London, Sage, 1993, p. 74.

⑦ 迈克·费瑟斯通：《消费文化与后现代主义》，刘精明译，译林出版社 2000 年版，第 98 页。费瑟斯通概括了"日常生活的审美化"三种含义：即消解艺术与日常生活间界限的艺术亚文化，将生活转化为艺术作品的规划，充斥于当代社会日常生活的符号与形象之流。第三种即形象化是"消费文化发展的中心"。

⑧ 参见马歇尔·萨林斯《文化与实践理性》，赵丙祥译，上海人民出版社 2002 年版。

⑨ See Jean Baudrillard, *ForA Critique of the Political E-conomy of the Sign*, trans. Charles Levin, Telos Press, 1981.

⑩ 参见萨特《影像论》，魏金声译，中国人民大学出版社 1986 年版。

⑪ 柏拉图：《文艺对话集》，朱光潜译，人民文学出版社 1997 年版，第 66～89 页。

⑫ 艾伦·布卢姆：《走向封闭的美国精神》，缪青、宋丽娜等译，中国社会科学出版社 1994 年版。

⑬ 参见弗里德里克·杰姆逊《后现代主义与文化理论》，唐小兵译，北京大学出版社 1997 年版。

⑭ 参见马丁·海德格尔《尼采》，第一章第 24 节"尼采对柏拉图主义的倒转"，孙周兴译，商务印书馆 2002 年版。尼采或许不像海德格尔所说那样完全是颠倒的柏拉图主义者，但的确在很多方面都是颠倒的柏拉图主义者。

审美判断力在康德哲学中的地位

邓晓芒

康德《判断力批判》中的"审美判断力"在康德哲学中的地位问题,历来是一个意见分歧的话题。对这个问题的澄清有利于我们从康德哲学思想的高度把握康德美学的精髓,而不是停留于他的那些浮面的个别美学命题和提法。本文试图从康德审美判断力与目的论的关系以及与批判哲学和形而上学的关系这两个层面来展开论述。

一、与目的论的关系

至今为止,还有不少人把康德的《判断力批判》视为一部美学著作,而忽视其中对目的论判断力的论述,这有康德自己表述上的原因,但也与人们无法透彻地理解康德本书的内在逻辑联系有关。就康德本人而言,他的确一开始就更看重"鉴赏力的批判"这种表达方式,例如他在 1787 年刚刚着手撰写《判断力批判》时就给人写信说:"目前,我径直转入撰写《鉴赏力批判》,我将用它结束我的批判工作,以便推进到独断论工作中去。""我现在正忙于鉴赏力的批判。"① 然而,人们往往没有注意到,康德在这里所说的"鉴赏力的批判",恰好就属于"目的论",如他在上述给莱因霍尔德的信中同一段话接下来谈到哲学的"三个部分",即"理论哲学、目的论、实践哲学",其中目的论"被认为最缺乏先天规定的根据",而他的任务就是发现它的先天原则② 。人们只看到在《判断力批判》中"目的论判断力批判"是与"审美判断力批判"分开的第二大部分,就以为审美判断力批判不是谈目的论的。如曹俊峰先生认为:康德"本来只想搞审美能力的批判,与目的论没有多大关系。那么,后来为什么又加上了一个目的论的大尾巴呢?这是因为,审美判断力批判的结果,找到了审美的一个先天原理——自然的合目的性……必须深入细致地加以探讨,才能保证这一哲学部门有一个可靠的基础。"所以"目的论只是鉴赏判断的先天原理'自然的合目的性'的充分展开，是美的分析的衍生物"③。目的论是审美判断力的"大尾巴"和"衍生物"，这代表国内一种相当流行的观点。特别是一些美学家，说他们对目的论判断力部分"深恶痛绝"亦不为过。

这两部分的关系问题在前苏联哲学界也是一个麻烦的问题，如古留加在其《康德传》中主张，康德在开始撰写《判断力批判》时（即在给莱因霍尔德的那封信中）"暂且把第二个即中心的组成部分称为目的论——关于合目的性的学说。后来目的论让位给美学——关于审美的学说"④。但毕竟"'主观的合目的性'是审美的原则，而不是目的论的原则，目的论（甚至是康德所理解的目的论）是以客观的合目的性和对象的完美为依据的"，于是"在写作《判断力批判》的过程中，康德越来越缩小了目的论的范围，使它失去了独立作用，它的那种作为体系的中间环节的诸职能转给了美学"⑤。阿斯穆斯则认为，康德在给莱因霍尔德的信中"注意的中心不是审美判断力，而是合目的性的判断力（目的论判断力）"，所以才把他的中间环节"叫作《目的论》"，但"关于'鉴赏力批判'和'目的论'一致的思想是怎样和通过什么途径贯穿到康德的意识中去的，这很难说，因为缺乏足够的材料"⑥。他甚至说："从迄今所说的任何东西中都决看不出在康德的目的论和美学即关于美、崇高和艺术的学说之间有什么关系。"⑦表述虽然与古留加不同，把审美判断和目的论割裂开来却是一致的⑧。

一个明显的事实是，康德从来没有把审美判断力排除在"目的论"之外。当康德把审美判断力称之为"自然的形式的合目的性"或"主观合目的性"时，这种"合目的性"当然是属于目的论所讨论的范围的，甚至是唯一具有先天原则的合目的性。它和"自然的实在的合目的性"一样，都属于"自然的合目的性"，而与"实践的合目的性"相区别（虽然它们都是按照与实践的合目的性的"类比"而被思考的）。所以康德说："在由经验所提供的一个对象上，合目的性可以表现为两种：或是出自单纯主观的原因，在先于一切概念而对该对象的领会中使对象的形式与为了将直观和概念结合为一般知识的那些认识能力协和一致；或是出自客观原因，按照物的一个先行的、包含其形式之根据的概念，而使对象的形式与该物本身的可能性协和一致。"⑨可见，审美判断力批判既然谈的就是"自然的形式的合目的性"，就不能说它与目的论"没有多大关系"，也谈不上什么"让位"、"缩小"或"贯穿"

的问题。审美判断力批判就是康德目的论的一个部分,当然不是其全部,也不是主体部分,但却是为目的论概念的运用(而不是这概念本身)奠定先天原则之基础的部分。如康德说的:"在一个判断力的批判中,包含审美判断力的部分是本质地属于它的,因为只有这种判断力才包含有判断力完全先天地用作它对自然进行反思的基础的原则",而只有"当那条先验原则已经使知性对于把这目的概念(至少是按照其形式)应用于自然之上有了准备之后,才包含有这种规则,以便为理性起见来使用目的概念"⑩,这样才引申出了"目的论判断力批判"。

由此可见,整个《判断力批判》其实都是谈"目的论"的,但只有它的第二部分才是对"目的论判断力"的批判,第一部分则不是对目的论的判断力(即运用目的论概念作判断的能力)、而只是对目的论中"自然的形式的合目的性"的先天根据(即审美判断力)进行批判。所以康德在给莱因霍尔德的信中同时谈到"鉴赏力批判"和"目的论",这并没有任何不一致的地方,也不是什么"暂且称为目的论"以便后来"让位给美学"。因为目的论本身就有两个部分,即对目的论的先天根据的考察和对目的论判断的运用条件、范围和效果的考察。而康德由此所证明的是,目的论只有在其"自然的形式的合目的性"(或"无目的的合目的性")方面才有其先天原则,这就是通过对审美判断力的批判所揭示的主观普遍的情感(共通感)原则;相反,当我们把合目的性表象运用于一个客观目的概念上以作出一个关于对象的"逻辑判断"(而非审美判断)时,这种判断力自身并不包含有任何先天原则,因而既不能给我们带来任何有关对象的客观知识,也不与我们的情感发生直接的关系。但由于审美判断力批判事先已示范了一种对待自然物的"反思性的判断力"的态度,所以目的论判断力虽然不能像"规定性的判断力"那样规定经验的客观知识,却可以在审美判断力的启发下,通过与人的有意活动的类比来设想一个客观目的,以范导和指引知性的自然科学研究不断趋向完备,乃至从低层次的完备上升到高层次的完备,直到趋向把一切偶然的经验规律统一于一个"终极目的"之下的理性目标。所以目的论判断力批判主要体现为一种自然领域中的方法论(其"方法论"部分几乎占了该部分篇幅的一半,即一百三十多页中的六十五页),审美判断力批判则主要体现为对人的审美心理的结构分析(其"方法论"只有一小节,两个页码)。用康德的话说就是,"判断力关于自然的一个合目的性的概念"就其"属于自然概念"而言只是一个"调节性原则",而作为审美判断则"就愉快和不愉快的情感而言是构成性的原则"⑪。

因此真正说来,问题就不在于审美判断力和目的论的关系,而在于审美判断力与目的论判断力的关系。长期以来人们感到困惑的其实是这一点,并做了不少努力来打通这两者。如李泽厚先生在其《批判哲学的批判》中谈到审美判断力和目的论判断力时说:"一般常说《判断力批判》这两个部分没有联系。其实,康德自己倒是企图把它们联系、衔接起来。这个衔接点在自然美最后作为'道德的象征',即把自然本身看做有目的地趋向于道德的人,自然界以道德的人为其最终目的。"⑫这是我国康德学界首次提出"衔接点"的问题,与前苏联康德美学权威(古留加、阿斯穆斯)的观点相比是一个很大的推进。但可惜的是,这个"衔接点"并没有找准。看来李泽厚是把儒家的天道观附会到康德身上去了。而在康德那里,自然美作为"道德的象征"与自然目的无疑是有关联的,但不是作为"衔接点",而是作为自然目的最后所要达到的"终极目的"而向人启示出来的。至于自然目的系统本身是如何得出来的,却是另有前提。如康德说:

> 一旦凭借有机物向我们提供出来的自然目的而对自然界所作的目的论评判使我们有理由提出自然的一个巨大目的系统的理念,则就连自然界的美、即自然界与我们对它的现象进行领会和评判的诸认识能力的自由游戏的协调一致,也能够以这种方式被看做自然界在其整体中、在人是其中的一员的这个系统中的客观合目的性了。我们可以看成自然界为了我们而拥有的一种恩惠的是,它除了有用的东西之外还如此丰盛地施予美和魅力,因此我们才能够热爱大自然,而且能因为它的无限广大而以敬重来看待它,并在这种观赏中自己也感到自己高尚起来:就像自然界本来就完全是在这种意图中来搭建并装饰起自己壮丽的舞台一样。⑬

显然,大自然以人和人的道德为整个系统的终极目的,这并不是从自然美中直接推出来的,而是从有机体所提供的内在目的性原理中推出来的,不能倒果为因。所以关键在于有机体的内在目的性原理是如何与审美判断力相衔接的。按照康德的论述,这个衔接点不是自然美,而是艺术。

一般说来,康德对艺术(Kunst,亦可译为"技术"、"技巧"、"技艺")的评价不高,通常把它等同于"技术"(Technik)而归于日常实用的工艺操作。如他说:"一切技术上实践的规则(亦即艺术和一般熟练技巧的规则,或者也有作为对人和人的意志施加影响的熟练技巧的明智的规则),就其原则是基于概念的而言,也必须只被算作对理论哲学的补充……但这样一类实践规则并不称之为规律(例如像物理学规律一样),而只能叫作规范"⑭。技术规则是附属于"理论哲学"之下的,就像运用圆规和直尺的规则附属于几何学之下一样,它们只是经验性的,本身没有任何独立性,也没有什么"定规"。但康德在"审美判断力批判"中还是从一般艺术里区分出了四个层次:1. 凡是与自然现象不同的人为活动都可以叫做艺术活动,这种意义上它相当于一般"自由的任意"活动;2. 与理论活动不同的实践活动,如熟练技巧;3. 与一般手艺的熟练技巧不同的自由的艺术,它纯粹是为了好玩和显示能耐;4."美的艺术",即仅仅以表现"美"这种"无目的的合目的性形式"为目的的艺术⑮。康德比较推崇的是最后这种艺术,因为虽然一切艺术都必须有一个客观的目的(艺术品),因而都不符合美的"无目的的合目的性"这一规定,但"美的艺术"却恰好以表现这种"无目的的合目的性"为自己的目的,所以它虽然是人工制品,却必须不留人工痕迹,而显得像是自然自身的作品。这就是康德所理解的狭义的艺术,其特点是:"尽管它是有意的,但却不显得是有意的;就是说,美的艺术必须看起来像是自然,虽然人们意识到它是艺术。"⑯这就得出了康德的一个著名的观点:"自然是美的,如果它看上去同时像是艺术;而艺术只有当我们意识到它是艺术而在我们看来它却又像是自然时,才能被称为美的。"⑰

正是在艺术美和自然美的这种互相依赖关系中,包含着从审美判断力向目的论判断力过渡的"衔接点"。因为,"艺术像是自然"这一原则使我们反过来也具有"自然像是艺术"的眼光,我们形容艺术品"自然浑成"、"巧夺天工",也就能够形容自然界"风景如画"、"鬼斧神工"。由此我们在一些场合下可以把自然物看做一个有意图、有技巧的产品。首先是在有机体的场合下,我们惊叹一只昆虫的精致的身体构造,认为其中暗示出某种合目的的巧妙的安排,这是单凭机械作用所无法解释的。我们很容易把这种安排视为上帝的艺术杰作,它超出了人所能理解的复杂程度。

但这种看法还没有完全达到自然有机体的概念。在康德看来,有机物的自然目的并不能完全类比于某个有意图的主体的艺术品,因为艺术品虽然看起来是自然的,实际上还是艺术家从艺术品外部安排的,而并不真正是自然本身生成的,所以艺术品不论各部分怎样巧妙地相互和谐、关联照应,显得是一个"有机的整体",但其实并不是相互生成,自行"组织"和自行繁殖的,而是由外部拼合的,一旦受损,就要由外部力量来修补,而不能自行恢复。所以康德只把与艺术品的类比视为自然目的概念的第一个要求,并且在此基础上提出了"第二个要求:它的各部分是由于相互交替地作为自己形式的原因和结果,而结合为一个整体的统一体的"⑱。所以"一个这样的产品作为有组织的和自组织的(als organisirtes und sich selbst organisirendes)存在者,才能被称之为自然目的"⑲。但毕竟,艺术品为自然目的概念提供了"第一个要求"的模式;而由于它(作为"美的艺术")虽然实际上是一个外部理性目的活动的产物,但却必须被看做好像是自然本身的生成物,所以它不仅直接提供了第一个要求的模式,而且也间接启发了第二个要求的模式。也就是说,它通过一种"外在合目的性"(艺术制品)而启发了一种"内在合目的性"(自然有机体)。有机体不再是由别人给它制定目的,也不再是"好像"以自己为目的,而是被看做客观上自己以自己为目的,即不仅将自己的各部分组织成为整体的手段,而且尽可能地以一切外部条件(自然环境)为自己生存的手段。当然,在康德看来这并不是实际上如此,而只是在我们看起来如此,仍然只是由艺术品的概念所启发出来的一种反思判断力的观点,而不是一种自然科学的"知识"。

所以,尽管康德不同意把自然目的(有机体)和艺术品作简单的类比,他还是将自然目的称之为"自然的技术"或"自然的技艺",这种技术不是为了给自然规定某种特殊的原因性,而只是为了补充机械规律在探寻自然界的各种特殊规律时的不足,而"按照与我们在理性的技术运用中的原因性的类比来描绘一种自然的原因性"⑳。因此,"由于这条原理只是一条反思性的判断力的准则,而不是规定性的判断力的准则,因而只是对我们主观上有效,而不是客观上对这类物本身的可能性有效"㉑。一旦确定了这一点,我们就可以在此基础上推出:整个自然界也能被看做一个以自身为目的的巨大的有机体,即它的每一部分都不是无用的、白费的,而是为了它自身的终极目的而准备好的。例如植物以无机物为手段,动物以植物为手段,人则以整个动物、植物和矿物的系统为自己的手段,但人作为地球上的一种高等生物还不能成为自然界的终极目的,只有他们的"文化"才能成为终极目的。而文化中人的熟练技巧、科学、艺术和法制本身都还不配作为终极目的,它们最终都是为了形成有道德的人或人的道德素质,因此只有人的道德才真正有资格把整个自然(包括人类社会)统一为一个目的系统,舍此其他一切有限目的最终都是无目的的、受制于机械作用的。然而,一个意识到这一点的人仍然会面对自然界和社会生活中的种种不道德因而不合目的的事:灾难和痛苦,欺骗和强暴,不幸和不公;因而为了能把整个现实的世界仍然看做从属于以道德为至高点的一个更大的目的系统,我们就必须设想有一个来世和一个上帝将进行最后的审判,使人世间的道德与幸福的对立终归有希望达到相配与和谐,即"至善"。这就是康德的"对上帝存有的道德证明",它导致"伦理学神学"的建立。但这种假设的根本基础仍然是主观中的反思性的判断力,它由此而构成了理论理性(科学)和实践理性(道德)的桥梁。

总之,康德的审美判断力和目的论判断力的关系就在于,它们是目的论的两个不同的层次,前者为目的论在人的情感能力中找到了它唯一可能的主观先天原则,后者则立足于这一原则的观点对自然界的客观事物进行一种反思的评判,从而澄清了目的论判断力的条件、范围、性质和作用。可见在这种关系中,审美判断力处于更深刻的层次,而目的论判断力则更广泛、更全面地展示了理论哲学和实践哲学通过目的论所形成的过渡关系,甚至反过来把审美判断力(自然美)也包括在它的论证范围内了。

二、与批判哲学及形而上学的关系

如上所述,审美判断力批判是整个目的论的先天原则的制定者,因此它的原则也就代表目的论的原则。现在问题是,它与康德的整个批判哲学及形而上学是什么关系?

就其完成了的形态而言,康德的"批判哲学"就是由《纯粹理性批判》、《实践理性批判》和《判断力批判》所构成的"三大批判"体系,它们分别对应于人的认识能力、欲望能力和情感能力及其真、善、美的理念。但众所周知,康德这种"三分法"的体系划分并不是一开始就拟定的。他最初的计划是两分法的,即对人的认识能力和实践能力的理性原则分别进行"批判",

然后在此基础上建立未来的两种形而上学，即"自然形而上学"和"道德形而上学"，而这两个"批判"则可以分别看做两个"形而上学"的"导论"。有时他也把两个批判都包括在"形而上学"这一称号中^②。但至少，在写作《纯粹理性批判》时期他还没有看到第三批判的可能性前景。不过，即使在这里也已经埋藏着某些迹象，预示着在后来的某种很有希望的理论苗头了。这就是"目的论"概念在方法论上所起的根本性的作用。例如在《纯粹理性批判》"方法论"部分的"纯粹理性的建筑术"一章中康德说：

> 在理性的治下，我们的一般知识决不允许构成什么梦幻曲，而必须构成一个系统，唯有在系统中这些知识才能支持和促进理性的根本目的。但我所理解的系统就是杂多知识在一个理念之下的统一性。这个理念就是有关一个整体的形式的理性概念，只要通过这个概念不论是杂多东西的范围还是各部分相互之间的位置都先天地得到了规定。所以这个科学性的理性概念包含有目的和与这目的相一致的整体的形式。一切部分都与之相联系、并且在目的理念中它们也相互联系的那个目的的统一性，使得每个部分都能够在其他部分的知识那里被想起来，也使得没有任何偶然的增加、或是在完善性上不具有自己先天规定界限的任何不确定量发生……正如一个动物的身体，它的生长并不增加任何肢体，而是不改变比例地使每个肢体都更强更得力地适合于它的目的。^③

正是根据这样一种总体上的设想，康德用他的目的论把自然形而上学与道德形而上学统一成了一个"唯一的哲学系统"。如杨祖陶先生指出的，尽管康德的两种形而上学都自成系统，"但在这两种形而上学中，道德形而上学是关于人的整个职责、关于人类理性的主要目的和最后目的的科学，而理性的一切知识、使用、主要目的都必须作为手段从属于理性的最后目的，这就决定了自然形而上学应当从属于道德形而上学以构成一个单一的、完整的、纯粹理性的目的论的形而上学体系"^④。但对这种"目的论"本身，康德还未作认真的探讨。

到了《判断力批判》中，问题变得明确起来了。可以明显地看出，《判断力批判》的"序言"以及"导言"的前三节所讨论的话题是直接接续着《纯粹理性批判》中上引那段话的思想而来的。问题还是纯粹理性的理论哲学和实践哲学的结合，但结合的中介已经从一般地诉之于"目的论"而深入到了"判断力"，结合的模式也已经从"理论哲学—目的论—实践哲学"转换成了"知性—判断力—理性"（相当于普通逻辑的概念、判断、推理）。问题的提法现在是："那么，在我们的认识能力的秩序中，在知性和理性之间构成一个中介环节的判断力，是否也有自己的先天原则"？而解决这一问题的必要性则在于：如果纯粹哲学的体系要实现为形而上学，"那么这个批判就必须对这个大厦的基地预先作出这样深的探查，直到奠定不依赖于经验的那些原则之能力的最初基础，以便大厦的任何一个部分都不会沉陷下去，否则将不可避免地导致全体的倒塌"⑤。问题提得空前地严重：对判断力的批判涉及整个纯粹哲学大厦的地基的最终稳固。康德到这么晚才发现，原来他意想中经过了两个严格的"批判"而由两大形而上学所构成的"唯一的哲学系统"，竟然连地基都还没有打稳！

但对判断力本身的先天原则的追溯所遇到的困难是，它不可能从它在认识中所运用的那些先天概念中推出自己的原则，因为那不是它自己的原则，而只是知性的原则，它在其中只是起一个联结知性和感性的中介作用而已。所以它自己的原则肯定是与知识无关的。但也不能和欲求能力的理性原则相关，那是属于实践领域的。这样，判断力本身的先天原则就只是与愉快和不愉快的情感相关。而这种情感既不能归之于认识，也不能归之于实践，它显得如此"神秘难解"，因而"使得在批判中为这种能力划分出一个特殊部门成为必要"⑥。然而这个特殊部门"在一个纯粹哲学体系里并不能在理论哲学和实践哲学之间构成任何特殊的部分，而只能在必要时随机附加于双方中的任何一方"⑦；或者说，它并不像其他两者那样拥有自己能够为之立法的"领地"（Gebiet），而只有自己的"基地"（Boden）。所以其他两者除了能够产生出对自己原则的一种"批判"之外，还能够建立起一种形而上学的"学理"；而判断力则"在学理的探究中……没有特殊的部分，因为就判断力而言，有用的是批判，而不是理论"。于是康德宣称在判断力批判上"我就以此结束我全部的批判工作。我将马不停蹄地奔赴学理的探究"⑧，即进行两大形而上学体系的探究。总之，《判断力批判》不属于形而上学，只属于批判。"三大批判"并没有给两大形而上学增添什么，但却使两者的结合更牢固了。

  然而，判断力批判、尤其是审美判断力批判虽然没有自己可以客观立法的领地，"因而必须仅仅被列入判断主体及其认识能力的批判"，但它却"是一切哲学的入门"⑳。此话怎讲？难道审美判断力不止是理论哲学和实践哲学的"桥梁"，而且也是进入理论哲学和实践哲学的门径？的确如此。这就意味着，尽管康德写了前两个批判，但他所作出的这些反思还不足以追溯到形而上学的源头；第三批判才真正是深入到了"一切哲学"、包括前两大批判的背后，这就是人的具有普遍性的情感能力。

  首先，情感能力的原则是一切理论哲学的"入门"。康德认为，虽然情感能力在认识活动中并没有自己的位置，就是说必须排除一切情感的考虑才能进行科学研究，但是，"发现两个或多个异质的经验性自然规律在一个将它们两者都包括起来的原则之下的一致性，这就是一种十分明显的愉快的根据，常常甚至是一种惊奇的根据，这种惊奇乃至当我们对它的对象已经充分熟悉了时也不会停止"㉑。显然，没有对自然的偶然现象的惊异感，没有将偶然的东西纳入必然规律之下的愉快感（如牛顿的苹果和万有引力），没有对自然物的种、属、类的等级关系和节约律、连续律等等规律的追求和热情，人类根本不会有兴趣去进行任何科学的探索。而这种兴趣实质上就是对自然的偶然经验与我们理性的统一性要求相适合、即对自然的合目的性的一种情感性的关注，但它并没有具体的现实目的，因而是对一种"无目的的合目的性"的关注即审美的关注，通常被称之为"科学美"。所以，在人的认识活动中就已经包含着人的情感活动作为一个必不可少的前提了，而在属于认识的自然合目的性中就已经包含着属于审美的自然合目的性作为内在的根据了。再者，知识的普遍可传达性也要以审美的普遍可传达性为前提。由于审美的普遍可传达性基于"共通感"这一先天原则，因此我们甚至"可以把这种共通感作为我们知识的普遍可传达性的必要条件来假定"㉒，因为我们在普遍传达知识时除了要求知识的概念内容是普遍的以外，还要求我们用来把握知识的各种认识能力（直观、想象力、知性和理性）之间的那种相互协调关系也能准确地普遍传达给别人，而这种协调关系（"相称"）的比例和程度是由情感来评定的。可见审美判断力批判的确是理论哲学的"入门"。

  其次，审美判断力批判也是实践哲学的入门。实践哲学的最高点在康德那里就是先天立法的自由及其独特的原因性，而这种原因性是应当有其效果的(虽然事实上不一定有效果)。"按照自由的概念而来的效果就是终极目的,它(或者它在感性世界中的现象)是应当实存的,为此人们就预设了它在自然界中的可能性的条件(即作为感官存在物、也就是作为人的那个主体的可能性的条件)。这个先天地、置实践于不顾地预设这条件的东西,即判断力,通过自然的合目的性概念而提供了自然概念和自由概念之间的中介性概念,这概念使得从纯粹理论的理性向纯粹实践的理性、从遵照前者的合规律性向遵照后者的终极目的之过渡成为可能;因为这样一来,只有在自然中并与自然规律相一致才能成为现实的那个终极目的之可能性就被认识到了。"所以审美判断力的这种联结作用"同时也促进了内心对道德情感的感受性"②。实践哲学的先天立法即道德律本身诚然是只从其"原因性"来考虑而不顾它在经验世界中的效果的,但作为一种实践的目的行为,道德律的"应当"毕竟是着眼于自己在现实的经验世界中所负的责任的,其终极目的肯定要考虑自己在现实中的完满实现(这也是它为什么必定要假定一个来世和一个上帝的根据)。所以它并不是完全不考虑效果,而是从自己的原则出发考虑"应当"的效果(而非眼前的效果)。因此道德实践正如一切其他实践一样,也是一种目的行为,本身就具有目的论的维度作为其前提。而这个维度的先天原则是在审美判断力批判中启发出来的。尤其是,当审美判断力的自然合目的性原则被推广运用到自然目的系统身上,并从自然目的论进向道德目的论、从自然神学进向道德神学时,道德在整个自然目的系统中的至高无上的地位才真正被确立起来了:

> 现在,对于作为一个道德的存在者的人(同样,对于世上任何有理性的存在者),我们就不再能问:他是为了什么而实存的。他的存有本身中就具有最高目的,他能够尽其所能地使全部自然界都从属于这个最高目的,至少,他可以坚持不违背这个目的而屈从于任何自然的影响……而只有在人之中,但也是在这个仅仅作为道德主体的人之中,才能找到在目的上无条件的立法,因而只有这种立法才使人有能力成为终极目的,全部自然都是在目的论上从属于这个终极目的的。③

可见审美判断力及其先天原则也是实践哲学的"入门"。

于是,审美判断力批判虽然没有自己的"领地",但这反而在某种意义上成了它的优势,正因为如此它才能不受认识和道德的束缚,而具有自己超越于一切领地之上的更高的自由度或"自律性"。所以康德在这里重新考察了他在道德哲学上所提出的"自律"的观点,主张:"就一般心灵能力而言,只要把它们作为高层能力、即包含自律的能力来看待,那么,对于认识能力(对于自然的理论认识能力)来说,知性就是包含先天构成性原则的能力;对于愉快和不愉快的情感来说,判断力就是这种能力,它不依赖于那些有可能和欲求能力的规定相关并因而有可能是直接实践性的概念和感觉;对于欲求能力来说则是理性……"③也就是说,知、情、意都被归结为"包含自律"的"高层能力"了。在康德那里,自律(Autonomie)本来只是实践理性的自由意志的特点,与人在认识论上"为自然立法"不同,人在道德实践上则是"为自己立法";现在它的含义扩大了,知性认识和情感判断也被看做是"自律"的了。从认识在康德那里由"我们的一切知识都必须依照对象"颠倒为"对象必须依照我们的知识"这一"哥白尼式的革命"⑤来看,知性"自发地"为自然立法的确也可以说是"自律"。而判断力的自律则升到了比这两种自律更高的位置。康德说:"所以判断力对于自然的可能性来说也有一个先天原则,但只是在自己的主观考虑中,判断力借此不是给自然颁定规律(作为 Autonomie),而是为了反思自然而给它自己颁定规律(作为Heautonomie)"⑥。"Heautonomie"是一个希腊词,由"Autonomie"(自律)前面加上一个 He(再)构成,中文可译为"再自律",表明它是更高阶的自律。在康德给《判断力批判》所写的"第一导言"(当时未发表,正式刊行的《判断力批判》导言是对它的压缩)中对此有具体说明:"这种立法严格说来我们将称之为再自律(Heautonomie),因为判断力并不为自然、也不为自由、而只是为它自身提供法则,而且决不是产生关于客体的概念的能力,而只是把出现的情况与从其他方面已经给予它的情况作比较并指出作这种先天联结的可能性的主观条件的能力。"⑧这就揭示了判断力批判作为"一切哲学的入门"在"一般心灵能力"之结构上的根源。

三、结论

由上面的讨论可以看出,无论是审美判断力与目的论判断力的关系还是与康德整个批判哲学和形而上学体系的关系,在康德那里都是着眼于人的各种心灵能力的关系及人的至高无上的地位来立论的。如果说在康德的认识论中,人的主动立法能力还只是在有关客观自然知识的建立中起到了一个自发的先天综合作用,在实践哲学中,人的道德自律也只是通过把人提升到一个超验自由的境界而显示了其值得敬重的威力,那么,在康德的审美判断力中,人性和人道本身才首次成了各方面关注的核心。康德一方面把判断力批判看做包括理论哲学和实践哲学在内的"一切哲学的入门",另一方面,在审美判断力批判最后的"方法论"中,他又反过来把有关人性的知识和对于道德的情感看做了艺术和鉴赏的"入门"。康德说:

> 一切美的艺术的入门,就其着眼于美的艺术的最高程度的完满性而言,似乎并不在于规范,而在于使内心能力通过人们称之为humaniora(人文学科)的预备知识而得到陶冶:大概因为人道一方面意味着普遍的同情感,另方面意味着使自己最内心的东西能够普遍传达的能力;这些特点结合在一起就构成了与人性(Menschheit)相适合的社交性,通过这种社交性,人类就把自己和动物的局限性区别开来……
>
> 但由于鉴赏根本上说是一种对道德理念的感性化(借助于对这两者作反思的某种类比)的评判能力,又由于从它里面、也从必须建立在它之上的对出于道德理念的情感(它叫作道德情感)的更大的感受性中,引出了那种被鉴赏宣称为对一般人类都有效、而不只是对于任何一种私人情感有效的愉快:所以很明显,对于建立鉴赏的真正入门就是发展道德理念和培养道德情感,因为只有当感性与道德情感达到一致时,真正的鉴赏才能具有某种确定不变的形式。⑧

从这里,我们已经可以看出席勒关于"审美的人才是完整的人"这种"审美教育"思想的萌芽了。

---

① 参见康德1787年9月11日给雅可布、12月28日给莱因霍尔德的信,李秋零编译《康德书

信百封》，上海人民出版社 1992 年版，第 107、110 页。

②　康德 12 月 28 日给莱因霍尔德的信，李秋零编译《康德书信百封》，第 110 页。

③　曹俊峰：《康德美学引论》，天津教育出版社 2001 年版，第 134～135 页。

④⑤　古留加：《康德传》，商务印书馆 1981 年版，第 183 页，第 188 页。

⑥⑦　阿斯穆斯：《康德》，北京大学出版社 1987 年版，第 324 页，第 329 页。

⑧　对这个问题，我国学者李泽厚、韩水法、劳承万等人的说法比较接近于康德的思想，即力图把审美和目的论看做一个统一体，虽然具体的提法还有一些值得推敲之处（参见李泽厚《批判哲学的批判》修订本，人民出版社 1984 年版，第 370～371、394 页；韩水法《康德传》，河北人民出版社 1997 年版，第 210 页以下；劳承万《康德美学论》，中国社会科学出版社 2001 年版，第 96 页）。

⑨⑩⑪⑬⑭⑯⑰⑱⑲⑳㉑㉕㉖㉗㉘㉙㉚㉛㉜㉝㉞㉟㊱㊳　康德：《判断力批判》，人民出版社 2004 年版，第 27～28 页，第 29 页，第 32 页，第 230～231 页，第 6 页，第 150 页，第 149 页，第 222 页，第 223 页，第 224 页，第 267 页，第 629 页，第 2 页，第 4 页，第 2 页，第 4 页，第 30 页，第 22 页，第 75 页，第 31～32 页，第 291～292 页，第 32 页，第 20 页，第 204～205 页。

⑫　李泽厚：《批判哲学的批判》（修订本），第 394 页。

⑮　参见康德《判断力批判》，§43～44。严格说来在"自由的艺术"和"美的艺术"之间还有一个"快适的艺术"。

㉒㉓　参见康德《纯粹理性批判》，人民出版社 2004 年版，第 635 页，第 15 页。

㉔　杨祖陶：《康德黑格尔哲学研究》，武汉大学出版社 2001 年版，第 158 页。

㊲　Immanuel Kant，*Erste Einleitung in der Kritik der Urteilskraft*，Felix Meiner Verlag，Hamburg，1970，S. 32.

学术史研究

王国维、陈寅恪与中国现代学术

刘梦溪

一、王国维与中国现代学术的奠立

王国维是中国现代学术的开辟人物之一,他为中国现代学术的奠基所起的作用,可以从以下几方面看出来。

(一)他是介绍外来学术思想的先行者。晚清时期有一个思潮,就是大规模地介绍西方的学说、思想、著作,包括翻译文学作品。许多第一流的学人,他们从小留学国外,掌握了外文工具,然后就把国外的思想介绍过来。在这一方面,王国维的作用是非常之大的。他很早就介绍康德和叔本华的哲学,译述了他们的很多著作,介绍他们的学术经历。英国伦理学家西季维克的《西洋伦理学史要》,也是王国维于 1903 年翻译的。特别值得注意的是,连托尔斯泰的小说,也是王国维最早介绍到中国来的,这篇小说的名字叫《枕戈记》,发表在当时他主编的《教育世界》上。还有 18 世纪感伤主义小说家哥尔德斯密的《姊妹花》(今译《威克菲克牧师传》),也是王国维译介到中国来的。1903 年至 1904 年左右的《教育世界》杂志,成了发表他的翻译作品的园地。

(二)他是用西方哲学美学思想诠释中国古典文学的躬行者。最具代表性的是《红楼梦评论》,发表在 1904 年,这是中国学者第一次用西方的哲学和美学思想,来解释中国古典小说的尝试。他指出《红楼梦》是"我国美术上之唯一大著述",作品是一个大悲剧,是彻头彻尾的悲剧、悲剧的悲剧。以前的《红楼梦》研究,要么是"评点",要么是索隐本事。《红楼梦评论》问世以后,哲学的、美学的小说研究开始了,所以这篇论著开了红学小说批评的先河,成为红学研究的经典。具体说,他是用叔本华的思想来解释《红楼梦》的,因此比较注重解脱的哲学。他的解释过程的成败得失是另外的问题,但无论如何是第一次用西方的哲学美学思想来解释中国古典,指出《红楼梦》的悲剧意义,其基本理论架构是完全正确的。

除《红楼梦评论》之外,他还比较多地用西方的哲学思想来重新解释中国的一些重要的思想资源。在这方面,他有三篇最著名的著作。一篇著作叫《论性》,作于1904年;另一篇是《释理》,也是1904年所写,发表在《教育世界》上;还有一篇叫《原命》,作于1906年。这三篇主要论著,是王国维参照西方哲学观点解释中国哲学的几个核心概念,在学术上颇多创造性。

(三)他对中国现代学术所起的奠基作用,还表现在他坚实地立于传统学术的根基,旧学新知完美结合。因为中国的20世纪学术,一个重要特点,就是中西学问的结合。这方面,王国维作出了典范。可以讲,他是20世纪最有学问的人之一。他在西学方面了解得很多,而在传统的学问方面,更有坚实的基础。这虽是晚清以来中国现代学术大家的共同特征,但王国维尤有不可企及处。

(四)还有一点能说明王国维对现代学术所作的贡献,就是他很早就追求学术独立。所以我要着重地说,王国维学术思想的现代意涵,特别表现在他对学术独立的诉求上。他明确提出,学术本身应该作为目的,也就是要为学术而学术。他反对学术有另外的目的。他甚至提出:"学术之发达,存乎其独立而已。"我说现代学术一个非常重要的特征是学术独立,是因为在传统社会里面,学术是不独立的,政教合一是传统社会的特点。而现代学术开始以后,学术界、学人有了追求学术独立的自觉性。

(五)最后一点,王国维对现代学术思想的贡献,还表现在他特别注重学术分类。他在给张之洞的信里,1906年写的,题目叫《奏定经学科大学文学科大学章程书后》,针对学部大臣张之洞的一个主张提出批评。张之洞在晚清政坛是极重要的人物,他主张改革,但反对激进的改革,为此他发表《劝学篇》,提出有名的"中学为体,西学为用"。在主掌学部期间,对经学科大学和文学科大学的课程设置,提出了一个改革方案。但这个方案的最大问题,是缺少哲学一科。王国维针对这一点提出尖锐批评,说:"其根本之误何在?曰在缺哲学一科而已。"他主张把经学科大学与文学科大学合并,然后分为五科,包括经学科、理学科、史学科、中国文学科、外国文学科,每一科都设置哲学课程。他在信中列出一长表,详列各科应该讲授的课程,分类非常详细。所以,王国维对中国现代学术的分类,是有很大贡献的。

他还说过:"现代的世界,分类的世界也。"可以看出他对学术的演变始终保持着难得的学术敏感。因为传统的学术分类，大类项是四部之学，即经、史、子、集；现代学术的一个标志，则是把传统的四部之学分解为世界公认的不同学科。胡适曾经提过整理国故的思想，而整理国故的一项内容，就是文学的归文学，哲学的归哲学，史学的归史学，也就是实施现代学术的分类方法。重分类、重专家之学，是现代学术的特点。

二、王国维的诸种矛盾和他所选择的最后归宿

我所说的最后归宿，是指 1927 年的 6 月 2 日，王国维在颐和园的鱼藻轩前面跳水自杀了，他生在 1877 年，死的时候才 51 岁，正当他的学术盛年。一百年来，对于王国维为什么要死，到现在也不能说是解决了，仍然是学术界一个大家饶有兴趣探讨的学术之谜。我这里不是专门研究他的死因，没法很明确地对这个问题作出一个结论。但我想指出，王国维始终是一个矛盾交织的人物。我想讲讲他的精神世界和人生际遇的矛盾。我把他一生的矛盾概括为十个方面。别人没有这样讲过，是我自己的发明。

（一）个人和家庭的矛盾。王家的先世最早是河南人，在宋代的时候官做得很大，曾经封过郡王。后来赐第浙江海宁盐官镇，便成为海宁人。但宋以后他的家世逐渐萧条，变成一个很普通的农商人家。到他父亲的时候，家境已经很不好了。他的父亲叫王乃誉，有点文化修养，做生意之余，喜欢篆刻书画。还曾到江苏溧阳县给一个县官当过幕僚。喜欢游历，走过很多地方，收藏许多金石书画。王国维出生那一年，王乃誉已经 30 岁了。浙江海宁盐官镇是王国维出生的地方。这块土地人才辈出，明末史学家谈迁是海宁人，现代武侠小说家金庸也是海宁人。王国维对自己的家乡很自豪，写诗说："我本江南人，能说江南美。"

但王国维 4 岁的时候，母亲就去世了，由祖姑母抚养他。从小失去母爱的孩子，其心理情境可以想见。有记载说，王国维从小就性格忧郁，经常郁郁寡欢。不久父亲续娶，而后母又是一个比较厉害的人，王国维的处境更加可怜。他十几岁的时候，有时跟一些少年朋友聚会，到吃中饭时一定离去，不敢在外面耽搁，怕继母不高兴。这种家庭环境对一个孩子、一个少年儿童，影响是很大的。所以我说这是一个矛盾，即个人和家庭的矛盾。

（二）拓展学问新天地和经济不资的矛盾。晚清的风气，特别是 1895 年中日甲午战争中国战败以后，中国掀起了变革现状的热潮，所有富家子

弟,只要有条件的都想出去留学。王国维家境贫寒,没有这个条件。他因此非常焦急,父亲也替他着急,但没有办法。17岁的时候,他也曾应过乡试,但不终场而归。22岁结婚,夫人是海宁同乡春富庵镇莫家的女儿,莫家是商人家庭。他的婚姻,依我看未必幸福。想提升学问,没有机会;想出国留学却得不到经济支持。这是影响王国维人生经历的一个很大的矛盾。

(三)精神和肉体的矛盾。王国维小的时候,身体很弱,精神非常忧郁,这跟继母有很大关系,也和父亲的不理解有关系。父亲王乃誉对他的要求是严格的,日记里对儿子的成长作了很好的设计,但不理解儿子的心理和学问志向。而王国维的思想非常敏感,从小就是一个智慧很发达的人。一个很瘦弱的身体,却智慧超常,从王国维的照片,就可以看出来。所以他在《静安文集》的第二篇序言里讲:"体素羸弱,性复忧郁,人生之问题,日往复于吾前。"这特点延续了他的一生。这就是我所说的一个人的精神和肉体的矛盾。

(四)追求学术独立和经济上不得不依附于他人的矛盾。这也是伴随他一生的矛盾。王国维一生中有一个大的际遇,就是他和罗振玉的关系。王国维自己家里贫穷,不能到国外游学;应试,屡考不中;当过塾师,但很快就辞职了。直到22岁的时候,才有一个机会,到上海《时务报》做一份临时工作。《时务报》是汪康年所办,主笔是梁启超,章太炎也在《时务报》工作过。这是当时维新人士的一份报纸,在全国有很大影响。不过王国维参加《时务报》工作的时候,梁启超已经到了湖南,应陈宝箴、陈三立父子之约,主讲时务学堂。

王国维在《时务报》当书记,从事一些抄抄写写的秘书之类的工作。他海宁的一位同乡在《时务报》工作,因为家里有事,回海宁处理家事,让他临时代理。一个大学者做如此简单的工作,未免屈才。但他很勤奋,做了一段时间之后,恰好当时上海有一个专门学习日文的东文学社,是罗振玉办的,他就利用业余时间去那里学习日文。在那里认识了罗振玉。认识的机缘,是罗振玉看到王国维给一个同学写的扇面,上面有咏史诗一首:"西域纵横尽百城,张陈远略逊甘英。千秋壮观君知否?黑海东头望大秦。"王国维的《咏史诗》共20首,罗振玉看到的是第12首。看后大为赞赏,非常欣赏作者的才华,尽管王国维因为经济困难和其他诸多事情所累,学得并不是太好,罗振玉仍给予经济上的支持,使其无后顾之忧。后来又把王国维送到日本去学习,从日本回来后,罗振玉凡是要举办什么事业,都邀请王国维一起参与。罗、王的友谊、特殊关系,就这样结成了。再后来他们还结成了儿女亲家,罗振玉的女儿嫁给了王国维的儿子。王国维一生始终都没有钱,罗振玉不断用钱来支持他。他一方面心存感激,另一方面,也是一种压力。因为王国维是追求学术独立的学者。这不能不是一个绝大的矛盾,即追求学术独立和经济上不得不依附于他人的矛盾。

(五)"知力"与"情感"的矛盾。王国维是一个非常特别的人,他的理性的能力特别发达,情感也非常深挚。所以他能写诗,能写很好的词,同时在理论上、在学术上有那么多的贡献。一个人的知力、理性思维不发达,不可能有那么多的学术成就,既研究西方哲人的著作,又考证殷周古史。而没有深挚的情感,他也不能写出那么多优美的诗词。本来这两者应该是统一的,但从另一个侧面看,他们也是一对矛盾。他自己说:"余之性质,欲为哲学家则感情苦多,而知力苦寡;欲为诗人,则又苦感情寡而理性多。"那么到底是从事诗歌创作呢,还是研究哲学? 还是在二者之间? 他感到了矛盾。当然从我们后人的眼光看,也许觉得正是因为他感情多,知力也多,所以才成就了一代大学人,大诗人。但在王国维自己,却觉得是一个矛盾。

(六)学问上的可信和可爱的矛盾。因为他喜欢哲学,喜欢康德,喜欢黑格尔,喜欢叔本华,喜欢他们的哲学。但他在研究多了以后,发现一个问题,就是哲学学说大都可爱者,不一定可信,可信者不一定可爱。这是什么意思呢? 哲学上其实有两种理论范型,一种是纯粹形而上的理论,或者如美学上的纯美学,这样的理论是非常可爱的,为王国维所苦嗜。但这种纯理论、纯美学,太悠远、太玄虚,不一定可信。而另一种范型,如哲学上的实证论,美学的经验论等,则是可信的,可王国维又感到不够可爱。于是构成了学者体验学术的心理矛盾。这种情况,在常人是不可能的,但一个深邃敏锐的哲人、思想家,会产生这种体验。

(七)新学与旧学的矛盾。王国维一开始是完全接受新学的,研究西方哲学,研究西方美学,他曾经对这些学问向中国的学术界做了大量的介绍。但是后来,在1912年移居日本以后,他的学问的路向发生了 个很大的变化。1911年辛亥革命成功,皇帝没有了,而罗振玉是不赞成辛亥革命的,他比较赞成清朝原来的体制,因此辛亥革命的当年冬月,罗振玉就带着家属,也带着王国维,一起到日本去了。他们住在日本京都郊外的一个地方,后来罗振玉自己还修建了新居,把所藏图书搬到新居里,取名为"大云书库"。罗的特点是藏书多,特别对甲骨文、古器物的拓片和敦煌文书的收藏,相当丰富,据称有五十万卷。他们在那里住了几乎十年。王国维 1916 年先回国,住在上海,但有时候还要去东京。

就是在东京这六、七年左右的时间里,王国维的学术路向发生了极大的变化。罗的丰富的收藏,成了王国维学问资料的源泉。他在"大云书库"读了大量的书,就进入到中国古代的学问中去了。罗振玉也跟他讲,说现在的世界异说纷呈,文化传统已经快没有了,做不了什么事情,只有返回到中国的古代经典,才是出路。在时代大变迁时期,知识分子如果不想趋新,只好在学问上面往深里走,就容易进入到中国古典的学问当中去,在个人也是一种寄托的方式。我想王国维内心就是这样,所以听了他人的话,学问上发生了大的变化。他所以成为后来非常了不起的学者,跟这六、七年的钻研有极大关系。他早期介绍西方哲学美学思想的那些文章,都收在《静安文集》和《静安文集续编》两本书中。有一个说法,说王国维去日本时,带去了一百多册《静安文集》,听了罗振玉的话后,全部烧掉了。研究王国维的人有的认为他不大可能烧掉,说这是罗振玉造的谣。

据我看来,烧掉《静安文集》是完全可能的。一个人的学问总是在不断变化。到日本之前,王国维的学问已经变化了一次,由研究西方美学哲学,变为研究中国的戏曲文学,写了有名的《宋元戏曲史》。我就有这样的体会:觉得过去写的文学方面的书和文章一无所取,有时甚至从内心里产生一种厌恶,烧虽然没有烧,但早已放到谁也看不见的去处了。这也不是对文学的偏见,也包括随着年龄学问的增长,喜欢求历史的本真,而不再喜欢文学的"浅斟低唱",觉得不能满足自己的寄托。当然年龄再大些,学问体验再深一步,又觉得文学可以补充历史的寻觅了。总之我相信王国维到了东京以后烧书,这个事是真实的。所以不妨看做他的新学和旧学是有矛盾的。前期是新学,后期又归于旧学。这个学术思想前后变迁的矛盾是很大的,这是第七点。

(八)学术和政治的矛盾。本来他是一个纯学者,不参与政治的。但他有过一段特殊的经历,是这段经历把他与现实政治搅到了一起。辛亥革命以后,他对新的国家制度采取不合作的态度,虽是一种政治选择,但没有很大关系。主要是后来他又当了溥仪的老师,就进到敏感的政治里面去了。辛亥革命后,1912 年清帝逊位,但民国签了条约,采取优待清室的条件,仍准许溥仪住在紫禁城内,相关的礼仪也不变。那个时间很长,一直持续到 1924 年,冯玉祥才把他赶出宫。王国维当溥仪的老师,是 1923 年 4 月(农历三月)下的"诏旨"。年初(农历十二月)皇帝大婚,然后就"遴选海内硕学人值南书房"。王国维做事很认真,事情虽然不多,他愿意尽到自己的职责。1924年1月溥仪发谕旨,赐王国维在紫禁城骑马,王国维受宠若惊,认为是"异遇"。因此当溥仪被赶出宫时,王国维极为痛苦,对当时的社会现状充满了不满。而且在宫中遇到了诸多的人事纠葛,和罗振玉也有了矛盾。此时,他所心爱的学术和现实政治也产生了矛盾。虽然他是一个纯学者,但还是跟政治有了无法摆脱的关系。这就构成了他思想世界的另一个矛盾——学术和政治的矛盾:他的自杀,与这一重矛盾有直接的关系。

(九)道德准则和社会变迁的矛盾。这一点很重要,任何一个人都不可避免。当社会发生变迁的时候,你跟社会的变化采取一致的态度,顺时而行,还是拒绝新的东西,想守住以往的道德规范?这是一个蜕变的过程。有人比较顺利,社会往前走,他跟着往前走。但是也有一些人,他不愿意立即改变自己的准则,想看一看新东西是不是真好,或者压根就认为所谓的新东西其实并不好,也许并不是新东西,而是旧东西的新的装扮。这一点,陈寅恪在《元白诗笺证稿》里,讲到元稹的时候,有专门论述。他的原话是这样说的:"值此道德标准社会风习纷乱变易之时,此转移升降之士大夫阶级之人,有贤不肖拙巧之分别,而其贤者拙者,常感受苦痛,终于消灭而后已。其不肖者巧者,则多享受欢乐,往往富贵荣显,身泰名遂。"王国维就是那种"贤者拙者"。这一重矛盾在王国维身上非常突出,所以当辛亥革命之后,当溥仪被赶出宫以后,他非常痛苦,痛苦得想自杀。

(十)个体生命的矛盾。也就是生与死的矛盾。这在一般人身上不突出。一个普通人,年纪大了,最后生病了,死了。死了就死了,虽然每个人都难免留恋人生。但王国维采取了一个行动,在51岁的盛年,在他的学问的成熟期,居然自己来结束了自己的生命。这是很了不起的哲人之举。我说"了不起",大家不要误会,以为我认为所有的自杀都是好的。过去在传统社会,有的弱女子,受不了公婆的气,投井自杀了,这类例子不少。但这是一种被迫的一念之下的情感发泄,不是理性的选择。但对于一个有理性的人,一个人的知识分子,一个思想家,一个大的学者,他在生命的最后,能采取一种自觉的方式来结束自己的生命,这是一般人所做不到的。但是对王国维来说,则是一个个体生命的矛盾问题。

人们常说一个人的死,说他走得很从容。其实,王国维才真正是走得很从容呢。在1927年6月2日,早8点,王国维从自己家中出来,到国学研究院教授室写好遗嘱,藏在衣袋里。然后到研究院办公室,与一位事务员谈了好一会,并向事务员借了五块钱。步行到校门外,雇了一辆人力车去颐和园。十时到十一时之间,购票入园。走到鱼藻轩,跳入水中而死。这个过程,可以知道是理性选择。本来他早就决定死:1924 年冯玉祥逼宫,罗振玉、柯劭忞与王国维有同死之约,结果没有实行。陈寅恪《挽王静安先生》诗"越甲未应公独耻"句,就指这件事说的。最后,到 1927 年,他终于死了。所以他的遗书里说"义无再辱"。他充满了个体生命的矛盾、生与死的矛盾。

对于王国维的死因,说法非常多,也可以说是 20 世纪的一个学术之谜。但是,我觉得对于王国维之死给予最正确解释的是陈寅恪。在王国维死后,陈寅恪写了非常著名的一首长诗,叫《王观堂先生挽词》。在这个挽词的前面,有一个不长但是也不算短的序。《王观堂先生挽词》这篇序,是陈寅恪的一个文化宣言。这里边集中讲,当一种文化在衰落的时候,为这种文化所化之人,会感到非常痛苦。当这种痛苦达到无法解脱的时候,他只有以死来解脱自己的苦痛,这就是王国维的死因。他认为王国维是被传统文化所化之人。陈寅恪这里讲了一个观点,说起来很复杂。他觉得传统文化的核心价值是"三纲六纪",就是说,王国维觉得三纲六纪这一传统文化的纲领价值,在晚清不能继续了,崩溃了,他完全失望了,所以去自杀了。

最近我有一篇文章,专门就这个问题作了解释,提出了一个新的看法。所谓纲纪之说本来是抽象理想,为什么这些就跟王国维的死有关系?我解释说,因为《挽词序》里举了两个例证,说就君臣这一纲而言,君为李煜,也期之以刘秀;就朋友一纪而言,友为郦寄,还要待之以鲍叔。李煜词写得很好,但是这个皇帝很无能,整天以泪洗面。刘秀是光武帝,他使汉朝得到了中兴。按传统的看法,皇帝虽然无能,你也要尽臣子之礼,希望皇帝能使自己的国家得到中兴。所以皇帝即使是李煜,你也应该像刘秀那样待他,这是一个臣子应该做的。而朋友是郦寄——郦寄在历史上是出卖朋友的人,是不够朋友的人。但是作为朋友而言,应该用鲍叔的态度来待他。历史上的管仲和鲍叔的交情,是做朋友的楷模。《挽词序》里面讲到"三纲六纪",讲了这两个例子。陈寅恪讲历史,讲学问,有"古典"和"今典"之说。讲这两个例证,他不可能是虚设的。他讲君,我以为不是别人,应该是溥仪。而且我在《挽词》里面找到了这句话的证据,就是"君期云汉中兴主"那一句。不是指溥仪指谁?但溥仪不是刘秀,他没法使清朝复兴,所以王国维很失望。还有朋友,他讲的是谁呢?我认为讲的是罗振玉。

王、罗后来有了矛盾,在王国维死的前半年,1926 年 9 月,王国维的长子王潜明在上海死了,仅 27 岁;儿媳罗曼华是罗振玉的女儿,也才 24 岁。这当然是个悲剧。葬礼之后,罗女回到了天津罗家。这个媳妇跟王国维的太太关系不是太好,与夫君的感情也未必佳。王潜明留下 2423 块钱,王国维把这笔钱寄给了罗家。结果罗振玉把钱退了回来。王国维很不高兴,说这钱是给儿媳的,怎么又退回来?并说这是蔑视别人的人格。罗振玉可能也说了些什么,两个人的矛盾于是表面化了,当然原因很多。所以,也有的人说王国维的死是罗振玉逼债死的。但是陈寅恪的解释,他不想把这些问题落实。王国维不是由于 2423 块钱的问题他就去死,也不是由于溥仪变化了地位他就去死。而是由于他的理想——君臣的理想、朋友的理想破灭了,他才去死。按六纪之说,朋友之间可以通财货,朋友在钱物方面不应该计较。罗振玉虽然帮过他很多钱,但是要计较这些就不好了。这里面一定有很多隐情。罗振玉一定想,两千多块钱你给我算什么,我这一生给了你多少钱?所以越想越不高兴,这是潜在的。这个问题使得王国维在朋友的理想上失望了。

所以陈寅恪的解释,是说王国维最后殉了文化理想,而不是殉了清朝。本来么,要殉清朝 1911 年就殉了,1924 年冯玉祥逼宫也可以殉,为什么等到溥仪被赶出宫三年之后?我个人赞同陈寅恪的解释。

三、陈寅恪的学术精神和研究方法

王国维和陈寅恪的关系是非常密切的,陈寅恪在挽词里讲:"风义平生师友间",既是与师长之间的关系,又是朋友之间的关系。当时王国维与陈寅恪都是清华国学研究院的导师,所以在王国维去世以后,他在遗书中说,"书籍一项,请陈吴料理。"陈就是陈寅恪;吴是吴宓,,是当时清华国学研究院的主任,与陈寅恪有极深的友情,也是近年讨论得比较"热"的一个人物。吴宓的日记,三联书店出版了 10 厚册,其中有许多宝贵的历史资料。王国维说请陈、吴料理书籍,我觉得无疑等于王国维向陈寅恪的文化托命。所以王国维的死对陈寅恪的震撼是非常大的,同时也只有陈寅恪真正理解他的死因。

王国维的盖棺论定,也是由陈寅恪来作的。我刚才讲了,王国维死后,他作了挽词,还作了挽诗,另外还有挽联。陈寅恪的挽联写的是:"十七年家国久消魂,犹余剩水残山,留与累臣供一死;五千卷牙签新触手,待检玄文奇字,谬承遗命倍伤神。"下联的"谬承遗命"就是指整理书籍的事。王国维的遗著整理出版,也是陈寅恪写的序。后来清华大学师生为王国维立纪念碑,碑铭也出自陈寅恪的手笔。这一系列文字都涉及对王国维的评价,是迄今我们看到的最正确的评价。所以我说对王国维的整个生平学术的盖棺论定,也是由陈寅恪来作的。

陈寅恪在《清华大学王观堂先生纪念碑铭》中说:"士子读书治学,盖将以脱心志于俗谛之桎梏,真理因得以发扬。思想而不自由,毋宁死耳。斯古今仁圣所同殉之精义,夫岂庸鄙之敢望。先生以一死见其独立自由之意志,非所论于一人之恩怨,一姓之兴亡。"这里又在探究王国维的死因,他把王国维的死,看做是一个学者追求和保持自己的"独立自由之意志"。接下去又说:"来世不可知者也。先生之著述,或有时而不章。先生之学说,或有时而可商。惟此独立之精神,自由之思想,历千万祀,与天壤而同久,共三光而永光。"这些评价,是评价王的著作,对陈寅恪自己也完全适用。

陈寅恪的经历,在他的一生当中的一个特点,就是始终坚持"独立之精神,自由之思想"。1953年,中国科学院成立后,中央请他到北京来,做中科院的哲学社会科学部历史第二所所长。郭沫若还特别写了邀请信。但他拒绝了。后来又派他的学生汪篯去请他,他把汪骂了一顿,不满意学生的思想态度。而且跟汪有一天的谈话。这个谈话原来我们都不知道。我有文章考证他为什么不到北京来做历史第二所所长,我考证了许许多多的原因。后来广东的陆键东先生写了一本书《陈寅恪的最后20年》,公布了一个材料,即汪跟他谈话的记录,题目为《对科学院的答复》,保存在中山大学的档案室里,他看了这个档案。这个谈话记录虽是汪篯写的,但却是陈寅恪的口授,真实性不存在任何问题。陈寅恪说:我的思想,完全见于王国维的纪念碑文中,我认为研究学术,最主要的是要有自由的意志和独立的精神。要叫我思想不自由,不能走自己独立的道路,我毋宁死,这就是我的思想。你要叫我到历史所去可以,但是有两点:第一点,历史所不要讲马克思主义,第二点,要叫毛、刘两公给我写一封信,允许我这么做。

信当然也没写,所以他也没有去。他的思想就是这样的,是他的真实想法。因此他对王国维的评价,讲"独立之精神,自由之思想",实际上就是讲他自己。他在史学领域所获得的成就,得到当时后世一致的承认。学术界对很多学者常常有不同的意见，但无论在中国和外国，无论在老一辈还是在年轻一辈里面，到现在为止，对陈寅恪的学问没有人可以提出否定意见（当然不包括小的学术观点讨论）。可以说，在 20 世纪 50 年代以后的中国现代学人当中，没有第二个人，能够把"独立之精神，自由之思想"保持到他这种强度和纯度。

至于陈寅恪的研究方法，他在王国维遗书的序言中，把王国维的学术内容和治学方法概括为"三证"的方法。第一，是地下的实物和纸上的遗文互相释证。因为上一个百年地下发掘的东西非常多，如果不研究地下考古新发现，光是念古书，那么学问还不能到家，所以他主张地下的实物和纸上的遗文互相释证。第二，把异族的故书和本国的旧籍互相补正。第三，外来观念和固有材料互相参证。陈寅恪是一个现代学者，他一点也不排斥外国的东西，他特别主张外来的观念，主要指西方的思想观念，和中国的固有材料可以相互参证的方法。陈的研究领域和王在异同之间，所以这"三证"的方法，完全适用于概括陈寅恪的研究方法。

他非常重视学问的工具，熟悉多种文字。通常的说法，说他通晓二十多种语言文字。后来材料多一点，有研究者说，不会有那么多。但我想，说他可以熟练使用十多种国外的语言文字，应该没有问题。特别是 些稀有文字，像蒙古文、藏文、梵文、巴利文、希伯来文等这些稀有文字，他是非常熟悉的。尽可能多地掌握多种语言文字，是成为一个大学者的必要条件。他还有个特点，就是他没有学位。他在国外留学十多年，13 岁就去日本留学，走遍了各个国家，但光学习不要学位。这在中国上一个百年的历史以及现在的历史上，恐怕找不到第二人。

但就是这样一个没有任何学位的年轻人（当时他 35 岁），居然当上了清华国学研究院的导师。跟他一起当导师的四个人，一位是王国维，大学者；一位是梁启超，晚清了不起的人物；还有语言学家赵元任。考古学家李济仅仅是讲师。王、梁、陈、赵，当时称为"四大导师"，都是中国现代学术的泰斗。那么陈寅恪怎样成为清华国学研究院的导师的呢？是梁启超介绍的。陈寅恪的祖父和父亲，在 1895 年至 1898 年推展湖南新政的时候，因为他的祖父陈宝箴是湖南的巡抚，成立时务学堂，聘请梁启超为中文总教习，当时是轰动全国的大事件。梁知道陈寅恪的家世和学问，所以他推荐给清华大学校长曹云祥。曹问他陈寅恪有什么学位？梁启超说他没有学位。又问他有什么著作？梁启超说也没有著作。曹云祥当时很奇怪，说又没有学位，又没有著作，这不是叫我为难吗？梁启超说，我梁启超有什么学位？曹云祥当然知道没有。还说他自己的著作可谓等身，但是我的几百万字的著作，没有他的几百字的文章有价值。梁启超讲话，总愿意推到一个极致，但讲的是实情。曹校长一听没有办法了，于是就请陈寅恪来一起做清华国学研究院的导师。

陈寅恪研究方法的另一个特点，是非常重视新材料和发现新问题。他曾经讲过："一代之学术，必有其新材料与新问题。取用此材料以研求问题，则为此时代学术之新潮流。"他对材料的开拓极大。他的一个特点是打通文史，可以用诗文小说来证史。最著名的就是他的《元白诗笺证稿》和《柳如是别传》，都是通过诗文来考证历史的典范。特别是《柳如是别传》，全书80万字，是晚年在双目失明的极端困难的情况下，用十年的时间写成的。他口授，他的助手黄萱笔录。传主是明末的一个有名的妓女，当然这样说不一定准确。当时明代的风俗，很了不起的女性与上层知识分子有很多交往，甚至有的社团也有女性参加。所谓"国士名姝"，流传许多佳话。如侯方域和李香君、冒辟疆和董小宛、柳如是与陈子龙和钱谦益。当时的江南，由于经济的发达，也由于文化传统的深厚，于是出现了一大批有才情有气节的美丽女性。柳如是（即河东君）就是其中的佼佼者。陈寅恪把她写成了一个奇女子，一个民族英雄。因为在清兵打来的时候，她不投降。而她的先生钱谦益却投降了。陈寅恪在复原柳如是先后与陈子龙和钱谦益的爱情与婚姻的故事的时候，全部用的是诗文证史和诗史互证的方法。

他在使用以诗证史的方法时，特别强调故事的时间、地点、人物这三个要素。而且第一个提出了古典和今典的说法。做学问解释典故是惯常的，但只有陈寅恪一个人提出古典和今典的说法。什么是古典和今典呢？陈寅恪说："自来诂释诗章，可别为二。一为考证本事，一为解释词句。质言之，前者乃考今典，即当时之事实。后者乃释古典，即旧籍之出处。"比如，我们读杜甫的诗，杜甫诗里面可能引用了汉代的、秦代的、甚至是六朝时期的一些事情，陈寅恪把这个叫做古典；但杜甫在诗中除了引用古典之外，还有他写诗的现实处境和心情的投射，研究杜甫也要考证，这叫解释今典。我对陈寅恪先生著作的研究经过了比较长的时间，我发现他的书中不仅有今典和古典的释证，而且有作者个人精神历程的投入，我把这种情况称作"近典"。《柳如是别传》的题诗里明确提出："明清痛史新兼旧"，这就不只是关涉明清史事，同时也包括清末民初以及整个20世纪的社会变迁在内。

"近典"的说法,是我个人研究陈寅恪先生著作的独家心得。

另外陈寅恪的学术精神和研究方法,还包括他对古人的态度,特别主张要具"了解之同情"。他说你如果不了解古人著述的具体环境、相关背景、立说的用意和对象等情况,就不可能对古人的著述有真了解,也就不具有对古人的发言权。所以他提出一个重要的思想,叫作"了解之同情"。其实岂止对古人,对今人、对朋友、对一切研究的对象,都需要有了解之同情的态度。陈寅恪的这个思想方法,我可以认为它是20世纪学术批评、学术研究的一个经典性的提法。举个陈寅恪本身的例子,就是他写《柳如是别传》,涉及清朝初年政治上的严酷,当时知识分子处境是很不容易的,要了解当时的那个情况,然后才可以批评。所以他认为钱谦益投降清朝,当然这是钱一生的大污点,无法讳饰;但也不要因此而抹杀了他的其他优点。因为钱谦益投降之后,在他的老家常熟一带,又和柳如是一起参加了许多反清活动,说明对自己此前的降清有所悔悟。甚至他到南明小朝廷任职,与阮大铖、马士英打得挺热乎,这固然不好,但他们的相往还,说不定也有艺术鉴赏方面的同好。因为阮大铖善于度曲,河东君应是最佳的欣赏者。和钱谦益一起降清的王铎,是个大书法家,降清固然不好,但其书法却是明末的绝艺。这样看人,才能不失公道。

还须提到,陈寅恪对原典引述的功夫是非常了不起的。我们看他的著作,当中许多原典大面积的引述,这在我们一般做学问的人来说,是不可能的,你也不敢这样做。老引用别人的说法,自己不讲话,怎么可以。读者遇到这样的书,常常略过引文不读。可是你读陈寅恪先生的著作,如他的《唐代政治史述论稿》和《隋唐制度渊源略论稿》,大面积地引用两《唐书》,你不仅不敢略过,恰好那里边有最重要的东西。另外,他还有一个特点,即他的西学水准高得不得了,通一、二十种语文,在西方留学那么长的时间,可是你在他的著作当中看不到一点西化的痕迹。你不得不承认,他是一个非常了不起的学者,真正是20世纪最了不起的学者。

四、陈寅恪的"家国旧情"与"兴亡遗恨"

陈寅恪的学术和思想的力度跟他的家世有很大的关系。他祖上是福建人,后来迁移到江西,在江西修水县。陈寅恪出生在湖南长沙。曾祖陈琢如学问不大,但极有见解,特别喜欢王阳明的心学。他觉得中国太缺少人才了。为了寻找人才,他从江西走遍大江南北,最后走到北京,结果大失所望,觉得缺少人才是当时的主要问题。当然是指缺少可以匡正时弊的学问大家和国之栋梁,不是一般的人才。那时是在太平天国之前的那一时期,国家的人才机制主要靠科举考试,而科举的方法已是弊病丛生。因此他决定通过另外的途径,即通过办教育的途径来培植人才。所以他回到义宁以后,开始办义宁书院。再后来太平天国起来,陈寅恪的曾祖陈琢如在本乡组织团练,打太平天国。这是历史状况,我不是在这里作历史是非的价值判断。

陈寅恪的祖父陈宝箴非常有个性,是晚清政坛的重要人物。但陈宝箴的仕途很曲折,没有考中进士,只是个举人。到北京应试没有考中,留北京三年,有机会结交一些有智慧的人物。恰好当时是英法联军火烧圆明园的时候,他在酒楼里看到西北方向火光冲天,立刻捶案大哭,结果酒楼的人都为之震惊。这说明陈宝箴是一个爱国者,一个性情中人。他也曾参加他父亲陈琢如组织的团练,与太平军作过战。他还去拜访当时驻扎在安庆的曾国藩,曾一见陈宝箴,大为高兴,称他为“海内奇士”。曾国藩的幕僚长李鸿藻主动提出让陈宝箴代替自己的位置,陈宝箴没有接受,但为调停曾国藩和江西巡抚沈葆桢以及席宝田的矛盾,起了很大的作用。他后来到湖南当道员,有极好的政绩。又调往河北道,重视人才培养,创办河北精舍。又升为浙江按察使,但几个月就因一桩冤案罢职,回到湖南赋闲。逆境磨炼了他的意志,锻炼了气节。后来又起用为湖北按察使、布政使。直到1895年中日甲午战争失败以后,他才被任命为湖南巡抚,成为封疆大吏。

陈寅恪的父亲陈三立也是了不起的人物,名气名声后来比陈宝箴还大。他是清末同光体诗人的代表,礼部试中式,却因书法不合格,到下一科才进人进士的行列。但终生没有作官。1895年至1898年陈宝箴任湖南巡抚,他襄助父亲在湖南推行新政,使湖南成为全国变法维新的先进省。陈氏父子聚集了大量第一流的人才,例如请梁启超担任湖南时务学堂的中文总教习、李峄琴为西文总教习。熊希龄管理时务学堂,唐才常主持《湘学报》,谭嗣同筹备南学会,黄遵宪担任盐法道,江标和徐仁铸先后任学政。全国的人才都到湖南来。时务学堂的学生有蔡锷、杨树达等。而章士钊居然没有考中。可以想见在陈宝箴的带领下,湖南的改革运动进行得多么热火朝天。但改革受到了保守势力的抵制。康有为、梁启超的激进变革策略,诱发了慈禧和光绪的矛盾。正当改革进行的轰轰烈烈的1898年秋天,慈禧发动政变,囚禁光绪,通缉康、梁,杀死六君子。六君子中杨锐、刘光第是陈宝箴保荐的,加之谭嗣同也来自湖南,陈宝箴、陈三立父子因而受到牵连,给予革职、永不叙用的处分。陈宝箴的罪名是"滥保匪人";陈三立的罪名是"招引奸邪",因为请梁启超为时务学堂总教习是陈三立的主张。

　　1898 年年底,被罢官的陈宝箴一家从湖南长沙回到老家江西。一路上陈三立大病,险些病死。陈三立的一个姐姐,回到家里总是痛哭,直到后来哭死。陈寅恪的长兄陈师曾的夫人范孝嫦,也是这个时候死的,年仅 22 岁。可见戊戌政变对陈寅恪的家族的打击有多么沉重。回到江西,陈氏一家先住在南昌磨子巷,几乎失去了生活来源,过着朝不保夕的生活。不久陈宝箴又搬到南昌西面的散原山下,筑庐而居。这时陈宝箴 69 岁,身体很不错,他也情愿过这样隐居的生活了,虽然忧伤家国的心情始终未变。但一年多以后,就是 1900 年 6 月,陈宝箴突然死了。在陈三立的记载当中,是"以微疾终"。但去世的前几天,陈宝箴还写了《鹤冢诗》二章。为什么突然死去? 还是在十多年前,江西的宗九奇先生发表了一个材料,说他祖父传下来的一个文录里有一条记载,说是慈禧太后下旨要陈宝箴自尽,江西的千总到西山执行命令。结果陈宝箴就这样冤枉地死去了。是赐自尽而死,而且最后他的喉骨还被割下来到北京去报命。

　　这是一条很残酷的记载。发表以后,因为学术考证不能相信孤证,没有引起太多的反响。我个人也是信而有疑。关于陈宝箴之死,原来我就有疑点。比如我读陈三立的有关记载,包括他写的《先府君行状》和《晚庐记》,写到他父亲的死,呼天抢地,泣血锥心,痛苦到失常的地步,甚至说如果不是有所待,他也会立即死去。如果是正常死亡,陈三立未必是这个样子。我有疑点,但不能证实。后来在哈佛,燕京图书馆里的书比较多,读了很多相关的材料,特别是陈三立的诗文,《散原精舍诗》和《散原精舍文》,我经过考证,相信有充分证据证明陈宝箴是慈禧太后密旨赐死的。但这件事陈三立讳莫如深,他没有向自己的家中任何人讲过。这是可以理解的,因为在当时的社会,即使后来清朝灭亡,陈三立也并不觉得被朝廷赐死是一件光荣的事。问题是陈寅恪是不是知道? 我认为他知道。我有充分证据证明陈寅恪对陈三立的诗,完全烂熟于心。试想,我读陈三立的诗都能看出陈宝箴确实是被慈禧太后杀害,那么学识渊博,深明古典今典的大史学家陈寅恪,还能不知道吗?

　　陈寅恪的家世就是这样的。所以对他来讲,一生之中有一个重大的情结——这个情结其实不是个人的，就是在晚清的改革中有两种主张，一种是康、梁主张的激进的变革，另一种是陈寅恪的祖父和父亲主张的渐进的变革。激进变革的结果，诱发了慈禧和光绪的矛盾，慈禧发动政变，改革失败了。陈寅恪认为如果按他祖父和父亲的主张，由张之洞出面领导全国的改革，慈禧太后也可能接受改革的思路。如果这样，戊戌政变就不会发生了，义和团也不会产生了，八国联军也打不到北京了，以及后来的许多事变包括党派军阀大战，也许不至于那么严重。中国近百年的灾难，在陈寅恪看来，根源在于戊戌变法走的是激进的道路。如果陈宝箴、陈三立父子的渐进变革的主张得以实现，中国就不是后来那样的中国了。当然历史不能假设，我们毕竟还是站在另一条历史的流程里面。

总之陈寅恪有一个情结，就是他对上一个百年的回忆，充满了忧伤与记忆。直到 1965 年他逝世的前几年，还写了自传式的著作《寒柳堂记梦未定稿》，不厌其烦地辩驳戊戌变法的两派，指出他的祖父与父亲是渐进变革派。这个情结深深地印在了陈寅恪的心中。也是 1965 年这一年，他有一首诗，题目是《读清史后妃传》，其中有两句诗："家国旧情迷纸上，兴亡遗恨照灯前。"我觉得这首诗既是陈寅恪诗歌写作的主题曲，又是他一生思想世界的主题曲。了解了这句诗，才能了解他的学问、他的思想、他的精神世界，知道他为什么像大树一样永不动摇。

普遍主义，还是历史主义？

——对时下中国传统诗学研究四观念的再思考

萧　驰

引　言

现代中国学者对中国传统诗学的探讨或许是古典文学研究中最令西方学者瞠目的一个领域。经数代学者之努力，我们已粗略地勾画出了中国传统诗学思想主要观念的轮廓。许多具思想意义的问题被提出来了，虽然学者们对这些问题的答案尚不一致①。然而，同时我们也应看到此一领域中有亟待克服的理论方法问题。严寿澂曾以"一元论历史观"论其病理，谓"这一西范中的'比量'之法用得愈过，与中国的'本等实相'相去即愈远。受病之源在于历史文化自觉的缺乏，而缺乏此自觉的原因，则在一元论的世界观"②。我对此持相近看法，然概括其病源，却取"普遍主义"一词。因为问题不仅在削华夏之足以合泰西之履，甚至亦有为彰显中国诗学与西方诗学的对比而忽视中国传统本身历史脉络的问题。以下提出的四个观念问题皆是本人以往的个案研究所发现，本文将这些值得重新考虑的观念集中起来，以期引起同道对历史主义方法的重视。无须笔者饶舌，以下四观念已被认作中国传统诗学中最重要的观念。就参与制造陈言而论，笔者亦曾有难辞之咎。

一、何为"情景交融"之立论基础

这也许是讨论中国诗学时出现最为频繁的一个术语了。按照一种相当流行的理论观念，所谓"情景交融"是一种"内在的动态过程"，是"景物"（或景物的表象）与感情在审美心理中的"合成"，包括诗人"把自己的感情注入"，使"客观物境遂亦带上了诗人主观的情意"，从而由"表象"上升为"意象"。此处我无意批评这一理论，因为以现代心理学成果对古代文论概念进行重新解释本是无可非议的事。而我本人在上世纪80年代也曾认同这样的解释。但须了解:这样的解释乃出自今人之理解,却并非古人之概念本身所已赋予之义涵。为说明这个道理,我以明清之际的王夫之的诗学作为例证。我这样做的原因,是其诗学向被认作是情景交融理论的完成③,而王夫之本人亦中国诗学史上罕有的兼为大哲学家的大诗学家。然而,王夫之有关情景关系的经典论点却并不涉及上述审美心理学的内容。如:

> 情景虽有在心在物之分,而景生情,情生景,哀乐之触,荣悴之迎,互藏其宅。④

"互藏其宅"一语出张载《正蒙》。船山对此的解释为:

> 互藏其宅者,阳入阴中,阴丽阳中,《坎》、《离》其象也。太和之气,阴阳浑合,互相容保其精,得太和之纯粹,故阳非孤阳,阴非寡阴,相函而成质,乃不失其和而久安。⑤

"阴阳浑合"和"相函而成质"是"固合为一气,和而不相悖害"⑥,是"参伍相杂合而有辨也"⑦。所以是"互相容保其精"。"互藏其宅"又见诸其有关"人心"与"道心"关系的论述:

> 今夫情则迥有人心道心之别也。喜、怒、哀、乐,兼未发,人心也。恻隐、羞恶、恭敬、是非,兼扩充,道心也。斯二者,互藏其宅而交发其用。虽然,则不可不谓之有别已。⑧

此处的意思非常明确:"互藏其宅"谓人心、道心交发其用,然而却"不可不谓之有别已"。如此理解情与景之"互藏其宅",则二者亦是"互相容保其精","参伍相杂合而有辨也"。所以,在船山的观念中,并不应当存在由"情"之注入"景",而将"表象"铸成"意象"的"内在动态过程"。船山当然也谈到情景"妙合无垠"⑨和"情景合一"⑩,但"合"字在此应理解为"契合",而并非"水乳交融之融合"(fusion)。正如我在《论船山天人之学在诗学中之展开》一文中所论证:"情景之合"对应着"乾坤并建",二者的关系同样是

"乾以阴而起用,阴以乾为用而成体",分别具"创生义"和"呈法义"。故而船山所谓"熔合一片",又时时伴随着"宾主历然",正如笔者前文中所说,并不曾泯去"分剂之不齐"的义涵⑪。

基于现代心理学的情、景融为意象的理论更无从面对王夫之诗学"现量说"三义之一"显现真实义",无法解释船山为何以"现在本等色法"来强调诗所呈现仅为法之本来体相,而决然否定"情有理无之妄想"的诗中"非量"。因此,"显现真实义"是讨论"现量"时必得回避的方面。然而,船山诗评中却有大量文字支持着其否定"非量"、高倡"显现真实"的观念:

> 平地而思蹑天,徒手而思航海;非雨黑霾昏于清明之旦,则红云紫雾起户牖之间。仙人何在,倏尔相逢;北斗自高,遽欲在握。又其甚者,路无三舍,即云万里千山;事在目前,动指五云八表。似牙侩之持筹,辄增多以饰少。如斯之类,群起吠声⑫。

此不正是要于诗作中排除"龟毛兔角""于青见黄,于钟作鼓"的"非量"么?以下的引文是更为理论化的表述:

> 两间之固有者,自然之华,因流动生变而成其绮丽。心目之所及,文情赴之,貌其本荣,如所存而显之⑬。

> 取景则于击目惊心、丝分缕合之际,貌固有而言之不欺⑭。

这些都是非常明确的对以上"显现真实义"之表述。显然,船山在研讨唯识学所界定的"现量"的"现在"、"现成"和"显现真实"三层义涵,皆为船山的批评和诗学体系所一一肯认。综合三层义涵,船山欲诗人"因现量而出之",意思是非常清楚的:诗人应在其有所怀来之当下,于流动洋溢之天地间"取景",取景应不加追叙,不假思量,不参虚妄,而显现其体相之本来如此。船山是以其研讨唯识学所界定的上述义涵来概括诗之生成。今人无视或曲解此一义涵,则因为预设了基于现代心理学的情、景交融的理论框架。

船山之诗观既不肯认王国维所谓"以我观物,故物皆著我之色彩"的境界，那么，船山立论"诗以道情……诗之所至，情无不止"[15]之基点又在哪里？我以为：船山所谓情景关系虽然涉及创作心理层次的现象，而其立论之基础却并非艺术心理学，而是作为中国文化特色之一的相关系统论（correlative thinking）哲学。从艺术理论而言，它属沿南朝刘勰"联类"观念发展而来的一派思路。南宋以后主宰中国诗论的情、景或心、物关系论正属此观念之继续。在此一意义之上，"情景相生"或"情景契合"因而是一比"情景交融"更不易产生误解的概念。

"联类"亦为船山论情景问题的基础。船山以"现量"所彰显诗生成之当下，正如宇文所安在分析杜甫《旅夜书怀》一诗所说，乃诗人面对其"平行的本体"（parallel identity）[16]之瞬刻。当然，船山所谓"现量"，并非任意"现成一触"而已，理应基于"取景"，一"取"字须着意：

> "日落云傍开"，"风来望叶回"，亦固然之景。道出得未曾有，所谓眼前光景者，此耳。所云眼者，亦问其何如眼。若俗子肉眼，大不出寻丈，粗欲如牛目，所取之景，亦何堪向人道出？[17]

此处已隐含了"兴景相迎"时诗人之"所怀来"当非"粗欲"，而是"心中独喻之微"。诗人有此心境，或"有识之心而推诸'物'者"，或"有不谋之物相值而生其心者"，但都是取一"现量"之"景"以为"情"之"平行的本体"（或T. S. 艾略特所谓"客观的相关物"），在此意义上，诗人是"拾得""天壤间生成好句"[18]。是谓"取景含情"或"从景得情"[19]：

> 寓目吟成，不知悲凉之何以生。诗歌之妙，原在取景遣韵，不在刻意也。[20]

> 心理所谐，景自与逢，即目成吟，无非然者，正此以见深入之致。[21]

> "日暮天无云，春风扇微和"，摘出作景语，自是佳胜，然此又非景语。雅人胸中胜概，天地山川，无不自我而成其荣观，故知诗非行墨埋头人所办也。[22]

写景至处,但令与心目不相睽离,则无穷之情正从此而生。㉓

船山关于"取景"得以言情的理论根据则是其相关系统论的天人之学。下面的话将"联类"的这一思路表述得明白无误:

> 情者阴阳之几也,物者天地之产也。阴阳之几动于心,天地之产应于外。故外有其物,内可有其情;内有其情,外必有其物。……絜天下之物,与吾情相当者不乏矣。天下不匮其产,阴阳不失其情,斯不亦至足而无俟他求者乎?㉔

船山在此肯认了情与物之间存在着李约瑟承葛兰言(Marcel Granet)所论的宇宙"有机系统"(organism)。其所谓"天下之物,与吾情相当者"正是上文所说的"平行本体"或"客观相关物"。"无俟他求"则否定了任何心理铸造的必要性。如余宝琳(Pauline Yu)所说,中国诗旨在"唤起一个诗人和世界之间,以及一组意象之间的先已存在的对应网络"㉕。但船山此段话的微妙之处在于:他并未因肯定此"有机系统"的普遍性,而断然否定了审美活动的单独性或主观性——他说"外有其物,内可有其情;内有其情,外必有其物",对内之情和外之物以"可"和"必"加以区分,此一"可"字予诗人本身的审美体验以自由。这样,他所谓"絜天下之物,与吾情相当者不乏矣",所谓"天情物理,可哀而可乐,用之无穷,流而不滞,穷且滞者不知尔"㉖亦才有了依据。在此,船山显然在寻求天与人、必然与自由之间的某种平衡。关键却主要并非个体主义的才能,而在于诗人的经验和对天然机遇的及时把握。船山不惟如濂溪、横渠那样以宇宙天道为德性之源,且亦如象山、阳明般肯认"极吾心虚灵不昧之良能,举而与天地万物所从之理合……则天下之物与我同源,而待我以应而成"㉗。从而宣示出人的生命与宇宙韵律的相互渗透。此一事实本身已说明:船山诗学体现了中国文化的根本信念。

二、"优美"是否宜用作概括中国

传统诗学的美的形态? "优美"、"崇高"等是西方美学关于美的形态的基本范畴。站在一元的文化历史观和文化普遍主义的立场，它们无疑应在中国传统诗学中找到对应物。首先找到的是桐城派姚鼐有关"阳与刚之美"与"阴与柔之美"的观念。然后，中国传统诗学（明公安派除外）由于彰显"中和"和"思与境偕"，也被扣在"优美"的范畴下。毋庸讳言，包括笔者上世纪 80 年代前期对船山诗学的讨论，正是如此概括的。然而，在我上世纪末再由船山诗学理想的理据——明儒内圣学本身的逻辑，对其诗学进行梳理时，却发现很难仅以其强调浑然与天地万物为一体而平平无迹，即以"优美"范畴论定其诗学的美学性质。

诚然，由人对世界的体验和境界以论优美和崇高，是自康德到现象学西方美学的方向。康德说："应该称作崇高的不是那个对象，而是那精神情调。"㉘鲍桑葵（Bernard Bosanquet）在评述康德论美时亦指出："康德虽未明言，却实际上认为美只为知觉者而存在，但其主观性并不妨碍其亦为客观。"㉙这样自体验和境界去讨论美，正与明儒"岂有内外彼此之分"的态度颇有一致之处。船山以内圣学为理据的"情景相为珀芥"或"情景互藏其宅"之说，倘仅自内外谐和、集多为一的包容性㉚及其所唤起的"欣合和畅"之"乐"而言，似乎的确与优美相仿。然而，优美却与其所推崇的"胸中浩渺之致"，"丈夫虽死，亦且闲闲尔"，"闲旷和怡……丈夫白刃临头时且须如此"的精神氛围不合，更与内圣学之"直与天地万物，上下同流"的"天地气象"绝难同日而语。内圣之学强调的"塞乎天地之谓大"，船山欲诗人面对的"天地之际，新故之迹，荣落之观，流止之几，欣厌之色"㉛的浑涵磅礴景象，倒是与康德界定崇高（sublime，朱光潜译作"雄伟"）时所说的"无法较量的伟大的东西"相通。因为在西方美学的传统里，优美当与小（small）、光滑（polished）和精致（delicate）相关，而不应是辽阔（vast）和浑沦的（obscure）㉜。

然船山依内圣学所肯认的诗学境界，又断然不是西方美学所论之崇高。首先，从朗吉努斯（Longinus）、博克（Edmund Burke）到康德，西方美学界定崇高时都包括了心理恐惧和痛感。崇高乃展现由主体克服无可度量的自然加诸人的恐惧、压抑而升起愉快的一个过程㉝。而船山基于内圣之学的"余兹藐焉，乃混然中处"，决不会同意上述以主、客为对立的心态，而恐惧和痛感更与其倡言"辑而化浃，怿而志宁，天地万物之不能违，而况于民乎"的精神相悖。其次，船山断不肯认西方崇高论对主体的高扬和超越自然的意识。此可见于其对"英气"、"霸气"的批评：

> 昔人谓书法至颜鲁公而坏，以其着力太急，失晋人风度也。文章本静业，故曰"仁者蔼如也"。㉞

> 子山小诗佳者皆挟英气；英气最损韵度，正赖其俯仰有余耳。㉟

> 文章与物同一理，各有原始，虽美好奇特，要为霸气，闰统。王江宁七言小诗，非不雄深奇丽，而以原始揆之，终觉霸气逼人，如管仲之治国，过为精密，但此便与王道背驰，况宋襄之烦扰装腔者乎？㊱

> 从始至末只是一致，就中从容开合，全不见笔墨痕迹。钟嵘论诗，宝一"平"字，正谓此也，"乱石排空，惊涛拍岸"，自当呼天索救，不得复有吟咏。㊲

> 子昂以亢爽凌人，为其怀来气不充体，则亦酸寒中壮夫耳。㊳

> 他人于此必狷，而小谢当之，但觉旷远。㊴

> 所咏悲壮，而声情缭绕，自不如吴均一派装长髯大面腔也。丈夫虽死，亦且闲闲尔，何至颊面张拳？㊵

> 三首一百二十字，字字是泪，却一倍说得闲旷和怡，故曰诗可以怨。杜陵忠孝之情不逮，乃求助于血勇。丈夫白刃临头时且须如此。㊶

在几部诗歌评选中，船山对"英气"、"霸气"、"狂"、"狷"的批评触目可见——虽然从这种批评来看，船山本人即难免"英气"和"狷气"。这些词汇本来即为宋明儒在比较中描述圣贤人格境界时使用，而船山在品诗使用这些词汇时，更经常特别赋其人格批评的意味。如以上"仁者蔼如也"，"霸气逼人，如管仲之治国"，"怀来气不充体，则亦酸寒中壮夫耳"，"丈夫虽死，亦且闲闲尔"，"杜陵忠孝之情不逮"，"丈夫白刃临头时且须如此"云云，均是从诗的审美境界透视人格境界。船山重复地提出"平"字作为诗歌高境界之标准，此一"平"字，除却在音节上强调"徐"和"犹夷出之"，又何尝不与表示相对"泰山岩岩"而显豁的圣贤天地气象相关呢？横渠有"为山平地，此仲尼所以惜颜回未至"，船山谓"殆圣而圣功未成"[42]。梁宗岱曾指出西文"sublime"自字源而论即有"高举"之意[43]。康德论崇高时强调"虽然我们作为自然物来看，认识到我们物理上的无力，但却同时发现一种能力，判定我们不屈属于它，并且有一种对自然的优越性"[44]。而上文已指出：船山对于"高而不易"的"崟岑"，对于"亢爽凌人"，对于"矜己厉物"，从来不免批评。基于其儒家内圣学的立场，船山追求的境界当为"大人不离物以自高，不绝物以自洁，广爱以全仁，而不违道以干誉"[45]。

由此可见，无论优美或崇高，均无法借用以概括船山诗学，盖以船山诗学以宋明儒之内圣学为其生命情调之故。此即方东美所说"各民族之美感，常系于生命情调，而生命情调又规模其民族所托身之宇宙，斯三者如神之于影，影之于形，盖交相感应"[46]。内圣学所追求的圣贤之生命情调，如唐君毅在《中国之人格境界》所分析，当在圣君贤相、豪杰之士、侠义之士、气节之士、独行人物等等之上，或者如前引牟宗三所说，是业已超越"充实而有光辉之谓大"而最终以"化除此'大'，而归于平平"作为圣功之完成。换言之，它是超越英雄主义和悲剧精神的儒者内在超越（transcendental）境界。而西方抒情诗歌中的崇高，却在18世纪以后与悲剧情调混合[47]。故而总不免有"雄踞一己生命之危楼……宇宙与生命彼此乖违"的生命之情[48]。囿于西方近代美学的理论范畴，又焉能透察中国诗学的境？[49]

三、"意境"是否恒为中国传统

诗学之核心审美范畴？本文三、四两个小标题下要讨论普遍主义的另外一种表现，它在表面上绝非削华夏之足以合泰西之履，而是着力标举中国诗学的独特性。然而，此独特性却必由与西方诗学对照而呈现。在某些著作里，中、西诗学的一系列观念竟如排律的对仗一样整齐不爽，论者在此所欲呈现的是一恒在的"反命题的平行或对应"。美国汉学界的后起之秀骚塞（Haun Saussy）几年前出版了《文化中国里话语和其他冒险活动的长城》(*Great Walls of Discourse and Other Adventures in Cultural China*)一书。此书是一部颇值得译介的著作，它对西方由耶稣教士开始的中国诠释学作了系统的批判。书中列举了西方人对中国从语言到文化、历史观的种种偏见。而这些误解推根溯源，则无一不是出自西方文化中心主义。然在此西方文化中心主义的观照下，"中国进入话语最经常是作为本质化西方的反面（countercase）"。作者在结论中写道："此两极图式（polar schemes）的流行总令我们试图重建反命题的历史现象和寻找使此现象不言而喻地存在的共同基础。"⑩当我告诉骚塞他批评的所谓"两极图式"也流行于中国本土的诗学研究时，他大为震惊。当然，此"两极图式"在中国并非为了凸显西方中心，而相反是为了标举中国诗学的民族独创性。但持此苦心之余，仍然不免有将中国诗学作为西方诗学的"他者"（other）的意味。而对中国传统诗学研究本身而言，此一思维方式往往因着眼与西方的共时性的平行比较，而忽略了中国传统诗学历时性的发展和具体的历史渊源。对"意境"范畴研究的失误，"两极图式"是其中的原因之一，因为"意境"常被锁定为西方"典型"的"反命题的对应"。

由于"意境"被锁定为"典型"理论的"反命题的对应"，因此有关的讨论总倾向于对一千余年的文论现象作一总括式解释，甚而陶潜的一句诗"结庐在人境"也成为论证的根据，甚而中国思想史的各个脉络——包括《周易》、老、庄、玄学、理学——都可以与"意境"扯上关系。普遍主义在此替代了历史主义。然而，文论概念却是从特定思想史的背景出发而对特定文学现象做出的理论概括，它的义涵应历史地由特定思想背景和特定文学现象的关联中抽绎而出。

传统的"诗境"其实是一与佛教心识相关的概念。据我个人的统计，《全唐诗》中"境"共在六百二十余首诗中出现，但的确是到了中唐以后，才开始在诗中出现与心识相关的"境"。这与唐代诗论托名王昌龄《诗格》和皎然《诗式》、《诗议》中提出"境"，在时间上非常接近⑪。这一事实，殊值得注意。为了说明唐诗中"境"意义的变化，不妨看以下的例子：

　　忆昨闻佳境，驾言寻昔蹊。⑫

　　君已富土境，开边一何多。⑤

　　灵峰标胜境，神府枕通川，玉殿斜连汉，金堂迥架烟。⑭

　　湖上奇峰积，山中芳树春，何知绝世境，来遇赏心人。⑮

　　泛舟入荥泽，兹邑乃雄藩，河曲间阊阓，川中烟火繁。因人见风俗，入境闻方言。⑯

在所有以上例子中，"境"的用法皆未脱离"疆界"、"地域"这种客观世界中空间场所的意义，虽然也以"佳境"、"胜境"、"绝世境"等词语标举出诗人的某种价值评价。唐诗中亦有具抽象意味的"境"的用法，如杜甫有"乃知君子心，用才文章境"⑰。但与心识相关的"境"却是在中唐以后出现在诗句中，如以下的例子：

　　悟澹将遣虑，学空庶遗境。⑱

　　寓形齐指马，观境制心猿。⑲

　　观空色不染，对境心自惬。⑳

　　目极道何在，境照心亦冥，骈然诸根空，破结如破瓶。㉑

　　激石泉韵清，寄枝风啸咽，泠然诸境静，顿觉浮累灭。㉒

　　看月空门里，诗家境有余。㉓

　　月彩散瑶碧，示君禅中境，真思在杳冥，浮念寄形影。㉔

　　道心制野猿，法语授幽客，境净万象真，寄目皆有益。㉕

持此心为境,应堪月夜看。㊿

在以上诗例中,"境"不再是客观的空间场所,而不离心识,是充分现象论的。或由"境"静而灭却心累,或由制心猿而"境"净,而荣华销尽的明净月夜之"境",则映示了脱却染业的"虚空净心"。总之,由心现"境",由"境"现心,这是典型的佛学的"境"。而上述诗的内容也多与寺院或与僧人的酬答有关。而中唐以后在理论上涉及"诗境"的人物如皎然、刘禹锡、权德舆、梁肃、白居易等也皆与佛教关系密切,甚至本人即为僧人。所有这些都指出一个事实:此种在中唐以后出现的"境"的新义涵,是佛教影响的产物。然而,佛教早在汉末即已传入中土,唯识思想也已在六朝时代被译介。而作为新的诗歌审美形态的"诗境"亦已在盛唐王维的晚期作品中诞生㊿。但笃信佛教的王维却并未在这种意义上使用"境"这个概念。究竟是什么原因,使得诗人和诗的论家们在中唐时代突然一股脑儿地对佛教意味的"境"如此情有独钟呢? 正确地回答了这个问题,也就历史地开解了"诗境"之谜。必须承认:与心识相关的"境"在佛教中本非一个具正面价值的范畴。但中唐时代随洪州禅的兴起,"境"在禅法中的意义发生转变。且看马祖法嗣大珠的说法:

迷人执物守我为己,悟人般若应用见前;愚人执空执有生滞,智人见性了相灵通;……菩萨触物斯照,声闻怕境昧心;悟者日用无生,迷人见前隔佛。㊿

有行者问:即心即佛那个是佛? 师云:汝疑那个不是佛指出看。无对。师云:达即遍境是,不悟永乖疏。㊿

在大珠看来,"六根离障"已属"怕境昧心"的声闻,而真正的觉悟者则能"般若应用见前","触物斯照",从而遍境是佛,一尘一色皆是佛。因为从中观的立场看来,"逃境"本身已是染业。以上例证表明,随着洪州禅之提倡"平常心是道"和无修而修,彼岸的觉悟已在此岸的现实生命中体验,"境"已不再具如来禅的负面意义,从"当处解脱"、"当处道场",即从感性直观中体悟而言,甚至具有正面的意义。正是这种以六根运用尽是法性的主张,被更倾向如来禅的南阳慧忠指为"错将妄心言是真心,认贼为子,有取世智称为佛智,犹如鱼目而乱明珠"⑳。所以,从历史主义的立场,"诗境"观念之在中唐出现,不仅是一般地受佛教沾溉所致,而且是从如来清静禅到祖师禅的过渡中,以及天台、牛头法门于中唐大兴后,"境"在禅法中意义转变的结果。此一转变的背景,是中国文化对活生生人世生活的关怀借由中观学而进入禅门,从而消泯了宗教彼岸与生活此岸之界限。江左诗僧皎然,正活跃于这一转变的中心地区,在佛法上则于洪州、牛头和天台广采兼收,他的诗论与诗作成为中唐"诗境"说的代表,也就决非偶然了㉑。

历史地确定了"诗境"说的地位,我们也就不致去忽略作为中国抒情传统"一元两极"诗体的另一端——"势"的意义了。仅从抒情诗而言,"意境"理论由王昌龄开山,在时限上主要涵盖唐代诗学。但中唐以后以"境"论诗的皎然《诗式》和《二十四诗品》,却也都讨论了"势"。《诗式》是以《明势》开篇,与王昌龄一样,皎然或许是最早揭示出中国抒情传统中"势"与"境"(笔者曾以"龙"与"镜"这一对隐喻标示)这两个艺术观念间的张力和取衡问题的论诗者㉒。皎然诗论所欲求取的,正是二者间的"诗家之中道"。《二十四诗品》中《流动》和《委曲》亦透露出对"势"的关注,却力图将"势"亦摄入"境"。宋诗江西一派,已颇难以"意境"论之。故钱钟书论杨诚斋诗,谓"放翁善写景,而诚斋擅写生。放翁如画图之工笔;诚斋则如摄影之快镜,兔起鹘落,鸢飞鱼跃,眼明手捷……踪矢蹑风,此诚斋之所独也"㉓。至明代,从李东阳《怀麓堂诗话》起,至前、后七子的以乐论诗,倡论"格调",已表现出对"意境"论的反动㉔。"意境"之概念渊源,既出自佛学。对佛学而言,心念旋起旋灭,"境"因而是不连续的,静止的。王昌龄《诗格》遂以"视境于心,莹然掌中"㉕表述之。此一意境的最好注释也许就是王维将时间亦予空间化的"诗画"了。船山却对谓王维"诗中有画"的说法亦不甚以为然,其对王维《终南山》一诗的评语曰:

> 结语亦以形其阔大,妙在脱卸,勿但作诗中画观也。此正是画中有诗。㉖

此处"脱卸"有"离形"之义,见其杜甫《废畦》一诗评语:"李巨山咏物五言律不下数十首,有脂粉而无颜色,颓唐凝滞既不足观;杜一反其蔽,全用脱卸,则但有焄蒿凄怆之气，而已离营魄。两间生物之妙，正以形神合一……"⑰
谓王维"妙在脱卸"而"画中有诗"，正是借此强调诗不应全然局限于静态的
画境之中。船山亦罕言"境"字。其诗评中仅三见，且两处意义是负面的。
如《明诗评选》卷四论许继《雪》诗道："皆以离境取而得妙。"⑱是诗从庭雪落
笔，却拓开写了十日早春中的萧条新柳和清浅故池，所以是"离境而取"。
对船山而言，无论诗抑或世界，其本质都只是变化本身。此为其以"势"论
诗之意义所在。所谓"以意为主，势次之"，乃以"取势"，诗"意"才得展呈。
故而是"唯谢康乐能取势，宛转屈伸以求尽其意，意已尽则止，殆无剩语"⑲。
又谓"诗之深远广大与舍旧趋新也，俱不在意"⑳，"以意为佳诗者，犹赵括之
恃兵法，成擒必矣"㉑。可见，诗之本质并不仅因"意"而定。此处的吊诡在
于：船山界定诗之本质时，其实又否认诗可从"本体"上义定，正如对他而
言，世界本无以从"本体"界定一样。正如法国学者儒连（Francois Jullien）
所说，"势"同时具"姿势"、"位置"和"运动"的意义，在印欧语言中找不到相
应的词汇可以迻译。在此，语言的差异指出了深刻的文化差异。儒连在其
讨论"势"这一概念在中国文化中拓展历史的著作的结论部分，从中西思想
的源头——希腊思想和《周易》的比较中指出：讨论存有意义的问题，中国
思想代表了不同于本体论（ontology）的另一种观念："希腊思想关注将本质
（being）从变化（becoming）中抽离出来，而在中国关注的则是变化本身。"㉒
而"势"恰恰代表了一种迥异于由"本体论"（ontology）观察现实和事物的方
式。它涉及以《周易》为代表的中国文明体系与抒情传统间的关系问题。
倘以"意境"为"基本审美范畴"，将使我们无视此一传统与文明体系更为久
远渊源的关联，无视抒情传统审美体系内部的复杂性。

四、"再现"/"表现"的二分法

是否宜用以对比中、西诗学传统？称西方诗学（以论戏剧和史诗开始）
为"再现"理论的同时，概括中国传统诗学为"表现"说，是上述"两极化图
式"下的另一"反命题对应"。应该说，如果我们将讨论集中于中、西诗学的
滥觞期，集中于如亚里士多德的《诗学》和《尚书·尧典》、《毛诗大序》中观
念的讨论，这个"反命题对应"是可以成立的。但问题又恰恰在将这一命题
作普遍主义的处理。普遍主义在此忽略了中国传统在山水诗出现以后的

发展以及情景理论在南宋以后的兴起。而这些发展令今人再无法以西洋文论的这两个概念——"再现"（模仿）和"表现"——中任一概念去表述，亦无法以二者的相加——"再现与表现的统一"——去表述中国抒情艺术最终的理念。

让我们回到船山诗论的"势"。"势"还涉及诗的空间架构或意象世界，《夕堂永日绪论内编》第四十二条曰：

> 论画者曰："咫尺有万里之势。"一"势"字宜着眼。若不论势，则缩万里于咫尺，直是《广舆记》前一天下图耳。五言绝句，以此为落想时第一义。唯唐人能得其妙，如"君家住何处？妾住在横塘。停船暂借问，或恐是同乡。"墨气所射，四表无穷，无字处皆其意也，李献吉诗："浩浩长江水，黄州若个边？岸回山一转，船到壁楼前。"固不失此风味。⑧

船山此处是借画论而论诗。所谓"咫尺万里"的说法明白无误地提示：此处的论题是诗与画的具象世界。我以为：此处"若不论势……直是《广舆记》前一天下图"云云，指出了其与南朝王微《叙画》思路的关联：

> 夫言绘画者，竟求容势而已。且古人之作画也，非以案城域，辨方州，标镇阜，划浸流。本乎形者融灵，而变动者心也。灵亡所见，故所托不动；目有所极，故所见不周。⑧

船山谓"一势字宜着眼"，正是王微此处强调的"容势"。"容势"在于"心"乃"变动者"，倘"灵亡所见"则"所托不动"。此处"势"仍然在于以心肯认世界乃一活动的生命体，仍然是"从静止去想象动态"。对山水画中具象世界中"势"的这一观念，实广泛见诸历代特别是明以来各家论者，如董其昌即谓："远山一起一伏则有势，疏林或高或下则有情，此画绝也。"⑧赵左谓："画山水大幅务以得势为主。山得势，虽萦纡高下，气脉仍是贯串。……所贵乎取势布景者，合而观之，若一气呵成；徐玩之，又神理凑合。"⑧在这些论画势的文字中，论者强调了山势要体现一个整一的生命体——宇宙生命的呼吸开阖。这样的气势，的确只宜从"远山"得之。郭熙故有所谓"真山水之川谷,远望之以取其势,近望之以取其质"⑧。由于船山《内编》第四十二条是由画论切入论诗势,画论中"势"一概念所彰显的"动态生命"的意含,亦理应为"诗势"概念所涵蕴。《明诗评选》卷七中船山对《黄州诗》的一则评论提供了进一步的证据:

> 心目用事,自该群动。⑧

这段简短的评语十分重要,它说明:正如王微因"目有所极,故所见不周"因而强调"变动"之"心"一样,船山虽一向心目并举,但他称道的仍是"心自旁灵,形自当位"而"使在远者近,抟虚作实"⑧。此处以"心目用事"论"自该群动",说明船山所谓"诗势"这一方面的义涵,乃欲诗境虚涵着心感灵会中宇宙的群动之态。

船山以一"势"兼摄诗体之两面——诗意在文字里动态地展开和诗所撷取的世界——其所提示的意义是异常深刻的。此一意义,不妨借其身后一位画论家沈宗骞的话来表明:

> 山形树态,受天地之生气而成,墨泽笔痕托心腕之灵气以出,则气之在是亦即势之在是也。⑧

此处提示了中国传统对抒情艺术——包括诗、书、乐和文人画——本质的一种界定。它既非西方自柏拉图以来的"模仿"(mimesis)观念、亦非 18 世纪以后的"表现"(expression)观念所能涵摄。此处的确潜在肯认了天、人之间一种和谐,但此种和谐,却不可以"再现与表现的统一"去表述,亦不应以西洋文论的这两个概念——"再现"(模仿)和"表现"——中任一概念去表述。这首先因为,在西方"模仿"或"再现"的概念里,世界是被本体地(ontologically)对待的——无论是柏拉图"模仿"概念中的"理念"(ideal),抑或亚里士多德的"普遍性"(universal),其实都基于"世界是一本体存有"这一认知前提。有这一个前提,任何艺术作为"模仿",从时间而论皆是第二义的,从性质而论,辄无法排除从形貌上"再造"(reconstruction or representation)这一层面。而船山所谓"势",则根本是从《周易》以天地为"无方无体"的认识出发,而断然否定世界的本质是一静止的"本体"。面对"一物去而一物生,一事已而一事兴"的世界,任何时间上第二义的、形貌上"再造"的"模仿",将使诗人永远有"迎随之非道"之困惑。诗人与世界的关系,由此只能主要是一种节律上的同步的共振和共鸣,并借此以融入群动不已的宇宙之动态和谐——方东美所谓"渗透于一切事物之中包罗万象的和谐":

> 它如同于所有天宇、大地、空气和水波中震撼着的一支永恒交响乐,在浑一的极乐境界中融合了存有的所有形式。⑨

这一支"永恒的交响乐"正是《庄子·天运》中所说的奏之以人,徵之以天,应之以自然的咸池之乐,或《天道》所说的"通于万物"的"天乐"。船山"势"两方面义涵中的契合之点,沈宗骞所谓"以笔之气势貌物之体势"者,绝非仅着眼于形貌层面上的"再现",而是具抽象意味的节奏与旋律。宗白华由泰戈尔"中国人本能地找到了事物旋律的秘密"一语而嗟叹的中国文化之美丽精神正在于此⑩。此亦高友工对照西方传统而提出的抒情传统之所有文类——包括乐、舞、书、文人画和诗⑪——共同体认的"文之道"。其本质,亦不能真正综括以"表现"或"抒情"⑭,因为人心之节奏旋律亦同时为"天乐"之节奏旋律。在此节奏旋律的意义之上,艺术才"重义地"(tautological-ly)⑮体认了天道。只有从这种"体认"(或"体现")或者基于相关系统论(correlative thinking)的"表现"——而非西洋文论中基于主客二元对立的"再现"和"表现"⑯——我们方得以界定中国抒情艺术理想至深之本质。

由以上四个流行理论观念的论析,不难看出:本文认为亟待克服的反历史的普遍主义方法皆出自某种先入之见。而种种先入之见,又都因与西方理论这样或那样的纠结而产生。此中的提示是:在当今开放的文化形势下,如何不背离历史主义方法的传统,也许是学界时下的努力所在。

---

① 此处我对传统诗学研究现状的表述征求了罗宗强教授的意见。

② 严寿澂:《中国文学理论研究与历史文化的自觉》,载《古代文学理论研究》第22辑,华东师范大学出版社2004年版。

③ 如台湾学者蔡英俊的《比兴物色与情景交融》(台北大安出版社1986年版)即这样认为。

该书共分四章,末章专为讨论王夫之诗学。

④⑨㉖㉞⑦⑧ 戴鸿森:《薑斋诗话笺注》,人民文学出版社 1981 年版,第 33 页,第 72 页,第 33 页,第 225 页,第 48 页,第 138 页。

⑤⑦ 王夫之:《张子正蒙注》卷一,《船山全书》第 12 册,岳麓书社 1996 年版,第 54 页,第 38 页。

⑥ 王夫之:《张子正蒙注》卷二,《船山全书》第 12 册,第 80 页。

⑧ 王夫之:《尚书引义》卷一,《船山全书》第 2 册,第 262 页。

⑩ 王夫之:《古诗评选》卷四,《船山全书》第 14 册,第 726 页。

⑪ 王夫之《周易外传》卷二:"阴阳而无畛者谓之冲;而清浊异用,多少分剂之不齐,而同功无忤者谓之和"(《船山全书》第 1 册,第 882 页)。对此观点的分析详见拙文《论船山天人之学在诗学中之展开》,《抒情传统与中国思想:王夫之诗学发微》,上海古籍出版社 2003 年版,第 68～90 页。

⑫ 王夫之:《明诗评选》卷五,《船山全书》第 14 册,第 1397 页。

⑬ 王夫之:《古诗评选》卷五(谢庄《北宅秘园》评),《船山全书》第 14 册,第 752 页。

⑭ 王夫之:《古诗评选》卷五(谢灵运《登上戍石鼓山》评),《船山全书》第 14 册,第 736 页。

⑮ 王夫之:《古诗评选》卷四(李陵《与苏武诗》评),《船山全书》第 14 册,第 654 页。

⑯ Cf. Stephen Owen, *Traditional Chinese Poetry and Poetics*: *Omen of the World*, Madison: The University of Wisconsin Press, 1985, p. 27.

⑰ 王夫之:《古诗评选》卷六(陈后主《临高台》评),《船山全书》第 14 册,第 852 页。

⑱ 王夫之:《唐诗评选》卷二(李白《拟古西北有高楼》评),《船山全书》第 14 册,第 951 页。

⑲ 王夫之:《唐诗评选》卷二,《船山全书》第 14 册,第 564、617、746、920 页。

⑳ 王夫之:《古诗评选》卷一(《敕勒歌》评),《船山全书》第 14 册,第 559 页。

㉑ 王夫之:《古诗评选》卷五(江淹《无锡县历山集》评),《船山全书》第 14 册,第 780 页。

㉑ 王夫之:《古诗评选》卷四(陶潜《拟古》评),《船山全书》第 14 册,第 721 页。

㉓ 王夫之:《古诗评选》卷五(宋孝武帝《济曲阿后湖》评),《船山全书》第 14 册,第 749 页。

㉔ 王夫之:《诗广传》卷一,《船山全书》第 3 册,第 323 页。

㉕ Cf. Pauline Yu, *The Reading of Imagery in the Chinese Poetic Tradition*, Princeton: Princeton University Press, 1987, p. 36.

㉗㊷ 王夫之:《张子正蒙注》卷四,《船山全书》第 12 册,第 144 页,第 181 页。

㉘㊹ 康德:《判断力批判》上卷,宗白华译,商务印书馆 1965 年版,第 89 页,第 101～102 页。

㉙ 鲍桑葵:《美学史》,张今译,商务印书馆 1985,第 346 页。

㉚ 此系柯勒律治对优美的界定(Cf. M. H. Abrams, *The Mirror and the Lamp*: *Romantic Theory and the Critical Tradition*, London: Oxford University Press, 1971, pp. 220～221)。

㉛ 王夫之:《诗广传》卷二(《论东山》二),《船山全书》第 3 册,第 383～384 页。

㉜ Cf. Edmund Burke, *A Philosophical Enquiry into the Origin of Our Ideas of the Sublime and Beautiful*, ed. James T. Boulton, Notre Dame: University of Notre Dame Press, 1968, p. 124.

㉝ 详见 Edmund Burke, *A Philosophical Enquiry into the Origin of Our Ideas of the Sublime and Beautiful*, p. 39;康德《判断力批判》上卷,第 96～100 页。

㉟ 王夫之:《古诗评选》卷三(庾信《和侃法师别诗》评),《船山全书》第14册,第637页。

㊱ 王夫之:《古诗评选》卷三(隋元帝《春别应令》评),《船山全书》第14册,第642页。

㊲ 王夫之:《唐诗评选》卷三(张九龄《奉和圣制送尚书燕国公说赴朔方军》评),《船山全书》第14册,第1053～1054页。

㊳ 王夫之:《唐诗评选》卷一(陈子昂《登幽州台歌》评),《船山全书》第14册,第891页。

㊴ 王夫之:《古诗评选》卷五(谢惠连《泛南湖至石帆》评),《船山全书》第14册,第744页。

㊵ 王夫之:《古诗评选》卷一(汉乐府《战城南》评),《船山全书》第14册,第485页。

㊶ 王夫之:《唐诗评选》卷三(郑遨《山居三首》评),《船山全书》第14册,第1044页。

㊸ 转引自王建元《现象诠释学与中西雄浑观》,台北东大图书公司1988年版,第4页。

㊺ 王夫之:《张子正蒙注》卷五,《船山全书》第12册,第209页。

㊻ 方东美:《生命情调与美感》,《生生之德》,台北黎明文化有限公司1989年版,第117页。

㊼ Cf. W. P. Albrecht, The Sublime Pleasures of Tragedy, Lawrence: University Press of Kansas, 1975, p. vii.

㊽ 方东美:《生命悲剧之二重奏》,《生生之德》,第102页。

㊾ 而此中道理,其实有不限对船山诗学的研讨,王建元由对中国传统诗歌的论析亦指出:诗人对雄伟景色的描绘"却平平实实地肯定了诗人与自然世界的'奇伟'无所系缚、融和悠远地结合在一起"(参见《现象诠释学与中西雄浑观》,第24页)。

㊿ Haun Saussy, *Great Walls of Discourse and Other Adventures in Cultural China*, Cambridge, MA.: Harvard University Asia Centre, 2001, pp. 185～186.

(51) 《诗格》由于著作权的悬而未决,殊难判定。罗宗强以为应系天宝末王昌龄卒后与皎然撰《诗式》之贞元初(即空海来唐的近二十年前)之间某人所伪托(见其《隋唐五代文学思想史》,上海古籍出版社1986年版,第179页)。王梦鸥则认为是王昌龄出任江宁丞(742～748)之后,与江南僧人往来之后所作(见其《王昌龄生平及其诗论》,《古典文学论探索》,台北正中书局1974年版,第287页)。

(52) 张九龄:《城南隅山池春中田袁二公盛称其美夏首获赏果会夙言故有此咏》,彭定求等编《全唐诗》卷四十九,第2册,中华书局1960年版,第605页。

(53) 杜甫:《前出塞九首》,《全唐诗》卷十八,第1册,第184页。

(54) 骆宾王:《游灵公观》,《全唐诗》卷七十八,第3册,第845页。

(55) 张说:《游湖上寺》,《全唐诗》卷八十七,第3册,第954页。

(56) 王维:《早入荥阳界》,《全唐诗》卷一百二十五,第4册,第1250页。

(57) 《八哀诗》,《全唐诗》卷二百二十二,第7册,第2354页。

(58) 韦应物:《夏日》,《全唐诗》卷一百九十一,第6册,第1965页。

(59) 包佶:《近获风痺之疾题寄所怀》,《全唐诗》卷二百〇五,第6册,第2142页。

(60) 皇甫曾:《赠沛禅师》,《全唐诗》卷二百一十,第6册,第2186页。

(61) 独孤及:《题思禅寺上方》,《全唐诗》卷二百四十六,第8册,第2766页。

(62) 孟郊:《与二三友秋宵会话清上人院》,《全唐诗》卷三百七十五,第11册,第4209页。

(63) 姚合:《酬李廓精舍南台望月见寄》,《全唐诗》卷五百〇一,第15册,第5699页。

⑥ 皎然:《答俞校书冬夜》,《全唐诗》卷八百一十五,第 23 册,第 9173 页。

⑥ 皎然:《苕溪草堂自大历三年夏新营泊秋及春弥觉境胜因纪其事简潘丞述汤评事衡四十三韵》,《全唐诗》卷八百一十六,第 23 册,第 9187 页。

⑥ 皎然:《送关小师还金陵》,《全唐诗》卷八百一十八,第 23 册,第 9216 页。

⑥ 参见拙文《如来清静禅与王维晚期山水小品》,《佛法与诗境》,中华书局 2005 年版,第 77 ～116 页。

⑥ 大珠慧海:《诸方门人参问语录》,《新编卍续藏经》第 110 册,台北新文丰出版公司 1983 年版,第 860 页。

⑥ 道原纂《景德传灯录》卷六,《大正新修大藏经》第 51 册,新文丰出版公司 1983 年版,第 247 页。

⑦ 道原纂《景德传灯录》卷二十八,《大正新修大藏经》第 51 册,第 438 页。

⑦ 详见拙著《佛法与诗境》,第 121～135 页。

⑦ 详见拙著《抒情传统与中国思想》,第 126～133 页。

⑦ 钱钟书:《谈艺录》,中华书局 1984 年版,第 118 页。此点承蒙严寿澂兄指出,特此鸣谢。

⑦ 详见拙文《诗乐关系论与船山诗学架构》,《抒情传统与中国思想》,第 169～207 页。

⑦ 王昌龄:《诗格》卷中,张伯伟《全唐五代诗格考》,陕西人民出版社 1996 年版,第 149 页。

⑦⑦ 王夫之:《唐诗评选》卷三,《船山全书》第 14 册,第 1001 页,第 1022～1023 页。

⑦ 王夫之:《唐诗评选》卷三,《船山全书》第 14 册,第 1290 页。另一处涉"境"字处见《唐诗评选》卷三(孟浩然《临洞庭》评),评语中有"若一往作汗漫峻嶒语,则为境所凌夺,目眩生花矣",同上书,第 1006 页。

⑧ 王夫之:《唐诗评选》卷三(高启《凉州词》评),《船山全书》第 14 册,第 1576 页。

⑧ 王夫之:《古诗评选》卷四(张协《杂诗》评),第 14 册,第 704 页。

⑧ Francois Jullien, *The Propensity of Things：Toward A History of Efficacy*, trans. Janet Lloyd, New York：Zone Books, 1995, p. 216.

⑧ 王微:《叙画》,俞剑华编《中国画论类编》,香港中华书局分局 1973 年版,第 585 页。

⑧ 董其昌:《画禅室随笔》,《中国画论类编》,第 256 页。

⑧ 赵左:《论画》,《中国画论类编》,第 271 页。

⑧ 郭熙:《林泉高致》,《中国画论类编》,第 634 页。

⑧ 王夫之:《明诗评选》卷七,《船山全书》第 14 册,第 1548 页。

⑧ 王夫之:《唐诗评选》卷三(王维《观猎》评),《船山全书》第 14 册,第 1002 页。

⑨ 沈宗骞:《芥舟学画编》卷一《取势》,《中国画论类编》,第 907 页。

⑨ Thomé H. Fang, *The Chinese View of Life：The Philosophy of Comprehensive Harmony*, Hong Kong：Union Press, 1957, p. 18.

⑨ 宗白华:《中国文化的美丽精神往哪里去?》,《宗白华全集》第 2 卷,安徽教育出版社 1994 年版,第 403 页。

⑨ Cf. Yu-kung Kao, "Chinese Lyric Aesthetics", in Alfveda Murck & Wen C. Fong (eds.), *Words and Images：Chinese Poetry, Calligraphy, and Painting*, Princeton：Princeton University

Press，1991，pp. 47～90.

㉞　体象宇宙从魏晋以来即是抒情传统的主要关怀之一（详见拙文《论中国古典诗歌律化过程之观念背景》，《中国抒情传统》，台北允晨文化出版公司 1999 年版，第 1～35 页。

㉟　此处笔者以"重义"（tautologically）套用英国诗人和诗论大家柯勒律治对诗的界定中一个词。在柯氏看来：诗人的想象是在心中重义地体现了神创世的活动。

㊱　详见拙文《船山诗学中"现量"意涵的再探讨》，《抒情传统与中国思想》，第 1～39 页。

艺术理论

回溯与创造：原始艺术和现代艺术

丁　宁

一

　　1984 年，纽约的现代艺术博物馆（MOMA）隆重举办了一次大型的展事——"20 世纪艺术中的原始主义"，同时出版两大卷展览目录，其中收录了许多研究专家的重要论文。这些展品和论文都足以见出艺术的现代性与原始性的深刻关联，因而反响空前。如展览的组织者和主要撰稿人威廉·鲁宾（William Rubin）所意识到的那样，"原始性"并非贬义，也不能从欧洲中心主义的角度作什么居高临下的考察，而是需要认真地思考。确实，像高更这样的画家充满了观念性的意味，具有高度"综合"的风格化倾向，他是将印象主义的写实性与"平面的装饰效果和风格化的形式"结合在一起，而后者往往具有原始的味道，它们来自各种不同的艺术资源，包括埃及、波斯、秘鲁的绘画，布里多尼的民间艺术，以及柬埔寨、爪哇和波利尼西亚的雕塑等[①]。

　　可是，应该承认，在原有的、学院式的艺术史视野里，原始艺术并不总是成为题中之义的。例如，在 20 世纪之前，那些来自原始部落的物品总是陈列在所谓的种族志博物馆里，而且采用了达尔文意义的展示方式，即标明它们是特定社会所达到的技术制造水准的表征物。此前，在大多数情况下它们甚至是全然被人忽略的对象，或者被看做是异教的偶像崇拜的例子。在 19 世纪中叶，西方艺术史还是将当时的艺术本身看做一种连贯的历史中的最后一个章节，即从希腊罗马世界开始，经过文艺复兴，再到 19 世纪，这就是艺术史的全貌。正是对石器时代的艺术的发现方才打破了这种封闭的艺术史。不过，困难和迷人之处在于，我们尚不能自如地将原始艺术和后来的、从古希腊到现代的艺术史连接起来，其间应当还有许多缺失了的环节。除了类比，我们根本无法猜测出两者之间所空缺的逻辑联系。于今看来,原始艺术不仅是史前的,而且还是"反历史"的。无怪乎罗伯特·戈德华特(Robert Goldwater)说,原始艺术大多还是被艺术史家所忽略的,他们尚不能以自己习惯的方式描述这样的艺术②。

那么,为什么到了20世纪,"部落的"原始物品不仅被尊为伟大的艺术品,而且产生了巨大的影响了呢?

首先这是和一些杰出的艺术家联系在一起的。原始艺术凸显其独特的文化能量并且获得不少艺术家的由衷赞叹,在20世纪的现代主义艺术家身上无疑有最为鲜明的表现。以马蒂斯为例,他和许多前卫艺术家一样,接受了极为广泛的艺术渊源,同时也成为最先对"原始艺术"产生浓厚兴趣的西方艺术家之一。法国的拉斯科洞穴中的壁画距今已有上万年的历史,曾经使马蒂斯赞不绝口,并庆幸自己的所作与原始人的画迹有相通之处,他对原始艺术的赞美溢于言表。同样,毕加索、阿波里奈尔等人在20世纪初期也在非洲与大洋洲的原始面具、人像雕塑中发现了审美的特质。有研究者甚至认为,这种发现本身就构成了"现代主义起源的故事"③。

其次是文化机构(尤其是博物馆、美术馆)的掌门人和批评家所起的作用。以美国的纽约为例,1914年,纽约的艾尔弗莱德·斯泰格利茨(Alfred Steiglitz)主持的"291号画廊"第一次将来自非洲的雕塑作为艺术予以展示;1935年,纽约的现代艺术博物馆展出了"非洲黑人艺术",同时如同以往的丹佛博物馆、布鲁克林博物馆一样确认了原始艺术对现代绘画和雕塑的影响;1957年,在纳尔逊·洛克菲勒(Nelson Rockefeller)的私人收藏的基础上,原始艺术博物馆(Museum of Primitive Art)正式成为美国第一家专门陈列原始艺术的博物馆,20世纪60年代后期,此馆又恰如其分地被现代艺术博物馆接管,成为其中的一个特设部分,同时也终于顺理成章地为现代艺术的美学根基做了一种特殊的互补阐释。用洛克菲勒的话来说:"被长久忽视的所谓非洲、美洲和太平洋岛国的原始艺术家的原创性作品……将与埃及、近东、希腊、罗马、亚洲、欧洲、美洲以及现代的艺术家的最佳原创作品相提并论地展示出来"④。

第三,除了审美价值之外,原始艺术在西方主流的博物馆里得以展示,其中还有政治—意识形态的倾向。有研究者一针见血地指出,各种博物馆展示原始艺术都在透露这样的一种信息,即这些处在西方人接触之前的"部落"社会的艺术与文化是在某种纯净而又自足的传统中取得登峰造极的成就的,而一旦接受了西方的观念与材料,这种文化和艺术就不再精彩,失却了原真的特色。因而,博物馆的诸种展示意味着"部落"社会无以创造一种新的具有活力的艺术与文化,因为这种艺术与文化即便不受西方现代文化的左右也可能有所依傍……这实际上在承认原始艺术的伟大的同时,也无形之中暗含了一种割裂论甚至终结论的判断。如何避免这种不期而至的尴尬,确实是一个颇费心思的博物馆学课题。

第四是艺术受众所起的作用,这是一个容易被忽视的块面。作为一种风气,20世纪的人观摩与购买用于居所中摆放的"部落艺术",某种程度上也就参与了提升原始艺术、发掘原始艺术的新意义的独特过程。在博物馆或美术馆里,受众通常无法直接定夺展品的内容和结构,但是在自己的居所中,部落艺术品的主要受众就是居所的成员,是他们选择和陈列这些作品。在这种意义上说,他们确实成了主动的受众。正是因为他们的推波助澜,原始艺术或多或少融入了现代的生活,而他们自己也成为原始艺术以及与之相通的现代主义艺术的响应者⑤。

第五,更为重要的是,原始艺术成为现代主义艺术的借鉴资源,其实已经内在地顺应了艺术本身的发展趋势。在某种意义上说,原始艺术的诸多特征正是现代主义艺术孜孜以求的目标。英国批评家克莱夫·贝尔在为现代艺术的存在寻找理由时,就曾毫无保留地推崇过原始艺术:"一般地说,原始艺术是好的……因为原始艺术通常不带有叙述性质。原始艺术中看不到精确的再现,而只能看到有意味的形式,所以原始艺术使我们感动之深,是任何别的艺术所不能与之媲美的。"⑥当摄影成为纪录现实的最为快捷的形式时,贝尔几乎是绝处逢生地在原始艺术上寻找到了现代艺术的存在与发展的理由与方向。值得庆幸的是,他的大声疾呼正好印证了艺术的当然取向。

二

不过,令人产生敬意的原始艺术如何定义,其实还是个大问题。这是和原始艺术本身的复杂情形联系在一起的。我们从中看到的不仅仅是现代主义作品中的"有意味的形式",而且还有形形色色的疑问。

首先是动机的问题。为什么原始人在尚不能满足基本的生存条件的情况下,要在洞穴里涂绘那些无法满足功利需求的图像?这到现在还是谁也不能十分有把握地予以回答的问题。现代人创作艺术,是因为已经观念地将艺术看做为一种相对明确的对象。可是,当我们将原始部落在洞穴中的涂抹称为"艺术"时,实际上已将一种原本尚未出现或者全然有异的观念赋予了遥远的过去。"原始艺术"这种称谓是人为的,并不十分贴切。在原始人那里根本就不会有现代人的那种"艺术"概念。我们没有理由认为原始人所把握的洞穴中的形象涂抹就是我们如今所理解的艺术。这样,我们也就无法将我们所感受到的艺术创造的动机等同于原始人的心理出发点。

其次,我们并没有真正见识过那些比我们所见过的原始艺术更为久远的"艺术"(如果还可以称为艺术的话)。我们尽管对更为原始的艺术所知甚少,但是却不能因此断言这类艺术就不存在了。一个再自然不过的推测是,在有人类活动存在的漫长时段里,原始艺术应当呈现出更加悠久的历史。可是,我们目前知道的原始艺术距今不过区区一万七千年左右的历史,例如欧洲的阿尔塔米拉洞穴和拉斯科洞穴中的壁画都是如此。因而,在整个艺术史中,至今谁也没有找寻到——当然,也未必找得到——真正历史的开端意义的第一图像。换句话说,我们目前只能说是窥见了原始艺术的冰山之一角,它本身肯定要比我们所了解甚至想象的丰富和复杂得多。英国维多利亚时期的艺术批评家罗斯金(John Ruskin)一直推崇一种所谓统一的文化,因为早在石器时代仿佛一件最实用的工具(一把刀或是鱼叉)都是具有魔力的用品,同时也是美的东西(如果没有比"美"更合适的词语的话)。那些石头或驯鹿骨头上的涂抹和刻画就更不用说了,无论是对死去的野牛还是别的动物的描绘都栩栩如生。与人类最为古老的"艺术"相比对,从文艺复兴直到今天的美术史历程大抵不过是一眨眼的工夫而已。在某种意义上说,现代艺术家在摆脱了写实的惯例和古典的优美原则之后与石器时代的洞穴艺术联手,实际上已经跨越了数万年的时空阻隔,这是一种奇妙的艺术接力⑦。如果有可能将类似这种接力在时空上再向前延伸,那么,或许人们会看到更为精彩纷呈的艺术格局。

第三,从特征上来判断的话,我们用以区分艺术与非艺术的标准似乎并不完全适用于原始艺术。通常,人们是从这样八个方面来厘定艺术品的规定性的:1. 艺术品是审美欣赏的对象;2. 艺术品出诸训练有素的专业或准专业的艺术家之手;3. 艺术品是吻合批评与美学的评判的;4. 艺术品与日常生活有距离；5. 艺术品总是涉及对世界的某种特征或体验的再现；6. 艺术品总是应该提供审美的愉悦或象征性的再现等；7. 艺术品是依照门类或传统创造的，因而在参照其背景时或许显现出特定的创造性或新意；8. 艺术品的制作者或许是新意迭出的创造者，也可能是"古怪的"或者说有点疏离于社会的人⑧。比对而言，原始艺术是否是作为审美欣赏的对象而创造的，实在是一大悬案；显然它也不是由后期社会中的艺术家那样的人来创作的；同样，我们无法想象原始社会已经有了我们所理解的那种艺术批评和美学评判；原始艺术如何有别于当时的日常生活，恐怕不是今天的人们可以说清道明的；原始艺术恰恰与写实的再现有着相当的距离；既然我们无法还原原始艺术的接受语境，我们又怎么能够设想当时的人们所作出的接受反应，而且是一种审美的愉悦呢？所谓门类或者传统的观念，全然是后世的观念，依然不可能套在原始艺术的"创作"上；最后，个体创造者的概念更是与原始艺术相去甚远，与其说原始艺术可能出诸某个初民的手笔，还不如说可能与某种集体的心态有关。总之，原始艺术远不是后世的艺术学范畴所能涵盖无遗的。

第四，我们目击的原始艺术确实为我们提供了许多有趣而又困难的思考点，譬如，为什么原始艺术在某种意义上甚至可以相提并论于艺术成熟阶段的产物，前者的魅力（认识、体验和欣赏）至今看来不仅是极为独特的，而且极有可能是永恒的？在面对西班牙的阿尔塔米拉洞穴中的壁画时，无论是人类学者、考古学者还是艺术史家，都会惊叹不已，因为，那些形象（几乎都是动物的形象）实在是画得太生动、太概括了。这种简约而又不无现代感的图像会让人情不自禁地联想到后期的艺术创作，怀疑这些原始的图像可能是后人的伪作，或者说，至少是更为晚期的产物才更合乎情理！法国的拉斯科洞穴中的壁画距今已有上万年的历史，同样令人惊讶万分。曾经有艺术家这么感慨过："就这些画的构图、线条的力度和比例等方面而言，其作者并非未受过教育；而且，虽然他尚不是拉斐尔，但是他肯定起码是在绘画或优秀的素描中研究过自然，因为这显然体现在其中所采纳的跨越时代的手法主义上。"⑨艺术史家阿诺德·豪泽尔（Arnold Hauser）也曾有如此的观感："旧石器时代的绘画中复杂而又讲究的技巧也说明了，这些作品不是由业余的而是由训练有素的人所完成的，他们把有生之年中相当可观的一部分用以艺术的学习和实践，并且形成了自己的行业阶层……因而,艺术巫术师看起来是最早的劳动分工和专业化的代表"⑩。有意思的是,艺术家和艺术史家的惊艳并非个别的例子。因为,原始艺术的精彩过人之处并非罕见的现象。在西班牙北部、法国南部、澳大利亚、美洲和非洲等地发现的洞穴壁画都可以追溯到一万至三万年以前的年代。仅仅在欧洲就有277个有记录的洞窟壁画遗址。原始艺术仿佛是无所不在的,而且蔚成系统。这种早于书写(甚至言语)的"绘画"的重要性和价值从其普遍的存在状态到不言而喻的吸引力,似乎已经雄辩地证实了自身是人类所曾见过的最美丽和激动人心的一种"艺术"⑪。这种似乎带有普适特点的原始艺术现象越来越使人怀疑艺术史中的进化论的合理性,让人思考艺术史的更为内在的发展逻辑。此外,为什么原始艺术的内涵并不因其处于史前阶段而显得单薄、简单甚至粗鄙?从至今已经发掘的两百多座原始人的洞穴来看,成千上万的"绘画"属于不同的史前民族,却又好像隐含了一种不约而同的取向。虽然从公元前 35000 年至公元前 9000 年没有什么详尽可靠的文字记录可资参证,但是,面对原始艺术的题材和形式,人们却可以深究诸如此类的问题:为什么常常可以发现十分生动的、巨大的动物图像?为什么人本身的形象却反被简化成条状的、不甚写实的图像?为什么有些画是发现在巨大的空间中而另一些却是藏于狭小的角落里,仿佛观看的条件不在原始人的考量范围之中?为什么有些画是留在别的画面之上重叠为之,而实际上墙面内还有足够的空余面积?为什么从俄罗斯到印度直至法国南部和西班牙北部的著名洞穴,地域如此辽阔而风格和题材却都是相似乃尔?再者,尽管原始艺术呈示出足够深厚的历史感和问题感,但是为什么还没有一种可人的理论足以圆满地解答这一既是艺术史学也是人类学的重要现象?譬如,原始绘画中的大胆而又有戏剧性的表现令人情不自禁地想象当时的"艺术家们"是如何被激情所驱使,但是,把艺术和"表现"联系起来似乎应是近代的现象;推测原始人对于表现的兴趣可能是十分危险的一种类比。又如,一种更为流行的理论认为,原始人的这些绘画是作为对猎取的动物的礼赞。画下动物的形态,是为了抚慰它们的魂灵——这就是所谓的"交感术"(sympathetic magic)。然而,这仍然更适合于解释近现代的狩猎文化,因为人类学家发现,远古洞穴中所遗留的兽骨绝大部分是小动物的,旧石器时代的人可能食用过这些小动物。所以,可以发问的是,如果这是"交感术",那么为什么画中都基本上是巨大的哺乳动物如鬃犁、野牛和野马呢？产生如此的图像与现实的悬殊之别的原因到底在哪里？一种勉强行得通的说法是,这些壁画是用以教育部落中的年青一代如何识别和袭击哺乳动物的。确实,人类学家也注意到,在若干个远古的洞穴壁画里有许多史前人(成人和儿童)的脚印。也有人猜测,这些原始的壁画构成了原始人的诸种仪式活动的一部分,也就是说,它们具有象征性的功能。确实,一旦人们处身于原始人的洞穴这种充满神秘感的场景中,就会自然而然地引发出一种与仪式相吻合的敬畏感。不难想象,几千年以前在只有火把的闪烁不定的光线照明下,这些壁画会给人以何等深刻的体验。但是,一个悬而未决的问题是,有些绘有原始壁画的洞穴其实是极为狭小的角落,连观看都是有困难的,那么,这种场合又怎么可能与和宏大的、群体性的原始仪式对应起来呢？像步日耶（Abbé Henri Edouard-Prosper Breuil）这样的考古学家、史前壁画权威就认为,原始人对动物形象的偏爱不仅仅是单纯的审美选择。画在洞穴深处的壁画肯定还有某种超自然的目的,是狩猎者施以巫术的地方:动物都是被捕猎了的,轮廓线上面有貌似长矛的划线[12]。另有一种猜测说,这些动物图像正是和图腾崇拜有关的证据。但是,如何说明这种证据呢？最后,是一种颇为消极的理解,即认为这些壁画只不过是装饰性的主题而已,因为装饰本来就是人类的天性,在不同的社会形态中装饰几乎无所不在。但是,如果人们注意到原始绘画的叙事范围和情感的感染力量,就不太可能把它们简单地等同于形式化的装饰了。当然,深究下去,有关原始艺术还会有许多别的解释路子。

　　第五,从学术史的角度看,所谓"原始艺术"一语的使用至今不到一百年的历史,而且主要是在艺术史的领域里,它有时只是关于非洲和大洋洲的部落艺术的同义词,包含着西方人对这种艺术的特定兴趣和反应。如果与人类学的研究投入相比较,人们会发现,其实人类学者对原始艺术关注得很少。有的美学学者因之养成了这样的阅读习惯:每当有新的民族志的著作出版时,先要看一看索引里是否有"艺术"(艺术品)一词。令人失望的是,这样的用语常常阙遗。即便在一些著名人类学家的著作中,对艺术也一笔带过而已,或者他们总是避开对原始艺术及其意义的一般性讨论,而较多地拘泥于特定文化中的个别例证。同时,在现实中,"原始"一词属于被人滥用的用语[13]。更为关键的问题是,既然原始艺术属于一种可能存在或发生过的人的观照,而现代人也不可能返回到这一原初的年代当中,因而,如何本真地接近这种艺术(包括其中的价值观、信仰和情感体验等),委实不是什么轻描淡写的课题。

三

或许更有意思的问题层面就是探究原始艺术和现代艺术家的关联。毫无疑问,原始艺术的生命力在西方现代主义的艺术中得到了最为特殊的印证。离开原始艺术这一大背景,现代艺术可能是贫血和苍白的。一个历史的巧合在于,原始艺术(洞穴壁画)的发现和被确认恰好就是现代主义诞生的时候! 为什么久远得地老天荒的史前艺术会另类地构成现代艺术的一种传统,从而共同在艺术史上得到了耀眼的亮相呢? 在这里,有必要听一听英国雕塑家亨利·摩尔的体会之言。在他看来,重要的是,原始艺术具有一种和现代艺术的旨归不谋而合的气质:"原始艺术……创造了一种直率的叙述方式;它一开始就和自然力不可分离;它的单纯质朴来自一种直接而强烈的感情,这种单纯质朴与那种时髦的、仅仅为了填补自己空虚的所谓单纯质朴不一样。像那种美的、真实的单纯质朴,本身就具有一种不自觉的价值,它是这样自然,并不以自己的价值为价值。所有原始艺术最显著的共同特征是它强烈的生命力。这种生命力是它们的创造者对生命的直接而迅速的反应。对于他们来说,雕塑和绘画不是什么深思熟虑和学院气十足的活动,而是一种表达强有力的信仰、希望和恐惧的方式。这是一种已经变成被漂亮的表面装饰包围着的艺术之前的艺术,是一种灵感已经萎缩在技巧的骗术和自以为是的理智中的艺术之前的艺术。除了它自身的永恒价值以外,对它的认识还制约着后来在那些所谓伟大时期发展起来的、更充分更真实的欣赏能力,同时表明艺术是一种普遍的、持续不断的、不分过去与现在的活动。"[14]

通常,人们是将高更看做为现代艺术中汲取原始艺术的一种出发点[15]。1883 年,三十五岁的高更就决意离开世俗的资产阶级生活,成为一个无羁无绊的艺术家。三年之后,他把妻子和五个孩子留在了哥本哈根的岳父母家,只身回到巴黎,开始寻求另一种更为纯净和贴近本源的文化中的"充实、宁静和愉悦"。1889 年,他和凡·高一起参观了巴黎的博览会,对其中的原始民族的建筑和雕塑颇为赞叹[16]。接着,高更在自己的作品中运用了

原始艺术里的符号和形式,而且他本人后来几乎是身体力行地融入了一种
与现代生活具有极大反差的"部落"生活,以避开欧洲的文明以及一切人为
的和一成不变的东西:1891～1903 年,在其生命的最后阶段(除了 1893～
1895 年回到法国外),也是他大多数的杰作诞生的生涯里,高更是在离法国
本土极为遥远的塔希提岛和马克萨斯群岛的一个岛上度过的。在高更的
眼里,塔希提人古老而又天真,在这些极为淳朴和率真的人身上具有一种
神秘的优雅,仿佛天生就是贵族。他在自传体的作品里这样写道:"我逃避
了一切人为的和常规戒律的东西。在这里我进入了真实,与自然融为一
体。在文明的疾病之后,这一新世界中的生活是回归健康。"[17] 毫不奇怪,
在其《万福玛利亚》(1891)中,高更将一种西方的神圣题材转变成了热带风
情的背景和土著装束的人物,是一种活脱脱的塔希提的风格。其中,人们
既可以看到色彩鲜艳的图案,也能找到明确的轮廓线,显现了土著图样的
影响痕迹。在《上帝的一天》(1894)里,艺术家直截了当地把场景置换成了
土著人生活的地方,仿佛艺术家已经能够不自觉地用土著人的眼光来看周
遭的一切,而他在自杀未遂后不久所作的一幅旷世奇作《我们从哪里来?
我们是谁? 我们向何处去?》(1897),也将一种终极的人生与艺术的思考直
接诉诸当地土著人的形象上。高更曾经在一封信里这样写道:"人们在原
始艺术中总是可以找到有营养的奶水,但是,我却怀疑人们也能在成熟文
明的艺术中找到它。"[18] 确实,原始艺术的滋养和自身才情的燃烧使得高更
的作品获得了表现力十足的色彩、摒弃三维透视的构图以及厚实平涂的肌
理等,在热带的风情、波利尼西亚土著文化的影响下,高更的作品透发出前
所未有的力度,题材愈加鲜明,尺幅更为巨大,构成更加简约。尤其是他在
色彩上的大胆实验,更是直接引领了 20 世纪的野兽主义,而其造型的手法
则对挪威的蒙克以及后来的表现主义产生了极为深远的推进作用。

　　高更离开这个世界时,并没有多少名气。但是,高更自认为是一个伟
大的艺术家,并说正是因为知道自己的伟大,他才能够忍受所有的贫穷和
苦难[19]。1906 年,高更的 227 幅作品在巴黎秋季沙龙展上亮相,立时引起了
极大的轰动。1988 年,高更的大型画展在美国华盛顿特区的国家美术馆开
幕,然后移至芝加哥美术学院博物馆和巴黎的大王宫博物馆展出,名副其
实地成为当代博物馆学中的所谓"宏大展事"(blockbusterism),同时也凸
显了一个艺术家作为普罗米修斯式的胜利者的英雄形象。在巴黎展出期

间,等待参观的人流从大王宫入口一直排到地铁站,每天约有七千多人争睹高更的原迹⑳

野兽主义的艺术家也或多或少地领略过原始艺术的魅力。据说,他们早在 1905 年时就已经开始在收集为数可观的非洲部落艺术品了。马蒂斯、安德列·德朗和弗拉芒克均在这一行列中。饶有意趣的是,艺术家们纷纷宣称自己就是原始艺术的发现者。弗拉芒克就不客气地在 1929 年出版的自传中认为自己就是第一个发现原始艺术魅力的人!当时,他用极便宜的价钱买下两个非洲雕像,是因为他体验到了一种与街头集市上的木偶"一样的惊奇感,一样深刻的人性的震撼"[㉑]。只是并非所有人都认同他的这一声明;据说,与此同时,马蒂斯也自称不经意地发现了原始艺术……他们都意识到了原始艺术中的倾向和表现正是自己孜孜以求的东西。值得一提的是,野兽派艺术家对原始艺术的激赏在很多方面是有别于以往艺术家对异国风情的艺术的喜好的。这也是土著文化的产物第一次被看做是独立的东西,完全分离于它们得以诞生的一种具体语境。依照艺术史家约翰·里查森(John Richardson)的研究,马蒂斯作于 1905～1906 年的《生命的快乐》就直接参考了步日耶所绘录的原始洞穴绘画。至于他的雕塑《有头的躯干》(1906)、《两个女黑人》(1908),令人想起象牙海岸的粗壮人像,而《珍妮特 III》(1910～1911)与某种喀麦隆的面具相关。不过,并非所有艺术家都是直接地引用自己所喜爱的原始艺术。德朗和弗拉芒克就不是直接借用,而是在作品的形式处理方面吻合了原始艺术的表现性特点,譬如在描绘风景中的裸体形象时,人物与风景本身简直难分难解。德朗、弗拉芒克和马蒂斯表现浴者的画作就都有这样的特点,表明他们不是将人物放在自然的场景中,而是像原始艺术所呈现的那样,人与自然是一种共存体。不仅如此,这些人物形象还都是无表情的,自足的,没有相互之间的情感呼应。这多少是有意为之的还原效果。

相比之下,立体主义(尤其是毕加索的作品)则是相当直截了当地借用了原始艺术的面貌。尽管有关毕加索何时何地接触非洲雕塑的说法多有矛盾,但是,依照他自己的叙述,他觉得,正是马蒂斯将其带到了非洲艺术之中。这位野兽派大师早就有了买进一些非洲雕塑的习惯。1906 年,他让毕加索看了一件刚刚到手的雕像,使后者第一次有了细细端详非洲艺术的经历[㉒]。而毕加索也确实是在非洲艺术中确证了自己简约化的表现形式。

以《阿维农少女》(1907)为例,他至少用了四种不同形式的原始部落面具,其中右边的两个形象令人想起象牙海岸的面具风格以及加蓬湾的巴科塔部落的铜皮卫士的形象,而这些都是和他所见过的原始艺术及其记忆直接相关的。毕加索本人后来也乐此不疲地收集过一些非洲木雕,在他的画室里有非洲和大洋洲的崇拜物,并且几乎一件不落地将这些形象用在了自己的素描和绘画中。无怪乎有学者指出,毕加索是个随时可以接受原始艺术的艺术家。1906年春天,巴黎的卢浮宫展出了一组来自奥苏纳的伊比利亚浮雕,而《阿维农少女》一画的左边的一个形象就直接借鉴了展品中的一件作品的面部处理②。人物举臂放在脑后的造型、图式化的发式等都是巴科塔的风格。至于菱形的眼睛、画了黑线的眼帘、大而黑的瞳仁以及对平直的鼻子的强调等,也都是显著的原始性例子。

因而,寻找毕加索作品与原始艺术的对应性并非什么难事。毕加索艺术中的"原始性"标志着现代艺术在语言上的重大开拓,消解了精英艺术和民间艺术之间的巨大隔阂,同时也凸显了比技巧更为举足轻重的创新观念的地位。尤为重要的是,毕加索的个人风格的形成在很大程度上也获益于原始艺术,他比任何20世纪的现代艺术家更迷恋于原始艺术,甚至认为自己的血液中就有非洲的因子! 不仅是他的绘画,还有他的雕塑,都散发出奇异的魅力。

现代主义艺术中的原始性倾向不是个别和偶然的作为所带来的结果,而更是精神里的一种心心相印。因而,除了高更、野兽主义和立体主义以外,亨利·卢梭、恩斯特、弗朗茨·马尔克、诺尔德、保罗·克利、夏加尔、康定斯基、米罗、布朗库西、莫迪里阿尼和亨利·摩尔等人都或多或少地以一种主观甚或想象的方式汲取过原始艺术的营养。甚至,看起来画得无比细腻、精致的超写实主义其实也是在一个特殊的层面——无意识——上响应了原始性的诉求。研究者指出,超写实主义至少在这些方面体现了原始性的含义:第一,他们将自身看做是推进一种反理性传统的力量,旨在为文明社会的人找回原始性的本能力量;第二,他们虽然承认某些有价值的先驱者,但是他们还是将自己看做是潜意识领域里的开天辟地者。也就是说,是他们第一次以艺术的手段系统地探索了一个新的领域。用布雷东的话来说,"我们不要忘记,在这一时代里,正是现实本身需要怀疑。任何人怎能期望我们会满足于如此这般的艺术作品带给我们的短暂忧虑呢? 在我们本质的原始主义出现之前,没有任何艺术作品在这方面做到过"㉔。

四

现代艺术对原始艺术的心仪并不意味着一种亦步亦趋的重复或模仿。就如成人的作品总是不同于儿童的作品一样,现代艺术也是有异于原始艺术的,即便后者曾经是前者的一种灵感的渊源或形式的资源。正是在强烈的个性冲动的驱使下,现代艺术的"原始性"呈现出特异的风采。

高更在渴求以一种不受污染的原始人的眼光来重新注视周遭的世界和人的同时,也在考虑形式上的花样翻新与标新立异。换一句话说,个性的标志是绝对不能在汲取影响的过程中被淹没和消失的。罗伯特·戈德华特精辟地指出:"高更的绘画方法,无论是他努力想要获得的形式,还是对于这种形式的阐释,都比原始的还要原始……高更并非真正吸收原始的因素,而是用这些(原始)艺术中的棱角与未被修饰过的序列来代替柔和的线条与起伏有致的构图,用原始艺术的强烈对比来代替一丝不苟的色彩和谐。"㉕同时,人们也可以发现,高更的借鉴从来是一种个性意味十足的综合,既有南太平洋的题材,也可能有印第安人艺术中的人物造型的影子。同样,马蒂斯在吸取非洲雕塑的影响时也有特定的取舍。他将这种影响变成了符合自己节律的特点,从而与一般的借用拉开了距离。至于毕加索,他的借鉴也有自己的回旋空间,不乏理性思考的明显痕迹。毕加索笔下总是十分饱满的自我意识对于非洲部落艺术来说无疑是极为陌生的东西。只要比较一下毕加索画于1907年的油画《裸体人像》和来自塞努福的木刻雕像,我们就不难看出,尽管两者之间不乏相似之处,例如其中的节奏感,但是,毕加索形象中的强烈的表现性、对姿态和个性的确定感、人物构成的张力,以及背景上的生机勃勃的特点等,都是相对比较笼统和棱角状的原始雕像所缺乏的。毕加索自己曾经说过,他之所以喜爱非洲艺术,是因为它是"理性的"。而且,他也确实从中发现了与自己当时追求、总结和竭力凸显的立体主义法则相平行的重要特征,因而使得更多地呈现"思想"而非细致入微的写实效果的想法有了落实的地方。不过,在具体的作品里,毕加索从来不是一个被原始艺术的影响牵着鼻子走的人,而是处处留意自我风格的迸发。例如,在《阿维农少女》里借用巴科塔部落的铜皮卫士的形象时,他的形象是充满力量和具有动态的,不再是自足的,而是扩张的,这样能够一下子吸引观看者。相比之下,尽管巴科塔的部落雕塑有鲜明的轮廓线、锯齿状的侧面轮廓等,但是,或许是整个形象的正面与对称的处理,看上去不免有些许的呆板,是那种不带个人色彩的圣像形象。至于又长又大的平直鼻子,那也是毕加索自己的独特发挥,因为无论是哪一种非洲原始艺术中的人物鼻子,都是短而小的,尽管也是平直的样子,并且时或带有浓重的阴影。他在1907年所作的一些雕塑作品尽管原始意味浓厚,但是,其中狭长的体态和宽宽的脸部特征等却转化成了毕加索自己的风格语汇。

因而,究明现代艺术中到底有多少原始的成分,其实已是一种浮浅的问题了。重要的在于发掘和理解现代艺术家在获取原始艺术的养分时所作的特殊转换。尽管艺术家频频领略那些来自原始艺术的灵感和启迪,但是他们的最终建树一定不会与自己的艺术个性和梦想无关。

现代艺术和原始艺术的"姻缘"至今不过一个世纪左右,已然是奇光异彩。它越出了达尔文的进化论和西方(欧洲)中心论的种种设定,造就了一些天才的艺术家,演绎了艺术人类学的最精彩的现象,为艺术史贡献了饶有意味的研究个案,为艺术学提示了诸多可以深究的空间。

如何理解原始艺术和现代艺术,将是一个迷人的问题。

---

① Cf. William Rubin (ed.), *Primitivism in Twentieth-Century Art: Affinity of the Tribal and the Modern* (Exhibition Catalogue), New York: Museum of Modern Art, 1984.

②⑯ Cf. Robert Goldwater, *Primitivism in Modern Art* (enlarged edition), The Belknap Press of Harvard University Press, 1986, "Preface".

③ Cf. James Clifford, The Predicament of Culture: *Twentieth Century Ethnography, Literature, and Art*, Cambridge: Harvard University Press, 1988, p. 196ff.

④ Cf. Nelson Rockefeller, "Introduction" to Douglas Newton, *Masterpieces of Primitive Art*, New York: Knopf, 1978.

⑤ David Halle, "The Audience for 'Primitive' Art in House in the New York Region", *Art Bulletin*, Vol. 75, Issue 3 (September 1993).

⑥ 克莱夫·贝尔:《艺术》,周金环译,中国文联出版社1984年版,第11页。译文有改动。

⑦⑫ Cf. Jonathan Jones, "30,000 Years of Modern Art", *Guardian*, Saturday June 15, 2002.

⑧ Cf. H. Gene Blocker, *The Aesthetics of Primitive Art*, Lanham, MD: University Press of

America，1994.

⑨　John E. Pfeiffer，*The Creative Explosion*，Cornell University Press，1982，p. 23.

⑩　Arnold Hauser，*The Social History of Art*，Vol. 1，London：Routledge，1951，p. 17.

⑪　Cf. Michael J. Lewis，"The Art of Art History"，*The New Criterion*，November 2003.

⑬　Cf. Denis Dutton's review of H. Blocker's，*The Journal of Aesthetics and Art Criticism*，Summer 1995，pp. 321～323.

⑭　迟轲主编《西方美术理论文选——古希腊到 20 世纪》下册，江苏教育出版社 2005 年版，第669～670 页。

⑮⑳　Cf. Abigail Solomon-Godeau，"Going Native：Paul Gauguin and the Invention of Primitivist Modernism"，in Maurice Berger（ed.），*Modern Art and Society：An Anthology of Social and Multicultural Readings*（Icon Editions），New York：Harper Collins Publishers，1994.

⑰⑲　Ian Chilvers，Harold Osborne and Dennis Farr（eds.），*The Oxford Dictionary of Art*，Oxford University Press，1988，p. 194.

⑱㉑㉒㉕　Cf. Robert Goldwater，*Primitivism in Modern Art*，p. 66，p. 86，p. 145，pp. 78～80.

㉓　Cf. J. J. Sweeney，"Picasso and Iberian Sculpture"，*Art Bulletin*，XXIII，No. 3，1941.

㉔　Cf. Robert Goldwater，"Dada and Surrealism"，in *Primitivism in Modern Art*.

写实主义的概念与历史

曹意强

一、写实观念的四个矛盾要素

1. 写实传统与写实主义

在所有描述视觉艺术风格类型的术语中，"写实主义"是最易产生歧义的概念之一，它一直困惑着中国艺术界。

西画自明末清初传入我国，在人们心目中逐渐形成一个共识：西画以写实为务，中国画以写意为本，两者相互对峙，形成世界两大绘画体系。这种看法，不仅引发了我国近代艺术史上最激烈的理论论争，而且在很大程度上左右了我国20世纪的美术进程。我认为，中国画写意，西画写实，这一关于两种绘画形态的一般性推论，难免以偏概全，尤其是就西方艺术而言，实则混淆了其"写实主义"与"写实"传统之间的区别。其结果是把欧洲15世纪至20世纪初的所有艺术统统归到"写实主义"名下。的确，乔托、达·芬奇、提香、卡拉瓦乔、普桑、大卫、德拉克洛瓦、莫奈，直到达利等一代又一代的西画家，无不显示出高超的写实技能，但是，严格分析之下，这些画家都不是"写实主义者"，而是西方"模仿自然"发展长链中的代表人物。

"写实主义"的概念自"五四"起流行我国，通常被称为"现实主义"。一般认为，我国20世纪五六十年代所产生的一批历史画是现实主义作品。我始终认为，这批作品象征着20世纪中国美术的高峰，但如果一概将之视为"现（写）实主义"作品，实欠妥当。詹建俊的《狼牙山五壮士》，取自现实题材，并运用了写实的技法，但整幅作品象征主义成分多于写实主义倾向，全山石的《宁死不屈》也是如此。如果我们单从写实主义去理解它们，便很难真正体会其艺术和思想的价值。

长期以来，由于我们将"写实"传统与"写实主义"混为一谈，同时又没有对写实主义本身所包含的矛盾进行研究,"写实主义"首当其冲地成了我们艺术讨论中为偏激思想所用的口号和牺牲品:或用以攻击中国绘画,指责其一味临摹,必须以写实主义取而代之;或将中国传统绘画价值的失落归罪于写实主义的引进。"苏派绘画"在我国大起大落的命运,就是这种简单思想的后果。

我们应当将作为思想观念和绘画成分的"写实主义"与作为艺术史上特定的"写实主义运动"区别开来,这样就可以为"写实主义"做一个比较明确的限定,由此而驱除存在于我们头脑中的困惑,以便更理性地看待油画的写实问题。

"写实主义"概念之所以令人迷惑,是因为它并不单纯地指向视觉艺术风格类型,诚如迪朗蒂(Louis-Edmond Duranty)1856年在短命的《写实主义》杂志上撰文所称,写实主义不是一个画派,将之说成画派有悖其要旨。艺术史上其他表示风格类目的术语,如"手法主义"、"巴洛克"、"新古典主义"和"印象主义"等,虽也不能概括其所指代的特定流派中个别艺术家的特征,但至少能较明确地在我们心中唤起其整体面貌。"写实主义"则不然。库尔贝发表了"写实主义"宣言,但没有形成"写实主义画派"。纵观15世纪至20世纪初的西方美术,我们的确可以说,其绘画发展史是一个不断完善模仿自然技能的历程,而"写实"则构成了这个过程中无所不在的核心力量。

2. 写实的哲学悖论

从"模仿自然"的角度去谈"写实主义"首先会遇到哲学上的一个难题。写实主义与哲学上的"现实"(Reality)有纠缠不清的关系。"写实主义"这个词,由真实+主义合成,旨在追求真理。何为"真"呢?黑格尔说,熟知非真知,也就是现实是纯粹的表象而非事物的本质。柏拉图以来的西方哲学认为,形而上的"理念"是真现实,而感官世界则是错觉即非真实。柏拉图曾以画家画床为例,说明可以感知的现实世界是虚幻之物:木匠依照先存的"理念"造床,画家又依据木匠所做之床画床,因而画家笔下的床离"真实"有三层距离,是"理念"的摹本的摹本,只能蒙骗凡人的眼睛①。黑格尔也认为,事物都有两副面孔,凡人只能看见表象,而其本质和真实仅留给上帝自己。不独西方哲学如此,中国传统哲学不也是讲大道无形,讲"无形乃天地之本"吗?从唐代开始,中国文人就利用这种哲学贬低写真艺术的价值,提倡抒写胸中逸气,苏轼"论画以形似,见与儿童邻"和"画以适吾意"即是耳熟能详的例子。

然而,在西方,关于"真实"的形而上学哲学对艺术发展起了相反相成的作用,它成了催生和压制写实传统的双刃利器。

一方面,柏拉图对绘画虚幻性的揭露,反而刺激欧洲艺术家去模仿自然,因为自然乃上帝的造物、理念的显现,如果艺术家胸怀这种理念,以此为典范,去伪存真,何尝不能仿宙克西斯(Zeuxis)之法,综合五个美女最美的部分而再现自然之美呢?亚里士多德给艺术下的定义就是"模仿自然",意即艺术也是探究自然奥秘即永恒理念的途径。

另一方面,人们也以同样的哲学观点为依据,抨击写实主义,认为它仅仅是对日常现实的反映,为描绘低级、凡俗事物而牺牲了更高的真实。法国批评家佩里耶(Charles Per-rier)1855 年在《艺术》杂志上发表言论攻击写实主义,认为"写实主义的论点是自然足矣"②。他的意思是,写实主义者以为自然尽善尽美,只需如实模仿,不必依据理想典型而对之加工处理。现代派诗人波德莱尔在评论 1859 年沙龙时,把写实主义者贬称为"实证主义者",认为写实主义者企图"按事物的原样或可能成为的样了复现事物,假定我(观察主体)并不存在……",写实主义的世界只不过是一个"无人的宇宙",它是"一种粗俗,枯燥无味,缺乏想象之光的艺术"③。波德莱尔还讥讽说,在写实主义者心目中,现实世界中的事物不过是一部"象形文字词典",缺乏实质精神。

这类对写实主义的批评本身,和企图像明镜一样反映现实的写实主义者一起陷入了两个误区:一是误以为存在着纯真之眼,画家可以像照相机一样转录对象;二是忽视个人气质、艺术惯例和技法的作用。

写实主义内含的哲学矛盾,既推动了写实主义的发展,也被用于彻底否定写实的可能性。20 世纪兴起的抽象艺术、行为艺术、装置艺术等都是以此为哲学基础的。既然绘画要么是"真实存在"的错觉,要么是对自然的不完全模仿,那么为何不直接将现成品当做艺术呢?美国现代艺术博物馆和伦敦泰特美术馆曾合办过一个展览,名为"真实的艺术",展品是画有条纹和染上颜色的巨大画布、胶合板、塑料和金属做成的庞然大物。既然写实主义复现的既不是事物的全部表象,又不是事物的本质,为何不干脆像杜桑那样直接把现成的小便池放到艺术展览馆呢?

可见写实主义内含的哲学矛盾,可以同时充当赞成和反对写实主义的理由。

3. 写实与人类制像的本能

写实主义的第二个复杂因素是：依据自然制像乃是人类的本能愿望。就此而论，我经常强调绘画不单是人类为自己创造的审美对象，而且是我们认知、认同现实世界的有效方式④。

为此，世界艺术的两大源头古希腊罗马和中国构想了许多相通的图像乱真故事。

例如，在一场绘画竞技中，古希腊画家宙克西斯画的葡萄引来一群鸟儿啄食，而他得意地伸手去揭对手巴尔拉修(Parrhasius)画上的幕布时，发现那是画出来的幕布。宙克西斯的画欺骗了小鸟，而巴尔拉修则欺骗了画家的眼睛，自然更胜一筹。

中国古代也盛传类似的故事。据传魏明帝游洛水，见白獭，非常喜欢，但无法捕捉，画家徐邈得知后说，白獭爱吃鲫鱼，遂画条鲫鱼悬在岸边，群獭竞相而来，一时抓得。又传孙权命曹不兴画屏风，画家不慎滴落墨点，顺势画成苍蝇，孙权见后疑其真，以手弹之。

我们无须考证即可证明中外古代画家根本没有达到这样的写真水平，直到17世纪，荷兰和西班牙画家才画出堪与自然一比高低的"乱真之作"，但这些传说故事表明人类自古以来就有模拟现实形状的强烈愿望。正是在这种愿望的驱动之下，欧洲视觉艺术家不懈地进行着艺术和科学实验，发明了各种再现自然的手段，如透视学、解剖学和摄影术。也正是这种愿望，促使他们不断设法摆脱自己为满足模仿自然的欲望而发展起来的艺术惯例的限制，以更新的眼光窥探纯真的奇妙世界。写实主义先驱、英国风景画家康斯泰勃尔希望自己双眼失明后复见光明，印象主义主将莫奈希望烧掉博物馆里的一切绘画，以摆脱因过于熟练而反成桎梏的视觉方式。

人类通过图像认同客观世界的本能，暗示了作为观念的写实主义的第三个复杂因素：即任何图像、任何艺术或多或少带有"写实"的成分。误笔成蝇、败壁成像，说明人有投射形象的本能，就是把任何东西解释为相应事物之形状的能力，因此，一个抽象的点或面也是相似的形式"写实"。正是基于这一点，有人说抽象绘画最真实，不仅真实于"理念"，而且真实于作为物质的自身。

在漫长的历史进程中，人们普遍相信，在艺术语言与其旨在表现的自然结构之间存在着固定的对应模式,诚如莎士比亚所说:"这是一种艺术,它弥补自然,改变自然,但这种艺术本身即为自然。"⑤我国古人也有类似的说法,如:"挥毫造化,动笔合真","丹青之妙,有合造化之功"(张彦远《历代名画记》),"文字觑天巧"(韩愈《赠东野》)。

到了 20 世纪,对写实主义内在矛盾的认识,导致人们走向另一个极端,即彻底否定艺术写实的可能性,加之人们进一步意识到艺术惯例和媒介本身对我们表现现实具有强大的制约力,由此而放弃对自然的再现,转而关注艺术手段本身,格林伯格呼吁绘画回归平面本性的现代主义理论即是一例。

20 世纪后半叶盛行"终结论",有人欢呼也有人悲叹"写实主义的终结",这不足为怪。但我并不认为,写实主义的内在矛盾是埋葬写实主义的理由,只要有人坚持实践写实主义,它就会富有生命力地存在下去。

至此让我转向作为观念的写实主义的第四个复杂因素,而正是这个因素不但维系着西方,乃至东方多元的艺术生命的延续,而且保证了它自身的活力。可以说,人类艺术史的每一个新篇章都是由它来揭开的,西方绘画更是如此。我把这第四个因素称为"激活艺术的基因"。

4. 写实与艺术活力

促成某个时期艺术兴衰的原因有许多,政治、社会、经济和文化诸方面都会起作用,但其内在的原因则在艺术本身。过于智性化、过于程式化,都是导致艺术走下坡路的主因,而这往往是远离生活、远离自然所致。因此,每当艺术处于衰微状态,总会出现"回归自然"的呼声,要求贴近感觉世界,对之进行细致观察。这种现象通常被描述为"写实主义"思潮。17 世纪欧洲出现了写实主义的倾向,这是对 16 世纪过于讲究形式和构图技巧的手法主义所做出的回应,旨在扭转矫揉造作的风气,恢复艺术的生气。意大利的卡拉奇(Carracci)、卡拉瓦乔,西班牙的里瓦尔塔(Ribalta)、里贝拉(Ribera)、委拉斯贵支、苏巴朗(Zurbaran),以及法国的风俗画家、肖像和静物画家,都提倡回归自然,通过在艺术中注入强烈的写实主义成分,以期扭转艺术的衰势。

中国绘画的发展也不例外。范宽倡导"与其师古人,不若师诸造化";荆浩倡言"搜妙创真";黄公望、倪瓒、石涛都注重即景写生;康有为断定近世中国绘画衰败,其原因在于文人画背离了唐宋写实传统;黄宾虹也认为中国山水画的式微，罪在以"四王"为代表的画家"专事模仿，未有探究真山之故"⑥；蔡元培力倡"多做实物写生"⑦；俞剑华甚至觉得，中国绘画在元以前为创作与写生的时代，后来因专事模仿而衰落，他提出："欲揽狂澜，非提倡写生，提倡创作，排斥临摹不可。"⑧可见，中外艺术家与学者都在他们感到艺术滑坡的当口，把师法造化、回归自然视为激活艺术的源泉。

这种情况在人类艺术史上周而复始。当印象主义走到尽头的时候，塞尚感觉到："在千万种现有图像重负之下，我们的视觉有点疲乏了，我们已不再观看自然，而是一遍又一遍地观看图画。"⑨于是，塞尚告别艺术之都巴黎，归隐故居普鲁旺斯艾克斯镇，潜心"依据自然重画普桑"。当今活跃于巴黎画坛的以色列画家阿里卡（Avigdor Arikha）也感到，现代欧洲绘画已脱离生活，走上"从绘画到绘画"的死路，为了拯救艺术，他决定依据生活画他的每一幅作品⑩。中国艺术家在经历了一个自由的艺术实验时期之后，似乎也感到专事风格的作品缺乏生气，缺乏真诚，近年不断涌现的写实绘画展览和关于写实主义问题的讨论会，都说明我们也希望借助重新审视写实而激活我们的艺术。

5. 19 世纪法国批评与写实概念

当然，我们不能轻率地把回归自然、回归生活等同于"写实主义"。西语中的"写实主义"（Realism）一词，常与"自然主义"（Natu-ralism）交叉使用，于 19 世纪 30 年代才开始流行，而且它最初主要是作为一种观念，而不是作为艺术运动的名称加以使用的。印象主义的支持者、著名作家左拉用"实际主义者"（Actualists）指称写实主义者，写实主义反对派波德莱尔则用"实证主义者"（Positivists）讥讽之。这几个例子说明，此词从一开始就模糊不定。最早使用这个词的法国作家普朗什（Gustave Planche）在 1836 年的沙龙评论中，把写实主义描述为复兴、革新艺术的手段，强调写实主义本身并不是一种艺术。1855 年，批评家德努耶（Fernand Desnoyers）在《艺术家》杂志撰文呼应普朗什："'写实主义'一词，仅用于将真诚、明察秋毫的艺术家与那些继续以有色眼镜观察事物者区别开来。"⑪一年之后，迪朗蒂进一步阐述了其含义："写实主义合理地主张真诚和刻苦工作，反对假内行和惰性……以便唤醒人们的心灵，热爱真理。"在迪朗蒂看来，若把写实主义说成是一个画派，恰恰违背了它的宗旨，因为"写实主义意味着坦诚和完全的个性表现，它是对传统惯例、模仿和任何种类的画派的抨击"⑫。

二、写实主义艺术运动

1. 写实主义的历史定义

作为艺术中的一个历史运动,写实主义发源于 19 世纪的法国。上文提到的法国批评家都是这场运动的见证人。这场运动的中心人物是画家库尔贝。他的支持者、著名作家、民间艺术研究开创者尚弗勒里(Champfleury)将 1848 年定为写实主义的开端,这一年恰逢法国大革命,也是他初识库尔贝的日子。写实主义夹在浪漫主义与象征主义之间,是 19 世纪 40 年代至七八十年代欧洲的艺术主流,它从法国漫延到英国、美国和其他地区,包括俄罗斯,其影响一直延续到 20 世纪,在苏联被称为"现实主义"。

写实主义艺术运动的目标是:在对当代生活细致观察的基础上,对现实世界进行客观、真实、无偏见的个性描绘与再现。

2. 历史画与写实主义

前引批评家迪朗蒂之语,已经明确地道明写实主义主张什么,反对什么。不少人总将写实主义与历史画联系起来。然而从历史角度考察,两者经常通过对立的形式关联在一起。就 19 世纪法国艺术而言,迪朗蒂暗示,写实主义抨击的主要对象即历史画。

在西方,"历史画"的概念源于文艺复兴时期,是艺术家希望摆脱工匠地位,将自己的手艺与人文主义智力活动相联系的产物。历史画取材于文献资料,描绘值得纪念的人物与重大事件,这给视觉艺术家提供了机会,使之能像人文主义者运用修辞学语法结构那样,组构画面,以叙事的手法,通过简练、得体的方式表现人物的联系与各部分的统一性。

我们今天所说的"构图"和"艺术语言"等概念都与历史画相关。1435 年,阿尔贝蒂(Leon BattistaAlberti)在其《绘画论》中首次提出这些概念,用"historia"即叙事故事一词表示由多个人物组成的叙事性绘画。亚里士多德在《诗学》中提出,行动中的人乃是画家和诗人表现的合适领域[13]。达·芬奇之后的文艺复兴理论家就借用这一说法,证明绘画是一门高贵的艺术。因为它高贵,所以画家只能描绘伟人、英雄和诸神。为了达到这个目标,画家在实践中应避免人物的殊相特征,努力表现人物普遍而典型的面貌。拉菲尔的祭坛画即是完美体现这些原则的典范。历史画以这个理想类型为旨归,要求画面构图严谨、色彩适度、人物姿态清晰。一言以蔽之,均要符合"得体原则"。

16世纪的意大利绘画,无论表现宗教、神话,还是文学和历史题材,统统都可归于历史画名下。与此同时,随着艺术中的自然主义萌芽,产生了风景、静物和风俗画类型,到了17世纪,它们成为与历史画抗衡的门类。16世纪罗马学院派和历史画的代言人卡拉奇在很大程度上促成了这些新门类的兴起,因为他创作了一批具有风景画特征的杰作。在他的巨幅作品中,除了人物与真人等大及其姿势的多样性之外,其他方面都脱离了历史画所要求的标准,而更接近风俗画。从另一方面看,历史画的成分也渗透在其他绘画类目中。17世纪中期罗兰(Claude Lorrain)的风景画虽无意与历史画抗衡,但其中的点缀性人物演绎着神话和历史故事,堪称历史风景画。

在17世纪的欧洲,历史画并未因其他类目的诞生而削弱其主导性地位。不仅美学讨论的焦点是历史画的意义,而且社会订件也以历史画为主,其中最重要的是委托鲁本斯创作的描绘亨利四世和其配偶生平的48幅巨作。鲁本斯最终仅完成了一部分,但他开启了政治历史画的先河:将寓意性人物与当代人物交织于同一个场景,在歌颂画面主人公的同时又将他们放在崇高雄伟的永恒王国之中。西班牙画家委拉斯贵支更直接地描绘了新近发生的历史事件,如《布雷达的投降》,不过,他的作品丝毫未减历史画所要追求的宏伟、高贵的品质。

荷兰艺术素以"写实"为主流,但在17世纪,历史画在理论和实践上都得到了高度重视。荷兰画家和诗人曼德(Karel van Mander)在《画家传记》中指出,艺术家应当努力使自己在历史画上出类拔萃,他特意为画家解释奥维德的《变形记》,为其提供表现题材与方式。伦勃朗的学生给人物画分出等级,将"描绘有思想者高贵姿态与愿望"的绘画放在首位,其次是取材于基督生平和圣经中反映人类心灵、启迪心智的宗教故事画。

3. 雄伟风格与中庸之道

17世纪历史画的重镇是罗马与法国,其核心人物是普桑,他的历史画影响了法国绘画的发展历程。普桑在一封著名的信中,将绘画定义为"愉悦"。他认为,绘画题材必须高贵,"为了给画家提供显示其聪明才智和刻苦工作的机会,绘画必须通过理想人物而表现"[⑬]。普桑以古典艺术为范例,构图一丝不苟,人物姿态与表情虽经夸张,但严格遵守了"得体原则"⑮。他的作品,在年青一代的艺术家中,被尊为历史画的典范。

正是在巴黎,通过皇家绘画和雕刻学院的教学与实践,建立了官方绘画等级制度:历史画高高凌驾于风景、肖像和静物之上。此时,历史画有了一个庄严的别名:"雄伟风格"。它成为整个欧洲官方贵族绘画的代名词。这种风格的榜样是拉斐尔、卡拉奇和普桑。英国皇家美术学院首任院长雷诺兹称之为"伟大的风格",他在《讲演录》中明确指出,雄伟风格追求完美的形式,反对对个别事物的写实性模仿,旨在表现具有普遍性的高贵题材,如古代历史和圣经故事。雄伟风格的构图应包括少数几个人物,尺寸最好与真人等大,其动态与比例要遵从古典雕刻的规则。人物表情应庄重,要借助姿势传达情感。情节描绘应清晰明确,切勿逾越得体原则。色彩须强烈,多用原色,涂画宽阔,色块均润。衣饰的转折处理应像古典雕刻一样单纯、整体,勿拘泥于特殊的质感⑯。他重申了法国批评家贝洛里(Giovanni Pietro Bellori)的主张:高贵的艺术家在心灵里形成"更高的美的典范,对它进行沉思,润饰自然,直至完美无瑕"⑰。"雄伟风格"在新古典主义画家大卫的历史画中达到了顶峰。狄德罗赞扬他的《贝利萨留》说:画中"那位年轻人在处事涉世中显示出伟大的风格,他敏感,面部表情丰富,但不矫揉造作,其姿态高贵而自然"⑱。

如果说18世纪的画家用这种雄伟风格描绘古代和中世纪历史题材,为道德教化服务,那么19世纪的人们则对没有说教意义的历史逸闻更感兴趣,安格尔和德拉克洛瓦等艺术家的相关作品,就描绘了往昔人们的爱、生与死的状况。画家不再为教化目的,而为描绘富有色彩的往昔。可当时最受欢迎的并非是我们今天熟知的画家,而是那些将"雄伟风格"的"得体原则"转化为"中庸风格"的画家。德拉罗什(Paul Delaroche)的《格雷郡主的斩首》即是典型一例。

西方的19世纪,可谓历史意识最强烈的时代,政治、社会、经济和艺术问题都与历史先例和原则结合起来加以考虑。黑格尔和马克思的哲学都基于历史研究。18世纪的自然学家为物种进行分类,19世纪的科学家,如达尔文进而提出自然的每一个产物都有其历史。在文学上,历史小说空前繁荣,戏剧中的背景也富有历史感,博物馆里到处是历史人物雕像和表现人类各个时期的历史画,描绘从通俗科学中的猿人到法国大革命的历史事件。当时欧洲和美国的艺术家画了大量的中庸风格作品,大受公众的喜爱,也许正出于此因,他们遭到了严肃的艺术家和批评家的鄙视,厌恶其肤浅的浪漫主义趣味,认为其缺乏艺术的真诚、个人情感和原创性。接近19世纪中期,法国、英国和德国年青一代艺术家奋起反抗这种风格。

4. 新的历史观与写实主义

我们今天所理解的历史学科也是在那个时代确立的。19世纪涌现了一大批史学大师和史学名著,如吉朋的《罗马帝国衰亡史》、麦考莱的《英国史》、米什莱的《法国史》、兰克的《宗教改革时期的德意志史》、布克哈特的《意大利文艺复兴时期的文化》等。19世纪对历史的高度重视与现实的发展密不可分,科学的进步极大地改变了人类的生活与思想方式。同时,新的科学发展也带来了消极的结果,如增强了战争的毁灭力量等。从物质的角度说,这一现代化进程使人们普遍相信,人类在各方面将不断地直线发展,并由此而产生了"进步的观念"[19]。正是从历史中,人们试图寻找解释,甚至证明这个进步的铁定轨迹。"让历史服务于当代"乃是19世纪史学的目的,而写实主义就是这种历史主义的直接产物,福楼拜一语概括了他所处时代的特征:"我们世纪的特色是其历史感,这就是为何我们要迫使自己去讲述事实。"[20]

历史就是当下的事实。在绘画界,库尔贝发出了同样的呼声。他认为,处于现时的艺术家,根本无法复现过去与未来时代的面貌,正因为如此,他宣布"我否定创作描绘往昔的历史画的可能性",因为"历史艺术在本质上是当代的,每一时代必须拥有表现自己的时代、为未来复现自己时代的时代艺术家"。他否定再现历史的可能性,理由既简单又无可辩驳:"某个时代会随着那个时代本身,随着表现那个时代的代表人物的消亡而消亡。"[21]

强调历史与经验现实之间的联系,是写实主义的典型世界观。对他们来讲,往昔和现在的道德与观念仅仅是一种与物质证据并无二致的证据。历史画不应以古代为题材,宣扬永恒的价值与理想,而应该把焦距对准现实中的普通人生活,诚如新历史观倡导者丹纳所说:"抛弃制度及其机制理论,抛弃宗教及其理论体系,去努力观察人们在工场,在办公室,在农田中的生活状况,连同他们的天空、田野、房屋、服装、耕作和饮食,正如我们到达英国或意大利时会立刻注意到人们的面容、姿势、道路和旅舍,街头散步的市民、饮酒者。"[22]这种新的历史观念,大大地拓展了画家表现的题材范围。

库尔贝将自己的《奥尔南葬礼》命名为"人物画,一次奥尔南葬礼的历史记录",就是在演示这种新的民主历史观。这幅宏伟的作品,初看之下与格罗(Antoine-Jean Gros)的《在瘟疫房中的拿破仑》和德拉克洛瓦的《自由引导人民》属于相似的"雄伟风格"。但是,库尔贝保留了"雄伟风格"所传达的气势而没有落入其原则的泥潭。画中没有英雄的姿势,也没有中心。人物各有各的视线,沉浸于各自的思绪之中,仿佛整幅作品没有经过刻意的构图,然而结构却依旧微妙、谨严,人物之间的间隙在饰带式布局中演绎了缓慢的挽歌节奏。用色极为经济,狗旁的男人的蓝色统袜和抬棺材者的红色长袍,给枯叶色和黑白色为主的画面增添了阴沉的秋意。画题普通常见,仅仅是奥尔南的一个葬礼,甚至是谁的葬礼都无关紧要。库尔贝的目的就是要记录社会中真实发生的生命中最庄严的史实。

这并不是说19世纪画家停止了创作"雄伟风格"历史画,实际上,当时不少批评家试图敦促画家们回到合适的"雄伟风格"上去,但新的历史观之下所产生的现实感也深深地影响了学院派画家。他们虽然仍旧从古希腊罗马历史取材,但所画的作品已成为"历史风俗画",他们更津津乐道地描绘古代的日常生活,准确无误地刻画人物的服装和场景,偏离了表现高尚情感与高贵形式的主旨。从热罗姆(Jean-lèon Gérome)到雷诺阿所画的历史场景,虽然美学观念相异,但共同之处是要把特定历史时期的日常生活放在一个令人信服的客观氛围中加以准确表现。诚如美国出生的"雄伟风格"画家本雅明·韦斯特(Benjamin West)所信奉的:"指导历史学家之笔的同一真实,也应主宰艺术家之笔。"[⑧]总之,写实主义的兴起,改变了西方历史画的概念。

5. 写实主义与当代性

此时,历史画家都把现实感作为历史画存在的理由,力图把历史事件再现得真实可见。但是,写实主义与其他历史画家的根本区别在于,它坚持认为唯有当代世界才是艺术家的合适题材,诚如库尔贝所说"绘画艺术只能由艺术家可见可触的物象再现所构成"[⑫],而一个时代的艺术家完全无法复现另一个时代的面貌。写实主义只能表现当代性,除了当代性,别无他求。热罗姆的画是表现"古代风俗的历史画",而库尔贝的《奥尔南葬礼》则是描绘"当代生活的历史画"。

在19世纪中期,对历史画家来说,这个区别虽然变得非常模糊,但对于写实主义而言,它是至关重要的。库尔贝曾在 1861 年宣称:"绘画在本质上是一种具体实在的艺术,只能再现真实和存在的事物。它完全是一种物质语言,其言词由一切可见物象所构成;任何抽象、不可见、不存在的物象,都不属于绘画的范畴。"⑤在绘画实践上,热罗姆等学院历史画家也践行库尔贝的观点,运用同样具体、实在的视觉语言,但库尔贝与他们的本质分歧仅在于他坚持当代生活是具体实在的必然条件。也就是说,对写实主义而言,当代艺术家唯一有效的题材就是当代世界。由此而论,学院派画家梅索尼耶(Ernest Meissonier)的《街垒》接近写实主义意图。

杜米埃和马奈将库尔贝的新历史观浓缩为一句响亮的口号:艺术家应属于自己的时代。艺术家的神圣使命是反映自己的时代。1868 年,左拉以这样的热情赞扬年轻的莫纳、雷诺阿等人的作品:"他们从其艺术心灵中热爱他们的时代,他们并不满足于荒唐的乱真之作,他们像那些感觉到时代活在他们中间的人那样解释他们的时代……他们的作品是鲜活的,因为他们从生活中来,他们怀着对现代题材的情感与爱描绘它们。"⑥

"当代性"在印象主义者那里被推向逻辑的极端,"即刻性"、"现在"、"这个时刻"是其内容。当然,摄影的发展也加强了人们将"当代性"等同于"即时性"的观念。在他们看来,变化、不稳定、随意的物象,较之往昔稳定、平衡、和谐的图像更接近现实的真实体验。波德莱尔遂将"现代性"定义为"倏忽、即兴、偶然"的东西。在写实主义作品中,艺术家为我们捕捉住了艺术中的现时瞬间:库尔贝路遇赞助人,他笔下石工劳作的背影,德加画中的舞姿片断,莫奈风景画中的光和氛围的偶然效果。如此种种,构成了写实主义对时间性质的本质认识。写实主义动态总是"现实"的动态,在视觉的倏忽之际所捕的动态。印象主义像快照抓拍运动场景一样,把某个时间片断冻结住,并加以孤立表现,而在古典甚至浪漫主义艺术中,时间的进程往往被浓缩在一个有意义的运动高潮,由此而稳定下来。

马奈的《枪毙马克西米连皇帝》与哥雅的《1808 年 5 月 3 日》充分说明了这两种处理方式。马奈见过哥雅作品的印刷品,但他的画缺乏哥雅的戏剧性和悲哀感。在哥雅的画中,故事情节随着人物和色彩的安排而逐步达到高潮,画面的意义仿佛是随着事件的发展而逐渐展现,画者和观者的情感由此产生共鸣。与之相反,马奈似乎无意触发观者的感情,也没有表露自己究竟同情受害者还是民族主义者。除了明显的事件本事之外,画面没有暗示任何其他东西。画面右边务实的行刑队长,正在扳动枪上的扳机,面无表情,奠定了整个场景的冷漠色调。墙上一群旁观者也同样无动于衷。画家给我们的印象是,他以旁观者的超然态度观察整个事态。这说明他在此坚持写实主义的目标,直接依据母题作画,他从附近的街垒雇来士兵做模特儿,这样他只需信任自己的眼睛去描绘士兵的姿势和军服。他在意的是表现眼睛的真诚,而不是情感的流露。实际上,他并非是对惨剧无心无肺,而他的眼睛告诉自己大多数前辈艺术家歪曲了视觉形象。他决意如实记事,仅凭真实打动观者和自己。

6. 观察的真诚与个性

从马奈与哥雅的比较中,可以见出写实主义恪守的一个重要信条:艺术的真诚。我们知道,对"自我"的"真诚"是浪漫主义的核心观念,而写实主义者同样强调"真诚",不过他们把浪漫主义对自己情感的真诚转变为视觉的真诚。用左拉的话来说,写实主义应寻求的"既不是故事,也不是感情",而仅仅是"如实的翻译"。写实主义应如物理学家一样客观地"分析"事物,忠于真实。而艺术家的视觉真诚取决于他的"气质"或个性[②]。此处,写实主义似乎也继承了浪漫主义"个性表现"的衣钵,但是,它所说的个性主要是指一种"纯真之眼",一种无偏见的个人视觉,库尔贝在《写实主义宣言》中将这一点说得非常明白:"我在体制之外,不带偏见地研究了古人和现代人的艺术。我既不想模仿前者也不想模仿后者。此外,我也无意于追求'为艺术而艺术'这个无聊的目标。不! 我仅仅希望从对传统的完全了解中引发我自己个性中理性而独立的意识。求知为了创造,这就是我的思想。能够按照我自己的估计,转译我所处的时代的习俗、观念和形象;不仅成为一名画家,而且做一个人,总之,创造一种活的艺术,这是我的目标。"[③]库尔贝所追求的是基于独立判断之上的观察和再现的真诚。他反对观念性绘画,倡导对事物进行不带理想化和象征意义的描绘。换言之,写实主义是对"理念之否定"。在库尔贝的自传体绘画《画家的画室》中,他把写实主义与一个人和世界的双重自由相联系,由此表明,写实主义归根结底是一个对自己、对自己时代的社会现实的真诚问题。

显然,库尔贝等写实主义者始终没有完全摆脱浪漫主义的"花饰"。艺术史家将19世纪40年代至60年代的法国写实主义称为"浪漫的写实主义",米勒即其代表人物。浪漫的写实主义讴歌乡村生活的简朴,其作品令人回想到17世纪荷兰和西班牙绘画,以及夏尔丹等法国画家的作品。批评家托雷（Thèophile Thoré）称赞这样的写实主义是"为人的艺术"，因为它集中关注普通人的日常生活经验。

对于库尔贝以后的批评家来说，将写实主义与自由社会问题相联系，这本身就与其"中性"的客观美学相抵触。然而，我们在理解写实主义时，要努力将思想成分和实践的可能性区分开来。信仰和实践并不是一回事。如果我们混淆这两者，就容易陷入对写实主义的"无边的"争论之中。同样，我们也很难真正理解写实主义作品。米勒的《农夫与锄头》真实地再现了在辛勤劳动后，支撑着锄头喘息片刻的农夫形象，它常常被美术史教科书描述为写实主义的代表作，其实此画表现的是《圣经》里上帝对诺亚说的一段话的含义，其象征性并不亚于德国象征主义画家弗里德里希（Caspar David Friedrich）的《雾上的漫游者》！同样，我们也常把英国拉菲尔前派亨特（William Holman Hunt）的《我们的英吉利海岸》视为写实主义作品，因为它如实地描绘了萨塞克斯海岸的美丽风景，而忘却了它的真实象征意义：无防御的英国教会何以抵抗罗马教皇的攻击？

可见，即使从历史的角度看，写实主义只是一个程度问题，从"写实主义"这个词出现之初，批评家就没有否定它的复杂成分。左拉曾将写实主义与自然主义作过区别，用他的话来说，狄更斯只能是个写实主义者，而不是自然主义者，因为他通过对身边现实的仔细观察而汲取题材，并且对他的观察进行了道德化的呈现。依照这样的推论，库尔贝和米勒都是这层意义上的写实主义者，而莫奈等印象主义者可算是自然主义者。库尔贝和米勒显然"创构"了其画面主题，而印象主义者仅仅捕捉了河岸景色或火车站的蒸汽。前者组构了某个事件，后者则不聚焦于某个事件，因而印象主义作品可被称为"客观的生活片段"。

7. 惯例与写实主义再定义

贡布里希在《艺术与错觉》中令人信服地论述了艺术家观察与创造都要依赖先存图式的事实。世上根本不存在纯真之眼，如果存在的话，那么，刚出生的婴儿将是真心的写实主义画家，因为他不必经历康斯泰勃尔希望失明而复得光明的痛苦。法国自然主义理论家卡斯塔涅里（Jules-Antoine Castagnary）早在1857年就认识到这个问题。他倡导用自然主义一词取代写实主义，因为前者比后者在政治上更显得中性，即便如此，他认识到"视觉艺术不可能是自然的模仿，甚至不可能是对自然的部分复制，它显然是一种主观的产物"㉘。

库尔贝从来没有认为自己的作品是"写实"的。他在《写实主义宣言》的一开头就表明他是被迫接受这一标签的。他的宣言清楚地说明他充分意识到写实的边界，并承认传统图式在绘画中的作用。库尔贝的《奥尔南葬礼》被 1855 年沙龙拒绝后，尚弗勒里发表了《写实主义》一书，对库尔贝的作品进行了辩护，并试图纠正当时普遍流行的对写实主义的误解。他认为写实主义既不是一种"区域性社会主义"，也不是一种"乡村原始主义，更不是两者的结合"。尚弗勒里是研究民间美术和音乐的先驱，从他那里，库尔贝汲取了民间艺术的营养——可见民间美术对写实主义的发展也起了重要作用㉙。

若将库尔贝的《库尔贝先生，您好！》与一幅民间版画对照一下，我们不难理解尚弗勒里话中未言的含义：即使像库尔贝那样的写实画家也离不开某种初始图式。

这两幅图的比照，比言词更明确地说明绝对的写实主义是不存在的，证明了客观再现的限度与范围。艺术家永远不可能回避这样一座天平：左边是"模仿自然"，右边是"润饰自然"，用我国古人的话说，就是"外师造化，中得心源"。艺术家永远在寻求这两者之间的平衡。如果我们不把艺术惯例或图式与经验观察之间的对立看成是绝对的，而仅仅是相对的标准，那么，我们可以说，观察在写实主义中起的作用大于惯例或图式的作用。库尔贝《库尔贝先生，您好！》的原型显然是那幅民间版画。在"模仿自然"和"润饰自然"的天平上，这幅程式化的套色版画和库尔贝的油画几乎处于两个极端，相比之下，库尔贝的画大大地倾斜于写实一端。他巨细无遗地观察了乡村周围的细节，记录了当地的花草、明亮清新的天气以及人物，包括他自己的形貌，一切都画得精确而令人信服。在这幅画中，他实现了写实主义的目标：创造出一种客观的、摄影般的实际事件的记录。这幅画诞生一个半世纪以来，摄影术得到了库尔贝无法想象的发展，但事到如今，观看这幅作品时，其艺术的真实依然如故，无法为摄影所取代。

我认为，写实是油画这种媒介的归宿，欧洲艺术自文艺复兴以来之所以不断发掘油画媒介的潜力，就是为了创造栩栩如生、具有呼吸感的形体，创造其他媒介无法取代的真实动人的艺术效果㉚。就此而论，库尔贝为我们提供了一个范例。

如今我们重新审视油画写实的问题，说明我们希望从新的角度去探究油画语言自身的表现力，只有真正把握住这一点，中国才能创造出有特色的油画⑥。我想如果我们能够像意大利的卡拉瓦乔、西班牙的委拉斯贵支、法国的柯罗、库尔贝、米勒、美国的霍默、德国的门采尔、俄国的列宾等画家那样，熟练地掌握、运用油画技法，真诚地表现对现实生活的深切体验，那么，真正创造富有中国色彩的优秀油画，只是水到渠成、自然而然的事。

---

① Plato, Republic, X, trans. Paul Shorey, LCL, 1930～1925, Ⅱ, p. 430～431.

② Charles Perrier, L'Artiste (14 Oct. 1855).

③ Charles Baudelaire, Revuefran aise, Paris, 1859.

④ 参见拙著《时代的肖像：意大利文艺复兴艺术巡礼》，文物出版社 2006 年版，第 3、12 章。

⑤ William Shakespeare, *The Winter's Tale*, Ⅳ：ⅳ. 此段由笔者自译。

⑥ 黄宾虹多次论及此论点，参见《黄宾虹文集·书信编》，上海书画出版社 1999 年版。

⑦ 蔡元培：《在画法研究会演说词》，载《绘学杂志》第 1 期（1920 年第 6 号）。

⑧ 俞剑华：《中国绘画史》，台湾华正书局 1984 年重印版，第 1 页。

⑨ Cf. M. Andrews, *Landscape and Western Art*, Oxford University Press, 1999, p. 177.

⑩ 参见拙文《饥渴之眼》，载《新美术》2003 年第 2 期。

⑪ Cf. *The Dictionary of Art*, Vo.l 26, Grove, 1996, p. 53.

⑫ *Le Réalism*, 15 Nov. 1856.

⑬ 参见亚里士多德《诗学》，陈中梅译注，商务印书馆 1996 年版，第 2、6 章。

⑭⑮ Nicolas Poussin, "Letter to De Chambray" (March1, 1665), in Elizabeth G. Holt (ed.), *A Documentary History of Art*, Vol. Ⅱ, Anchor Books, 1958, pp. 157～159, pp. 142～146.

⑯ Joshua Reynolds, *Discourses on Art*, ed. K. Fry, London, 1905.

⑰ Giovanni Pierro Bellori, "The Lives of Modern Painters, Sculptors and Architects" (1672), in *A Documentary History of Art*, Vol. Ⅱ, pp. 94～106.

⑱ Denis Diderot, *Salons* (1759～81), ed. J. Adhémar & J. Seznec, 1957～67, Vol.lⅣ, p. 377.

⑲ 参见拙著《艺术与历史》，中国美术学院出版社 2001 年版，第 2 章"图像与历史"。

⑳㉖ Cf. L. Nochlin, *Realism*, New York & London：Penguin Books Ltd., 1971, p. 23, p. 28.

㉑㉕㉘ Elizabeth G. Holt (ed.), *From the Classicists to the Impressionists：A Documentary History of Art and Architecture in the Nineteenty Century*, Archor Books, 1966, p. 351, p. 352, p. 348.

㉒ Cf. L. Nochlin, *Realism*.

㉓ C. Mitchell, "Benjamin West's Death of General Wolfe and the Popular History Piece",

Journal of Warburg Institute，Ⅷ（1994），pp. 20～33.

㉔　Cf. Elizabeth G. Holt（ed.），*From the Classicists to the Impressionists：A Documentary History of Art and Architecture in the Nineteenty Century.*

㉗　èmile Zola，"The Jury：April30，1866"，in Elizabeth G. Holt（ed.），*From the Classicists to the Impressionists：A Documentary History of Art and Architecture in the Nineteenty Century*，pp. 380～388。

㉙㉚　J. Castagnary，*Naturalism*，*in Art in Theory*1815～1900，ed. Charles Harrison，Paul Wood & Jason Gaiger，Blackwell，1998，pp. 414～415，pp. 367～369.

㉛　参见拙文《艺术媒介与创作意图》，载《美术研究》1999 年第 4 期。

㉜　参见拙文《边线与结构》，见《中国当代油画家名作典藏·靳尚谊》，山东人民美术出版社 2000 年版。

西学"美术史"东渐一百年

邵 宏

在现代汉语的词汇王国里,我们不难发现许多借词和译词来自同属汉字文化圈的日本。日本虽于 1811 年在浅草始设翻译局,然而该机构真正开始工作实自 1862 年起。也是在这一年,清朝在北京设立京师同文馆;该馆既是新式学堂,又是翻译西书的机构。不过,从中国始派留学生的 1872 年至 1894 年中日甲午战争的二十二年里,中国政府每年派遣的三十名学生大多留学英美等国。甲午海战之北洋海军全军覆没令中国朝野震动,开始承认日本自 1868 年明治维新以来的学习西方卓有成效,认为中国人也可向日本人学习。中国于 1896 年向日本派出十三名留学生,从那时起出国留学生便以赴日为主。至 1905、1906 两年,留学日本的人数竟达每年八千人①。之后历四十余年,中国主要以日本为中介学习西方。因为"游学之国,西洋不如东洋。1. 路近省费,可多遣。2. 去华近,易考察。3. 东文近于中文,易通晓。4. 西书甚繁,凡西学不切要者,东人已删节而酌改之。中东情势风俗相近,易仿行,事半功倍,无过于此"②。本文所议之"美术史"一学在中国的发生,恰以上述事件为上下文。

一

日本的明治维新使其早于中国向西方开放,西学"美术史"之东渐轨迹便是一个案例。1882 年,美国学者芬诺洛萨(E. F. Fenollosa,1853～1908)赴日本作题为"美术之真谛"(The True Meaning of Fine Art)的讲演,因此而成为将"美术史"(Art History)这一西方新兴学科引入日本的第一人。翌年,日本学者中江兆民(1847～1901)将法国学者维隆(E. Vron,1825～1889)的《美学》(L'esthetique)日译为《维氏美学》(1883)正式出版。不过,"美术史"与"美学"作为正式的学科名称登记注册于东京大学的课程表,最初出现在明治三十二年(1899)。从那时起,日本便将"美学"与"美术史"在大学里合为一科了③。

根据现存文献,清末民初的中西硕学先儒王国维(1877～1927)应当是向中国引进日文译词"美术"的第一人。1902 年,王国维出版了他的译著《伦理学》,书后所附的术语表上便有"fine art,美术"一词。这是日语译词"美术"首次在汉语出版物中出现。不久,王国维便对"美术"与"美学"这两个日译词表现出极大的兴趣。1904 年 6 月至 8 月,王国维的《〈红楼梦〉评论》在他导师罗振玉(1866～1940)于 1901 年 5 月创办的半月刊《教育世界》之第 76、77、78、80 以及 81 号上连载。分为五章的《〈红楼梦〉评论》可谓开用"美学"、"美术"为文学批评概念之先河。有"人生及美术之概观"、"《红楼梦》之精神"、"《红楼梦》之美学上之价值"、"《红楼梦》之伦理学上之价值",以及"余论"④。在这篇文章里,作者从德国哲学家叔本华的《作为意志和表象的世界》(*Die Welt als Wille und Volstellung*,1818)一书中借得"美学"与"美术"二词,并援引叔本华"为绘画及雕刻所发之论"通之于诗歌小说。王国维的结论是:苟知美术之大有造于人生,而《红楼梦》自足为我国美术上之唯一人著述⑤。这种迥异于传统小说点评的"文学与美术"评论,无疑表明了王国维来自日本版本的西学背景。

王国维 1898 年离开家乡海宁到上海进入罗振玉设立的东文学社,开始系统学习西方文化:"社中教师为日本文学士藤田丰八、田冈佐代治二君。二君故治哲学,余一日见田冈君之文集中有引汗德(今译康德)、叔本华之哲学者,心甚喜之,顾文字暌隔,自以为终身无读二氏之书之日矣。"⑥事实是,经东文学社两年多(1898 年至 1900 年)的西式教育和在日本短暂(1901 年 2 月至 6 月)的留学经历,王国维从 1902 年起便在后来以《慧超传笺释》而闻名的文史学家藤田丰八(1869～1928)指导下,开始通读康德和叔本华著作的日译本⑦。是时的日本,法文"Esthetique"一词已由中江笃介(即中江兆民)定名为"美学"⑧。至于"美术"一词,在坪内逍遥(1859～1935)发表于 1885 年 8 月 4 日《自由灯》上的文章里我们已见到"小说之为美术"一说⑨。由此而知,西方美学初创时止于以文学作为研究对象的传统在日本西化早期已有反映。因为,德国哲学家鲍姆加登(Alexander Gottlieb Baumgarten,1714～1762)在 1735 年出版的博士论文《对诗的哲学沉思》(*Med-tationes Philosphicae de Nonnvillis,ad Poema Pertinentibus*)中首次提出"美学"（Aesthetica）时，只关注诗学和修辞学；而"一般修辞学"（Rhetorica generalis）和"一般诗学"（Poetica generalis）则被他解释为"美学"（Aestheica）的主要部分⑩。换言之，"美学"在还未成为康德的古典哲学范畴之前，它的对象止于文学。不过在王国维那里，"美学"与"美术"二词不仅具有康德以来的所指，而且还成为使用频率极高的批评术语。

1905 年 5 月，王国维在《教育世界》第 99 号上发表的《论哲学家及美术家之天职》中进一步言及美术的功能："今夫积年月之研究，而一旦豁然悟宇宙人生之真理，或以胸中惝恍不可捉摸之意境，一旦表诸文字、绘画、雕刻之上，此固彼天赋之能力之发展，而此时之快乐，决非南面王之所能易也。"⑪他在此文中不仅表达出"雕刻属于美术之一种"的西方观念，且流露出更为西方的"艺术至上"观念。翌年 7 月，王国维在《去毒篇：鸦片烟之根本治疗法及将来教育上之注意》（《教育世界》1906 年 6 月上旬第 129 号）一文里，将"美术"与"宗教"并列为治疗"鸦片癖"的两个良方。"宗教之慰藉理想的，而美术之慰藉现实的"，"美术者，上流社会之宗教也"。他所说的美术不仅包括建筑、绘画、雕刻，也包括音乐、文学，其所指正是西方所谓"Fine Arts"。而"美术之慰藉中，尤以文学为尤大"，因为绘画、雕刻不易得，而文学求之书籍而已⑫。

王国维的"美术"概念，其源头来自 18 世纪法国百科全书派人物达朗伯（D'Alembert, 1717～1783）给《百科全书》写的著名"序言"（Discours Préliminaire）。达朗伯按照培根（Francis Bacon, 1561～1626）的模式来划分知识：由自然科学、语法、修辞和历史所构成的为一类，称之为哲学；另一类"由模仿所构成的认知力"，他举出绘画、雕塑、建筑、诗歌、音乐。他批评自由艺术（Liberal Arts）与技工艺术（Mechanical Arts）的传统分法，于是将自由艺术进一步划分为"为愉悦目的的美的艺术"和"实用的自由艺术"（即语法、逻辑与伦理学）两种。在结论里，他将知识主要分为三种：哲学、历史、美术。这种分类确定了关于"美的艺术"（即"美术"）的近代体系，同时又反映了"美术"的来源。由于《百科全书》及其著名的序言完善了"美术"所指，更由于《百科全书》的出版（1751 年）所获得的权威地位和传播优势，从而使"美的艺术"观念广泛地传遍欧洲⑬。明治维新之后，"古代无固有之教育学"的日本在教育体系方面悉遵德国模式，立花铣三郎着力介绍的赫尔巴特（Johann Friederich Herbart, 1776～1841）教育学说盛行一时。而

"关注艺术及美作为艺术主要属性"的美学自 1760 年之后,即鲍姆加登和学生迈耶(Meier)大力倡导的数十年里,对这一新领域的兴趣迅速在德国蔓延。许多大学都按照鲍姆加登和迈耶的模式开设美学课程,有关的教材和讲义几乎每年都有出版。美学在德国大学的地位,无疑对立花铣三郎及其学说的中国介绍者王国维有着不可回避的影响⑭。关于这一点,我们可以从后者的美育观念陈述上得以窥见一斑:孔子的教育"始于美育,终于美育"。但以后,中国艺术教育被"贱儒"所破坏:"故我国建筑、雕刻之术,无可言者。至图画一技,宋元以后,生面特开,其淡远幽雅,实有非西人所能梦见者。诗词亦代有作者。而世之贱儒,辄援玩物丧志之说相诋,故一切美术皆不能达完全之域。美之为物,为世所不顾久矣。"⑮应该说,这篇发表于《〈红楼梦〉评论》之前的文章,全面地展示了王国维西化的美术观、美学观和美育观,以及——对本文论题最重要的——美术的历史观。

二

主要通过日本而了解德国学术的王国维,一定应该知道"美术史"在德国大学中的地位。"美术史"(History of Arts)作为一个专门术语,已在先于鲍姆加登提出"美学"的 1719 年,由英国画家和收藏家理查森(Jonathan Richardson,1665～1745)首先使用。他在 1719 年给鉴定家和收藏家们所写的《讲演二篇》(*Two Discourses*)中,对鉴定(Connoisseurship)提出了知识性要求,认为鉴定家必须掌握历史知识,主要是美术史的知识,尤其是绘画史的知识。按照他的看法,美术史应当描述美术的发展:它的兴盛和衰落;何时又兴,何时再衰;清晰地描述出现代人在古代传统的基础上所作的改进,以及现代人所失去的传统。他在讲演中还大致勾勒出一个美术史的脉络:"早在希腊美术出现之前,波斯和埃及的设计,绘画和雕塑艺术便已经存在于世;希腊人则将美术推至令人目眩的高峰。之后,美术又由希腊传入意大利,直到罗马帝国的出现使美术衰落。到 13 世纪再由契马布埃(Cimabue,1240～1302)使之复兴,乔托(Giotto,1267～1337)又作进一步的推进。马萨乔(Masaccio,1401～1428)则是现代绘画第二阶段的开创者。经过了野蛮时期,美术的复兴起初很艰难和缓慢,到了马萨乔才出现转机。最后由拉斐尔(Raphael,1483～1520)完成复兴的任务。在拉斐尔或卡拉齐

（Annibale Caracci）之后又出现衰落，随之而来的是柔弱与平庸的习气。"⑯

　　到了 18 世纪下半叶的德国，由于日益增长的对考古和文物的兴趣，逐渐使美术史的研究具有我们今天所见的学科特征。西方学者将德国的温克尔曼（Johann Joachim Winckelmann,1717～1768）称为近代美术史之父，因为他第一次将"美术史"这一术语用作 1764 年的著作书名——《古代美术史》（Geschichte der Kunst im Alterthums）。温克尔曼深受感觉论的影响，强调对研究对象的体验和理解。他认为一个时代的美术是当时"大文化"的产物，因此要了解一个时代的美术，就必须研究这个时代文化的各个方面。要理解希腊美术的发展，就应当从气候、地理、人种、宗教、习俗、哲学、文学诸方面去探求。美术史的目的在于阐明美术的起源、发展、演变和衰落，并且要说明各个民族、时代以及各个美术家的风格差异；所有这些阐释必须尽可能地来自对古代遗留文物的研究。温氏著作的主要意图是想建立一种教育结构。他认为，一部美术史的主要研究对象就是艺术的特性或本质；而对于这种特性或本质，美术家的个人历史并不能产生多大影响。所以，他所要写的是美术的历史，而非传统的美术家传记（Lives）。在他看来，美术的最终目的就是娱乐和教育；娱乐启发了他对作品的描述，也正是在娱乐之上他建立起自己的教育结构。他在美术中，或在美术史中发现了所具有的教育作用。依据温氏的观点，美术的娱乐特征提出了鉴定和鉴赏的要求。而艺术鉴定主要在于对不同风格（style）和手法（manner）的理解，以及对不同民族和不同时代的理解；这种理解又主要来自于对美的体验和感受⑰。

　　1850 年在西方美术史学史上具有十分重要的意义，正是在这一年，德国美术史家施纳泽（Carl Schnaase,1798～1875）骄傲地宣称：美术史的知识已经完善，许多问题业已解决，美术史的全景图已经展现在我们的面前⑱。他的八卷本《造型艺术史》（Die Geschichte der Bildenden Kunste, ml5. Jahrhundert,Stuttgart,1843～1879），为一部总括性的美术史，包括了东方与西方、古代、中世纪与现代。他对于不同艺术时代精神倾向的兴趣，超过了对于个体美术家本身的兴趣，这也正是他美术史观的体现⑲。也是以施纳泽的研究为标志，西方美术史的研究范围以其核心概念体系的完善而明确下来。其核心概念为美术史（Art-History）、完美的观念（Idea of Perfection）、发展（Development）、分期（Periods）、比较（Comparison）、手法

（Manner）、趣味（Taste）和风格（Style）、流派（School）、描述（Description）和鉴定（Connoisseurship）。这些概念，作为美术史学的研究对象和方法，它们实际上构成了作为一门人文学科的美术史。

按佩夫斯纳（Nikolaus Pevsner，1902～1983）的说法，第一位我们可称作美术史家和美术史教授的人物是在柏林美术学院任教的库格勒（Franz Kugler，1808～1858）。库格勒在 1833 年被聘为美术史教授，几年后著《绘画史》（*Handbuch der Geschichteder Malerei von Constantin dem Grossen bis auf Di-eneuere Zeit*，2vols.，Berlin，1837），1841～1842 年间又出版了《美术史手册》（*Handbuch der Kunstgeschichte*，Stuttgart，1842）。也是在同一时期，布克哈特（Jakob Burckhardt，1818～1897）正在柏林投师于兰克（Leopold von Ranke，1795～1886）门下学习历史。正是从布克哈特，才开始了现代意义上的美术史研究^⑳。所以，德语国家的学者一直是美术史研究领域的带头人，这种情形延续到 20 世纪 30 年代的纳粹分子驱逐犹太学者；之后不久，大部分学者逃往英、美等国。

美术史的德国传统在王国维的艺术观念和历史研究中得到具体的体现。他于 1907 年在《教育世界》（正月下旬，第 144 号）上发表的《古雅之在美学上之位置》，是一篇与当时西方形式主义艺术研究合拍的宣言："就美术之种类言之，则建筑、雕刻、音乐之美之存于形式，固不俟论，即图画、诗歌之美之兼存于材质之意义者，亦以此等材质适于唤起美情，故亦得视为一种之形式焉。""美术之知识，全为直观之知识，……美术上之所表者，……故在得直观之，如建筑、雕刻、图画、音乐等，皆呈于吾人之耳目者，惟诗歌（并戏剧小说言之）一道，虽藉概念之助以唤起吾人之直观，然其价值全在于能直观与否。"正基于此，他认为"一切之美皆形式之美"^㉑。这段对艺术形式的解说，使我们既看到德国建筑家和理论家桑佩尔（Gottfried Semper，1803～1879）理想主义和美学物质主义的生物有机体风格理论^㉒，又见到他的对手——维也纳艺术史家李格尔（Alois Riegl，1858～1905）"艺术意志"（kunstwollen）的风格论^㉓。此外，王国维在这篇文章中反复阐述的"直观"（Per-ception，今译知觉）概念，得益于当时西方心理学的发展^㉔。恰恰是西方心理学在此时的发展，导致 19 世纪末美术史研究中的心理学与历史学结合——美术学（Kunstwissenschaft）的出现。当然，美术学被介绍到中国当发生在王国维之后；但这里值得我们注意的是，除西方美术的传统所指之外,王国维在这篇文章中还枚举中国美术之种类:法书、三代之钟鼎、秦汉之摹印、汉至宋代之碑帖、宋元之书籍等。其标准是"可爱玩而不可利用者,一切美术品之公性也"[26]。

三

几年之后,王国维的中国美术分类便得到学界的热烈响应。1911 年,神州国光社始刊行著名国画大师黄宾虹(1865~1955)和《国粹学报》[27]创办人邓实(1877~1951)合编的《美术丛书》。邓实的丛书"原序"称:"自欧学东渐,吾国旧有之学遂以不振……而惟美术之学,则环球所推为独绝。言美术者必言东方,盖神州立国最古,其民族又具优秀之性。"丛书"略例"则直言"是书为提倡美术起见",乃丛集古今美术家之著述。所收各书,以论述书画者为主,而论画者尤多。此外,凡关于雕刻摹印、笔墨纸砚、磁铜玉石、词曲传奇、工艺刺绣、印刷装潢及一切珍玩的论著,亦广为搜辑[28]。这里所表达的编辑标准和暗示的"美术"范畴与王国维的中国美术定义几无二致,且该丛书的文献搜集范围极易使人想起西方维也纳美术史学派(The Vienna School of Art History)为美术文献研究和资料编辑做出的卓越贡献:艾特尔贝格尔(Rudolph von Eitelberger,1817~1885)18 卷本的《中世纪与近代艺术历史与艺术技法文献》(*Quellenschriften fur Kunstgeschichte und Kunsttechnik des Mittelalters und der Neuzeit*,1871~1908),以及尤利乌斯·冯·施洛塞尔(Julius vonSchlosser,1866~1938)的里程碑著作《艺术文献》(*Die Kunstliteratur;ein Handbuch zur Quellenkunde der Neueren Kunstgeschichte*,1924)。就《美术丛书》的"原序"而言,邓实事实上已经在与中国传统旧学的比较中提出了"美术之学"的西学概念。

1912 年 1 月 3 日中华民国临时政府成立,留学德国四年并深受西方学术影响的蔡元培(1868~1940)就任教育总长。他在当年 4 月便发表了施政纲领《对于教育方针之意见》:"故教育家欲由现象世界而引以到达实体世界之观念,不可不用美感之教育。"[29]此言是他"以美育代宗教"的先声。蔡氏后来在 1920 年发表的《美术的起源》一文中,十分西化地论述了"美术"概念:"美术有狭义的,广义的。狭义的,是专指建筑、造像(雕刻)、图画与工艺美术（包括装饰品等）。广义的，是于上列各种美术外，又包含文学、音乐、舞蹈等。西洋人著的美术史，用狭义；美学或美术学，用广义。"㉓在这里我们可以明确地见到"Kunstgeschichte"、"Asthetik"和19世纪末才出现的"Kunstwissenschaft"等德文的学科概念，以及蔡元培对西方学术的熟悉程度。

严格说来，德国的"Kunstwissenschaft"（美术学）所追求的是美术史研究的科学化。被后世学者尊为美术学之祖的菲德勒（Konrad Fiedler，1841～1895）在1876年的一本小册子《论对造型艺术作品的评价》(eber die Beurteilung von Werken der BildendenKunst)里，最初提出美术学必须独立成为一门科学。菲德勒在这篇论文中所强调的似乎是美术学与心理学的联系，认为艺术的关系是视觉形象的构成关系。而菲德勒的艺术家朋友希尔德布兰德（Adolf Hilde-brand，1847～1921）在所著的《造型艺术中的形式问题》(Das Problem der Form. in der Bildenden Kunst，1893)中提出的知觉理论，正反映了当时心理学成果在艺术研究中的运用㉔。到了奥地利美术史家李格尔那里，他在希尔德布兰德等人理论的基础上，构建了一套成对的心理学—美术学术语，用来历史地描述人类知觉方式发展的总图式。对于李格尔而言，美术学意味着美术史研究应建立在历史科学尤其是心理学的基础上，以风格分析为手段从而把握艺术历史发展的脉络。因此美术学说到底就是给美术史研究提供一套"科学的"——亦即关于知觉变化的叙述模式，它在出发点上迥异于传统的艺术家手册、作为文化史的美术史以及艺术家传记模式。正如贡布里希（E. H. Gombrich，1909～2001）所说："划分美术学与美学（后者被看做为哲学，探讨的是艺术和自然中的美感问题）以及历史科学的界限因人而异，有的强调美术学与历史方法的关联，有的则欲突出它与心理学的联系。"㉕

四

1913年2月，由蔡元培引入教育部主管图书馆、博物馆和美术教育的鲁迅，在《教育部编纂处月刊》第1卷第1册上发表了《拟播布美术意见书》一文，该文可以被看做是对蔡元培美育方针的细化。鲁迅谓之曰："美术为词，中国古所不道。此之所用，译自英文之爱忒（Art or fine art）。爱忒云者,原出希腊,其谊为艺。"全文分四个部分:1. 何为美术;2. 美术之类别;3. 美术之目的与致用;4. 播布美术之方⑫。蔡元培"不可不用美感之教育",以及鲁迅"播布云者,谓不更幽秘。而传诸人间,使与国人耳目接。以发美术之真谛,起国人之美感,更以冀美术家之出世也"的对教育界的呼吁,其直接的反应是美术学校的纷纷设立。

1912 年 11 月 23 日,中国第一家独立的美术专门学校"上海图画美术院"成立。教师中包括黄宾虹、潘天寿等,而培养出的学生里则有日后在中国美术史学史中占显要地位的滕固。1918 年 4 月 15 日,中国第一家国立美术学校"国立北平美术学校"成立,教师有陈师曾、邓以蛰等。1919 年武昌美术专门学校成立,教师中有倪贻德。1928 年,国立西湖艺术院(后名为杭州艺专)在蔡元培的支持下成立,教师中有潘天寿、李金发、王子云等。上述人物都对 20 世纪上半叶中国的美术史学科的确立和发展起了决定性作用。美术学校的教学对作为课程设置的美术理论、美学、中国美术史、西洋美术史提出了迫切的要求。

1917 年,经教育部审定,姜丹书(1885～1962)撰写的《美术史》由商务印书馆出版,这是中国第一部现代形态的美术史著作。作为师范院校本科三四年图画科的教科书,该书分为上下两编:上编为中国美术史,下编为西洋美术史。"西洋美术史"按历史发展分为上世期、中世期、近世期共九章——这是典型的西方美术史分期做法。"中国美术史"部分则按西方"美术"的所指分类:建筑、雕刻、书画、工艺美术共四章。姜氏认为:"世界美术之统系有二:一、肇兴于东洋,曰东洋美术统系,集大成于中国;二、肇兴于西洋,曰西洋美术统系,集大成于意大利。"⑬从这一时期开始,美术史的编撰成了学者们乐于为之的事情。然而,诚如郭虚中所言:"关于中国美术,令人惭愧的有二,一是到那时为止尚无一本适合国人明白其全体的绘画史。不是失之芜杂,就是失之简陋,行世只二三种。二是关于我国的一切文化,日本人比我们要懂得多。"⑭

于是在那一时期,我们见到不少日本学者的著作:大村西崖《文人画之复兴》(陈师曾译,中华书局,1922 年)、黑田鹏信《艺术学纲要》(俞寄凡译,商务印书馆,1922 年)、《美学纲要》(俞寄凡译,商务印书馆,1922 年)、《艺术概论》(丰子恺译,开明书店,1928 年)、大村西崖《中国美术史》(陈彬和译,商务印书馆,1928 年)、板垣鹰穗《近代美术史潮论》(鲁迅译,上海北新书局,1929 年)、上田敏《现代艺术十二讲》(丰子恺译,开明书店,1929 年)、滨田耕作《考古学通论》(俞剑华译,商务印书馆,1930 年)、木村庄八《西洋美术史话》(钱君匋译,开明书店,1932 年)、外山卯三郎《现代绘画概论》(倪贻德译,开明书店,1934 年)、金原省吾《唐宋之绘画》(傅抱石译,1935 年)、中村不折与小鹿青云《中国绘画史》(郭虚中译,正中书局,1937 年)、伊东忠太《中国建筑史》(陈清泉译,商务印书馆,1937 年)等。日本学者的著述成为当时中国学者了解中西美术史知识的主要文本。

不过,在此间大量翻译日本学术著作的同时,有两个今天看来值得研究者注意的变化:一是有一批从社会学角度研究艺术的理论著作被介绍到中国,例如最早的马克思主义文艺理论家普列汉诺夫(Georgi Plekhanov,1856～1918)的《艺术与社会生活》(雪峰译,水沫书店,1929 年)、《艺术论》(鲁迅译,光华书店,1930 年)、让·马里特·居耶(Jean Marit Guyau,1854～1888)的《从社会学见地来看艺术》)王任叔译,大江书铺,1933 年)、车尔尼雪夫斯基(Chernyshevsky,1828～1889)的《生活与美学》(周扬译,延安新华书店,1942 年)、伊波利特·丹纳(Hippolyte Taine,1828～1893)的《艺术哲学》(沈起予译,上海群益出版社,1949 年)等;这些著作中的部分论点成为 1950 年代之后中国文艺思潮的核心概念。第二个变化是,被称作"中国近代第一位美术史领域专业性学者"的滕固(1901～1941),在 1924 年获东京帝国大学文学学士后,又于 1929 年赴德国柏林大学攻读美术史博士学位。这一举动使中国学者直接学习西方科学化的美术史方法,尤其是将其用于本国美术史研究成为可能。

当时柏林大学主要的美术史家是戈尔德施密特(Adolph Goldschmidt,1863～1944)。戈氏指导过的学生包括图像学(Iconology)的扛鼎人物帕诺夫斯基(Erwin Panofsky,1892～1968)、维特科夫尔(Rudolf Wittkower,1901～1971)以及维兹曼(Kurt Weitzman,1904～?)等一大批 20 世纪欧美著名的美术史学者。滕固在留德时曾翻译过戈氏的《美术史》,这是一篇介绍欧洲美术史研究方法及现状的经典文献⑤。事实上,滕固在赴德之前已对德国美术史领域新兴的"美术学"(kunstwissenschaft)⑥甚为熟悉,并且尝试将其运用于中国美术史研究。他在 1926 年出版的《中国美术小史》中首次将中国美术史分为"生长时代、混交时代、昌盛时代、沉滞时代",无疑表明他通过日本对西方"美术史分期法"的理解。1932 年 7 月 20 日,他在西方"美术学"的领军人物德索尔（Max Dessoir，1867~1974）的美学班上宣读论文《诗书画三种艺术的联带关系》，文章向我们展示了他将德索尔"热忱阐发的 kunstwissenschaft"运用于中国艺术研究的做法⑥。翌年，他在留德时开始写作的《唐宋绘画史》由上海神州国光社出版。这部著作标志着具有美术学特征的中国美术史研究的开端："中国从前的绘画史，不出二种方法，即其一是断代的记述，他一是分门的记述……绘画的——不是只绘画，以至艺术的历史，在乎着眼作品本身之'风格发展'（Stilentwicklung）……我们应该采用的，至少大体上根据风格而划分出时期的一种方法。"⑧他向我们明确地说明：西方艺术史的研究，已经从"艺术家本位的历史"（Kunstlergechichte）演变为"艺术作品本位的历史"（Kunstgeschichte）⑨。

除了运用西学之法研究中国艺术之外，滕固还是最早向西方学术界介绍中国画论的人物之一。由于他所在的柏林大学是当时德国汉学研究的重镇，留学其间他用德文写过一些中国艺术研究的文章。像 1932 年他在《东亚杂志》（Ostasiatische Zeitschrift）发表的《作为艺术批评家的苏东坡》（"SuTungP'oals Kunstkritiket"），为西方学者将固有的"Ut pictura poesis"（诗如画）与中国古代"诗画一律"作全面的比较研究提供了文献基础⑩。

五

滕固英年早逝（1941 年，年仅 40 岁）；他的"美术学"介绍工作得以由留学日本的马采（1904~1999）继续。马采 1921 年留学日本，1927 年入京都帝国大学文学部哲学科师从深田康算和植田寿藏，专攻美学。1933 年他大学毕业回国后，致力于美术学研究。1941 年，他的论文《艺术科学论》在当年的《新建设》杂志（第二卷第九期）发表，该文在相当长的时间里都一直是中国人了解西方美术学的最完整文献。从这篇文章里我们知道了菲德勒、格罗塞（Erest Grosse，1862~1927）、德索尔和乌提兹（Emil Utitz，1883~1956）等人及其学说⑪。不过，由于众所周知的原因，西方美术学虽经滕、马二人竭力译介，却并未对中国美术史的研究起到应有的影响。而自 20 世纪 50 年代至 70 年代末，我们所知的汉译美术史著作只有苏联美术史家阿尔巴托夫（Mikhail Alpatov，1902~1986）的《艺术通史》⑫，和"仅供参考"的约翰·雷华德（John Rewald，1912~）1946 年写的《印象画派史》⑬，这使得我们与外界、尤其是欧美和日本的学术主流完全失去联系。这种隔绝的情形持续了整整四十年。

从 1984 年开始,本文需要提及的另一位人物范景中主持《美术译丛》(1980 年中国美术学院的前身浙江美术学院创办)工作。他中西二学均训练有素,尤于旧学中之目录一学着力甚勤,尝以清代王鸣盛"凡读书最切要者,目录之学。目录明,方可读书;不明,终是乱读"自勉。正是由于这一知识学背景,他在攻读硕士学位期间(1979 年至 1981 年)不仅译出贡布里希的成名作《艺术的故事》(*The Story of Art*,1950),而且为中国读者给该书补写了近二十万字的注释,并完整地译出原书的"A Note on Art Books"(艺术书籍评介)和索引。从学科规范的角度来说,该书是汉译美术史著作中第一部保留原著索引的出版物⑭。

也许是国学规范的"目录明,方可读书"使然,范景中把理论的探针从时尚和潮流中挪开,伸向了深邃迷离的西方美术学宫殿。而那时的美术界还在为李泽厚先生的《美的历程》所激动,热衷于谈论贝尔(Clive Bell,1881~1964)"有意味的形式"(The Significant Form)。20 世纪 80 年代的形式主义潮流在今天看来,由于没有全面介绍以沃尔夫林(Heinrich Wölfflin,1864~1945)为代表的"形式主义"理论而使得当时的美术思潮缺乏必备的理论。范景中恰恰是针对于这种背景而开始他的工作。他在后来的一篇文章中回忆道:"在我以前,除了滕固先生在 20 世纪 30 年代后期翻译过一篇介绍德语国家美术史研究状况的短文之外,我找不到任何先例可循。"⑮可见其当时孤往独行之情至今仍不能忘怀。

1984 年《美术译丛》第 2 期,刊登了范景中译的贡布里希《"维纳斯的诞生"的图像学研究》。他在文前"编者按"中简要介绍了西方艺术学中的图像学:"我们知道,瓦尔堡(Aby Warburg,1866~1929)学派素以研究图像学闻名于世。所谓图像学(Iconology)与图像志(Iconography)不同,后者是把艺术品中的象征物、主题和题材等加以鉴定、描述、分类、解释的学科,而前者则是要调查解释艺术品的整体意义,特别是要在文化史的大背景中去揭示这种意义。"⑯这是向中国读者介绍 Iconology 和将其汉译作"图像学"一词的第一篇文章。

在紧接的第 3 期"编后记"里,范景中用极为概括的语言表述了他的编辑方针及其对西方美术学的理解:"关于美术史论方面,我们重点介绍了图像志和图像学。20世纪西方在美术史论方面影响最大的学派有：以沃尔夫林为代表立足于美术形式自律论的学派，以德沃夏克(Max Dvorak，1874～1921)为代表立足于艺术意志论的维也纳学派，以帕诺夫斯基、贡布里希为代表立足于美术作品诠释论的瓦尔堡学派。"也是在同一期上的两篇关于图像志与图像学的译文(其一为帕诺夫斯基的《图像志与图像学》，其二为贡布里希的《图像学的目的和范围》)，都堪称是图像学方面的权威文章⑰。不久，他及他的同道翻译出版了贡布里希的 *Art and Illusion*(《艺术与错觉》，浙江摄影出版社，1987)，*Symbolic Images*(《象征的图像》，上海书画出版社，1990)，*The Sense of Order*(《秩序感》，浙江摄影出版社，1988)，*Ideal and Idol*(《理想与偶像》，上海人民美术出版社，1989)，*The Image and The Eye*(《图像与眼睛》，浙江摄影出版社，1988)，*Art and Humanities*(《艺术与人文科学》，浙江摄影出版社，1989)，*Meditations on a Hoby Horse*(《木马沉思录》，北京大学出版社，1989)，*Art and Science*(《艺术与科学》，浙江摄影出版社，1999)，*The Renaissance：A Great Age of Western Art*(《文艺复兴：西方艺术的伟大时代》，中国美术学院出版社，2000)。此外，他还组织翻译了沃尔夫林的 *Princi ples of Art Histdry*(《艺术风格学》，辽宁人民出版社，1986)，帕诺夫斯基的 Idea(《理念》，南京师范大学出版社，2003)，*Studies in Iconology*(《图像学研究》，中国美术学院出版社，2003)。由于这些作者百科全书般的学术兴趣以及精微的文本和图像分析，这些著作汉译的难度不言而喻。然而，正由于译者们长期艰难而狂热地工作，才使得我们获得了如此清晰的西方美术学全景图。

关于中西美术史研究的关系，范景中曾说："不了解中国美术史，西方美术史的研究就会有所欠缺；同样，不了解西方美术史，中国美术史也很难进入美妙的境界。无论如何，不管是哪种美术史它们都在历史中显示出一个共同的价值，那就是使我们获得了高度文化修养的那种古典文明的价值。"⑱为了寻找它们的共同价值，范景中将个人对中国古代文艺理论典籍的痴迷暂搁一边。事实上，他1980年写的《谢赫的"骨法论"》⑲就曾被中国当代大儒钱钟书称作"专家之论"⑳。他为"把西方美术史研究的视野和境界展示给年轻的一代"，编辑10卷本《美术史的形状》(*The Shapes of Art History*，2003年始已出2卷)㉑。

事实上，西方美术史研究对中国当代学界的影响，20世纪80年代以来最早出现在钱钟书的名文《中国诗与中国画》中。他在《七缀集》(1985 年)中给这篇早年写就的文章增补注释时,便提及贡布里希 1977 年版的《艺术与错觉》和许德利希(F. Strich)对沃尔夫林的论述。80 年代初,王宏建赴伦敦考察时也曾与贡布里希会过面。此时,中央美术学院出版的《世界美术》开始系统介绍西方的美术史和美术理论。90 年代初,易英译出《帕诺夫斯基与美术史基础》,为我们理解帕氏在西方美术史学史中的地位提供了重要的文本背景。今天,正是以上述学者近 20 年的研究工作为基础,呼延华在中国人民大学出版社出版了美术史系列丛书。该丛书从 2003 年始,至今已出版了二十余本中外美术史专著,涵盖了古今中外的研究成果——这似乎是出版者的初衷。还有牛津大学美术史博士曹意强以山东美术出版社为基地编辑的"美术史译丛"(2003 年),意欲以更系统和全面的方式译介和引进这一西方学科。

　　总之,西学"美术史"东渐一百年的今天,我们已经真切地感受到这一学科在滋养我国其他人文学科时的成果,例如艺术人类学、视觉传播学、艺术社会学等。同样,我们完全有理由相信,以关涉图像的"美术史"为桥梁,在不久的将来会交叉产生出许多新兴的学科。其实,我们置身其中的图像世界已经向我们说明了这一方向。

---

① 实藤惠秀:《中国人留学日本史》,三联书店 1983 年版,第 36～39 页。

② 张之洞:《劝学篇·外篇·游学》,大连出版社 1990 年版,第 5～6 页。

③ 岩城见一:《感性论》,昭和堂 2001 年版,第 117 页。

④⑤ 王国维:《〈红楼梦〉评论》,《静安文集》,《王国维遗书》第 5 册,上海古籍书店 1983 年版。

⑥⑦ 王国维:《自序》,《静安文集绪编》,《王国维遗书》第 5 册,第 19～20 页,第 21 页。

⑧ 吕澂:《美学研究的对象》,转引自胡经之编《中国现代美学丛编(1919～1949)》,北京大学出版社 1987 年版,第 2 页。

⑨ 何寅、许光华主编《国外汉学史》,上海外语教育出版社 2002 年版,第 319 页。

⑩ P. O. Kristeller, *Renaissance Thought and Arts*, Princeton, N. J. : Princet onUniversity Press, 1980, pp. 214～215.

⑪ 王国维:《论哲学家及美术家之天职》,《静安文集》,《王国维遗书》第 5 册,第 102 页。

⑫ 王国维:《去毒篇:鸦片烟之根本治疗法及将来教育上之注意》,《静安文集绪编》,《王国维遗书》第 5 册,第 45 页。

⑬ *Encyclopédie ou Dictionnaire Raisonne des sciences, des arts des metiers*,Ⅰ,Paris, 1751,

p. 2ff.

⑭　王国维从 1901 年始，译出立花铣三郎《教育学》、藤泽利喜太郎《算术条目及教授法》、牧濑五一郎《教育学科书》、英国百科全书《欧洲大学小史》等。

⑮　王国维：《孔子之美育主义》，《教育世界》第 69 号，1904 年正月上旬。

⑯　J. Richardson, *Two Discourses*, London: W. Churchill, 1719, pp. 67～71.

⑰　J. J. Winckelmann, *History of Ancient Art*, tr. by Alexander Gode, 4vols, New York: Frederick Unger, 1968.

⑱　Carl Schnaase, *Geschichte der Bildenden Kunste*, I, Du-sse 1 dorf, 1843～79, pp. Ⅲ, ⅩⅡ, Ⅹ, Ⅳ.

⑲　W. Waetzoldt, *Deutsche Kunsthistoriker*, II vonSchnaa-se bis Justi, Leipzig, 1921～24, p. 89.

⑳　Nikolaus Pevsner, *Academies of Art: Past and Pr-sent*, New York: Da Capo Press, 1973.

㉑㉕　王国维：《古雅之在美学上之位置》，《静安文集绪编》，《王国维遗书》第 5 册，第 23～26 页。

㉒　Gottfried Semper, *Der stil in den technischen und tek-tonischen künsten*, 3vols, Frankfurk: Verlag fürkunstund wissenschaft, 1860～1863.

㉓　Alois Riegl, *Problems of Style*, tr. Evelyn Kain, Prince-ton, N. J.: Princeton University Press, 1992. 另参见陈平《李格尔与艺术科学》，中国美术学院出版社，2002 年版。

㉔　王国维曾于 1902 年翻译出版元良勇次郎的《心理学》。

㉖　王国维的《人间词话》即在《国粹学报》1908 年 11 月至 1909 年 2 月 47、49、50 期连载。

㉗　黄宾虹、邓实编《美术丛书》全三册，江苏古籍出版社 1997 年版。

㉘　蔡元培：《对于教育方针之意见》，载《东方杂志》第 8 卷第 10 号，1912 年。

㉙　蔡元培：《美术的起源》，载《新潮》第 2 卷第 4 期，1920 年。

㉚　2001 年 6 月，日本京都大学岩城见一教授在广州讲学期间，曾向笔者详述过菲氏与希氏的关系。特此申谢。

㉛　贡布里希：《艺术科学》，范景中编选《艺术与人文科学：贡布里希文选》，浙江摄影出版社 1989 年版，第 425 页。

㉜　鲁迅：《拟播布美术意见书》，张望编《鲁迅论美术》，人民美术出版社 1956 年版。

㉝　姜丹书：《美术史》，上海商务印书馆 1917 年版。

㉞　中村不折、小鹿青云：《中国绘画史》"译者赘言"，郭虚中译，正中书局 1937 年版，第 2 页。

㉟　戈尔德施密特：《美术史》，滕固译，《五十年来的德国学术》（中德文化丛书之六，第二册），商务印书馆 1937 年版，第 485～497 页。

㊱　滕固：《艺术学上所见的文化之起源》，载《学艺杂志》第四卷第十号，1923 年 4 月 1 日出版。

㊲　滕固：《诗书画三种艺术的联带关系》，沈宁编《滕固艺术文集》，上海人民美术出版社 2003 年版，第 57～60 页。

㊳㊴　滕固：《唐宋绘画史》，上海神州国光社 1933 年版，第一章"引论"，第 39 页。

㊵　Hans H. Frankel, "Poetry and Paininting: Chinese and Westen View of Their Covertibility", *Comparative Literature*, vol. IX(1957), pp. 289～307.

㊶ 马采:《艺术学与艺术史文集》,中山大学出版社1997年版,第1～19页。

㊷ 北京朝花美术出版社、人民美术出版社于1957～58年分册出版。

㊸ 约翰·雷华德:《印象画派史》,平野、殷鉴、甲丰译,人民美术出版社1959年版。

㊹ 贡布里希:《艺术发展史》,范景中译,天津人民美术出版社1988年版。

㊺㊽ 范景中主编《美术史的形状》第1卷,中国美术学院出版社2003年版,第2页,第1～2页。

㊻ 贡布里希:《"维纳斯的诞生"的图像学研究》,载《美术译丛》1984年第2期。

㊼ 参见《美术译丛》1984年第3期。

㊾ 范景中:《图像与观念》,岭南美术出版社1992年版,第231～248页。

㊿ 钱钟书:《致范景中书》,《钱钟书散文选》,浙江文艺出版社1999年版。

(51) "《美术史的形状》,我为它拟定的英文题目The Shapes of Art History意在暗示:我所谓的形状,是复数的形状,是多种多样的形状;因此它能表明,我不是一个一元论者;它也表明我没有陷入那种为美术史寻找本质的泥潭,即我不会去费神地去追问'美术史是什么'之类的亚里士多德本质论式的问题。当我谈论形状时,我想到的不是研究学科,而是研究问题"(《美术史的形状》第1卷"序言",第5页)。

风格史:文化"普遍史"的隐喻

——温克尔曼与启蒙时代的历史观念

张 坚

阿诺德·豪泽尔在《艺术史的哲学》中说:

> 没有风格概念,我们至多只有艺术家的历史,对相互承袭的或
> 同时代的众多艺术家进行介绍,或者编撰属于这些艺术家的或者
> 作者存疑作品的目录。我们不可能形成关于共同发展趋向的历史
> 以及可以把一个时代、一个国家或一个地区的作品联系在一起的
> 一般模式,我们也不能谈论艺术演变和发展,或者艺术运动。[①]

温克尔曼的《古代艺术史》开创了西方近代艺术风格史先河。最初的风格
史观念与 18 世纪欧洲启蒙时代理性主义历史学有密切关系,温克尔曼在
其学术生涯伊始就深切感受到启蒙时代学术界寻求编撰包罗万象"普遍
史"(universal history)的潮流。许多历史学家从喧嚣、混乱、瞬息变幻的军
事、政治事件转向一种对具有相对持续和稳定性的社会习俗、政治与法律
制度、语言等人类文化现象的关注,以期在多样化文化形态研究中,发现内
在地决定特定时代或民族群体精神生活走向的支配性法则。伏尔泰、孟德
斯鸠和维柯等人相信,人类具有共同的理性,"普遍史"是要以文化的历史
叙事,揭示人类理性发展的规律。

温克尔曼的第一项学术工作是担任萨克森宫廷冯·比瑙伯爵(Count
von Bunau)的秘书和图书管理员,这位伯爵当时正着手编撰《德意志帝国
史》,温克尔曼帮助他收集历史资料,由此接触到各种涉及繁杂家族关系、
宫廷政治阴谋、血腥战争等内容的文献档案。温克尔曼对繁琐、枯燥的资
料收集和整理工作感到厌烦,其间激发起创建新的历史编撰模式的冲动。
他认为,理想的历史著述理应以丰富的经验史料呈现人类精神发展规律,
而不只是资料的机械堆砌。

温克尔曼并没有像伏尔泰那样,试图以全方位的人类文化"普遍史"来展现理性规律,而是把注意力集中在古代造型艺术上。温克尔曼认为:"艺术史的目的在于叙述艺术的起源、发展、变化和衰颓,以及各民族各时代和各艺术家的不同风格,并且尽可能地根据流传下来的古代作品来作说明。"[②]艺术的这种历史和兴衰还符合于和植根于各民族的历史和条件。决定古代造型艺术风格演变的是一种更为宏大的关乎希腊文化的普遍价值理想。他有着这个时代许多知识分子都具备的宽广文化视野,被他视为希腊民族灵魂真谛的"高贵的单纯和静穆的伟大"原则,最初是从古代戏剧和哲学中提炼出来的,后来他在古代雕塑作品中也体悟到同样的原则。希腊视觉艺术风格的卓绝理想之美,深深植根于民族灵魂,蕴涵着永恒和高贵的道德品质,折射出希腊人的生活方式和精神面貌。因此,温克尔曼的古代艺术史不是单纯的风格史,同时也贯穿着这个时代文化"普遍史"的观念。

近年来,西方学者阿里克·波茨(Alex Potts)[③]、戴维·艾尔文(David Irwin)[④]、盖根斯(T. W. Gaehtgens)[⑤]等对温克尔曼艺术史学思想进行过比较深入的研究,国内学者邵大箴在《论古代艺术》的前言中也对温克尔曼及其美学思想进行了较为全面的阐述[⑥],曹意强在《欧美艺术史学与方法论》(讲稿)第四部分谈到了"温克尔曼悖论"[⑦],本文将在上述成果基础上,探讨和分析温克尔曼风格史与启蒙时代"普遍史"观念的关系及这种关系对整个西方现代艺术史学的后续影响。

一、"历史的体系"与"普遍史"

约翰·奥涅斯(John Onians)在《艺术史,"艺术史科学"和"历史"》[⑧]一文中谈到战后英国大学艺术史教学中常常把"艺术的历史"(history of art)和"艺术史"(art history)相混同,他认为两者之间存在根本性的差别,前者属于古物研究、艺术鉴赏学的传统,后者则应归入到智性建构和社会科学的领域,在德语中相当于"艺术史科学"(Kunstgeschichte)。使用"艺术史"这个术语,不应忽略"艺术"和"历史"两个词的原本意义。希腊文中的"历史"的意义在于"询问"(enquiry),而不是"记录"(recording)。选择"艺术史"意味着历史研究者超越经验主义和机械收集、排比资料的窠臼,而进入到一种智性探险的活动中。对于这些历史学家来说,艺术史与人类一般的观念和知识的进展相关。

　　这种把艺术史作为探究人类一般智性演进轨迹的构想早在 18 世纪就由深受启蒙思想影响的温克尔曼提出,并付诸实践。在《古代艺术史》序言中,温克尔曼说,他着手撰写的艺术史"不是单纯编年体式的叙事和艺术的变革",而是"在希腊语的更为普泛的意义上使用历史一词,是一种提供体系的尝试"⑨。依据理性原则,建构一个先行的历史观念体系,使人类艺术与文化的经验材料获得意义,这是启蒙时代理性主义历史学观念的核心所在。

　　温克尔曼早年深受孟德斯鸠政治哲学的影响。孟德斯鸠在《论法的精神》中,对气候对社会政治、法律制度及人的思想方式的影响进行了全面阐述。他继承古希腊历史学家波里比阿(Polybius)的观点,认为气候是塑造一个民族文化性格的关键要素,人类社会政治体制样式与气候条件形成一种相互对应的关系。他还谈到气候条件对人的身体状态和感觉方式的影响:

　　　　寒冷的气候使身体外在肌肉纤维收缩到极点;这增强了它们的柔韧性,有利于血液从肌体末端回复到心脏。它收缩了这些纤维,结果是增强了它们的力量。相反地,温暖天气里,让这些纤维的末梢松弛和拉长,当然,这也减少了它们的力量和弹性……因此,寒冷天气里的人要更加活跃。寒冷气候条件下,人们对美几乎很少有感觉;而温暖国家,他们对美更加敏感。⑩

　　孟德斯鸠的理论被温克尔曼转用于艺术史。希腊气候条件是造就希腊人的体型、性格和感觉方式的决定性要素。在 1755 年发表的《论希腊绘画和雕塑的模仿》中,温克尔曼说:

　　　　我们把趣味的产生归因于希腊的气候,从这里,它在整个文明世界里扩展。被外国人传播到另外一个国家的希腊创造只是后来发展变化的种子,它的性质、样子都会因所在国度的环境条件而改变……它在国外必定会损失一些东西,但长时间的流传,使它的影响波及远方。⑪
　　　　气候越接近适中的地方,那里的大自然越发明亮和愉悦,便越广泛地表现在生气勃勃和聪敏机智的形象上,表现在果断和大有作为的特点中。大自然越少为霾雾和有害的瘴气所笼罩,她就越早地赋予人体以完美的形式;这种形式以结构庄重为特征,尤其女性是如此。看来,大自然在希腊创造了更完善的人种,用波里比阿的话来说,希腊人意识到了他们在这方面和总的方面是优于其他民族的。⑫

　　希腊人的体型,为美而动,那是温和、纯净的天气的产物,通过体育锻炼变得完美无缺。⑬

在《古代艺术史》中,温克尔曼更是以一个章节的篇幅讨论气候对希腊艺术形式构造的影响⑭。

　　与孟德斯鸠《论法的精神》一样,温克尔曼的《古代艺术史》观念体系也是一个从自明真理和原则推演出来的结构,同时还是一个分类框架,是从被考察的现象,也就是从古代艺术作品中归纳出来的一个能让各种经验事实变得有意义的理论模型、一个赋予经验材料以更宏大秩序的理性结构。

　　温克尔曼体系的特点在于:赋予文化或社会历史以结构的观念。把古代艺术传统划分为埃及、伊特鲁里亚和希腊等类型,以这些类型作为古代世界不同艺术风格的一般代表,在最一般层面上,温克尔曼类型观念与孟德斯鸠人类基本法律体系分为独裁、共和与君主制的情况是一致的。与正统启蒙思想相反,温克尔曼把历史作为一个理性秩序活动的场所,他界定的古代希腊艺术演变的模式,为一般地区分古代世界各民族艺术提供了观念基础。按照他的说法,伊特鲁里亚、埃及艺术与希腊艺术的区别在于,前者在历史演变的某一时刻停滞了。大体上,埃及艺术处在早期古风阶段,伊特鲁里亚发展得更完善一些,达到了晚期古风,但在到达希腊古典盛期阶段之前也突然停顿了。

　　系统历史观念在启蒙时代大多只是在涉及人类文化起源或早期演变时才彰显它的适用性。如维柯的《新科学》着力探究的是"诗性智慧"。他把古代人类实践统称为诗,"世界在它的幼年时代是由一些诗性的和能诗的民族所构成的"⑮,这是他的被称为"新科学"的文化史构架的出发点。系统历史指向的是特定社会或文化的形成过程与特征。由于人类文化早期阶段缺乏必要的文献,也没有多少实物证据可资利用,历史学家在构想这类历史时,必须采用推断性方法,而不是通常的按照年代顺序的事实记叙。

在对发达文化或社会形式结构进行系统分析时,历史学家关注的焦点不再是历史的演变,而是非历史的一般类型,以解释社会和它的精神生活方式之间的区别。温克尔曼理论以系统语汇构想早期时代之后的历史,意味着一种历史研究的新起点。当然,启蒙时代也有一些不同于推断性的、以宏大叙事为依托的历史。比如,吉本的《罗马帝国衰亡史》、孟德斯鸠的《罗马人的伟大和他们衰落的原因的思考》等,但这些著作从一开始就不像维柯那样以构想一种世界历史普遍进程体系为目标⑯,也不包含温克尔曼式的历史演变模式的理论分析,而是直接呈现为经验的叙事。

温克尔曼撰述古代希腊和罗马艺术史是这个时代真正具有开创意义的尝试。其实,在担任比瑙伯爵学术秘书的时候,温克尔曼就在规划撰写一部资料丰富的系统历史。把经验事实纳入到统一的体系里,这要比传统的围绕个别统治者和英雄人物片段的和偶然生平事迹的编年体历史更有意思,他说:

> 了解王国的伟大命运,它们的开端,成长,繁荣,和衰落,是普遍史的一个最重要的特点,它比王公贵族、英雄和伟大的思想家的事迹更为重要。前者不应被看做是王公贵族活动的结果,而这恰恰是多数普遍史的问题所在,这些历史似乎只在乎个别人的历史。⑰

温克尔曼具有强烈的文化史情怀,文化"普遍史"的编撰计划属于这个时代学术潮流的一个部分,与维柯、伏尔泰等人的文化史观遥相呼应。

当然,温克尔曼最终还是把落脚点放在艺术史,但这并不意味着他放弃了"普遍史"的理想。相反,他认为,艺术史能以一种较之一般"普遍史"更为单纯、集中和清楚的方式展现历史的内在逻辑及人类理性发展的规律。艺术史与文学史、政治史、文化史最根本的区别在于:前者所依据的历史结构中,艺术传统是通过系统构想的阶段风格序列来定义的。而事实上,把文艺复兴运动看做是欧洲文化结构变革的观念,正是来源于艺术史家对再现绘画自然主义形式体系创建过程的专门研究。

艺术被推到历史研究前沿,并不意味着温克尔曼要构建一个纯粹美学化的古代世界的历史。他只是想通过辨识古代艺术风格演变规则而为一种新的人类"普遍史"提供可资参照的样式。他的艺术史还不只是单纯风格叙事，更重要的是在这种叙事背后蕴含的作者对文化"普遍史"内在法则的感悟，即"要尽可能地证实来自于现存古代文物中的那个整体的存在"⑱，那个决定古代文化历史发展面貌的整体性的精神理想。在研究作品的"制作技巧时能够感觉到人的心灵的实在接触。能够扩大运用这种感觉去认识同社会和政治状况的发展相关联的艺术的有机发展"⑲。从这个意义上讲，温克尔曼并非要构建一种排斥政治或其他社会因素的历史。只不过是他认为，艺术史较之一般的政治或文化"普遍史"能更清晰地展现人类理性演变的规则。

尽管启蒙时代许多思想家都致力于包罗万象的"普遍史"，但即便是伏尔泰也没有能真正做到在一部历史著作中把一个民族或时代的精神生活、礼仪和风俗习惯包罗于其中，并揭示理性发展规律。一旦脱离推断性历史框架，而需要处理繁杂的政治、军事和文化的经验材料时，伏尔泰几乎就无法做到让他的欧洲史清晰地呈现理性规则。如果说他的多卷本历史包含任何体系的话，那也是一种构想的历史变革的秩序与作者实际了解的偶然的战争、侵略、宫廷阴谋之间相当明显的分离状态。尤其是以政治为立足点的"普遍史"根本无法体系化，伏尔泰对此深有感触。他认为，18世纪以前的历史著作只记载了一些乱七八糟的事件、大堆没有连贯性的琐碎事情、成千次什么也解决不了的战斗敷衍读者。罗马帝国衰亡后，欧洲历史景观充斥着罪恶、愚蠢和不幸，其中很少见到人类智慧与美德进步的光芒。伏尔泰的女友夏特莱侯爵夫人请求他撰写一本对人的思想有所启示的历史著作⑳，于是，他就着手《论风俗》㉑一书，在向侯爵夫人解释编撰意图时，伏尔泰说：

> 如果您在那么多未经加工的素材中，选用可以供您建造大厦的材料，如果删掉那些令人生厌而又不真实的战争细节，那些无关紧要的、只是无聊的尔虞我诈的谈判，那些冲淡了重大事件的种种个人遭遇，而保留其中描写风俗习惯的材料，从而把杂乱无章的东西构成整幅连贯清晰的图画，如果您力图从这些事件中整理出人类精神的历史，那么您会认为这是光阴虚掷吗？㉒

要说明人类精神成长的规律，只有通过对相对稳定的人类风俗、礼仪、政治制度和法律进行系统阐述，而纷乱的政治史无法完成这样的任务。

伏尔泰的"普遍史"旨在揭示人类政治与文化发展的内在逻辑,这是一个十分困难的任务,需要克服构想性观念体系与实际遭遇历史事件偶然性之间的分裂。温克尔曼最初也有类似构想,但最终还是把学术的雄心转向艺术史。这一改变,使他得以创建即便是最雄心勃勃的"普遍史"也无法比拟的清晰展现人类精神演变规律的历史。

古代艺术相对稳定的风格形态适合理性分析,所经历的崛起、发展、成熟和衰落的阶段,可以被构想为一个持续演化的结构模式,而涉及各种入侵、阴谋、战争和政府更迭等偶然事端的政治史就很难形成这样一种体系化模式。埃利克·波茨认为,温克尔曼学术注意力从一般的"普遍史"转移到美学和艺术领域基本是一种战略性的考虑,是想要超越通常历史著作的日常活动与事件的编年流水账,避免一种依据外部情形的、充满偶然性的历史,塑造立足于恢宏理性之上的历史②。至于这种历史如何包蕴政治要素,温克尔曼认为,艺术既然是古希腊文化整体性的标志物,其中自然包含了一种基本的政治态度。他说:"就希腊的政治体制和机构而言,希腊艺术的卓著成就的主要原因就在于自由。"④他把希腊艺术演变的最终目标设想为与城邦追求政治自由的历史是一致的,艺术兴衰映射出希腊自由城邦崛起、繁荣与衰落的过程,政治自由是艺术发展的前提⑤。温克尔曼着眼于展现深层的历史逻辑,并不拘泥于琐碎事件,而事实上,传统喧闹的政治史也根本无法触及驱动社会政治变动的内在力量,反而是艺术史做到了这一点。

启蒙时代的一些古典学者对温克尔曼处心积虑地把希腊民主政治与艺术繁荣联系起来的做法颇有异议,认为这种关联过于生硬和勉强。然而,艺术史在温克尔曼看来,主要是恢宏的文化"普遍史"的隐喻,"普遍史"繁杂多变,但经过艺术史这面聚焦镜,深沉的历史逻辑便异常清楚地彰显出来。

有关一般历史与艺术史在展现历史深层逻辑方面的差别,20世纪60年代美国艺术史家库布勒在《时间的形状》中有更为清晰的阐述,他说:

> 在物的历史中,我们发现的是艺术的历史。不像工具那样,艺术作品类似于一种符号传播系统,为了保证某种真切性,这个系统必定是从在许多传播得以维系的拷贝中的过多噪音中解脱出来的,因为它处在普遍历史和语言科学之间的中间位置,艺术史最终

可以证明它具有作为一种可预测的科学的意外的潜力，虽然要比语言学少一些，但要比在一般历史中有更多的可能性。⑩

古希腊、罗马留存下来的艺术史资料缺乏的情况也在一定程度上决定温克尔曼必须依靠推断性"普遍史"先行结构，而不能采用通常的经验叙事的方法。因为在当时几乎没有任何可以确定属于前罗马帝国时代的作品，了解古代雕塑的途径不外乎两条：一是文献，古代视觉艺术活动的记载主要集中在公元前 5～4 世纪；二是视觉遗物，罗马帝国时代复制的希腊雕塑名作，大部分在罗马近郊发掘出土。把古代文献勾画的艺术情景与雕塑残留片断结合到一起，无疑是一项非常复杂的工作。

把握文字记载与实际作品之间的系统关联不可能依托于单纯的经验，而需要一个先行分析和判断的模式，需要科学和大胆的设想，由此而获得的古希腊雕塑历史叙事也必然要比其他艺术史更具突出的推断特征。温克尔曼之前的古典学者往往只是一般化地讨论这类问题，或关注一些孤立的细节，比如某件雕塑与古代文献中的描述是否对得上号等。在当时，实际上只有群雕《拉奥孔》可以得到文献的印证。在大部分情况下，文献记载与视觉证据之间的沟壑很深，数量稀少的带签名雕像上的姓名无法在普林尼（Pliny the Elder）的书中找到对应，而普林尼提到的著名艺术家的作品又踪迹全无。撰写古代艺术史需要一个观念框架，以便使文献与实物的关系能以更具内在统一性的方式被研究。

希腊艺术风格阶段性演变的构想是温克尔曼发掘普林尼著述意义、并让相关记载成为计划中的古代艺术史素材的必要条件。温克尔曼力图从普林尼古代艺术品评论中梳理出艺术风格崛起、成熟和衰落的具体线索。希腊艺术鼎盛期在公元前 5 至 4 世纪，普林尼提到的大部分艺术家都生活在这个阶段。以此为中心，向上追溯应是希腊艺术早期成长阶段，往后则是走向衰落的过程。另外，温克尔曼寻求解决普林尼记载中的一个矛盾：即一方面认为希腊雕塑在公元前 5 世纪中期菲狄亚斯时代达到完美境界，同时又高度赞赏和推崇一种与公元前 5 世纪大师严谨庄严有所区别的、出自公元前 4 世纪大师普拉克西特列斯、利西普斯之手的优美抒情风格。他的解释是，古典希腊雕塑风格演变实际经历了两个阶段：早期严谨庄严风格和晚期优美风格。普林尼的矛盾迎刃而解。事实上，这样的解释可以进一步延展，如古典时代之前，应经历从古风式的硬拙向古典的壮美进化的过程,古典晚期优美风格之后,紧接着是一种过分精致和优雅的趣味,衰落也不期而至了。

在这样一个兼容空间宏大的体系框架内,普林尼零散和孤立的艺术活动记载获得了历史的意义,成为古典艺术风格发生、发展及衰落过程中不可或缺的经验材料。如果考虑到温克尔曼"普遍史"的学术理想,这些经过分析和处理的普林尼素材还以一种从未有过的方式,折射出古典时代希腊人精神发展的规律,艺术史文献展现出宏观的文化史意义。

温克尔曼风格史构想方法对于后来西方古代艺术研究的影响极为深远,甚至到 20 世纪初,英国古典学者贝兹利(J. D. Beazley)在构建以个体瓶画家风格为基础的古希腊瓶画鉴赏体系时,也采用类似于温克尔曼式的先行推断结构,只不过贝兹利的前提是一种把瓶画家的个体风格看做为有机生命统一体的浪漫主义信仰。至于古代瓶画历时性的风格阶段划分,虽以成百上千被鉴别出来的瓶画个体风格为基础,但这些个体风格终究还是被安置在温克尔曼的崛起、发展、成熟到衰落的历史过程中。

艺术的发展、繁荣和衰落过程的观念在启蒙时代属于老生常谈,与所谓的艺术与文化"黄金时代"的信念不无联系。16 世纪初意大利的文艺复兴作为古典艺术鼎盛期的观念,同时也预示了前期古风式的稚拙和后期高度成熟导致的衰落。这种带着浓厚演绎色彩的历史理论多数情况下被用来解释"黄金时代"之后艺术与文化衰退的原因,并没有被当做一种经验艺术史的模式。温克尔曼却系统地赋予整个艺术传统历史进程的诸多细节以崛起和衰落的清晰轨迹。他的艺术史叙事蕴涵更为恢宏的历史演变逻辑和规律的意识,在客观的历史力量面前,个别艺术家的天赋和才具微不足道。

西方近代艺术史写作的一个中心问题是如何从孤立和分散的艺术家传记汇编状态中走出来,而展现艺术的一种持续性演变规律。瓦萨里在《名人传》的前言中构想了一个观念性的框架,意图让著名艺术家的传记形成内在关联。他把所处时代意大利艺术划分为三个主要阶段,即早期古风式的开端,优美化时期和盛期大师高超的技巧。这样一种艺术演变的历史模式渊源于普林尼等古代学者。瓦萨里甚至也在他的著作中对古希腊罗马艺术史作了简单的勾勒,那是一个与文艺复兴意大利艺术一致的从发生到完善的过程。但瓦萨里没有像温克尔曼那样,去设定贯穿在整个艺术传统中的演变的秩序。瓦萨里之后的相当长的时间里,艺术史家都倾向于回避《名人传》建构系统艺术史的努力，艺术的一般历史处在四分五裂的状态，留下来的只是对个别艺术家、流派、风格的缺乏连贯性的描述。温克尔曼的《古代艺术史》因此可以说是对系统艺术史写作传统的回归。

二、推断与归纳：构架艺术史

温克尔曼认为，他的构想性的艺术史框架具有基础的合理性和工具价值：

> 我所探究的某些思想也许没有获得恰如其分的确认；不过，它们可以帮助其他人在研究古代艺术时更深入一步；一种推测被后来的发现所证实的情况是相当常见的。在这样一种类型的著作中，我们不能像在自然科学中那样，禁绝推断，或禁绝那些与客观事实形成关联线索的推测。它们就像造房子采用的脚手架，在缺乏古代艺术知识的情况下，如果你不想无所作为地绕过这片空白的话，那么，它们就是不可或缺的。我提出的某些理由也许不是异常明朗，单独地看，它们只是一种可能性，但把这些东西结合在一起，联系起来考察，就构成了一种证据。[20]

当然，以艺术和文化演变必然性的一般原则为出发点的历史体系不可能完全依靠理论演绎而得到完善，还需要经过归纳和整理的经验材料的支撑，理论演绎和事实归纳必须结合起来。因此，这个体系既不全然依托于先行原则，也不纯粹属于经验材料归纳的成果。它在学术上的可信度和价值主要取决于是否能让零散经验材料获得内在统一性，而先行原则也以经验材料的支持而获得自我演进的理论活力。

类似的体系建构过程在《论法的精神》中也有体现，孟德斯鸠说：

> 法律，从最宽泛的意义上讲，源自于事物本质的必然性关系，在这个意义上，所有生物都有它们的律法，神有律法，物质世界有律法，人也有律法。那些认为我们在世界上看到的一切都是盲目命运的结果的说法是十分荒谬的。[21]

对自然和人类社会历史进程中的法则的信念构成了《论法的精神》体系的出发点。实际的调查和研究工作又让孟德斯鸠感觉到人类法则的多样性和相互联系的情况：

> 最初我考察人类，我相信，在法律和习俗的这种无限多样性中，他们不会被自己的奇想所完全引导。我提出了原则，我发现了作为他们自我意志的与这些原则相符合的个别情况，所有国家的历史只是这些原则的结果，每个特定的法律都与另外一个相联系，或者依存于另外一种更加一般的法律。㉘

《论法的精神》并非是单纯推断和演绎的产物，同时还是孟德斯鸠长期以来收集的复杂资料归纳性的成果。他还说：

> 对于这部著作，我开始许多次，也放弃了许多次，一千次地把我写完的东西扔到火中，我是在没有形成一个计划的情况下追寻我的目标的；我对法则和例外一无所知；我只是找到了失去它的真理，但当我发现了我的法则后，我所搜寻的一切就都来到我面前了。㉚

先行原则与最终成形的历史体系的关系几乎与温克尔曼一样处在交缠和纠结状态，你中有我，我中有你，无法泾渭分明。许多真理无法得到直接领悟，直到有一天看到了它们之间的纽带。越是思考细节，就越对这些原则的确定性有所感悟。

这基本是一个不断地从一般到特殊，再从特殊到一般的过程。温克尔曼并不认为这样一种历史体系的认识论基础是牢固的，他对推断性思考引发错误的可能性有充分的估价。对于当时一些古典学者的阐述，他认为，那些东西与其说给人教诲，还不如说误人子弟。那些人根本没有实地考察过古代建筑和雕塑，只凭理所当然的想象㉛。他认为，不能仅凭素描而对古代雕像下判断，不到古代文物巨大储存库罗马去，就不可能写出任何有价值的古代艺术的著作。他本人总是尽可能回避绝对肯定的断言，除非经过实地勘察，这也预示了后来考古学的严谨工作方法。当然，在另一方面，温克尔曼也反对完全缺乏理论思考的古物研究：

有些人的错误在于他们过于谨慎了,希望在一方面把所有考察古代艺术作品的有利见解都放在那里。他们应该在这样一个积极的、事先的安排中来滋养自己,因为在一种你将要发现美的东西的、具有冒险性的信念里,你会全面搜寻这种美,有些人会实际地发现它。在你发现它之前,你总是不断地返回;因为它已然在掌握中了。[②]

很多情况下,驱使历史学家追寻原初证据、获取某种有价值东西的冲动往往是一种盲目的信仰。孟德斯鸠《论法的精神》的体系,在一般概念上与温克尔曼相似,但孟德斯鸠的体系不是历史的,在理论模式与经验细节之间也没有清晰的界限。

除孟德斯鸠外,卢梭的历史观念体系与温克尔曼艺术史学思想的联系也值得关注。卢梭《论人类不平等的起源》的认识论基础与温克尔曼的《古代艺术史》有着共同点:

> 我承认,我要描述的事件可能以几种不同的方式发生,在它们之间我无法做出决定,除非通过构想的方法;但除了这样一个事实,即这些构想在它们是你从事物特性中生发出来的最具可能性的时候,就变成为理由,是你可以使用的唯一发现真理的途径,从它们那里,我希望推演的结果将不会全然是构想的,因为,在我已建构的原则基础上,你不能塑造另外一个体系,它不会用这同样的结果来提供给我,由此我们不能获得同样的结论。[③]

市民社会起源的历史证据极端缺乏,卢梭无法撰写通常意义上的经验事实充分的历史著作,能做的首先是构建一个先行观念结构,让业已了解的极少的事实能形成联系的纽带,以体现历史的本质。卢梭说:

> 我们还是先把所有事实放在一边,因为它们对我们要解决的问题不起作用。我们无法展开这样的研究,即去追求历史的真理,能做的是把历史研究作为一种构想性和条件性的推理活动,这更有利于澄清事情的本质,而不是简单地展现它们实际的起源。这

种推理就像我们的物理学家们每天都在进行的一样，被用来解释地球的结构。⑬

卢梭有关人类不平等起源历史的推断性要比温克尔曼古代艺术史强烈得多，因此，他也更加怀疑他的历史体系的适用性。事实缺少只是一个原因，卢梭还坚持这样的立场：即便在对自己秉持的基本原则非常肯定的情况下，也不希望所创建的让所有已知事实各属其位的历史叙事具有绝对确定性。他认为，历史学家只是提出了一个可能的故事，以理论为出发点的任何故事，其真理性都是有限度的。

把温克尔曼与孟德斯鸠、卢梭比较，他大体处在孟德斯鸠对事实与原则一体性的肯定与卢梭的怀疑主义之间的状态。卢梭强烈的怀疑主义，使他把经验历史的舞台看做是不确定的，也不相信会有可以判定推断性历史方法可靠程度的标准，更不用说获得真理的确认了。历史进程的逻辑化与实际发生的历史是两件不同的事情，促使人类社会主要关系变化的原因不是逻辑原则，而更可能是极端偶然事件的综合效应，这也是卢梭撰写人类不平等历史的立足点。

温克尔曼不像卢梭那样悲观，《古代艺术史》的第二部分因循第一部分的历史系统模式，力求让经验、细节的历史呈现出理性逻辑。分散、零碎和偶然的因素被纳入到系统框架里，历史显示出既立足于坚固的事实，又有强烈的逻辑性。但在涉及希腊以外的古代世界艺术时，这样一种从崛起、发展、繁荣到衰落的历史模式便不能完满地把事实组织在一起了。于是，他提出了所谓的成功的和不太成功的文化的隐喻性说明：

> 所有的文化在最早期的阶段中都是相同的，正如俊俏的人在出生时也是丑陋的一样。成熟时期，成功的文化（比如希腊文化）犹如一条宽阔的河流。它的清澈的河水流过肥沃的流域，而不成功的文化犹如一条河分成若干小河，或者犹如一条河流汹涌地撞击岩石，耗损了它们的能量（像伊特鲁里亚文化那样）。⑭

古希腊罗马的艺术是艺术史理想类型，除此之外，还有不完善或不完整的版本存在。

如果说，温克尔曼历史体系与卢梭人类不平等历史有什么根本差别的话,那就是后者拒绝简单进步或衰落模式,而认为人类文化历史进程中,进步与衰落是同时发生的,历史不会沿着单一的轨迹行进。这种二元历史观念只是在后来非古典艺术中心论的风格史中才出现。李格尔古代艺术风格从触觉到视觉的演变,沃尔夫林划分巴罗克与文艺复兴时代艺术的五对概念,其实都是寓意进步与衰落并存的艺术史模式。而启蒙时代的温克尔曼还是显示出对传统的、单一历史发展模式的偏好。特定历史时期被设想为从属于一个更为广阔的上升和衰落的过程。实际上,这种历史模式的核心在于确立一个高度繁荣的阶段,这时,艺术作为文化现象,它的所有方面都得到了完满实现,成为人类艺术创造的理想巅峰。按照卢梭的历史逻辑,这样的时刻是永远不可能的。理性日臻完美,人类技术能力的优化必然伴随着自由的丧失和自然状态下人类平等的衰落。在一个市民社会里,各种机构建制可能变得优化和复杂,但都以牺牲人类主体性为代价。

三、温克尔曼—布克哈特传统

温克尔曼《古代艺术史》推动了18世纪欧洲古典艺术崇拜的热潮,古代艺术传统被设想为具有类似于有机生命体般的生长、发展、繁荣到衰落的周期,具体而微地呈现古希腊精神文化理想,《古代艺术史》因此是一种文化的"普遍史"的隐喻,一部浓缩了文化史内涵的艺术风格史。

作为启蒙时代的学者,温克尔曼从没有把艺术看成是与社会历史进程不相干的孤立现象。文化与艺术的精神理想,与所诞生的地理气候条件紧密相关。从先行理性原则出发,以全面细致的风格分析为依托,构建古代艺术史体系,这为后来黑格尔文化哲学中的"时代精神"(Zeitgeist)概念奠定了坚实的基础。黑格尔在《美学》中是这样评价温克尔曼的:

> 温克尔曼已从观察古代艺术理想中得到启发,因为替艺术欣赏养成了一种新的敏感,把庸俗的目的说和单纯模仿自然说都粉碎了,很有力地主张要在艺术作品和艺术史中找出艺术的理念。我们应该说,温克尔曼在艺术领域里替心灵发现了一种新的机能和一种新的研究方法。[⑧]

温克尔曼的历史体系从根本上讲是一种循环论,渊源于柏拉图晚年著作

《法律》篇。18世纪中期欧洲理性主义者对人类文明前景抱着乐观情绪,循环论历史在一些哲学家和历史学家的著作中变成一种对永不衰落的持续进步的信仰。在这方面,温克尔曼表现得更冷静,他的着眼于作品及风格分析的艺术史方法使他避免掉入到纯粹理论演绎和宏大体系建构的陷阱中。他感觉到古希腊传统在罗马时代的衰落,文艺复兴时代的再度崛起,17世纪的低落和18世纪程度有限的复生。温克尔曼秉持希腊文化与艺术"黄金时代"一去不返的信念。

温克尔曼的后续影响十分深远,他对近代西方艺术史学的最重要贡献是建构了风格史的范型。需要指出的是,温克尔曼的风格史与他的文化"普遍史"观念联系在一起。风格并非只具形式或美学的意义,还是精神与文化的隐喻。温克尔曼在概括特定时代艺术风格特征时,并非仅仅从作品出发,也涉及社会条件、宗教、习俗和气候因素。贡布里希说:"温克尔曼把希腊风格作为一种希腊生活方式的表现,激励了后来赫尔德和其他学者以同样态度研究中世纪时代,由此为一种以风格延续为主线的艺术史奠定了坚实基础。"⑩

温克尔曼文化"普遍史"的宏大理想在19世纪瑞士历史学家布克哈特那里得到了更为完整的实现。布克哈特构想了一个恢宏的文化"普遍史"撰述系列,在学术脉络上是对温克尔曼《古代艺术史》的延续和扩展。他说:

> 如果发达的希腊形式体系可以经历历史的所有变迁,在六个世纪的时间里保持自身不变,而且还不断地萌发新芽,那么,为什么恰恰是在2世纪安东尼时代以后失去了它的创造性力量?也许从这个时代的一般哲学思考中可以得出某种先验的答案,但不去探寻确定这样一种重大的精神力量的生命周期是否过于谨慎了。不过,这种情况的间接原因是清楚的:材料和任务的变化,还有是艺术主题的改变,或者是购买者的观点的变化。⑧

1853年,布克哈特出版《君士坦丁大帝时代》,1860年著名的《意大利文艺复兴时期的文化》面世,他的风格问题专著《意大利文艺复兴历史》于1867年出版,作为库格勒《建筑史》的第4卷,这本书的标题表明了作者的文化史视野。作为温克尔曼传统延续者的布克哈特,因其巨大的学术影响力,甚至于把前者推到了背景地位。

布克哈特的后继者沃尔夫林最终形成一种经典的艺术史风格理论,也激发了后来克莱夫·贝尔、罗杰·佛莱"有意味的形式"的思想。事实上,现在人们往往只注意到沃尔夫林风格史概念的纯形式取向,而忽略了他与温克尔曼—布克哈特文化"普遍史"的渊源。其实,沃尔夫林最初尝试的是一种把视觉形式演变与社会态度变化描述结合在一起的方法,以解释15世纪到16世纪意大利文艺复兴艺术风格的变革。正如布克哈特说的:

> 唯有通过艺术这一媒介,(一个时代)最秘密的信仰和理想总能传递给后人,而只有这种传递方式是最值得信赖的,因为它并不是有意而为的㊴。

而解释一种风格也不外乎是在"普遍史"的情境中考察它的特性,以证明这种风格与这个时代文化的其他喉舌发出了同样的声音。

19世纪末20世纪初,以风格问题为指向的"形式的艺术科学"日益成为探究和确认民族精神生活特性的重要观念工具。在沃林格尔的《抽象与移情》和《哥特形式论》中,温克尔曼式"先行原则"的立足点由抽象理性变成了特定时代、民族群体一般的视觉心理机制,同时,借助于"形式意志"的概念,构架起二元对立的艺术风格史观念体系,为20世纪初德国艺术史和批评领域里的民族主义意识形态提供了理论武器。

作为观念史的艺术史,也是温克尔曼—布克哈特传统的衍生。决定时代或民族风格样式的是某种主导的观念形式。观念史最重要的实践者,维也纳艺术史家马克斯·德沃夏克在他的论文《格列柯与风格主义》中批驳了那种认为格列柯的风格是某种精神错乱征兆的说法。在他看来,格列柯与17世纪西班牙著名作家塞万提斯并驾齐驱,两人作品以不同方式呈现出宗教改革时期的一种理想化的精神主义倾向,他写道:

> 格列柯与塞万提斯一样也是理想主义者,他的艺术是用人类的精神主义,取代文艺复兴的唯物主义为目标的欧洲艺术运动的最高点……在物质与精神永恒的斗争中,天平总是倾向于精神胜利的一面。然而,我们今天认识到格列柯伟大的艺术和预言未来的精神,应该说是这个时代精神转变的赏赐。㊵

图像学是 20 世纪艺术史写作最重要的发展趋向之一。温克尔曼早在 18 世纪就体现出对图像研究的兴趣,他的《寓意》(Allegorie)是对里帕(Matheo Ripa)开端的图像解说论文的延续。撰写《古代艺术史》时,他花费了大量精力梳理雕塑作品的题材含义,当然,他的有些说法是错误的。作为系统和科学的图像学研究要到 20 世纪才出现。

① Arnold Hauser,*Philosophy of Art History*,London:Routledge & K. Paul,1959, p. 208.

②⑲ 鲍桑葵:《美学史》,张今译,商务印书馆 1985 年版,第 317 页,第 312 页。

③ Alex Potts,Johann Joachim Winckelmann—The Dictionary of Art,Vol. 33,Grove,1996, p. 241～242.

④⑨⑪⑬⑱㉔㉗㉛㉜㉝ *Winckelmann:Writings on Art Selected*,edited by David Irwin,London:Phaidon Press Limited,1972,p. 104,p. 61,p. 62,p. 104,p. 110,p. 128,p. 105,p. 172,p. 55.

⑤ T. W. Gaehtgens, *Johann Joachim Winckelmann* 1717-1768 , Hamburg,1986.

⑥⑫㉕ 温克尔曼:《论古代艺术》,中国人民大学出版社 1989 年版,第 134 页,第 12 页。

⑦ 曹意强:《欧美艺术史学史与方法论》(讲稿)第四讲《艺术史与"文艺复兴"的观念:从瓦萨里到科隆夫》,载《新美术》2001 年第 4 期,第 59～61 页。

⑧ John Onians, *Art history*, *Kunstgeschichte and Historia Art History*, 1, no. 2, June 1989, p. 131～133.

⑩㉘㉙㉚ Montesquieu,*The Spirit of the Laws*,Vol. 1, translated by Anne M. Cohler,China Social Sciences Publishing House,p. 231,p. 3,p. xiii,p. xiv.

⑭ 鲍桑葵在《美学史》中谈到,温克尔曼有关气候对希腊艺术影响的观点是本着柏拉图和亚里士多德的,"大概又是从希罗多德那里借来的一项见解"。而事实上,18 世纪启蒙学者有关气候与文化关系的论说都可回溯到古代希腊。孟德斯鸠《论法的精神》中围绕着地理环境对特定民族文化塑造作用的论说相当系统,在当时更具现实影响力(参见鲍桑葵《美学史》,第 316 页)。

⑮ 维柯:《新科学》,朱光潜译,人民文学出版社 1986 年版,第 105 页。

⑯ 张广智等《史学,文化中的文化——文化视野中的西方史学》,浙江人民出版社 1990 年版,第 45～46 页。

⑰㉓ Alex Potts,*Flesh and the Ideal:Winckelmannn and the Origins of Art History*, New Haven and London:Yale University Press, 1994,p. 36.

⑳ 瓦索柯洛夫:《伏尔泰》,上海人民出版社 1960 年版,第 35 页。

㉑ 该书后改名为《普遍史概要》(*Abrege de I'histoir Unierselle*),被学术界公认为近代第一部真正意义上的人类通史。

㉒ 伏尔泰:《论风俗》上册,商务印书馆 1994 年版,第 2 页。

㉖ George Kubler,*The Shape of Time:Remarks on the History of Things*,Yale University

Press，1962，p. 61.

㉝㉞　Jean-Jacques Rousseau，*A Discourse on Inquality*，translated by Maurice Cranston，China Social Sciences Publishing House，p. 107，p. 78.

㉟　范景中主编《美术史的形状——从瓦萨里到 20 世纪 20 年代》卷一，中国美术学院出版社 2003 年版，第 112 页。

㊱　黑格尔：《美学》第一卷，朱光潜译，商务印书馆 1979 年第 2 版，第 78 页。

㊲　Gombrich，*Style*，*International Encyclopedia of Social Sciences*，Vol 15，New York：Macmillan and Free Press，1968.

㊳　转引自曹意强《"文艺复兴"的观念》，《艺术史研究》2001 年第三辑，第 78 页。

㊴　马克斯·德沃夏克：《格列柯与风格主义》，载《美术译丛》1984 年第 2 期，第 62 页。

论前卫艺术的本质与起源

——从比格尔的《前卫理论》出发

高名潞

比格尔（Peter Burger）是法兰克福学派的重要学者。现在是不来梅（Bremen）大学法语和比较文学系的教授。他的主要著作有《现代主义的倒塌》（Decline of Modernism）以及《艺术机制》（The Institutions of Art）等。他在运用后结构主义理论的同时，吸收马克思主义经济基础决定上层建筑的社会理论，开创了将历史、社会、文化、艺术融为一体的艺术史研究方法。他的《前卫理论》德文版最早发表在 1974 年，英文版于 1984 年由明尼苏达大学出版社作为文学理论系列中的一本发表。明尼苏达大学的教授舒尔特—萨思（Jochen Schulte-Sasse）为英文版写了一篇题为《现代主义理论与前卫理论》的长序[①]。

比格尔的《前卫理论》只有五个章节，它是一本薄薄的书，但是其理论的丰富性和影响之深远是不可估量的。

在第一章里比格尔首先反省了文学批评理论。他指出文学批评是社会实践的一部分，但是，这个实践不是说批评直接参与到社会政治的具体实践中去。批评需要有责任心和社会兴趣，但是，同理，这个兴趣也不意味着在文学批评中直接表达个人的某种社会和政治的观点。文学批评的社会热情应当体现在对文学的历史和现状的客观化分类，这个归类就是提出问题。提出问题就是对传统批评范畴和分类的批判，同时也是对当下的文学现象的透视。因为，批评永远和我们头脑中已经存在的知识储备有关，与传统批评对历史的分类范畴有关，也就是说，我们总是通过传统去批评的，总是带着传统的认识和知识去批评的。不难看出，比格尔的这个观点受到了伽达默尔的解释学的影响。但是，比格尔所要强调的是批评本身的自律。只有批评达到自身逻辑和范畴的自足，才能真正地作用到社会实践，或者说才能够真正地解释社会实践和历史。

一、前卫的历史本质

由此引申出什么是艺术的问题。艺术是体制（institution），不是个体作品（individual work）。艺术作品不是个体的实体，而是在体制中生成的，正是这个体制决定了艺术功能。艺术创作当然是精神性活动，但是这不等于说精神的具体化就是塑造现实的真实。艺术的功能不是再现现实的真实，而是补充现实的不真实②。所以艺术批评是寻找真理和非真理的关系的思想活动。它是一种意识形态活动，但不是那种再现现实中的真实的活动。就像马克思分析宗教时候的观点，宗教除去它的面纱之后露出了它的矛盾性：一方面尽管它不是真的（因为这里没有上帝），另一方面它作为一种痛苦的表现和对痛苦的抵抗又是真实的；宗教的社会功能同样是矛盾的：一方面它给予人幻想中的幸福体验，它减轻痛苦的存在，但是完成了这个体验之后，它同时也阻碍真正幸福的建立。所以，作为意识形态的批评的目的和功能就是揭示这种矛盾。实际上，艺术的功能也如此，不是表现真实或者不真实，而是表现真实和不真实之间的关系。马尔库塞受到马克思的影响，也认为艺术是一种矛盾对立物，一方面它是"忘掉的真理"——以发现现实中不存在的真理为己任，另一方面，这真理又以美学独立的形式不接触现实③。

比格尔认为恰恰是这种批评的中立化体现了资本主义社会的人性的存在。因为，如果作品不是一个个体实体，而是体制系统的产物的话，那么，艺术家个体的自由就不体现在作品是否再现了现实的真实与否，因为现实的真实就是体制对艺术的控制和压抑。如果说艺术家有自由的话，那只是表达个体的想象而已，想象在艺术中实现在社会中所得不到的意愿。所以，在资本主义社会，人通过艺术恢复了感知自己的人性的存在，但是，艺术和实际生活并不接触。这不等于艺术对实际生活不发生作用，艺术对社会生活的独特作用在于它的"批评的中立化"④。

正是艺术在批评社会的功能方面的"中立化"促成了资本主义艺术和现实的疏离。一方面艺术不参与生活，另一方面艺术语言和生活语言（可视现实）之间并不发生直接的模仿关系。所以，西方现代主义和抽象艺术即是这个理论的逻辑结果。

在第二章中，比格尔还从历史的角度审视了前卫的批判本质，即对艺术的自身的批判而不是对具体的风格或者内容的批判。在 20 世纪初的历史前卫之前,艺术的规律是对既有的历史上形成的风格的模仿,大师对这一风格的改良和修正促成了另一个领衔时代的风格,但是这个风格不是新的,而是承上启下的。所以,20 世纪之前的艺术是师傅带徒弟的作坊创作形式。按照波基欧利(Renado Poggioli)的说法,这种作坊形式所生产的新艺术叫做流派,流派是在同一个风格中延续和改良的成果。然而,自从历史前卫出现,风格的发展不再作为艺术创新的标准。这里没有达达风格,它消灭了"时代风格"这个概念,而且发明了过去的风格对创新也有效的理论⑤。不是"风格"而是"方法"成为前卫艺术的普遍认同。波基欧利因此把前卫的革新想象称之为运动(movement),而把风格的革新称之为新的流派(school)。与比格尔不一样,波基欧利把第一个前卫运动追溯到 19 世纪中的浪漫主义。

接着,比格尔又区分了前卫的自我批判(self-criticism)和传统艺术的内部系统批判(system-immanent criticism)。内部系统批判是不同风格或者流派之间的批判,这类似宗教中不同派别的互相批判,比如,中国的南宗禅对北宗禅的批判,在西方基督教对异教的批判等。而自我批判则是根本的、本质上否定的批判。比如,达达批判的不是风格流派,而是整个艺术机制,也就是控制着艺术生产的系统⑥。前卫不但批判那个艺术所赖以生存的分配机制,同时也批判艺术自律的观念。因为在资本主义社会,由于政治和经济的分离,传统艺术的深度意义的画面被市场交换价值所抽空,所以艺术从以往的"礼仪"功能中脱身出来。18 世纪末到 19 世纪中,艺术自身充分独立地发展,但是它仍然有政治的内容,这个政治是一种绝对精神,也就是康德、黑格尔的纯粹精神的产物。正是资本主义的机器复制使艺术失去了礼仪性质。但是,比格尔不同意把照相技术的发明看做艺术系统变化的根本原因,比如照相技术冲击了传统绘画的再现观念和神圣性,就像本雅明说的那样。比格尔认为正是艺术的社会功能的变化(也就是劳动分工的变化)导致了神圣性的丢失。因为,艺术家和普通生产者一样在生产产品,艺术家成为一个特殊的工种⑦。艺术家在这种"劳动"和"生产"中,他们的个人感觉和反应不再回到社会化和仪式化中去,这就意味着个人经验的缩减和消退,从而使艺术和美学向自身回归,不再受到礼仪的束缚,这是积极的一面。消极的一面则是艺术社会功能的衰退。

比格尔分析的资本主义艺术的特点,在现时中国的艺术中体现得极为明显。艺术区创造出批量的产品,艺术家已经成为生产特殊产品的工种,而不再是精神的创造者。但是,面对这样的麻木状态,唯一的出路就是想象,美学的想象,意识形态的想象以及社会政治的想象。当艺术这个工种失掉精神和礼仪的时候,也是艺术家自由的想象和虚拟的时刻。当集体的和国家的意识形态在物质和时尚充斥的时候基本弱化的情况下,唯一可以存在的意识形态和信仰只属于个人。所以,中国目前的前卫——如果还能够产生前卫的话,应当是这种能够想象出新的个体信仰和意识形态的艺术。所以,美学的回归,不是形式的回归,相反是意识形态的回归、形而上冲动和绝对精神的回归。

二、前卫的创造性是对体制的有意识批判

在西方研究先锋派的理论著作中,除了比格尔的这本书之外,还有一本就是前述意大利学者、哈佛大学教授波基欧利在 20 世纪 60 年代发表的《前卫理论》⑧。然而,波基欧利和比格尔讨论的角度很不一样,前者从历史角度把浪漫主义作为前卫的起源,并且讨论了不同的现代主义流派、不同的先锋性。他受马克思主义的影响,但是很少谈经济基础对意识形态的影响,比如体制和艺术之间的关系;而是更侧重从意识形态、行动意识和语言的角度去谈何为前卫意识,并且界定了前卫艺术的本质。彼得·克利斯坦森(Peter G. Christensen)曾经根据波基欧利的原文,总结出波基欧利关于前卫定义的四个要素。

1. 行动主义(Activism):沉迷于"崇尚活力、行为意识、运动激情和超前向往"的自我冲动;

2. 敌对主义(Antagonism):对现存的所有事物抱有敌对态度;

3. 虚无主义(Nihilism):一种"卓越的无政府主义","不但能够从运动的胜利中获得喜悦,更从克服障碍中获得更大的快乐:捕获对手,摧毁进行途中的路障等等";

4. 悲剧情怀(Agonism):在一种集体的"超越现实经验的行为主义"运动中,去"直面那为未来的成功而冲动地奉献牺牲的自我毁灭"⑨。

我们不难发现，波基欧利对前卫艺术的定义本身就是浪漫的、充满激情的，而且是非常社会性的。但是，舒尔特—萨思认为他对前卫艺术的历史分期存在着理念和历史之间的含混性。波基欧利根据前卫的意识形态特点把前卫的起源定在浪漫主义时期，但是他并没有从历史的角度、从社会经济和体制的变化对艺术和上层建筑影响的角度分析前卫形成的原因。由于波基欧利对前卫的讨论是建立在一个平行的理论上，即前卫和资本主义社会异化的对抗——"前卫对新奇的追求"表现了"我们这个中产阶级的、资本主义的以及科技社会的基本矛盾"。所以，前卫的崇尚新奇甚至荒诞的语言，实际上就是对平面的、庸俗的大众语言流于习俗的颓废趋势的对抗、泄导和治疗。比如，在《前卫理论》中，前卫对新奇甚至奇异的崇拜实际上被描述为是一种资产阶级、资本主义和科技社会的紧张度的表现。舒尔特—萨思认为波基欧利对前卫的描述显然是有问题的，因为他无法解决浪漫主义和现代主义的差异。他把前卫的起源追溯到波德莱尔和浪漫主义运动，他对前卫的界定只是一些前卫在意识形态、心理、形式等方面的特点，也就是它的四个基本前卫特点。所以，按照波基欧利的理论，前卫在语言上，也就是在美学自律的立场上对社会的挑战才是西方前卫的本质。这个本质恰恰是由分离和异化所决定的。但问题是，这两者冲突的起点在什么时候？如果按照社会历史的时间分期，商业化了的资产阶级颓废艺术大概在 18 世纪末就出现了，而且艺术自律也是在 18 世纪末和 19 世纪初就出现了，那么前卫艺术的怀疑主义和反叛艺术必然也在这个时期出现。但这就出现了问题，因为这样一来，"前卫"就成了一个空洞的口号，因为我们可以用这个概念去涵盖所有从 19 世纪初到浪漫主义、象征主义、唯美主义直到前卫和后现代主义的所有现象，那么前卫也就失去了它的特定历史含义。

正是在"前卫艺术何时出现"这个关键之处，比格尔的理论显示了更具说服力的历史叙事及其方法论。首先，在他那里，现代艺术和前卫艺术的发生和发展与前卫是分开考虑的。现代艺术对于他来说和现代主义不是一回事。现代艺术应当发生得比前卫更早一些，或者说现代艺术在资本主义的市场经济和私人艺术赞助出现的时候就已经出现了。18 世纪末和 19 世纪初的文学的艺术自律就可以被看做是现代艺术的，至少，19 世纪中期出现的浪漫主义，以及随后的象征主义都是现代艺术。但是，在西方现代艺术史中，一般是把现代主义，也就是 20 世纪初出现的后期印象派、立体主义等和前卫艺术视为同一现象的两个方面。现代主义就是前卫,或者用一个特定的概念叫做"历史前卫"(historical avant-garde)去涵盖20世纪上半期的现代主义艺术。但是,比格尔认为前卫艺术是资本主义艺术,或者是现代艺术发展到一个特定历史阶段的特定产物,它并不是随着资本主义艺术的出现而自然出现的历史现象,而是当资本主义艺术(或者现代艺术)发展到20世纪初,当现代艺术运动开始认识到资本主义的体制的本质性,并且把体制批判作为艺术的首要内容的时候,前卫才真正出现。所以,比格尔对前卫的界定是基于更为具体的和特定历史的角度的。

比格尔讨论了前卫出现之前的资本主义艺术的发展阶段。他认为,第一阶段的资产阶级艺术的转变是在18世纪,这表现在以往艺术家对皇家宫廷或者贵族赞助人的严格依赖性的解体,取而代之的是另一个新的、匿名的私人性质的赞助人体系。这个体系是一个自律的、结构性的、以市场效益的最大化为原则的赞助体系。这个转折也可以看做欧洲18世纪的宫廷文化的衰败,以及新兴的资产阶级文化的真正开始的标志。

比格尔认为,在18世纪末,艺术在这个阶段把自己从社会中疏离出来。至少在意识形态上,艺术天才们试图把自己从市场和大众流行文化中独立出来,但是,这种独立的艺术宣示并没有和社会真的分离,恰恰相反,在18世纪末和19世纪初,这种主张自律的艺术仍然选取和批判社会有关的叙事作为主要的题材。它们的内在实质来源于关于时代(现在和未来)的历史的和哲学的思考,"现在"在他们的作品中是被否定的,而"未来"则是积极的、被肯定的。这里的否定和肯定之间的对立不是一个绝对性的道德标准而是一个对时间和现代性的质询,这决定了它们的作品结构和叙事的展开方式,所以,我们会发现其叙事和情节的展开都是为美感与和谐服务的。即便是悲剧的叙事,悲剧的情节本身也只是题材和叙事的需要,其目的是为道德和谐的根本主旨服务。但是,这个道德和谐不能被视作一个在社会实践意义之上的指导整个社会的道德实践原则。所以,艺术的叙事和社会现实在本质上是悖论的。这个时期的文学在功能上是矛盾性的,它试图同时对美学和社会发生影响:在美学上,它的美学的和心理学的力量应当调动出读者和观者的美感;另一方面,就其社会功能而言,文学对美感的调动和培育正是建构未来理想社会的前提——在这个社会中,每个个体必须具有健全的心理。

对于比格尔来说,这个艺术的悖论身份是理解近期艺术历史逻辑的关键。在否定现实和肯定未来之间的矛盾暗示了艺术将逐步更明显地走向那个"艺术作为艺术"的自律样式。因为,这个对社会的否定透露出艺术家对媒介承担社会功能的无力和失望,正是这个失望导致了更为极端的疏离,并且通过在哲学和美学方面对艺术本体、对形式独立的讨论和论证使艺术从社会功能的诉求中逐步解脱出来。这个过程也深深地影响读者对艺术自律的认识和反应。

和波基欧利不一样,比格尔认为现代性、先锋性是西方资本主义体制所催化出来的必然产物,这导致前卫艺术必然要产生,而前卫艺术的产生就是对它生长于其中的体制的有意识的批判。它把体制批判直接作为先锋性的内容,不像波基欧利或其他人那样,只是把资本主义市场体制看做促成前卫的美学批判的原因和对立面。比格尔不但把体制作为前卫艺术的根源,同时还作为前卫艺术作品的内容,如把杜桑的"小便池"看成是反体制的前卫艺术的代表。也正是因为反体制是在此之前的现代艺术所从没有过的,这就形成了我们所称之为的先锋性。换句话说,反体制是先锋性的创造发明,所以反体制必定是先锋性的表现内容⑩。当然他的反体制不是指反对美术馆实体,他的"体制"是指艺术所依附的社会价值系统,这个系统是由阶级或者商业化机构所建立和控制的。所以,他认为,我们不应该从所谓纯粹的思想意识方面去检验艺术的本质,而应该从艺术作品与上述体制之间的关系方面去检验它是否具有先锋性,这就是比格尔的《前卫理论》的中心议题。

与大多数持美学和社会二元论的西方前卫文化的研究者不同,比格尔强调美学特点和社会历史的具体情境的紧密关系,前者是从后者中成长出来的。这是对那些没有历史感的研究的一种抵制。他的理论远远地超越了那些把现代艺术的发展看做是从现实主义向现代主义转变的线性的、形式自律发展的观点。但是,与那些庸俗社会学研究者不同的是,这个历史情境不是和艺术品的历史相对立或者平行、或者围绕在它周围的一个社会"背景"。在那些庸俗社会学理论中,似乎只要把社会背景的"时代精神"搞清,就可以用它去套同一个时代的艺术史和艺术作品的意义模式。比格尔与其区别在于,尽管他不否定美学特点和社会情景的关系,但是他强调这个关系的特定性和互动结果。比如,他认为只有当美学自律的现代艺术发展到 20 世纪初的时候,前卫才认识到反体制的意义,前卫艺术反体制才成为最重要的特点。更重要的是,比格尔要说明艺术和社会总是通过不同的途径互相对话的。理解这个特定的互动,就会让我们了解到,在不同的时期,总是有不同的体制化制约和促成了不同的美学实践。进一步,这个体制化不是外在于艺术观念的,而是艺术作品的本质性的、历史化了的艺术观念本身。所以美学和社会情境的关系在比格尔那里不是平行的,而是互动的、互为表里的立体和运动的结构。

所以,当我们理解比格尔所运用的那些概念,如"体制"、"自律"、"艺术作品"、"蒙太奇"、"拼贴"等的时候,我们必须明白,它们是发生在特定关系里的结构性概念,而不是孤立的或者社会的或者形式自律的概念。比格尔说得非常清楚,不存在一个纯粹的艺术概念,只有体制才是造成艺术成为艺术的本质的因素,这个内在本质总是存在于某些一致的、历史性的、可以经验到的发生途径之中。不论是什么艺术观念,不论我们怎样感受到艺术作为自律性而出现,它总是具有它的社会功能的,或者说是作为自律的社会功能决定了自律的艺术概念的出现和存在。唯美主义的艺术用它美丽的外观满足了资本主义社会人们对剩余价值的需求,同时也为人们创造了一个理想社会的未来。所以艺术总是在否定和肯定之间平衡和互转。这一点非常重要,它纠正了人们对艺术的社会性的偏见和表面性的解读习惯:似乎具有社会内容的艺术作品才具有社会功能,纯形式主义的就没有社会功能。这种艺术观在 20 世纪中国艺术中屡见不鲜。那些强调美学和形式语言探索的艺术常常被认为是资产阶级的(也就是西方现代派的)艺术。所以,抽象风格的和接近传统文人的艺术常常被认为是颓废的。这是因为看不到它们作为美学自律的社会功能,这个社会功能也是这类艺术出现的社会情境的逻辑需要。当然,比格尔把前卫艺术看做是对资本主义社会体制的反思和批判的观念,同时也让我们认识到,这个体制本身就是特定历史的,它不适合其他时代和社会。但是,比格尔的美学与社会情景的关系的理论有助于我们在研究其他社会的艺术,比如中国的现代和当代艺术时做参考。比如,当我们研究"文革"艺术的时候,我们不但要看到作为主流的意识形态的艺术,同时还应当把"地下"非主流的艺术看做"文革"艺术的一部分。在主流艺术中,那些政治题材的革命艺术并非没有审美特点,因为,在千篇一律的题材中,艺术家可以在同样的题材中,在忽视个性的革命历史故事和叙事中,通过自己独特的笔触、构图和人物造型去表现自己的个性和审美眼光。比如,我们不但可以在陈逸飞的油画《黄河颂》中解读出千篇一律的革命英雄主义的意义,同时我们还可以从那独特角度的构图中,那带有历史感的黄颜色和那蜿蜒的大河中感受到一种超越了政治题材本身的自然美、健康美和崇高美。另一方面,"文革"中的非主流的"在野"画会——"无名画会"的风景写生虽然和这个时代的革命功能毫不相关,但是,它的"为艺术而艺术"的美学是为了寻找另一种纯粹的无阶级无斗争的桃花源式的乌托邦而服务的①,它的社会功能无疑是对"文革"艺术的社会性的否定,但是它们都是社会体制的产物。在这里,肯定和否定是辩证地和平衡地存在于同一个体制之中的不可分割的不同侧面。

三、比格尔研究前卫和现代艺术的方法

虽然比格尔的《前卫理论》试图把格林伯格和波基欧利的前卫理论的历史渊源和前卫语言的生成本质放到一个更为辩证和对立转换的视角去分析,但是他关于西方现代主义和前卫艺术的研究始终离不开现代精英语言和社会大众语言的分离、美学和社会的分离、艺术和政治的分离这些西方现代性研究的基础理论。这个理论和其他社会学理论,比如马克思的社会异化理论(alienation)和马克斯·韦伯的"合理性"(rationality)概念都是一致的。最早我们还可以上溯到康德的三个领域——纯粹理性、社会实践批判和无功利的美学判断的理论。

在《前卫理论》这本书的序言中,比格尔开宗明义,把前卫艺术的历史和描述前卫的理论话语分开,认为前卫性本身的发生是一个历史现象,它是一种存在。但用什么样的理论去描述前卫性,则是先锋理论自身的问题。所以,他的书一开始先谈方法论的问题,先谈什么是前卫的话语和叙事,以及这个叙事与前卫的历史现实之间的关系是什么等问题。

在有关艺术理论(批评和艺术史叙事)和艺术历史事实的关系这个问题上,我们可以大体上把西方的理论家分成三个不同的流派。一是反映现实的理论,以卢卡奇等马克思主义艺术理论家为代表;二是将艺术批评和艺术历史视为两个不相关的领域,以阿多诺的理论为代表;三是认为尽管艺术理论是一种和艺术史现象不同的独立的语言系统,但艺术理论可以表达理论家的艺术历史的经验,这个经验可以穿透艺术历史的现象,成为把握到艺术历史本质的语言——有效的艺术理论。比格尔的前卫艺术理论就试图建构这样的理论,而《前卫理论》则是这种理论的集大成者。

基于此,比格尔强调,他的书不是个人的(对历史细节的)分析,而是提

供一个范畴构架，以至于那种分析可以在这个理论的框架中去进行。据此，在这本书中所提到的文学作品和美术作品不能被理解为对个别作品的历史的和社会学的阐释，它们只是理论的佐证。一个小说的理论不是小说的历史，一个前卫的理论不是欧洲的前卫运动的历史本身。同时，他还说，只有那种能够把理论和纯粹的日常言说区分开，把对作品的思考（作品只是思考的佐证——笔者注）和对作品的解释（把解读作品的意义作为目的——笔者注）区分开来的批评才更有帮助。但是，这种批评需要标准，而只有理论可以提供标准[⑫]。只有当批评把它自身植入到它所批评的范畴之中，批评才可以提供真正的认知，也只有在批评尊重被批评对象自身的科学和逻辑状况时批评才成为可能。所以，比格尔批评卢卡奇和阿多诺的理论，认为二者虽然是两个极端，一个强调前卫艺术应当批判和干预现实，另一个则认为前卫的实践和资本主义的社会实践无关。但是二者是有共同点的，即，对前卫艺术的批评都是建立在价值观之上的，不是建立在自身的理论自足之上的。他们将先锋艺术作为一个点，展开它们对资本主义文化的价值观批评。阿多诺是积极的（前卫是资本主义艺术的最高阶段），卢卡奇是消极的（前卫是颓废的，所以，要用无产阶级的艺术去取代它）。

然而，我们不得不问，如果比格尔试图把自己的前卫理论建立在前卫理论范畴自身的逻辑之上，这个逻辑就是欧洲的前卫是对资本主义社会的艺术的自律性本质的叛逆，是对体制的批判性再现，那么，比格尔在得出这个结论之前，就必须首先分析资本主义的体制本身的发展逻辑。于是我们在他的论述中发现，他的理论前提则是艺术的自律和反自律。导致这个资本主义社会中的艺术自律出现的原因是：1. 因为经济交换价值代替了以往的政治——宗教意识形态价值系统；2. 脱离日常生活的审美经验结晶为艺术——美学。当前卫对这个艺术自律进行批判的时候，其实仍然延续着这个艺术自律的理念，尽管不再延续艺术自律的语言形式的推进逻辑——比如二维或者三维的抽象语言的革命，但是，它仍然关注着美学的问题，那就是什么样的艺术样式可以替代传统的艺术形式的问题。正是在这个问题上，杜桑的"小便池"作为"非艺术"语言的艺术而出现。但是，"非艺术"不等于反艺术，它非议的是在此之前所发生的和被接受的艺术，并不是反对在广义意义上的"艺术"。所以，对于杜桑的达达来说，提出一种新艺术去替代另一个已经成为传统的艺术语言或者样式不能仅仅被认为是对外在资本主义的体制的批判（尽管我们同意比格尔的精彩分析），同时，它也是

（对于我来说更多的是）一种美学的批判。只要美学不触及社会实践，只停留在艺术样式和艺术概念的质询和批判的话，它就仍然是美学的批判。无论作品中美学化的内容多么激进，它仍然属于和社会分离的美学自律的范畴之内。

如果我们对照非西方文化区域的现代艺术去看比格尔有关前卫对艺术自律的批判的理论，我们更会增强上述的质询。比如，当我们审视中国现当代艺术的时候，我们发现，美学自律的前提可能无法适用于中国。因为，首先艺术自律生成的条件不具备：1. 无论是在 20 世纪还是在今天，经济并未完全取代意识形态（至少在 20 世纪 90 年代以前）；2. 纯粹脱离日常生活的美学经验也不存在。相反，美学同时也可能是一种意识形态。这在蔡元培的"美育代宗教"说中非常明显，而且中国传统的美学和道德实践是一体的，比如，文人艺术和日常经验并不分离，和宗教修行也不分离。传统美学要求将日常经验升华为美，但不是割断日常经验。当然，比格尔已经认识到资本主义体制的特定性。我们需要思考的是，如果中国有前卫艺术的实践的话，那么它的批判性在那里呢？如果不是资本主义的商业艺术体制，那么又是什么呢？是政治意识形态吗？那么怎样看待它的美学批判？或者我们需要一种完全不同于这种美学和社会对立的前卫理论的范畴模式去讨论中国前卫的历史和实践？

在理解历史现象方面，比格尔对现代主义和前卫的区别使他的理论更为特定和细腻。按照比格尔的观点，现代主义还停留在语言的批判上，它是对传统语言的批判（an attack on traditional writing techniques），但是，前卫则是对包括语言在内的全部艺术系统的批判，这个批判旨在改变被体制化了的艺术系统的全部。具体而言，现代主义（在比格尔的讨论中似乎暗示浪漫主义、象征主义直到 20 世纪的第一个十年的艺术）仍然是 18 世纪末以来的唯美主义（Aestheticism）的延续，是艺术独立和语言批评的继续，而前卫则是对整个资本主义商业体制的批判。正由于此，前卫的艺术观念不是艺术自律和语言自律的，相反它把语言和形式看成内容本身，前卫把形式转化为内容。

关于"形式就是内容"的论断，在格林伯格《前卫与媚俗》一文中就已经提到：诗人和艺术家把关注点从日常经验到的题材内容转移到他们运用的媒介（绘画雕塑的语言——笔者注）本身。实际上，这个论断早在象征主义的高更那里就已经得到阐述，在罗杰·弗莱和克莱夫·贝尔的"有意味的形式"里也得到了阐述。但是,无论是高更还是格林伯格,都没有涉及形式和体制的关系问题。但是,比格尔则试图把艺术的形式(也是内容)放到体制系统中去检验。如果说格林伯格把形式看成了内容,那么比格尔则把形式看做对社会体制的再现或者说形式本身就是体制的同一体,他用杜桑的"小便池"为例说明,艺术是一个在社会中发生功能的样式。

比格尔的前卫研究也显示了他对后结构主义语言学的贡献。在区分现代主义和前卫艺术时,他把通常人们认为的现代主义的发端——浪漫主义看做古典美学系统的一部分。从语言学的角度,比格尔认定只有前卫艺术才真正地体现了现代美学的本质特点。他认为,浪漫主义的美学通常运用复杂性(complexity)、无穷性(inexhaustibility)、无限性(infinity)等修辞去描述艺术作品的内容。这种描述有很强的意识形态功能,比格尔所说的意识形态功能指的是那种把多样和差异整合为一致性的权威性话语。因为,复杂性这个概念从来不意味着多样性(plurality)和差异性(heterogeneity)。相反,在古典浪漫主义美学中,复杂性和统一性(unity)是一个意思。在古典美学中,美(beauty)和静穆(contemplate)都意味着多样的统一,它们的同类词则是含蓄(connotation),而含蓄总是对立于直白(denotation),含蓄意味着丰富的文本,而丰富就是复杂,就是可以使解读展开一个无限多样的可能性。在现代艺术的美学自律阶段,美学主张艺术和社会生活分开,所以,这种美学必定追求美的充分、自足、丰富和复杂,所以这个时候的艺术观念欣赏内在的、一致的、完整和统一的美学价值,当然要达到这种美学境界,含蓄是必不可少的。

前卫艺术主张批判社会,所以,它反对之前的艺术自律,并试图重新把艺术和社会生活实践统一(reintegrate)在一起,其途径则是直接运用那些开放的、个体性的艺术片段(segment)去回应社会。这就是现成品的起源。现成品是生活的碎片,但是它们被美学化了。美学化了的"碎片"所发挥的功能恰恰不是局部的碎片,而是把生活和美学连在一起的生活经验的体现。浪漫主义古典美学的丰富性和含蓄性是为其整体的美学自律的组织服务的,但是因为前卫的碎片挑战了它的接受者,因为观众习惯了古典的含蓄和统一,当他们一下子接触到这些现成品的碎片的时候,观众立刻意识到这些碎片来自他们的社会现实和生活实践的一部分,并且努力把他们对这种碎片的感觉和日常经验连在一起。也就是说,资本主义社会的个体对社会生活的感觉是碎片的,但是这个碎片又是整体的"局部反映"。重要的是,这个局部的反映体现了一个现代人的个体价值、一个脱离了理想和浪漫主义的整体和谐观念的更为实际的现实价值。这个价值就是前卫的"惊世骇俗"(shock)的语言方法。这种方法是对资本主义社会中体制化了的个体的棒喝。一方面大众习惯于古典美学的整体和谐,另一方面,当观众看到艺术作品完全呈现了现实生活的一部分(现成品)的时候,又不知所措地产生了陌生感。在这里,艺术作品(现成品)把现实中的真实存在的部分解放出来,使它成为真实的碎片,同时,又在艺术中把这个碎片还原到现实的整体之中。

四、异化的两种结果:比格尔、阿多诺和德里达的现代性理论

本文开篇提到了舒尔特—萨思,在他为英文版《前卫理论》所写的序中也讨论了卢卡奇、阿多诺、德里达等人关于现代性与前卫的理论,并且做了比较。这些讨论涉及到历史学和语言学、马克思主义和解构主义以及后结构主义,其中,对阿多诺和德里达的讨论比较充分。而且,从理解这两位理论家出发,我们可以更清楚地看到比格尔的理论立场和角度。

阿多诺的美学观念基本都集中在他深有影响的著作《美学理论》(Aesthetic Theory)一书中。此书的德文版最初发表于 1970 年,1984 年发表了英文版[⑬]。阿多诺的美学艺术理论对西方现代艺术,特别是对抽象艺术产生了深远的影响。阿多诺讨论的精英艺术超越了视觉和美学自律、艺术为艺术等一般性讨论,他把现代艺术的发展放到了更为广泛的人类学和社会经济学的体系中去检验。首先,阿多诺认为人们对艺术和社会之间的关系的认识是被"高级自由资本主义"的特性所决定的。在现代社会,交换价值决定社会,所有的质被简化为量的平均。阿多诺并不把这个现象视为文化的优雅品质在现代社会的衰退,也就是 19 世纪社会经济和政治变革的结果,相反,他把艺术和社会的关系看做自人类出现以来的长期存在的本质现象的延续。这是一个漫长的过程,一个人类开始追求自我占有(drive for self-preservation)的发展过程。伴随它而来的则是人类本性中的矛盾性和理性特点。在《启蒙的辩证法》(Dialectic of Enlightenment)一书中,阿多诺和霍克海默一起,提出了"理性概念的困难"去解释这种理性和悖论性。这种理性,一方面表现了人的普遍兴趣和"自由、人本和社会生活的理念",另一方面,"对计算判断的追求"(the court of judgment of calculation)、对"资

本率"(ratio of capital)所支配的工具(instrument ofdomination)的运用,以及追求控制自然的最佳手段构成了这个人性中的理性和悖论性的本质。

阿多诺对人的本性的看法显然是"人之初,性本恶"的。因为人为了自己的保存欲望或者占有欲望,把自然看做可以征服和占有的材料,一个"他者"。正是从这个原本的"内驱力"产生了资本主义的工具理性(instrumental reason)。这个工具理性的外表一切都是平均的、平等的、可计算的、个体的、批量化的。在文化生产方面则是"文化工业"(culture industry)。这个工具理性同时也延伸到社会权力的层面。作为西方现代文明的起源——启蒙主义运动在阿多诺那里被看做是工具理性的起源。他认为启蒙所认定的存在和历史仅仅是那些人们可以从整体上把握到的,其理想是把所有的一切归属到它的完满统一的体系之中。显然,阿多诺的理论可以看做马克思的社会异化理论的一个旁支,如果科学和工业代表现代文明,那么阿多诺的理论就是反文明的。

所以阿多诺的观点体现了如下的逻辑:1. 现代性是悲观主义的,它展示了人类的恶的一方面,欲望和占有欲。现代资本主义只不过更加科学和理性地陈述并实现了这个欲望。2. 在理性的层面上,确立了平等、总体、计算、判断的体系,这个体系是在体制上以交换的形式出现的。3. 由于整体的全面整合,个体的价值和创造性丧失,人类"总的状况向着一种匿名性意义上的非个性发展"。"功能性语境"和"客观优先"是特点:"这个总的主体核心优先关注的是客观状况。"⑬客观状况就是外在的自然和物理现实,所以,人和自然也就是客观外部世界在现代社会出现了前所未有的分离,另一方面又出现了前所未有的占有和破坏。4. 社会统治也向着这种工具理性发展,工具理性的科学成为社会权力和平等的等同语。个人似乎被赋予极大的权力,这就是选举制度的产生,但是在现实政治之中,这个个体价值实际上仍然被政党政治和资本政治所统治。阿多诺有关资本主义社会个人价值贬值的观点与其他人相比确实有他的新意,因为他不仅看到了科技对人性的异化,同时也分析了民主政治对个人价值的贬抑。或许,阿多诺应当从非西方传统中的社会社群的实践中找到某种解决的办法。5. 因此,阿多诺认为,资本主义的高级艺术可以理解为一种在艰难的日子里的"冬眠"。艺术是一种自主的对社会的否定。这个否定不是参与,不是有"洞察力的批判",如马克思和卢卡奇所宣称的那样,艺术不具有传达意义从而拯救这个工具理性所统治的社会的功能。它只是一小撮社会精英借助艺术这个媒介来反抗拒绝屈从社会的一种道德精神力量。反抗社会，不是参与和反思社会。"纯"艺术是一种清除所有实用目的的媒介，它可以清除所有由于工具理性所导致的僵化与庸俗的语言和精神。"艺术的反社会因素是对定型了的社会的定型模式的否定……（艺术）对社会所作的贡献不是与社会交流，而是做出某种非直接的东西——抵制"。正如他分析超现实主义时说的："超现实主义的辩证形象再现了一种主体自由在一种客观不自由的状态中的辩证关系。"⑮6. 阿多诺认为，语词并不能够负载传达意义和价值的功能，那样就和社会交流发生了关系。艺术只是抵抗社会的形式，是拒绝用陈旧的语词，因为陈词滥调是工具理性的产物。在笔者看来，反对陈词滥调比反对工具理性本身更有效，因为工具理性是人类的恶的系统化的体现，没有办法抵制。但是，我们可以用中国传统的"合"、"一"等观念从审美的角度去用艺术整合社会。阿多诺其实是一个解构主义者，但是，他的解构的来源是他对社会的分析和理解，不像德里达和巴特是对语词和文本的专注和理解。

纵观以上阿多诺的理论，我认为，如果把人类的恶的起源——对物质的征服和占有看做是现代艺术出走的原因，是合逻辑的。但是，现代艺术的批判和对抗（或者否定）最终还是要终结到美学生产本身，艺术品最终还要成为商品。所以，美学意义上的出走本身是对社会的批判，但是，美学的完善也是对社会产品的完善。由此，这个对抗也可以被看做为一个悖论环。这个悖论还是在西方现代性的二元模式的基础上展开的。这个模式深刻地反映了美学和社会的二元对立模式所自我设立的现代性陷阱。

无论是阿多诺还是比格尔都注重社会批评和社会分期的研究，但是德里达对社会分析和社会分期的研究完全不同于阿多诺等人。除非涉及语言的研究，否则德里达不关注社会的研究。德里达更关注认识论的问题，他的解构哲学也是认识论的展开。德里达的批评哲学的核心是解构传统唯心主义的主体性认识论，其中也包括形而上学的理论和体系，因为任何形而上学的思维都需要建立一个宇宙的、普遍性的原理，它的宏大恰恰暴露了它的缺陷和封闭。所以，德里达避免宏大叙事，认为一切都是运动的、瞬间的和发展变化的。它把这个解构主义哲学用在语言的研究上，但不是社会批判中。因为他认为社会的批判不是语言学的工作，可能是因为社会和意义的延伸和增值太接近。但是，社会和历史的研究必须有形而上学的价值因素，社会研究的价值观就是对和错，对和错就是真理和谬误的对立。

在语言学中,对和错不成立,只有真和假。但是,社会的研究不然,因为社会不可回避的构成因素是行为。只要有行为就会有对和错的价值判断。价值判断离不开形而上的封闭冥想,因为价值是建构的,不是解构的,即便解构本身就是价值的目的。但是一旦有价值作为驱动力,那就必然有封闭的价值系统出现。因为价值需要否定和排斥。德里达的哲学实践体现了一个否定的策略,它依赖于他要消解什么。但是他的问题是,当德里达试图超越质询认识论——很多时候这个质询会体现为对真理和错误的分析——而进入对艺术的质询的时候,他不能把艺术和社会实践连在一起,因为在社会实践中,真的和假的(truth andfalsity)问题必须让位于对和错(right and wrong)的问题。德里达好像把对行为的质询从属于对真的质询之中。因此,德里达总是首先强调语言,他认为语言是开启其他问题的方法钥匙。德里达认为语言是一个从不封闭的、永远敞开和变化的、充满差异的物质系统。语言不但构成思想同时也在思想过程中被打上烙印。换句话说,我们的话语知识以及对现实的判断,已经提前被一个总是处于变化之中的"语言场"所确定了。这个"场"总是被那个追求永恒但是从来没有成功的形而上学和逻各斯中心的排他性和封闭性所影响。

但是德里达对这个简单的事实并不感兴趣,他感兴趣的是语言影响思想的过程,也就是语言是如何建构主体的知觉和表达意义的过程感兴趣。他从批评结构主义的封闭和独立的语言系统开始。他认为这个系统通过命题(thesis)把人类的文化规定为一种普遍性的现象。德里达还指出结构主义的前提也落入了形而上学的圈套,因为结构主义始终在所指的整体化概念中思考和运作。尽管这个系统也否认本质性的意义的存在,并且也消解主体的认识论中心的观念,但是它仍然和表现的(representational)系统有关,这个系统在原理上还是与感知主体相一致的,换句话说,感知主体可以通过这个语言系统去感知和认识语言所传达的(现实)意义。

德里达对语言的分析以及对再现的讨论特别有助于我们理解西方现代艺术,特别是抽象绘画。因为,西方现代主义本质上是艺术家这个感知主体通过特定的解构主义的语言系统去表现现实意义。但是,德里达指出能指(signifier)是怎样不断地颠覆人类试图通过修辞(trope)和图像(image)捕捉意义的努力,他不仅批判了再现的概念,同时还指出认知主体也不可能获取(acquire)他所期待的再现结果。主体在再现的过程中不是自我感知、自我确认的(self-assured)中心。相反,自我的主体性总是在能指的

理论的声音

链条和结构关系的生成过程中丢失掉。

如果说,现代主义的主体意识是理想主义的,理想主义的认识主体总是自信的,并且感到他是自我在场,那么,他的在场是由他自身独立的活动所决定的。这样一个自我认为语言只是那个在他的意识中所呈现的内容的迟到的具体化,所以他不会意识到,所有的符号(sign),所有构成内容的意识已经在先前与可能承载它们的能指链(the chain of signifiers)交织在一起了。也就是说,内容和意义既有主体意识到的,也有主体意识不到的。这种论点显然颠覆了现代艺术的理想主义。所以,德里达总是以一种批判的角度去阅读其他思想者的作品,他认为,在结构主义和现代主义那里,主体(在巴特和福柯那里称之为"作者")的潜在权力压制了能指的构成意思(constitutive import),这种压制还导致了把写作主体实体化和中心化。所以,德里达认为我们必须理解为什么在解构主义语言学中"重复"(repetition)和"在场"(presence)的概念特别重要。因为,两者总是和上下文(context)有关。然而,在现代艺术中,特别是抽象主义艺术中,"重复"和"在场"是被排斥的,现代主义追求的是"唯一"和表现"不在场",也就是隐藏在构图背后的不在场的意义(深度层次和含蓄意义)。

理解德里达的解构主义对理解非西方文化区域的现代艺术非常重要。因为,这些非西方国家的现代艺术和抽象主义往往有意识地追求德里达所说的非具体再现的"重复"形式和重复过程。作品表现的不是"非在场",也不是在场。"非在场"和"在场"是不可分的。比如,我所陈述的"中国极多主义"就是这样一种另类的抽象艺术⑩。中国当代艺术的现代性,往往驻留在传统美学和当代西方哲学的交汇之处。

综上所述,要想批评阿多诺的理论,必须了解它的社会分析理论,找到他的分析和社会中介(比如艺术体制)的误差。阿多诺的早期社会哲学是乐观的、进步的,后来的则是悲观的,他以知识分子的"冬眠"为反抗社会的方式。20世纪30年代,他放弃了先前的认为无产阶级是社会进步的保障的理想。然而,我们不能用同样的社会分析——哲学的、历史的、社会中介的批评去分析德里达的理论,因为社会体制问题对德里达的研究没有太大意义。德里达关心的不是哲学和历史的社会分析,他关心的是他的思想结构(或者是人类的思想结构本身,就像康德一样,人类的纯粹理性的结构是决定人类是否可以认识世界和自己的关键)。这样,德里达就必须要找到一个二元对立的结构——理想主义认识论的自许主体和作为能指结果的意义之间的对立。德里达对形而上认识论的排斥,并没有合法性,因为,他的目的不是建立,而是颠覆。这就决定了它的排斥实际上又掉进了形而上学认识论的封闭性的另一个极端——要么是有,要么就是无;要么是实,要么就是虚;要么是对,要么是错。

阿多诺的艺术独立媒介和德里达的解构主义都和社会实践没有关系。但是,他们二者有所不同,阿多诺试图搬动那个社会中介但是他没有解决的办法,德里达甚至对这个中介毫不触动。但是,他们都主张语言和社会现实分离,艺术和再现现实无关。其极端则生成了现代抽象艺术及其美学,以及后现代的解构主义。区别在于,阿多诺是理想主义的,具有价值观判断冲动,而德里达则没有。虽然比格尔对前卫批判体制的本质进行了充分论证,但是,正如比格尔本人所言,论证的逻辑只证明了理论的自足,不是社会价值的判断。

对社会、时间和现代性的讨论必须面对行为指向所引导的价值观。社会实践理论对宇宙的"真"不感兴趣,而对什么是具体历史状况中的"对"感兴趣,它关怀行为指向的价值。因为,价值已经交织在社会实践中。其中个人是选择的主体,但是他的位置决定了其政治的多样和差异观念;在话语和话语之间,永远存在着霸权和多元的竞争、意识形态的偏见,但正是这些构成了社会话语的结构;所以个人的社会批评文本和批评位置在这个斗争之中,应当永远是边缘的、侧面的,只有这样才能开放;相反,解构主义的文学批评总是自我锁定的(self locked),陷入无休止的非神秘化启蒙的陷阱之中(in the toils of endless demystification)。

在现代主义走过了它的高峰之后,后现代主义和后结构主义从语言的角度,用语言学的"对"还是"错"的问题取代了认识论的"真"还是"假"的问题。对于后结构主义而言,不是主体先产生了意义,然后用语言去表现。主体意识不是高居客观世界之上的主人,相反,意识是那个它从来无法了解并且无法掌控的社会和无意识的结果。意识形态是一种文本统治(textual domination)。所以,文化工业(大众传媒)吞噬了个体的异样物质经验,并且使公共空间"完全量化"(complete quantification)。所以,西方的一些学者发展了马克思的异化理论,在文艺理论中超越了马克思主义的经济基础决定上层建筑的简单的从下到上的对应关系,试图在上层建筑(意识形态)与经济基础之间找到另一个中介。所以,在比格尔那里体现为体制批判,在阿多诺那里是"冬眠"。但是,这些中介都和个体的社会经验有关,这个社会经验和马克思的经济基础有紧密的联系,但是赋予了经济基础以个体的人文经验。在这些新马克思主义者那里,个体物质经验使社会中的个体摆脱掉"被一般化了的整体身份性"的异化现实。霍克海默和阿多诺指出了这一点。阿多诺认为大众传媒从一开始就用景观、图像和再现封杀了我们的敏感的个体物质经验。

所以,在西方前卫艺术和现代主义的理论中,大体有两派。一派是把前卫和现代主义视为资本主义异化的产物,即颓废主义。波基欧利、比格尔、阿多诺和格林伯格都倾向于这一派。尽管波基欧利更侧重以心理学和社会学为出发点,比格尔以体制分析为主,阿多诺以物质分配为基础,但是他们都强调前卫的创造性来源于社会中的个体经验,把个体的社会价值视为前卫的核心。他们的理论原理对马克思主义进行了修正。

另一派则是以德里达为代表的解构主义理论。德里达对社会异化不感兴趣,如果有异化的问题,那也是语言对人的异化。他的理论在本质上是反现代主义和前卫的。比格尔、阿多诺、格林伯格等人所强调的理论自足、语言独立和形式自律实际上撇不开个体价值和社会批判的意识形态因素,但是德里达和一些后结构主义理论家比如罗兰·巴特,以及受到后结构主义影响的艺术史家,比如克劳斯的理论⑦,主要注重文本本身,否认在语言之外存在一个物质结构,一个文化再生产的系统,而这个系统恰恰是参与塑造人类灵魂进程的具体的社会中介,而这个中介在这个充满公众空间和时尚文化的时代被人们所认可和参与。此外,我们不能否认,文学文本和艺术作品无论多么晦涩和抽象,他们都是对现实的再现,是人的行为指向和价值观的反映模式,是争取权力话语的斗争的体现。不论这些形式多么"清高"和超尘脱俗,都不妨碍读者把文本看做为"意识"的载体,一种社会打上个体心灵烙印的痕迹——个体物质经验。

也就是说,某种社会中介或者文化再生产的机制会创造出一种物质经验,这个物质经验不是主体可以控制的,尽管艺术家可以感知它并把它视为艺术创作的动力、观念甚至内容本身,就像比格尔把体制批判看做前卫作品的内容一样。个体的物质经验游离于意识形态、认识主体和社会中介(比如市场和艺术体制)之间。所以,正如在后结构主义语言学里,能指的作用是消解和对抗(contradict)任何宣称拥有完美定义的、逻各斯中心的话语一样,物质经验也抵抗和消解历史情境之中的主流意识形态。据此,我倾向于用"在物质经验之外没有现实"去替代解构主义的"在语言之外不存在任何意义"的命题。因为,经验是不可言说的,这就是中国传统美学中的"言不尽意"。再美妙的语言也无法表达准确的意义。尽管德里达也承认这一事实,但是,他把解决这个难题的办法归结为解构和颠覆的语言学本身。然而,中国传统美学把对"意"的表达分散给不同的可能性途径。在艺术中,则有圣人"立象以尽意","象"就是物质经验的一种。"象"不是客观的物质,而是主体对物质的经验。这是另一个话题,我留待另文加以讨论。

在本文结束之时,我想回到比格尔的前卫反体制的问题。中国当代艺术正在被全面体制化,也就是市场化和美术馆化,没有个体艺术家,只有展览和市场。而且,这个美术馆化也是一种文化产业化的体现。在北京,大批的农业用地从农民那里征来作为艺术区开发,成千亩的农业用地在文化产业政策下变为艺术区用地。这些艺术区在本质上和房地产开发没有两样,按照阿多诺的理论,它赤裸裸地表现了人类对自然的一种占有欲望。这里,"文明"恰恰映射了它的不文明。这些所谓的艺术区的目的既不是为前卫个体创造空间,因为前卫不能生存在这种批量生产和批量买卖以及批量展示的大卖场似的"艺术区"里,它也不是为了市民的文化公益,因为很少有一般的市民阶层做客这些艺术区。相反,它们主要是为艺术体制(画家、画商、策划人、收藏家和美术馆)服务的。中国的艺术体制系统已经进入了比格尔所分析的"前先锋"或者"前前卫"的阶段,也就是类似19世纪初到19世纪中的现代艺术的"艺术自律"的阶段,但是中国目前既没有出现抵制商业体制的"艺术自律",更没有出现反体制的前卫。而先前的20世纪80年代的理想主义前卫和90年代初的消极前卫都已经消亡。正是基于这样一个现实状况,我们有必要回顾比格尔的《前卫理论》,以此启发我们对中国当代艺术的思考、批判和前瞻。

---

① 该书的中文版名为《先锋派理论》,高建平译,商务印书馆2002年出版。

②③④⑤⑥⑦⑩ Peter Burger, *Theory of the Avant-Garde*, trans. Michael Shaw, Minneapolis: University of Minnesota Press, 1984, p. 8, p. 11, p. 13, p. 18. , p. 22, p. 32. , pp. 47~54.

⑧ Renado Poggioli, *The Theory of the Avant-Garde*, trans. Gerald Fitzgerald, Cambridge, MA: Harvard University Press, 1968.

⑨ Renato Poggioli, *The Theory of The Avant-Garde*, pp. 25~26; Peter G. Christensen, "The relationship of decadence to the Avant-Garde as Seen by Poggioli, Burger, and Calinescu", *Papers on Language & Literature*, 22, No. 2(Spring 1986), p. 209.

⑪　参见高名潞主编《无名：一个悲剧前卫的历史》，广西师范大学出版社 2006 年版。

⑫　Peter Burger,"Introduction:Theory of Avant-Garde and Theory of Literature",in *Theory of the Avant-Garde*,p. xiix.

⑬　T. W. Adorno,*Aesthetic Theory*,trans. D. Lenhardt,Routledge & Kegan Paul plc. ,1984,.

⑭　T. W. Adorno,*Negative Dialectic*,trans. E. B. Ashton,New York,1973,p. 280.

⑮　T. W. Anordo,*Gesammelte Scbriften*,B. 11,Frankfurt/Main,1970,SS. 104～105

⑯　高名潞所著《中国极多主义》(重庆出版社 2003 年版)是配合一个展览而出版的、有关中国当代抽象艺术的讨论。

⑰　克劳斯(Rosalind E. Krauss)现在是哥伦比亚大学艺术史系教授,格林伯格的学生,美国《十月》小组的主要成员。她的主要著作有：*The Originality of the Avant-Garde and Other Modernist Myths*,Cambridge MA:The MITPress,1985;*Passages in Modern Scupture*,Cambridge:MIT Press,1977;*The Optical Unconscious*,Cambridge:MITPress,1993。